A BESTA

J.R. WARD

São Paulo
2016

UNIVERSO DOS LIVROS

The Beast

Diretor editorial
Luis Matos

Editora-chefe
Marcia Batista

Assistentes editoriais
Aline Graça
Letícia Nakamura

Tradução
Cristina Tognelli

Preparação
Jonathan Busato

Revisão
Francisco Sória
Cely Couto

Design original de capa
Tony Mauro

Diagramação:
Renato Klisman

Arte e adaptação de capa
Francine C. Silva
Valdinei Gomes

Dados Internacionais de Catalogação na Publicação (CIP)
Angélica Ilacqua CRB-8/7057

W259b

Ward, J. R.

A Besta / J. R. Ward; [tradução de Cristina Tognelli].
– São Paulo: Universo dos Livros, 2016.
544 p. (Irmandade da Adaga Negra, v. 14)

ISBN: 978-85-503-0031-3
Título original: The Beast

1. Vampiros 2. Ficção 3. Literatura erótica I. Título II. Tognelli, Cristina III. Série

16-0754 CDD 813.6

Universo dos Livros Editora Ltda.
Rua do Bosque, 1589 – Bloco 2 – Conj. 603/606
Barra Funda – Cep: 01136-001 – São Paulo/SP
Telefone/Fax: (11) 3392-3336
www.universodoslivros.com.br
e-mail: editor@universodoslivros.com.br
Siga-nos no Twitter: @univdoslivros

Dedicado a:
Vocês três.
Isso já diz tudo. Bjs.

AGRADECIMENTOS

Minha imensa gratidão aos leitores da Irmandade da Adaga Negra!

Muitíssimo obrigada por todo o apoio e orientações prestados por: Steven Axelrod, Kara Welsh e Leslie Gelbman. Muito obrigada também a todos da New American Library – estes livros são verdadeiramente resultado de um trabalho em equipe.

Com amor ao *Team Waud* – vocês sabem quem são. Isto simplesmente não teria acontecido sem vocês.

Nada disto seria possível sem: meu querido marido, que é meu conselheiro e cuida de mim, além de ser um visionário; minha maravilhosa mãe, que me deu amor em quantidades que eu jamais conseguirei retribuir; minha família (tanto os de sangue quanto os adotivos) e meus queridos amigos.

Ah, e a minha assistente, Naamah. Parabéns por sua promoção!

GLOSSÁRIO DE TERMOS E NOMES PRÓPRIOS

Ahstrux nohtrum: Guarda particular com licença para matar, nomeado(a) pelo Rei.

Ahvenge: Cometer um ato de retribuição mortal, geralmente realizado por um macho amado.

As Escolhidas: Vampiras educadas para servirem à Virgem Escriba. São consideradas membros da aristocracia, embora sejam mais voltadas para os assuntos espirituais do que temporais. Têm pouca ou nenhuma interação com os machos além do Primale, mas podem acasalar com Irmãos, segundo a orientação da Virgem Escriba. Algumas têm a capacidade de predizer o futuro. No passado, eram utilizadas para satisfazer a necessidade de sangue de membros solteiros da Irmandade, e tal costume foi colocado novamente em prática pelos Irmãos.

Chrih: Símbolo de morte honrosa no Antigo Idioma.

Cio: Período fértil das vampiras. Em geral, dura dois dias e é acompanhado por intenso desejo sexual. Ocorre pela primeira vez aproximadamente cinco anos após a transição da fêmea e, a partir daí, uma vez a cada dez anos. Todos os machos respondem em certa medida se estiverem por perto de uma fêmea no cio. Pode ser uma época perigosa, com conflitos e lutas entre os machos, especialmente se a fêmea não tiver companheiro.

Conthendha: Conflito entre dois machos que competem pelo direito de ser o companheiro de uma fêmea.

Dhunhd: Inferno.

Doggen: Membro da classe servil no mundo dos vampiros. Os *doggens* seguem as antigas e conservadoras tradições de servir seus superiores, obedecendo a códigos formais no comportamento e no vestir. Podem sair durante o dia, mas envelhecem relativamente rápido. Sua expectativa de vida é de aproximadamente quinhentos anos.

Ehnclausuramento: *Status* conferido pelo Rei a uma fêmea da aristocracia em resposta a uma petição de seus familiares. Subjuga uma fêmea à autoridade de um responsável único, o *tuhtor*, geralmente o macho mais velho da casa. Seu *tuhtor*, então, tem o direito legal de determinar todos os aspectos de sua vida, restringindo, segundo sua vontade, toda e qualquer interação dela com o mundo.

Ehros: Uma Escolhida treinada em artes sexuais.

Escravo de sangue: Vampiro macho ou fêmea que foi subjugado para satisfazer a necessidade de sangue de outros vampiros. A prática de manter escravos de sangue recentemente foi proscrita.

Exhile dhoble: O gêmeo mau ou maldito, o segundo a nascer.

Fade: Reino atemporal onde os mortos reúnem-se com seus entes queridos e ali passam toda a eternidade.

Ghia: Equivalente a padrinho ou madrinha de um indivíduo.

Glymera: A nata da aristocracia, equivalente à corte no período de Regência na Inglaterra.

Hellren: Vampiro macho que tem uma companheira. Os machos podem ter mais de uma fêmea.

Hyslop: Termo que se refere a um lapso de julgamento, tipicamente resultando no comprometimento das operações mecânicas ou da posse legal de um veículo ou transporte motorizado de qualquer tipo. Por exemplo, deixar as chaves no contato de um carro estacionado do lado de fora da casa da família durante a noite – resultando no roubo do carro.

Inthocada: Uma virgem.

Irmandade da Adaga Negra: Guerreiros vampiros altamente treinados para proteger sua espécie contra a Sociedade Redutora. Resultado de cruzamentos seletivos dentro da raça, os membros da Irmandade possuem imensa força física e mental, assim como a capacidade de recuperarem-se rapidamente de ferimentos. Não é constituída majoritariamente por irmãos de sangue. São iniciados na Irmandade por indicação de seus membros. Agressivos, autossuficientes e reservados por natureza, vivem apartados dos vampiros civis e têm pouco contato com membros das outras classes, a não ser quando precisam se alimentar. Tema para lendas, são reverenciados no mundo dos vampiros. Só podem ser mortos por ferimentos muito graves, como tiros ou uma punhalada no coração.

Leelan: Termo carinhoso que pode ser traduzido aproximadamente como "muito amada".

Lhenihan: Fera mítica reconhecida por suas proezas sexuais. Atualmente, se refere a um macho de tamanho sobrenatural e alto vigor sexual.

Lewlhen: Presente.

Lheage: Um termo respeitoso utilizado por uma submissa sexual para referir-se a seu dominante.

Libbertador: Salvador.

Lídher: Pessoa com poder e influência.

Lys: Instrumento de tortura usado para remover os olhos.

Mahmen: Mãe. Usado como um termo identificador e de afeto.

Mhis: O disfarce de um determinado ambiente físico; a criação de um campo de ilusão.

Nalla/nallum: Um termo carinhoso que significa "amada"/"amado".

Ômega: Figura mística e maligna que almeja a extinção dos vampiros devido a um ressentimento contra a Virgem Escriba. Existe em um reino atemporal e possui grandes poderes, entre os quais, no entanto, não se encontra a capacidade de criar.

Perdição: Refere-se a uma fraqueza crítica em um indivíduo. Pode ser interna, como um vício, ou externa, como uma paixão.

Primeira Família: O Rei e a Rainha dos vampiros e sua descendência.

Princeps: O nível mais elevado da aristocracia dos vampiros, só suplantado pelos membros da Primeira Família ou pelas Escolhidas da Virgem Escriba. O título é hereditário e não pode ser outorgado.

Redutor: Membro da Sociedade Redutora, é um humano sem alma empenhado na exterminação dos vampiros. Os *redutores* só morrem se forem apunhalados no peito; do contrário, vivem eternamente, sem envelhecer. Não comem nem bebem e são impotentes. Com o tempo, seus cabelos, pele e íris perdem toda a pigmentação. Cheiram a talco de bebê. Depois de iniciados na Sociedade por Ômega, conservam uma urna de cerâmica, na qual seu coração foi depositado após ter sido removido.

Ríhgido: Termo que se refere à potência do órgão sexual masculino. A tradução literal seria algo aproximado de "digno de penetrar uma fêmea".

Rytho: Forma ritual de lavar a honra, oferecida pelo ofensor ao ofendido. Se aceito, o ofendido escolhe uma arma e ataca o ofensor, que se apresenta desprotegido perante ele.

Shellan: Vampira que tem um companheiro. Em geral, as fêmeas não têm mais de um macho devido à natureza fortemente territorial deles.

Sociedade Redutora: Ordem de assassinos constituída por Ômega com o propósito de erradicar a espécie dos vampiros.

Symphato: Espécie dentro da raça vampírica, caracterizada pela capacidade e desejo de manipular emoções nos outros (com o propósito de trocar energia), entre outras peculiaridades. Historicamente, foram discriminados e, em certas épocas, caçados pelos vampiros. Estão quase extintos.

Transição: Momento crítico na vida dos vampiros, quando ele ou ela transforma-se em adulto. A partir daí, precisam beber sangue do sexo oposto para sobreviver e não suportam a luz do dia. Geralmente, ocorre por volta dos 25 anos. Alguns vampiros não sobrevivem à transição, sobretudo os machos. Antes da mudança, os vampiros são fisicamente frágeis, inaptos ou indiferentes para o sexo, e incapazes de se desmaterializar.

Trahyner: Termo usado entre machos em sinal de respeito e afeição. Pode ser traduzido como "querido amigo".

Tuhtor: Guardião de um indivíduo. Há vários graus de *tuhtors*, sendo o mais poderoso aquele responsável por uma fêmea *ehnclausurada*.

Tumba: Cripta sagrada da Irmandade da Adaga Negra. Usada como local de cerimônias e como depósito das urnas dos *redutores*. Entre as cerimônias ali realizadas estão iniciações, funerais e ações disciplinadoras contra os Irmãos. O acesso a ela é vedado, exceto aos membros da Irmandade, à Virgem Escriba ou aos candidatos à iniciação.

Vampiro: Membro de uma espécie à parte do *Homo sapiens*. Os vampiros precisam beber sangue do sexo oposto para sobreviverem. O sangue humano os mantêm vivos, mas sua força não dura muito tempo. Após sua transição, que geralmente ocorre aos 25 anos, são incapazes de sair à luz do dia e devem alimentar-se na veia regularmente. Os vampiros não podem "converter" os humanos por meio de uma mordida ou transferência de sangue, embora, ainda que raramente, sejam capazes de procriar com a outra espécie. Podem se desmaterializar por meio da vontade, mas precisam estar calmos e concentrados para consegui-lo, e não podem levar consigo nada pesado. São capazes de apagar as lembranças das pessoas, desde que recentes. Alguns vampiros são capazes de ler a mente. Sua expectativa de vida ultrapassa os mil anos, sendo que, em certos casos, vai bem além disso.

Viajante: Um indivíduo que morreu e voltou vivo do Fade. Inspiram grande respeito e são reverenciados por suas façanhas.

Virgem Escriba: Força mística conselheira do Rei. Também é guardiã dos registros vampíricos e distribui privilégios. Existe em um reino atemporal e possui grandes poderes. Capaz de um único ato de criação, que usou para trazer os vampiros à existência.

Capítulo 1

Escola para Garotas de Brownswick, Caldwell, Nova York

Formigas sob a pele.

Enquanto transferia o peso do corpo de um coturno a outro, Rhage sentia que a corrente sanguínea fervilhava lentamente e as bolhas estouravam sob cada maldito centímetro quadrado de sua pele. E não era apenas isso. Fibras musculares aleatórias se enrijeciam em todo o seu corpo, os espasmos fazendo com que os dedos se mexessem, que os joelhos se dobrassem, que os ombros endurecessem como se ele estivesse disputando uma partida de tênis.

Pela milésima vez desde que se materializara naquela atual posição, varreu com o olhar a campina desigual e de mato crescido à frente. Na época em que a Escola para Garotas de Brownswick estivera ativa, o descampado à sua frente sem dúvida devia ter sido um gramado perfeito, aparado na primavera e no verão, varrido de suas folhas outonais e, no inverno, coberto com um manto imaculado de neve como em uma ilustração de livro infantil. Agora, não passava de um campo de futebol dos infernos, salpicado com moitas desordenadas cheias de espinhos que poderiam fazer muito mais do que simplesmente machucar as partes privadas de um incauto, com novas árvores feias e disformes, filhas adotivas dos carvalhos e bordos mais maduros. E o gramado amarronzado longo do fim de outubro facilmente lhe derrubaria se você tentasse sair correndo.

Do mesmo modo, as construções de tijolinhos, que outrora proveram abrigo e espaços educacionais e de moradia para as filhas da elite privilegiada, envelheciam mal sem uma manutenção regular: janelas quebradas, portas apodrecidas, persianas tortas abrindo e fechando ao sabor dos ventos frios, como se os fantasmas não conseguissem decidir se queriam ser vistos ou apenas ouvidos.

Era o *campus* da *Sociedade dos Poetas Mortos*. Se todos tivessem levantado acampamento após as filmagens em 1988 e ninguém mais tivesse tocado em nada desde então.

Mas as instalações não estavam desabitadas.

Ao inspirar fundo, a ânsia de vômito que sentiu fez com que Rhage engolisse algumas vezes para refrear o impulso na base da garganta. Tantos *redutores* escondiam-se nos dormitórios abandonados e nas salas de aula que era impossível isolar cheiros individuais daquele fedor entorpecente das narinas. Cristo, aquilo era o mesmo que enfiar a cara num balde de isca de peixe e inalar, como se o mundo estivesse prestes a ficar privado de oxigênio.

Imaginando que alguém tivesse acrescentado talco de bebê ao marinado de cabeças e entranhas de peixe.

Só para um toque final, sabe.

Enquanto sua pele se metia em outra sessão de treme-treme, ordenou à sua maldição que segurasse as pontas, pois logo, logo ela estaria livre de suas correntes. Ele não pretendia controlar a maldita coisa – não que tentar pisar no freio tivesse sido bem-sucedido alguma vez, de toda forma –, e por mais que libertar a besta de suas rédeas nem sempre fosse uma coisa positiva, esta noite seria favorável. A Irmandade da Adaga Negra estava para enfrentar quantos *redutores*? Cinquenta? Cento e cinquenta?

Aquilo era um número bem grande, mesmo para eles. Portanto, sim... o seu... presentinho conferido pela Virgem Escriba viria a calhar.

Pense num enganador profissional estrangeiro. Mais de um século antes, a mãe da raça lhe dera o seu próprio sistema de "dar um tempo", um programa de modificação de comportamento tão oneroso, tão desagradável, tão sobrepujante que, de fato, conseguiu trazê-lo de volta dos limites de ser um total e absoluto cretino. Cortesia do dragão, a menos que conseguisse controlar seus níveis de energia adequadamente e moderasse suas emoções, tudo virava um inferno.

Literalmente.

Isso mesmo, no decorrer do último século, ele vinha sendo muito bem-sucedido ao impedir que a coisa não devorasse seus entes próximos e queridos, nem lhes desse uma manchete do tipo "*Jurassic Park* existe". Mas o que ele e os irmãos teriam que enfrentar dali a pouco, e quão isolado era este *campus*? Se tivessem sorte, o enorme bastardo de escamas púrpura, dentes de serra e apetite voraz teria um Nobu* só seu à disposição. Ainda que, de novo, uma dieta exclusiva de *redutores* fosse o que almejava.

Nada de irmãos como Hot Pockets, por favor. Tampouco humanos como tapas ou sobremesa, muitíssimo obrigado.

Estes últimos mais por discrição do que por afeto. Deus bem sabia que esses ratos sem cauda nunca saíam sem duas coisas: meia dúzia de seus companheiros idiotas, noturnamente codependentes e evolucionariamente inferiores, e seus malditos celulares. Cara, o YouTube era um pé no saco total quando se quer manter uma guerra debaixo dos panos. Por quase dois mil anos, vampiros combatendo a Sociedade Redutora de Ômega não fora da conta de ninguém mais além das partes envolvidas, e o fato de os humanos não conseguirem se ater a simplesmente destruir seu habitat natural e meter o bedelho nas vidas uns dos outros sobre o que dizer ou fazer era um dos motivos para ele os odiar tanto.

Maldita internet.

Redirecionando seus pensamentos a fim de não se descontrolar cedo demais, Rhage voltou seu olhar para um macho que se encobria a uns seis metros dele. Assail, filho de Não-Dou-A-Mínima, estava vestido em seu terno preto de funeral, o cabelo escuro de Drácula sem nenhum disfarce e o lindo rosto mais belo que o pecado, crispado com tanta letalidade que era preciso respeitar o cara. Pense em alguém que muda da água para o vinho. O traficante se apresentara à Irmandade, cumprindo a promessa de cortar todos os laços comerciais com a Sociedade Redutora ao entregar a cabeça do *Redutor Principal* numa caixa aos pés de Wrath.

E também revelara a localização do buraco que os assassinos usavam como QG.

Motivo pelo qual todos estavam ali agora, com as bolas enfiadas nas moitas altas, à espera que a contagem regressiva cronometrada por V. chegasse a zero.

Aquele ataque não era nenhuma abordagem impulsiva sobre o inimigo. Após algumas noites – e dias, graças a Lassiter, também conhecido como

* Nobu é o nome de um famoso restaurante japonês. (N. T.)

babaca alfa, que realizara o reconhecimento da área durante as horas do dia –, o ataque fora devidamente coordenado, encenado e preparado para a execução. Todos os guerreiros estavam ali: Z. e Phury, Butch e V., Tohr e John Matthew, Qhuinn e Blay, assim como Assail e seus dois primos, Presa Um e Presa Dois.

Pois quem se importava com seus nomes contanto que aparecessem armados e com munição suficiente?

A equipe médica da Irmandade também estava a postos na região, com Manny em sua unidade móvel a um quilômetro e meio dali e Jane e Ehlena numa das vans num raio de três quilômetros de distância.

Rhage consultou o relógio. Mais seis minutos para o ataque.

Quando o olho esquerdo começou a tremer como a perna, ele imprecou. Como é que conseguiria manter sua posição por tanto tempo assim, porra?

Expondo as presas, exalou pelo nariz, expelindo jatos gêmeos de vapor condensado muito parecidos com os de um touro prestes a atacar.

Cristo, não se lembrava da última vez em que se sentira tão agitado. E não desejava pensar no motivo para isso. Na verdade, vinha evitando pensar nos porquês há quanto tempo mesmo?

Bem, desde que ele e Mary chegaram àquele ponto estranho e difícil e ele começara a sentir…

– Rhage.

Seu nome foi sussurrado tão baixinho que ele virou para trás, sem ter certeza se fora ou não seu subconsciente que resolvera começar a falar com ele. Nada disso. Era Vishous – e por causa da expressão do irmão, Rhage preferia muito mais estar sofrendo um episódio de dupla personalidade. Aqueles olhos de diamante brilhavam com uma luz sinistra. E as tatuagens ao redor da têmpora não estavam ajudando em nada.

O cavanhaque estava indefinido – a menos que o julgamento fosse quanto ao estilo. Nesse caso, o puto era uma caricatura de proporções Rogaine.*

Rhage sacudiu a cabeça.

– Você não deveria estar se posicionando…

* Rogaine (minoxidil) é um vasodilatador originalmente usado como remédio oral para tratar a pressão alta. Porém, foi descoberto um efeito colateral interessante: o crescimento de cabelo em pessoas com calvície reversível. (N. T.)

– Eu vi esta noite.

Ah, infernos, isso não, Rhage pensou. *Não, você não vai fazer isso comigo agora, meu irmão.*

Virando-se, murmurou:

– Poupe-me do seu Vincent Price, ok? Ou você está tentando imitar aquele cara que narra os *trailers* dos filmes?

– Rhage.

– Porque você tem futuro nisso. "Num mundo... onde as pessoas precisam... calar a boca e fazer seu trabalho..."

– *Rhage.*

Quando ele não voltou a olhar para trás, V. deu a volta e o encarou, com os malditos olhos pálidos, duas explosões nucleares que expeliam nuvens de cogumelo para frente e para trás.

– Quero que você vá para casa. *Agora.*

Rhage abriu a boca. Fechou-a. Abriu-a de novo... E teve que se lembrar de manter a voz baixa.

– Olha só, não é uma boa hora para você vir com as suas merdas psíquicas...

O Irmão agarrou o braço dele e o apertou firme.

– *Vá para casa. Não* estou brincando.

Um terror frio percorreu as veias de Rhage, fazendo despencar sua temperatura corporal, e mesmo assim ele só sacudiu a cabeça de novo.

– Me deixa, Vishous. *Sério.*

Ele não estava nem um pouco interessado em testar um pouco mais da magia da Virgem Escriba. Ele não...

– *Você vai morrer hoje à noite, porra.*

Quando o coração de Rhage parou, ele apenas encarou o rosto que conhecia há tantos anos, percorrendo o olhar por aquelas tatuagens, pelos lábios contraídos e pelas sobrancelhas negras unidas numa linha reta... e a inteligência radiante expressa através de um filtro de sarcasmo afiado como a katana de um samurai.

– Sua mãe me deu a palavra dela – Rhage disse. Espere, ele estava mesmo falando sobre bater as botas? – Ela prometeu que, quando eu morresse, Mary poderia ir comigo ao Fade. Sua mãe disse...

– Foda-se a minha mãe. *Vá para casa.*

Rhage desviou o olhar, porque era isso que tinha que fazer. Era isso ou deixar a cabeça explodir.

– Não vou abandonar os irmãos. Isso não vai acontecer. Por algum motivo, você pode estar errado.

Ah, tá, e quando foi a última vez que isso aconteceu mesmo? No século XVI? Ou XVII?

Nunca?

Rhage falou para V.:

– Também não vou fugir por medo do Fade. Se eu começar a pensar assim, de que adianta ter uma arma na mão? – Levantou a palma diante do cavanhaque para que o irmão não o interrompesse. – E o terceiro motivo? Se eu não lutar hoje à noite, não vou conseguir passar o dia trancado na mansão, não sem que meu amigo roxo apareça para o café da manhã, para o almoço e para o jantar. Está me entendendo?

Bem, também havia um quarto motivo. E esse quarto motivo era... era ruim, tão ruim que ele não se permitiu pensar nele mais do que a fração de segundo necessária para que tal merda lhe surgisse à mente.

– Rhage...

– Nada vai acabar comigo. Vou cuidar disso...

– Não, você não vai! – V. sibilou.

– Ok, tudo bem – Rhage ralhou ao mesmo tempo em que o quadril se movia à frente. – E daí se eu morrer? Sua mãe deu a Mary um último favor. Se eu for para o Fade, ela vai me encontrar lá. Não tenho que me preocupar em ficar separado dela. Ficaremos perfeitamente bem. Quem é que vai dar a mínima se eu bater as botas?

V. também se inclinou na direção dele.

– Acha mesmo que os Irmãos vão pouco se foder? Mesmo? Muito obrigado, babaca.

Rhage consultou o relógio. Dois minutos ainda.

Era o mesmo que dois mil anos.

– E você confia na minha mãe – V. escarneceu – com algo tão importante assim. Nunca o considerei tão ingênuo.

– Ela conseguiu me dar um maldito alter ego de T-Rex! Isso merece um pouco de credibilidade.

De repente, alguns assobios soaram ao redor deles na escuridão. Se não soubessem o que se passava ali, até poderiam pensar que se tratava de um punhado de corujas no elenco de um musical.

Maldição, os dois estavam gritando.

– Não importa, V. – ele sussurrou. – Já que você é tão esperto, cuide da sua própria vida.

Seu último pensamento consciente, antes que a mente sintonizasse *A Escolha Perfeita* e nada mais fosse registrado a não ser agressão, foi Mary.

Visualizou a última vez em que estiveram sozinhos.

Era um ritual antes que ele fosse ao encontro do inimigo, um talismã mental que ele esfregava para ter sorte. Hoje à noite, era ela em frente à cômoda alta em que eles mantinham os relógios e as chaves, as joias dela e os pirulitos dele, os celulares de ambos.

Ela estava na ponta dos pés, num ângulo acima do tampo, tentando colocar os brincos de pérolas, sem conseguir encontrar o furo. Com a cabeça inclinada de lado, os cabelos castanhos caídos pelos ombros fazendo-o querer enfiar o rosto nas ondas perfumadas por xampu. E isso não foi nem a metade do que o impressionou. O perfil do maxilar estava ressaltado pela luz do candelabro na parede, a blusa de seda creme sobre os seios enfiada na cintura fina, e as calças descendo até os sapatos baixos. Nenhuma maquiagem. Nenhum perfume.

Mas isso seria o mesmo que retocar a Mona Lisa ou acertar um roseiral com um jato de Febreze.

Havia mil maneiras de detalhar a beleza física de sua companheira, e nem uma única frase, tampouco um livro inteiro, chegariam perto de descrever sua presença.

Ela era o relógio em seu pulso, o rosbife quando ele estava faminto, e um jarro de limonada quando estava sedento. Ela era sua capela e seu coro, a cadeia de montanhas para o seu desejo de correr o mundo, a biblioteca para satisfazer sua curiosidade, cada nascer e pôr do sol que existiu e que existiria. Com apenas um olhar, ou uma mera sílaba de uma palavra, ela tinha o poder de transformar seu humor, fazendo-o voar mesmo com os pés plantados no chão. Com um único toque, ela acorrentava seu dragão interior, ou fazia-o gozar antes mesmo de ficar excitado. Ela era todo o poder do Universo aglutinado num ser vivo, pulsante, o milagre que ele recebera apesar de não ser merecedor de nada além da sua maldição.

Mary Madonna Luce era a virgem que Vishous lhe dissera que viria para ele; e era mais do que suficiente para torná-lo um vampiro temente a Deus.

E, dito isso...

Rhage disparou sem esperar pelo sinal de partida da sua equipe. Correndo pelo campo, ergueu as duas armas à frente de si, com combustível de primeira impulsionando os músculos de suas pernas. E, não, ele não ouviu as imprecações precisas de frustração ao sair de seu esconderijo e começar o ataque cedo demais.

Estava acostumado aos rapazes irritados com ele.

E era muito mais difícil lidar com seus demônios do que com seus irmãos.

LUGAR SEGURO, ESCRITÓRIO DE MARY

Enquanto desligava o telefone, Mary Madonna Luce manteve a mão no aparelho. Como muitos dos equipamentos e mobiliário do Lugar Seguro, o aparelho devia ter mais de uma década de uso, uma sobra de um *upgrade* de equipamentos da AT&T de alguma seguradora ou imobiliária. O mesmo valia para a escrivaninha. A cadeira. Até mesmo para o tapete debaixo dos seus pés. Como único abrigo para as fêmeas da raça de vampiros que sofriam violência doméstica e para seus filhos, cada centavo que vinha dos cofres generosos do Rei era gasto no apoio, tratamento e reabilitação dessas fêmeas.

As vítimas podiam ficar ali, na casa ampla e segura, sem ter que pagar nada e pelo tempo que precisassem.

As despesas com pessoal, evidentemente, eram as maiores... E com notícias como as que acabara de receber pelo velho telefone, Mary estava mais do que grata pelas prioridades estabelecidas por Marissa.

– Vá se foder, morte – sussurrou. – Vá se foder muito, muito mesmo.

O rangido que a cadeira emitiu quando ela se recostou a fez se retrair, apesar de ela estar acostumada à reclamação.

Levantando o olhar para o teto, sentiu uma necessidade premente de fazer alguma coisa, mas a regra número um dos terapeutas é que você tem que controlar as próprias emoções. Despreparo e fúria não faziam bem algum ao paciente, e contaminar uma situação já repleta de estresse com drama provocado pelo profissional era simplesmente inaceitável.

Se houvesse tempo, ela teria procurado alguma das outras assistentes sociais para se recompor, para se reordenar. No entanto, por causa do que estava acontecendo, ela só podia dispor de um minuto da respiração profunda patenteada pelo Rhage.

Não, não a do tipo sexual.

A de uma variedade de ioga na qual ele inflava os pulmões em três inspirações separadas, prendendo o oxigênio, e depois o soltava junto à tensão muscular.

Ou na tentativa de relaxar a tensão.

Ok, aquilo não estava adiantando nada.

Mary se levantou e teve que se contentar com um estágio "quase lá" no quesito compostura: primeiro, arrumou a blusa e ajeitou, com os dedos, o cabelo que vinha deixando crescer; segundo, congelou a expressão como se fosse uma máscara de Halloween, estampando algo semelhante a preocupação, afeto, sem se aterrorizar com seu trauma passado.

Quando entrou no corredor do segundo andar, o aroma de chocolate derretido e açúcar, farinha e manteiga sendo assados anunciou que a Noite dos Cookies estava a todo vapor – e, por um instante insano, sentiu vontade de abrir todas as janelas para deixar o ar frio de outubro apagar todos os cheiros daquela casa.

O contraste de todo aquele conforto de um lar e do martelo que ela estava prestes a deixar cair parecia-lhe, no mínimo, um desrespeito, mais uma parte da tragédia em sua pior faceta.

As instalações do Lugar Seguro começaram apenas com o teto de uma casa de três andares da virada do século XX, que tinha toda a graça e distinção de uma embalagem de pão. Mas o que tinha de importante eram quartos e banheiros em abundância, uma cozinha adequada e privacidade suficiente, de modo que o mundo humano jamais saberia que os vampiros a usavam em meio a eles. Mas depois veio a expansão. Depois que Wellsie de Tohr morreu e deu um presente para a instituição em nome dela, o Anexo Wellesandra fora construído por um carpinteiro vampiro na parte dos fundos. Agora, elas dispunham de uma sala comunal, uma segunda cozinha grande o bastante para que todas pudessem comer juntas e outras quatro suítes para abrigar mais fêmeas com seus filhos.

Marissa dirigia a instituição com um coração cheio de compaixão e uma capacidade logística fantástica, e com sete conselheiras, incluindo Mary, elas realizavam um trabalho necessário e importante.

Um trabalho que, sim, às vezes partia seu coração ao meio.

A porta do porão não produziu nenhum som quando Mary a abriu, porque ela lubrificara as dobradiças algumas noites atrás. As escadas, no entanto, tagarelaram o caminho todo em sua subida, as antigas tábuas de madeira saltando e rangendo mesmo quando ela tomava cuidado para não pisar com força.

Foi impossível não se sentir como uma espécie de Dona Morte.

No andar de cima, a luz amarelada das luminárias antigas de latão no teto ressaltava os tons avermelhados dos lambris centenários, sem pintura, e da passadeira trançada que cobria o corredor estreito. Na ponta oposta havia uma claraboia oval, e a iluminação alaranjada das luzes de segurança externa se infiltrava em quadrantes formados pelos painéis.

Das seis suítes, cinco portas estavam abertas.

Ela se aproximou da que estava fechada e bateu. Quando ouviu uma resposta suave, abriu a porta e se inclinou para dentro.

A garotinha, sentada numa das camas de solteiro, desembaraçava os cabelos de uma boneca com uma escova na qual faltavam cerdas. Os cabelos castanhos compridos estavam presos num rabo de cavalo, e o vestido folgado era feito à mão com um tecido azul velho, mas com as costuras ainda no lugar. Os sapatos estavam gastos, mas limpos.

Ela parecia muito pequena, num quarto que não era muito grande.

Abandonada, mas não por escolha.

– Bitty? – Mary a chamou.

Demorou um instante até que os olhos castanhos claros se erguessem.

– Ela não está bem, não é mesmo?

Mary engoliu com força.

– Não, minha querida. A sua *mahmen* não está bem.

– Está na hora de eu me despedir dela?

Depois de um momento, Mary sussurrou:

– Sim, temo que sim.

CAPÍTULO 2

– Você só pode estar de brincadeira!

Enquanto o corpo imenso e o cérebro do tamanho de uma ervilha de Hollywood disparavam do esconderijo, partindo na direção dos dormitórios, Vishous sentiu vontade de ir atrás do irmão só para socá-lo até o desmaiar. Mas nããããooo.

Não era possível apanhar uma bala no ar depois que o gatilho era apertado.

Mesmo que você estivesse tentando salvar o pedaço de chumbo idiota do seu túmulo.

V. assobiou na noite, mas o restante dos guerreiros já tinha avistado o traseiro do bastardo disparando a toda velocidade.

Os membros da Irmandade e os outros machos explodiram de trás de seus esconderijos em árvores e prédios externos, posicionando-se em formação de asa atrás de Rhage, com armas e adagas a postos. Gritos dos inimigos anunciaram que o ataque fora percebido quase de imediato, e todos estavam apenas na metade do caminho quando *redutores* começaram a jorrar para fora das portas, como vespas saindo de vespeiros.

Um enxame de quantos putos? Tiros ocos soaram enquanto Rhage descarregava as pistolas por toda parte, atingindo assassinos no rosto, com suas balas de grosso calibre explodindo os crânios por trás e derrubando os mortos-vivos numa confusão de braços e pernas. Foi uma maravilha, mas não poderia durar muito, visto que os assassinos procuraram se posicionar por trás dele, criando uma segunda linha de frente contra o restante dos irmãos.

Muito obrigado, senhor Disparo Prematuro, seu projeto independente de soltura antecipada acabou com o plano em que trabalharam durante noites.

O caos absoluto se instaurou, ainda que fosse o esperado, ao contrário do ímpeto de Rhage: do mesmo modo que podemos confiar que qualquer combate mano a mano vai acabar no chão, os ataques mais bem planejados, depois de um tempo, acabam na terra dos "mas que porra" e "maldição". Com um pouco de sorte, o inevitável demoraria um pouco, e seus inimigos já teriam sofrido baixas consideráveis.

Não com Hollywood por perto.

Ah, e P.S.: Quando alguém conta que você vai morrer naquela noite, que tal não mergulhar de cabeça na direção dos inimigos que estão em número superior ao seu? Filho da puta do caralho.

– Eu estava tentando te salvar! – V. exclamou no meio da luta. Só porque agora ele podia, já que o disfarce fora comprometido.

Rhage era esquentado pra cacete. E, sabendo disso, V. deveria ter confrontado o idiota ainda na mansão, mas estivera distraído demais com seus problemas para dar atenção à visão. Foi só quando chegaram ao *campus* abandonado que ele piscou algumas vezes... e percebeu. Sim, era naquele momento que aconteceria com Rhage. Naquela noite. Naquele campo de batalha.

Ficar calado a respeito equivaleria a meter ele mesmo uma bala na cabeça do cara.

Claro, dizer algo a respeito dera super certo.

– Vá se foder, Hollywood! – ele berrou. – Estou atrás de você!

Porque ele arrancaria aquele filho da puta do campo de batalha mesmo que fosse sua última ação.

V. não atirou até chegar a um raio de três metros do seu primeiro alvo – era isso ou arriscar-se a atingir um dos seus irmãos ou um dos seus soldados. O *redutor* que era seu alvo tinha cabelos escuros, olhos escuros e o tipo de agressividade de um urso pardo: imenso e com uma metralhadora de cuspe. Uma bala no olho direito e o bastardo ficou igual a um pedaço de grama no chão.

Nada de esfaquear a coisa para mandá-la de volta a Ômega. Vishous saltou por sobre o pedaço de carne ainda móvel, mas incapaz de se levantar, e disparou para o alvo seguinte. Ao identificar um assassino loiro uns cinco metros à esquerda, usou rapidamente sua visão periférica para garantir que não havia nenhum Irmão por perto. Em seguida, usando o dedo enluvado para apertar o gatilho, alvejou o cara, que se parecia com Rod Stewart nos anos 1980.

Partindo para o número três até o infinito, V. alvejou tudo o que era seguro para atingir, certificando-se de não matar nem incapacitar fogo amigo enquanto permanecia em combate. Uns cento e trinta metros de videogame mais tarde, ele alcançara tanto um refúgio como um perigo: o primeiro dos dormitórios que eles haviam planejado atacar. A maldita coisa era uma concha vazia cheia de buracos perfeitos para esconderijo que somente um tolo deduziria estarem desocupados, e ele monitorou a retaguarda ao rastejar no chão, ao lado da construção de tijolos, abaixando-se sob as janelas e saltando sobre moitas baixas.

O fedor de carne podre misturado com o algodão-doce dos *redutores* vazando por todas as partes rodopiava no ar gélido, misturando-se numa salada de guerra com os ecos dos tiros e dos gritos do inimigo. A raiva em seu íntimo o impulsionou a ir em frente e o manteve concentrado, ao mesmo tempo em que ele tentava abater alvos sem ser ferido.

Assim que se aproximasse de Rhage, diria uns bons desaforos à rainha da beleza.

Desde que o destino não colocasse uma mortalha no FDP antes.

A boa nova? Com o sumiço do *Redutor Principal*, a reação da Sociedade Redutora não era mais coordenada do que o ataque da Irmandade fora, e o fato de o inimigo estar mal armado e pateticamente treinado era outro aspecto positivo. A proporção de assassinos por combatente devia ser de cinco para um, e de um para dez no quesito lutadores competentes. E levando em conta os números, aquilo bem que podia salvar seus traseiros.

Esquerda, *bang!* Direita, *bang!* Abaixando. Caindo e rolando. Saltando e correndo em frente. Por cima de dois assassinos abatidos – muito obrigado, Assail, seu louco filho da mãe – *bang!* Bem diante dele.

A mágica aconteceu cerca de cinco minutos e cinquenta mil anos desde o início do combate. Sem aviso, ele se separou de seu corpo, descascando-se de suas carnes que se esforçavam tanto e com tamanha acuidade, o espírito flanando acima da adrenalina que incendiava seus braços e pernas, sua essência testemunhando as saraivadas de tiros disparadas por ele e pressionando-o em frente a partir de uma posição à direita de seu próprio ombro.

Era a zona, algo que normalmente tomava conta dele mais ou menos quando começava a combater. Mas, com Rhage a irritá-lo, mexendo com a sua cabeça, aquela merda estava atrasada para a festa.

Somente pela sua perspectiva superior em relação ao combate foi que ele percebeu o Ardil-22.*

Às vezes, o intuitivo, o "mas que porra", o ir contra a maré era tão importante quanto todas as coisas que você espera ver num combate.

Como, por exemplo, três figuras correndo pela lateral da cena de batalha à procura de uma saída. Sim, claro que poderiam ser *redutores* que se mijaram nas calças e estavam desertando, a não ser por uma coisa: o sangue de Ômega em suas veias era um maldito GPS, e ter que contar ao seu amável chefe que você arriou as calças num combate como aquele por certo lhe garantiria um tipo de tortura que faz o inferno parecer um passeio no parque.

Maldição, não poderia deixá-los escapar. Não quando poderiam acabar ligando para a polícia e jogar mais merda naquela situação já tão fodida.

Supondo que ainda não o tivessem feito.

Imprecando, Vishous partiu atrás dos três independentes, desmaterializando-se em frente ao local para onde o trio parecia estar se direcionando. Ao retormar sua forma, soube que eram malditos humanos antes mesmo de ver que o da retaguarda corria de costas com o que, sem dúvida, devia ser uma maldito aparelho da Apple, uma gravação do que estava acontecendo.

Ele iOdiava pra caralho tudo com a maldita marca registrada da Macintosh.

V. saltou no caminho do cara, mas claro que J. J. Abrams não notou porque, olá, ele estava ocupado demais filmando.

Vishous esticou o coturno e o humano foi lançado pela ação da gravidade, o celular voando pelos ares até V. o pegar e o enfiar no bolso da jaqueta de couro.

---

* *Ardil-22* é um romance satírico-histórico do autor norte-americano Joseph Heller, publicado originalmente em 1961. Devido ao seu uso específico no livro, a frase *Ardil-22* passou a ter um significado idiomático para uma situação sem saída, uma armadilha. No livro, *Ardil-22* é uma lei militar, a lógica autocontraditória circular que, por exemplo, previne que alguém tente fugir das missões de combate. (N. T.)

O movimento seguinte foi o de pisar no esterno do cara e apontar uma arma no rosto dele. Ao observar todos os "puta merda" e a gagueira que se desenrolava logo ali embaixo, V. precisou de todo seu autocontrole para não cortar a garganta do cara e depois dar uma de Jason do *Sexta-feira 13* para cima da dupla que ainda fugia correndo. Já estava farto dos humanos. Ele tinha um trabalho sério a fazer, mas nããäooo, mais uma vez tinha que limpar o traseiro desses ratos sem cauda só para que o restante não ficasse incomodado por vampiros andarem misturados a eles.

–N-n-n-ão m-m-me m-m-machuca – foi o choramingo suplicado, somado ao cheiro de urina enquanto o cara mijava nas calças.

– Você é *tão* patético.

Xingando novamente, V. fez uma varredura mental para saber se a polícia de Caldwell fora chamada – a resposta foi "não" – antes de limpar a memória do garoto à interrupção infernal de seu rolê canábico com os amigos.

– Você teve uma viagem ruim, cretino – V. murmurou. – Uma viagem muito ruim. Isto tudo é só um barato ruim. Agora vê se volta correndo pro papai e pra mamãe.

Como o belo brinquedinho pré-programado que se tornara, o garoto ficou de pé nos seus tênis All Star e disparou atrás dos amigos, com uma expressão de confusão total no rosto.

Vishous deu outro salto à frente e interceptou Frick e Frack*. E, que surpresa, a mera presença de Vishous, materializando-se em pleno ar bastou para que entrassem em pânico – a dupla freou como se fossem cães detidos subitamente por correntes presas às coleiras, voltando para trás sobre seus sapatos e rodopiando suas parcas Buffalo Bills combinando.

– Vocês, ratos sem cauda, estão sempre no lugar errado, na hora errada.

Hipnotizando-os, revistou-lhes tanto os bolsos quanto as mentes ao mesmo tempo; depois os mandou seguir seus caminhos de novo, rezando para que um ou o outro tivesse algum problema cardíaco não diagnosticado que se revelasse sob estresse e o matasse na hora.

Em retrospecto, V. era um tremendo filho da puta, então o que mais esperar?

* Gíria em inglês para se referir a duas pessoas tão parecidas que podem ser indistinguíveis. Pode ser também uma ofensa dirigida a duas pessoas. (N. T.)

Não havia tempo a perder. Retornou para tentar alcançar Rhage, sacando suas armas quarenta milímetros e procurando a rota mais eficiente até o filho da puta. Claro que materializar-se no meio do campo não era a coisa certa a fazer, mas, merda, havia armas apontando para todas as direções da bússola. Pelo menos a cobertura necessária se fez de imediato, primeiro numa série de bordos e depois na forma de uma construção que só podia ser mais um dormitório.

Batendo as costas nos tijolos duros e frios, os ouvidos se afastaram da respiração rápida dos seus pulmões. Os disparos mais intensos vinham da esquerda, numa posição mais avançada que a sua. Rapidamente se desfez dos dois pentes de munição, ainda que restassem três tiros em um e dois em outro. Completamente reabastecido, correu na direção do canto mais distante do prédio e espiou...

O assassino se lançou sobre a última janela sob a qual V. se abaixara, e sem o ruído do caixilho ele teria sido perfurado. O instinto, mais do que o treinamento, fez com que seu braço virasse antes de ele sequer estar consciente do movimento, e o indicador direito atirou uma bala bem no rosto do filho da puta, nuvens de sangue preto explodindo pela parte posterior do crânio como se potes de tinta tivessem sido lançados de uma grande altura.

Infelizmente, uma contração involuntária da mão do assassino em sabe-se lá qual tipo de arma automática fez com que uma saraivada de balas voasse, e a queimação na parte direita do quadril significou que ele fora atingido pelo menos uma vez. Mas, melhor ali do que em qualquer outra parte...

Um segundo assassino virou a esquina, e V. o acertou no pescoço com a arma da mão esquerda. Esse parecia estar desarmado, já que não deu para perceber nada caindo na grama, enquanto ele agarrava o próprio pescoço, para tentar impedir o jorro do buraco.

Não havia tempo de tomar quaisquer armas que os dois pudessem estar carregando – nem de esfaqueá-los de volta a Ômega.

Logo adiante, Rhage estava em apuros.

No coração do campus, no que poderia ser uma praça em meio a um círculo de construções muitos metros afastadas umas das outras, Rhage estava no centro das atenções de um grupinho de pelo menos vinte assassinos se aproximando.

– Jesus Cristo – V. murmurou.

Sem tempo para uma estratégia. Puxa. E ninguém mais estava indo na direção de Hollywood. Os outros irmãos e lutadores estavam todos ocupados, o ataque tendo se dissipado em meia dúzia de brigas realizadas em diferentes quadrantes.

Não havia ninguém disponível para uma situação que demandaria de três a quatro homens.

Havia apenas um, que tinha um ferimento na coxa e uma irritação do tamanho do Canadá.

Maldição, ele estava acostumado a sempre estar certo, mas às vezes isso era um porre.

Vishous avançou e se concentrou num dos lados da contenda, atacando assassinos enquanto tentava dar ao irmão uma rota de fuga viável. Mas Rhage… Maldito Rhage.

Ele estava completamente envolvido. Mesmo com os números resultando apenas num caixão naquela equação, o bastardo idiota era uma verdadeira beleza ao girar, descarregando a pistola ao estilo primeiro a chegar, primeiro a ser servido, recarregando a automática sem perder tempo, criando um círculo de mortos-vivos se contorcendo como se fosse o olho de um furacão.

A única coisa sobre a qual não tinha controle? Seu lindo rosto de capa de livros de história estava contorcido numa carranca, a ira letal dentro dele nem um pouco aplacada. E isso seria quase aceitável.

Se não fosse pelo fato de que ele, supostamente, era um profissional.

Aquele tipo de emoção assassina era a derrocada dos amadores, o tipo de coisa que o cega em vez de concentrar, enfraquecendo-o em vez de torná-lo invencível.

Vishous trabalhava o mais rápido que podia, atingindo peitos, entranhas, cabeças até que o fedor saturasse o ar mesmo com o vento soprando para a direção oposta. Mas ele tinha que se desviar da mira rotatória contínua de Rhage, porque não tinha confiança nenhuma de que o irmão saberia distinguir os alvos.

E esse era o maldito problema quando você está tão metido numa batalha.

Então, acabou.

Mais ou menos.

Mesmo depois que aqueles vinte ou vinte e cinco redutores estavam caídos no chão, Rhage ainda girava e atirava, em um carrossel mortífero sem cavaleiros restantes e com cavalos-demônio estúpidos demais para encontrar seu próprio botão de desligar..

– Rhage! – V. relanceou ao redor ainda com as armas erguidas, mas parando de atirar. – Seu maldito idiota! Pare!

Bang! Bang! Bang-bang!

O cano de Hollywood continuou cuspindo flashes de luz mesmo sem haver mais no que atirar – a não ser pelos lutadores ao longe que estavam fora do alcance no momento.

Mas não havia garantias de que isso continuaria assim.

Vishous se aproximou mais, pisando sobre os cadáveres animados no chão, mantendo-se às costas de Rhage enquanto os rodopios prosseguiam.

– Rhage!

A tentação de atirar no traseiro do cara era grande, a mão direita se nivelando com a bunda dele. Mas isso era apenas uma fantasia. Dar uma injeção de chumbo em Hollywood só atiçaria a besta, sendo que ele mesmo estaria ao alcance para se transformar num petisco.

– Rhage!

Algo deve ter sido captado pelo irmão, porque o ataque de tiros desacelerou... e depois cessou, deixando Rhage num estado neutro arquejante.

Estavam em um campo tão aberto que era como se os dois tivessem flechas de neon sobre as cabeças.

– Você vai sair daqui – V. exclamou. – Tá de brincadeira comigo com essa merda...

Foi então que aconteceu.

Num segundo, ele se movimentou para ficar diante do irmão e, no seguinte, viu, pelo canto do olho, um dos *redutores* não morto o bastante levantar um braço vacilante... com uma pistola presa na extremidade. Quando a bala saiu do cano, o cérebro de V. calculou uma triangulação com a mesma velocidade com que a lesma de chumbo voava.

Ela estava indo na direção do peito de Rhage.

Bem no meio do peito de Rhage, porque, convenhamos, aquele era o alvo mais largo do lado externo de todas as malditas portas dos dormitórios no *campus*.

– Não! – V. gritou ao saltar na trajetória.

Claro, porque ele morrer no lugar do outro seria um resultado muito melhor. Não havia como vencerem naquela situação.

Nenhuma dor enquanto ele estava no ar, nenhum som ressonante de uma bala na sua lateral, no seu quadril, na sua coxa.

Porque a maldita coisa já chegara ao seu alvo.

Rhage expeliu um grunhido e os dois braços foram alçados para cima, a compressão automática nos gatilhos nas duas mãos esvaziando as câmaras. *Bang, bang, bang, bang!* Para o alto, para o céu, como se Rhage estivesse praguejando de dor.

Em seguida, o irmão caiu.

Diferentemente do que acontecia com os meninos de Ômega, um tiro certeiro como esse derrubaria qualquer vampiro, mesmo um membro da Irmandade. Ninguém sairia ileso de algo assim, ninguém.

Enquanto gritava de novo, V. se abaixava no chão e descarregava uma das armas, acabando com o assassino com chumbo o bastante para transformar o puto num caixa forte de banco.

Com a ameaça neutralizada, arrastou-se até o irmão, como um caranguejo, apoiado nas armas e nas pontas dos coturnos. Para um macho que nunca sentia medo, ele se viu encarando o buraco aberto com puro terror.

– Rhage! – exclamou. – Jesus Cristo, porra… Rhage!

CAPÍTULO 3

A nova clínica de Havers estava localizada do lado oposto do rio, no meio de uma área florestal de um quilômetro e meio, quase desabitada, a não ser por uma casa de fazenda antiga e três ou quatro quiosques recém-construídos como entrada para as instalações subterrâneas. Enquanto dirigia pelos últimos vinte minutos do trajeto em seu Volvo XC70, Mary espiava Bitty constantemente. A menina estava sentada no banco de trás da perua, olhando para a escuridão na janela ao seu lado como se a coisa fosse uma televisão e o programa estivesse cativante.

Toda vez que Mary voltava a atenção para a estrada à frente, apertava mais as mãos no volante. E afundava o pé no acelerador.

– Estamos quase chegando – ela disse. De novo.

A declaração que deveria ser apaziguadora não significava nada para Bitty, e Mary sabia que só estava tentando acalmar a si mesma. A ideia de que talvez não chegasse a tempo ao leito era um fardo hipotético que ela não conseguia deixar de experimentar para ver se cabia – ah, caramba, e aquele corpete fazia com que ela se sentisse incapaz de respirar.

– Aqui está a saída.

Mary acionou a seta e virou à direita numa pista única que era desnivelada, exatamente o que o seu estado interno desequilibrado não precisava.

Mas, pensando bem, ela poderia estar numa autoestrada muito bem pavimentada e seu coração ainda estaria dançando a conga dentro do peito.

A única instalação de saúde da raça dos vampiros fora montada para evitar tanto as atenções dos humanos como impedir os efeitos nocivos dos raios solares, e quando você acompanhava alguém ou buscava tratamento para si mesmo, era direcionado para uma das entradas. Quando a enfermeira telefonara para lhe contar a infeliz notícia, Mary recebera instruções para ir diretamente à casa de fazenda e estacionar lá, e assim o fez, estacionando entre uma picape nova e um velho sedan da Nissan.

– Pronta? – perguntou pelo retrovisor ao desligar o motor.

Quando não houve resposta, ela saiu e deu a volta até a porta de Bitty. A menina parecia surpresa em ver que haviam chegado, e mãozinhas pequenas brigaram com o cinto de segurança.

– Precisa de ajuda?

– Não, obrigada.

Bitty estava evidentemente determinada a sair sozinha do carro, mesmo se isso demorasse um pouco mais do que se fosse feito de outro modo. E o retardo talvez fosse intencional. O "seguinte" após aquela morte era quase terrível demais para ser considerado. Nenhuma família. Nenhum dinheiro. Nenhuma educação.

Mary apontou para um celeiro atrás da casa.

– Vamos para lá.

Cinco minutos depois, passaram por alguns pontos de verificação e desceram pelo elevador, chegando a uma recepção muito bem iluminada e a uma área de espera cujo cheiro era exatamente igual ao dos hospitais humanos: limão artificial, perfume insípido e um leve odor do jantar de alguém.

Pavlov tinha razão, Mary pensou ao se aproximar da recepção. Só o que foi preciso foi uma combinação de antisséptico e de ar estagnada em seu nariz e ela recuou no tempo para seu leito hospitalar, com tubos saindo e entrando em seu corpo, as drogas tentando matar o câncer em seu sangue, fazendo com que se sentisse, no melhor dos casos, com uma gripe, e no pior, como se fosse morrer ali mesmo, naquele instante.

Tempos divertidos.

Enquanto a loira uniformizada atrás do computador levantava o olhar, Mary disse:

– Olá, sou…

– Siga por ali – a moça disse com urgência. – Através das portas duplas. Eu destravo daqui. A enfermagem estará logo à frente. Eles a conduzirão imediatamente.

Mary não esperou nem para agradecer. Segurando a mão de Bitty, apressou-se pelo pavimento lustroso e passou pelas portas de metal assim que ouviu o som da trava sendo liberada.

Do lado oposto das cadeiras confortáveis e das revistas bem manuseadas da sala de espera, tudo era muito clínico, pessoas com aventais e os tradicionais uniformes brancos das enfermeiras andando com bandejas, laptops e estetoscópios.

– Por aqui – alguém a chamou.

A enfermeira tinha cabelos curtos negros, olhos azuis combinando com o uniforme e um rosto como o de Paloma Picasso.

– Eu a levarei até ela.

Mary se postou atrás de Bitty, conduzindo-a agora pelos ombros conforme avançavam por um corredor e depois por outro até chegarem à parte da UTI: quartos normais de hospital não tinham paredes de vidro com cortinas pelo lado de dentro. Não tinham aquela quantidade de funcionários por perto. Não tinham painéis com luzes piscantes com sinais vitais atrás do balcão da enfermagem.

Quando a enfermeira parou e abriu um dos painéis, os bipes sonoros dos equipamentos médicos eram urgentes, toda espécie de bipes e cliques frenéticos sugeriam que os computadores estavam preocupados com o que quer que estivesse acontecendo com o paciente deles.

A fêmea manteve a cortina afastada.

– Podem entrar.

Quando Bitty hesitou, Mary se inclinou para baixo.

– Não vou te deixar sozinha.

E, de novo, isso era algo que Mary dizia para si mesma. A menina não parecera se importar com qual funcionária do Lugar Seguro estava ou não perto dela.

Quando Bitty continuou onde estava, Mary levantou o olhar. Havia duas enfermeiras verificando os sinais vitais de Annalye, uma de cada lado da cama, e Havers também estava ali, injetando algum tipo de droga no acesso venoso que entrava no braço surpreendentemente magro.

Por uma fração de segundo, o retrato a atingiu com força. A figura na cama tinha cabelos escuros que afinaram e a pele pálida, os olhos estavam fechados e a boca estava entreaberta – e durante aquele instante infinito em que olhou para a fêmea moribunda, Mary não conseguia decidir se estava vendo a própria mãe ou a si mesma em contraste com aquela fronha branca reluzente.

Não consigo fazer isto, pensou.

– Venha, Bitty – disse, rouca. – Vamos segurar a mão dela. Ela vai querer saber que você está aqui.

Enquanto Mary conduzia a menina para dentro do quarto, Havers e a sua equipe desapareceram mais ao fundo, retirando-se sem dizer nada, como se soubessem muito bem que não havia mais nada que pudessem fazer para impedir o inevitável – portanto, a chance de Bitty se despedir era um caminho decisivo.

Ao lado da cama, Mary manteve a palma sobre o ombro da menina.

– Está tudo bem, você pode tocar nela. Venha cá.

Mary se inclinou para a frente e segurou a mão macia e fria na sua.

– Olá, Annalye. Bitty veio vê-la.

Relanceando para a menina, ela assentiu um encorajamento... E Bitty franziu o cenho.

– Ela já está morta? – a menina sussurrou.

Mary piscou com força.

– Ah, não, meu bem. Ela não morreu. E pode ouvir você.

– Como?

– Ela simplesmente consegue. Converse com ela. Sei que ela vai querer ouvir sua voz.

– *Mahmen*? – Bitty a chamou.

– Segure a mão dela. Está tudo bem.

Conforme Mary recuava, Bitty se esticou para a frente... E quando o contato foi feito, a garota franziu o cenho de novo.

– *Mahmen*?

De uma vez só, todos os alarmes dispararam um novo pânico, os sons penetrantes interrompendo a frágil conexão entre mãe e filha, trazendo de volta a equipe médica para junto da cama.

– *Mahmen*! – Bitty a segurou com as duas mãos. – *Mahmen*! Não vá!

Mary foi forçada a puxar Bitty do caminho enquanto Havers começou a disparar ordens. A menina se debateu contra ela, mas depois se deixou ir enquanto gritava, com os braços esticados na direção da mãe, os cabelos emaranhados.

Mary segurou o corpinho rijo.

– Bitty, ai, meu Deus...

Havers subiu na cama e começou a fazer massagens cardíacas enquanto o carrinho com o desfibrilador se aproximava.

– Temos que sair – Mary disse, puxando Bitty em direção à porta. – Vamos esperar do lado de fora...

– Eu a matei! Eu a matei!

Quando Vishous freou junto a Rhage, caiu de joelhos e foi direto tatear a jaqueta de couro e a camisa do irmão, rasgando as camadas de tecido, expondo...

– Ah... *cacete.*

A bala entrara à direita a partir do centro, exatamente onde o coração de seis câmaras de um vampiro batia dentro da caixa torácica. E, enquanto Rhage arquejava e cuspia sangue, V. olhou ao redor em frenesi. Lutas por toda parte. Tempo... estavam ficando sem tempo...

Butch chegou correndo junto deles, a cabeça abaixada, o corpo bombeando em frente enquanto ele disparava alguns tiros de quarenta milímetros ao seu redor, fazendo com que os assassinos próximos a eles se jogassem no chão em posição fetal para não serem atingidos pelo chumbo. O ex-policial chegou à base primeiro com os pés, as armas ainda erguidas disparando, as pernas de buldogue e o tronco arrancando grama até ele parar.

– Temos que tirá-lo daqui – disse com aquele sotaque forte de Boston.

A boca de Rhage estava escancarada, e a inspiração que se seguiu foi tão barulhenta quanto uma caixa cheia de pedras chacoalhando.

Costumeiramente, o cérebro de V. era muito ágil, sua inteligência elevada era tanto uma característica pessoal como uma aptidão própria, definindo tudo em sua vida. Ele era o racional, o lógico, o filho da puta cínico que nunca estava errado.

Todavia, sua massa cinzenta se espatifou de súbito.

Os anos executando avaliações médicas e intervenções nos campos de batalha lhe disseram que seu irmão morreria em um ou dois minutos, desde que seu músculo cardíaco tivesse de fato sido rasgado ou perfurado, e uma ou mais câmaras estivessem despejando sangue na cavidade peitoral.

As duas possibilidades diminuiriam as funções cardíacas enquanto o peritônio se encheria de sangue e fatalmente comprometeria a pressão arterial.

Era o tipo de ferimento catastrófico que necessitava de uma intervenção cirúrgica imediata – e mesmo considerando que você tivesse toda a tecnologia e os equipamentos necessários numa clínica estéril, o sucesso não era garantido.

– V.! Temos que tirá-lo daqui…

Balas passaram raspando e os dois colaram no chão. E, num terrível cálculo mental, a unidade de processamento de V. chegou a uma conclusão insustentável: a vida de Rhage ou a deles.

Porra! Fui eu quem fez isto com ele, V. pensou.

Se não tivesse contado sobre a visão ao irmão, Rhage não teria disparado antes da hora e estaria mais controlado durante o combate…

Vishous ergueu os canos das armas e abateu três assassinos que se aproximavam, enquanto Butch se virava no chão e fazia o mesmo na direção oposta.

– Rhage, fique conosco – V. grunhiu ao despejar os pentes vazios e recarregar uma arma e depois a outra. – Rhage, você tem que… merda!

Mais tiros. E ele foi atingido no maldito braço.

Enquanto o próprio sangue fluía, ele ignorou, o cérebro voltando a funcionar à procura de uma solução que não resultasse em Rhage numa maldita pira funerária. Ele poderia chamar Jane, porque ela não tinha como morrer. Mas ela não teria como fazer uma cirurgia de peito aberto ali, pelo amor de Deus. E se…

O *flash* de luz foi tão brilhante, tão repentino, que ele se perguntou quem diabos estaria perdendo tempo esfaqueando um assassino de volta a Ômega…

A segunda explosão de luz fez com que ele virasse o pescoço e olhasse para Rhage. Ah… *merda*. Fachos gêmeos de luz saíam pelos globos oculares do irmão, formando raios laser paralelos no céu que poderiam chegar até a superfície lunar.

– Pooooorrrra!

Mudança total de planos. O maldito tema da noite.

V. se arrastou até Butch, tirando-o de cima de Rhage.

– Mexa-se!

– O que você está fazendo… Santa Maria, mãe de Deus!

Os dois se afastaram correndo agachados, as cabeças abaixadas, as pernas rasgando o terreno aberto enquanto eles saltavam sobre *redutores* que se contorciam e variavam o percurso a fim de se tornarem alvos mais difíceis. Quando chegaram ao prédio de salas de aula abandonado mais próximo, um passou na frente do outro pela esquina e foram se proteger, V. pela frente, Butch na retaguarda.

Com o peito arfante, Vishous se inclinou para espiar. No centro da clareira, a transformação estava torturando o corpo arruinado de Rhage, os braços e as pernas se contorcendo conforme o tronco se revirava, a fera emergindo da pele do macho, o grande dragão se libertando do DNA que era forçado a partilhar.

Se Rhage já não tivesse morrido, aquilo certamente o mataria.

E mesmo assim não havia como deter a transformação. A Virgem Escriba incrustara a maldição em cada uma das células de Rhage, e quando a coisa saía, o processo era como um trem que ninguém conseguia desacelerar ou deter.

A morte cuidaria do problema.

A morte de Rhage... poria um fim a tudo aquilo.

V. fechou os olhos e gritou internamente.

Um segundo depois, levantou as pálpebras e pensou: *De jeito nenhum. De jeito nenhum permitiria que aquilo acontecesse.*

– Butch – berrou. – Tenho que ir.

– O quê? Onde você...

Essa foi a última coisa que Vishous ouviu antes de se virar e sumir.

CAPÍTULO 4

Sem dor.

Não havia nenhuma dor pelo tiro no peito de Rhage. E essa foi a primeira pista de que a merda era séria. Ferimentos que doíam tendiam a não ser do tipo que te deixam em estado de choque. Nenhuma sensação? Provavelmente uma boa indicação, junto ao fato de que ele fora alçado para cima e o tiro fora bem no esterno, e que ele corria risco de morte.

Pisque. Tente respirar. Pisque.

Sangue na boca, espesso na garganta… Uma onda crescente que ia contra seus esforços de empurrar oxigênio para dentro dos pulmões. A audição fora reduzida a uma versão abafada, como se ele estivesse dentro de uma banheira e o nível da água tivesse chegado a seus ouvidos. A visão ia e vinha, o céu noturno acima se revelando e obscurecendo conforme as coisas sumiam e voltavam a aparecer. Estava ficando cada vez mais difícil respirar, um peso crescente se instalava em seu peito, a princípio uma mochila pesada, depois um defensor de futebol americano… e agora algo semelhante a uma perua.

Rápido, aquilo estava acontecendo muito rápido.

Mary, ele pensou. *Mary?*

Seu cérebro cuspiu o nome da sua *shellan* – talvez estivesse até pronunciando-o? – como se sua companheira conseguisse ouvi-lo de alguma forma.

Mary!

O pânico jorrou em sua corrente sanguínea e foi direto para a caixa torácica – junto ao plasma que, sem dúvida, ele despejava em toda parte.

Seu único pensamento, mais do que o da sua morte ou da batalha e da segurança dos seus irmãos, era... Ah, Deus, permita que a Virgem Escriba cumpra o seu lado do acordo.

Permita que ele não acabe sozinho no Fade.

Supostamente, Mary poderia partir da Terra com ele. Supostamente, ela teria permissão para acompanhá-lo quando ele fosse ao Fade. Isso era parte do acordo que ele fizera com a Virgem Escriba: ele mantinha sua maldição, sua Mary sobreviveria à leucemia, e por ter se tornado infértil devido aos tratamentos contra o câncer, ela poderia ficar com ele pelo tempo que desejasse.

Você vai morrer hoje à noite, porra.

Assim como ouviu a voz de Vishous em sua cabeça, o rosto do irmão apareceu diante das suas vistas, substituindo os céus. A boca de V. se movia, o cavanhaque mudava de lugar enquanto ele pronunciava algumas palavras. Rhage tentou afastar o macho, mas seus braços não obedeciam seu cérebro.

A última coisa de que precisava era que mais alguém morresse. Ainda que, como filho da Virgem Escriba, V. provavelmente seria o que menos se preocuparia com algo tão trivial quanto bater as botas. Mas e quando Butch, o número três no triunvirato, chegou num escorregão e começou a falar também? Esse sim era um cara sem um cartão de dispensa da Dona Morte...

Tiros. Os dois começaram a gritar.

Não! Rhage lhes ordenou. *Digam a Mary que eu a amo e me deixem aqui, porra, antes que vocês acabem...*

V. se retraiu como se algum tipo de chumbo derretido tivesse encostado nele.

E foi então que aconteceu.

O cheiro do sangue do seu irmão foi a causa. No segundo em que o cheiro cuprífero atingiu o nariz de Rhage, a besta se desprendeu da jaula em sua pele e começou a sair, a transformação iniciando os terremotos internos que partiam seus ossos, dilaceravam seus órgãos internos e o transformavam numa coisa totalmente diferente.

Agora havia dor.

Bem como a sensação de que aquele esforço era uma completa perda de tempo. Se ele estava morrendo, o dragão só estava assumindo o seu posto na mesa de jogo.

– Diga a Mary que venha comigo – Rhage berrou ao ficar completamente cego. – Diga a ela...

Mas ele ficou com a impressão de que seus irmãos já tinham ido embora, e graças a Deus por isso: o sangue de V. já não permeava o ar, e não houve nenhuma resposta ao seu pedido.

Mesmo com sua força vital definhando, ele deu o seu melhor para simplesmente seguir a maré enquanto os rasgos e lacerações açoitavam seu corpo moribundo. Mesmo que tivesse forças, lutar contra essa onda era um esforço desperdiçado, e que não tornava tudo aquilo mais fácil. Ainda assim, enquanto a mente e a alma, suas próprias emoções e consciência recuavam, era sinistro não saber se era a morte ou a transformação que o acompanhava.

Conforme o sistema nervoso da besta assumia por completo e as sensações de dor desapareciam, Rhage recuou para um flanar metafísico, como se quem e o que ele fora tivessem sido colocados num globo de neve numa prateleira do tempo contínuo.

Só que, neste caso, ele tinha a impressão de que não seria mais retirado da prateleira.

E era engraçado. Todas as entidades que tinham consciência e uma percepção da própria mortalidade inevitavelmente se perguntavam, de tempos em tempos, sobre o quando e o onde, o como e o porquê de seu fim. Rhage fora culpado desse desvio mórbido de pensamento, especialmente em seu tempo pré-Mary, enquanto estivera sozinho sem nada além de um catálogo dos seus fracassos e fraquezas para fazer-lhe companhia durante as horas densas e solitárias dos dias.

Para ele, tais perguntas divagadoras estavam sendo inesperadamente respondidas naquela noite: o "onde" era no meio de um campo de batalha, numa numa escola abandonada para garotas; o "como" era uma hemorragia no coração, resultado de um ferimento à bala; o "porquê" era o cumprimento do dever; e o "quando" seria provavelmente nos dez minutos seguintes, ou menos ainda.

Dada a natureza do seu trabalho, nada disso era uma surpresa. Ok, talvez a parte de o local ser uma escola preparatória, mas só isso.

Sentiria falta dos seus irmãos. Jesus... Isso doía mais do que a coisa da besta. E ele se preocuparia com todos eles, e com o futuro do reinado de Wrath. Merda, ele sentiria falta de ver Nalla e L.W. crescendo. E dos gêmeos de Qhuinn, quem sabe nascendo com vida e bem de saúde. Será que conseguiria vê-los do Fade?

Ah, sua Mary. Sua linda e preciosa Mary.

O terror o acometeu, mas foi difícil se agarrar a essa emoção conforme se sentia enfraquecer ainda mais. Para se acalmar, disse a si mesmo que a Virgem Escriba não mentia. A Virgem Escriba era todo-poderosa. A Virgem Escriba determinara o equilíbrio necessário para salvar a vida de sua Mary e lhes dera um presente ainda maior para compensar o fato de sua *shellan* jamais poder ter filhos.

Nenhum filho, ele pensou com uma pontada de dor. Ele e sua Mary jamais teriam filhos de qualquer forma agora.

Era tão triste.

Estranho... ele não sabia que os quereria, pelo menos não conscientemente. Mas agora que isso jamais aconteceria? Sentia-se completamente desolado.

Pelo menos sua Mary jamais o deixaria.

E ele tinha que ter fé que, quando fosse até aquela porta no Fade, e passasse por ela para o que quer que houvesse do lado oposto, ela seria capaz de encontrá-lo.

De outro modo, essa coisa toda de morte seria insuportável. A ideia de que poderia estar morrendo e jamais voltaria a ver sua amada? Nunca mais sentiria a fragrância dos seus cabelos? Seu toque? Não poderia mais abrir seu coração, apesar de ela já saber o quanto ele a amava?

Tudo isso tornava a morte uma tragédia tão grande, ele pensou. Era o grande divisor e, às vezes, atingia sem aviso, um ladrão cruel que roubava a riqueza emocional das pessoas e as levava à falência para sempre...

Merda, e se a Virgem Escriba estivesse errada? Ou se tivesse mentido? Ou não fosse tão poderosa assim?

Abruptamente, seu pânico voltou à carga, e seus pensamentos se embaralharam, prendendo-se no distanciamento que se colocara entre ele e a sua *shellan* nos últimos tempos, uma distância que ele acreditara ter tempo e espaço para corrigir.

Ah, Deus... Mary, ele disse em sua mente. *Mary! Eu te amo!*

Merda. Ele deveria ter conversado com ela, ter cavado fundo para descobrir qual era o problema, consertado tudo a fim de que estivessem de novo ligados pela alma.

A questão era, ele percebeu com terror que, quando seu coração finalmente para de bater, tudo o que você desejou ter dito e não disse, todas as peças faltantes de si mesmo que ainda tinha para entregar, todos os fracassos que empurrou para baixo do tapete com a desculpa de que a vida andava muito agitada... também chegam a um fim. O passo pela metade, que nunca será completado, era o pior arrependimento que alguém poderia ter.

Você talvez não aprenda isso até todas as coisas que já imaginou sobre a sua morte acontecerem de verdade. E, sim, essas perguntas sobre as quais você ficou se questionando, os comos, os porquês, os quando e os ondes... acabam se tornando bem imateriais quando você deixa o planeta para trás.

Eles estiveram perdendo terreno, ele e Mary.

Ultimamente... estiveram se distanciando um do outro.

Ele não queria ir embora assim...

Uma luz branca apagou tudo, comendo-o vivo, roubando-lhe a consciência.

O Fade chegara. E ele só podia rezar para que sua Mary Madonna fosse capaz de encontrá-lo do outro lado.

Ele tinha coisas que precisava desesperadamente dizer a ela.

Vishous retomou sua forma num pátio de mármore branco que estava aberto para um céu leitoso, tão vasto e brilhante que não havia sombras lançadas pela fonte no centro ou pela árvore repleta de tentilhões coloridos e chilreantes no canto.

Todos os pássaros se calaram ao sentirem o estado do seu humor.

– Mãe! – Sua voz ecoou, quicando entre as paredes. – Onde infernos você está?

Ao avançar, a trilha de sangue que deixou em seu rastro era de um vermelho vivo, e quando parou diante da porta dos aposentos privativos da Virgem Escriba, gotas caíram do seu cotovelo e da sua perna em impactos suaves. Quando bateu à porta e a chamou pelo nome uma vez mais, respingos da coisa atingiram o painel branco como quando um frasco de esmalte de unhas cai no chão.

– Pro inferno com isso.

Empurrando forte a porta com o ombro, invadiu os aposentos da mãe – só para estancar de repente. Sobre a plataforma da cama, debaixo de lençóis de cetim branco, a entidade que criara a raça dos vampiros, mas que também corporeamente dera à luz ele e sua irmã, estava deitada no mais absoluto silêncio e imobilidade. No entanto, não havia uma forma corpórea ali. Apenas um facho de luz tridimensional que um dia fora brilhante como a explosão de uma bomba, mas agora era semelhante ao de uma lamparina a óleo antiga com cúpula baça.

– Você tem que salvá-lo. – À medida que avançava pelo piso de mármore nu, Vishous ficou vagamente ciente de que o quarto estava desocupado a não ser pela cama. Mas quem se importava? – Acorda, porra! Alguém importante está morrendo e você tem que impedir isso, maldição.

Caso ela tivesse um corpo, ele a teria agarrado e forçado a prestar atenção. Não havia braços para que ele a arrastasse para fora da cama, tampouco ombros para sacudir.

Estava prestes a gritar novamente quando palavras foram ditas em todo o aposento, como se tivessem surgido de um sistema de som *surround.*

O que será será.

Como se isso explicasse tudo. Como se ele fosse um bastardo por ir até ali para aborrecê-la. Como se estivesse desperdiçando seu tempo.

– Por que nos criou se está pouco se fodendo pra gente?

Com o que, exatamente, está preocupado? Com o futuro dele ou o seu?

– De que diabos você está falando? – Ah, sim, ele bem sabia que não deveria fazer-lhe perguntas, mas isso que se fodesse. – O que isso quer dizer?

Uma tradução é, de fato, necessária?

Enquanto travava o maxilar, V. se lembrou que Rhage estava se transformando na besta e morrendo naquela encarnação lá embaixo no campo de batalha: ficar batendo boca com a querida mamãe não era o melhor caminho agora.

– Apenas o salve, está bem? Tire-o da cena de combate para que possamos operá-lo, e eu deixarei que você apodreça em paz.

E como isso resolveria seu destino?

Ok, agora ele entendia por que humanos com problemas maternos apareciam nos programas de TV que Lassiter assistia. Toda vez que V. chegava perto dessa fêmea, ele acabava com um caso de psicose induzida pelo útero.

– Ele vai continuar respirando, porra, é isso o que será resolvido.

O destino será simplesmente atendido por outros meios.

V. visualizou Hollywood escorregando no tapete do banheiro e morrendo em casa. Ou engasgando com um osso de peru. Ou sabe lá Deus o que mais poderia matar um irmão.

– Então mude-o. Você é poderosa pra cacete, não é? Mude o destino dele agora.

Houve uma longa pausa, e ele se perguntou se ela tinha ou não adormecido ou alguma merda do gênero – e, cara, como ele a odiava. Ela era uma maldita perdedora, uma molenga, se afastando do mundo, encerrando-se ali como uma reclusa amuada porque ninguém mais beijava sua bunda do jeito que ela desejava.

Que peninha.

Nesse meio-tempo, um dos melhores soldados na guerra, que era uma parte absolutamente essencial da guarda particular do Rei, estava prestes a *puf!* do planeta. E V. era a última pessoa a querer que outros afastassem sua dor, mas tinha que tentar ao máximo dar uma oportunidade a Rhage de continuar vivendo, e quem diabos mais tinha esse tipo de poder?

– Ele é importante – replicou. – A vida dele importa.

Para você.

– Foda-se isso, não estou falando de mim. Ele é importante para o Rei, para a Irmandade, para a guerra. Se o perdermos? Teremos um grande problema.

Já pensou em ser honesto?

– Acha que estou preocupado com ele e com Mary? Tudo bem. Jogo essa cartada também – porque, neste instante, você não parece ser capaz nem de ficar em pé, quanto mais acompanhar uma não entidade, a qual você tirou do continuum mortal além dos limites do Fade na hora determinada pela escolha daquela fêmea.

Porra. Agora que dizia isso em voz alta, ele tinha que se perguntar se aquela coisa frágil sobre a cama seria capaz mesmo de cumprir a promessa feita no que agora parecia um tempo muito antigo, apesar de ter sido apenas três anos antes.

Tanta coisa mudara.

A não ser pelo fato de que ele ainda odiava a fraqueza em qualquer forma. E pela vontade persistente de estar em qualquer outro lugar que não fosse diante da presença da mãe.

Deixe-me. Você me cansa.

– Eu canso você. Pois é, porque você tem tantas malditas coisas pra fazer aqui. Jesus Cristo.

Tudo bem, ela que se fodesse. Ele pensaria em mais alguma coisa. Alguma... outra coisa.

Merda, o que mais havia a fazer?

Vishous se virou para a porta que abrira à força. A cada passo dado, ele esperava que ela o chamasse de volta, que dissesse alguma coisa, lançasse alguma ferroada em seu peito que seria quase tão letal quanto a que Rhage levara lá embaixo. Quando ela não o fez, e a porta se fechou diretamente atrás dele, quase acertando sua bunda, ele pensou que devia ter esperado por isso.

Ela não se importava com ele nem para machucá-lo.

De volta ao pátio, a trilha de sangue que deixara no mármore era como o destino que ele seguira em sua vida, recortado e desordenado, fornecendo provas do sofrimento que ele basicamente deixava de admitir. Sim, ele queria que aquelas manchas entrassem nas pedras, pois talvez isso chamasse a atenção dela.

Com isso em mente, por que ele simplesmente não se jogava no chão e tinha um ataque de birra como se estivesse num dos malditos corredores de um supermercado Target, irritado por não conseguir um brinquedinho?

Parado ali, o silêncio ficou registrado como um som. O que era tanto ilógico quanto precisamente a experiência que ele teve ao perceber o quão silencioso estava ali agora. As Escolhidas estavam todas na Terra, aprendendo sobre si mesmas, separando-se em indivíduos, dando as costas aos seus papéis tradicionais de serviço à sua mãe. A raça ainda era a mesma, existindo em tempos modernos em que os antigos ciclos de festivais e observâncias eram basicamente ignorados, e tradições que outrora foram respeitadas agora corriam o risco de serem esquecidas.

Deus, ele pensou... Desejou que ela se sentisse sozinha e desrespeitada. Queria que ela ficasse bem isolada, que mesmo os mais fiéis lhe dessem as costas.

Queria que ela sofresse.

Queria que ela morresse.

Seus olhos se desviaram para os pássaros que ele lhe trouxera; o bando se escondeu dele, mudando para uns galhos na parte de trás da árvore branca, agrupando-se como se ele fosse partir-lhes os pescoços um a um.

Aqueles tentilhões foram o ramo de oliveira de um filho que jamais fora de fato desejado, mas que também nunca se comportara muito bem. Sua mãe provavelmente nunca lhes dispensara algo mais que um simples olhar – e sabe do que mais? Ele superara aquele breve episódio de fraqueza também, voltando ao terreno da inimizade. Como não poderia tê-lo feito?

A Virgem Escriba não os procurara quando Wrath quase fora assassinado. Não ajudara o Rei a manter sua coroa. Beth quase morrera no parto e teve que desistir de quaisquer outros filhos no futuro a fim de sobreviver. Puta que o pariu, Selena, uma das Escolhidas da Virgem Escriba, morrera há pouco tempo e partira o coração de um macho de valor… E qual fora a reação dela? Nenhuma.

E antes disso tudo? A morte de Wellsie. Os ataques.

E dali para a frente? Qhuinn estava cagando nas calças de couro, preocupado que Layla pudesse morrer ao dar à luz os gêmeos. E Rhage estava morrendo agora, no meio do campo de batalha.

Era preciso dizer mais?

Virando a cabeça, V. encarou com raiva a porta que fora fechada pelo desejo dela. Estava contente com seu sofrimento. E, não, não confiava nela.

Ao se desmaterializar para o campo de combate, não tinha absolutamente fé nenhuma de que ela cumpriria a promessa feita para Rhage e Mary. Fizera uma aposta e perdera ao ir procurar a mãe. Mas, com ela, era sempre assim que acontecia.

Um milagre. Ele precisava de uma porra de um milagre.

CAPÍTULO 5

A água escorrendo pelas mãos de Mary estava fria e mesmo assim queimava sua pele, provando que os opostos do termômetro podiam coexistir.

O banheiro feminino em que estava era branco e de porcelana. O ralo era brilhante e prateado. Diante dela, um espelho de parede inteira refletia os três reservados, cujas portas cor de pêssego estavam fechadas, ainda que apenas um estivesse ocupado.

– Tudo bem aí dentro? – perguntou.

A descarga foi dada, mesmo que Bitty não tivesse usado o vaso sanitário.

Mary se concentrou em seu reflexo. Puxa. Ela estava tão mal quanto se sentia: de alguma forma, nos últimos trinta minutos, bolsas negras tinham se formado debaixo dos seus olhos, que afundaram, e a pele estava tão pálida quanto os azulejos sobre os quais pisava.

De alguma forma? Tolice. Ela sabia exatamente como.

Eu a matei!

Mary fechou os olhos e tentou se recompor novamente. Quando voltou a abri-los, tentou se lembrar do que estava fazendo. Ah. Sim, certo. Havia uma pequena pilha de toalhas de papel sobre uma prateleira, do tipo que quando puxadas vêm aos montes; e quando ela foi pegar uma, acabou molhando todas as outras, e pensou que era estranho que Havers, sempre tão detalhista em tudo nas suas instalações, promovesse tamanha desordem. Ah... entendido. O suporte para papel afixado na parede estava quebrado com sua parte inferior solta.

Assim como eu, ela pensou. *Repleta de informação e de experiências para ajudar as pessoas, mas não consigo fazer meu trabalho direito.*

Pegue na mão dela. Está tudo bem…

Eu a matei!

– Bitty? – Quando o nome saiu apenas como um ruído rouco, ela pigarreou. – Bitty.

Depois de enxugar as mãos, virou-se para os reservados.

– Bitty, eu vou entrar se você não sair.

A menina abriu a porta do meio e, por algum motivo, Mary soube que jamais se esqueceria de ter visto aquela mãozinha se fechando, se contraindo quando ela saiu.

Ela estivera chorando lá dentro. Sozinha. E agora que estava sendo forçada a mostrar seu rosto, a menina estava tentando fazer exatamente aquilo que a própria Mary desesperadamente desejava.

Às vezes, compor-se é só o que se consegue fazer; a dignidade é seu único consolo; a ilusão do "tudo bem", sua única fonte de conforto.

– Venha, deixe que eu… – Conforme a voz de Mary se interrompia, ela se virou para pegar as toalhas de papel e molhou uma na pia que usara antes. – Isso vai ajudar.

Aproximando-se lentamente da menina, levou o papel fresco e suave até o rosto enrubescido, pressionando-o na pele quente e vermelha. Enquanto dava leves pancadinhas, desculpava-se mentalmente com a Bitty adulta que, por bem, um dia ela se tornaria: *Sinto muito por tê-la obrigado a fazer aquilo. Não, você não a matou. Como eu queria agora tê-la deixado fazer aquilo em seus termos. Sinto muito. Não, você não a matou. Me desculpe.*

Eu sinto muito.

Mary levantou o queixo da menina.

– Bitty…

– O que vão fazer com ela agora? Para onde ela vai?

Deus, o olhar castanho claro era firme.

– Eles vão levá-la para… Bem, eles vão cremá-la.

– O que é isso?

– Vão queimar o corpo dela até que se torne cinzas para a cerimônia fúnebre.

– Isso a machucará?

Mary pigarreou de novo.

– Não, querida. Ela não vai sentir nada. Ela está livre... Está no Fade, esperando por você.

A boa notícia era que, pelo menos, Mary sabia que essa parte era verdadeira. Mesmo tendo sido criada como católica, ela vira a Virgem Escriba, portanto, não, não estava apenas dando esperanças falsas e cheias de compaixão para a menina. Para os vampiros, existia de fato um paraíso, e eles, de verdade mesmo, se reencontravam com seus entes queridos.

Caramba, isso provavelmente provava que o mesmo ocorria com os humanos, mas como existia menos magia visível nesse mundo, para o cidadão civil era muito mais difícil acreditar na salvação eterna.

Amassando o papel, Mary recuou um passo.

– Gostaria que voltássemos ao Lugar Seguro agora, tudo bem? Não há mais nada que possamos fazer aqui, e a aurora está se aproximando.

Supôs que essa última parte fosse devido ao hábito. Como uma pré-trans, Bitty conseguia tolerar qualquer quantidade de exposição solar. E a realidade era que ela só queria afastar a menina de toda aquela morte.

– Tudo bem? – Mary perguntou de novo.

– Não quero deixá-la.

Em qualquer outra circunstância, Mary teria se agachado diante dela e avançado lentamente nas águas do que estava por vir no novo mundo de Bitty. A triste verdade era que não havia mais nenhuma mãe para deixar para trás, e afastar a menina daquele ambiente clínico, onde pacientes estavam sendo tratados, por vezes em situações lúgubres, era o mais apropriado.

Eu a matei.

Em vez disso, Mary disse:

– Tudo bem, podemos ficar pelo tempo que você quiser.

Bitty assentiu e andou até a porta que dava para o corredor. Parada diante da porta branca, seu vestido lavado tantas vezes parecia prestes a despencar do corpinho frágil, o casaco preto que não lhe cabia bem era como um cobertor que ela passara ao seu redor, os cabelos castanhos eriçados pela estática do tecido nodoso.

– Eu queria muito...

– Sim? – Mary sussurrou.

– Eu queria muito poder voltar no tempo. Para quando acordei hoje à noite.

– Eu também queria que isso fosse possível.

Bitty olhou por sobre o ombro.

– Por que não podemos voltar? É tão estranho. Quero dizer, consigo me lembrar de tudo dela. É como se... Como se as minhas lembranças fossem um quarto onde eu consigo entrar, ou algo assim.

Mary franziu o cenho, pensando que esse era um comentário muito maduro para alguém da idade dela.

Mas antes que conseguisse responder, a menina empurrou a porta, evidentemente desinteressada numa resposta; e talvez isso fosse algo bom. Que diabos se poderia dizer mais?

No corredor, Mary desejou apoiar a mão no ombro pequeno, mas se conteve. A menina estava tão controlada, tal qual um livro no meio de uma biblioteca, ou uma boneca no meio de uma coleção, que seria difícil justificar uma invasão desse limite estabelecido.

Ainda mais quando, como terapeuta, você se sente muito incerta das suas capacidades profissionais.

– Para onde vamos? – Bitty perguntou quando duas enfermeiras passaram por elas.

Mary relanceou ao redor. Ainda estavam na área reservada da UTI, mas um pouco afastadas do local em que a mãe de Bitty falecera.

– Podemos pedir um quarto para ficar.

A menina parou.

– Não podemos mais vê-la, não é?

– Não.

– Então acho que podemos ir embora.

– O que você quiser.

Cinco minutos mais tarde, estavam no Volvo, regressando ao Lugar Seguro. Assim que Mary subiu a ponte, ficou, uma vez mais, olhando pelo espelho retrovisor para Bitty a cada quinze metros. No silêncio, viu-se uma vez mais no trem dos pedidos de desculpas... por ter dado um conselho ruim, por colocar a menina numa posição de maior sofrimento. Mas tudo isso era só para se sentir bem, uma busca pessoal de perdão que era totalmente injusta com a paciente, especialmente uma tão jovem.

Esse pesadelo profissional era algo que Mary teria que resolver sozinha.

Uma entrada para a I-87 surgiu assim que desceram a ponte, e a seta do carro soou alta no interior da perua. Seguindo para o norte, Mary se manteve dentro do limite de velocidade e foi ultrapassada por umas carretas que corriam a 120 km/h numa pista em que o limite era 100 km/h. De tempos em tempos, semáforos marcavam cruzamentos num ritmo que nunca durava muito tempo, e o trânsito leve foi diminuindo ainda mais conforme seguiam adiante.

Mary resolveu que, quando chegassem em casa, tentaria dar alguma coisa para a menina comer. Bitty perdera a Primeira Refeição, portanto devia estar faminta. Então, quem sabe assistiriam a um filme tranquilo até o amanhecer. O trauma era muito recente, e não apenas o fato de ela ter perdido a mãe. Aquilo que acontecera na clínica de Havers devia ter trazido à tona tudo o que acontecera antes: a violência doméstica, o resgate feito por Rhage, V. e Butch que resultara na morte do pai a fim de salvarem Bitty e a mãe, a descoberta de que a mãe estivera no início de uma nova gestação, a perda do bebê, os meses prolongados depois disso nos quais Annalye jamais se recuperou por completo...

– Senhorita Luce?

– Sim? – *Ah, Deus, por favor, me pergunte algo que eu saiba responder decentemente.* – Pode falar, Bitty.

– Para onde estamos indo?

Mary relanceou para a placa que se aproximava dela. Estava escrito: SAÍDA 19, GLENN FALLS.

– Como assim? Estamos indo para casa. Devemos chegar em quinze minutos...

– Não pensei que o Lugar Seguro fosse longe assim.

– O q...?

Ah, Deus.

Ela estava dirigindo direto para a mansão.

– Ah, Bitty, sinto muito. – Mary sacudiu a cabeça. – Devo ter perdido a saída. Eu...

No que estivera pensando?

Bem, essa resposta ela sabia. Todas as hipóteses que passaram por sua cabeça sobre o que fariam quando saíssem do carro eram coisas que envolviam o lugar em que ela morava com Rhage, com o Rei, com os Irmãos e os demais soldados e suas companheiras.

Em que *diabos* ela estava pensando?

Mary pegou a saída 19, passou por baixo da autoestrada e voltou a subir indo para o sul. Caramba, ela não estava dando uma dentro hoje, estava?

Pelo menos as coisas não poderiam piorar.

De volta à Escola para Garotas de Brownswick, Assail, filho de Assail, ouviu um rugido acima de toda a comoção da batalha.

A despeito do caos de todos os tiros e imprecações e dos homens que corriam de um lado a outro em busca de proteção, o som ensurdecedor que se desdobrou ao longo do *campus* abandonado era o tipo de coisa que chamava a atenção.

Ao se virar, manteve o dedo no gatilho da sua automática, continuando a disparar tiros à frente na fileira dos mortos-vivos...

Por uma fração de segundo, deixou de atirar.

Seu cérebro simplesmente não conseguia processar a mágica aparição que seus olhos sugeriam a meros cinquenta metros de distância. Era um... uma espécie de criatura semelhante a um dragão, com escamas roxas, um rabo com espinhos e uma bocarra aberta cheia de dentes como a de um tiranossauro. O monstro pré-histórico devia ter bem uns dois metros de altura, era comprido como um trator e rápido como um crocodilo, conforme avançava na direção de qualquer coisa que estivesse fugindo...

Queda livre.

Sem aviso, seu corpo começou a voar, e uma dor aguda desceu pela canela, chegando até o tornozelo. Girando em pleno ar, caiu de cara para cima entre o mato alto e, um respiro mais tarde, o assassino, parcialmente ferido, avançou com uma faca na direção do seu peito, o arco da lâmina acima do ombro, os lábios curvados numa carranca conforme o sangue negro cobria Assail.

Ok, vá se foder, amigo.

Assail agarrou um punhado de cabelos ainda castanhos, empurrou o cano da pistola na boca aberta e apertou o gatilho, explodindo o crânio por trás, incapacitando o corpo de forma que ele despencou num peso morto retorcido. Chutando o corpo inanimado de lado, colocou-se rapidamente de pé.

E se viu diretamente na mira da besta.

Seu movimento para ficar de pé foi o motivo disso, e os olhos do dragão se fixaram nele, estreitando-se em fendas. Em seguida, com mais um rugido, o matador veio na sua direção, socando o chão, esmagando assassinos debaixo dos seus imensos pés traseiros, as garras da frente curvadas prontas para atacar.

– Porra!

Assail correu para a frente, sem se preocupar mais se sua arma estava mirada e absolutamente indiferente ao fato de que estava indo na direção de *redutores* que avançavam. A boa notícia? A besta cuidou desse pequeno probleminha. Os assassinos, do mesmo modo, dispensavam apenas um olhar para a fúria à solta e se espalhavam como folhas no vento outonal.

Naturalmente, não havia nada imediatamente à frente que pudesse servir de cobertura. Quis a má sorte que sua via de fuga só lhe oferecesse mato alto e moitas, sem nenhum tipo de proteção de fato. A construção mais próxima? A uns duzentos metros dali. No mínimo.

Com uma imprecação, correu ainda mais rápido, buscando retirar todas as forças dos músculos das coxas, pedindo ainda mais velocidade.

Era uma corrida que a besta estava fadada a vencer – uma vitória inevitável quando uma passada de um metro e meio tentava ultrapassar um par de pernas que conseguia cobrir sete e meio num único salto. A cada segundo, a pancada ficava mais alta e mais próxima, até que rajadas quentes de respiração chegaram às costas de Assail, esquentando-o a despeito do frio.

O medo atingiu seu íntimo.

Mas não havia tempo para tentar frear o pânico que tomou conta da sua mente. Um grande rugido soprou sobre ele, a força do som tão grande que o jogou para a frente, provocando uma corrente de ar fedida que o levou junto. Merda, sua única chance era...

Uma mordida seguiu o grande rugido, aquela mandíbula se fechando tão perto da nuca de Assail que ele se contraiu para baixo, apesar de isso diminuir a sua velocidade. Mas era tarde demais para se salvar. Pendurado no ar. Ele ficou pendurado no ar, arrancado do chão no meio de uma passada... Mas por que não sentia dor?

Por certo, se a besta o tivesse mordido no ombro ou no tronco, ele deveria estar agonizando... Não, espere, ela o segurava pela jaqueta. A coisa o segurava pela jaqueta de couro, não pela pele, faixas de compressão o atravessavam pelo peito e o erguiam pelas axilas, as pernas se debatiam, a arma disparava conforme ele agarrava a pistola. Abaixo dele, o terreno se inclinava como se fosse uma gangorra, os *redutores* que fugiam, os Irmãos que lutavam, as moitas crescidas e as árvores girando ao seu redor conforme ele era sacudido.

A maldita coisa o lançaria no ar para abocanhá-lo. Aquele sacudir de um lado para o outro só servia para amaciar a refeição.

Maldito fosse ele, que não passava de um vampiro equivalente a uma asinha de frango.

Não havia tempo. Soltou a pistola e tentou alcançar o zíper junto à garganta. As sacudidas faziam do seu alvo algo mais veloz que um rato, escorregadio como uma bolinha de gude, uma agulha num palheiro para os seus dedos suados e escorregadios.

A pegada da besta foi de grande ajuda.

Com aqueles dentes afiados cravados na jaqueta, o couro não aguentou o peso do seu corpo e ele se soltou, despencando da mandíbula, o chão duro se apressando para recebê-lo. Curvando-se a fim de não fraturar nada, aterrissou com um baque mesmo assim.

Diretamente sobre o ombro.

O estalo foi algo percebido em todo o corpo, e o deixou tão indefeso quanto um bebê desamparado, sem conseguir respirar, a vista borrando. Mas não havia tempo se desejava permanecer vivo. Girando, ele...

Bang! Bang! Bang! Bang! Bang – BUM!

Seus primos surgiram no meio do nada, correndo como se estivessem sendo perseguidos quando, na verdade, não estavam. Ehric tinha duas automáticas e as esvaziava... e Evale tinha um rifle para elefantes apoiado no ombro.

Essa foi a causa do *BUM!*

De fato, a arma era mesmo um rifle para elefantes, uma arma imensa que sobrara dos tempos do Raj na Índia. Evale, o bastardo agressivo, há tempos se afeiçoara à coisa de um modo muito estranho, meio ao estilo "meu precioso" de *O Senhor dos Anéis*.

Graças ao Fade pelos apegos não saudáveis.

Aquelas balas de quarenta milímetros não reduziam a velocidade da besta, pipocando nas escamas roxas como se fossem ervilhas lançadas num veículo automotivo. Mas a munição do rifle para elefantes provocava gritos de dor e recuo.

Era a única chance de Assail escapar.

Fechando os olhos, concentrou-se, concentrou-se, concentrou-se...

E não se desmaterializou. Adrenalina demais, combinada com cocaína demais e dor intensa no ombro eram o problema.

E a besta voltou direto ao ataque, concentrando-se novamente em Assail e lhe dando o equivalente ao "foda-se" de um dragão na forma de um enorme rugido...

Tiros foram disparados novamente, atingindo a coisa no peito.

– Corre! – Ehric berrou ao recarregar suas pistolas, os pentes caindo dos cabos. – Levanta!

Assail se apoiou no braço bom para se impulsionar do chão, e as pernas voltaram a funcionar com firmeza admirável. Mantendo o braço machucado junto ao peito, correu o mais rápido que conseguiu, os restos da jaqueta de couro flutuando para trás, os estômago revirando, o coração batendo forte.

BUM!

Algum lugar, qualquer lugar – ele tinha que ir para algum lugar para sumir de vista – e rápido. Uma pena que seu corpo não estava prestando atenção. Por mais que seu cérebro clamasse por mais velocidade, só o que ele conseguia fazer era se arrastar como um zumbi...

Alguém o apanhou por trás, tirando-o do chão num movimento que o girou e colocou sobre um ombro numa pegada de bombeiro. Conforme era sacudido de cabeça para baixo, vomitou de agonia, explosões iluminando seus olhos enquanto ele se esvaziava com violência. A boa notícia era que já não comia nada há doze, quinze horas àquela altura, portanto não sujou demais a calça do primo.

Ele queria ajudar de alguma maneira. Queria se aguentar. Queria...

Moitas resvalaram em seu rosto e ele estreitou os olhos para protegê-los. Sangue começou a fluir e encheu seu nariz. O ombro doía cada vez mais. A pressão na cabeça se tornou insuportável, fazendo-o pensar em pneus muito inflados, bolsas com coisas demais dentro delas, balões de água que estouravam espalhando seu conteúdo por toda parte.

Graças a Deus pelos seus primos. Eles nunca o abandonavam.

Precisava se lembrar de recompensá-los de alguma maneira.

Um prédio parecia se aproximar deles em vez do contrário e, do ponto de vista invertido de Assail, a coisa parecia pendurada sobre a terra em vez de plantada nela. Tijolos. Mesmo com os solavancos, a escuridão e as passadas alternadas, ele viu que o abrigo era de tijolos.

Só restava a esperança de que a construção fosse sólida.

Seu primo invadiu pela porta. O ar de dentro estava mofado e úmido.

Sem aviso, Assail foi largado como o lixo que era, e aterrissou num chão empoeirado com um sacolejo que o fez vomitar de novo. A porta foi fechada num baque e, então, só o que ele ouviu foi a respiração pesada do primo.

E os sons abafados da batalha.

Houve uma súbita chama alaranjada.

Em meio ao torpor da dor, Assail franziu o cenho, e depois se retraiu. O rosto iluminado enquanto um cigarro enrolado à mão era aceso não era de nenhum dos seus primos.

– Qual a extensão dos seus ferimentos? – O Irmão da Adaga Negra Vishous perguntou ao exalar a fumaça mais deliciosa.

– Era você?

– Achou que fosse o Papai Noel?

– Você é um salvador improvável. – Assail fez uma careta e limpou a boca com a manga da jaqueta. – Sinto muito por suas calças.

V. baixou o olhar para si mesmo.

– Tem algo contra calças de couro?

– Vomitei na parte de trás delas...

– Cacete!

– Bem, é possível limpá-las...

– Não, idiota, ele está vindo atrás de nós. – V. apontou com a cabeça para uma janela suja. – Maldição.

De fato, ao longe, as pisadas estrondosas voltaram a soar, uma tempestade se avolumando e vindo na direção deles.

Assail se debateu no chão, procurando por algum esconderijo. Um armário. Um banheiro. Um porão. Nada. O interior estava vazio a não ser pelas duas colunas até o teto e uma década de detritos. Graças à Virgem Escriba, aquela parecia uma construção firme de tijolos que poderia aguentar...

O teto foi levantado e dilacerado, escombros chovendo, telhas batendo no chão como se o abrigo estivesse anunciando sua própria derrocada com uma rodada de aplausos. O ar noturno fresco afastou o cheiro de mofo, mas isso não era um alívio considerando o que o causara.

A besta não era vegetariana, isto estava entendido. Mas também não estava preocupada com o seu consumo de fibras: a coisa cuspiu o telhado de madeira de lado, se arqueou para baixo, abriu a mandíbula e emitiu um rugido sônico.

Não havia para onde fugir. A criatura estava acima da construção, prestes a dar o bote no que se tornara uma lancheira. Não havia um lugar para se proteger. Nenhuma defesa possível.

– Vá – Assail disse ao Irmão enquanto aqueles grandes olhos reptilianos se estreitavam e o focinho exalava um ar tão quente e fétido quando uma lata de lixo em pleno verão. – Me dê sua arma. Eu vou distraí-lo.

– Não vou te deixar.

– Não sou um dos seus irmãos.

– Você nos deu esta localização. Você nos entregou a cabeça do *Redutor Principal*. Porra, não vou te deixar pra trás, idiota.

– Tanta galanteria. E os elogios. Pare, por favor.

Enquanto a besta emitia mais um rugido e girava a cabeça como se estivesse preparada para brincar com eles antes de consumi-los, Assail pensou em seu tráfico... no seu vício em cocaína...

Na humana por quem se apaixonara e que tivera de deixar ir embora. Porque ela não conseguiria lidar com o seu estilo de vida, e ele estava envolvido demais para parar, mesmo por ela.

Sacudiu a cabeça e disse para o Irmão:

– Não, não vale a pena me salvar. Cai fora daqui.

CAPÍTULO 6

Sopa de galinha e estrelinhas Campbell.

Parada diante do fogão da cozinha original do Lugar Seguro, Mary mexia na sopa com uma colher de aço inoxidável, observando as estrelinhas de macarrão cozidas que faziam circuitos junto aos quadradinhos de frango e cubos de cenoura. A panela era a menor que tinham na casa. O caldo era amarelo, e o cheiro adocicado, um lembrete das doenças simples que teve quando era criança... Resfriados, gripes, amigdalites.

Coisas mais fáceis do que câncer.

Ou a esclerose múltipla que acometera sua mãe.

A tigela na qual serviu a sopa era creme com círculos concêntricos amarelos na borda. Pegou uma colher de uma gaveta e deu a volta do balcão até a mesa rústica e grande.

– Pronto – disse a Bitty. – Vou pegar umas bolachas de água e sal.

Como se aquela tragédia fosse algo que pudesse ser superado em vinte e quatro horas se você se hidratasse direito?

Bem, pelo menos uma refeição simples como aquela não deveria resultar em nada errado. E, assim que Bitty tivesse se alimentado, Mary encontraria outra funcionária para cuidar da menina, e em seguida procuraria aconselhamento para si mesma.

Quando voltou do armário com uma embalagem de bolachas de água e sal, Bitty estava experimentando a sopa, e Mary se sentou do lado oposto da mesa para não invadir o espaço pessoal da menina.

A embalagem plástica se recusava a cooperar e Mary a rasgou, espalhando bolachas e grãos de sal pelo tampo de madeira.

– Droga.

Comeu uma. E percebeu que fazia um tempo que não comia nada, e que também estava com fome…

– Meu tio vem me buscar.

Mary parou no meio de uma mordida.

– O que você disse?

– O meu tio. – Bitty não levantou o olhar, só continuou girando a colher na sopa escaldante. – Ele vem me buscar. Vai me levar para casa.

Mary retomou o ato de mastigar, mas a boca era como um mexedor de cimento tentando processar areia.

– É mesmo?

– É.

Com mãos cuidadosas, Mary juntou as migalhas, separando-as em grupos de quatro.

– Eu não sabia que você tinha um tio.

– Eu tenho.

– Onde ele mora?

– Fora de Caldwell. – Bitty encheu a colher e a levou até a boca. – Mas ele sabe como chegar aqui. Todo mundo sabe onde Caldwell fica.

– Ele é irmão da sua *mahmen*?

– É.

Mary fechou os olhos. Annalye nunca mencionara nenhum familiar. Não citara em nenhuma das papeladas, sequer se referira a qualquer parente. E a fêmea estivera ciente de que sua saúde vinha se deteriorando; portanto, se existia um irmão em algum lugar, por certo ela o teria mencionado, e esse nome estaria em seu arquivo.

– Gostaria que eu tentasse entrar em contato com ele por você? – Mary perguntou. – Você sabe onde ele mora?

– Não. – Bitty encarava a sopa. – Mas ele virá me buscar. É isso que a família faz. Li isso naquele livro.

Mary tinha uma vaga lembrança de um livro infantil sobre diferentes tipos de família: a biológica, a adotiva, a formada por avós, bem como aquelas resultantes da doação de esperma, de óvulos, de fertilização *in vitro*. A questão era: não importa a origem nem como a família era formada, todas construíam uma unidade, com muito amor ao redor.

– Bitty.

– Sim?

O celular de Mary começou a vibrar no bolso do casaco que ela ainda não havia tirado, e ela se viu tentada a deixar quem quer que estivesse ligando ser atendido pela caixa de mensagens. Mas com o ataque que os Irmãos estavam realizando naquela noite?

Ao pegar o celular e ver quem estava ligando, pensou: *Ai, meu Deus.*

– Butch? Alô?

Houve uma interferência na ligação. Vento? Vozes?

– Alô – repetiu mais alto.

– … indo te buscar.

– O quê? – Levantou-se da cadeira. – O que você disse?

– Fritz – o Irmão gritou. – Está indo te buscar! Precisamos de você aqui!

Ela imprecou.

– Qual a situação?

– Fora de controle.

– Droga – inspirou fundo. – Eu mesma vou dirigindo. Chego mais rápido assim.

Houve uma série de estampidos, alguns xingamentos, e depois uma distorção como se Butch estivesse correndo.

– … mando a localização. Depressa!

Quando a ligação foi interrompida, Mary baixou o olhar para a menina tentando não aparentar o pânico que sentia.

– Bitty, sinto muito, mas tenho que ir.

Aqueles olhos castanhos claros se ergueram para ela.

– O que aconteceu de errado?

– Nada. Eu só… Vou buscar Rhym para você. Ela lhe fará companhia, e quem sabe vocês podem comer uma sobremesa juntas?

– Estou bem. Vou subir e fazer a mala para quando o meu tio chegar.

Mary sacudiu a cabeça.

– Bitty, antes que você faça isso, talvez você e eu devamos tentar encontrá-lo primeiro?

– Está tudo bem. Ele sabe sobre mim.

Inspiração profunda. Por tantos motivos.

– Passo aqui mais tarde para ver como você está.

– Obrigada pela sopa.

Enquanto voltava a comer, a menina não parecia se importar com quem a cercava, como de hábito. E foi com uma dor de cabeça crescente que Mary foi atrás da supervisora, que estava com trabalho duplo porque uma das assistentes sociais estava em licença-maternidade. Depois de explicar a Rhym tudo o que acontecera, Mary saiu em disparada, deixando a casa e entrando rapidamente no Volvo.

A antiga Escola para Garotas de Brownswick ficava a uns dez minutos de carro dali. Ela chegou em sete, voando nas estradinhas vicinais, cortando caminho por conjuntos imobiliários do subúrbio, desrespeitando semáforos e placas de "Pare". A perua não fora projetada para esse tipo de trabalho, o imenso fardo sacudia de um lado para o outro, mas ela não se importou com isso. E, droga, pareceu levar uma eternidade até ela chegar ao limite da propriedade do *campus* abandonado.

Pegando o celular, tirou o pé do acelerador para entrar na parte das mensagens.

Lendo em voz alta, disse:

– Passe pelo portão principal... dê a volta... Merda!

Uma coisa apareceu na estrada, uma figura se movendo como uma boneca de pano torta, tropeçando bem diante do carro. Pisando fundo no freio, ela atingiu o homem – ah, não, era um assassino: o sangue que se espalhou no para-brisa era negro como tinta, e a coisa saiu andando de novo, mesmo que uma de suas pernas parecesse estar fraturada.

Com o coração aos saltos, ela engoliu em seco e voltou a pisar no acelerador, temendo que houvesse outros atrás, mas ainda mais aterrorizada com o que estava acontecendo com Rhage. Voltando a consultar o celular, seguiu as instruções indo ao redor dos fundos da escola, ao longo de uma pista de mão única que a conduziu em meio ao cenário obscuro.

Bem quando se perguntava onde é que deveria ir a partir dali, sua pergunta foi respondida. Do lado oposto de uma campina, uma besta se destacava em meio a construções abandonadas como algo saído de um filme do canal SyFy. Alta o bastante para alcançar os telhados, grande o bastante para apequenar mesmo um dormitório, furiosa como um tigre atiçado por uma refeição, a coisa estava no modo ataque total.

Arrancando o telhado de um abrigo com os dentes.

Ela nem se deu ao trabalho de desligar o motor do carro.

Mary só colocou a alavanca do câmbio automático na posição de estacionamento e saltou para fora. Nos recessos de sua mente, estava ciente que os ruídos ao fundo eram de balas voando, mas não se preocuparia com isso agora. O que a deixava em pânico?

Quem quer que estivesse ali dentro daquela construção.

Ao correr em direção ao dragão, levou dois dedos à boca e assobiou com força.

O assobio saiu agudo, alto como um grito, e não causou nenhuma impressão enquanto as telhas da estrutura de tijolos eram cuspidas para um lado.

O rugido que se seguiu foi algo que ela conhecia muito bem. A besta estava pronta para o seu McLanche Feliz, e toda aquela coisa de realocação de telhado era o seu modo de acessar o interior do contêiner.

Mary tropeçou em alguma coisa – ah, Deus, era um *redutor* sem um braço – e seguiu em frente, assobiando uma vez mais. E uma terceira vez...

A besta congelou no lugar, com os flancos subindo e descendo, as escamas roxas reluzindo na escuridão como se a coisa estivesse acesa em seu interior por alguma fonte elétrica.

O quarto assobio a fez virar a cabeça.

Desacelerando a corrida, Mary amparou a boca com as mãos.

– Vem cá! Vem, garoto!

Como se a besta fosse apenas o maior cachorro do mundo.

O dragão deu uma bufada e assoprou pelas narinas, o som saindo como algo entre uma almofada flatulenta e um jatinho decolando.

– Venha cá! – ela disse. – Deixe isso aí. Não é seu.

A besta olhou para trás, para o que agora eram apenas quatro paredes e nada mais, e um rosnado recuou o lábio negro dos dentes afiados que causariam uma grande insegurança dental em quem os olhasse. Mas, tal qual um pastor alemão chamado por seu treinador, a maldição de Rhage se afastou do seu trabalho de demolição e foi na direção dela.

Conforme o dragão pisoteava moitas e galhos, seu peso imenso sacudia o terreno com tamanha força que Mary afastou os braços para se equilibrar.

Contudo, por mais impossível que pudesse parecer, a coisa sorria para ela, seu rosto horrível transformado por uma alegria que ela não teria acreditado caso não surgisse toda vez que estava diante do monstro.

Esticando as mãos, Mary recebeu a grande cabeçorra inclinada com palavras elogiosas, encostando a palma na bochecha circular, deixando que ele sentisse seu cheiro e ouvisse sua voz. Pela sua visão periférica, viu duas pessoas saindo sorrateiramente da construção; bem, uma pessoa apta a correr e outra, evidentemente ferida, estava apoiada sobre um ombro forte.

Ela não ousou olhar diretamente para ver quem era. A melhor chance de escaparem era a sua conexão com a maldição, o que era estranho. Por mais feia que a coisa fosse, por mais aterrorizante e letal que conseguisse ser... ela sentiu o amor aquecendo-a por dentro. Seu Rhage estava ali dentro em algum lugar, aprisionado sob aquelas camadas de músculos e escamas, uma parte de tudo aquilo, mas, mais do que isso, ela também adorava a besta...

Os tiros vieram da direita e, instintivamente, ela gritou e se abaixou protegendo a cabeça.

O dragão assumiu o comando a partir dali, girando na direção dos atiradores ao mesmo tempo em que conseguia envolver Mary com a cauda, aninhando-a contra seu flanco. Em seguida, estavam se mexendo. A cavalgada foi árdua, como um touro mecânico com problemas elétricos, e ela se segurou num dos espinhos maiores como se disso dependesse sua vida.

Graças a Deus por aquela protuberância óssea. Porque o que aconteceu em seguida envolveu muito "Twist and Shout".

Primeiro vieram os gritos. Gritos aterrorizantes vindos de pesadelos ante os quais ela teria coberto os ouvidos – só que não ousava soltar-se e acabar numa queda livre.

Para cima e para a frente.

Um assassino, que escoava como uma peneira, voou por cima das costas da besta, e sangue negro atingiu Mary como se fosse uma chuva fétida. A coisa aterrissou num monte alquebrado, em seguida, um segundo *redutor* que também foi lançado por cima do ombro bateu no chão como uma pedra.

Ah... veja. Decapitado. Onde será que a...

Algo vagamente arredondado, com a cara num dos lados e um feixe de cabelos loiros do outro rolou como uma bola de basquete na grama alta que fora achatada pelos enormes pés... patas... garras... tanto faz.

A besta a levou consigo pelo restante da aventura e das brincadeiras. Pense numa refeição completa. Em seu rastro, braços e pernas, mais cabeças – raramente um tronco, porque provavelmente esses eram saborosos – se acumulavam no chão. Felizmente, nada que se assemelhasse a um Irmão ou a outro guerreiro, mas, Deus, que cheiro. Ela teria que fazer lavagens nasais por um mês depois daquilo.

Bem quando já havia perdido a noção do tempo, e quando se perguntava quanto mais conseguiria se segurar ali, os movimentos da besta desaceleraram até ela parar. A cabeçorra sacudiu para a direita e para a esquerda. O corpo deu uma volta completa. Ela continuava procurando.

O terreno parecia deserto de qualquer coisa que se movesse, nada além de construções arruinadas, estáticas, de árvores desprovidas de folhas e de sombras escuras que continuavam imóveis onde quer que ela olhasse. Os Irmãos ainda deviam estar no *campus*; de jeito nenhum eles iriam embora sem Rhage. Mas, sem dúvida, estavam observando o grande dragão detrás de alguma proteção. Quanto aos assassinos? O saldo do número de inimigos deve ter sido abatido, incapacitado ou comido.

O ataque massivo parecia ter terminado...

Bom Deus, a carnificina deixada para trás... Como eles iriam limpar tudo aquilo? Devia haver uma centena de redutores se retorcendo no chão, mesmo estando aos pedaços.

Mary bateu a palma com suavidade na base grossa da cauda.

– Obrigada por me manter a salvo. Pode me colocar no chão agora.

A besta não estava tão confiante quanto ela e continuou a vistoriar a cena, com os músculos dos ombros se contraindo, aquelas ancas imensas tensas e prontas para um salto. Nuvens de respiração quente saíam em forma de vapor das narinas, tremulando no ar frio noturno como parte do show de um mágico.

– Está tudo bem – ela disse, afagando as escamas.

Engraçado, ela teria acreditado que as escamas seriam ásperas, mas eram macias e flexíveis, camadas entremeadas que se movimentavam de acordo com os movimentos do dragão e reluziam todas as cores do arco-íris numa base arroxeada.

– De verdade, está tudo bem.

Depois de um instante, a pegada da cauda espinhenta ao seu redor se afrouxou, e ela desceu para o chão. Ajeitando o casaco e as roupas, relanceou ao redor.

Depois, com as mãos no quadril, olhou para cima.

– Muito bem, garotão, você fez um excelente trabalho. Obrigada. Estou orgulhosa de você. – Conforme a coisa mudava de posição e abaixava a cabeça, ela afagou seu focinho. – Mas está na hora de ir. Pode deixar Rhage voltar agora?

Aquela cabeçorra balançou no ar, o sangue negro dos *redutores* que o dragão consumira aparecendo como uma cobertura de óleo que descia pela garganta e pelo peito. Abrindo e fechando a mandíbula duas vezes, os dentes e as presas se chocaram com um som semelhante ao de dois SUVs batendo de frente um no outro. O rugido que veio em seguida foi de protesto.

– Está tudo bem – ela murmurou ao ficar de pé. – Eu te amo.

A besta abaixou o focinho e bufou ar úmido.

E, simples assim, seu corpo despencou, como um castelo de areia atingido por uma pá, uma figura de cera dissolvida numa poça. Em seu lugar, Rhage apareceu com o rosto virado para o chão, suas tremendas costas tatuadas encurvadas, as pernas nuas enfiadas junto ao abdômen como se seu estômago já o incomodasse.

– Rhage – ela disse ao se agachar ao seu lado. – Você voltou, meu amor.

Quando não houve resposta, nem um gemido pré-vômito, ela franziu a testa.

– Rhage...?

Ao apoiar a mão no ombro dele, a imagem tatuada do dragão na pele ganhou vida, mudando de posição de modo a deixar a cabeça sob seu toque.

– Rhage? – ela repetiu.

Por que ele não estava se mexendo? Normalmente ficava desorientado e com dores, mas ele sempre se virava para ela, assim como a tatuagem fizera, cegamente procurando a sua voz, seu toque, a conexão entre eles.

– *Rhage.*

Segurando o braço, ela empregou toda a sua força para tentar colocá-lo de costas no chão.

– Ah, meu Deus...!

Havia sangue vermelho em seu peito. No meio de todas as manchas negras daquilo que a besta consumira, havia uma fonte muito real, muito assustadora e em expansão contínua de sangue rubro bem no meio do peito.

– Socorro! – ela gritou para o terreno. – *Alguém ajude!*

Os Irmãos já vinham de todas as direções, deixando seus abrigos, correndo pelo campo de batalha coberto de corpos mutilados. E, bem em seus calcanhares, como um farol de um deus benevolente, vinha a unidade médica móvel de Manny, e o bom médico estava com o pé afundado no acelerador.

Mary procurou Vishous em meio ao grupo, por conta da sua experiência em emergências.

– Você tem que ajudá-lo!

A mancha vermelha… estava bem sobre o esterno de Rhage.

E seu *hellren* tinha um coração forte, mas não impenetrável.

O que acontecera?

CAPÍTULO 7

Vishous foi o primeiro a se aproximar de Rhage quando ele ressurgiu da pele do dragão – e a situação passou de ruim pré-besta para pior pós-maldição. O cara não estava se mexendo, não reagia sequer à sua *shellan.* Sua coloração estava acinzentada como a pedra de um túmulo, e havia muito sangue vermelho ali.

O que era apenas a ponta do iceberg. O problema maior era o quanto devia haver em sua cavidade peitoral.

– Ajudem! – Mary disse ao cobrir o ferimento com as mãos e empurrar, como se estivesse tentando conter a hemorragia. – Ajudem-no... Ah, Deus, V.

A boa notícia era que a unidade cirúrgica estava freando e Jane estava com Manny, tendo se transferido do seu próprio veículo. Assim que os cirurgiões abriram as portas da ambulância, os dois médicos desceram e correram carregando maletas pretas cheias de instrumentos.

– Eles chegaram – V. disse. Não que a dupla pudesse fazer muita coisa.

– Ele foi alvejado? Acho que foi... Oh, Deus...

– Eu sei, venha cá. Deixe-os avaliar...

Mary sacudiu a cabeça e se debateu, pois não queria ser afastada.

– Ele está morrendo...

– Dê espaço para que eles possam trabalhar. Venha.

Maldição, aquilo era culpa sua. Se não o tivesse confrontado... Mas que droga. A visão fora aquilo, exatamente como naquele instante: Rhage deitado de costas, nu, sangue por todos os lados, V. segurando Mary enquanto ela chorava e se debatia.

– Um tiro apenas – V. anunciou. – Provável hemorragia cardíaca com tamponamento e efusão pleural.

Deus, ele queria cobrir os ouvidos de Mary enquanto falava, mas como é que ela já não saberia o que estava acontecendo?

Os médicos não perderam tempo, verificando os sinais vitais enquanto Ehlena saía da parte de trás da ambulância com uma maca.

Vishous interceptou o olhar de sua companheira enquanto Jane auscultava o coração de Rhage, e quando ela meneou a cabeça ele soube, sem que nenhuma palavra tivesse que ser dita, que tudo o que ele previra era verdade.

Merda.

– O que estão fazendo? – Mary balbuciou ao seu encontro. – O que eles vão fazer?

V. abraçou a fêmea com mais força enquanto ela continuava balbuciando em seu ombro, com a cabeça virada na direção de seu companheiro.

– Eles vão ajudá-lo, não vão? Vão consertá-lo... *Não vão?*

Jane e Manny começaram a se comunicar com jargões médicos breves, e conforme Vishous captava o sentido das palavras, fechou os olhos por um instante. Quando voltou a suspender as pálpebras, Manny estava num dos lados de Rhage inserindo um tubo para drenar os fluidos ao redor dos pulmões, e Jane estava executando uma pericardiocentese com uma agulha que parecia do tamanho do braço dela.

Uma tática muito arriscada.

Costumeiramente, tal procedimento era feito com a orientação de um ultrassom, mas ela não tinha chance a não ser ir às cegas entre o quinto e o sexto espaço intercostal, próximo ao coração.

E se ela calculasse mal? Se fosse fundo demais?

Mary se debateu em seus braços.

– O que estão fazendo...?

– Parada cardíaca – Manny exclamou.

– Rhage!

Ehlena estava logo ao lado com as pás para o choque, mas de que isso adiantaria no caso de uma hemorragia daquele porte? Inferno, mesmo com o tubo no tórax e a coisa da agulha, nada daquilo daria um jeito no trauma sofrido pelo coração. A única chance de sobrevivência seria colocar o irmão numa máquina de *by-pass* para que Jane pudesse fazer sua mágica e reparasse qualquer buraco ou rasgo que houvesse ali num ambiente mais estável e com menos sangue.

De repente, tudo ficou em câmera lenta quando Rhage abriu os olhos, inspirou com dificuldade... e virou o rosto na direção de Mary.

Seus lábios pálidos começaram a se mover.

Mary empurrou V. e ele a soltou, permitindo que ela fosse para junto dele. Pelo amor de Cristo, aquela podia ser a última oportunidade da fêmea se comunicar com seu companheiro. Ficar em paz com ele. Fazer os arranjos para encontrá-lo do outro lado.

Vishous franziu o cenho quando a imagem da maldita mãe deitada naquela cama voltou-lhe à mente.

É melhor você cumprir sua promessa, ele pensou para os céus. *É melhor criar vergonha na cara e cuidar desses dois.*

Mary caiu de joelhos junto à cabeça de Rhage e aproximou o ouvido da boca dele. O fato de a equipe médica ter se afastado sem dúvida passou despercebido para ela, mas Vishous sabia o significado disso, e não era nada bom. Aqueles batimentos cardíacos monitorados tão atentamente não estavam ficando mais estabilizados. A pressão sanguínea não estava mais forte. A hemorragia não estava se autocurando. E o tubo e a agulha não resolveram muita coisa.

V. olhou para Butch, e quando o policial devolveu o olhar acima de todo o drama, V. pensou em como os três formavam um laço estreito. O triunvirato, assim eram chamados. Unha e carne, extremamente irritantes, nas palavras de Tohr.

V. olhou ao redor. Os outros Irmãos, em círculo, formaram uma barreira de proteção e de preocupação ao redor de Rhage e de Mary. Nenhum dos guerreiros guardara as armas, no entanto, e de tempos em tempos um tiro era dado conforme eles avistavam assassinos cujos corpos demonstravam movimentos em excesso.

Enquanto Mary começava a falar num suave desespero, Vishous praguejou de novo ao entender que, mesmo que o fim de jogo para aquele casal resultasse em ficar juntos, o restante deles perderia Rhage... E Mary. Maldição, era impossível imaginar a mansão sem eles.

Não era para ter acontecido assim.

Risque isso, ele pensou, ao se lembrar da visão. Ele não *queria* que terminasse assim.

V. desviou o olhar para sua companheira, e quando Jane simplesmente meneou a cabeça, seu sangue esfriou.

Jesus Cristo, *não.*

De repente, uma imagem de Rhage no Buraco junto à mesa de pebolim lhe veio à mente. Naquele dia, o Irmão não estivera jogando; estivera de lado, mastigando algum tipo de *burrito* em forma de enroladinho do Taco Bell. Na verdade, estivera comendo duas coisas, pois na outra mão segurava um *chimichanga*. Com mordidas alternadas, o filho da mãe acabara consumindo umas quatro mil calorias, junto com o sorvete de chocolate e menta com lascas de chocolate que surrupiara da geladeira deles e metade de um bolo de chocolate que comera de sobremesa antes de chegar da casa principal.

Ei, V., o Irmão dissera àquela altura. *Será que um dia você vai raspar esse tapetinho de banheiro horrível ao redor dessa sua cratera? Ou vai continuar parecendo um refugo do Affliction servindo de propaganda para o que não fazer com sua lâmina de barbear?*

Irritante pra cacete.

Ah, se ele não daria sua bola restante para ter um pouco daquilo de novo. Mesmo que só como despedida.

O tempo é algo finito demais: não importa o quanto dele você tem com alguém que ama, quando o fim chega, ele nunca é o bastante.

– Eu te amo – Mary disse, rouca. – *Eu te amo…*

Enquanto afagava os cabelos loiros para longe da testa, a pele dele estava tão fria e tão estranhamente seca. A boca suja de sangue se movia, mas ele não tinha ar suficiente nos pulmões para poder falar – oh, Deus, eles estavam cinza… seus lábios estavam ficando…

Mary levantou o olhar para Manny. Para a doutora Jane. Para Ehlena. Depois se deparou com os olhares dos Irmãos. De John Matthew. De Blay e de Qhuinn.

O último que ela fitou foi Vishous… E ela ficou horrorizada com a luz distante em seus olhos.

Eles desistiram. Todos eles. Ninguém se apressava para afastá-la a fim de que pudessem entubar seu companheiro, ou dar um choque no seu coração para que voltasse a seu ritmo normal, ou abrir seu peito e fazer o que tinha que ser feito para consertar o que estava errado.

Rhage se arqueou e gemeu, e tossiu mais um pouco de sangue. E, quando começou a engasgar, ela conheceu uma nova definição para terror.

– Eu vou te encontrar – ela lhe disse. – Do outro lado. Rhage! Você me ouviu? Eu vou te encontrar do outro lado!

Os arquejos e a respiração dificultosa, a dor no rosto dele, a agonia do grupo que os cercava... tudo ficou tão cristalino que feriu seus olhos e seus ouvidos, forçando sua mente para sempre. Estranhamente, pensou em Bitty, na mãe dela e no que acontecera na clínica.

Oh, merda, se ela partisse do planeta... O que aconteceria com aquela menininha? Quem se importaria tanto com essa pequena órfã?

– Rhage... – Mary o puxou pelos ombros. – Rhage! Não! Espere, fique aqui...

Mais tarde, ela tentaria brincar quanto ao momento em que a conexão sináptica aconteceu. Ela se perguntaria como poderia ter pensado nisso... Tremeria de medo quanto ao que poderia ter acontecido em seguida – e no que *não* teria acontecido em seguida – se aquele raio não tivesse surgido abruptamente do nada.

Às vezes, algo que quase acontece é tão traumático quanto o fato consumado.

Mas tudo isso viria depois.

No instante da morte do seu amado, no exato momento em que ela sentiu que ele deixara seu corpo para fazer a viagem até o Fade... de repente, e sem nenhum motivo que ela conseguisse pensar, exclamou:

– Virem-no de lado. Agora!

Ela mesma começou a puxá-lo, mas sem sucesso – ele era pesado demais, e ela não conseguia firmar a pegada em seu tronco grande.

Levantando o olhar, ela gesticulou para os Irmãos.

– Ajudem! Porra, me ajudem!

V. e Butch se ajoelharam ao lado dela e ajeitaram Rhage sobre seu lado direito. Arqueando-se ao redor do companheiro, Mary se retraiu por uma fração de segundo. As cores da tatuagem de dragão estavam esmaecendo, como se o brilho da imagem fosse um barômetro da saúde de Rhage. Voltando a se concentrar, pousou as mãos sobre a figura da besta e, Deus, ela odiou o quanto a reação foi lenta.

– Venha comigo – ela pediu com urgência. – Preciso que venha comigo.

Aquilo era loucura, ela pensou ao arrastar as palmas lentamente ao longo do tronco de Rhage, mas algo a conduzia, algum tipo de vontade que certamente ela não sentia como sendo sua. No entanto, ela não contestaria, visto que o desenho da besta seguia o seu toque. E foi estranho, pois só quando chegou às costelas dele foi que percebeu o que estava fazendo.

Loucura, pensou de novo. *Loucura completa e absoluta.*

Convenhamos, o dragão não devia ter sido treinado em medicina emergencial, muito menos em cirurgia cardíaca.

Mas ela não parou.

– Ajude-me – ela disse emocionada para a besta. – Por favor... Dê um jeito, ajude-o, salve-o... Salve-se salvando-o...

Ela simplesmente não podia deixar que Rhage partisse. Naqueles últimos momentos, não importava que existisse uma saída cósmica para eles dois, que por causa do que a Virgem Escriba lhes concedera eles não tivessem que se preocupar com algum tipo de separação. Ela tentaria salvá-lo.

Trabalhando junto dela, os Irmãos voltaram a deitar Rhage de costas, e as lágrimas de Mary caíram sobre o peito nu do seu companheiro enquanto ela transferia as mãos para o ilusoriamente pequeno buraco de dois centímetros à direita do seu esterno.

Deus, ela sentia como se o ferimento tivesse o tamanho de um túmulo.

– Só conserte isto... De algum modo, por favor... *Por favor...*

A tatuagem se deteve onde ela parou.

– Conserte isto...

O tempo desacelerou para um arrasto, e através de olhos marejados ela fixou o olhar no peito de Rhage, à espera de um milagre. Enquanto os minutos se passavam e ela mudava para um plano destroçado, emocionalmente pior do que em pânico, muito mais decadente do que depressivo, e tão vasto que tinha o dobro do tamanho de uma galáxia, rememorou o que Rhage lhe dissera sobre as horas que passou ao seu lado na cama daquele hospital humano: sabendo que ela morreria, sem conseguir fazer nada a respeito, sentindo-se pErdido apesar de conhecer o endereço de onde seu corpo físico estava.

Foi como se gravidade não me puxasse, ele dissera, *e, ao mesmo tempo, me esmagasse. E, então, você fecharia seus olhos, e meu coração pararia. Só conseguia pensar que em algum momento no futuro você estaria exatamente assim para sempre. E a única certeza que eu tinha era que eu jamais seria o mesmo, e não de uma boa maneira... porque eu sentiria saudades de você mais do que qualquer outra coisa em minha vida.*

Mas então a Virgem Escriba mudara tudo aquilo.

Contudo, aqui estava Mary... lutando para mantê-lo vivo.

E o *motivo* – quando ela se concentrava de verdade na pergunta – parecia-lhe errado, muito errado, e mesmo assim ela não conseguia parar.

A princípio, a onda de calor não foi percebida em meio a todas as suas emoções. Havia coisas demais em sua mente, e a mudança na temperatura era muito sutil. Entretanto, o calor logo se tornou impossível de ignorar.

Piscando, franziu o cenho ao fitar as mãos.

Não ousava afastar as palmas para ver o que acontecia por debaixo.

– Rhage? Rhage... Vai ficar conosco?

O calor logo se tornou tão intenso que irradiou por seus braços e aqueceu o ar que ela respirava ao se inclinar sobre seu companheiro. Em seguida, ela sentiu uma ondulação, como se a besta estivesse mudando de posição.

Sem aviso, Rhage escancarou a boca, inspirou uma lufada gigantesca de ar e ergueu o tronco do chão, lançando-a para trás de bunda na terra. Como as mãos dela foram afastadas, a tatuagem foi revelada e...

O desenho do dragão perdera seu contorno, suas cores se misturavam e ainda assim permaneciam distintas, como uma daquelas placas de cores misturadas que ela fazia nas feirinhas ambulantes quando era criança.

Ela não enxergava mais o ferimento da bala.

Houve um arquejo coletivo, seguido por muitos "mas que porra", e depois uma sequência de aleluias entoada por um sotaque de Boston.

– Mary? – Rhage a chamou, confuso.

– Rhage!

Só que, antes que ela conseguisse alcançá-lo, ele começou a tossir em grandes espasmos, a cabeça se projetando para a frente, a barriga distendida se contraindo, a mandíbula se esticando.

– O que está acontecendo com ele? – Mary perguntou ao se aproximar, mesmo sem poder fazer nada para ajudá-lo. Inferno, os profissionais da saúde pareciam igualmente confusos, e eram eles quem tinham os títulos de doutores antes dos nomes...

Rhage tossiu a bala para fora.

Bem na mão dela.

Com um último e sério arquejo, algo saiu voando da boca dele, e ela apanhou o pedaço pontudo de chumbo num reflexo – enquanto Rhage abruptamente passava a respirar fundo, niveladamente, como se nada de errado tivesse acontecido.

Virando a coisa em sua palma, ela começou a gargalhar.

Não pôde evitar.

Segurando a bala entre o polegar e o indicador, suspendeu-a para que os Irmãos, os médicos e os guerreiros vissem – porque Rhage ainda estava cego. Então ela montou sobre as pernas esticadas de seu companheiro e amparou seu rosto entre as mãos.

– Mary...? – ele perguntou.

– Estou bem aqui. – Ela alisou os cabelos dele para trás. – E você também.

No mesmo instante, ele se acalmou ainda mais, um sorriso repuxando sua boca.

– Minha Mary?

– Sim... Estou bem aqui.

Em seguida, bom Deus, ela chorou tanto que ficou tão cega quanto ele. Mas isso não era importante. De alguma forma, a besta fizera seu trabalho e...

– Mary, eu...

– Eu sei, eu sei. – Ela o beijou. – Eu te amo.

– Eu também, mas vou vomitar.

E, com isso, ele a afastou com gentileza para longe da linha de fogo, se virou de lado e vomitou sobre os coturnos de Vishous.

CAPÍTULO 8

Aquele foi um jeito e tanto de voltar dos mortos.

Enquanto Rhage vomitava as entranhas ao seu redor, seu cérebro não passava de uma porção de ovos mexidos...

Ok, não era uma boa ideia pensar em ovos naquele instante.

A rodada número dois da evacuação abdominal tomou conta do seu corpo, contorcendo-o dos pés à cabeça, e enquanto ele deixava que as entranhas dominassem a conversa, ouviu a voz seca de V. logo acima.

– Não é a minha noite – murmurou o Irmão. – Não mesmo, com todo esse vômito.

Como que é?, Rhage pensou, antes de deixar pra lá. Só o que importava para ele, além do fato de poder respirar e falar de novo, era sua Mary. Esticando um braço, foi em busca do seu contato novamente – e ela agarrou sua palma na mesma hora, segurando-o, agarrando-o, tanto acalmando-o quanto dando-lhe forças.

No instante em que o contato foi feito, sua confusão começou a se dissipar.

Não, isso não estava totalmente certo. Ele não fazia ideia de como conseguira passar do ponto em que estava de pé diante da porta do Fade, diante da escolha que estava atordoado demais para aceitar, mesmo ciente de que estivava morrendo... para, de alguma forma, retornar ao seu corpo e ouvir a mais que perfeita voz de sua Mary, límpida como água, sem a interferência estática do medo e da dor.

Esse mistério não fora revelado, mas ele estava pouco se fodendo. Contanto que sua Mary estivesse com ele? Todo o restante poderia...

– Feridos? – ele disse num rompante. – Alguém foi ferido?

Será que a besta...

– Todos estão bem – ela lhe disse.

– Sinto muito por estar passando mal. – Deus, a pós-festa com o blecaute visual era terrível, mas ele preferiria isso a uma soneca em qualquer noite e duas vezes aos domingos, como diriam os humanos. – Desculpe...

– Rhage, precisamos colocá-lo na ambulância. E, não, não vou te deixar; Jane só vai verificar seus sinais vitais, e depois vamos te tirar daqui. Não é um lugar seguro.

Ah, certo. Estavam no *campus*, no campo de batalha, sem dúvida alvos fáceis...

Com uma explosão da sua memória, tudo voltou. A discussão com V. A disparada pelo descampado.

A bala em seu coração.

Com a mão livre, bateu no peito, tateando à procura do buraco, sentindo o sangue... E descobrindo que, apesar de haver uma mancha úmida grande descendo pelo tronco, não havia nenhum ferimento perceptível.

Apenas um trecho bem no meio que parecia brilhar como o calor de uma fogueira se apagando.

E foi então que a coceira começou. Iniciando na porção acima do coração, ela se mudou numa trilha sólida, rastejando pelas costelas de um lado, fazendo cócegas debaixo do braço, indo até o meio das costas.

Era sua besta, voltando ao seu lugar. Por quê?

Pois é, acrescente mais isso ao fim de uma longa lista de "como é que é"?

– Mary – ele a chamou em meio à sua cegueira. – Mary...?

– Está tudo bem, vamos sair daqui juntos e, quando estivermos num lugar seguro, eu explico tudo... Ou pelo menos tudo o que sei.

Na hora seguinte, sua *shellan* cumpriu a promessa – mas quando foi mesmo que ela desapontou alguém? Ela permaneceu ao seu lado em cada centímetro do caminho, desde o instante em que ele foi erguido na maca e levado aos solavancos até a ambulância de Manny... Do trajeto cheio de buracos ao longo do mato alto do *campus* até o asfalto liso da autoestrada... Do pare e siga adiante do sistema de portões que protegia o centro de treinamento da Irmandade... Até, enfim, a chegada e os protocolos para a sua recuperação num dos quartos da clínica.

A viagem o exaurira – pensando bem, passara boa parte do tempo vomitando partes de *redutores* e se engasgando no fedor do sangue negro deles. E, engraçado, normalmente ele aguentava todo esse processo irritado, mal podendo esperar que aquilo chegasse ao fim. Naquela noite? Estava tão malditamente agradecido por estar vivo que pouco se importava por ter o pior enjoo/virose estomacal/intoxicação alimentar do mundo.

Você vai morrer hoje à noite, porra!

Maldição, Vishous estivera certo. A não ser pelo fato de que ele, de alguma forma, dera uma rasteira na previsão e voltara do Fade: por algum motivo, por conta de um milagre, estava de volta – e não acreditava que fosse porque a Virgem Escriba tivesse lhe feito um favor. Ela já fizera o depósito do bilhete premiado da loteria na conta corrente da sua vida quando salvara Mary. Além disso, nos últimos anos, a Mãe da Raça estivera distante como um parente inconveniente que você, de todo modo, teria isolado, muito obrigado.

Quer dizer que seu irmão se equivocara? A resposta curta para isso seria "sim", levando em consideração que ele estava, no presente momento, deitado num leito hospitalar em vez de em alguma nuvem lá no céu.

Mas por quê?

– Tome aqui – sua Mary lhe disse. – Tenho o que você precisa.

Uma verdade em tantos níveis, ele pensou ao virar a cabeça na direção da voz. Quando uma série de bolhas estourou em seu nariz, ele estremeceu de alívio.

Plop-plop, fizz-fizz, ah, beleza…

– Obrigado – murmurou, porque temia que se tentasse falar mais do que isso recomeçaria a vomitar.

Bebeu tudo que estava no copo e se recostou contra o travesseiro e, então, o som de Mary apoiando o copo vazio e a sensação de seu peso no colchão o levou às lágrimas por algum motivo.

– Eu vi o Fade – disse baixinho.

– Viu? – Ela pareceu estremecer, a cama transmitindo um tremor sutil do ponto em que ela estava sentada. – É muito assustador ouvir isso. Como era lá?

Ele franziu o cenho.

– Branco. Tudo era branco, mas não havia nenhuma fonte de luz. Era esquisito.

– Eu teria te encontrado, sabe. – Ela inspirou fundo. – Se você não tivesse voltado, eu... Não sei como, mas eu teria te encontrado.

O respiro que soltou pareceu durar uma eternidade para ele.

– Deus, como eu precisava ouvir isso.

– Pensou que não seria assim?

– Não. Bem, a não ser por me perguntar se isso seria possível. Você deve ter pensado o mesmo, ou não teria se esforçado tanto para me salvar.

Houve um instante de silêncio.

– Sim – ela sussurrou. – Eu te salvei, não foi?

– E estou feliz que tenha dado certo. – Verdade, estava mesmo. Muito. – Eu... ah...

– Você sabe que eu te amo muito, Rhage.

– Por que isso está me parecendo uma confissão? – Ele forçou uma risada. – Só estou brincando.

– Odeio muito a morte.

Ok, alguma coisa estava acontecendo. E não só com ele. Ela parecia estranhamente... derrotada, o que não era esperado de uma fêmea que resgatara o pobre traseiro do seu *hellren* da porta dos mortos.

Literalmente.

Rhage tateou à procura das mãos dela e, quando as segurou, elas tremeram.

– O que mais aconteceu hoje? E não diga que não foi nada. Ou quer falar sobre a doença do refluxo gastroesofágico?

– Não é tão importante quanto você. – Ela mudou de posição e o beijou na boca. – Nada é tão importante quanto você.

Onde você está?, ele se perguntou. *Minha Mary, para onde você foi?*

– Deus, estou cansado – disse no silêncio entre eles.

– Quer que eu saia para você poder dormir?

– Não. – Rhage apertou as mãos dela e sentiu como se estivesse tentando amarrá-la a ele. – Nunca.

No silêncio do quarto do hospital, Mary se viu estudando as feições de Rhage, como se tentasse rememorizar os traços que já conhecia tão bem e estavam indelevelmente marcados em sua mente. Pensando bem, ela não estava realmente admirando aquela beleza divina. Estava procurando coragem dentro de si. Ou algo assim.

Devido à sua profissão, era de se pensar que ela se sairia melhor em momentos como aquele.

Conte a ele, ela pensou. *Conte a ele sobre Bitty e a mãe, e o fato de você ter metido os pés pelas mãos no seu trabalho e estar se sentindo um completo fiasco.*

A questão era que toda aquela conversinha de confissão parecia tão egoísta considerando-se que ele praticamente morrera apenas uma hora atrás: era o mesmo que se aproximar de alguém quese envolveu num acidente sério de carro e querer explicar o quanto a sua noite também foi horrível porque recebeu uma multa por excesso de velocidade e acabou com um pneu furado.

– Eu teria, com certeza, ido à sua procura e te encontrado de algum modo – enquanto repetia as palavras que dissera, sabia que ele acertara em cheio. – Porque sentia que tinha algo a confessar. – De verdade. Eu teria.

Maravilha, agora *ela* estava se sentindo enjoada.

Só que, Deus, como poderia lhe dizer que lutara tanto para salvá-lo não só por causa deles e seu relacionamento, nem mesmo pelos Irmãos e pela tragédia que sua morte seria para todos na casa, mas por causa de outra pessoa? Mesmo que essa outra pessoa e todos os seus problemas fossem indiscutivelmente uma causa nobre? Mesmo que essa terceira pessoa fosse uma criança que acabara de ficar órfã?

Isso lhe parecia uma traição para os dois e sua vida juntos. Quando se encontra o amor verdadeiro, quando você recebe essa dádiva, você não toma decisões de vida e morte baseada nos problemas e nas situações de outra pessoa. A menos que fosse um filho, claro – e os céus bem sabiam que ela e Rhage jamais teriam filhos.

– Ok, ai. Essa doeu.

– O que doeu? – Rhage perguntou.

– Desculpe. Nada. Sinto muito… é só que a noite foi bem longa.

– Conheço essa sensação. – Soltou suas mãos e esticou os braços, os músculos entalhando a pele e formando sombras pronunciadas. – Venha se deitar. Deixe que eu me sinta um macho e não só um pedaço de carne… Quero te abraçar.

– Você não precisa pedir duas vezes.

Esticando-se ao lado dele na cama, apoiou a cabeça no seu peito, bem acima do esterno, e inspirou fundo. Conforme os aromas picantes do seu cheiro floresciam no ar, ela fechou os olhos e tentou libertar todas as recriminações caóticas que tropeçavam e caíam dentro do seu crânio, palhaços que de modo algum ela considerava engraçados.

Felizmente, o contato com a pele de Rhage, com o seu calor, com sua presença vital era como um Valium sem os efeitos colaterais. A tensão lentamente a abandonou, e aqueles malditos com seus narizes de borracha, perucas feias e sapatos idiotas recuaram para os fundos de sua mente.

Sem dúvida voltariam. Mas ela não se preocuparia com isso agora.

– Está batendo tão forte de novo – ela murmurou. – Amo o som do seu coração.

Amava também o ritmo do peito, que subia e descia uniformemente.

E, sabe, a vista daquela pele sem pelos e todos aqueles músculos pronunciados não era nada mal também.

– Você é tão grande – ela disse ao esticar o braço e não conseguir dar a volta no tronco.

A risada que ecoou dentro dele foi um pouco forçada, mas ele prosseguiu com um:

– É mesmo? Conte-me sobre o quanto eu sou grande.

– Você é muito, muito grande.

– Só o meu peito? Ou está pensando em... outras partes?

Ela conhecia muito bem aquela fala arrastada... Estava muitíssimo ciente de qual a linha de pensamento do seu companheiro – e, como esperado, quando ela baixou o olhar para o corpo coberto, cada pedacinho dele ainda funcionava muito bem, tendo ele estado ou não à beira da morte.

Especialmente uma parte de uns trinta centímetros. Mais ou menos.

Seus olhos dispararam para a porta e desejou que estivesse trancada. Havia tantas pessoas da equipe médica por ali – ok, somente três. Mas quando se está interessada em um pouco de privacidade, havia três pessoas a mais ali.

Quando Rhage rolou o quadril, o indício que engrossava debaixo da coberta foi resvalado de modo que o fez morder o lábio inferior, e Mary sentiu seu corpo reagir numa onda de calor. Deus, ela odiava aquele distanciamento estranho que se interpusera entre eles, aquela desconexão sutil que vinha sentindo já há algum tempo: de algum modo, apesar de o amor entre eles não ter diminuído, eles pareciam estar se afastando um do outro... A despeito do fato de confessarem seus "eu te amo" nos momentos certos, de dormirem na mesma cama e de não se imaginarem em nenhum outro lugar com nenhuma outra pessoa.

Ainda que, pensando bem, quando foi a última vez que tiraram uma noite de folga, só os dois? Rhage andara muito ocupado com a guerra e os ataques a Wrath e seu trono e, desde que Bitty e a mãe chegaram ao Lugar Seguro, Mary tinha essa preocupação profissional que não a abandonava nem quando, tecnicamente, não estava trabalhando. Inferno, sua preocupação com Bitty e com Annalye ficara com ela mesmo quando dormia.

De fato, sonhava com a garotinha quase todas as noites, hoje em dia.

Tempo demais, Mary pensou. Fazia tempo demais desde que ela e Rhage se concentraram um no outro como deviam.

Portanto, sim, apesar de ser um Band-aid que sem dúvida seria temporário, apesar do local público em que se encontravam e, sim, sem pensar no fato de que Rhage estivera morto há pouco... Mary deslizou a mão por debaixo dos lençóis e moveu a palma ao longo do estômago definido do companheiro.

Rhage sibilou e gemeu, a pelve rolando de novo, os braços se endireitando a fim de poder agarrar as grades da cama.

– Mary... eu te quero...

– Fique à vontade.

A ereção dele era espessa e longa e, quando ela a circundou, a sensação aveludada e os sons que ele produzia no fundo da garganta, e a maneira como o cheiro do contato se espalhou ainda mais, eram o tipo de aproximação de que precisavam. Aquilo se tratava só dos dois: nada mais seria bem recebido – não o trabalho dela, nem o dele; não suas preocupações, nem o estresse dele. Nesse aspecto, sexo era o melhor espanador do mundo, tirando todo o pó e as partículas suspensas da "vida normal" que sufocara a conexão entre eles, deixando o amor que sentiam mais reluzente do que nunca.

– Suba em mim – Rhage exigiu. – Fique nua e suba em mim.

Mary relanceou para os equipamentos médicos que estavam ao redor da cama e quis praguejar. Bipes em telas.

– E quanto às suas máquinas? As coisas estão começando a ficar bem animadas ali.

– Beeeemmmm, isso é porque *eu* estou ficando muito animado.

– Se eles se elevarem demais…

Seguindo a deixa, o alarme do monitor cardíaco começou a soar. E bem quando Mary tirou a mão debaixo da coberta, Ehlena entrou apressada no quarto.

– Está tudo bem – Rhage disse à enfermeira com uma risada. – Estou muito bem, confie em mim.

– Só vou dar uma olhada nas coisas aqui… – Só que, nisso, Ehlena se deteve. E sorriu. – Ah.

– Pois é, ah. – Rhage teve o desplante colossal de se recostar como um leão prestes a ser alimentado. Até lançou uma piscada na direção de Mary. – Então, acha que pode desligar isso por um tempinho?

Ehlena riu e balançou a cabeça ao reajustar a máquina.

– Nem pensar. Só depois que você estiver definitivamente estabilizado.

Rhage se inclinou na direção de Mary e sussurrou:

– A única coisa definitiva é que eu preciso de você. É só você o que quero.

A enfermeira seguiu para a porta.

– Vou estar no CO se precisarem de mim. Vamos começar uma cirurgia.

Rhage franziu o cenho.

– Em quem?

– Temos alguns ferimentos. Mas nada sério, não se preocupe. Comportem-se vocês dois, ok?

– Obrigada, Ehlena. – Mary acenou para a outra fêmea. – Você é a melhor.

Quando a porta se fechou, Rhage abaixou o tom de voz.

– Me desliga.

– O quê?

– Ou você faz isso ou faço eu, mas preciso de você *agora*.

Quando Mary não fez nada, Rhage tentou alcançar as máquinas às cegas, derrubando um computador, que parecia custar mais do que uma casa, de uma prateleira.

– Rhage! – Mary começou a gargalhar ao segurar as mãos dele e trazê-las de volta. – Vem cá…

Em seguida, ela se viu içada para cima do seu quadril, onde ele a acomodou sobre sua ereção. E, sim, no instante em que seu peso foi registrado, aquele maldito *bipe-bipe-bipe* voltou a acelerar.

– Você pode me religar assim que terminarmos. E, mesmo sendo um sacrifício, se você quiser só bater uma punheta pra mim, eu me contento em ficar te desejando até mais tarde. Mas já cheguei perto da morte uma vez hoje – não faça o seu *hellren* morrer de desejo.

Mary teve que sorrir para ele.

– Assim você me mata.

– E você pode não me matar agora? Por favor?

Ela sacudiu a cabeça, apesar do fato de ele não conseguir enxergá-la.

– Você simplesmente não consegue aceitar um não como resposta, consegue?

– No que se refere a você? – Rhage ficou sério, seus olhos azuis das Bahamas fitando-a sem enxergar, o lindo rosto ficando muito sério. – Você é tanto a minha fortaleza quanto o meu ponto fraco, minha Mary. Então, o que me diz? Quer tornar a minha noite feliz? E, só pra te lembrar... Morri nos seus braços há pouco.

Mary explodiu numa gargalhada, e quando se projetou para cima dele, aninhou o rosto na curva do seu pescoço.

– Eu te amo tanto.

– Aaaahhh, isso é que eu gosto de ouvir. – Mãos grandes afagaram suas costas. – Então, o que vai ser, minha Mary?

CAPÍTULO 9

Observar das sombras não era o curso natural para Xcor, filho de ninguém.

Como guerreiro sem leis e líder de fato, deformado, de uma equipe de degenerados sociopatas, estava mais acostumado à ação. Preferivelmente com sua foice. Ou uma adaga. Pistolas. Os punhos. Ou as presas.

Ele podia não ser descendente de Bloodletter, mas de fato fora criado pelo mais cruel dos guerreiros – e as lições brutais que recebera no campo de guerra por uma luva cheia de espinhos foram bem aprendidas.

Atacar antes de ser atacado fora a primeira e a mais importante das regras. E permanecera como seu princípio de operação.

No entanto, havia vezes em que certa neutralidade de ação era necessária, por mais que os instintos dissessem o contrário e, enquanto permanecia protegido atrás da carcaça de um carro incendiado num dos becos na pior parte de Caldwell, controlou-se para ficar ali. Mais adiante, próximos à iluminação lançada por postes de luz de mais de trinta anos de idade, três *redutores* escambavam itens; duas mochilas trocadas por um único saco de lona.

Devido ao que observara nas ruas nos últimos tempos, ele tinha certeza de que um fardo era dinheiro e o outro mercadorias de uma variante de pó e de substâncias injetáveis.

Inspirando fundo, identificou seus cheiros e os categorizou. O trio ainda tinha que desbotar, os cabelos pretos e castanhos significavam que eram de um recrutamento recente da Sociedade Redutora – e, de fato, foi só isso o que encontrou no Novo Mundo. Desde que ele e o seu bando de bastardos fizeram a viagem através do oceano, partindo do Antigo País, o único inimigo que encontraram foi essa variedade de recém-induzidos e basicamente inferiores.

Muito lamentável. Mas, onde havia escassez de qualidade, havia abundância de quantidade.

E os assassinos encontraram um novo ramo de negócios, não é mesmo? Aquele trio em particular, entretanto, não teria um futuro muito promissor na empreitada do tráfico de drogas. Assim que concluíssem seus negócios, ele os mataria...

Três diferentes toques de celular soaram, todos abafados, todos percebidos apenas por conta da audição aguçada de Xcor. A situação se acelerou a partir daí. Depois que cada um deles leu as mensagens de texto, discutiram por um instante, depois se apressaram para dentro de um veículo grande, cujo exterior brilhante estava repleto de imagens de pizza e tacos.

Sendo analfabeto, ele não conseguia ler o que estava escrito.

Sendo lutador, de modo nenhum permitiria que seus alvos escapassem.

Quando o veículo passou ao seu lado, Xcor fechou os olhos e se desmaterializou até o seu teto, encontrando um lugar para se acomodar em uma parte rebaixada atrás de uma espécie de saída de ar. Não pensou em chamar reforços. Pouco importava o destino dos *redutores* ou quem encontrariam lá, se estivesse em número muito inferior, poderia partir sem que ninguém soubesse.

Nunca antes palavras mais verdadeiras foram ditas, como se viu mais tarde.

O fato de o motorista seguir em direção ao rio Hudson dificilmente era uma surpresa. Por conta das mercadorias com que lidavam, era de se esperar que algum tipo de conflito, armado ou não, exigisse os reforços da área sob as pontes – ou talvez fosse algo relacionado à Irmandade. Mas, que pena, aquela floresta rançosa de concreto não era o destino deles. Logo subiram numa rampa e a autoestrada foi galgada a uma velocidade crescente, exigindo dele uma mudança de posição a fim de se segurar contra a ação dos ventos, na base da ventilação, agarrando com firmeza.

O trajeto foi difícil, ainda que não pelo terreno, mas sim pelo vento gelado e pela velocidade. Entretanto, não muito tempo depois, pegaram outra saída e a velocidade diminuiu a ponto de ele conseguir levantar a cabeça e identificar uma região de domicílios na periferia ao norte do centro. Essa área povoada da cidade não durou muito. Em pouco tempo, uma área rural se apresentou.

Não, era uma espécie de estacionamento.

Também não... Era outra coisa.

Quando viraram à esquerda em algum tipo de propriedade, ele não sabia dizer onde estava. Uma boa extensão de terras desertas com mato alto... Uma boa extensão de prédios abandonados. Uma escola? Sim, isso mesmo.

Mas um local já abandonado pelos humanos.

O cheiro dos *redutores* estava no ar de modo tão sobrepujante que seu corpo reagiu ao fedor, a adrenalina jorrando, os instintos se preparando para o combate...

O primeiro dos *redutores* mutilados se apresentou disperso sobre a mata espessa, e conforme o veículo avançava, mais deles surgiram.

Fechando os olhos, acalmou-se e se desmaterializou até o telhado horizontal de um prédio de cinco andares abandonado logo adiante de onde o caminhão por fim parou. Pisando com cautela ao redor de galhos e folhas apodrecidas que flutuavam ao redor de poças de água, Xcor avançou até a beirada. A escala do que deve ter sido um ataque maciço à Sociedade Redutora era evidenciada pelos metros e metros de carnificina bem no centro do *campus*: uma grande extensão de grama amassada e de árvores estava coberta com partes de corpos de assassinos meio mortos, meio vivos, e o equivalente a uma maré alta do sangue negro e oleoso de Ômega.

Era o retrato do *Dhunhd.*

– A Irmandade – disse para o vento.

Era a única explicação. E enquanto considerava como devia ter sido a estratégia de ataque, sentiu inveja por eles terem recebido a dádiva daquela batalha. Como desejou que aquilo tivesse acontecido com ele e seus soldados...

Xcor se virou para trás.

Algo se movimentava no telhado atrás dele. Conversava. Praguejava.

Na escuridão e no mais absoluto silêncio, sacou a adaga de aço da bainha junto ao peito e se agachou sobre as coxas. Sorrateiramente indo adiante contra o vento, rastreou os sons e testou o ar. Era um humano.

– ... filmagem! Não! Tô te dizendo, não é brincadeira!

Xcor pairou acima do frágil rato sem cauda, e permaneceu sem ser notado enquanto o humano falava ao celular.

– Estou num telhado, gravei toda a porra em vídeo! Não, Chooch, T.J. e Soz foram embora, mas eu vim pra cá... Era um dragão... O quê? Não, Jo, o efeito do LSD acabou hoje de manhã... Não! Se fosse um flashback, como é que acabei de postar no YouTube?

Xcor levantou a adaga acima da cabeça.

– Não! Tô falando sério, eu...

O humano se calou quando Xcor o atingiu na parte posterior da cabeça com o cabo da adaga. E quando seu corpo relaxou e caiu de lado, Xcor pegou o celular e o aproximou da orelha.

Uma voz feminina dizia:

– Dougie? Dougie? O que aconteceu?

Xcor encerrou a ligação, guardou o celular no bolso da jaqueta e se inclinou sobre o beiral do telhado. Os três *redutores* com quem viera até ali não se afastaram do caminhão de comida. Pareciam atordoados pelo que os cercava, incapazes de reagir, dada a magnitude da perda.

Melhor dirigir-se a eles antes de ir embora.

Passando por cima do homem desmaiado, saltou do prédio, desmaterializando-se na queda e reassumindo sua forma no chão antes que despencasse e se matasse.

Os assassinos o viram, exatamente como ele quis.

Enquanto os três corriam para voltar ao veículo, ele se dissipou acima do que estava atrás, esfaqueando-o no peito num golpe reverso, mandando-o de volta a Ômega com um flash brilhante e um estampido. Em seguida, avançou e agarrou o segundo pelos ombros, desequilibrando-o e rasgando seu pescoço antes de largá-lo. O terceiro foi capturado pelos cabelos bem quando tentava se trancar no caminhão pelo lado do motorista.

– Nada disso, amigo – grunhiu, ao puxá-lo. – Um por todos e todos por um.

O *redutor* aterrissou de costas e, antes de conseguir reagir, Xcor afundou a bota no seu rosto, esmagando a estrutura óssea, fazendo dos olhos nada mais do que poças de fluidos.

Xcor olhou por cima dos ombros. Não era feitio da Irmandade deixar uma bagunça daquelas para que os humanos encontrassem depois. Mesmo o *campus* estando abandonado, em pouco tempo algum *Homo sapiens* aleatório da variedade juvenil invadiria o terreno. Assim como aquele no telhado.

Algo deve ter acontecido durante o combate. Talvez um ferimento grave que impedisse a limpeza, pelo menos no curto prazo...

Xcor não sentiu o que aconteceria. Não ouviu nada.

Num momento, estava completamente ciente dos seus arredores.

No seguinte, alguém ou algo caiu e fez com ele o mesmo que fizera com o humano no telhado.

Ele sequer teve tempo para um último pensamento, tão decisivo que fora o golpe em sua cabeça.

Vishous abaixou o braço lentamente enquanto encarava o macho imenso que acabara de cair sobre seus coturnos.

Depois, de pronto, sacou sua arma, segurando-a com as duas mãos enquanto fazia um círculo ao redor de si mesmo.

– Onde é que vocês estão? – disse baixinho. – Hein, filhos da puta? Onde estão?

De jeito nenhum Xcor, líder do Bando de Bastardos, viria até ali sozinho. Nem fodendo.

V. não podia ter tanta sorte assim.

Só que nada veio para cima dele. Ninguém o atacou. Ninguém disparou de um prédio ou de trás de uma árvore, atirando. Só o que havia eram os pedaços dos assassinos e os troncos largados no chão, o vento frio que batia em seu rosto e um silêncio enorme.

O som de um assobio à esquerda o alertou sobre a posição de Butch. E depois outro vindo da direita. E um terceiro mais à frente.

V. retornou o assobio e seus irmãos vieram correndo.

Manteve o olhar em Tohr, e assim que o soldado se aproximou, V. apontou a arma diretamente para aquele peito coberto de couro.

– Pare. Bem aí.

Tohr parou de imediato. Levantou as mãos.

– Que diabos você está fazendo?

– Butch, role este cara aqui – V. disse entre dentes, apontando para o vampiro aos seus pés.

No instante em que Tohr viu quem era, suas mãos se abaixaram e as presas se revelaram.

– Agora você entende – V. murmurou. – Sei que é um direito seu matá-lo, mas você não pode. Estamos entendidos? Você não vai matá-lo aqui, certo?

Tohrment grunhiu.

– Isso não é você quem decide, V.. Vá se foder, esse filho da puta é meu...

– Eu atiro em você. Estamos claros? Pare onde está.

Pelo visto, o Irmão não estava ciente de ter avançado. Mas Butch e os outros perceberam no ato – e o policial se aproximou de Tohr com cautela.

– A vingança é sua – Butch disse. – Mas, primeiro, vamos levá-lo conosco. Interrogamos o bastardo, conseguimos informações e depois ele é seu, Tohr. Ninguém vai levar isso a cabo a não ser você.

Phury assentiu.

– V. tem razão. Se o matar agora, ficamos sem o interrogatório. Seja racional nisto, Tohr.

Vishous relanceou ao redor. Os quatro retornaram ao *campus* com a intenção de apunhalar quantos pudessem de volta a Ômega, fazendo toda a limpeza possível, mas esta pequena descoberta alterara o objetivo imediato.

– Butch, você o leva no Hummer. Agora. – V. sacudiu a cabeça na direção de Tohr. – E, não, você não vai com ele como reforço.

– Você está me entendendo mal – Tohr disse com gravidade.

– Será? Percebe que está segurando uma adaga? Não? – Quando o irmão baixou o olhar com certa surpresa, V. sacudiu a cabeça. – Não pense que sou eu quem perdeu a cabeça. Você fica com a gente, Tohr. O tira cuida disso.

– Estou chamando Qhuinn e Blay – Butch disse ao sacar o celular. – Quero os dois comigo nisso.

– E é por isso que eu te amo – V. murmurou enquanto mantinha o olhar fixo em Tohr.

O Irmão ainda não embainhara a adaga. E tudo bem. Assim que Xcor estivesse distante dali, ele mesmo garantiria que Tohr empregasse esses impulsos letais em bom uso.

Um momento depois, Blay e Qhuinn se materializaram na cena, e os dois praguejaram ao verem o rosto feio com cicatrizes que via sem enxergar a partir daquele corpo desmaiado.

Butch algemou Xcor rapidamente, depois ele e Qhuinn o seguraram pelos pés e mãos como um saco de batatas em direção ao Hummer blindado preto, estacionado atrás de uma das salas de aula. A máquina com aparência letal era, na verdade, o segundo modelo de Qhuinn, visto que o primeiro fora roubado depois que ele cometeu um *hyslop* diante de uma farmácia no inverno passado.

V. não mexeu nenhum músculo até ver que a maldita coisa estava se dirigindo para a saída da propriedade em alta velocidade.

– Não é que eu não confie em você – disse para Tohr. – Eu só não...

Vishous se calou. E ficou imóvel de novo.

– O que foi? – Phury perguntou.

V. não fazia a mínima ideia. E isso não era nada bom. A única coisa de que tinha certeza era que o cenário se alterara de alguma maneira sutil ainda que inegável, uma onda de amortecimento se estendendo sobre os corpos dos mutilados como se uma sombra tivesse sido lançada sobre o *campus*.

– *Merda* – Vishous sibilou. – Ômega está chegando!

CAPÍTULO 10

A beleza estava nos ouvidos de quem ouvia.

Enquanto percorria as mãos pelas coxas de Mary, Rhage podia estar cego, mas sabia exatamente como sua *shellan* estava linda sentada em seu quadril, equilibrando o peso com as palmas plantadas em seu peitoral.

– Então, o que vai ser? – provocou, rolando o quadril.

Com a ereção acertando seu centro a despeito das cobertas e das calças que ela vestia, sua resposta saiu rouca:

– Como é que eu posso te dizer não?

Deus, aquelas palavras... E, mais do que isso, a voz dela. Isso o fez se lembrar da noite em que se conheceram. Fora ali mesmo no centro de treinamento, pouco depois que a besta fizera uma aparição. Também estivera cego, e andava pelo corredor, indo se exercitar para se distrair do tédio da recuperação. Ela viera às instalações com John Matthew e Bella, como intérprete do garoto mudo que necessitava de ajuda com a linguagem de sinais para se comunicar.

No segundo em que ela lhe dirigira a palavra, sua voz o acorrentara como se cada sílaba pronunciada viesse com elos de aço. Ele soube naquele instante que a teria.

Claro, naquele dia, ele não planejara que ela fosse o amor da sua vida. Mas sua vinculação tivera ideias próprias, e graças a Deus por isso.

Graças a Deus, também, que ela estivesse disposta a tê-lo.

– Venha cá, minha Mary...

Ela virou de lado.

– Mas vou te ligar de novo no instante em que tiver terminado.

O sorriso de Rhage era tão amplo que os dentes da frente esfriaram.

– Tudo bem por mim... Ei, espere... Onde é que você vai?

Mesmo com os protestos, Mary não parou até o que foi um desmonte completo, não um simples puxar de fios.

– Precisamos manter isto parcialmente discreto. – Os bipes cessaram. – E estou falando sério quanto a ligar tudo de volta depois.

Girando de lado, ele se esticou em sua cegueira, agarrando-a pela cintura e puxando-a de volta para si.

– Vem cá...

Todos os pensamentos cessaram assim que ele sentiu a mão dela sobre as cobertas... bem em cima da sua ereção.

O som que saiu numa ebulição de dentro dele foi um misto de *mmmm* e um gemido. O toque dela, mesmo diluído pelas cobertas, bastou para acelerar seu coração, ferver seu sangue, superaquecer sua pele com um formigamento sutil.

E deixá-lo a um fiapo de distância do orgasmo.

O colchão do leito hospitalar balançou quando ela se esticou ao seu lado, a palma se movendo por debaixo do lençol, viajando para baixo, tão para baixo. Afastando as pernas para lhe dar todo o acesso que ela desejasse, ele arqueou a cabeça para trás e curvou a espinha em direção aos céus enquanto ela envolvia sua ereção. Gritando seu nome, ele também sentiu a presença da besta, o dragão galgando a crista do prazer com ele, ainda que permanecendo acorrentado.

Como se tivesse aprendido bons modos.

– Minha Mary... – E logo arfou. – Ah, *isso*...

Ela começou a movimentá-lo bem devagar, e era estranho o modo como ela o afetava. O sexo fazia com que ele se sentisse tão poderoso, tão másculo, tão malditamente aceso que era uma maravilha que sua pele conseguisse conter o rugido enorme de calor erótico... E, no entanto, ela era o seu mestre e a totalidade da sua reação, completamente no controle, dominando-o de maneiras que o faziam se sentir absolutamente frágil.

E, porra, como isso era sexy.

– Você é tão lindo – ela disse com voz espessa. – Ah, olhe só pra você, Rhage...

Ele amava a ideia de que ela o observava, via o que estava fazendo com ele, refestelando-se na pegada que ela tinha sobre ele – literalmente. E se ele não podia tocá-la, se tinha que ser um bom garoto, pelo menos ela poderia apreciar o fato de deixá-lo de joelhos, sabendo que era a única que tinha a habilidade de fazer aquilo.

Afinal, a despeito do distanciamento entre eles nos últimos tempos, nada mudara. Mary era a única fêmea que ele queria, a única que via, que captava pelo cheiro, de quem mal se aguentava até estar perto.

Isto era bom para eles. Aquela conexão sexual eletrizante era importante para ambos agora.

Ainda mais quando ela se pôs num ritmo que bombeava seu mastro e apertava a ponta. Mais rápido. Ainda mais rápido. Até ele ofegar e a doce dor da antecipação atravessar seu corpo enquanto a cabeça girava.

Nem um pouco cansado. Não mais.

– Mary. – Ele se retesou na cama, arqueou para cima com força, agarrando o colchão de um lado e a grade do outro. – Mary, espera...

– O que foi?

Quando ela parou, ele meneou a cabeça.

– Não, continua... Eu só quero que faça uma coisa por mim.

– O que é? – ela disse ao subir a palma pelo mastro... e descer... e subir de novo...

Mas que porra... O quê? Ah, certo.

– Vem cá, vem mais perto. – Quando ela o fez, ele sussurrou algo em seu ouvido.

A gargalhada dela o fez sorrir.

– Sério? – ela disse. – É isso o que quer?

– Sim. – Ele arqueou o corpo de novo, rolando o quadril de modo que sua ereção deslizou sozinha na pegada dela. – Por favor? E posso implorar se você quiser... Amo implorar coisas para você.

Mary foi mais para cima na cama do hospital e voltou a manipulá-lo com mais entusiasmo de novo. Depois se aproximou do ouvido dele...

... e numa pronúncia perfeita, disse:

– *Inconstitucionalissimamente.*

Com uma imprecação ladrada loucamente, Rhage gozou tão forte que viu estrelas, a ereção saltando ao encontro da mão dela, a porra molhando tudo debaixo daquelas cobertas. E, durante todo o tempo, ele só pensava em como amava sua fêmea.

Em como a amava demais.

Duas portas abaixo de onde ocorreu o orgasmo de Rhage, induzido pelo vocabulário, Layla estava sentada em seu próprio leito hospitalar, com uma bola gigantesca de lã vermelha de um lado e o maior cachecol de toda a história do mundo se esticando até o chão do outro. Entre eles? Uma barriga que ficava cada vez maior com os gêmeos que ela carregava, como se alguém tivesse enrolado um colchão e amarrado ao seu tronco.

Não que ela estivesse em posição de reclamar. Os dois estavam saudáveis e, contanto que permanecesse na cama, ela sabia que estaria lhes dando a melhor chance de sobreviverem. E, de fato, Qhuinn, o pai dos dois, e o amado dele, Blay, a mimavam sem parar ali embaixo, como se ambos preferissem atravessar o período de inércia por ela.

Eles eram machos maravilhosos.

Enquanto terminava outra fileira e começava mais uma, ela sorriu ao se lembrar de Blay sugerindo que ela tricotasse alguma coisa, pois isso ajudara a mãe dele, Lyric, a aguentar o período de descanso obrigatório. Aquilo se mostrara um bom conselho: havia algo de estranhamente calmante nos clique-cliques produzidos pelas agulhas, na lã macia escorregando suavemente debaixo dos seus dedos e no progresso que ela podia medir tangivelmente. Contudo, àquela altura, ou ela teria que cortar a coisa em pedaços ou a daria para uma girafa.

Afinal, assistir às maratonas de *Real Housewives* sem fazer alguma coisa, algo produtivo, era insustentável. Não importava o quanto Lassiter defendesse o contrário.

Agora, *Couples Therapy* com a doutora Jenn? Isso talvez fosse uma história diferente – ainda que, claro, ela não aprendesse coisas relevantes para um relacionamento próprio. Porque ela não tinha um macho para chamar de seu.

Não, ela tinha uma obsessão doentia que não dera em nada. O que era muito bom, mesmo que a perda do que jamais deveria ter desejado em primeiro lugar causasse um sofrimento inimaginável e injustificável.

Mas, afinal, não se podia apaixonar pelo inimigo. E não só por ela ser uma Escolhida.

Era porque Xcor e o seu Bando de Bastardos tinham declarado guerra a Wrath e à Irmandade.

Esse era o motivo…

– Pare – murmurou ao fechar os olhos e suspender as agulhas. – Simplesmente... *pare.*

Na verdade, ela não achava que conseguiria suportar a culpa e o conhecimento da sua traição contra aqueles que amava nem mais um segundo. Contudo, qual a alternativa? Mentiram-lhe e depois fora coagida... Mas, no fim, seu coração fora aonde não deveria ter ido.

E, apesar de tudo, isso não se voltou contra ela.

Ao ouvir mais um som vindo do corredor, relanceou para a porta e se forçou a se perder na distração. Naquela noite, houve muita atividade no centro de treinamento – vozes, passos, portas abrindo e fechando – e, de algum modo, isso só fez com que se sentisse mais isolada em vez de menos. Em retrospecto, quando tudo estava mais silencioso, existiam menos coisas para lembrá-la de tudo o que estava perdendo.

Todavia, ela não poderia estar em nenhum outro lugar.

Levando a mão para o abdômen arredondado, pensou que sim, a vida tal qual ela conhecia agora estava muito mais voltada ao interior que ao exterior – e, toda vez que ficava ansiosa, só o que tinha que fazer era se lembrar de tudo o que estava em jogo.

Ela podia não ter nunca o amor que Qhuinn e Blay partilhavam, mas pelo menos as crianças seriam suas, e ela seria das crianças.

Isso teria que bastar para a sua vida, e bastaria. Mal se aguentava de vontade de segurá-las, de cuidar delas, de vê-las crescendo.

Contanto que sobrevivessem ao parto. Contanto que todos eles sobrevivessem.

Quando o alarme suave do seu celular tocou, ela deu um salto e silenciou a campainha.

– Já está na hora?

Sim, estava. Sua liberdade chegara. Trinta minutos para se esticar e sair para um passeio.

Dentro do centro de treinamento, claro.

Empurrando os pontos para a base da agulha, enfiou as pontas no novelo de lã e esticou braços e pernas; apontou os dedos dos pés, flexionou os das mãos. Depois virou os pés para a lateral da cama e desceu com cuidado seu peso para fora. As exigências da gestação e toda a inatividade forçada provocaram certa fraqueza muscular, que não se curava independentemente da quantidade de sangue que Qhuinn e Blay lhe suprissem – portanto, ela aprendera a tomar cuidado toda vez que se levantava.

Primeira parada: o banheiro, algo que ela tinha permissão para usar sempre, mas que inevitavelmente postergava. Não havia necessidade de tomar uma chuveirada, visto que o fizera doze horas antes, durante a sua outra meia hora de pé.

Não, aquilo seria puramente investigatório.

O que estaria acontecendo ali fora?

Ao se dirigir para a porta, alisou os cabelos, que pareciam estar crescendo mais rápido que o cachecol: as mechas loiras já chegavam à altura do quadril, e seria melhor ela cortá-lo um pouco num futuro próximo. A camisola de flanela também era comprida e folgada, quase do tamanho de uma tenda floral, e os chinelos produziam um som de arrasto sobre o piso nu. Com as costas já doloridas e um braço esticado para equilíbrio, ela se sentia com muito mais séculos de idade do que tinha de fato.

Empurrando a porta, ela...

Imediatamente recuou.

Tanto que a bunda bateu na madeira.

Do lado oposto, dois machos estavam de pé, com expressões idênticas de tensão marcando os rostos.

E por idêntica, ela queria dizer exatamente a mesma.

Eram gêmeos.

Quando se concentraram nela, os dois se retraíram como se tivessem visto um fantasma.

– Cuidado – disse um grunhido bravo.

Layla girou a cabeça ao ouvir o alerta.

– Zsadist?

O Irmão com o rosto marcado por cicatrizes andou até perto dela, colocando seu corpo, bem como todas as suas armas, entre ela e os dois desconhecidos, mesmo que nenhum deles tivesse feito nenhum movimento agressivo em sua direção. Não se surpreendeu com o fato de o bloqueio ter sido eficiente. O tronco de Zsadist e os ombros eram tão grandes que ela já não via mais o par – e esse evidentemente fora seu plano.

– Entrem ali com ele – Zsadist ladrou. – Antes que *eu* os coloque ali.

Não houve discussão e, de repente, os cheiros desconhecidos se dissiparam como se eles tivessem mesmo desaparecido do corredor.

– Eles não fizeram nada comigo – ela disse. – Na verdade, acho que se eu tivesse dito "bu", eles teriam saído correndo.

Z. relanceou por cima do ombro.

– Seria melhor você voltar para o seu quarto.

– Mas tenho permissão para esticar as pernas duas vezes ao dia.

O Irmão, gentil mas firmemente, segurou-a pelo cotovelo e a acompanhou de volta através da sua porta até junto da cama.

– Não agora. Voltarei para lhe dizer quando poderá sair. Tivemos visitas inesperadas, e não quero me arriscar com você.

– Quem são eles?

– Ninguém com quem você tenha que se preocupar. E eles não vão demorar. – Z. a deixou na cama. – Posso lhe trazer algo para comer?

Layla exalou fundo.

– Não, obrigada.

– Algo para beber, então?

– Estou bem, obrigada.

Depois de se curvar profundamente, o Irmão partiu, e ela meio que esperou ouvi-lo atirando naqueles dois só pelo fato de a terem olhado. Mas era assim que as coisas funcionavam. Como uma fêmea gestante, ela era a coisa mais vulnerável do planeta não só para o pai dos seus filhos, mas para cada membro da Irmandade.

Era como se estivesse morando com uma dúzia de irmãos mais velhos e superprotetores.

Ou Irmãos, como era o caso.

E, costumeiramente, ela até poderia ter confrontado Zsadist. Mas não reconhecera aqueles machos grandes, e Deus bem sabia que já se metera em apuros o bastante por confraternizar com lutadores que não conhecia – e só podiam ser soldados. Tinham estrutura física forte e pesada, e portavam coldres.

Embora estivessem vazios.

Concluiu que não eram inimigos, senão não teriam tido permissão para entrar no centro de treinamento. Mas tampouco eram confiáveis.

Sem ser convidada, a imagem do rosto rústico de Xcor lhe veio à mente – e a pontada de dor que a atravessou foi tão forte que os bebês mexeram dentro da sua barriga, como se também a sentissem.

– Pare com isso – sussurrou para si mesma.

Alcançando o controle remoto, ligou o aparelho do lado oposto. Muito bem. Ficaria ali até os desconhecidos irem embora. Depois sairia para visitar o irmão de Qhuinn, Luchas, que estava se recuperando a duas portas dali e parecia apreciar suas visitas frequentes. Em seguida, talvez fosse conversar com a doutora Jane em sua sua mesa, ou quem sabe Blay e Qhuinn já teriam voltado de seu turno e poderiam caminhar com ela ao longo das salas de aula.

Quem quer que aqueles soldados fossem, ela duvidava que os Irmãos permitiriam sua permanência além do estritamente necessário, a julgar pela reação de Zsadist.

E por todas as armas de que evidentemente eles tinham sido desprovidos.

CAPÍTULO 11

Sem tempo. Malditamente sem porra de tempo nenhum.

Conforme uma borbulha de maldade permeava o ar, Vishous arrancou a luva e ergueu a palma iluminada. Fechando os olhos para se concentrar – porque sua vida e a vida dos seus dois irmãos de fato dependia disso – lançou uma série de impulsos borbulhantes seus. Só que o *mhis* criado só se estendia uns poucos centímetros à frente do seu rosto e uns poucos centímetros atrás dos corpos de Tohr e de Phury.

Ainda bem que o Hummer já estava fora da propriedade.

– Ninguém se mexe – V. ordenou conforme a borda ondulejante e iridescente se formava ao redor deles, algo bem parecido com uma bolha de sabão feita por uma criança.

Ele não fazia ideia se aquilo funcionaria, mas bem sabia que precisava dar certo – a atmosfera se modificava para um matiz sombrio de malevolência. Inferno, mesmo com o *mhis* no lugar, sua pele formigou com um aviso de *cooooorrrrraaaaa!*

E foi nesse momento que o próprio Ômega apareceu, uns cento e cinquenta metros adiante.

Pense num anticlímax. Na superfície, a figura transparente em seu manto branco Clorox parecia tão intimidante quanto um peão de xadrez animado. Mas isso se baseava apenas numa avaliação visual. Internamente, cada célula que formava seu corpo, cada neurônio que acendia seu cérebro, todas as emoções que já teve ou que teria começaram a berrar como se estivessem sob ataque mortal.

Atrás dele, um murmúrio suave começou, e V. relanceou por cima do ombro. Phury começara a rezar no Antigo Idioma.

– Shhh – Vishous sussurrou.

Phury de pronto parou, mas seus lábios continuaram se movendo. Pois é, V. pensou na sua mãe lá em cima fazendo absolutamente nada, e ficou tentado a contar para o cara que estava perdendo tempo com aquilo. Mas tanto faz. Não havia motivos para desiludi-lo.

Além disso, e se o *mhis* não funcionasse? Eles três, e para quem eles rezassem ou não, não valeriam mais nada naquele planeta.

Ômega lentamente se virou, supervisionando seus "mortos", e V. ficou tão tenso que corria o risco de cair para trás como uma tábua rija. Contudo, o olhar do mal não se deteve onde ele e seus irmãos estavam parados, sugerindo que o *mhis* estava funcionando – muito provavelmente porque o irmão da Virgem Escriba estava distraído demais pela devastação da sua Sociedade.

Merda, esse é o meu tio, V. pensou, repugnado.

Em seguida, Ômega começou a flanar, passando acima do gramado esmagado e encharcado de sangue negro do mesmo modo como a mãe de V. se movimentava.

A chuva começou a cair do céu, pingos frios atingindo os cabelos de V., o nariz, os ombros, os dorsos das mãos. Mesmo incomodando a pele, ele não se moveu para enxugá-la, nem para se proteger – e, francamente, ele poderia muito bem ter ficado sem um lembrete de como a ilusão ótica criada era frágil. A chuva tinha que atravessá-la?

Inferno, dava para colocar um jornal em cima do domo e teriam um guarda-chuva mais eficiente.

Porra.

De tempos em tempos, Ômega parava e se inclinava para pegar um braço, uma perna, uma cabeça. Jogava o que quer que tivesse apanhado de volta no chão, como se estivesse procurando algo mais específico. E depois parou de repente.

Um lamento baixo soou em todo o *campus*, o som indo e vindo ao redor dos prédios abandonados, sem ecoar.

Em seguida, Ômega esticou os braços com as palmas abertas.

Uma brisa atingiu V. pelas costas, empurrando seus cabelos para o rosto e olhos, balançando sua jaqueta também, até que o couro começou a açoitar e ele teve que segurar a peça junto ao corpo.

De uma só vez, os escombros do massacre, todos aqueles pedaços de assassinos e de manchas, se liquefizeram numa sombra viscosa que se amalgamou, transformando-se numa onda que se dirigiu até seu mestre, seu lar, seu centro.

Ômega absorveu tudo isso, reclamando para si as partes dele dadas aos induzidos durante a cerimônia de iniciação, reabsorvendo sua essência até que o campo de batalha ficou tão limpo quanto antes de o ataque ter se iniciado, nada além de mato amassado e árvores caídas como sinal do que a besta e a Irmandade fizeram.

Quando tudo acabou, Ômega ficou no centro da praça da escola, virando de um lado, do outro, como se estivesse verificando seu trabalho. E então, com a mesma rapidez com que chegara, a entidade desapareceu em si mesma, deixando um *flash* súbito como único resquício da sua presença – e até mesmo isso sumiu depois de um segundo.

– Esperem – V. sibilou. – Vamos esperar.

Não tomaria como certo que Ômega já tivesse saído de vez dali. O problema era que a aurora se aproximava... E se o *mhis* não podia protegê-los da chuva, não faria a mínima diferença contra os raios de sol.

Mas podiam se permitir ficar um pouco mais. Só como garantia.

Melhor serem conservadores do que serem descobertos. Além disso, ele precisava de um momento para que seu testículo restante voltasse ao lugar.

Porra.

CAPÍTULO 12

– Não creio que isso seja necessário.

De volta ao centro de treinamento da Irmandade, Assail olhava para baixo do seu corpo, onde um humano de cabelos escuros fechava um corte na canela e no tornozelo com linha e agulha. Quando o homem não respondeu nem diminuiu o ritmo, Assail revirou os olhos.

– Eu disse…

– Tá, tá. – O cara enfiou a agulha na pele uma vez mais e puxou até a linha preta ficar esticada. – Você se fez entender muito bem. A única coisa que tenho para te dar como resposta é que uma infecção por estafilococos não dá a mínima se você é vampiro ou humano, e deixar um corte de quinze centímetros aberto na sua perna é a definição de estupidez.

– Eu me curo bem rápido.

– Não tão rápido assim, amigo. E pode parar de se mexer? Sinto como se estivesse trabalhando num peixe fora d'água.

Na verdade, ele não conseguiria. Suas extremidades tinham ideias próprias no momento, e quando ele olhou para o relógio na parede e calculou o pouco tempo que dispunha antes do amanhecer, o tremor só piorou…

A porta da sala se abriu e os primos entraram.

– Pensei que vocês não queriam ver – Assail murmurou. E, de fato, Ehric, aquele à esquerda, cuidadosamente evitava olhar para o trabalho sendo realizado.

Por mais experiente em assassinatos que o macho fosse, seu estômago não aguentava situações médicas, uma condição que seria fonte de divertimento, mas não naquele momento.

De fato, Assail não estava com bom humor para qualquer forma de leviandade. Não consentira em ser trazido para as instalações da Irmandade para ser tratado. O que ele queria fazer era voltar para a sua casa às margens do Hudson e cuidar do seu incômodo, que logo se transformaria num rugido.

– Quando terminará isso? – exigiu saber.

– Em seguida vou tirar um raio X do seu ombro.

– Não é necessário.

– Onde conseguiu seu diploma de médico?

Assail praguejou e se deitou na maca. O candelabro médico acima dele, com suas luzes brilhantes e braço microscópico, parecia saído de um filme de ficção científica. E, ao fechar os olhos, foi impossível não se lembrar de ter vindo ali com sua Marisol, logo depois de tê-la libertado de Benloise... Dos dois passando pelo extenso sistema de portões, descendo ao subterrâneo, entrando naquelas instalações estelares.

Todavia, tentou direcionar seus pensamentos para qualquer outra coisa. Esse destino mental era simplesmente sofrido demais para suportar.

– Preciso partir antes do amanhecer – disse num rompante. – E vou querer que nossas armas, nossos celulares e outros itens pessoais nos sejam devolvidos imediatamente.

O médico não respondeu até dar o último ponto e amarrar com um nó na base do tornozelo de Assail.

– Importa-se de pedir aos seus meninos que saiam um instante?

– Por quê?

Ehric se pronunciou.

– Zsadist quer que fiquemos aqui dentro. Não me sinto propenso a discutir com o Irmão, visto que estou desarmado e desejo manter o fluxo sanguíneo em minha cabeça.

O médico se recostou na cadeira de rodinhas e, pela primeira vez, Assail leu o bordado no jaleco branco do humano: *Dr. Manuel Manello, Cirurgião-chefe.* Havia um timbre e o nome de um hospital abaixo da escrita cursiva.

– Os Irmãos o trouxeram da outra espécie especificamente para esta noite? – Assail perguntou. – Como isso é possível?

O doutor Manello baixou o olhar para seu nome.

– Jaleco antigo. E é difícil nos livrarmos de velhos hábitos, não acha?

Quando os olhos do humano se depararam com os de Assail, ele franziu a testa.

– Tanto faz.

– Consente que eu fale abertamente diante desses dois?

– São parentes meus.

– Isso é um sim?

– Vocês, humanos, são engraçados.

– E você pode deixar de lado esse seu tom de superioridade, idiota. Sou casado com uma da sua raça, sabia? E me desculpe por pensar que talvez preferisse não ter o seu vício em drogas exposto para a plateia... quer ela esteja relacionada a você ou não.

Assail abriu a boca. Fechou-a. Abriu novamente.

– Não sei do que está falando.

– É mesmo? – O homem arrancou as luvas descartáveis azuis e apoiou os cotovelos nos joelhos, inclinando-se para a frente. – Você não para de se mexer na minha mesa, como se estivesse sendo atacado por uma colmeia. Está suando frio, e não por estar com dor. Suas pupilas estão dilatadas. E tenho bastante certeza de que, se eu lhe der o seu casaco, a primeira coisa que fará é pedir licença para ir ao banheiro para usar o resto de cocaína que tem no frasco que tirei do bolso interior. Como estou me saindo? Lendo bem a sua mente? Ou vai mentir como um filho da puta?

– *Não* tenho problemas com drogas.

– Ã-hã. Claro que não.

Quando o humano se pôs de pé, Assail tomou o cuidado de ignorar os próprios primos – de jeito nenhum olharia para eles: já sentia os olhares gêmeos sobre si bem o bastante, muito obrigado.

Pelo menos nenhum deles disse nada.

– Olha só, isso tanto faz pra mim. – O doutor Manello foi trabalhar numa mesa onde havia um computador, algumas canetas e um bloco de notas. Inclinando-se para baixo, escreveu alguma coisa e arrancou o papel, dobrando-o ao meio. – Aqui está o meu número. Quando chegar ao fundo do poço, pode ligar para mim e vamos cuidar de desintoxicá-lo.

Nesse meio-tempo, fique ciente que o uso prolongado de cocaína conduz a uma variedade de coisas divertidas, como ataques de pânico, paranoia e o aparecimento de psicose. Você já está perdendo peso e, como mencionei antes, não para de se mexer. Seu nariz ficou escorrendo o tempo inteiro em que esteve aqui, portanto tenho certeza de que seu septo está desviado.

Assail relanceou para o cesto de lixo ao seu lado e ficou se perguntando como foi que tantos lenços de papel acabaram ali. Não podia ser... Puxa. Ele segurava um lenço de papel na mão sem nem se dar conta disso.

– Eu *não* sou viciado.

– Então pegue isto e jogue fora. – O humano estendeu o pedaço de papel. – Queime. Enrole e use para cheirar a próxima dose. Como já disse, não estou nem aí.

Quando Assail aceitou o que lhe foi oferecido, o médico se virou como se já tivesse se esquecido de toda aquela conversa.

– Que tal aquele raio-X agora? E os Irmãos lhe dirão quando podem ir embora. A partida não é algo voluntário, mas tenho certeza de que já sabe disso.

Assail esmagou o papel lentamente e o jogou na lata de lixo junto com os lenços de papel.

– Sim – respondeu, seco. – Estou bem ciente do quanto tudo isto é involuntário.

Vishous dirigia o caminhão de comida até o complexo. Como um morcego saído do inferno.

A coisa não fora projetada para altas velocidades, e o modo como sacudia o fez pensar num avião velho tentando decolar de uma pista de terra – tudo vibrava, a ponto de você pensar que estava perto da completa e absoluta desintegração molecular. Mas ele manteve o pé fundo no acelerador, que é o que você faz quando ainda faltam... hum... vinte e cinco minutos de total escuridão e sessenta quilômetros para transpor. E você não quer mesmo abandonar uma possível prova de assassinato no acostamento da estrada.

Ainda assim, se o pior acontecesse, ele e Tohr, que V. insistira para acompanhá-lo, poderiam estacionar e se desmaterializar nos degraus de entrada da mansão num nanossegundo: Butch já mandara uma mensagem dizendo que chegaram a salvo ao centro de treinamento com Xcor.

Ninguém tinha que se preocupar com Tohr tendo alguma brilhante ideia que envolvesse derramamento de sangue e um saco para cadáver com o nome do bastardo nele.

Pelo menos não nos próximos dez minutos.

– Você salvou nossas vidas quando Ômega apareceu.

Vishous olhou ao longo do banco da frente. Tohrment estivera calado e na mesma posição desde que os dois saíram do *campus* dirigindo, uns vinte minutos depois que Ômega desaparecera.

– E eu não ia matar Xcor.

– Tem certeza disso, hein?

Quando Tohr não respondeu, V. pensou: *Pois é, você não ia mesmo matar o filho da puta.*

– Não é que eu não entenda – V. murmurou quando um declive na estrada ajudou a impulsionar o caminhão a mais de 110 km/h. – Todos queremos matá-lo.

– Eu fiz uma traqueostomia em Wrath. Enquanto ele morria no meu colo depois que o puto do Xcor atirou nele.

– Bem, e também tem o fato de que era Lassiter quem estava dirigindo naquela hora – V. disse com sarcasmo. – Isso também teria me aterrorizado.

– Estou falando sério, porra.

– Tô sabendo.

– Onde vamos colocá-lo?

V. meneou a cabeça.

– Depende de quanto tempo ficar desmaiado.

– Quero trabalhar nele, V.

– Veremos, meu irmão. Veremos.

Em outras palavras: nem a pau. A agressão emanando dos poros do irmão, mesmo com Tohr tentando se fazer de calmo e controlado, era uma enorme bandeira vermelha para todos verem.

Conforme se calaram, V. enfiou a mão dentro da jaqueta e tirou um dos seus cigarros. Acendendo-o com um isqueiro Bic vermelho, exalou a fumaça e entreabriu a janela para não sufocar o irmão.

Deixando de lado a necessidade de matar, Tohr fez um pergunta pertinente: onde diabos colocariam o prisioneiro? Havia muitas salas de interrogatório no centro de treinamento; o problema era que eram do tipo com mesa e cadeira, do tipo usado, por exemplo, para conversar com Mary, com John Matthew e com Bella assim que eles foram para as instalações.

Nada luxuoso, mas certamente civilizado.

Nada customizado para torturas.

Ainda.

O lado bom da sua vida amorosa era que ela fornecia acesso rápido a todos os tipos de amarras, cintos, correntes e espetos. E, sim, era bem provável que ele acabasse precisando de alguns dos seus equipamentos maiores também.

– Eu cuido disso – V. disse.

– Do quê? De Xcor?

– É. Pode deixar comigo.

Tohr praguejou baixinho como se estivesse com ciúme. Mas logo deu de ombros.

– Isso é bom. Ele é perigoso, é como se tivéssemos um assassino em série na casa. Vamos precisar de umas travas bem potentes.

Fechaduras não seriam nem metade das providências, V. pensou. *Nem perto disso.*

CAPÍTULO 13

Quando despertou, Mary não fazia a mínima ideia de que horas eram. Erguendo a cabeça do peitoral nu de Rhage, olhou ao redor e se surpreendeu ao ver que ambos acabaram adormecendo na sala de recuperação com as luzes do teto acesas.

Caramba, se esquecera de religar os monitores. Depois do interlúdio do pequeno orgasmo de Rhage, ele se recusara a soltá-la, e ela deve ter desmaiado ao encontro do corpo quente e musculoso. Mas, evidentemente, Ehlena deve ter sacado tudo, pois os monitores tinham sido retirados dali. E sim, seu *hellren* estava muito vivo, o peito subia e descia ritmadamente, aquele maravilhoso *tu-tum, tu-tum, tu-tum* do coração testemunhava sua saúde.

Fechando os olhos, retraindo-se ao se lembrar do ferimento a bala, do sangue que ele cuspira, daquele horrível…

– Ei, lindeza.

Quando ele falou, ela levantou a cabeça. Seus olhos tão, tão azuis meio abertos eram tão cativantes que ela seria capaz de olhar para eles para sempre.

– Oi – ela sussurrou.

Movendo a mão, afagou-o no rosto, sentindo a barba loira crescida.

– Você precisa se barbear.

– Preciso?

– Na verdade, está bem sexy.

– Então vou jogar fora todas as minhas lâminas. Rápido, me ajude a ir até o banheiro para que eu possa fazer isso agora.

Ela riu, depois ficou séria.

– Como está a vista?

– Que vista?

– Ainda cego?

Ele emitiu um som qualquer.

– E isso importa? Você está aqui e consigo te ouvir muito bem. Também consigo te sentir. – A palma grande de Rhage esfregou seu ombro.

– Ei, tenho uma ideia. Vamos para o nosso quarto, e depois que eu cancelar minha assinatura do Clube de Economia da Barba, podemos ir para a Jacuzzi. Depois de um banho e meio, podemos ir para a cama e ver o que acontece. Estou te devendo pelo menos uma bela cavalgada, lembra? E também tem os juros por isso. Ahhhh, os juros. Temos muito o que compensar.

Mary deu uma risada.

– O que foi? – ele perguntou com uma carranca. – O que aconteceu?

Afastando-se dele, ela estalou as costas ao se espreguiçar. Afastou o cabelo do rosto. Puxou o colarinho da blusa no lugar para que não a enforcasse.

– Ruim assim, é?

Enquanto ela ia para o pé da cama, tentando encontrar as palavras, Rhage se retraiu.

– Ei... Você está... Por que está chorando?

– Puxa, estou é? – Uma passada rápida da mão no rosto e ela encontrou a umidade. – Uau. Pois é, desculpe.

– O que está acontecendo? Tenho que matar alguma coisa por você?

Era a primeira reação de um macho vinculado ante qualquer coisa que afetasse sua *shellan*, e antes que se desse conta ela sussurrou:

– Na verdade, a morte já aconteceu.

– Hum?

Por algum motivo, ela relembrou aquela noite, uns dois anos antes, quando Rhage, V. e Butch mataram um *hellren* homicida para que Bitty e Annalye pudessem viver.

– A mãe de Bitty morreu ontem à noite.

– Ahhhh, merda. – Rhage se sentou na cama, como se estivesse prestes a saltar dela apesar de não ter nenhum lugar para ir, nenhum ataque do qual defendê-la. – Por que diabos não me contou?

– Você meio que estava morrendo naquela hora...

– Você deveria ter me contado. Jesus, fiz você me masturbar...

– Para. Adorei aquilo. Precisávamos de algo assim.

Quando seu belo rosto ficou insuportavelmente contraído e ele cruzou os braços diante do peito como se estivesse irritado consigo mesmo, ela se arqueou para cima e o beijou na boca.

– Obrigada.

– Pelo quê?

– Por se preocupar com ela também.

– Como eu poderia não me preocupar? O que posso fazer para ajudar?

Mary se sentou de novo e deixou escapar:

– Senti sua falta.

Rhage tateou o ar entre eles como se estivesse tentando tocá-la, e ela colocou o rosto entre suas mãos, deixando que ele sentisse sua bochecha e a mandíbula, as laterais do pescoço.

– Também senti saudade – ele disse num tom baixo. – Estivemos meio que... meio que paralelos um ao outro. Não afastados, mas paralelos.

– Sinto muito. Eu sei. Estive envolvida com tudo no Lugar Seguro, e isso não é justo...

– Pode parar. Nunca se desculpe comigo por amar o seu trabalho ou por querer estar envolvida naquilo que faz. Sou a *última* pessoa a não entender isso. Você é maravilhosa lá, uma pessoa incrível que ajuda a todos...

Mary abaixou o olhar, mesmo que, tecnicamente, não precisasse se esquivar dos olhos dele.

– Nem sempre. Deus, nem sempre.

– Converse comigo, Mary. Não quero ser exigente... Mas você tem mesmo que falar comigo.

Quando se lembrou de tudo o que aconteceu, seus olhos marejaram de novo.

– Eu... Ah... recebi um telefonema dizendo que as coisas não estavam bem para Annalye e levei Bitty para a clínica de Havers. Pensei... Bem, quando minha mãe morreu, eu estava com ela, e isso foi importante para mim... Ainda mais depois, sabe? Quero dizer, quando penso nela, e sinto saudades dela... existe uma espécie de consolo em saber que ela não estava sozinha quando morreu. Que... que ela esteve comigo no começo da minha vida, e eu estive com ela no fim da dela. – Mary inspirou tremendo.

– Quero dizer, Bitty é jovem... Tem ainda tantos anos diante dela para entender isso, sabe? E o que foi importante para mim quando eu já era adulta me pareceu algo que poderia ser importante para ela mais tarde. De todo modo... não quis que aquilo acontecesse.

– O que aconteceu?

Mary cobriu o rosto com as palmas das mãos quando a lembrança cortou sua consciência como uma faca.

– Quando Bitty... ah, Deus, quando Bitty segurou a mão da mãe, a fêmea morreu naquele exato instante. Bitty se considerou responsável. Foi... horrível. Nada do que eu queria para nenhuma delas.

Eu a matei! Eu a matei!

– Talvez a *mahmen* estivesse esperando por ela.

Mary enxugou os olhos e abaixou os braços, derrotada.

– É isso o que eu disse para mim mesma. Não que tenha ajudado muito...

– Mary, quando fui alvejado naquele campo e estava morrendo, esperei por você. Era a única coisa a que eu me apegava. Quando você ama alguém e está deixando essa pessoa, você espera que essa pessoa chegue – e isso requer muita energia, muita concentração. Estou te dizendo, Mary, eu estava te esperando porque queria me despedir de você, mas não conseguiria esperar muito mais –, e por mais que tenhamos tido sorte e você tenha salvado a minha vida, a realidade é que eu prolonguei o meu sofrimento para ter aquele instante com você.

– Oh, Deus, sério... Ver você sofrendo daquele jeito foi um dos piores momentos da minha vida...

Como se estivesse determinado a mantê-la nos trilhos, Rhage falou por cima dela.

– Você tem que contar isso para Bitty, ok? Diga a ela que a mãe morreu naquele momento porque a voz dela era o que precisava ouvir antes de ir para o Fade. Ela precisava saber que a filha estava bem antes de partir. E eu te garanto, Mary, se você disse uma palavra que seja naquele quarto, Annalye soube que você também estava com a filha dela. E que isso significava que Bitty estava segura. Annalye se foi porque sabia que podia ir.

– Nunca pensei nisso nesses termos – Mary murmurou. – Você tem um jeito tão bom de expressar isso. Bem que eu queria que dissesse isso a ela.

– Talvez possamos um dia. Inferno, diga quando e onde e eu estarei lá.

Enquanto Rhage a encarava, ele parecia concentrado nela, apesar de não enxergá-la – e, na verdade, Mary teve certeza, naquele momento, que nada no mundo existia para ele a não ser ela e seus problemas. Acrescente isso à ridícula beleza masculina, o desejo sexual e o coração imenso.

– Como foi que eu consegui ficar com você? – ela sussurrou. – Ganhei na loteria.

Seu *hellren* esticou a mão e a trouxe para junto de si, acomodando-a debaixo do queixo.

– Ah, não, Mary. É justamente o contrário. Confie em mim.

Enquanto sentia a tensão saindo do corpo de sua *shellan*, Rhage massageava suas costas formando círculos lentos... e sentiu vontade de vomitar.

Não por conta da coisa da besta.

– Então, sei que ainda faltam doze horas para o pôr do sol – ela disse – mas posso trabalhar hoje à noite? Só um pouco, e só se você...

– Ah, Deus, sim. Bitty precisa de você. – Será que ainda havia algum Alka Seltzer sobrando? – Estou bem.

– Tem certeza?

Não. Nem um pouco.

– Claro, claro que sim; quantas vezes já passei por este tipo de recuperação? Só vou ficar um tempinho aqui e dormir até tudo passar. – Porque, caso não estivesse consciente, ele não se sentiria assim, correto? – E, na verdade, pensando bem, você não precisa de mim para dizer nada para Bitty. Você tem maneiras muito melhores de dizer essas coisas.

– Eu costumava acreditar nisso.

– Não. – Ele virou a cabeça na direção de onde vinha a voz dela e segurou uma de suas mãos com urgência. – Mary, você não pode duvidar de si mesma. Escute bem: você entra numa luta por conta própria, e o pior que pode acontecer a um soldado é ter sua confiança abalada antes de chegar ao campo de batalha. Nem tudo termina em vitória, mas você tem que começar todas as vezes sabendo que seu treinamento e seus instintos estão valendo. Você não fez nada errado. Não magoou Bitty de propósito. Certamente não é responsável pela *mahmen* dela ter escolhido aquele momento para ir para o Fade – e, de fato, existem muitas evidências que sugerem que a fêmea partiu porque sentiu que a filha dela estava em boas mãos. Você precisa acreditar nisso tudo; de outra forma, vai acabar parada num mesmo ponto, e isso não ajuda ninguém.

– Deus, você sempre tem tanta razão.

Hum. Nem um pouco. Mas até parece que ele mencionaria todas as suas falhas agora, quando ela tinha problemas de verdade para resolver com aquela garotinha? Ele era um egoísta de uma figa, mas não tão cretino assim.

Puta merda, não conseguia acreditar que fizera sua *shellan* passar por aquilo... Não suportava saber que, essencialmente, fizera Mary assistir à sua morte na noite anterior... Tudo isso sem nenhum motivo válido.

Só porque não dera ouvidos a Vishous.

Na verdade, não, ele pensou. Era ainda pior do que isso. De fato, ouvira cada palavra que o irmão lhe dissera e entrara na luta do mesmo modo, completamente ciente do que o aguardava no campo de batalha se o cara estivesse correto.

Pelo visto aquela era a definição de suicídio, não?

O que significava que ele...

Ah, merda.

Enquanto a cabeça de Rhage implodia com a realidade que começava a ser absorvida, Mary seguia falando lenta e cheia de consideração sobre o que faria pela garotinha, que tipo de auxílio das funcionárias ela necessitaria, e também falou algo a respeito de um tio em algum lugar... E Rhage deixou que a conversa continuasse de maneira unilateral.

A bem da verdade, ele se sentia infinitamente grato por ela estar se sentindo melhor e mais ligada a ele. Isso era importante. Infelizmente, ele voltara a ficar longe dela, sua parte interna flanando para longe apesar de seu corpo permanecer onde estava.

Que diabos havia de errado com ele? Ele tinha tudo de que precisava na vida, e ela estava em seus braços naquele instante. Quase morrera e conseguira sobreviver. Havia tantas coisas por que viver, por que lutar, para amar.

Então por que ele faria algo assim? Porque disparar na direção de um caixão garantido? E por que o distanciamento em relação a ela retornara?

Bem, havia uma explicação. Alguma coisa que ligava tudo a algo muito grande, muito psicótico.

Muitas vezes ele se questionara se era louco. Intrinsecamente louco.

Suas emoções sempre foram tão extremas, indo da excitação à raiva, que às vezes ele se preocupava se não cairia na espiral de um daqueles tipos de pêndulo para nunca mais voltar à sanidade. Talvez isso tivesse finalmente acontecido. E se fosse verdade? A última coisa de que Mary precisava, depois do que passara na noite anterior, era descobrir que ele era clinicamente insano.

Porque, merda, por qual outro motivo ele se sentiria tão estranho em sua própria pele?

Maldição, era como se ele tivesse ganhado na loteria só para descobrir que era alérgico a dinheiro ou algo semelhante.

– Rhage?

Ele se sacudiu mentalmente.

– Desculpe, o que disse?

– Quer que eu vá buscar comida?

– Não. Ainda estou me sentindo cheio. – Ele a acomodou junto a si. – Mas ficaria feliz com um pouco mais disto.

Mary se aninhou nele, esticando o braço ao redor dos ombros até onde conseguia alcançar.

– Pronto.

Tentei me matar ontem à noite, ele lhe disse dentro da sua cabeça. *E não sei por quê.*

Isso. Era oficial.

Perdera o juízo.

CAPÍTULO 14

– É por aqui.

Jo Early relaxou a pisada no acelerador do seu ferro-velho Volkswagen.

– Sim, Dougie, eu sei onde fica.

– Por aqui…

– Eu sei.

Não havia motivo para dar seta. Às sete da manhã, não havia nenhum outro carro por perto, ninguém que desse a mínima por ela passar pelos portões de ferro de pintura descascada e tortos da antiga escola preparatória que sua mãe frequentara um milhão de anos atrás.

Uau. A Escola para Garotas de Brownswick já vira dias melhores.

Sua mãe definitivamente não aprovaria aquele paisagismo. Ou a falta dele.

Mas, pensando bem, a mulher era capaz de ter um aneurisma se um único dente-de-leão aparecesse num jardim de vinte mil metros quadrados.

Dirigindo pela pista única asfaltada e cheia de buracos, Jo desviava de uns grandes o bastante para engolir seu pequeno Golf, e passava ao largo de galhos caídos, alguns velhos o bastante para estarem podres.

– Deus, que dor de cabeça.

Ela relanceou para seu colega de apartamento. Dougie Keefer era o Salsicha do *Scooby Doo* – sem o falante dogue alemão. E, sim, seu apelido era Salsicha por um bom motivo.

– Falei pra você procurar um médico. Quando você desmaiou ontem…

– Fui golpeado na cabeça!

– ... provavelmente sofreu uma concussão.

Apesar do fato de que qualquer consulta neurológica teria um diagnóstico difícil para o, porque ele já enxergava tudo em dobro normalmente. E torpor e formigamento eram uma escolha de vida para ele.

Dougie estalou os dedos um a um.

– Vou ficar bem.

– Então vê se para de reclamar. Além disso, metade do problema é que você está ficando sóbrio. Isso se chama ressaca.

Conforme avançavam no *campus*, prédios apareceram, e ela os visualizou limpos, sem as janelas quebradas e com portas e caixilhos bem pintados que não ficavam pendurados. Com certeza enxergava sua mãe ali, com seus conjuntinhos de suéter e as pérolas, preparando-se para seu diploma de casada, ainda que aquilo fosse apenas uma escola preparatória e não uma universidade.

Deixando de lado as tradições e os costumes do século XXI, as coisas permaneceram numa cápsula do tempo na década dos anos de 1950 para sua mãe. A mulher tinha os sapatos com a bolsa combinando como prova disso.

E as pessoas ficavam intrigadas com o porquê de Jo ter se mudado?

– Você não está pronta para isto, Jo. Tô te dizendo.

– Que seja. Preciso ir trabalhar.

– Vai te enlouquecer.

– Ã-hã.

Dougie se virou para ela, o cinto de segurança forçando seu peito.

– Você viu o vídeo.

– Não sei o que vi. Estava escuro – e antes que você continue discutindo, lembra do Primeiro de Abril do ano passado?

– Olha só, estamos em outubro, pra começar. – A risada que ele lançou era tão dele. – E olha, aquilo lá foi bom.

– Pra mim não.

Dougie resolvera que seria divertido pegar seu carro emprestado por um dia e depois fazer uma montagem no *Photoshop*, no qual seu carrinho abraçava uma árvore. Como ele conseguira se concentrar pelo tempo suficiente para criar aquele truque de imagem ainda era um mistério – mas parecera tão real que ela chegara a ligar para o seguro.

E também tivera um colapso no banheiro feminino do trabalho enquanto se perguntava como diabos pagaria a franquia.

Esse era um problema a enfrentar quando se deixa os pais ricos no espelho retrovisor. Uma conta inesperada de quinhentos dólares pode tornar a alimentação algo muito difícil.

Com um franzido, inclinou-se sobre o volante.

– O que é… caramba!

Freando firme, parou diante de uma árvore inteira caída no meio da pista. Com uma rápida olhada para o relógio, soltou um palavrão. Mesmo com o tempo passando rápido, ela não usaria seu Golf como um 4x4 para se arriscar a ter que chamar o guincho.

– Se vamos fazer isto, temos que ir a pé.

– Dê a volta na árvore.

– Para ficar atolada na lama? Choveu na noite passada. – Desligou o motor e tirou a chave da ignição. – Vem. Quer me mostrar, é melhor começar a andar. Senão já vou dar meia-volta.

Dougie ainda reclamava quando começaram a andar, passando por cima do bordo caído e continuando pela pista. A manhã estava surpreendentemente gelada – do tipo que te faz feliz por ter saído de parca, e irritado por não ter trazido nem chapéu nem luvas ao pensar que *ainda* é outubro.

– Agora eu sei por que nunca acordo antes do meio-dia – Dougie murmurou.

Jo relanceou adiante, para os galhos desprovidos de folhas. Odiava ser a pessimista, mas tinha que se perguntar se algum deles acabaria despencando de uma hora para outra em cima dela, matando-a.

– Por que eu deixei que você me convencesse a vir?

Ele passou um braço ao redor dos ombros dela.

– Porque você me aaamaaa.

– Não. – Ela o cutucou nas costelas com o cotovelo. – Definitivamente não é isso.

Mas meio que era. Conhecera Dougie e sua turma de chapados por intermédio de um conhecido, e eles a aceitaram quando ela estava desesperada para encontrar um lugar para ficar. O arranjo era para ser um sofá emprestado temporariamente, mas logo um quarto vagou no apartamento e, um ano mais tarde, ela estava nos seus vinte e poucos anos vivendo numa espécie de república. Com um bando de homens-meninos obstinados de quem ela parecia cuidar.

– Estamos chegando perto. – Levou as mãos à cabeça como se fosse explodir. O que era um passo curto. – Quero dizer, partes de corpos por todo lado, e o cheiro. Muito pior do que o da nossa geladeira. Estou falando de corpos, Jo. Mortos! Só que continuavam se mexendo! E depois aquela...

– Alucinação com um dragão. Você já me contou.

– Você viu a filmagem!

– Tenho mais juízo do que você pensa – ela disse sacudindo a cabeça. – Me engana uma vez, a culpa é sua, me engana duas vezes...

– Jo, foi real. Foi real pra cacete... Eu vi um monstro e...

Enquanto Dougie continuava a ladainha das possibilidades de novo, Jo se concentrou na subida à frente.

– Tá, tá, você já me disse tudo isso. Ao contrário de você, minha memória de curto prazo vai muito bem, obrigada.

– Chooch, T.J. e Soz também viram.

– Tem certeza? Porque, quando mandei uma mensagem pra eles hoje cedo, responderam que foi só uma viagem ruim. Nada mais.

– Eles são uns idiotas.

Ao chegarem à subida, ela sorriu e concluiu que talvez os corrigira em demasia. Nunca se encaixara com os tipos metidos da sociedade aos quais os pais estavam ligados, mas, pela mesma moeda, passar o tempo com uns chapados que não faziam ideia do que queriam fazer da vida também não era a sua praia.

Ainda assim, eles eram bem divertidos. Na maioria do tempo.

E, além disso, a verdade era que ela não sabia qual era o seu lugar.

– Você vai ver – Dougie anunciou ao correr para o alto da subida. – Olha!

Jo se aproximou dele e sacudiu a cabeça ao chegar lá.

– O que é mesmo que eu deveria estar vendo? As árvores, os prédios ou a grama?

Dougie abaixou os braços.

– Não, não, não. Isto está errado. Não...

– Acho que você quebrou a cabeça, Dougie. Mas é isso que acontece quando você a alimenta com doze doses de LSD num período de seis horas. Mas pelo menos desta vez você acreditou que fosse verdade, ao contrário daquela brincadeira sem graça do carro que fez comigo.

Não havia nada de extraordinário abaixo, no que devia ser o centro do *campus*. Nenhum cadáver. Nenhuma parte de corpo. E nada de fedor também. Nada a não ser prédios abandonados, mais vento frio e nada esquisito.

– Não, não, não...

Enquanto Dougie corria ladeira abaixo, ela o deixou ir, ficando para trás e tentando imaginar como o lugar devia ter sido na época em que estava operacional. Era difícil imaginar que a mãe assistira a aulas naqueles prédios. Dormira neles. Tivera seu primeiro baile com o pai num deles.

Engraçado, o passado, como devia ter sido, parecia tão inacessível quanto o presente com as duas pessoas que a adotaram. Os três nunca se deram muito bem, e apesar de às vezes ser difícil ficar sozinha, fora um alívio se libertar das tentativas exaustivas de forjar um laço que nunca se materializara.

– Jo! Vem aqui!

Quando ela levou a mão à orelha, fingindo não ter ouvido, Dougie voltou correndo para junto dela com o zelo messiânico de um pregador. Agarrando sua mão, ele a puxou pela descida atrás do seu casaco extragrande aberto do exército.

– Está vendo como tudo está pisoteado aqui? Viu?

Ela se deixou levar para uma porção admissivelmente achatada do prado. Mas um monte de grama amassada e de moitas meio maltratadas dificilmente era uma cena saída de um filme de Wes Craven. E definitivamente não era o que quer que Dougie insistira para que assistisse repetidamente em seu vídeo.

Ela não sabia muito bem como explicar tudo. Mas do que tinha certeza? Não pretendia ter câimbras mentais tentando encontrar um sentido naquilo.

– Você viu o que eu postei! – Dougie exclamou. – E alguém roubou o meu celular porque não quer que ninguém mais veja!

– Você deve ter perdido o aparelho...

– Eu estava ali. – Ele apontou para a construção mais alta. – Bem ali! Foi dali que filmei tudo!

– Ei, Dougie, sem querer ofender, mas tenho que ir trabalhar...

– Jo, estou falando sério, porra. – Ele girou num círculo. – Tudo bem, me explica isso. Como é que tudo aqui ficou esmagado assim? Hein?

– Pelo que sei, você e seus três amigos ficaram correndo pelados em círculo. Na verdade, nem vamos pensar nisso como uma hipótese.

Dougie a encarou.

– Então como foi que eu consegui aquele vídeo? Hein?

– Não sei, Dougie. Francamente, a imagem é tão ruim, nem sei o que foi que assisti.

Ela lhe deu um tempo para passar por todos "e se" e "que tal se" antes de dar um basta.

– Olha só, sinto muito mesmo, mas vou embora. Você pode ir comigo ou ir com o Uber para casa. A escolha é sua. Ah, não, espere. Está sem celular. Isso quer dizer que vai andando?

Foi quando ela se virou, ele disse, num tom surpreendentemente adulto:

– Estou falando sério, Jo. Aconteceu. Não me importo com o que os outros três disseram. Sei quando estou chapado e quando não estou.

Quando Jo parou e olhou para trás, tornando a expressão dele esperançosa.

– Você se importa se eu te deixar no ponto de ônibus na Jefferson? Acho que não tenho tempo pra te levar pra casa na volta.

Dougie levantou os braços.

– Ah, para com isso, Jo… deixa eu te mostrar outra coisa ali…

– Está decidido, ponto de ônibus – ela disse. – E lembre-me disto da próxima vez que tomar ácido. Quero estar preparada.

CAPÍTULO 15

Algum tempo depois, Mary despertou após um longo descanso… e sorriu para seu macho decididamente adormecido. Rhage estava apagado, com os olhos fechados, uma sobrancelha loira se mexendo, o maxilar remoendo como se estivesse sonhando com uma discussão ou um jogo de sinuca. Sua respiração era profunda e ritmada e, sim, ele estava roncando. Mas não como uma serra elétrica. Ou um Mustang com o escapamento esportivo acelerando num semáforo vermelho. Nem nada perto da rotina de soar como um texugo ferido típica de Butch – algo que era preciso ouvir para crer.

Não, os sons que seu homem emitia eram mais parecidos com o gotejamento de uma cafeteira no fim do ciclo: do tipo que gorgoleja no fundo, oferecendo um ritmo reconfortante que a permitia dormir, se desejasse, ou ficar acordada e escutar se estivesse com algo na cabeça. Pensando assim, seus roncos provavelmente eram a coisa mais silenciosa nele, considerando-se o quanto suas passadas eram pesadas, o quanto sua gargalhada era alta, e o quanto ele falava, ainda mais se estivesse enchendo a paciência dos Irmãos.

Toda essa expansividade era parte do que ela tanto amava nele.

Ele era sempre tão animado. Tão vivo.

Graças a Deus.

Quando foi se esticar, moveu-se lentamente contra ele para não despertá-lo e olhou para o relógio do outro lado da sala de recuperação. Quase seis.

Pelo tanto que ele devia estar cansado, era provável que dormisse mais umas quatro ou cinco horas. Seria melhor sair agora e voltar quando ele estivesse acordado.

– Vou para o Lugar Seguro por um tempo – disse com suavidade. – Você fica com ele. Faça com que saiba que volto logo, ou, se ele quiser, pode me ligar.

Ela estava falando com a besta, claro – e tratando aquele dragão esmagador de ossos como se fosse uma espécie de secretária. Mas dava certo. Se tinha que sair enquanto Rhage dormia, ela sempre contava à besta o que faria e quando voltaria. Dessa forma, Rhage não despertava suando frio pensando que ela fora abduzida. Assassinada. Ou escorregara e caíra no banheiro, onde estaria sangrando no piso de mármore.

Pois é, machos vinculados tendiam a se precipitar em conclusões um tantiiiinho exageradas.

Mary se soltou com cuidado do abraço de Rhage, só para parar ao se ver livre dos braços pela metade. Detendo-se para fitar o esterno sem mancha nem marca nenhuma, resvalou os dedos no ponto em que ele fora alvejado.

– Eu não te disse obrigada – sussurrou. – Você o salvou. Eu te devo essa… tanto, tanto.

De repente, as pálpebras de Rhage se levantaram – mas não era ele despertando. Seus olhos não passavam de órbitas brancas, o indício luminoso da consciência da besta concentrada nela com atenção total.

Ela sorriu e afagou o rosto do companheiro, sabendo que o dragão sentiria o seu toque.

– Obrigada. Você foi um bom menino.

Uma versão atenuada da bufada carinhosa que a besta sempre lhe dava reverberou para fora da garganta de Rhage.

– Volte a dormir, ok? Você também precisa descansar. Trabalhou muito ontem à noite.

Mais uma bufada… e aquelas pálpebras começaram a descer. A besta combateu a sonolência como um filhotinho, mas acabou perdendo a batalha e o ronco retornou;eram os dois voltando a se organizar em qualquer versão de terra dos sonhos em que estivessem.

Inclinando-se para baixo, beijou a testa do companheiro e alisou seus cabelos para trás. Depois andou nas pontas dos pés até o banheiro e fechou a porta. Assim que se virou para a bancada junto à pia, sorriu. Alguém – ah, a quem tentava enganar, só podia ter sido Fritz – trouxera uma troca completa de roupas para ela e Rhage. Assim como escovas de dentes, uma lâmina de barbear e espuma, xampu e condicionador.

– Fritz, seu nome na verdade é consideração.

Ah, e que bela chuveirada. De tempos em tempos, ela se perguntava se os sons ou os aromas despertariam Rhage, mas enquanto se secava, entreabriu a porta e viu que, a não ser por ter se virado de frente para o banheiro, ele continuava dormindo.

Provavelmente porque dissera à besta o que faria.

Enquanto secava os cabelos, ficou imaginando onde o Volvo estaria. Chegara ali de ambulância, mas por certo alguém trouxera a perua de volta, não?

Bem, ela sempre poderia pegar outro carro para ir ao Lugar Seguro.

Quinze minutos mais tarde, foi silenciosamente até a porta. Depois de um olhar prolongado para Rhage, abriu a porta e...

– Ai, meu Deus! – sibilou e se retraiu.

A última coisa que ela esperava encontrar era toda a Irmandade parada diante da sala de recuperação de seu *hellren*.

Mas, pensando bem, já deveria ter esperado isso. Todos estavam ali, de V. e Butch a Phury e Z... Blay e Qhuinn... Tohr e John Matthew... Até mesmo Wrath e Rehvenge. Era o mesmo que estar diante de um time de futebol americano formado por lutadores profissionais... todos uniformizados.

Ok, isso nem chegava perto de descrever a quantidade de machos naquele corredor.

– Olá, meninos – ela disse tranquilamente ao puxar a maçaneta para se certificar de que a porta estava fechada. – Ele está dormindo agora, mas tenho certeza de que não vai demorar a acordar.

– Não viemos atrás dele – Wrath disse numa voz baixa.

As sobrancelhas de Mary se ergueram ao olhar para o Rei.

– Oh.

Puxa, será que ela tinha feito algo errado? Era difícil saber com Wrath, porque, com aquele V nos cabelos e os óculos escuros, ele parecia estar sempre bravo.

O cara não era de mostrar muito sua feição relaxada, estava sempre mais para "vou matar alguém e atear fogo em sua casa".

Engolindo em seco, gaguejou:

– Eu... Ah...

– Obrigado, Mary – disse o Rei ao avançar um passo junto ao seu cão guia, George. – Obrigado por salvar a vida do nosso irmão.

Por um momento, ela ficou absolutamente confusa. Em seguida, o Rei a puxou para um abraço firme e apertado.

Quando Wrath recuou, havia algo pendurado em seu ombro.

Uma espada?

– Espere. O que é isto? – Ela se retraiu pela segunda vez. – Por que... Ai, meu Deus...

A arma era feita de ouro ornamentado, do cabo à lâmina, e as pedras preciosas reluziam em todas as partes, brancas e vermelhas. Do mesmo modo, a faixa na qual estava pendurada era decorada com pedras preciosas e metal. Parecia antiga. Antiga... e muito valiosa.

– Wrath, não posso aceitar isto... É demais...

– Você executou uma tarefa de grande valor para o meu trono – o Rei anunciou. – Ao salvar a vida de um membro da minha guarda pessoal, receberá a mais alta estima real – e poderá me solicitar um favor de valor comparável em qualquer momento no futuro.

Ela sacudiu a cabeça repetidamente.

– Isso não é necessário. De verdade. Não é.

E, de repente, ela se sentiu mal. Muito mal. Porque não salvara Rhage para aqueles machos de valor que o amavam tanto. Tampouco o salvara para si.

Deus, por que... Por que aquele momento tinha que ser contaminado por todo o drama com Bitty?

Mary fez menção de devolver a espada.

– De verdade, não posso...

Um a um, os Irmãos se aproximaram dela, abraçando-a com firmeza, segurando-a até que sua coluna se curvasse e suas costelas não conseguissem mais se expandir. Alguns lhe falaram junto ao ouvido, dizendo coisas que repercutiram não só pelas palavras escolhidas, mas pelo respeito e reverência daquelas vozes graves. Outros somente pigarrearam, da maneira que os homens fazem quando se esforçam para ficarem firmes e fortes diante de uma grande emoção. E lá estava John Matthew, aquele com quem ela começara esta louca jornada, aquele que iniciara tudo ao telefonar para o número de emergência de apoio aos que temem se suicidar, no qual ela trabalhava como voluntária.

Vishous foi o penúltimo Irmão a se aproximar e, quando a abraçou, ela sentiu o aroma do tabaco. Junto ao de couro. E pólvora.

– Nós lhe devemos – disse brevemente. – Para sempre.

Enxugando os olhos, ela sacudiu a cabeça uma vez mais.

– Vocês estão me dando crédito demais.

– Nem perto disso – ele disse ao afagar seu rosto com a mão enluvada. Olhando-a de cima, seus olhos diamantinos e o rosto duro coberto por tatuagens mostravam uma gentileza que ela jamais vira nele. – Você sabia o que fazer...

– Não sabia, V. Não sei de onde aquela ideia surgiu.

Por um instante, ele franziu o cenho. Depois deu de ombros.

– Bem, tanto faz. Você nos trouxe de volta o nosso irmão. E, mesmo ele sendo um pé no saco, a vida não seria a mesma sem ele.

– Nem sem você – Zsadist acrescentou.

Z. foi o último a se aproximar e, ao abrir bem os braços, as faixas de escravo, tatuadas ao redor do seu pescoço e dos seus pulsos alcançaram--na, por algum motivo.

O abraço dele foi duro. Desconcertado. Evidentemente difícil para ele, visto que manteve o quadril afastado do corpo dela. Mas seus olhos estavam amarelos, não negros e, ao recuar, ele apoiou as mãos em seus ombros.

A cicatriz que descia por seu nariz e dava a volta na bochecha se deslocou quando ele lhe lançou um sorriso contido.

– Você é muito boa em salvar vidas.

Ela sabia exatamente ao que ele se referia: todas aquelas sessões dos dois na sala de calefação no porão da mansão, em que ele falara sobre os abusos terríveis sofridos nas mãos de sua Senhora, em que ela ouvira e oferecera comentários somente quando ele parara numa pausa longa demais ou olhara para ela em busca de um bote salva-vidas enquanto navegava num mar de vergonha, dor e tristeza.

– Às vezes eu desejo ser melhor – disse ao pensar em Bitty.

– Isso não é possível.

Quando Z. recuou em fila com seus irmãos, Mary ajeitou os cabelos. Enxugou os olhos. Inspirou fundo. Mesmo havendo muitas emoções diferentes dentro de si, era muito bom estar rodeada de pessoas que amavam Rhage tanto quanto ela o amava.

Pelo menos isso ela sabia ser verdadeiro, sem dúvida alguma.

– Muito bem. – Pigarreou. – Muito obrigada a todos. Mas, francamente...

Quando cada um deles a encarou, ela ficou muito grata em saber que todos gostavam dela.

Teve de rir.

– Ok, ok. Vou ficar com ela, podem deixar.

A conversa disparou entre os Irmãos, alguns se deram tapas nas costas, como se estivessem orgulhosos pelo modo como agiram com ela.

Com um aceno final, ela se forçou a continuar em frente, na direção da entrada do túnel subterrâneo... com sua nova espada.

Caramba, como é pesada, pensou ao ajeitá-la sobre o ombro.

Tinha quase o mesmo peso que sentia em seu coração.

Enquanto Mary se distanciava pelo corredor na direção do escritório, Vishous pegou um cigarro e o colocou entre os dentes da frente. Enquanto o acendia, franziu o cenho, pensando no que ela lhe dissera.

– Quer dizer que Xcor ainda não está consciente – Wrath murmurou.

Virando-se para o Rei, V. exalou e mudou a direção dos seus pensamentos.

– Ainda não. E dei uma espiada nele há meia hora.

– Onde você o colocou?

– Na sala de tiro. – V. relanceou para Tohr, que não conseguia ouvi-los de onde estava. – E temos uma grade alternada de vigilância. Ele está bem amarrado...

– Você usa mesmo aquilo para fazer sexo?

De uma vez só, toda a Irmandade se virou para a interrupção. Lassiter, o anjo caído, aparecera de lugar nenhum e, de alguma maneira, parecia menos ofensivo que o normal, os cabelos loiros e negros amarrados num rabo que lhe chegava à bunda, as calças de couro preto cobrindo as partes privadas, brincos de argola de ouro, braceletes nos pulsos e *piercings* nos mamilos reluzindo sob as luzes fluorescentes do teto. Ou talvez isso se devesse exclusivamente à sua estranha disposição celestial.

Não.

– Que diabos aconteceu com a sua maldita camisa? – V. ladrou de volta. – E por que infernos você não está no seu posto?

Maldição, não deveria ter colocado o idiota de guarda. Mas pelo menos Payne não saíra da sala de tiro – e isso era algo que V. não precisava nem verificar. Sua irmã era o tipo de guerreira a quem ele não só confiaria sua vida e as vidas dos seus irmãos e companheiras, mas também tinha certeza de que não deixaria o prisioneiro sequer espirrar sem permissão.

– Eu a sujei.

– O quê? Você estava comendo lá?

– Não. Claro que não. – Lassiter se moveu para onde estavam as migalhas. – Tá, ok. Tudo bem. Foi um milk-shake de morango... e eu só estava indo buscar uma camisa limpa e já volto pra lá. Relaxa.

V. tragou o cigarro. Era isso ou esganar o maldito.

– De morango? Sério?

– Vá se foder, Vishous.

Enquanto o anjo sorria e soprava um beijo por sobre o ombro, pelo menos o vadio não mexeu no saco.

– Posso matá-lo? – V. murmurou para Wrath. – Por favor. Só uma vez. Ou talvez duas.

– Entre na fila.

V. voltou a se concentrar.

– Como eu dizia, Xcor não vai a parte alguma.

– Quero descobrir onde os Bastardos estão ficando – Wrath ordenou –, e traga o restante deles para cá. Mas eles já devem estar pensando que ele foi capturado. É isso que eu pensaria. Nenhum corpo? Nenhuma testemunha de uma morte? O curso mais seguro é deduzir que o líder se tornou prisioneiro de guerra e fugir rapidinho de onde estão se escondendo.

– Concordo. Mas nunca se sabe o que se pode descobrir quando empurramos as alavancas certas.

– Mantenha Tohr longe dele.

– Entendido.

V. relanceou para Tohr de novo. O irmão estava mais para o fundo do grupo, e olhava pelo corredor na direção da sala de tiro. Era estranho pensar em termos de refrear o cara ou ficar de olho nele, mas era o que precisava ser feito.

Às vezes as emoções eram demais mesmo para o mais lógico dos lutadores.

Exceto por ele, claro.

Ele era mais durão que isso.

– Então, Assail está dois quartos mais pra lá – V. observou. – Se estiver pronto para falar com ele.

– Leve-me lá, V.

De novo, normalmente era Tohr quem executava essa tarefa, mas V. se aproximou e incitou o Rei a ir para a frente, deixando que os Irmãos tomassem diferentes posições enquanto esperavam que Rhage acordasse.

Depois que se afastaram um pouco, Wrath disse, com suavidade:

– O que você sabe sobre Rhage e o seu pequeno ataque prematuro? – Quando V. praguejou, Wrath meneou a cabeça. – Diga-me. E não finja que não sabe porra nenhuma sobre isso. Você foi o último a falar com ele.

Vishous ponderou se não deveria manter segredo, mas, no fim, mentir para Wrath não seria benéfico para ninguém.

– Previ sua morte e tentei fazer com que ele deixasse o campo de batalha. Ele não quis… e foi isso.

– Ele foi mesmo assim. Sabendo que morreria.

– É.

– Maldição. – Depois que Wrath lançou alguns palavrões, mudou para um assunto mais alegre. – Também ouvi que vocês tiveram visita. Quando retornaram ao *campus*.

– Ômega. – Cara, ele não gostava nem de dizer o nome. Mas por acaso gostara de falar do desejo de morte de Rhage? – Pois é, o irmão da minha mãe cuidou da limpeza. Se ele não der certo na profissão de encarnar o mal de todo o mundo, tem uma segunda carreira como faxineiro.

– Algum problema?

– Ele não ficou sabendo que estávamos lá.

– Graças. – Wrath olhou para ele, mesmo não conseguindo enxergá-lo. – Tem falado com sua mãe recentemente?

– Não. Nem um pouco.

– Pedi uma audiência. Ela me ignorou.

– Não posso ajudá-lo com isso. Sinto muito.

– Vou até lá mesmo sem ser convidado, se for preciso.

V. parou diante da porta da sala de recuperação de Assail, mas não a abriu.

– O que exatamente quer dela?

– Quero saber se ela ainda está lá. – O rosto aristocrático de Wrath se contraiu. – Enfrentar assassinos é uma coisa, mas vamos precisar de reforços com poderes de verdade se tivermos que bater de frente com Ômega – e não estou tentando me enganar. Acabamos de destruir uns noventa por cento do que ele tem na Terra. Ele reagirá, e nós não vamos gostar das consequências.

– Desgraça – V. murmurou.

– Digo o mesmo, meu irmão.

V. deu mais uma tragada para se recompor.

– Sabe, se quiser que eu vá lá falar com ela...

– Espero que isso não seja necessário.

Isso fala por nós dois, amigo, V. pensou.

Antes que seus probleminhas maternos o deixassem ainda mais irritado do que o normal, bateu à porta.

– Tudo certo aí, filho da mãe? – Empurrou a porta sem esperar permissão. – Como estamos, cretinos?

Ora, ora, ora, pensou ao ver Assail sentado de pernas cruzadas no leito hospitalar. *Temos um caso de detox?*

O macho suava como um frango no forno, mas também tremia como se a parte inferior do corpo estivesse mergulhada em gelo. Havia manchas escuras sob os olhos e as mãos não paravam de se mexer, esfregando o rosto, os braços, tirando fibras soltas invisíveis ou fios de cabelos inexistentes.

– A q-que d-devo a honra d-dessa v-visita?

As narinas de Wrath inflaram quando o Rei inalou o cheiro do ar.

– Você tem um belo abacaxi nas mãos, não?

– O q-que d-disse?

– Você me ouviu.

V. deu uma espiada nos gêmeos num canto e viu que estavam empertigados como sempre e imóveis como um par de canhões. E com o mesmo calor.

Com isso em mente, eles não o incomodavam.

– O q-que p-posso f-fazer p-por v-você? – Assail perguntou entre tremores.

– Quero agradecer por vocês terem trabalhado conosco ontem à noite – o Rei disse de modo arrastado. – Fiquei sabendo que já foi suturado.

– S-sim.

– Ah, mas que porra. – Wrath encarou V. – Dá pra você dar pro idiota a droga preferida dele? Não consigo conversar se ele está tão vidrado assim. É como se eu estivesse tentando falar com alguém que está no meio de um ataque epilético.

– Procurando por isto? – V. mostrou um frasco cheio de pó e o virou de um lado ao outro, como um relógio fazendo tique-taque. – Hum?

O modo como os olhos do puto grudaram no frasco e se projetaram para fora foi patético. Mas V. conhecia a sensação: o quanto você precisa de algo que não quer, o quanto só consegue pensar nisso, o quanto sofre por não ter.

Graças a Deus por Jane. Sem ela, ele estaria trilhando aquele caminho tormentoso no qual nunca se saciaria.

– E ele não nega o quanto precisa disto – V. murmurou ao se aproximar da cama.

Caramba, quando o pobre bastardo esticou as mãos, ficou claro que elas tremiam tanto que Assail não conseguiria segurar nada.

– Permita-me, cretino.

Girando a tampa, V. virou o frasquinho marrom e formou uma carreira na parte interna do próprio antebraço.

Assail atacou a carreira, fungando até a metade com uma narina, o resto com a outra. Depois se largou no leito como se tivesse uma perna quebrada ou sua dose de morfina tivesse finalmente funcionado. Pois é, do ponto de vista clínico, era um triste fato sobre o estado do FDP que um estimulante como a cocaína o deixasse relaxado.

Mas isso era o vício. Não fazia sentido.

– Agora podemos tentar novamente? – V. murmurou ao lamber o braço e experimentar o amargor. O barato também não era ruim.

Assail esfregou o rosto e largou os braços nas laterais.

– O quê?

Wrath sorriu sem nenhuma simpatia, revelando as imensas presas.

– Quero saber quais são os seus projetos profissionais.

– Por que isso é da sua conta? – A voz de Assail estava fraca, como se ele estivesse exausto. – Ou resolveu que a ditadura, em vez da democracia, é mais adequada à sua personalidade…

– Veja bem como fala – V. o alertou.

Wrath continuou como se não tivesse sido interrompido.

– O seu histórico é, no mínimo, questionável. A despeito da sua mais recente tendência à lealdade, você parece estar sempre nas beiradas com meus inimigos, quer seja o Bando de Bastardos ou a Sociedade Redutora. Da última vez que verifiquei, você estava metido no tráfico de drogas, – algo que não pode ser realizado em dois, por mais capazes que seus seguidores sejam. Por isso, quero saber onde você vai encontrar seus intermediários, agora que os assassinos com quem esteve trabalhando estão fora do mercado negro.

Assail afastou os cabelos negros da testa e os manteve no lugar como se tivesse esperanças de que, assim, seu cérebro voltasse a funcionar.

V. se preparou para ouvir asneiras.

Só que o macho acabou dizendo, num tom morto:

– Não sei. Verdade... Não sei o que fazer.

– Você fala honestamente. – Wrath inclinou a cabeça ao inspirar. – E, como seu Rei, tenho uma sugestão a fazer.

– Ou seria um comando... – Assail murmurou.

– Encare como quiser. – As sobrancelhas de Wrath desapareceram debaixo da armação dos óculos escuros. – Tenha em mente que posso matá-lo ou permitir que vá embora segundo minha vontade.

– Existem leis contra homicídios.

– Às vezes. – O Rei sorriu de novo com aquelas presas. – De todo modo, quero sua ajuda; e você a dará. De um jeito ou de outro.

CAPÍTULO 16

Mais ou menos na metade do caminho para o Lugar Seguro, Mary achou que acabaria tendo que fazer uma cirurgia para substituição de joelho.

Ao sair da Northway, cerrou os dentes e afundou o pé na embreagem dura do GTO roxo brilhante *vintage* reformado do marido – também conhecido como o orgulho e alegria dele. A luz de sua vida depois dela. A única coisa de valor que ele tinha desde que lhe dera seu Rolex Presidente de ouro.

O carro esportivo começou a tossir e depois passou a emitir uma série de explosões, seguidas por guinchos agudos, enquanto ela mudava o câmbio para cima e para baixo.

– Terceira? Terceira... preciso, não, segunda? Definitivamente não a primeira.

Ela aprendera do modo mais difícil, ao chegar ao pé da colina da mansão e quase ficar sem os dentes da frente ao se chocar com o volante por conta dos solavancos.

– Ah, meu Volvo querido, que saudades eu sinto de você...

Quando saíra da mansão, descobrira que a perua não estava no pátio externo junto aos demais veículos da Irmandade. Mas, em vez de perder tempo tentando localizá-la no centro de treinamento, afanara as chaves de Rhage, pensando que não podia ser tão difícil assim dirigir um carro esportivo. Afinal, sabia dirigir carros manuais.

Tudo acabaria bem.

Claro que não apostara no fato de a embreagem ser tão dura que ela parecia ter que afundar o pé em uma parede de tijolos toda vez que precisava mudar de marcha. Nem que as marchas estivessem tão calibradas a ponto de, caso não pisasse no acelerador na hora certa, todos aqueles cavalos debaixo do capô enlouquecerem.

A boa notícia? Pelo menos aquela luta com a transmissão fizera com que ela pensasse em outra coisa além da ansiedade ligada a Bitty, concentrando-se em uma distração enquanto seguia até o Lugar Seguro.

Além disso, Fritz era tão bom como mecânico quanto era como mordomo.

Quando finalmente chegou à casa, estacionou no caminho para carros, saiu e deu uma volta na escuridão, chutando com a perna esquerda até ouvir um estalo e não sentir mais como se estivesse andando como um flamingo.

Com uma imprecação, seguiu até a porta da garagem, inseriu um código e entrou. Quando as luzes detectoras de movimento se acenderam, levantou a mão para proteger os olhos, mas não teria que se preocupar em tropeçar em alguma coisa. As duas vagas estavam vazias a não ser por equipamentos de jardinagem, umas manchas de óleo e tábuas de concreto. Havia três degraus até a porta da cozinha, e logo ela digitou outra senha e esperou que a fechadura começasse sua sequência para destravar. Também se virou e mostrou o rosto para que ele fosse identificado.

Momentos depois, estava na antessala, tirando o casaco e pendurando-o com a bolsa numa fila de ganchos acima de um banco. A cozinha nova dos fundos estava ocupada, pilhas de panquecas aguardavam no fogão, frutas eram cortadas na bancada, tigelas e pratos estavam sendo dispostos na mesa comprida.

– Mary!

– Oi, Mary!

– Olá, senhorita Luce!

Inspirando fundo, retribuiu os cumprimentos, adiantando-se para dar um abraço aqui e acolá, apoiar a mão sobre um ombro, cumprimentar uma fêmea, bater a palma na de uma criança. Havia três funcionárias trabalhando, e ela foi ver como estavam as coisas.

– Onde está Rhym? – perguntou.

– Lá em cima com Bitty – a de cabelos cacheados respondeu com suavidade.

– Vou até lá agora.

– Algo que eu possa fazer para ajudar?

– Tenho certeza de que algo vai aparecer. – Mary sacudiu a cabeça. – Odeio o que ela está passando.

– Todas nós.

Indo para a frente da casa, deu a volta na base das escadas e subiu os degraus de dois em dois. Não se deu ao trabalho de saber se Marissa estava ali. Era bem possível, devido o alcance do ataque, que a diretora do Lugar Seguro tivesse tirado uma folga para ficar com seu *hellren*.

Estar vinculada a um Irmão não era para as fracas de coração.

No terceiro andar, encontrou Rhym adormecida numa cadeira acolchoada encostada à porta do quarto de Bitty. Quando as tábuas do assoalho rangeram, a assistente social despertou.

– Ah, olá – a fêmea disse ao se sentar ereta e esfregar os olhos. – Que horas são?

Rhym sempre fazia Mary se lembrar de si própria, de certa forma. Era o tipo de fêmea que possivelmente não era notada numa sala ao entrar, mas que jamais falhava quando alguém precisava de ajuda. Era bem alta, meio magra. Nunca usava maquiagem. Costumava usar os cabelos presos. Nunca se ouvira falar de nenhum macho perto dela.

A vida dela era o seu trabalho ali.

– Umas seis e meia? – Mary olhou para a porta fechada. – Como foi durante o dia?

Rhym só meneou a cabeça.

– Ela não quis falar sobre nada. Só arrumou as roupas numa mala, pegou a boneca e seu tigre de pelúcia e ficou sentada na ponta da cama. Chegou uma hora que resolvi sair, porque pensei que ela só devia estar acordada porque eu estava ali dentro com ela.

– Acho que vou dar uma espiada para ver como estão as coisas.

– Faça isso. – Rhym esticou os braços e estalou o pescoço. – E, se estiver tudo bem para você, acho que vou dar uma passada em casa para descansar um pouco.

– Sem problemas. Assumo daqui. Obrigada por cuidar dela.

– Já está escuro o bastante para eu sair?

Mary relanceou para as persianas ainda abaixadas.

– Acho que… – Como se seguissem seu comando, os painéis de aço que protegiam o interior dos raios solares começaram a levantar. – Sim.

Rhym se pôs de pé e passou os dedos pelos cabelos loiros acastanhados.

– Se precisar de algo, ou se ela precisar, é só me ligar que volto. Ela é uma menina especial, e eu só... só quero ajudar.

– Concordo. E obrigada de novo.

Enquanto a outra fêmea começava a descer a escada, Mary disse:

– Só uma pergunta.

– Pois não?

Mary concentrou sua atenção na claraboia no fim do corredor, tentando encontrar as palavras certas.

– Ela... Ela mencionou a mãe? O que aconteceu na clínica?

Algo na linha: minha terapeuta me fez sentir como se eu tivesse matado a minha mãe.

– Não, nada. A única coisa que ela mencionou foi partir o mais rápido possível. Não tive coragem de dizer que ela não tinha para onde ir. Pareceu cruel demais. Cedo demais.

– Então ela falou do tio.

Rhym franziu o cenho.

– Tio? Não, ela não mencionou isso. Ela tem um tio?

Mary retornou o olhar para a porta.

– Transferência.

– Ah. – A assistente social imprecou baixinho. – Ela terá longos dias e noites diante dela. Longas semanas e meses também. Mas todas nós ficaremos com ela. Ela ficará bem se ao menos conseguirmos que ela supere esta fase ilesa.

– Sim. É verdade.

Com um aceno, a fêmea desceu a escada, e Mary esperou até ouvir as passadas se distanciarem para o caso de Bitty estar com o sono leve.

Recostando-se na porta, apoiou o ouvido. Quando não ouviu nada, bateu baixinho, depois abriu a porta.

O abajur rosa e branco sobre a cômoda do canto lançava um brilho suave num quarto de outro modo escuro, e a forma diminuta de Bitty estava banhada por essa luz. A menina estava deitada de lado, de frente para a parede, tendo, evidentemente, adormecido a certa altura. Estava usando as mesmas roupas de antes, e de fato arrumara a mala – e a da mãe. Duas peças de bagagem: uma menor, da cor de uma mancha de grama; outra maior, de um tom alaranjado de salgadinhos Cheetos, estavam enfileiradas diante da cama.

A boneca e a escova estavam no chão diante delas, junto do tigre de pelúcia.

Levando as mãos ao quadril, Mary abaixou a cabeça. Por algum motivo, o impacto do silêncio do quarto, as cortinas e colchas modestas e um tanto gastas, o tapete fino e a mobília descombinada a atingiram como um soco.

A esterilidade, a impessoalidade, a ausência de uma... família, por falta de uma palavra melhor, fez com que ela aumentasse a temperatura do termostato. Como se um calor extra dos dutos do teto pudesse transformar o lugar num quarto adequado para uma menina.

Mas, é claro, os problemas a serem enfrentados teriam que ser solucionados por muito mais do que um sistema de aquecimento em bom funcionamento.

Andando na ponta dos pés até a cama em que a mãe de Bitty dormira, pareceu-lhe apropriado tirar a colcha de retalhos para cobrir a menina. Com cuidado, Mary acrescentou a coberta sem perturbar o sono de que ela tanto necessitava.

Depois ficou de pé diante da criança.

E relembrou seu próprio passado. Depois da descoberta da existência do câncer, ela se lembrava claramente de ter pensado que já bastava. A mãe morrera pouco tempo antes, de um modo horrendo, com muito sofrimento. E quando ela mesma fora diagnosticada com leucemia, teve que passar um ano nada divertido tentando combater a doença até estar em remissão. Tudo aquilo lhe parecera tão injusto.

Como se as dificuldades da mãe pudessem ter garantido a Mary um cartão de isenção de tragédias.

Agora, olhando para a menina, sentia-se simplesmente indignada.

Claro, sabia como a vida era injusta. Aprendera muito bem essa lição. Mas pelo menos tivera a infância marcada por todas as tradicionais coisas boas para as quais se deseja olhar para trás quando se fica mais velho. Sim, seu pai também morrera precocemente, mas ela e a mãe tiveram Natais e aniversários, formaturas do jardim de infância, do ensino fundamental e médio. Comera peru nos dias de Ação de Graças e tivera roupas novas todos os anos, e boas noites de sono nas quais a única preocupação que poderia ter lhe perturbado era se as notas na escola seriam boas, ou, no caso da mãe, se haveria dinheiro suficiente para duas semanas de férias no verão no Lago George ou apenas uma.

Bitty não tivera absolutamente nada disso.

Nem ela nem Annalye mencionaram nada específico, mas não era muito difícil imaginar a que tipo de violência as duas foram submetidas. Pelo amor de Deus, Bitty teve que colocar pinos de aço na perna.

E como isso terminara?

Com a menina aqui sozinha.

Se o destino tivesse algum tipo de consciência, Annalye não teria morrido.

Mas pelo menos o Lugar Seguro passou a existir a tempo. E se a instituição não estivesse disponível para Bitty quando ela mais precisava?

Bastava imaginar para que Mary se sentisse nauseada.

Rhage despertou assustado, como se um alarme tivesse soado ao lado da sua cabeça. Virando o tronco no leito hospitalar, olhou ao redor em pânico.

Então, com a mesma velocidade com que a ansiedade aparecera, ela desapareceu. Saber que Mary estava no Lugar Seguro o acalmou como se as palavras lhe tivessem sido ditas ao pé do ouvido. E era o que ela devia ter feito mesmo. Já há algum tempo, vinham usando a besta como uma espécie de mural de recados no caso de Rhage estar dormindo.

Funcionava – e ninguém tinha que se preocupar em procurar uma caneta.

No entanto, ainda sentiu falta dela. Ainda estava preocupado com seu próprio estado mental. Mas aquela garotinha...

Passando as pernas para a lateral da cama, piscou algumas vezes e, ok, continuou cego mesmo depois de bater as pálpebras. Tudo bem. De resto, sentia-se firme e forte – isto é, fisicamente – e, desde que se movesse lentamente, conseguiria tomar banho numa boa.

Vinte minutos mais tarde, saiu do banheiro pelado e cheirando a rosas. Incrível o que um pouco de xampu e sabonete podiam fazer com um cara. E uma bela escovada nos dentes. Próxima parada? Comida. Depois que a besta saía e após a purificação subsequente, seu estômago não sentia fome, ele ficava basicamente oco – e o melhor que ele tinha a fazer era colocar um tanto de carboidratos pobres em fibras ali dentro para serem processados.

Doze baguetes francesas. Quatro bagels. Três quilos de macarronada.

Esse tipo de coisa.

Pisando no corredor, ficou imaginando quanto tempo levaria para encontrar seu caminho…

– Porra, já era hora…

– Não podia pelo menos ter enrolado uma toalha…

– Fritz te trouxe uma troca de roupas…

– Você voltou, filho da mãe…

Todos os seus irmãos estavam ali, seus cheiros e suas vozes, as gargalhadas aliviadas, os palavrões e as tiradas, exatamente o que o médico prescrevera. E quando o abraçaram e deram tapas na sua bunda pelada, teve que refrear a emoção.

Já estava nu, *#bemvulnerávelobrigado.*

Deus, no meio de toda aquela reuniãoziiiinha e dos que booommmm que você está aqui, foi impossível não sentir uma carga renovada de vergonha por seu egoísmo pelo que fizera Mary e seus irmãos passarem.

Em seguida, a voz de V. apareceu bem na sua cara.

– Tudo bem? – o irmão perguntou numa voz rouca. – De volta ao normal?

– É. Estou zerado a não ser pela visão. – *E também sinto muito. E estou com medo,* pensou. – Cê sabe, só um pouco cansado…

Tum!

O golpe no queixo surgiu sabe-se lá de onde, pegando-o em cheio, a cabeça indo com força para trás, quase se separando da coluna.

– Mas que porra! – Rhage ralhou ao esfregar o queixo. – O qu…

– Isso foi por não ter me ouvido.

Pum!

O segundo soco veio da direção oposta, o que era bom – o inchaço seria bilateral, portanto o rosto não ficaria tão feio.

– E *isso* foi por ter atacado antes e comprometido a nossa estratégia.

Quando Rhage nivelou a cabeça uma segunda vez, segurou o maxilar com as duas mãos. Porque havia uma possibilidade de a parte inferior do seu crânio despencar.

A boa notícia era que os dois socos clarearam um pouco sua visão, a cegueira recuando o bastante para que ele visse borrões dos corpos e das roupas dos irmãos.

– A gente podia ter *ssó* falado *ssoble* isso – Rhage ralhou. – *Malavilha, esstou* falando com a língua *plesa.*

– E qual seria a graça, não é? – V. o segurou e o agarrou com força. – *Nunca* mais faça uma merda dessas, ouviu?

Rhage esperou que os outros começassem a fazer perguntas. Quando ninguém disse nada, ele deduziu que V. já lhes contara sobre a visão. A menos que... Bem, todos o viram disparando naquele campo antes da hora, e esse tipo de merda merecia uma surra.

– *Consssigo enxelgar agola.*

– Pode me agradecer mais tarde.

A essa altura, colocaram a conversa em dia – o que o levou a saber, embasbacado, que Xcor estava sob custódia.

– Tohr ainda não o matou? – perguntou.

– Não – foi dito em diversas frontes.

Em seguida, veio a história da aparição de Ômega e de como ele limpou o *campus*, e de V. salvando o pessoal com seu *mhis*.

– *Asssumo* um *tulno* – Rhage anunciou. – *Issto* é, *pla* montar *gualda.*

– Mais tarde. – V. exalou a fumaça turca. – Todos os outros primeiro. Depois vai você.

Dito isso, o grupo se dispersou, alguns indo para a mansão, outros para a academia. Rhage acompanhou os que seguiram pelo túnel para a casa principal, mas enquanto seus irmãos foram se deitar, ele atravessou a sala de jantar e entrou na cozinha da mansão.

Deus, queria tanto que Mary estivesse com ele.

A boa nova era que não havia nenhum *doggen* por perto, pois a Primeira Refeição não fora servida graças ao número de ferimentos causados durante o ataque e todo o drama subsequente. Os empregados da casa, sem dúvida, estavam aproveitando um raro e muito merecido descanso antes de retomarem os trabalhos de limpeza e cuidados, e ele se sentiu aliviado por não ter ninguém para servi-lo.

Todavia, ao invadir o espaço sagrado de Fritz, sentiu como se lhe devesse prestar um favor ou algo assim, de modo a não ofender o mordomo. Com isso em mente, resolveu não cozinhar nada. Pegaria o que quer que já estivesse pronto, em vez de mexer sozinho com o fogão ou a despensa.

Já levara dois socos, e a noite só estava começando.

Mas, primeiro, roupas. Estivera cedo demais no banheiro de baixo para perceber que lhe deixaram roupas, por isso foi direto para a lavanderia atrás da despensa, usando sua visão parcial e tato afiado para localizar calças frouxas pretas e uma blusa de moletom enorme com o logo de *American Horror Story* na frente. Em seguida, era hora de se dedicar seriamente aos carboidratos.

Saqueando o estoque de pães, começou a limpá-lo ao colocar embalagens de *bagels* e de pães azedos na bancada, mas logo pensou: *Que se dane!*, e se abaixou na gaveta sob a bancada pra tirar o cesto inteiro, levando-o até a mesa de carvalho. A segunda parada foi a geladeira, da qual tirou meio quilo de manteiga, uma embalagem de *cream cheese*, e apanhou a torradeira, segurando-a pelo corpo até o fio se esticar e soltar da tomada.

Uma faca de serra e uma tábua de corte mais tarde, junto do bule de café, o açucareiro e uma embalagem de leite semidesnatado, ele estava a todo vapor. Enquanto o café coava, ele começou a cortar, formando montanhas de fatias amanteigadas à sua direita. Os *bagels* estavam numa linha de produção, para que ele pudesse colocá-los na torradeira.

Deveria ter pegado um prato. E, pelo menos, outra faca, mas a lâmina larga estava sendo bem eficiente no ato de espalhar.

Quando o café terminou de coar, ele pegou o bule, despejou todo o conteúdo do açucareiro dentro dele e depois completou com o leite semidesnatado. Tomou um gole para experimentar.

Perfeito.

Voltou a colocar o bule na chapa aquecida e começou a trabalhar sistematicamente nos *bagels*, porque estava muito parecido com a Primeira Refeição, certo? Em seguida vieram os pães azedos, porque isso era o mais próximo de almoço que suas opções permitiam. A sobremesa seria um bolo de café com nozes-pecã. Ou dois.

Conforme ele mastigava, seus dentes revelavam-se meio soltos por conta dos socos de V., mas não foi um problema muito grande. E, de tempos em tempos, empurrava tudo para baixo com goladas no bico do bule de café.

Umas duas mil calorias mais tarde, a realidade do quanto ele se sentia sozinho se abateu.

Em retrospecto, a cozinha poderia estar lotada com seus irmãos e ele ainda assim se sentiria do mesmo modo.

Pior, ele tinha a sensação de que até mesmo a presença de Mary não teria dado jeito em seu isolamento.

Sentado ali, tapando o buraco do seu estômago, mas sem conseguir fazer nada a respeito do vazio que realmente contava, pensou que teria sido muito mais fácil se ele tivesse alguma pista sobre qual, de fato, era o seu problema...

Ao longe, na sala de jantar, um som ecoou.

E se aproximou.

Era uma sequência de passos, como se alguém estivesse correndo.

Mas que diabos?, pensou ao se levantar da cadeira.

CAPÍTULO 17

Há uma boa quantidade de cálculos a considerar quando se tem um vício.

Ao se sentar atrás de sua escrivaninha em sua mansão de vidro, Assail puxou uma gaveta longa diretamente acima das pernas e pegou três frascos idênticos ao que o Irmão Vishous esvaziara sobre o antebraço na instalação subterrânea da Irmandade.

Cálculos, cálculos, cálculos... Multiplicação, na maior parte. Por exemplo, considerando a quantidade de cocaína que tinha, quanto tempo seria capaz de manter seu desejo contido? Quatorze horas? Quinze?

Abriu um dos pequenos contêineres marrons e despejou o pó branco sobre o mata-borrão de couro. Usando seu cartão de crédito Centurium da American Express, formou umas carreiras, inclinou-se sobre elas e fez o que tinha que fazer. Depois, recostou-se na cadeira e fungou a substância.

Odiava, de verdade, o gotejamento que descia pela garganta. A queimação nas cavidades nasais. O gosto amargo na boca. E, mais do que tudo, desprezava o fato de já não ficar chapado. Meramente experimentava uma recuperação temporária naquela horrível montanha-russa na qual estava sentado, com o dito respiro sendo inevitavelmente seguido pela descida abrupta – e, então, se não cuidasse de si, cairia nas garras inclementes e impiedosas da necessidade.

Relanceando para os dois tubos restantes, custou a acreditar que caíra nesse padrão. As escorregadas e a quedas foram, ambas, obras do momento e de uma tragédia em câmera lenta. Começara a usar para se manter alerta, mas o que se iniciara como um hábito de natureza prática agora o possuía como um mestre dominava seus servos no Antigo País.

Oh, Destino, essa não fora a sua intenção.

Não tivera muitas intenções ultimamente.

Esticando o braço, ligou o laptop num toque e logou-se com apenas uma mão, apesar de a sua senha possuir letras maiúsculas, e através de canais criptografados, acessou suas contas no exterior. A grande se situava em Genebra.

Ele tinha muitas outras.

Tantos dígitos e pontos antes da vírgula dos decimais naquele saldo. E, fitando aquela linha, refletiu sobre a quantidade exata de dinheiro necessária – mesmo para um vampiro, que vivia umas dez vezes mais que os humanos, ou mais.

Desde que esse seu pequeno hábito não o levasse ao Fade.

Ou, no seu caso, ao *Dhunhd*, mais provavelmente.

Era evidente que ele tinha bastante, segundo qualquer padrão, mesmo diante da crise financeira mundial... Portanto, precisava mesmo continuar lidando com drogas? Pensando melhor, com a frequência com que vinha inalando o pó, ele corria o risco de se tornar o seu melhor cliente.

Preciso de sua ajuda com a glymera.

Enquanto considerava a proposta de Wrath, teve que ponderar se as pretensões do Rei eram melhores ou piores do que ganhar dinheiro à custa dos humanos e das suas necessidades de reforços químicos. A empreitada real, com certeza, seria algo com que passar o tempo. E, caso não traficasse drogas, ele precisaria passar as horas da noite de alguma maneira.

Ou acabaria enlouquecendo.

Principalmente por sentir saudades da sua fêmea. Que, de fato, jamais fora sua.

– Marisol – sussurrou para o ar.

Por que diabos jamais tirara uma foto dela? Quando ela se hospedara ali, naquela casa, quando a protegera com sua vida, por que não pegara o celular, apontara na direção dela e batera uma foto? Um simples momento no tempo, uma fração de segundo, era tudo de que necessitaria. Mas não, não o fizera e, agora, aqui estava ele, do após separação, sem nada dela a não ser o que permanecera em seu cérebro.

Como se ela tivesse morrido. Só que ela ainda habitava o planeta.

De fato, estava na Flórida, onde o oceano banhava a areia e as noites eram um mistério perfumado mesmo na porra do mês de outubro.

Sabia exatamente onde ela estava, precisamente onde morava – porque a seguira até lá. Certificara-se que ela tivesse chegado ao seu destino com a avó em segurança. Espiara-a das sombras no mais patético dos modos.

Mas honrara seu pedido. Deixara-a em paz. Libertara-a dele e do seu estilo de vida ilegal no qual ambos estavam envolvidos.

Ladras e traficantes de drogas podiam coexistir.

Uma humana que desejava estar no lado correto da lei e um vampiro traficante de drogas não podiam.

Com um gemido, levou o rosto às mãos e a chamou em sua mente. Sim, ah, sim, lembrava-se dos cabelos escuros e do corpo delgado, da sua pele e dos olhos negros com absoluta nitidez. Mas a passagem do tempo... Ele se preocupava, a princípio, com a possibilidade de acabar esquecendo alguma nuance, depois detalhes maiores e mais significativos.

E a perda disso era uma morte dolorosa mesmo ele continuando a respirar.

– Já basta – murmurou ao abaixar os braços e se recostar para trás.

Concentrando-se em si mesmo, pensou no que o Rei lhe pedira. Uma mudança de empreitada, com certeza. Mas ele tinha bastante dinheiro. Tinha bastante tempo. E encontrar outra rede de intermediários para distribuir seu produto nas ruas de Caldwell e de Manhattan de repente pareceu-lhe um trabalho muito pequeno.

Além disso... Após ter lutado lado a lado com a Irmandade? Viu-se respeitando aqueles machos. E também respeitando seu líder.

Era uma guinada de atitude para um libertário – mais ou menos como um ateu considerando a existência de Deus após uma experiência de vida ou morte.

Sem falar que devia a vida a Vishous; disso ele tinha certeza. Por mais inútil que sua existência fosse, ele não estaria sentado naquela cadeira, dentro da sua mansão de vidro às margens do rio Hudson, alimentando seu vício em cocaína, se o Irmão não o tivesse jogado sobre o ombro e corrido a toda velocidade.

Duas vezes.

Ah, aquela besta. Se não a tivesse visto, jamais acreditaria em sua existência.

Assail girou a cadeira com os pés para ver o rio através das janelas. Uma campainha sutil soou num canto da sala onde um antigo relógio francês estava. Ao fundo, na parte de trás da casa, ouvia os primos se movimentando na cozinha.

Quando resolveu usar o celular, só o que teve que fazer foi enfiar a mão no bolso da jaqueta de couro rasgada. Não tirara o casaco arruinado apesar de a casa estar muito bem aquecida contra a noite fria de outubro.

Mas, pensando bem, só o que lhe importara ao chegar em casa foi se fechar em seus aposentos para poder brincar de gato e rato com seu probleminha.

Não suportava fazer as carreiras diante dos primos. Não que tivesse a mínima intenção de alterar seus hábitos por causa de alguém.

Buscando um número na sua lista de contatos, hesitou antes de iniciar a chamada. Enquanto o polegar pairava acima da tela, percebeu que, se desse continuidade àquilo, tornar-se-ia algo de que sempre desdenhara.

Um agente do Rei.

Ou, mais especificamente… um agente de alguém.

Com uma estranha sensação de medo, cedeu ao impulso e levou o aparelho ao ouvido, escutando o toque de chamada. No fim, resolvera ceder à exigência de Wrath pelo simples motivo de que lhe parecia a única coisa boa que poderia fazer para si mesmo.

Uma coisa certa.

Uma coisa positiva.

Estava começando a sentir que já era hora. E talvez estivesse tomando emprestada uma página do livro de Marisol porque esse era o único modo de estar perto dela agora.

Nada mais de tráfico para ele.

Ainda que aquilo que estava prestes a fazer talvez se mostrasse tão perigoso quanto. Pelo menos não ficaria entediado.

– Olá, querida – disse quando a ligação foi atendida por uma fêmea. – Sim, preciso de fato me alimentar, obrigado. Hoje seria perfeito. Também senti sua falta. Sim, muito. – Deixou que ela falasse um pouco enquanto mordia sua isca e a engolia. – Na verdade, na casa principal, por favor. Não, o chalé não é adequado a um macho como eu. Estive disposto a ceder a princípio por causa da presença do seu *hellren*, mas agora que ele está acamado, vejo que não posso mais fazer esse tipo de concessão. Você me entende.

Houve uma longa pausa, mas ele sabia que ela cederia.

– Obrigado, *nalla* – entoou sem inflexão alguma. – Nos veremos em breve… E, ah, vista algo vermelho. Sem calcinha. É só.

Desligou na cara dela, porque era uma fêmea que demandava experiência de quem quisesse sua atenção. E se fosse fácil demais? Charmoso demais? Ela perderia interesse, e isso não poderia acontecer até ele conseguir o que precisava dela.

Sua ligação seguinte foi para o Irmão Vishous. Quando o macho atendeu, Assail pronunciou apenas duas palavras antes de desligar:

– Estou dentro.

– Claaaro que fico até mais tarde. Sem problemas. Não tenho nada melhor para fazer mesmo.

Enquanto Jo Early estava sentada atrás da mesa da recepção, o restante da imobiliária estava deserto, apenas um rastro da mistura dos perfumes e a deprimente música ambiente para lhe fazer companhia. Bem, isso e os dois malditos arbustos de figo ao seu lado

Aquelas malditas plantas soltavam as folhas constantemente – e seu TOC não a deixava relaxar até que o piso estivesse limpo. Mas o lado positivo era que não precisava fazer muitos abdominais na academia.

Não que ela frequentasse uma academia.

Verificando o telefone, sacudiu a cabeça. Sete horas.

O plano, o "favor" que estava fazendo para o chefe era ficar ali até que ele trouxesse três contratos assinados para que ela os escaneasse e os mandasse por e-mail para os vários corretores. Por que ele mesmo não podia enfiar os papéis na máquina e produzir alguns poucos PDFs era um mistério.

Mas tudo bem, talvez ela também fosse parte do problema.

Não que tivesse orgulho de admitir isso.

Olhando por cima da bancada da recepção, concentrou-se nas portas fumê que davam para o lado externo. O escritório estava localizado num *shopping* elegante que tinha um salão de beleza com cortes a partir de cem dólares – e isso para cortes masculinos –, uma butique mostrando na vitrine duas peças de vestuário que mal cobririam um corpo, uma loja de louças de porcelana que reluzia mesmo nos dias mais nublados e, na extremidade oposta, uma joalheria que as esposas-troféu de Caldwell pareciam aprovar, a julgar pela clientela que frequentava a loja.

– Vamos lá, Bryant. Chega logo...

Mas onde ela tinha mesmo que ir? Para casa para ficar com Dougie e ouvir suas divagações sobre os círculos formados num gramado? Isso sim é que era diversão.

Quando um telefone dentro do escritório tocou, ela despertou seu computador e encarou a agenda de Bryant. Ela inseria seus compromissos no Outlook quando ele enviava mensagens de texto ou telefonava para informá-los. Agendava coisas como reuniões relacionadas à imobiliária, mas também a manutenção do seu BMW e as visitas do cara que limpava sua piscina naquele novo condomínio. Lembrava-o do aniversário da mãe e encomendava flores para as mulheres com quem ele saía.

Sempre se perguntando o que ele acharia se soubesse quem eram seus pais.

Aquele segredinho era o que a acalmava quando ele chegava numa segunda-feira de manhã e sussurrava que saíra com uma divorciada na sexta, uma *personal trainer* no sábado e depois tomara brunch com outra no domingo.

Sua verdadeira identidade era a armadura que ela usava para lutar contra ele. Numa guerra em que ele nem sabia que estava metido.

Fechando a agenda daquela vida agitada, encarou o logo na tela. O sobrenome de Bryant, Drumm, era o segundo na linha – porque a empresa fora fundada pelo pai dele. Quando o homem morrera, há quase dois anos, Bryant assumira seu lugar, bem como seu escritório, do mesmo modo com que fazia tudo: sorrindo com charme. E, vejam só, isso não é uma estratégia ruim. Digam o que quiserem sobre o estilo de vida de playboy do cara, ele sabia movimentar montanhas de dinheiro, e ainda ficava bonito ao fazê-lo.

Caldwell, a estrela na *Lista de Um Milhão de Dólares* de NY.

– Vamos lá, Bryant, onde você se meteu?

Depois de verificar, uma vez mais, a já organizada e limpa mesa, deu uma espiada no chão para ver se havia mais folhas de figo, pegou uma folha, jogou-a no lixo, voltou a se sentar ereta e...

Ao diabo, entrou no YouTube.

Dougie postara aquele vídeo idiota no seu canal – um destino excitante com o impressionante total de vinte e nove assinantes, dentre os quais quatro eram o próprio Dougie com diferentes fantoches feitos de meias e dois eram *spammers* de baixo padrão. Quando clicou para assistir ao vídeo de quarenta e dois segundos, aumentou o volume dos alto-falantes. O som não podia ser mais amador, uma cacofonia muito alta, pois seu colega de apartamento segurava o iPhone contra um rugido distante, mas não tão baixo.

Ok, parecia algo jurássico no meio do campo. E, sim, parecia existir um amontoado de coisas no chão, quem é que podia saber o que era aquilo? Era apenas a câmera de um celular capturando a cena, e talvez fosse assim que o gramado esmagado aparecia através da sua lente.

Repetiu a cena algumas vezes. Depois se recostou.

Havia cinco comentários. Três de Dougie e dos amigos dele. Um era o depoimento de alguém que alegava ganhar US$ 1.750,00 em casa!!!! $$$!!!!
O último eram apenas poucas palavras que não faziam nenhum sentido:

Vamp9120 muita merda de novo.

Deixado por alguém chamado ghstrydr11.

Franzindo o cenho, pesquisou um pouco e encontrou o canal de vamp9120. Uau. Ok, três mil assinantes, e o que parecia ser uma centena de vídeos. Abrindo um, ela...

Gargalhou alto.

O cara falando para a câmera era como um personagem vampiro da LEGO, com um chifre no meio da testa e caninos ainda mais pontudos, barba que mais parecia ter sido pintada em vez de mal barbeada, e Deus do céu, parecia que o colarinho da camisa era do Elvis. A pele do cara era branca demais; o cabelo, preto demais; os lábios, vermelhos de um tom de batom da M.A.C. E a voz? Parte evangelista, parte neovitoriana, meio Bram Stoker.

– ... criatura da noite...

Espere, isso não era a fala de alguma coisa?

– ... vagueando pelas ruas de Caldwell...

Como se fosse a versão norte de Nova York do *The Walking Dead*? Se tiver dúvida, só arraste uma perna.

– ... à espreita das suas vítimas...

Ok, seguindo em frente. Descendo a tela, escolheu outro aleatoriamente. Sim, lá estava Vlad novamente com a cara enchendo a tela – mas, desta vez, ele tinha os olhos bem esfumados.

– ... são reais! Vampiros existem...

Será que o púlpito dele era drapeado com veludo preto...? Ok, puxa. Era para ser uma piada, mas quando a lente recuou, parecia mesmo que ele estava recostado em algo recoberto por veludo preto.

Interrompendo a ladainha, ela passou para o vídeo seguinte, e disse a si mesma que seria o último.

– Oi, Vlad, e aí?

– ... testemunho de um encontro com um vampiro. – Vlad se virou para o cara sentado ao seu lado numa cadeira dobrável de plástico. Que era todo o cenário ali. – Julio? Conte aos meus fãs o que aconteceu há duas noites.

Aquilo sim era uma mistura: Julio era o antivampiro, com uma bandana Tupac na testa, um crucifixo e umas tatuagens no pescoço.

Seus olhos, porém... estavam esbugalhados e agitados, bem ao estilo vlad.

– Eu estava no centro, sabe, com meus amigos, e a gente tava...

A história começou sem nada de especial, só um encontro com os amigos de gangue, tiros com os rivais no beco, mas logo virou algo saído da Draculândia, com o cara descrevendo como entrara num restaurante abandonado e como dali as coisas ficaram muito estranhas.

Desde que se acreditasse nele.

– ... o cara me jogou na bancada e ficou todo... – Julio soltou uns sibilos e mostrou as unhas como se fossem garras – e os dentes estavam todos assim...

– Como os meus – Vlad interrompeu.

– Só que eram de verdade. – Ok, Vlad evidentemente não gostou nada daquilo, mas Julio prosseguiu. – E ele tinha uma cara toda ferrada, o lábio superior todo retorcido. E ele ia me matar. Ele tinha uma...

Jo assistiu ao resto da entrevista, mesmo a parte em que Vlad só faltou empurrar Julio para longe da câmera, como se o pretendente ao posto de Drácula estivesse farto de partilhar o palco.

Recostando-se de novo, perguntou-se até onde pretendia ir com aquilo. E a resposta veio quando entrou no site do *Caldwell Courier Journal* para pesquisar o nome de Julio. Vejam só. Havia um artigo escrito em dezembro passado sobre atividades relacionadas a gangues na região central – e Julio estava bem no meio dela. Até havia uma foto sua junto a uma viatura policial, seus olhos carregavam a mesma expressão assustada, a boca aberta como se estivesse falando desesperadamente com o fotógrafo.

Mas nada a respeito de vampiros.

Rolando a tela de novo, descobriu que reconhecia o nome no começo do artigo.

De fato, Bryant conseguira uma casa para ele e para a esposa uns seis meses antes, se estivesse se lembrando corretamente.

Após uma rápida procura nos arquivos dos clientes, viu que estava certa...

– Desculpe, estou atrasado!

Bryant Drumm passou pelas portas de vidro correndo, mas não parecia agitado. Os cabelos negros estavam na mais perfeita ordem, o terno cinza-escuro estava fechado e os papéis na mão, separados em seções.

Portanto, ele não viera correndo. Viera tranquilamente, mesmo ciente de que ela estava apodrecendo ali.

Apoiou os cotovelos na mesa e se inclinou com seu sorriso de marca registrada.

– Jo, como posso te compensar?

Ela esticou a mão.

– Me dá logo. Assim posso ir para casa.

Bryant pôs os papéis na mão dela, mas não os soltou quando ela tentou puxá-los.

– O que eu faria sem você?

Quando a fitou, seu olhar estava todo centrado nela – como se nada mais existisse no mundo para ele, como se estivesse tanto cativado quanto maravilhado. E, para alguém que nunca tivera muita importância para os pais, que fora colocada para adoção pelas pessoas que a conceberam, que se sentia perdida no mundo... Isso fazia diferença.

De uma maneira muito lamentável que ela não gostava de perder tempo analisando, ela vivia para aqueles momentos. Ficava até tarde por causa deles. Sustentava uma esperança de que eles voltassem a acontecer...

O celular dele tocou. E, ainda olhando para ela, ele atendeu.

– Alô? Ah, oi.

Jo desviou o olhar, e desta vez, quando ela puxou, ele a deixou ficar com os contratos. Ela conhecia aquele tom de voz. Era uma de suas mulheres.

– Posso me encontrar com você agora – ele murmurou. – Onde? Ã-hã. Não, já jantei, mas topo uma sobremesa. Mal posso esperar.

Quando ele encerrou a ligação, ela já tinha se virado para o escâner.

– Obrigado de novo, Jo. Te vejo amanhã?

Jo não se deu ao trabalho de olhar por cima do ombro enquanto inseria as páginas uma a uma.

– Estarei aqui.

– Ei.

– O quê?

– Jo. – Quando ela relanceou para trás, ele inclinou a cabeça para o lado e estreitou os olhos. – Você deveria usar esse tom de vermelho mais vezes. Combina com seu cabelo.

– Obrigada.

Ao voltar para o escâner, ela o ouviu indo embora, a porta se fechando lentamente. Um momento depois, ouviu o barulho do motor do elevador e ele já não estava mais lá.

Sabendo que estava sozinha, levantou a cabeça e olhou para o seu reflexo na porta da entrada. A luz das lâmpadas embutidas descia, iluminando seus cabelos de modo a ressaltar os tons acobreados e acastanhados contra todo o preto e cinza atrás dela.

Por algum motivo, o vazio no escritório... em sua vida... pareceu-lhe um grito bem alto.

CAPÍTULO 18

As anotações nos arquivos do Lugar Seguro eram todas feitas à mão. Em parte por conta dos custos: computadores, redes e armazenamento confiável eram caros, e como os custos com pessoal eram prioridade, fundos para TI não eram algo essencial. Mas outro motivo disso era que Marissa, a líder destemida, era das antigas e não gostava que coisas importantes fossem guardadas onde suas mãos não podiam tocar.

Afinal, quando se tem quase quatrocentos anos de idade, a revolução tecnológica das últimas três décadas era apenas um ponto na tela do seu radar.

Talvez dali a um século, a chefe apreciaria um pouco mais tipos como Bill Gates.

Mas até que achava legal. Mais humano, de certa maneira, ver as diversas caligrafias, as canetas diferentes, as diversas formas com que as pessoas erravam a ortografia das palavras de tempos em tempos. Era o equivalente visual de uma conversa, todos acrescentando algo único deles mesmos nos registros – em oposição às entradas feitas em palavras uniformes, com o mesmo tipo de fonte e checagem ortográfica.

Entretanto, isso dificultava a busca por uma informação específica. Por outro lado, reler tudo desde o começo ajudava a perceber coisas que você poderia ter deixado passar.

Como tios, por exemplo.

Quando não viu nenhuma menção a nenhum parente no formulário original, Mary fora ler cada uma das anotações no arquivo de Annalye, muitas das quais estavam em sua própria caligrafia. E, bem como se lembrava, as passagens eram invariavelmente curtas e de pouco uso.

Bitty não fora a única a permanecer calada.

Não havia nenhuma menção a um irmão ou a qualquer outro parente. E a fêmea tampouco mencionara o companheiro morto, ou o abuso que ela e Bitty sofreram. Isso não significava que a violência não estivesse documentada. Os registros médicos das duas foram impressos e anexados à capa do arquivo.

Depois que terminou de ler tudo, Mary se recostou e esfregou os olhos. Como muitas vítimas que temiam por suas vidas, a *mahmen* de Bitty só buscara auxílio uma vez, quando sua filha fora tão machucada que não havia chance de o processo natural de cura dar conta dos ferimentos. Os raios-X cuidavam de contar o resto da triste história, revelando anos de ossos fraturados que se colaram sozinhos. Para as duas.

Fechando o arquivo, pegou o de Bitty. O da menina era mais fino, pois seus registros médicos estavam junto aos da mãe, e ela informara ainda menos coisas do que Annalye. Houveram sessões regulares, bem como arteterapia, aulas de música e jogos criativos. Mas nada em que se basear para seguir em frente.

De certa forma, todos só estiveram esperando pelo inevitável...

– Senhorita Luce?

Mary deu um salto, levantando as mãos e batendo no mata-borrão sobre a mesa.

– Bitty! Não ouvi você chegar.

A menininha estava parada na entrada do escritório, com sua figura frágil parecendo ainda menor entre os batentes. Nesta noite, os cabelos castanhos estavam soltos, com as mechas meio enroladas, e vestia outro dos seus vestidos feitos à mão. Um amarelo desta vez.

Mary sentiu uma necessidade quase premente de comprar um suéter para Bitty.

– Senhorita Luce?

Voltando ao presente, Mary disse:

– Desculpe, o que foi?

– Fiquei pensando se o meu tio já não tinha aparecido.

– Ah, não. Ele não veio. – Mary pigarreou. – Escute, importa-se de entrar um instante? Feche a porta, por favor.

Bitty fez conforme pedido, fechando a porta atrás de si e avançando até ficar diante da escrivaninha.

– Estes são seus arquivos, querida. – Mary tocou nas pastas de cor parda. – Os seus e os de sua *mahmen*. Acabei de lê-los novamente. Eu não... Não vi nada a respeito de um tio. Não existe nenhuma menção sobre ele aqui. Não estou dizendo que ele não existe, é só que...

– Minha *mahmen* falou com ele. Então ele vem me buscar.

Droga, Mary pensou. Devia avançar com cuidado.

– Como foi que sua mãe fez isso? – ela perguntou. – Escreveu para ele? Telefonou? Pode me dizer como ela conseguiu localizá-lo? Talvez eu consiga encontrá-lo.

– Não sei como. Mas ela falou.

– Qual o nome dele? Você se lembra?

– O nome dele é... – Bitty abaixou o olhar para a escrivaninha. Para os arquivos. – É...

Era fisicamente doloroso ver a menina tentando inventar um nome passável. Mas Mary lhe deu seu espaço, desejando que existisse uma solução mágica para a situação, algum irmão que de fato estivesse vivo em alguma parte do mundo, e que fosse tão bom para Bitty quanto ela merecia...

– Ruhn. O nome dele é Ruhn.

Mary fechou os olhos por um instante. Não se conteve. Ruhn era parecido com Rhym, claro. Só uma pequena mudança no nome da supervisora, uma distância rapidamente coberta pela mente de uma jovem em busca de algum tipo de saída de uma situação horrível.

E ainda assim, ela precisava se manter profissional.

– Ok, muito bem, vou te dizer o que vamos fazer. – Mary segurou o telefone. – Se você estiver de acordo, colocarei um anúncio num grupo fechado no Facebook sobre ele. Talvez alguém em algum lugar possa entrar em contato com ele por nós?

Bitty assentiu de leve.

– Mais alguma coisa?

Mary pigarreou de novo.

– Sim. As cinzas da sua *mahmen*... Elas logo estarão pontas para que possamos buscá-las. Eu estava pensando que, se você quiser, podemos fazer uma cerimônia aqui na casa... Sei que todos aqui a amavam muito, e todos amamos muito você também...

– Gostaria de esperar até meu tio chegar. Então eu e ele cuidaremos do assunto.

– Tudo bem. Bem, você gostaria de ir comigo buscá-las? Quero que tenha certeza de que...

– Não. Quero esperar aqui. Pelo meu tio.

Droga.

– Tudo bem.

– Só isso?

– Sim.

Quando a menina se virou, Mary a chamou:

– Bitty?

– Sim? – Bitty olhou para trás. – O que foi?

– Pode conversar comigo, sabe. Sobre qualquer coisa. E quando quiser, dia e noite. Estarei a seu dispor... e, se não quiser falar comigo, qualquer outra pessoa da equipe estará aqui para te ajudar. Não ficarei chateada. A única coisa com que me importo é que você receba todo o apoio de que precisa.

Bitty encarou o chão um instante.

– Ok. Posso ir agora?

– Lamento muito o modo como... Lamento o que aconteceu na clínica ontem à noite. Quero te incentivar a falar com alguém sobre isso, ainda que não seja comigo.

– Falar sobre isso não vai trazer a minha *mahmen* de volta, senhorita Luce. – A voz dela estava tão séria que mais parecia ter saído da boca de um adulto. – Falar não vai mudar nada.

– Vai sim. Confie em mim.

– Vai fazer o tempo voltar para trás? Acho que não.

– Não, mas pode te ajudar a se ajustar à sua nova realidade. – Deus, estava mesmo conversando assim com uma menina de nove anos de idade? – Você precisa deixar a sua dor...

– Vou subir agora. Estarei no sótão. Por favor, me avise quando o meu tio chegar?

Com isso, a menina saiu e fechou silenciosamente a porta. Quando abaixou a cabeça nas mãos, Mary ouviu os passinhos subindo os degraus que a levariam até o terceiro andar.

– Maldição – sussurrou.

Quando Rhage se levantou da mesa, não estava preocupado que quem quer que estivesse correndo pela sala de estar fosse um inimigo vindo na sua direção. Estava mais preocupado que alguém da casa estivesse em apuros.

Porque havia outro som encobrindo as passadas.

Um bebê chorando.

Antes mesmo que ele conseguisse chegar à metade do caminho até as portas vai e vem, Beth, a Rainha, invadiu a cozinha, com o filho pendurado em um dos braços como um saco de batatas e a mão livre estendida para a frente enquanto sangrava em si mesma.

– Ai, merda! – Rhage disse ao quase tropeçar nos pés descalços para encontrá-la junto à pia. – O que aconteceu?

Sua visão não estava tão aguçada quanto deveria, mas parecia haver muito vermelho na blusa dela. E ele sentia cheiro de sangue em toda parte.

– Pode segurá-lo? – ela disse acima dos berros de L.W. – Por favor, segure-o para mim.

E foi assim que ele acabou segurando o primeiro e único filho de Wrath pelas axilas como se o bebê fosse algum tipo de explosivo cujo pavio encurtava bem rapidamente.

– Ah… – ele disse enquanto o menino chutava os pezinhos e berrava bem diante da sua cara. – Hum… Você prefere levar isso até a clínica?

Enquanto falava, ele não sabia muito bem se estava se referindo ao corte ou ao bebê.

Movendo o DNA barulhento de Wrath para o lado, tentou enxergar o que estava acontecendo. Seria o dedo dela? A mão? O pulso?

– Fui uma idiota – ela murmurou ao sibilar. – Estava no terraço lá fora, levando-o para ver a lua como ele gosta, e não percebi onde estava pisando. Pisei num trecho coberto com folhas molhadas e escorreguei com tudo. Ele estava no meu colo, e eu não quis cair em cima dele, então estiquei um braço e acertei bem uma das pedras com uma rachadura que me cortou. Merda… Não está estancando…

Rhage se retraiu enquanto se perguntava por quanto tempo aquele tinido no seu ouvido duraria depois que ela levasse L.W. consigo.

– O que... Hum...

– Ei, pode ficar com ele por um minuto? A doutora Jane está no Buraco, acabei de mandar uma mensagem para ela. Vou correndo até lá para que ela dê uma olhada nisto. Volto em dois segundos.

Rhage abriu a boca e ficou congelado como se tivesse uma pistola apontada na sua cabeça.

– Ah, sim, claro. Sem problemas. – *Por favor, não deixe que eu mate o filho de Wrath. PorfavornãodeixequeeumateofilhodeWrath. OhDeusohDeusohDeus...* – Ele e eu ficaremos bem. Vou dar um pouco de café para ele e...

– Não. – Beth fechou a torneira e envolveu a mão num pano de prato. – Nada de comida. Nada de bebida. E volto *já*.

A fêmea disparou para fora, derrapando na cozinha e atravessando a sala de jantar – e enquanto ela dava uma de Usain Bolt, ele teve que se perguntar se isso era por causa da mão ou pelo fato de ter deixado o filho com um completo incompetente.

Entãããão, L.W. começou a chorar a valer, como se tivesse descoberto que sua *mahmen* saíra e o choro de antes fosse apenas um aquecimento.

Rhage apertou os olhos com força e começou a voltar para sua cadeira junto à mesa. Mas, depois de dois passos, pensou na queda de Beth e se imaginou esmagando o menino como um panini. Prosseguindo muito lentamente, pisou do calcanhar para os dedos e depois de novo, como se estivesse equilibrando um vaso de cristal sobre a cabeça. Assim que se aproximou, estacionou numa cadeira e ergueu o menino sobre os pezinhos de bisnaguinha. L.W. não era forte o bastante para sustentar o peso do corpo, mas os gritos continuavam abalando o mundo.

– Sua *mahmen* já vai voltar. – *Por favor, querida Virgem Escriba, permita que a fêmea volte antes que eu fique surdo.* – Isso mesmo. Já, já ela volta.

Rhage olhou ao redor do par saudável de pulmões, rezando para que alguém, qualquer um, aparecesse correndo.

Quando seu otimismo passivo não surtiu resultados, ele se concentrou no rosto vermelho.

– Carinha, já entendi o que você quer dizer. Confie em mim. Ouvi *muito* bem.

Tudo bem, se a definição de insanidade era repetir a mesma coisa repetidamente...

Virando o menino de costas, Rhage apoiou L.W. na curva do seu braço, como vira Wrath e Beth fazerem…

Inferno, isso só irritou ainda mais o moleque. Como se fosse possível.

Próxima posição? Hum…

Rhage apoiou L.W. no seu peito de modo que o menino conseguisse enxergar acima do seu ombro. E depois começou a dar tapinhas com a palma nas costas surpreendentemente firmes. Uma vez. De novo. Mais uma…

Como Wrath fazia.

E, vejam só. Funcionou.

Cerca de quatro minutos e trinta e sete segundos mais tarde – não que Rhage estivesse contando –, L.W. parou de repente, como se sua peça de produzir choro tivesse ficado sem combustível. Depois, o menino inspirou fundo e relaxou.

Mais tarde, Rhage se perguntou se tudo teria ficado bem caso L.W. tivesse parado por ali. Talvez, se o bebê não tivesse feito mais nada… ou se tivesse voltado a chorar? Nesse caso talvez Rhage teria se salvado.

O problema foi que, apenas poucos instantes depois, L.W. passou um braço gordinho ao redor do seu pescoço, e depois agarrou o moletom dele com o punho e segurou firme, aproximando-se mais, procurando conforto, encontrando-o… Confiando porque o carinha estava completamente indefeso no mundo.

De repente, Rhage parou de arfar, congelando exatamente onde estava, ainda que um tanto desequilibrado na cadeira. E, com uma clareza perturbadora, tudo na criança foi percebido, desde o calor do seu corpinho, a força frágil da sua pegada, até o movimento do peito subindo e descendo. As fungadas estavam bem junto ao ouvido de Rhage, assim como a respiração suave, e quando L.W. moveu a cabeça, os cabelinhos finos fizeram cócegas em seu pescoço.

Aquilo era o futuro, Rhage pensou. Aquilo era… o destino repousando nele.

Afinal, L.W. tinha olhos que testemunhariam eventos muito depois que Rhage tivesse partido. E o cérebro da criança tomaria decisões que Rhage sequer poderia compreender. E o corpo, tão frágil naquele estágio de recém-nascido, após passar pela maturidade, lutaria, honraria e protegeria, assim como fizera seu pai e o pai do seu pai… e todos os pais de sua linhagem no passado.

Wrath estava vivo naquele menino. E estaria no filho de seu filho. E no filho dele.

Mais do que tudo, Beth lhe dera isto. Eles partilharam isto. Eles… *criaram*… isto.

De súbito, Rhage descobriu que não conseguia respirar.

CAPÍTULO 19

Naasha não o fez esperar.

Assim que Assail apareceu na sala de estar da dama, na mansão de seu *hellren*, uma parte da parede forrada de seda cor de pêssego deslizou para trás, e Naasha apareceu na porta escondida.

– Boa noite – ela disse ao parar numa pose. – Vesti vermelho, como você solicitou.

Digam o que quiserem a respeito da falta de *pedigree* e da sua vinculação por interesse, mas ela era uma bela fêmea, com cabelos longos negros e uma proporção busto-cintura-quaril digna de Marilyn Monroe. Usando um vestido de decote baixo e saltos Louboutin, ela era a garota dos sonhos eróticos de qualquer um.

E, mesmo toda arrumada e deslumbrante, ela não chegava aos pés da sua Marisol – do mesmo modo que uma flor de estufa não era tão atraente quanto algo que crescesse, indomada e inesperadamente, em terrenos silvestres.

Mesmo assim, o perfume dela o atingiu de uma maneira não tão diferente da cocaína que inalara antes de se deslocar para lá, e seu corpo despertou, a despeito de suas emoções e sua alma permanecerem mortas e frias. A terrível realidade era que sua carne necessitava do sangue de uma fêmea vampira – e essa necessidade biológica tinha prioridade ali, naquele instante, sobre qualquer outra coisa.

Mesmo que, sob outras circunstâncias, ele a tivesse deixado passar.

– Gostou? – ela perguntou, levantando os braços e girando lentamente.

Como era esperado, ele sorriu, revelando as presas expostas.

– Vai ficar ainda melhor sem ele. Venha aqui – ele ordenou.

Naasha avançou um pouco, mas não cobriu toda a distância, parando junto a um sofá antigo amarelo claro que tinha mais almofadas do que espaço para sentar.

– Você vem até mim.

Assail meneou a cabeça.

– Não.

O beiço sumiu rápido, os lábios grossos se projetando para fora, brilhantes da mesma cor do vestido.

– Você veio de tão longe para me ver. Por certo pode andar mais dois metros.

– Não vou atravessar esta sala.

Enquanto sua expressão se tornava entediada, e nem um pouco forçada, a excitação dela aumentou.

– Você é muito desrespeitoso. Eu deveria expulsá-lo.

– Se acredita que isto seja desrespeito, não viu nada de mim ainda. Fico feliz em partir.

– Tenho um amante, sabia?

– Tem? – Ele inclinou a cabeça. – Parabéns.

– Portanto, estou sendo muito bem servida. Apesar da enfermidade de meu amado.

– Bem, neste caso, melhor eu ir embora...

– Não. – Ela se apressou ao redor do sofá, aproximando-se de tal forma que ele conseguia enxergar seus poros. – Não vá.

Ele se demorou, propositadamente, contemplando as feições dela. Depois esticou a mão e tocou em seu cabelo.

– Ajoelhe-se. – Antes que ela dissesse qualquer coisa, apontou para seus pés. – De joelhos. Agora.

– Eu havia esquecido o quanto você é exigente...

– Não desperdice meu tempo.

Quando mais uma onda de excitação atingiu seu olfato, soube que ela se ajoelharia sobre o tapete Aubusson; e quando ela esticou as mãos para se equilibrar em seu peito, ele a afastou, de modo que ela se viu forçada a bambear até chegar ao chão.

– Boa menina. – Ele resvalou a bochecha dela com as juntas dos dedos. Depois agarrou um punhado do seu cabelo e inclinou a cabeça dela para trás. – Abra a boca.

Quando ela entreabriu os lábios, começou a arfar, o cheiro do seu sexo se transformando num rugido em suas fossas nasais, o rosto dela enrubescendo de calor, os seios jorrando por cima do decote. Com a mão livre, ele abaixou o zíper das elegantes calças e libertou a ereção.

Segurando-se na palma, ele grunhiu:

– Quer me contar mais a respeito do seu amante?

Os olhos entreabertos dela se acenderam com uma luz erótica.

– Ele é tão forte…

Assail pressionou-se entre os lábios dela, impedindo-a de prosseguir. Em seguida, usando a alavanca que tinha na pegada dos cabelos, fodeu sua boca até ela gemer, as mãos subindo para os seios e apertando, os joelhos dela se abrindo mais como se, em sua mente, ele estivesse entrando e saindo do seu centro em vez disso. Ou, quem sabe, em ambos os lugares.

Ele a manipulava com brusquidão, mas não agiu assim por odiá-la. Sequer desgostava dela – ela teria que estar no seu radar para que ele tivesse qualquer tipo de opinião ao seu respeito, de um modo ou de outro.

O que ele odiava era o fato de ela não ser aquela a quem desejava.

E quanto mais ele pensaria na realidade, na distância eterna, na perda?

Soltando-se da boca da Naasha, ele a conduziu para o sofá, onde a colocou de joelhos, usando os cabelos como rédeas. E ela adorou. Seguiu-o mais do que de acordo, ofegante, corada, pronta para ser fodida. O que era conveniente, não?

Ainda mais quando a inclinou sobre aquele lindo sofá, subiu a saia justa do vestido e meteu por trás dela.

Ela gozou na mesma hora, estremecendo e derretendo debaixo dele. E quando ele lhe puxou os cabelos uma vez mais, ela gritou seu nome.

– Shh… – ele disse entre dentes. – Não vai querer que seu amado ouça. Ou o seu namorado.

Ela gemeu um monte de coisas desconexas, tão perdida na transa que o cérebro parecia ter tirado férias. E, estranhamente, ele invejou sua experiência erótica. Para ele, aquilo não passava da expressão de uma necessidade básica, um exercício físico com prazer e sangue como um prêmio anônimo.

Não sentia nada próximo do prazer desenfreado que ela tão evidentemente vivenciava. Mas, pelo menos, poderia usar essa fraqueza contra ela – em benefício de Wrath.

Arreganhando os dentes, Assail atacou a lateral de seu pescoço, mordendo fundo enquanto a montava, sugando, fartando-se. O gosto dela era... bom. A sensação do sexo dela agarrando e soltando seu pau era... boa. A força que ela lhe dava era absolutamente necessária.

Do lado oposto, no vidro ondulado de um espelho antigo, ele se viu fodendo-a.

De fato, parecia tão morto quanto se sentia. Mas enfiou a mão dentro do bolso do casaco para pegar seu celular de todo modo.

Vishous estava passando diante da academia e da sala de pesos do centro de treinamento quando seu celular tocou, graças ao Wi-Fi de lá de baixo. Tirando o aparelho do bolso de trás da calça, inseriu a senha e depois sorriu para a mensagem.

Era uma foto de Assail – por trás de uma morena enquanto ela estava de quatro num sofá. A mensagem abaixo era breve e sucinta: *Estou dentro.*

Bom trabalho, V. digitou. *Aproveite a farra.*

– E nos traga alguma novidade – ele disse ao guardar o celular novamente.

O vício do macho era um problema em potencial, mas parecia que Wrath tomara uma sábia decisão quanto ao filho da mãe. Assail tinha boa aparência, dinheiro, e era um maldito imbecil com a linhagem correta. Era o espião ideal para ser plantado na *glymera*.

A questão era o que ele descobriria. E por quanto tempo seria um bom menino, jogando segundo as regras.

Qualquer pensamento independente da parte dele e V. cortaria sua garganta abrindo uma fenda mais larga do que a porta de uma garagem. Até que essa hora chegasse, Assail estava garantido na coluna de "Útil e com Permissão para Continuar Respirando".

Quando Vishous chegou à porta da sala de tiros, inclinou-se para baixo e apanhou a sacola preta que deixara ali há algumas horas. Ao entrar na sala de teto rebaixado e com cheiro de mofo, falou:

– E aí? Como estamos? – disse ao dar a volta nas baias de tiro e avançar para a área de concreto.

Blay se levantou da cadeira dobrável em que estivera, esticando os braços acima da cabeça e encostando as palmas no teto.

– Nenhuma alteração.

– Mas bati esse cara duas vezes no *gin rummy* – Lassiter interrompeu.

– Só porque você trapaceia.

Vishous olhou em sua direção – e meneou a cabeça na direção do anjo.

– O que está fazendo aqui? E por que está numa espreguiçadeira?

– Por causa do suporte lombar…

Nesse instante, o pedaço de carne no equipamento de V. tremulou –, e V. teve que dar algum crédito ao idiota loiro e moreno em posição de quem tomava sol: Lassiter saltou para fora daquela coisa mais rápido do que uma piscada, com a pistola apontada para o peito de Xcor como se estivesse preparado para disparar no peito dele.

– Devagar, cowboy – V. disse. – Foi só um espasmo muscular involuntário.

O anjo não pareceu ouvi-lo – ou talvez não gostasse de alguém avaliando o desempenho do seu dedo de gatilho, mesmo que esse alguém tivesse treinamento médico.

Difícil não aprovar o cara. Difícil também não notar que evidentemente Lassiter não pretendia deixar Xcor, como se só confiasse nele próprio para dar conta do serviço.

Merda, contanto que o anjo não abrisse a boca, e desde que V. não pensasse nas pequenas dificuldades entre eles no passado, era quase possível esquecer o quanto ele queria esganar o filho da mãe.

Aproximando-se do prisioneiro, Vishous realizou um exame visual em Xcor. Quando levaram o bastardo até ali, V. o amarrara numa tábua de madeira com a cara para fora e as pernas e os braços afastados, prendendo-o com algemas de aço nos pulsos e nos tornozelos e ao redor do pescoço grosso e, vejam só, o cara estava exatamente onde fora deixado. A cor era passável. Os olhos estavam fechados. O ferimento na parte posterior da cabeça não sangrava, já havia cicatrizado.

– Precisa de ajuda? – Blay perguntou.

– Não, deixa comigo.

Abrindo a sacola, V. usou o que tinha ali dentro para verificar os batimentos cardíacos, a pressão sanguínea, a temperatura e a oxigenação. O que mais o preocupava era o hematoma onde o atingira com a pistola – e as suas possíveis complicações, que incluíam desde um pequeno inconveniente até algo catastrófico. Contudo, sem movê-lo dali ou trazer equipamentos pesados e caros, não havia como verificar nada disso.

No entanto, ele tinha suas suspeitas. Era inteiramente possível que a concussão tivesse provocado um ataque isquêmico devido a um coágulo bloqueando um vaso.

Mas que sorte. Capturavam o inimigo e o bastardo tinha morte cerebral.

Depois que V. guardou seus brinquedos e tomou notas no arquivo digital do seu telefone, recuou um passo e ficou olhando para o rosto feio do macho. Visto que não poderia fazer uma bateria de exames, tinha que confiar apenas em suas observações – e, às vezes, mesmo com os equipamentos pesados, nada batia a avaliação médica segundo o que ele via.

Estreitando os olhos, percebeu cada respiro, cada exalação, os repuxões ao longo da testa e a imobilidade das pálpebras... os movimentos aleatórios dos dedos... a contração da pele nas coxas.

Um derrame. Definitivamente um derrame cerebral. Absolutamente nenhum movimento do lado esquerdo.

Acorda, porra, V. pensou. *Só pra eu poder te dar uma surra e te fazer dormir de novo.*

– Maldição.

– O que aconteceu? – Blay perguntou.

Se não houvesse nenhuma alteração no estado dele em breve, ele teria que tomar uma decisão quanto a manter Xcor ou jogar o corpo dele na lata de lixo.

– Tudo bem?

V. se virou para Blay.

– O quê?

– O seu olho está tremendo.

Vishous o esfregou até aquilo passar. E depois se perguntou, com tudo o que estava acontecendo, se ele seria o próximo na lista a ter uma isquemia.

– Me avise se ele recobrar consciência.

– Pode deixar – Lassiter respondeu. – E também aviso quando eu precisar do meu próximo milk-shake de morango.

– Não sou seu mordomo, sabe. – V. apoiou a sacola no ombro e seguiu para a porta. – E se me soprar um beijo de novo? Enfio uma máquina de ressonância em você em vez do contrário.

– O que acontece se eu beliscar a sua bunda depois disso? – o anjo perguntou.

– Experimenta, e vai descobrir que a imortalidade, assim como o tempo, é algo relativo.

– Você sabe que me ama!

Vishous meneava a cabeça ao sair para o corredor. Lassiter era como um resfriado, contagioso, incômodo e nada desejável.

E, mesmo assim, estava contente que o puto estivesse ali. Mesmo que Xcor não passasse de uma peça de mobília.

CAPÍTULO 20

Beth Randall, companheira do Rei Cego, Wrath, filho de Wrath, pai de Wrath, Rainha de todos os vampiros, saiu correndo pela porta da frente do Buraco apesar de a doutora Jane ainda estar prendendo o curativo em sua mão recém-suturada.

– Maravilha! Obrigada...

A companheira de V. a acompanhava trotando, as duas se desviando de uma sacola de ginástica, de uma bolsa de lona... de uma boneca de ar que definitivamente necessitava de roupas.

– Você tem que parar!

– Vou ficar bem...

– Beth! – Jane brigou um pouco com o rolo de fita cirúrgica branca e começou a gargalhar. – Não consigo fechar esta ponta...

– Eu mesma faço isso.

– Por que a pressa?

Beth parou.

– Deixei L.W. com Rhage na cozinha.

A médica piscou.

– Ah, Deus... Vai!

Beth foi sumariamente expulsa do Buraco com o rolo de fita, e concluiu a tarefa enquanto atravessava o pátio apressada, cortando a ponta da fita com os dentes e colando a coisa grudenta sobre a gaze branca que lhe envolvia a mão. Galgando os degraus, dois de cada vez, até a entrada principal da mansão, empurrou a porta do vestíbulo e mostrou o rosto para a câmera de segurança.

– Vamos... Vamos... Abra – murmurou ao oscilar o peso entre um pé e outro.

Rhage não machucaria seu filho. Pelo menos não intencionalmente. Mas, puxa vida, ela estava tendo visões de Annie Potts servindo de babá em *Caça-Fantasmas 2*, quando ela alimentou um bebê com pizza.

– Minha Rainha! – o *doggen* disse ao se curvar.

– Ai, puxa, desculpe, desculpe! Obrigada.

Não sabia exatamente por que se desculpava enquanto disparava através da sala de jantar vazia e empurrava a...

Beth parou numa derrapada.

Rhage estava acomodado numa cadeira junto à mesa com L.W. apoiado em seu ombro, o bebê aninhado em seu pescoço, aquele braço imenso amparando a criança com toda a proteção que qualquer pai demonstraria. O Irmão fitava adiante, por cima de sua amostra quase acabada de carboidratos e do bule de café quase vazio.

Lágrimas rolavam por seu rosto.

– Rhage? – Beth disse com suavidade. – O que aconteceu?

Deixando o rolo de fita sobre a bancada, aproximou-se dos dois, e quando ele não percebeu sua presença, ela apoiou os dedos em seu ombro. E mesmo assim ele não reagiu.

Então, ela falou um pouco mais alto:

– Rhage.

Ele se sobressaltou e a fitou, surpreso.

– Ah, oi. Tudo bem com a sua mão?

O macho não parecia estar ciente das suas emoções. E, por algum motivo muito triste, pareceu adequado que ele estivesse rodeado pelo caos de sua refeição, *bagels* cortados ao meio e fatias de pão espalhadas pela mesa de madeira rústica, blocos de manteiga e embalagens de *cream cheese* e guardanapos sujos ao seu redor.

Ele estava, naquele instante silencioso, tão bagunçado quanto tudo à sua frente.

Ajoelhando-se, ela tocou em seu braço.

– Rhage, querido, o que está acontecendo?

– Nada. – O sorriso que se formou naquele lindo rosto estava vazio. – Fiz com que ele parasse de chorar.

– Sim, você conseguiu mesmo. Obrigada.

Rhage assentiu. E depois sacudiu a cabeça.

– Tome, acho melhor você o pegar de volta.

– Está tudo bem – ela sussurrou. – Pode segurá-lo pelo tempo que quiser. Ele confia de verdade em você; nunca o vi assim relaxado com ninguém mais, a não ser comigo e com Wrath.

– Eu, ah... Fiquei dando tapinhas nas costas. Sabe? Do jeito que vocês fazem. – Rhage pigarreou. – Fiquei observando vocês com ele. Você e Wrath.

E ele voltou a olhar para a cozinha vazia.

– Não de um jeito assustador.

– Não, claro que não.

– Mas tenho... – Ele engoliu em seco. – Estou chorando, não estou?

– Sim. – Ela esticou a mão e pegou um guardanapo. – Vamos enxugar.

Colocando-se de pé, ela enxugou debaixo seus olhos azuis; e se lembrou da primeira vez em que o vira. Fora na antiga casa de seu pai, Darius. Rhage estivera se costurando sozinho junto a uma pia de um banheiro, trabalhando com linha e agulha como se não fosse grande coisa.

Isto não é nada. Quando dá pra usar o intestino grosso como cinturão, aí sim é preciso procurar ajuda profissional.

Ou algo nessa linha.

E também se lembrou de mais tarde, quando a besta saíra dele e ele tivera que se deitar num dos quartos no subterrâneo da casa do seu pai para se recuperar. Ela lhe dera Alka-Seltzer e o acalentara durante a cegueira e o desconforto.

Vejam o quanto tinham progredido.

– Vai me dizer o que há de errado?

Ela observou enquanto a palma dele formava círculos nas costas pequenas de L.W.

– Não é nada. – Os lábios dele se distenderam no que, obviamente, pretendia ser outro sorriso. – Só estou aproveitando este momento tranquilo com o seu filho. Você tem sorte. Você e Wrath têm muita sorte.

– Sim, temos, sim.

Ela quase morrera no parto de L.W. e, a fim de salvarem a sua vida, tiveram que retirar seu útero. Ela não poderia ter outro filho biológico e, sim, isso era uma decepção. Mas toda vez que olhava para o rosto do filho, sentia-se tão grata por ele que o fato de não poder mais ganhar na loteria não lhe parecia uma perda muito grande.

Rhage e Mary, contudo? Eles não teriam sequer oportunidade de tentar. E, evidentemente, era o que passava pela mente de Rhage agora.

– Melhor eu devolvê-lo pra você – o Irmão disse uma vez mais.

Beth engoliu com força.

– Leve o tempo que precisar.

No Lugar Seguro, Mary acabara de postar uma mensagem no Facebook a respeito do tio hipotético de Bitty quando ouviu uma batida à porta.

Talvez fosse a menina, e elas poderiam tentar aquela coisa de conversar uma vez mais. Mas provavelmente não…

– Entre – Mary disse. – Ah, oi, Marissa. Tudo bem?

A companheira de Butch estava linda como sempre, os cabelos loiros soltos, curvados à perfeição nas pontas sobre os ombros delgados, como se tivessem sido adestrados a terem bons modos e a não se eriçarem. Vestida com uma blusa de caxemira preta e calças pretas retas, ela parecia uma versão feminina de Rhage sob vários aspectos: linda demais para existir de fato.

E, assim como Rhage, o exterior não chegava nem perto da beleza interior.

Com um sorriso digno de uma capa da *Vogue*, Marissa se acomodou sobre a cadeira que rangeu do lado oposto de sua escrivaninha.

– Estou bem. Mas o importante aqui é: como você está?

Mary se recostou em sua cadeira, cruzou os braços diante do peito e pensou: *Ah, não é apenas uma visita social.*

– Imagino que tenha ouvido os rumores – ela murmurou.

– Sim.

– Juro, Marissa. Eu não fazia ideia de que a situação ficaria tão feia assim.

– Claro que não. Como poderia?

– Bem, contanto que você saiba que não tive a intenção de que as coisas saíssem assim…

Marissa franziu a testa.

– Desculpe, o que disse?

– Quando Bitty e eu fomos ver a mãe dela…

– Espere, espere... – Marissa levantou as palmas. – O quê? Não. Estou falando sobre o fato de Rhage ter sido alvejado no campo de batalha. E de você ter salvado a vida dele diante dos Irmãos.

Mary levantou as sobrancelhas.

– Ah, isso.

– Sim... *Isso*. – Um olhar estranho atravessou a expressão de Marissa. – Sabe, sinceramente, não sei bem por que você veio aqui hoje. Pensei que ficaria em casa com ele.

– Bem, sim... Mas com tudo o que está acontecendo com Bitty, como eu poderia não ter vindo? Além disso, passei o dia inteiro com Rhage, certificando-me de que ele estava bem. Enquanto ele continuava dormindo na clínica, quis ver como ela estava. Deus... A ideia de que tornei a situação ainda pior para ela faz com que eu me sinta horrível. Quero dizer, tenho certeza de que sabe o que aconteceu.

– Está se referindo à clínica de Havers? Sim, eu sei. E entendo que você esteja chateada. Mas acho mesmo que deveria ter ficado com Rhage.

Mary afastou essa preocupação com a mão.

– Estou bem. Ele está bem...

– E acho que você tem que ir para casa agora.

Com uma sensação súbita de medo, Mary se sentou mais para a frente na cadeira.

– Espere, você não está me despedindo pelo que aconteceu com Bitty, está?

– Oh, Deus, não! Está brincando? Você é a melhor terapeuta que temos! – Marissa meneou a cabeça. – E quem sou eu para dizer como você deve fazer o seu trabalho aqui? Mas está na cara que as últimas vinte e quatro horas foram bem longas, e por mais que você queira dispor suas habilidades profissionais para a menina, você será muito mais eficiente se descansar e relaxar um pouco.

– Bem, isso é um alívio. – Voltou a se recostar. – A parte de não ser demitida, quero dizer.

– Não quer ficar com Rhage?

– Claro que quero. Só estou bastante preocupada com Bitty. É um momento crítico, sabe? A perda da mãe não é apenas uma tragédia que a deixa órfã, é um imenso gatilho para todo o resto. Eu só... quero garantir que ela esteja bem.

– Você é uma terapeuta dedicada, sabe disso.

– Ela fica falando de um tio. – Quando Marissa franziu a testa de novo, Mary reabriu o arquivo de Annalye e folheou as páginas. – Pois é! Também não ouvi falar de nenhum tio antes. E repassei todas as informações que temos sobre elas e não há nenhuma menção a família nenhuma. Acabei de colocar uma postagem para a raça naquela página fechada do Facebook, para ver se consigo localizá-lo. – Mary sacudiu a cabeça ao fitar uma observação escrita por Rhym. – Uma parte minha fica se perguntando se devo verificar os registros telefônicos daqui para ver quais telefonemas foram dados no último mês. Quem sabe encontramos alguma coisa? Nenhuma carta foi devolvida para cá e, até onde sei, a mãe de Bitty nunca usou o e-mail.

Quando houve um período de silêncio, Mary levantou o olhar – e se deparou com sua chefe observando-a com uma expressão inescrutável.

– O que foi? – Mary perguntou.

Marissa pigarreou.

– Admiro o seu comprometimento. Mas acredito que seja melhor você tirar pelo menos o resto da noite de folga. Distanciar-se um pouco para se concentrar melhor. Bitty estará aqui amanhã, e você poderá continuar sendo o principal contato dela aqui.

– Só quero que dê tudo certo.

– Sei disso e não a culpo. Mas não consigo deixar de acreditar que, caso eu tivesse aparecido aqui para trabalhar na noite após Butch ter quase morrido nos meus braços, você teria me obrigado a voltar para casa. Independentemente do que estivesse acontecendo debaixo deste teto.

Mary abriu a boca para negar a possibilidade. Depois voltou a fechá-la quando Marissa ergueu uma sobrancelha.

Como se a chefe soubesse que vendeu a discussão, Marissa se levantou e sorriu.

– Você sempre foi dedicada ao seu trabalho. Mas é importante que o Lugar Seguro não tome conta da sua vida.

– Sim. Claro. Você tem razão.

– Te vejo mais tarde em casa.

– Com certeza.

Enquanto Marissa saía, Mary teve toda a intenção de fazer o que lhe fora sugerido… só que era difícil ir embora. Mesmo depois de ter apanhado a bolsa e o casaco, enviar uma mensagem de texto para Rhym para que ela voltasse, caso não se importasse – e a fêmea não se importava –, de algum modo encontrava motivos para retardar a volta para o carro de Rhage. Primeiro, delegando algumas responsabilidades para outros membros da equipe; depois, postando-se na base da escada, debatendo--se quanto a se despedir de Bitty ou não.

No fim, decidiu não incomodar a menina e desceu para o primeiro andar. Fez mais uma pausa diante da porta de entrada, mas essa não durou muito.

Quando, por fim, se viu do lado de fora, inspirou fundo e sentiu o cheiro do outono no ar.

Bem quando entrava no GTO, parou e levantou os olhos. A luz do quarto de Bitty e da mãe estava acesa, e foi impossível não imaginar a menininha, junto àquelas malas, esperando um tio que não existia e que a afastaria de uma realidade que, na verdade, a acompanharia pelo resto da vida.

O trajeto até a casa levou uma eternidade, mas, no fim, estacionou o carro esportivo no pátio entre o Hummer II de Qhuinn e o Porsche 911 Turbo de Manny.

Encarando a mansão imponente de pedras com suas gárgulas, como Lassiter as chamava, suas incontáveis janelas e seus vários telhados pontudos, perguntou-se o que Bitty acharia daquele lugar, e deduziu que, a princípio, a menina se sentiria intimidada. Mas, por mais assustador que o exterior pudesse parecer, as pessoas dentro da mansão a transformavam em algo tão acolhedor quanto um pequeno chalé.

Atravessou o piso de pedras e deu a volta na fonte já esvaziada para o inverno. Subiu os degraus de pedra. Entrou no vestíbulo, onde mostrou o rosto para a câmera de segurança e esperou.

Foi Beth quem abriu a porta, e estava equilibrando L.W. no quadril.

– Oi... Eu já ia ligar para você.

– Oi, garotinho lindo. – Mary afagou o rostinho do bebê e sorriu, pois quem poderia resistir? O bebê era muito fofo, muito encantador. – Vocês precisavam de alguma coisa?

Quando entrou no átrio para que L.W. não se resfriasse, parou ao ver a expressão de Beth.

– Tudo bem?

– Bem, ah... Rhage acabou de subir.

– É? Ele deve estar se sentindo melhor.

– Acho que você precisa ir conversar com ele.

Algo no tom de voz da Rainha não parecia certo.

– Algo errado?

A fêmea se concentrou no filho, alisando os cabelos escuros.

– Só acho que você precisa ficar com ele.

– O que aconteceu? – Enquanto Beth simplesmente repetia uma versão do que já dissera, Mary franziu o cenho. – Por que você não está olhando para mim?

Os olhos de Beth finalmente se voltaram para ela e ali ficaram.

– Ele me pareceu... triste. E acho que precisa de você. Só isso.

– Ok. Está bem. Obrigada.

Mary atravessou o piso de mosaico e galgou a escada trotando. Quando chegou ao quarto deles, abriu a porta... e foi recebida por uma lufada de ar frio.

Tentando não ficar alarmada, atravessou e fechou as janelas do lado esquerdo da cama imensa dele. Depois foi para o outro lado e fechou a outra.

– Rhage?

– Aqui dentro.

Graças a Deus, pelo menos ele havia respondido.

Ela rastreou sua voz e foi até o banheiro – e o encontrou sentado no meio do imenso piso de mármore, com os joelhos dobrados junto ao peito, os braços presos ao redor dos tornozelos, a cabeça abaixada e virada para o lado oposto. Ele vestia um agasalho grande, como de costume, mas tudo nele parecia encolhido.

– Rhage! – Ela se apressou e se agachou ao seu lado. – O que aconteceu? Precisa da doutora Jane?

– Não.

Com uma imprecação, ela afastou o cabelo dele para trás.

– Está com dor?

Quando ele não respondeu nem olhou para ela, ela deu a volta para poder ver seu rosto. Suas pálpebras estavam meio abaixadas, e o olhar perdido.

Era como se ele tivesse recebido más notícias.

– Alguém se machucou? – Um dos Irmãos? Layla? Só que, nesse caso, Beth teria lhe contado, não? – Rhage, fale comigo. Você está me assustando.

Levantando a cabeça, ele esfregou o rosto e pareceu perceber, pela primeira vez, que ela estava ali.

– Oi. Pensei que estivesse no trabalho.

– Voltei para casa. – E por um bom motivo. E se ela tivesse continuado lá e ele... Puxa, Marissa tinha toda razão. – Rhage, o que está acontecendo? Ei, espere, alguém bateu em você?

O maxilar dele estava inchado, e havia marcas meio arroxeadas apesar do tom bronzeado da sua pele.

– Rhage – ela disse com mais determinação. – Que diabos está acontecendo? Quem bateu em você?

– Vishous. Duas vezes... Bem, uma de cada lado.

Retraindo-se, ela praguejou:

– Bom Deus, mas por quê?

Os olhos dele tracejaram suas feições e, em seguida, ele levantou os dedos, tocando-a com suavidade com as pontas.

– Não fique brava. Eu mereci. E, com isso, ele fez minha visão voltar mais rapidamente do que o normal.

– Você ainda não respondeu a minha pergunta. – Ela procurou manter a voz neutra. – Vocês discutiram?

Rhage resvalou seu lábio inferior com o polegar.

– Amo o modo como você me beija.

– Por que vocês brigaram?

– E amo o seu corpo. – As mãos desceram pelos seus ombros e se moveram para parar sobre as clavículas. – Você é tão linda, Mary.

– Olha só, agradeço os elogios, mas preciso saber o que está acontecendo – ela afirmou, pousando as mãos sobre as dele. – Está na cara que você está aborrecido com alguma coisa.

– Vai me deixar te beijar?

Enquanto a encarava, ele parecia desesperado de um modo que ela não entendia. E foi por causa da dor que sentia nele que Mary se inclinou em sua direção.

– Sim – sussurrou. – Sempre.

Rhage inclinou a cabeça para o lado e, contrariando sua paixão costumeira, os lábios foram suaves contra os seus, resvalando, demorando. Conforme sua pulsação acelerava, ela quase desejou que isso não acontecesse – não queria ser distraída com sexo... Só que, à medida que ele continuava afagando sua boca, todo o caos em seu cérebro se voltou para uma sensação elétrica de antecipação, o cheiro emanando dele, o lindo corpo, o poder másculo abafando tudo o que a preocupava.

– Minha Mary – ele gemeu ao lamber um caminho até dentro dela. – Toda vez com você... é algo novo. Nunca é o mesmo e é sempre melhor do que o último beijo... o último toque.

Ele desceu as mãos de modo que ela sentiu seu peso sobre os seios. E, com um puxão lento, ele tirou sua jaqueta, descendo-a pelos braços, fazendo com que ela sentisse a camisa de seda e o sutiã de renda e toda a sua pele por baixo com uma nitidez aguda.

Só que uma parte dela se rebelou. Sua consciência, talvez? Porque ela sentia que o decepcionara ao ter saído quando ele mais precisava dela.

– Por que as janelas estavam abertas? – ela perguntou.

Mas foi como se ele não a tivesse ouvido.

– Eu amo... – A voz dele se quebrantou e ele teve que pigarrear. – Amo o seu corpo, Mary.

Como se ela não pesasse nada, ele a suspendeu do piso de mármore e a moveu para o lado, deitando-a sobre o tapete fofo diante da Jacuzzi. Recostando ao encontro da maciez, ela observou o olhar dele viajar pela sua garganta e seios... e descer ainda mais para seu quadril e pernas.

– Minha Mary.

– Por que você parece tão triste? – ela perguntou baixinho.

Quando ele não respondeu, ela sentiu um instante de medo genuíno. Mas logo ele começou a desabotoar a blusa, muito lentamente, mantendo as duas metades próximas mesmo ao puxar a bainha de dentro da calça. Sentando-se, pegou a seda entre as pontas dos dedos e revelou seu corpo para o calor do seu olhar e para o ar aquecido no interior do banheiro.

Mudou de posição e se ajoelhou entre as coxas dela.

– Amo os seus seios.

Inclinando-se para baixo, ele a beijou sobre o esterno. No contorno do sutiã. Acima do mamilo. Uma súbita mudança na pressão das taças lhe indicou que ele soltara o fecho na frente – e a corrente de ar resvalou sua pele nua quando ele afastou a barreira frágil para as laterais.

Ele passou... uma eternidade acariciando seus seios, afagando-os, brincando com os mamilos rijos, até ela acreditar que estava enlouquecendo. E depois ele os sugou, primeiro um, depois o outro. Não conseguia se lembrar de uma vez em que ele tivesse se demorado tanto com ela – não que não tivesse consideração. Todavia, seu *hellren* agia com uma medida toda sua, o que valia dizer que estava sempre por inteiro, todo o tempo.

Pelo visto, não nesta noite.

Ele a beijou até o abdômen, soltou o cinto, o botão e desceu o zíper de sua calça. E quando ela suspendeu o quadril, ele desceu a calça pelas pernas, fazendo com que desaparecesse, deixando-a apenas com a calcinha creme.

De volta à barriga, ele espalmou as mãos, até que as palmas cobrissem toda sua pelve.

Ficou assim, esfregando os polegares de um lado para outro sobre o baixo ventre.

– Rhage? – ela o chamou numa voz partida. – O que não está me contando?

CAPÍTULO 21

Ajoelhado diante de sua Mary, Rhage estava vagamente ciente de que ela pronunciava seu nome, mas ele estava perdido demais no ruído entre seus ouvidos para responder.

Olhando para a barriga de sua *shellan*, ele a imaginou crescendo como a de Layla, seu corpo amparando o filho deles até que conseguisse respirar sozinho. Na fantasia, tanto seu bebê como Mary estariam perfeitamente saudáveis antes, durante e depois do trabalho de parto: ela reluziria durante os dezoito meses de gestação – ou nove, para as humanas? – e o parto seria breve e indolor, e quando tivesse terminado, ele seria capaz de pegá-la nos braços junto ao que haviam criado juntos e os amaria pelo resto de sua vida.

Talvez o menininho deles teria olhos azuis e cabelos loiros, mas o incrível caráter e a inteligência da *mahmen*. Ou, quem sabe, a menininha deles teria os cabelos castanhos de Mary e os olhos azuis dele, e seria uma danadinha.

Quaisquer fossem as combinações de aparência e de personalidade, ele visualizava os três sentados juntos à mesa das Primeiras Refeições, das Últimas Refeições e de todos os lanches no meio. E imaginava que poderia ficar com o bebê para dar um descanso a Mary, assim como Z. e Wrath faziam com suas *shellans*, dando-lhes leite materno na mamadeira. Ou, mais tarde, dando-lhe pedacinhos de comida do seu prato para a boquinha preciosa, como Z. agora conseguia fazer com sua Nalla.

Em seu maravilhoso devaneio, anos se passavam, e haveria os ataques de birra aos três anos de idade, e os primeiros grandes questionamentos aos cinco. Depois amigos aos dez e, que Deus o ajudasse, a direção aos quinze... seguida pela transição que lhe mataria, e a Mary, de medo – mas, porque isso era uma fantasia, o filho deles superaria a prova e sairia mais forte dela. E depois? O primeiro amor não correspondido. E talvez A Pessoa Certa.

Que, caso ele e Mary tivessem uma filha, seria um maldito eunuco.

Fossem esses os planos da Virgem Escriba... ou porque ele mesmo teria cuidado do assunto.

E mais tarde, muito mais tarde... os netos.

A imortalidade na face da Terra.

E tudo porque ele e Mary se amavam. Tudo porque uma noite, há anos e anos, de décadas e séculos atrás, ela viera ao centro de treinamento com John Matthew e Bella, e ele estivera cego e cambaleante, e ela lhe dirigira a palavra.

– Rhage?

Voltando à realidade, ele se abaixou e pousou os lábios em seu ventre.

– Eu te amo.

Merda, teve esperanças de que ela interpretasse rouquidão como sinal de desejo.

Com mãos rápidas, tirou-lhe a calcinha e afastou-lhe as coxas. Quando aproximou os lábios do sexo, ouviu seu nome num gemido – e se comprometeu ao lambê-la e sugá-la: ele a amaria mesmo sem um filho. Iria adorá-la como qualquer macho vinculado faria. Cuidaria dela, a seguraria, seria seu melhor amigo, seu amante, seu maior defensor.

No entanto, haveria um espaço vazio dentro dele.

Um pequeno buraco negro no coração, causado pelo que poderia ter sido. Pelo que poderia ter acontecido. Pelo que ele nunca, jamais pensou que seria importante... mas de que, de alguma forma, ele sempre sentiria falta.

Esticando a mão, afagou-lhe os seios e a fez gozar em sua boca.

Não era para ele querer ter filhos. Jamais os considerara – até pensara que ter Mary como parceira era algo bom, porque nunca estaria na mesma posição em que Wrath e Z. estiveram. Na qual Qhuinn se encontrava.

Por onde Tohr passara.

De fato, parecia errado cobiçar a coisa que não só poderia matar sua fêmea, caso ela fosse normal e conseguisse conceber um filho, mas que os teria condenado: se Mary não fosse infértil, a Virgem Escriba não teria permitido que continuassem juntos depois de salvá-la do câncer. A mãe de V. ordenara que, além de Rhage continuar com sua maldição, os dois jamais voltassem a se encontrar.

O equilíbrio precisava ser mantido, afinal.

Erguendo a cabeça, tirou o agasalho de moletom, tanto a blusa quanto a calça, e se moveu para montar nela – tomando cuidado ao angular o pau rijo para dentro dela. Com um movimento circular lento, penetrou seu corpo, e aquela pegada familiar dela, o aperto, o calor escorregadio, levou lágrimas aos seus olhos quando imaginou, uma única e exclusiva vez, que os dois estariam fazendo isso não para se conectarem... mas para conceberem.

Só que, nessa hora, ele se ordenou que parasse com isso.

Era hora de parar de pensar. De acabar com os lamentos pelo que os teria arruinado de um jeito ou de outro.

E jamais falariam sobre o assunto.

Nunca, jamais ele conversaria com ela sobre isso. Claro que ela não se oferecera voluntariamente para ter câncer e se submeter à quimioterapia, nem à infertilidade. Nada daquilo fora obra dela, pois não se tratava de culpar alguém.

Portanto, de jeito nenhum ele daria voz à sua tristeza.

Mas, sim, essa era a ansiedade que ele vinha sentindo. Aquele era o motivo do distanciamento. Era a origem do seu incômodo. Por sabe-se lá quanto tempo, ele vinha observando seus irmãos com os filhos, testemunhando a intimidade de suas famílias, invejando o que eles tinham – e enterrando tudo isso até as emoções surgirem à tona na cozinha com L.W.

Como um furúnculo infeccionado até que fugisse ao controle.

Rhage disse a si mesmo que deveria estar aliviado por não estar louco ou maníaco a ponto de uma instabilidade mental. E, mais especificamente, agora que descobrira o que era, poderia deixar o assunto para trás.

Simplesmente empurrando-o aos recessos da mente e fechando a porta.

Tudo voltaria ao normal.

Tudo ficaria bem, maldição.

Ele foi magnífico, como sempre.

Enquanto se arqueava sob o corpo em movimento de Rhage, ela não estava se deixando enganar – sabia que o sexo era apenas um desvio temporário do que devia ser algo muito importante para ele. Mas, às vezes, é preciso dar às pessoas o espaço de que elas precisam... Ou, neste caso, o sexo.

Porque, bom Deus, ela sentia que aquilo era, de alguma forma, significativo para ele de uma maneira diferente da usual. Seu companheiro sempre a desejava de uma forma erótica, mas aquilo parecia... Bem, por exemplo, o quadril potente dele seria capaz de arrastá-la pelo piso até a extremidade oposta, mas, em vez disso, ele a penetrava com gentileza. E ele parecia estar se contendo, e não apenas retardando, os braços fortes segurando-a pelo tronco de modo a suspendê-la do tapete, o corpo cavalgando-a num ritmo lento que era muito mais vívido devido à reserva intensa.

– Eu te amo – ele lhe disse ao pé do ouvido.

– Te amo também.

O orgasmo seguinte dela partiu sua voz, alçando-a tão para cima que seus seios se chocaram com a parede do peito dele. Deus, ele estava tão lindo ainda se impulsionando dentro dela. O ritmo das penetrações alongando as ondas elétricas que atravessavam seu sexo até que ele se tornasse a única coisa que ela conhecia no Universo, até o passado e o futuro desaparecerem, até toda a bagunça em sua mente e ao redor do seu coração se desintegrarem.

Por algum motivo, o silêncio das críticas incômodas, o recuo das preocupações incessantes, o desaparecimento dos questionamentos esmagadores e diários de estar ou não fazendo bem o seu trabalho – e, às vezes, com a certeza de que não estava – levou lágrimas aos seus olhos.

Deixando de lado sua ansiedade em relação a Rhage, ela não percebera o quanto estivera tensa. O quanto o seu fardo se tornara pesado. O quanto estava sempre tão preocupada.

– Desculpe – disse, comovida.

No mesmo instante, Rhage congelou.

– O que foi?

Seus olhos estavam estranhamente aterrorizados ao mudar de posição e olhar para ela. E ela sorriu ao secar as lágrimas.

– Só estou... tão grata por você – ela sussurrou.

Rhage pareceu estremecer.

– Eu... Ah, me sinto igual.

– Termina? Dentro de mim? – Ela se arqueou ao seu encontro. – Quero sentir você gozar.

Rhage pendeu a cabeça no pescoço dela e voltou a se movimentar.

– Oh, Deus, Mary... *Mary*...

Duas investidas mais tarde, ele gozava, o incrível corpo tensionando, a ereção penetrando fundo e provocando mais um orgasmo.

Ele não parou. Não por muito tempo. O que era algo que os vampiros machos tinham a habilidade de fazer. Simplesmente permaneceu no orgasmo, preenchendo-a com seu gozo – e seguiu em frente até os orgasmos virem tão próximos um do outro que se tornaram algo único.

Quando terminou, ficou imóvel e enfraquecido, mas logo passou o peso do corpo para os cotovelos a fim de deixá-la respirar.

Deus, ele era imenso.

Estava acostumada ao tamanho dele até certo ponto, mas, ao abrir os olhos, só o que conseguia enxergar era parte de seu ombro. Todo o resto estava bloqueado por seu corpo.

Massageou-lhe os bíceps, e disse baixinho:

– Pode, por favor, me contar o que há de errado?

Rhage se afastou um pouco mais a fim de poder fitá-la nos olhos.

– Você parece tão triste. – Ela tracejou suas sobrancelhas. A linha melancólica da boca perfeita. Os hematomas no maxilar. – É sempre melhor quando a gente fala com alguém.

Depois de um longo momento, ele abriu a boca...

Tum! Tum! Tum!

No quarto, a inconfundível batida de porta de um Irmão não ficava nem um pouco abafada.

Rhage virou a cabeça de lado e gritou:

– O que é?

A voz de V. chegou até o banheiro.

– Reunião. Agora.

– Entendido. Já vou.

Rhage virou-se de novo para ela e a beijou.

– Melhor eu ir.

A retirada dele foi rápida, e seus olhos ficaram abaixados enquanto a ajudou a se levantar do tapete e a levou até o chuveiro.

– Bem que eu queria entrar aí com você – comentou ao abrir a torneira da água quente.

Não, ela pensou quando ele não olhou para ela. *Você não quer, não.*

– Rhage, sei que você tem que ir. Mas está me assustando.

Quando a colocou debaixo do jato de água, segurou-lhe o rosto entre as mãos e a encarou.

– Você não tem com o que se preocupar. Nem agora, nem nunca. Pelo menos não em relação a mim. Eu te amo para sempre, e nada mais importa contanto que isso seja verdade.

Mary inspirou fundo.

– Ok. Tudo bem.

– Volto assim que a reunião acabar. E aí poderemos comer alguma coisa. Assistir a um filme. Você sabe, fazer aquela coisa... Como é que os humanos chamam?

Mary deu uma risada leve.

– Netflix e relaxar.

– Isso. Vamos assistir à Netflix e relaxar.

Ele a beijou mesmo molhando o rosto, e depois recuou e fechou a porta de vidro. No caminho para fora, recolocou a roupa, mas continuou descalço.

Ela o observou ir embora. E pensou no quanto era incrível alguém te tranquilizar... e, ao mesmo tempo, só piorar a situação.

Que diabos estava acontecendo com ele?

Quando terminou a chuveirada, secou-se, desembaraçou os nós dos cabelos e vestiu suas calças de ioga e um suéter grande de caxemira que quase batia em seus joelhos. Comprara a peça para Rhage antes do inverno passado, e até cedera à cor predileta dele, depois de superar o fracasso de tentar diversificar seu guarda-roupa. No entanto, ele não o usara muitas vezes, já que sempre sentia calor demais.

No entanto, a lã tinha seu cheiro.

E, ao sair do quarto, sentiu como se ele estivesse com ela... E, puxa, como ela precisava disso naquela noite.

Parando diante do escritório do Rei, ouviu as graves vozes masculinas do lado oposto das portas fechadas.

Ao fundo do corredor, ouvia *doggens* conversando. A enceradeira. O tinir dos cristais, como se os candelabros estivessem sendo desmontados para serem lavados novamente.

Sem fazer som algum, atravessou a longa passadeira vermelha e dourada, seguindo para o Corredor das Estátuas. Mas não seguiu por esse corredor, onde ficavam todas aquelas obras de arte greco-romanas e os quartos. Não, ela seguiu para o andar superior.

A porta para o terceiro andar da mansão não estava trancada, mas tampouco estava aberta, e ela meio que se sentiu invasiva ao abrir caminho para a escada que levava ao andar de cima. Lá em cima, após os quartos de Trez e de iAm, estava a porta de aço protegida da suíte da Primeira Família e, ao apertar a campainha, ficou diante de uma câmera de segurança.

Momentos depois, ouviu uma série de travas sendo abertas, e logo o pesado painel se abriu. Beth estava do outro lado, com L.W. no quadril, o cabelo trançado sobre o ombro, a calça jeans de sempre e um moletom azul que parecia a definição de conforto. O que não era aconchegante? O intenso brilho das pedras preciosas incrustadas nas paredes dali de dentro.

Mary nunca estivera naqueles aposentos privados antes. Poucos estiveram além de Fritz, que insistia em ele mesmo ser o responsável pela limpeza dos cômodos. Mas Mary ouvira dizer que a suíte inteira era coberta por pedras preciosas trazidas do Antigo País, e ficou claro que isso era verdade.

– Oi. – A Rainha sorriu, mesmo quando L.W. agarrou-lhe uma porção de cabelos acima da orelha e deu um puxão. – Ai, ai. Que tal se você pegar qualquer outra coisa para fortalecer seus bíceps?

Enquanto Beth se desembaraçava daquele punho gordinho, Mary disse com seriedade:

– Preciso que me conte o que aconteceu com Rhage. E não finja que não sabe o que é.

Os olhos de Beth se fecharam brevemente.

– Mary, não sou eu quem deve...

– Se fosse o contrário, você ia gostar de saber. E eu te contaria se me perguntasse, porque é isso o que familiares fazem um para o outro. Ainda mais quando alguém está sofrendo.

A Rainha exalou uma imprecação. Depois foi para o lado e apontou com a cabeça para a suíte reluzente.

– Entre. Precisamos de um pouco de privacidade para isto.

CAPÍTULO 22

Normalmente, Rhage sempre tinha algo na boca durante as reuniões com o Rei. Pirulitos Tootsie Pops eram seus prediletos, mas, numa emergência, ele atacaria um pacote de Starburst, ou algo do tipo Chips Ahoy! – dos antigos da embalagem azul, crocantes, sem nozes e fáceis de mastigar. Mas seu estômago não estava bom para isso, e não era por causa da besta.

Mas pelo menos sua visão tinha ficado muito melhor depois que Vishous o socara.

Quando as persianas desceram por conta do dia que nascia, ele se posicionou num dos cantos perto das portas duplas à medida que seus irmãos se acomodavam em seus costumeiros lugares: Butch e V. num sofá de estilo francês, ambos sentados em poses praticamente idênticas com os tornozelos sobre os joelhos; Z. recostado numa parede na melhor pose defensiva com Phury logo ao seu lado; John, Blay e Qhuinn agrupados perto da lareira. Rehvenge, no entanto, estava bem diante da mesa ornamentada de Wrath, sendo o líder dos *symphatos* e um dos conselheiros mais próximos do Rei, e Tohr, sentado perto da mão da adaga de Wrath, por conta da sua posição como chefe da Irmandade e primeiro-tenente em todos os assuntos.

Lassiter não estava presente, e Rhage deduziu que o anjo caído devia estar assistindo TV em algum lugar. E quanto a Payne, que começara a participar de tais encontros? Provavelmente estava vigiando Xcor.

Porque Deus bem sabia que aquela fêmea aguentava qualquer coisa e qualquer macho daquele planeta.

Como sempre, Wrath era o ponto focal de tudo, sentado no trono ornamentado que seu pai usara, os óculos escuros do Irmão supervisionando o recinto, mesmo sendo cego, com a mão pousada sobre a cabeçorra de seu guia, o golden retriever.

No entanto, era Qhuinn quem estava falando.

– ... temos duas pessoas sob cuidados: Layla e meu irmão. Nenhum dos dois está em forma para se defender se ele se libertar, e a doutora Jane, Ehlena e Manny são da área da saúde, não soldados.

– Com o devido respeito, Xcor está sendo seriamente vigiado – Butch disse. – Vinte e quatro horas por dia, sete dias por semana.

– Se Marissa estivesse grávida de um filho seu, isso bastaria para você?

O policial abriu a boca. Depois a fechou e assentiu.

– É. Tem razão.

Qhuinn cruzou os braços diante do peito.

– Pessoalmente, estou pouco me fodendo se ele é um Hannibal Lecter, só não o quero perto daquela clínica.

Quando o Irmão se calou, Wrath perguntou:

– Qual o estado de Xcor agora?

Vishous mexeu no cavanhaque.

– Ainda em coma. Os sinais vitais não estão fortes, mas não estão falseando. Nenhum movimento do lado direito. Acredito que tenha sido um AVC.

– Mas não sabe com certeza?

– Não sem arrastar seu traseiro para a clínica de Havers para fazer uma tomografia. Mas não quero transportá-lo até o outro lado da cidade só para descobrir aquilo que já sei – e, sim, tanto Jane como Manny concordam com minha avaliação.

– Alguma estimativa de quanto tempo esse coma pode persistir?

– Não. Ele poderia despertar agora. Ou daqui a um mês. Ou permanecer em estado vegetativo. Não há como saber. E caso ele desperte? Dependendo da gravidade do derrame, ele pode estar cognitivamente incapacitado. Fisicamente fodido. Absolutamente normal. Ou em algum ponto entre esses extremos.

– Maldição – Tohr murmurou.

Wrath se inclinou para o lado e apanhou George do chão, reacomodando-o em seu colo. Uma nuvem de pelos claros inundou o ar, e o Rei tirou um fiapo da boca antes de voltar a falar.

– Qhuinn tem razão. Não podemos mantê-lo aqui, ainda mais com a nova leva de *trainees* chegando. Primeiro porque vocês, idiotas, vão precisar da sala de tiros, mas, mais importante do que isso, não queremos de jeito nenhum que um desses mocinhos acabe morto durante uma aula porque o nosso bilhete premiado resolveu sair da gaiola. A questão é: para onde o levaremos? Quero que fique perto o bastante para o caso da necessidade de reforços imediatos, mas temos que tirá-lo da propriedade.

Houve um sério debate, mas Rhage não o acompanhou integralmente. A verdade era que, por mais crucial que fosse essa questão com Xcor, boa parte do seu cérebro estava de volta naquele banheiro com Mary, enquanto ele deliberadamente se lembrava da sensação boa de tê-la debaixo de si, quão incríveis eram seus gemidos, o quanto ele amava ficar dentro dela.

Nada se perderia entre eles, nem sumiria de suas vidas sexuais, se não podiam reproduzir. Nada.

Mesmo.

– ... de Bastardos devem estar à procura dele em todo o centro da cidade – alguém disse. – Procurando por uma marca de queimado ou um corpo.

Vishous interrompeu.

– Tenho dois celulares que tirei dele. Um tinha uma senha fácil que logo decifrei, no qual não havia nada a não ser detalhes sobre tráfico de drogas, e todos nós sabemos que isso já acabou. O outro aparelho desligou na minha mão assim que descobri a senha, e estou imaginando que esse era o de Xcor. Ficou bem óbvio que os Bastardos têm algumas medidas de segurança ativadas.

– Você vai conseguir fazer esse celular funcionar de novo? – Wrath perguntou.

– Depende da extensão do dano, e ainda estou avaliando a questão. Pode ser que eu consiga extrair alguns dados, mas vai levar tempo.

– O Bando de Bastardos não vai descansar até que encontrem Xcor – alguém murmurou.

A voz de Tohr não passava de um rosnado.

– Então deixem que eu entregue o corpo dele.

– Ainda não, meu irmão. – Wrath se virou para o cara. – E você sabe disso.

– Mas se o cérebro dele está morto, não há nada para interroga...

Wrath falou por sobre o macho:

– Quero todos no centro nas próximas três noites. O desaparecimento de Xcor fará com que os Bastardos abandonem seu esconderijo. Temos um deles. Quero todos.

– E é melhor a gente continuar caçando assassinos – alguém murmurou. – Só porque vencemos ontem à noite não quer dizer que a guerra esteja ganha.

– Ômega criará outros – Wrath concordou. – Com certeza.

Butch se pronunciou:

– No que refere aos *redutores*, acho que estamos nos concentrando apenas nos sintomas, não na doença. Precisamos acabar com Ômega. Quero dizer, essa é a profecia do *Dhestroyer*, não? Supostamente sou eu quem vai fazer isso, mas eu não teria como absorver todos aqueles zumbis no *campus*. De jeito nenhum.

V. deu um aperto no ombro do seu melhor amigo.

– Você já faz o bastante.

– Evidentemente não, pois há quanto tempo isto já está acontecendo? Os números deles estão menores, mas mesmo assim havia um exército nos atacando no *campus*.

– Minha mãe é tão malditamente inútil – V. ralhou ao acender um cigarro. – Estamos combatendo a Sociedade Redutora há séculos e séculos. Mesmo com a profecia, não tenho nenhum indício de que podemos erradicá-los…

– Sei onde podemos colocar Xcor – Rhage interrompeu.

Quando todos os olhos da sala se focaram nele, ele deu de ombros.

– Não se assustem. Mas a solução é clara.

Embaixo, no centro de treinamento, Layla reconheceu a sensação que a afligia desde a noite anterior.

Sentada na beirada de sua cama hospitalar, soube exatamente o que a crescente sensação de destino significava, a queimação no meio do peito, o formigamento incômodo e incansável.

Só que não fazia sentido.

Portanto, só podia estar interpretando mal a situação. Talvez aquele fosse mais um sintoma da gravidez, e ela achava que fosse outra coisa?

Bem, de um modo ou de outro ela descobriria, pensou ao descer do colchão e se arrastar até a porta. Suas últimas doze horas de espera acabaram, por isso era hora de esticar as pernas uma vez mais – e sem nenhum dos Irmãos como babá. Com Qhuinn e Blay numa reunião, ela pretendia desfrutar ao máximo de sua liberdade.

Saindo para o corredor, olhou ao redor. Não havia ninguém do lado de fora do seu quarto. Nenhum som vindo da clínica. A academia e a sala de pesos no fim do corredor também estavam silenciosas.

Ostensivamente, não havia ninguém por perto. E isso se referia aos Irmãos, aos criados e à equipe médica. Portanto, como era possível que ela estivesse sentindo a presença de Xcor ali embaixo?

Aquele Bastardo não poderia, de modo algum, estar no complexo da Irmandade. Ele era o inimigo, pelo amor de Deus – o que significava que, se ele invadira a propriedade, um ataque estaria acontecendo, todo o inferno à solta, com os Irmãos armados.

Em vez disso? Um monte de nada acontecia, como Qhuinn diria.

Aquilo só podia ser algum estranhamento relacionado à gestação...

Não, ela pensou. Ele *estava* ali. Ela o sentia em seu próprio sangue... que é o que acontece quando você alimenta alguém: um eco seu permanecia na pessoa, como se visse seu reflexo num espelho ao longe.

Não há como confundir com outra coisa. Assim como ninguém deixa de reconhecer a própria imagem.

Apanhando a barra da camisola na parte da frente – mais por força do hábito do que por necessidade, já que a barriga estava enorme – avançou lentamente pelo corredor em seus chinelos, passando pelo recém-construído banheiro feminino, pelo vestiário masculino, pela sala de pesos.

Nada em especial foi percebido em nenhum desses lugares. Mas quando ela passou pela academia e pela entrada da piscina, deteve-se.

Logo adiante. Ela sentia como se ele estivesse logo à frente.

– Ei, menina, o que está fazendo?

Layla girou sobre si mesma.

– Qhuinn. Oi.

O pai de seus filhos caminhou até junto dela, os olhos vasculhando seu rosto, sua barriga.

– Você está bem? Por que veio tão longe assim?

– É só... a minha hora de caminhar.

– Bem, você não precisava vir até aqui. – Qhuinn a segurou pelo cotovelo, virando-a para que voltassem pelo caminho pelo qual viera. – Na verdade, talvez seja melhor levá-la de volta à mansão por um tempo.

– O que… Por quê?

– É mais confortável lá em cima.

Em menos de um minuto, ela estava de novo diante da porta do seu quarto. E não era nenhuma idiota. Fora ele o maior defensor da ideia de que ela deveria ficar ali embaixo na clínica, porque era melhor, mais seguro para ela e para os bebês. E agora mudava de ideia?

Com o coração acelerado, a cabeça girando, ela soube muito bem que seus instintos não estavam mentindo. Xcor estava em algum lugar no centro de treinamento. Teria sido capturado no campo de batalha? Estaria ferido e o trouxeram até ali como fizeram com aquele soldado dele?

Qhuinn se inclinou para a frente e abriu a porta.

– Bem, como eu dizia, acho que vou falar com a doutora Jane sobre…

– Falar comigo a respeito de quê?

– Falando no diabo… – Qhuinn disse com suavidade ao se virar.

A companheira de V. saía da lavanderia com uma pilha de roupas cirúrgicas nos braços.

– Olha só, não contem para Fritz sobre isto, ok? Mas é que lavar roupas clareia minha mente, e às vezes a gente só precisa dar um tempo.

Qhuinn sorriu por uma fração de segundo.

– Na verdade, desci até aqui à sua procura. Eu estava pensando que talvez Layla prefira voltar para seu antigo quarto.

A médica franziu o cenho.

– Na casa principal?

– Tudo é tão estéril aqui embaixo.

– Bem, é essa a intenção, não, Qhuinn? – A doutora mudou o peso de posição, mas não o seu olhar verde-floresta. – Sei que temos tido uma gestação bem tranquila, e espero que essa tendência continue. Mas não podemos nos arriscar, e a cada noite que passa, estamos mais próximos, e não mais distantes, do grande momento…

– Só nas próximas vinte e quatro horas.

Layla olhou de um a outro. E sentiu-se uma completa hipócrita ao mentir:

– Eu me sentiria mais segura aqui.

– Há quanto tempo está de pé? – perguntou a médica.

– Acabei de andar até a academia...

– Podemos mover uma parte dos equipamentos para a casa – Qhuinn sugeriu. – Você sabe, para monitorar tudo. Esse tipo de coisa. Além disso, não será por muito tempo.

A doutora Jane sacudiu a cabeça como se não acreditasse se o ouvira bem.

– Um Centro de Operações? Acha mesmo que pode levar um CO para lá? Não quero ser alarmista, mas ela está grávida de gêmeos, Qhuinn. Gêmeos.

– Sei disso. – O olhar despareado dele se deparou com o da médica. – Sei muito bem o que está em jogo. E você também.

A doutora Jane abriu a boca. Depois hesitou.

– Escuta só, vou levar isto para o meu escritório. Me encontre lá, ok?

Quando a médica se afastou, Layla encarou Qhuinn.

– Quem mais está aqui embaixo?

Qhuinn apoiou a mão no ombro dela.

– Ninguém, por que pergunta?

– Por favor. Me conte de uma vez.

– Não é nada. Não sei do que está falando. Vamos lá pra dentro para você se acomodar.

– Você não tem que me proteger.

Aquelas sobrancelhas escuras se uniram tanto que ele já não franzia o cenho, mas fazia uma careta.

– É mesmo? Acha isso *mesmo*?

Layla apoiou a mão na barriga e exalou fundo.

– Desculpe.

– Merda, não. Não se desculpe. – Ele afastou o cabelo preto e, pela primeira vez, ela conseguiu dar uma bela olhada naquelas sombras sob seus olhos. – Todos estão... Você sabe, é a guerra. Tudo isto é tão desgastante.

Colocando os braços ao redor de seus ombros, conduziu-a para o quarto, de volta à cama, na qual a acomodou como se ela fosse de porcelana.

– Volto para ver como você está no fim do meu... Mais tarde. Isso, volto mais tarde. – Sorriu de um modo que não alcançou seus olhos. – Avise se precisar de alguma coisa, ok?

Conforme as conhecidas ondas de culpa e de medo se avolumavam dentro dela, Layla não conseguiu dizer nada, pois a mandíbula literalmente travou e os lábios colaram. Mas o que podia fazer? Se lhe dissesse que sabia que Xcor estava ali...

Bem, ele haveria de saber como ela sabia. E seria impossível mentir para ele e lhe dizer que era por ter alimentado o Bastardo todos aqueles meses atrás... na época em que fora enganada pelo soldado de Xcor, que a guiou até a campina para cuidar de alguém que ela imaginara ser um soldado civil trabalhando para a Irmandade. Já confessara seu pecado não intencional ao Rei; o que não contara a ninguém fora o fato de ter se encontrado com Xcor várias vezes depois disso – ostensivamente, para impedi-lo de atacar o complexo quando ele descobrira sua localização.

Mas, na verdade, porque se apaixonara por ele.

E o fato de que as visitas já não mais aconteciam? A realidade de que o próprio Xcor pusera um fim aos encontros? Isso dificilmente era relevante.

A verdade era que ela ansiava por esse tempo com ele. E essa era a sua traição, a despeito do tanto que tentara se fazer de vítima da situação.

– Layla?

Com um xingamento, sacudiu-se e voltou a se concentrar.

– Desculpe. O que foi?

– Você está bem?

– Não. Quero dizer, sim, estou. – Pousou as mãos na lombar e se espreguiçou. – Só estou cansada. É a gestação. Mas tudo está bem.

Qhuinn a encarou demoradamente, os olhos despareados vasculhando sua expressão.

– Liga pra mim, ok? Mesmo que seja só... só porque está cansada de ficar sozinha?

– Pode deixar. Prometo.

Quando a porta se fechou, ela sabia o que ele iria fazer. Falaria com os Irmãos, se é que já não o fizera. E em breve, muito em breve, ela já não sentiria a presença de Xcor.

Quer por ela ter sido realocada, ou ele.

Levando as mãos à cabeça, tentou respirar e descobriu que era impossível. A garganta estava contraída, as costelas eram como barras de ferro, os pulmões ardiam. Só ficava se repetindo que tal aborrecimento não ajudaria em nada. Por certo não faria bem nem a ela nem à gestação.

Além disso, não voltaria a se encontrar com Xcor.

Porque era isso o que acontecia quando você desafiava os sentimentos de um macho. Ou pelo menos de um macho como ele.

E ele não atacara o complexo...

A menos que tivesse sido assim que ele fora capturado? Oh, Santa Virgem Escriba, será que ele levara seus soldados até ali todos armados? Será que fora esse o caos da noite anterior?

Sua cabeça de pronto começou a girar, os pensamentos se amalgamando em padrões que não faziam sentido graças ao excesso de velocidade, e não por serem injustificados.

Algum tempo depois, abaixou a cabeça e relanceou para a porta do banheiro. Parecia estar a cem quilômetros de distância. Mas precisava fazer xixi, e talvez um pouco de água fresca no rosto ajudasse a acalmá-la.

Virando as pernas para a lateral da cama, equilibrou-se sobre os pés e...

Umidade. Aconteceu... uma abrupta umidade entre suas coxas.

Suas mãos dispararam para a frente da camisola quando ela abaixou o olhar.

E gritou.

CAPÍTULO 23

No andar de cima em sua casa de vidro, Assail tomou uma chuveirada que durou quase uma vida inteira.

As persianas externas já tinham descido pelas janelas, portanto estava tão escuro que nada, a não ser os interruptores com suas luzinhas alaranjadas, o orientava. A água estava escaldante e, quando largou a cabeça para trás, alisou os cabelos sobre o crânio. O corpo estava no torpor pós-alimentação, pós-transa; mesmo seu vício parecia estar sob controle.

Ainda que esta última sensação talvez fosse causada pelas três carreiras que inalara assim que subira.

Risque esse *talvez*.

Fodera Naasha algumas vezes, e sem gentileza, por isso suas costas doíam um pouco. O pau estava exaurido. As bolas, mais do que vazias.

Não havia alegria alguma em seu coração. Absolutamente nenhuma. Isso, no entanto, não era nada extraordinário. E o xampu e o sabonete de nada serviam para que ele se sentisse mais limpo, possivelmente porque a sujeira que o cobria não estava no exterior. Mas não podia dizer que essa sensação não lhe era familiar, também.

Ainda assim, nem tudo estava perdido. Havia trabalho a ser feito.

Quando Assail empreendeu sua vinda ao Novo Mundo, não fizera a viagem sozinho. Seus primos, Ehric e Evale, vieram com ele, e provaram ser confiáveis e leais em todas as suas empreitadas. Ficando com ele ali, jamais o decepcionaram e, uma vez mais, precisaria deles.

Para algo que eles muito provavelmente apreciariam.

Quis o destino que Naasha tivesse diversas amigas em situações semelhantes à sua – fêmeas da *glymera* que não tinham como satisfazer suas necessidades adequadamente com *hellrens* mais anciãos, e que buscavam certas... formas de relaxamento que não lhes estavam à disposição. E por mais que seus primos já tivessem se retirado para suas suítes no porão quando Assail voltou para casa, ele estava bem confiante de que oferecera serviços que os dois ficariam bem contentes em executar.

Porque Wrath estava certo.

As coisas estavam meio estranhas na aristocracia.

Assail sentia isso assim como sentia o cheiro do ar noturno. Ele só não sabia ainda o que era. Tempo e sexo dariam um jeito nisso.

Saindo do box, ficou grato pela grossura do tapete felpudo sob suas solas, e se secou com uma toalha aquecida na barra afixada à parede. De fato, adquirira a mansão completamente decorada pelo construtor, e tudo fora considerado e levado em conta na montagem da casa. Todos os luxos foram providenciados. Nenhum centavo fora poupado.

O lugar, entretanto, parecia absolutamente vazio, apesar dos três moradores. Bem semelhante ao interior de sua pele, não? Algo tão belo e refinado no exterior; contudo, sem alma por dentro.

Num breve interlúdio, as coisas não foram bem assim. Em ambos os casos.

Mas esse tempo já passara.

No quarto, meteu-se nu entre os lençóis de seda e fez uma anotação mental de trocá-los ao entardecer seguinte. Embora essa não fosse a tradição para machos de sua posição social, ele acabara se acostumando a cuidar de seus banhos e do seu vestuário, trocando os lençóis e lavando suas roupas. Existia um conforto estranho em cuidar dessas coisas simples, um começo e um término em cada tarefa do qual ele tirava uma medida de satisfação.

E era normalmente assim que ele passava as horas do dia enquanto os primos dormiam no andar de baixo. Limpando. Esfregando pisos e pias, vasos sanitários e bancadas. Passando o aspirador. Lustrando móveis. Era uma maneira produtiva de acabar com os tremores causados pela cocaína.

Mas não as horas deste dia em particular. Após a alimentação, ele necessitava de descanso, não só para a mente mas também para o corpo...

Ao seu lado, seu celular apitou suavemente com um toque dos antigos telefones que já não se encontrava mais por aí.

Não se deu ao trabalho de ver quem era. Já sabia.

– Eu teria lhe telefonado – ele disse. – Mas não quis ser rude. Está um tanto cedo para tratarmos de negócios.

O Irmão Vishous não se fez de rogado. O que era um dos seus traços mais proeminentes.

– O que aconteceu? Conseguiu alguma coisa?

– De fato, sim. Em algumas diversas posições. Naasha foi muito obsequiosa.

Uma risada sombria vibrou pela ligação.

– Com um macho como você, tenho certeza de que ela foi mesmo. E esperamos que continue assim até começar a falar.

– Ela já começou. – Assail sorriu com crueldade na escuridão. – Diga-me uma coisa, sua reputação como dominador é só conversa ou você é, de fato, tão pervertido assim?

– Desperdice meu tempo com fofocas e eu respondo isso pessoalmente.

– Que excêntrico.

– Por que pergunta?

– Seu nome surgiu na conversa.

– Como?

O fato de isso não ter a inflexão de uma pergunta, mas de uma exigência, não foi surpreendente.

– Ela comentava as conquistas sexuais que apreciara. Você, pelo visto, foi uma delas, quando ela era mais jovem – e ela deixou bem claro que você foi o conquistador, na verdade.

– Transei com um monte de pessoas – V. disse num tom enfastiado – e me esqueci de noventa e cinco por cento delas. Portanto, conte-me o que sabe, e nada relacionado a sexo. Nem ao meu, nem ao de outros.

Assail não se surpreendeu com o redirecionamento da conversa.

– A aristocracia logo se dirigirá ao Rei. Vão requisitar sua presença numa festa privada em comemoração ao nongentésimo aniversário do *hellren* dela – um acontecimento que mesmo nas boas linhagens é uma raridade.

– Estão planejando atirar em meu senhor novamente?

– É possível. Meus instintos me dizem que um caminho está sendo forjado. – Assail meneou a cabeça, mesmo o Irmão não conseguindo enxergar. – Só não sei por quem. Naasha é mais conhecida por suas conquistas horizontais do que pelas mentais. Ela não é capaz de desenvolver uma estratégia, quer de natureza traiçoeira ou mesmo para uma reunião numa Última Refeição. É por isso que creio que alguém a esteja guiando. Mas, de novo, não sei quem... *Ainda*.

– Quando vai voltar a vê-la?

– Ela vai oferecer um jantar esta noite, do qual participarei na companhia de meus primos. Procurarei descobrir mais então.

– Perfeito. Bom trabalho.

– Ainda não realizei nada.

– Não é verdade. Quantas vezes ela gozou?

– Perdi a conta depois da sétima.

Outra risada sombria na ligação.

– Um macho dos meus. E não faça pouco da perversão, seu babaca preconceituoso. Nunca se sabe quando pode considerá-la favorável. Ligue amanhã.

– Se continuarmos assim, acabarei falando mais com você do que com minha própria *mahmen*.

– Ela não está morta?

– Sim.

– Alguns bastardos têm muita sorte.

Depois que a reunião com Wrath e a Irmandade se encerrou, Rhage voltou para o quarto e, ao abrir a porta, esperava encontrar Mary dormindo...

– Oi.

Ok, certo. Mary não estava nem um pouco adormecida. Estava sentada na cama deles, recostada na cabeceira, os joelhos junto ao peito, os braços ao redor das pernas.

Como se estivesse esperando por ele.

– Ah, oi. – Fechou a porta. – Pensei que estaria descansando.

No silêncio constrangedor que se seguiu, ele se lembrou de outra noite, há uma eternidade – quando entrara naquele mesmo quarto depois de ter se livrado do acúmulo de tensão com uma fêmea humana. Mary estivera hospedada com ele, e ela quase morrera de desgosto ao vê-lo em seguida – inferno, voltar para ela daquela forma quase acabara com ele. Mas, naquela época, fora um caso de dar um pouco de sexo ao seu corpo ou montar em Mary e arriscar-se a libertar a besta enquanto estivesse dentro dela. Afinal, sua Mary o excitava tanto e tão rapidamente que a maldição ameaçava surgir só por estar na presença dela, e ele estava aterrorizado com a possibilidade de machucá-la. Amedrontado em revelar aquela parte da sua natureza. Convencido que sua falta de valor surgiria e arruinaria tudo.

Portanto, voltara ali e tivera que enfrentá-la, sabendo o que fizera com outra.

A não ser pela noite em que soubera que ela estava morrendo, aquela era a pior lembrança de toda a sua existência.

Engraçado, isto se parecia com aquilo de tantas maneiras. Uma conclusão que ele não desejava, mas que não podia fazer nada para impedir.

– Conversei com Beth – ela disse com gravidade. – Ela me contou que você cuidou de L.W. enquanto ela recebia tratamento para o ferimento da mão.

Rhage fechou os olhos e quis praguejar. Ainda mais quando houve uma longa pausa, como se ela estivesse lhe dando uma chance para se explicar.

– Quer me contar por que segurar L.W. o deixou tão emotivo?

O tom dela era neutro. Controlado. Gentil poderia ser o termo mais adequado.

De modo que fazia a sua verdade parecer especialmente cruel e injusta. Mas ela não o ajudaria a sair dessa situação difícil, não mudaria de assunto, não deixaria isso de lado. Esse não era o jeito de sua Mary, não com coisas como esta.

– Rhage? O que aconteceu lá embaixo?

Rhage inspirou fundo. Queria se aproximar dela na cama, mas precisou dar uns passos antes – a queimação em seu cérebro exigia expressão física ou ele começaria a gritar. Ou a socar paredes…

Ele só precisava descobrir como encontrar as palavras corretas para que não parecesse que a culpava. Ou que estava catastroficamente infeliz. Ou…

– Rhage?

– Me dê um minuto.

– Faz vinte minutos que você não para de andar pelo quarto.

Ele parou. Relanceou para sua companheira.

Mary estava em outra posição, agora sentada na beirada da cama com os pés pendurados. Estava apequenada pelo tamanho do móvel, mas eles precisavam de um colchão do tamanho de um campo de futebol; ele era muito grande, não conseguiria se esticar em nada menor do que aquilo.

Merda. Estava perdendo o foco de novo.

– Foi porque você... – Mary olhou para os pés. Depois levantou o olhar novamente. – É porque você quer um bebê seu, Rhage?

Ele abriu a boca. Fechou.

Ficou ali parado como uma tábua enquanto o coração batia acelerado.

– Está tudo bem – ela sussurrou. – Seus irmãos estão começando suas famílias; e observar as pessoas que amamos fazerem isso mexe mesmo com a gente. Traz à tona... desejos que talvez não se saiba que existam...

– Eu te amo.

– Mas isso não significa que não esteja desapontado.

Retrocedendo de modo a chocar os ombros contra a parede, deixou-se escorregar até que o chão bateu em sua bunda. Depois deixou a cabeça pender, porque não suportava olhar para ela.

– Oh, Deus, Mary, não quero sentir isso. – Quando a voz dele se partiu, ele pigarreou. – Quero dizer... Eu poderia tentar mentir, mas...

– Já faz um tempo que você sente isso, não é? É por isso que as coisas andam estranhas entre nós.

Ele deu de ombros, vencido.

– Eu teria dito algo, mas não sabia o que estava errado. Até estar lá na cozinha sozinho com L.W.. Isso saiu de lugar nenhum. E me atingiu como uma tonelada de tijolos... Não quero me sentir assim.

– É perfeitamente natural...

Ele socou o chão com tanta força que rachou a tábua do piso.

– Não quero isso! Porra, não quero essa maldita coisa! Você e eu, é só disso que preciso! Nem mesmo gosto de crianças!

Enquanto sua voz ecoava pelo quarto, ele a sentiu encarando-o.

E não conseguia aguentar.

Saltando para ficar de pé, andou e sentiu vontade de arrancar os quadros das paredes e de atear fogo nas cortinas, e de socar a cômoda com as mãos nuas.

– Estou falando sério – ladrou. – Quando lhe disse que conseguiria uma criança para você se quisesse uma, eu falei sério, porra!

– Sei que sim. Só que você não esperava ser aquele que sentiria um vazio no meio do peito.

Ele parou de repente e falou com o tapete oriental.

– Não importa. Nada disso importa. Vai passar…

– Beth me disse outra coisa. – Mary esperou até que olhasse para ela e, quando ele o fez, ela secou uma lágrima. – Ela disse que Vishous falou com você antes do ataque. Ela disse… que ele te contou que você morreria. Que ele tentou te convencer a abandonar a batalha, mas você não cedeu.

Rhage praguejou e voltou a andar em círculos. Passando uma mão pelo rosto, descobriu que só queria voltar para os dias iniciais do relacionamento deles. Quando fora fácil. Nada além de bom sexo e amor maior ainda.

Não toda essa… palhaçada de vida.

– Por que você foi em frente? – ela perguntou sem lhe dar descanso.

Ele dispensou a pergunta com a mão.

– Ele poderia estar errado, sabe? V. não sabe de tudo, ou ele seria um deus…

– Você entrou na batalha antes da hora. Não esperou… Atacou sozinho. Um *campus* tomado pelos inimigos. Sozinho. Logo após um dos seus irmãos, um que ainda não se equivocou, lhe dizer que você morreria ali. E depois você levou um tiro. No peito.

Rhage não teve a intenção de despencar.

Mas foi estranho. Estava de pé… em seguida estava no chão, com as pernas desabando debaixo dele em ângulos estranhos, o tronco acompanhando numa confusão de braços e ombros. Mas era isso o que acontecia quando um guerreiro perdia a sua luta – não passava de uma arma caída da mão que atira, uma adaga solta de uma palma, uma granada solta, largada em pleno ar.

– Desculpe, Mary. Eu… sinto muito. Sinto tanto, tanto.

Continuou repetindo essas palavras sem cessar. Não havia mais nada que pudesse fazer.

– Rhage. – Quando interrompeu a ladainha dele, a voz de Mary pareceu tão triste que esse som foi muito pior do que a bala atravessando seu coração. – Acha que foi lá sozinho porque queria morrer? E, por favor, apenas seja franco comigo. Isto é importante demais… pra varrer para debaixo do tapete.

Sentindo-se um completo merda, levou as mãos ao rosto e falou debaixo das palmas.

– Eu só precisava... estar perto de você de novo. Como sempre foi. Como deveria ser. Como *tem* que ser para mim. Pensei que... talvez se eu estivesse do outro lado e você viesse até mim, nós poderíamos...

– Fazer o que estamos fazendo agora?

– Só que, então, isso já não teria importância.

– O fato de não termos filhos?

– Sim.

Quando os dois se calaram, ele praguejou.

– Sinto como se eu estivesse te traindo de um jeito diferente agora.

Quando ela inalou fundo, ficou claro que sabia exatamente ao que ele se referia – aquele momento em que ele voltara após estar com outra fêmea. Mas se recobrou rapidamente.

– Porque eu não posso lhe dar aquilo que você quer, e mesmo assim você continua querendo.

– Sim.

– Você... você quer estar com outra mulher que...

– Deus, não! – Rhage abaixou as palmas e balançou a cabeça com tanta força que ela quase se separou da coluna. – Porra, não! Nunca. Jamais. Prefiro estar com você e nunca ter filhos... Quero dizer, Jesus, não chega nem perto.

– Tem certeza disso?

– Absoluta. Sem dúvida nenhuma, tenho cem por cento de certeza.

Ela assentiu, mas não estava olhando para ele. Voltara a se concentrar nos pés enquanto flexionava os dedos, depois os afastava, depois os curvava para baixo e para cima.

– Tudo bem se você quiser – ela disse baixinho. – Quero dizer, eu entenderia se você quisesse estar com... você sabe, uma mulher de verdade.

CAPÍTULO 24

Mary se considerava uma feminista completa. Sim, era verdade que a maioria dos homens podia levantar mais peso do que a maioria das mulheres – e essa era uma realidade tanto entre humanos como entre vampiros –, mas, afora essa muito insignificante disparidade física, não existia absolutamente nada, segundo seu ponto de vista, que os machos podiam fazer melhor do que as fêmeas.

Portanto, foi algo muito revelador que ela se considerasse um fracasso total quando, na verdade, estava meramente na mesma posição que todos os homens estavam.

Entidades nascidas com órgãos sexuais masculinos não podiam gestar filhos, e nem ela. Vejam. Total igualdade.

Deus, isso doía.

E era doloroso de uma maneira estranha. A sensação era de frio. Era um vazio gelado bem no meio do peito. Ou talvez um pouco mais embaixo, mesmo que a metáfora de ter um nada onde o útero estava parecia um tanto exagerada, como um filme do canal Lifetime.

Mas era assim que ela sentia. Um espaço oco. Uma caverna.

– Sinto muito. – Ouviu-se murmurar. Mesmo isso não fazendo sentido algum.

– Por favor – ele implorou. – *Jamais* diga isso…

Ele se aproximara e estava ajoelhado diante dela, com as mãos sobre seus joelhos, fitando-a com aqueles olhos azul-marinho como se estivesse prestes a morrer só de pensar em tê-la magoado.

Ela pousou uma palma em sua face, sentindo o calor do seu rosto.

– Tudo bem, não vou me desculpar por isso – ela disse. – Mas lamento por nós dois. Você não quer sentir isso e nem eu, e no entanto aqui estamos.

– Não, não estamos, porque eu rejeito tudo isso. E não vou permitir que afete a mim ou a você...

– Já mencionei recentemente o quanto odeio o câncer? – Abaixou o braço, ciente de que estava falando por cima dele, mas incapaz de se deter. – Odeio pra cacete essa enfermidade. De verdade. Estou tão contente pelo fato de os vampiros não terem essa doença, porque se você acabasse com alguma versão dela, eu odiaria o Universo pra valer pelo resto da minha existência imortal...

– Mary, você ouviu o que eu disse? – Ele segurou sua mão e voltou a encostá-la no seu rosto. – Nunca mais vou pensar nisso. Não vou permitir que isso se coloque entre nós. Não vai ser...

– As emoções não funcionam assim, Rhage. Sou terapeuta, eu deveria saber disso. – Ela tentou sorrir, mas estava quase certa de que uma careta apareceu no lugar do sorriso. – Não escolhemos como nos sentimos, ainda mais sobre algo tão fundamental quanto ter filhos. Quero dizer, além da morte e com quem você quer passar o resto da sua vida, essa coisa de filhos é a base da existência.

– Mas você pode escolher o que fazer com suas emoções. É isso o que você sempre diz: você pode escolher como reage aos seus pensamentos e sentimentos.

– Sim. Só que, de alguma forma... isso não parece um plano factível no momento.

Deus, por que não existem mais pessoas que chutam o saco de seus terapeutas? Esse monte de merda hipócrita do tipo "perceba seus sentimentos, mas permita que seu pai afetuoso interno controle suas reações" não ajudava muito em momentos como aquele – quando você está prestes a ter um colapso e o seu parceiro está no mesmo ponto, e existe uma voz no fundo da sua mente dizendo que vocês dois nunca vão superar isso porque, Cristo, quem poderia?

Ah, e P.S.: era tudo culpa sua, porque era ela quem não tinha óvulos férteis...

– Mary, olhe pra mim.

Quando ela, por fim, o fez, ficou surpresa ao ver a expressão determinada naquele lindo rosto.

– Eu me recuso a permitir que qualquer coisa se coloque entre nós, ainda mais um sonho infundado sobre termos filhos. Porque a situação é essa. Wrath e Z.? Sim, eles têm filhos com suas companheiras, mas eles tiveram que viver com a realidade de que as *shellans* deles poderiam morrer – pelo amor de Cristo, Wrath *quase* perdeu Beth. E Qhuinn? Sim, claro, ele não ama Layla, mas não venha me dizer que ele não se importa com aquela fêmea com todo o seu coração, considerando-se que ela está carregando os filhos deles. – Exalou e se sentou para trás, apoiando as mãos no chão. Seu olhar se desviou para a cabeceira da cama e se deteve nos entalhes. – Quando penso seriamente sobre isso... por maior que seja o meu desejo de ter filhos... – Ele mudou de posição e esfregou o meio do peito. – ... por mais que eu sinta a necessidade de ter um filho especificamente com você, o que sei com ainda mais certeza é que eu não trocaria nenhum filho por você.

– Mas sou imortal, lembra? Você não teria que se preocupar comigo durante o parto, como os seus irmãos fizeram.

Os olhos dele dispararam para os seus.

– Sim, mas então eu nunca mais poderia te ver, Mary. Esse foi o equilíbrio, lembra? Você não saberia que estivemos juntos... mas eu sim. Pelo resto da minha vida, eu saberia que você estava no planeta, viva, bem de saúde... e eu não poderia ver você, tocar em você, rir de novo com você. E caso eu me deparasse com você? Cairia mortinha bem naquele mesmo lugar. – Esfregou o rosto. – O fato de você não ser capaz de ter filhos? Esse foi o motivo de podermos estar juntos. Não é uma maldição, Mary... É uma benção. Foi o que nos salvou.

Mary piscou para afastar as lágrimas.

– Rhage...

– Você sabe que isso é verdade. Sabe que esse é o equilíbrio. – Ele se sentou ereto e a segurou pelas mãos. – Você sabe que é por isso que temos algo. Você nos deu um futuro precisamente porque não pode ter meus filhos e minhas filhas.

Quando seus olhares se encontraram uma vez mais e se sustentaram, ela ia dizer, novamente, o quanto lamentava tudo isso. Mas ele não aceitaria.

– Não, não vou ouvir isso, Mary. Estou falando sério. Não vou ouvir nenhuma porra do tipo. E sabe do que mais? Eu não mudaria nada. Nem uma coisinha que fosse.

– Mas você quer um...

– Não mais do que quero você ao meu lado, vivendo comigo, me amando. – Seu olhar não a abandonou, a força de sua convicção fez com que seus olhos ardessem. – Estou falando sério, Mary. Agora que estou pensando sobre isso... agora que estou calculando tudo aqui na minha cabeça? Não. A vida sem você seria uma tragédia. A vida sem um filho? Bem... é apenas um caminho diferente.

O primeiro instinto de Mary foi o de continuar enfiada em seu próprio drama, o círculo de arrependimento, raiva e tristeza, tão sedutor e potencialmente incessante quanto um buraco negro. Mas então ela tentou ultrapassar isso tudo, tentou, de alguma maneira, atravessar para o outro lado.

O que a guiou até a segurança?

O amor nos olhos dele.

Enquanto Rhage a fitava, o olhar dele era como o Sol, uma fonte de calor, de vida, de amor. Mesmo com tudo o que ela não poderia lhe dar? Ele, ainda assim, conseguia olhar para ela como se tudo que fosse importante... estivesse exatamente à sua frente.

E, nesse instante, Mary percebeu uma coisa.

A vida não tinha que ser perfeita... para que o amor verdadeiro existisse.

É apenas um caminho diferente.

A coisa mais estranha aconteceu quando essas cinco palavras saíram da boca de Rhage. Foi como se um peso tivesse sido erguido de cima dele, tudo se tornando mais claro, mais suave, mais insignificante, seu coração começando a cantar, a alma se desprendendo do fardo; o distanciamento que se colocara entre ele e a companheira simplesmente desaparecia em pleno ar como fumaça, como uma névoa que se dissipa, como uma tempestade que passa e segue em frente.

– Eu não mudaria nada. – Quando disse essas palavras, ele se sentiu... livre. – Nada. Eu não mudaria nada.

– Eu não te culparia se você o fizesse.

– Bem, não vou. – Ele afagou as pernas dela a partir dos tornozelos, puxando-as para que olhasse para ele. – Não mesmo.

Mary inspirou fundo. E então aquele sorriso dela apareceu, os lábios se curvando nos cantos, seus olhos voltando a ficar iluminados.

– Mesmo?

– Mesmo.

Rhage se levantou e se sentou ao lado dela, espelhando sua pose, só que suas pernas eram tão longas que as solas dos pés encostavam por completo no chão. Segurando sua mão, deu-lhe um empurrão no ombro uma vez. Duas. Até ela dar uma risadinha e retribuir o empurrão.

– Sabe, você tem razão – ele disse. – Conversar ajuda.

– Engraçado, eu estava pensando que isso era um monte de asneira.

Ele sacudiu a cabeça.

– Interessante como tudo depende da maneira como você apresenta.

– Ei, por acaso você é casado com uma terapeuta? – Quando soltaram umas risadas, ela deu de ombros. – Sabe, nunca cheguei a pensar em filhos. Eu estava ocupada demais na faculdade, e depois minha mãe adoeceu. Depois eu adoeci. Na época em que eu poderia estar considerando o assunto, já era tarde demais para mim... e não fiquei perdendo tempo refletindo sobre a perda. Acho que porque sempre acreditei que o câncer voltaria. Eu simplesmente sabia. E estava certa.

– E depois você se uniu a um vampiro.

– Pois é. – Só que sua Mary franziu a testa. – Quero que me prometa uma coisa.

– Qualquer coisa.

Ela virou a palma dele para cima, tracejando as linhas que a cruzavam.

– Estou feliz por estarmos conversando. Quero dizer, era inevitável que esse assunto um dia surgisse e, na verdade, em retrospecto, não sei como não previ isso antes. E por mais que seja difícil para nós dois, estou contente por termos conversado e por você estar se sentindo melhor. É só que... É melhor você saber que algo deste tipo não vai ser resolvido com apenas uma conversa.

Ele não tinha tanta certeza disso. Estivera sentindo suas engrenagens mal ajustadas, mas agora? Tudo parecia estar como deveria ser – e ainda mais forte.

– Talvez.

– Acho que o que estou tentando dizer é que não quero que se surpreenda ou que fique mal se os seus sentimentos de desapontamento voltarem. Da próxima vez que vir Wrath com L.W. ou Z. entrando com Nalla? É provável que você sinta essa angústia de novo.

Ao visualizar seu Rei e seu irmão, ele só deu de ombros.

– Sim, você tem razão. Mas sabe de uma coisa? Só vou precisar me lembrar de que tenho você, e que isso não seria possível em outras circunstâncias. Isso vai resolver o problema de novo, prometo.

– Só não se esqueça: a negação não é uma estratégia viável de longo prazo, não se quiser manter a saúde mental.

– Ah, mas perspectiva é uma estratégia de muito longo prazo. Assim como ser grato por tudo o que se tem.

Ela sorriu de novo.

– *Touché*. Mas, por favor, converse comigo? Não vou ficar mal, e prefiro saber como você está.

Levantando a mão, ele ajeitou uma mecha do cabelo dela atrás da orelha.

– Mary, você é a pessoa mais forte que eu conheço.

– Às vezes não tenho muita certeza disso. – Virando-se e se esticando, ela o beijou na boca. – Mas obrigada pelo voto de confiança.

– Acho que tudo isso é uma grande surpresa – ele murmurou. – Nunca pensei que termos ou não filhos fosse me incomodar.

– Nunca se sabe o que a vida vai nos apresentar. – Foi a vez de ela dar de ombros. – E acho que isso é tanto bom quanto ruim.

– Falei sério mais cedo. Se você quiser ter um filho, encontrarei um para você. Mesmo que seja uma criança humana.

Porque Deus bem sabia que crianças vampiras eram quase impossíveis de serem adotadas. Elas eram raras demais, preciosas demais.

Mary meneou a cabeça.

– Não, acho que isso não é para mim. Meus instintos maternos são expressos através do meu trabalho. – Ela relanceou para ele. – Mas eu teria gostado de ser mãe ao seu lado. Teria sido muito divertido. Você seria um pai maravilhoso.

Rhage segurou o rosto dela entre as mãos, e percebeu todo o amor que sentia atravessando-o. Odiava o fato de ela estar sofrendo por causa disso. Teria feito absolutamente qualquer coisa para impedir que ela sofresse, qualquer coisa.

Exceto sacrificar o amor deles.

– Ah, minha Mary, você teria sido a mais maravilhosa das mães. – Afagou-lhe o lábio inferior com o polegar. – Mas não é menos feminina aos meus olhos. Você é, e sempre será, a companheira mais perfeita na face da Terra, e a melhor coisa que já aconteceu na minha vida.

Quando seus olhos marejaram de novo, ela sorriu.

– Como é possível… que você sempre me faça sentir bonita?

Ele a beijou uma vez, depois outra.

– Só estou refletindo o que vejo e o que sei que é verdade. Não passo de um espelho, minha Mary. Agora, vai me deixar te beijar de novo? Hummmmm…

CAPÍTULO 25

– Você tem certeza... Absoluta certeza?

Enquanto Layla falava, agarrava o lençol que estava enrolado abaixo da barriga.

– Quero dizer, tem a mais completa e absoluta certeza?

A doutora Jane sorriu e apertou um botão da máquina de ultrassom. Quando um som ritmado submerso encheu o espaço da sala escura, a médica virou o monitor na direção de Layla e se recostou.

– Aqui está o bebê A. – Ela moveu o transdutor sobre o ventre inchado de Layla para o lado. – E aqui está o bebê B.

Tum-tum-tum... e também um braço se mexendo, algo que ela também sentia.

Layla se deixou cair ao encontro dos travesseiros.

– Abençoada Virgem Escriba.

– Portanto, sim, tenho certeza – concluiu a médica. – Quando você se levantou, perdeu o controle da bexiga e essa foi a umidade que sentiu. Não é nada estranho, quanto maiores os bebês ficarem, mais irão pressionar as coisas que não gostam, e foi isso o que aconteceu.

– Talvez eu não deva mais me levantar da cama.

A doutora Jane afastou o tal leitor, enxugou-o e guardou o tal bastão no seu prendedor na máquina. Depois apertou algumas teclas e desligou a máquina de ultrassom. Pegando alguns papéis-toalha, enxugou a barriga de Layla com movimentos firmes, porém cuidadosos.

– Acho que você está indo muito bem. Clinicamente, tudo está como devia estar. Não estou sugerindo que comece a praticar vôlei de praia, mas não acho que o fato de você esticar as pernas duas vezes ao dia vá aumentar os riscos de um parto prematuro. Também não quero que se mude para a casa principal.

Fechando os olhos, Layla se ordenou mentalmente a acreditar na curandeira. A doutora Jane nunca aconselhou mal a ninguém, e a fêmea sabia o que estava falando.

– Layla, se eu acreditasse que algo errado estivesse acontecendo, eu te contaria. Trato meus pacientes do modo como quero ser tratada, e se houvesse uma ameaça à sua saúde ou à dos bebês, você seria a primeira a saber.

– Obrigada. – Layla esticou a mão e segurou o braço de Jane. – Não conte ao Qhuinn, está bem? Eu só... só não quero que ele fique alarmado.

– Não há por que ficar alarmado. – A doutora Jane lhe deu um tapinha no ombro e se levantou. – Então não vamos contar nada para ele. Ei, adivinha? Ganhei dois presentes de Natal adiantado. Sei que é um feriado humano, mas você se importa se eu os mostrar?

– Sim, claro, por favor. – Layla grunhiu ao se sentar ereta e fechar as metades do roupão sobre a enorme barriga. – O que são?

– Fique aqui.

Layla deu uma risada.

– Como se eu conseguisse ir rápido a algum lugar?

Enquanto a médica desaparecia pela porta lateral, Layla virou as pernas para o lado da mesa de exames e fitou o monitor da máquina de ultrassom. Mesmo não havendo mais nada ali, ela visualizou o que vira pouco antes. A vida dentro dela. As duas vidas.

Tudo estava bem. E era só isso que importava.

– Ta-dá!

Olhando naquela direção, Layla se endireitou.

– Isso é...

– Uma incubadora neonatal – a doutora Jane disse como Vanna White, do programa "Roda da Fortuna", mostrando os aspectos do equipamento, que mais parecia uma grande gaveta de aquecimento com tubos plásticos. – Temperatura controlada. Luzinha azul aqui. Acesso fácil. Balança acoplada. Isso é o que há de mais parecido com a sua barriga, e eu tenho duas delas!

Layla engoliu.

– Eu teria preferido um berço.

– Ai... puxa. – A doutora começou a deslizar a máquina para fora. – Sinto muito. A médica dentro de mim...

– Não, não! – Ela estendeu as mãos para a frente. – Eu só... Não, está tudo bem. De verdade! Segurança em primeiro lugar; afinal, não vou ter nenhum berço se não conseguir superar o parto, certo?

A doutora Jane apoiou uma mão na tampa.

– Isto é um equipamento de alta tecnologia, Layla. Estou animada porque todos nós queremos que eles saiam daí com saúde, usando as palavras de Butch.

– Obrigada. – Layla levou a mão ao coração. – Não tenho como agradecer o bastante por tudo. E não quero que pense que sou ingrata.

– Vamos deixar a gratidão para depois, quando todos tiverem sobrevivido e estiverem bem. – A médica olhou para a barriga com que todos estavam tão preocupados. – Você está chegando ao ponto mais crítico. Se conseguir segurá-los um pouquinho mais, os pulmões deles terão se desenvolvido o bastante, portanto, se o parto acabar sendo prematuro, eles terão grandes chances de sobreviver. Eu me sentiria muito melhor se você conseguisse segurar mais uns dez dias, ou duas semanas, só isso. Depois, se alguma coisa acontecer? Tenho bastante confiança de que conseguiremos que eles sobrevivam. Afinal, apesar de uma gestação típica de vampiros durar dezoito meses, de acordo com Havers, aos nove meses, os pulmões conseguem funcionar bem se tiverem que fazer isso.

– Isso é uma boa notícia.

– E, preste atenção, se tivermos que trazer Havers para cá, nós o traremos. Na verdade, acho que Butch adoraria enfiar um saco na cabeça dele e trazê-lo até aqui... Provavelmente arrastado atrás de um carro.

Layla riu.

– É mesmo.

A doutora Jane ficou séria.

– Existem riscos, Layla. Mas vou dar o meu melhor para garantir que você tenha os dois em segurança.

– Somos duas.

A doutora Jane se aproximou e ambas se abraçaram. Quando a médica se afastou, Layla teve a intenção de deixá-la seguir com seus afazeres.

Em vez disso, ouviu-se dizer:

– Posso perguntar uma coisa? Tem… Tem mais alguém aqui embaixo? Quero dizer, além de mim e de Luchas?

O rosto da médica assumiu uma expressão profissional educada, o sorriso demonstrando certo distanciamento.

– O que a faz acreditar nisso?

Definitivamente isso não era um "não".

– Quando fui esticar as pernas, Qhuinn me redirecionou para longe da sala de tiros. Foi como se a Irmandade estivesse vigiando alguém ali. E, na noite passada, ouvi muita movimentação no corredor. Sei que Rhage estava se recuperando do fato de a besta ter saído, mas um prisioneiro ou algo semelhante não explicaria todas as indas e vindas?

– Na verdade, Rhage foi alvejado no peito… e, por um momento, morreu no campo de batalha.

Layla se retraiu.

– Oh… Santa Virgem Escriba, não!

– Mas ele já está bem.

– Graças à Virgem. Ele é, de fato, um macho de grande valor. – Layla estreitou os olhos. – Mas há outra pessoa no fim do corredor, não?

– Lamento, mas não posso comentar.

Layla passou as mãos sobre o ventre.

– Os assuntos da Irmandade afetam a todos nós. Ressinto-me do fato de só por ser uma fêmea não poder simplesmente "lidar" com as coisas.

A médica imprecou.

– Veja bem, Layla, entendo seu anseio. Mas se está preocupada com a sua segurança, não fique. O macho está em coma agora, e V. disse que vão transferi-lo à noite. Portanto, você e Luchas estarão perfeitamente a salvo. Agora, você precisa comer. Deixe-me ligar para Fritz. E não se preocupe com esses bebês. Você está progredindo muito bem.

– Que tipo de ferimentos ele tem? O macho. Que está aqui.

A médica sacudiu a cabeça pesarosa, como se soubesse que não conseguiria sair da sala a menos que liberasse alguma informação.

– Ele foi atingido na cabeça. E é provável que tenha sofrido um ou mais derrames.

– Ele vai morrer? – Layla perguntou num rompante.

A médica deu de ombros.

– Sinceramente, não sei. Mas, prisioneiro ou não, vou tratá-lo de acordo com os padrões estabelecidos pela Medicina, ainda que, considerando-se o que a Irmandade fará com ele caso se recupere, seria melhor ele morrer.

– Isso é... terrível.

– Ele enfiou uma bala no pescoço de Wrath. O que acha que merece? Um tapinha na mão?

– É tudo tão brutal.

– É a natureza da guerra. – A doutora Jane mexeu a mão no ar, como se estivesse apagando a conversa. – Isto está ficando mórbido. Além disso, não há nada que nenhuma de nós tenha com que se preocupar. Isto está fora do nosso alcance sou grata por isso.

– Talvez exista uma maneira de reabilitá-lo ou...

– Você é uma fêmea muito gentil, sabia?

Enquanto a médica levava a incubadora para fora, Layla olhou a sala azulejada, notando os armários com portas envidraçadas repletos de medicamentos, o computador com um protetor de tela de bolhas sobre a mesa, a cadeira sem encosto que fora empurrada para o lado.

Não, ela não era gentil.

Estava apaixonada pelo Bastardo.

Levando o rosto às mãos, sacudiu a cabeça diante da terrível realidade que se apresentava a ela. E também porque a doutora Jane estava certa. Se Xcor sobrevivesse aos seus ferimentos?

A Irmandade o mataria.

Lentamente.

CAPÍTULO 26

Na noite seguinte, Mary vestiu suas roupas de trabalho e desceu para a Primeira Refeição com Rhage ao seu lado. Como ela, ele estava vestido para trabalhar, com suas calças de couro e camiseta justa, carregando a jaqueta de couro numa mão e as provisões de armas em seus coldres, na outra. As adagas negras já estavam embainhadas junto ao peito, e ela sabia que ele estava pronto para o combate pela determinação em sua mandíbula.

De fato, todos os Irmãos foram para a sala de jantar com suas pistolas automáticas, outras armas e lâminas também.

Havia armamento suficiente naquela mesa para suprir um pequeno exército.

Que é o que eles formavam, ela pensou ao se sentar em sua cadeira.

Rhage empurrou a cadeira dela para a frente e depois ocupou a do lado, girando os cintos para a lateral antes de acomodar a jaqueta no encosto da cadeira.

– Ah, que bom, rosbife – ele disse quando Fritz apareceu atrás dele com um prato.

Na verdade, era uma travessa. E, sim, o rosbife nela... era uma peça inteira de rosbife.

– Fritz, como foi que adivinhou? – Rhage perguntou ao olhar por cima do ombro com adoração.

O mordomo ancião e enrugado se curvou a partir da cintura.

– De fato, fui informado do seu contratempo mais recente, e imaginei que necessitaria de mais comida.

– Ah, necessito, sim. – O Irmão deu um tapa no ombro do *doggen* que lançou o pobre homem para trás. – Merda, desculpe.

– Peguei – V. disse ao amparar Fritz e endireitá-lo. – Tudo bem.

Quando uma esquadra de *doggens* entrou para servir o restante dos moradores, Mary colocou o guardanapo no colo e esperou que as travessas de linguiça, tigelas de mingau de aveia e as porções de frutas cortadas chegassem até ela.

– Bolinho? – ela disse ao se esticar e pegar um cesto de aço inoxidável. – O cheiro está maravilhoso.

– Ahaaam – Rhage respondeu com a boca cheia de proteína.

Quando afastou as dobras do guardanapo adamascado e ofereceu os bolinhos ao seu homem, Rhage abaixou garfo e faca e se serviu de três. Depois, voltou a segurar os talheres e retomou seu ataque contido ao que parecia ser um quilo de rosbife.

Por algum motivo, ao pegar seu próprio bolinho – apenas um – ela se lembrou da primeira vez em que comeram no TGI Friday's na praça Lucas. Rhage pedira uns quatro pratos ou algo assim, e ela se preparara para todo tipo de demonstração nauseante de modos à mesa. Em vez disso, ele revelara ter a etiqueta de Emily Post, tudo muito preciso e limpo, desde as garfadas que ele preparava aos cortes executados, até a forma como parava entre mordidas para limpar a boca.

Recostando-se na cadeira, descobriu-se olhando para o lado oposto da mesa. A extensão de mogno estava repleta de todo tipo de coisas adoráveis e reluzentes, e era estranho pensar que se acostumara a tamanho luxo, aos criados, ao padrão de vida tão oposto ao que estivera acostumada ao crescer, tão distante de tudo o que esperara estar envolvida, no que ela sempre acreditara fazer parte apenas de uma ficção histórica.

Mas não se demorou pensando em todo aquele luxo.

Não, olhou para Z. e Bella. O casal estava sentado bem diante dela, e era impossível não vê-los enquanto passavam a pequena Nalla de um para outro, Z. escolhendo bocados de seu prato para alimentar a criança com as próprias mãos, Bella limpando o queixinho gorducho e ajustando o lindo vestido cor-de-rosa. De tempos em tempos, os pais se fitavam acima da criança e uma palavra era dita, ou simplesmente um sorriso era partilhado.

Mary franziu o cenho ao ver as tatuagens de escravo nos pulsos e no pescoço de Z. Pareciam tão escuras em contraste com a pele bronzeada, uma mancha maligna permanente.

Ela e Z. passaram bastante tempo no porão junto ao aquecedor central, conversando sobre o que fora feito a ele no período em que fora um escravo de sangue. Tanto abuso. Tantas cicatrizes, internas e externas. Mas ele superara, triunfara sobre o passado, forjara não apenas um belo relacionamento com a fêmea que amava, mas também com aquela benção incrível que era a filha.

Puxa, e ela estava preocupada com o que acontecera com sua própria vida? Sim, tivera que cuidar da mãe enquanto ela definhava e morria. Sim, tivera uma doença. Sim, perdera a capacidade de ter filhos. Mas isso não era nada comparado ao que Zsadist fora submetido, ao que Bitty sofrera.

Z. podia superar a tortura e os abusos sexuais e ser um bom pai para a sua filha preciosa. Isso sim é que era força.

Mary esfregou o meio do peito, massageando a dor que ainda a incomodava. Certo, ela e Rhage conversaram sobre o assunto, e claro que ela se sentia bem por ele agora saber em que pé se encontrava. Mas era quase como se a tristeza de Rhage quanto à impossibilidade de eles terem uma família fosse algo que ela tivesse pegado, como um resfriado. Depois que terminaram de conversar, depois que fizeram amor e se acomodaram na cama, depois que ele adormecera e começara a ressonar como uma cafeteira ao seu lado... ela permanecera acordada o dia inteiro, ouvindo os sons abafados dos *doggens* conversando baixo, sentindo os cheiros do lustra-móveis de limão, acompanhando o barulho do aspirador no escritório de Wrath.

Não dormira nada.

A pergunta que ela jamais se dera ao trabalho de fazer não parava de aparecer repetidamente em sua cabeça. E, Jesus, que incômodo aquilo era. Ela poderia ter jurado que superara o assunto de filhos antes mesmo de ele ter começado.

Sim, sua infertilidade os tinha salvado, mas não deixava de significar uma perda...

– Ei.

Voltando ao presente, formou um sorriso no rosto e se concentrou com determinação na comida que magicamente aparecera em seu prato. Puxa, ela evidentemente estivera se servindo sem perceber.

– Oi pra você também – disse com entusiasmo. – Como anda essa sua metade de uma vaca...

– Mary – ele disse baixinho. – Olhe pra mim.

Inspirando fundo, ela desviou o olhar para ele. Rhage se virara de frente para ela e a fitava daquele seu jeito intenso, como se não existisse mais nada além dela.

– Eu te amo – ele sussurrou. – E você é a única coisa de que eu vou sempre precisar.

Ela piscou com força. E disse a si mesma que, se fosse inteligente, acreditaria nele com cada fibra do seu ser.

Essa era a maneira de seguir em frente.

– Já te disse ultimamente – ela disse, emocionada – que sou a fêmea mais sortuda do planeta?

Inclinando-se para ela, beijou-a com suavidade.

– Disse, sim. Pouco antes de a gente mandar ver durante o amanhecer.

Quando ele voltou a se sentar corretamente, parecendo todo satisfeito, ela sorriu. E depois começou a rir.

– Você está bem satisfeito consigo mesmo, não está?

– Não sei do que você está falando. – Ele se concentrou no seu rosbife, o retrato da inocência. – Mas se você se sente sortuda mesmo, há um jeito maravilhoso de demonstrar isso.

Mary pegou o garfo e a faca e descobriu que estava com fome.

– Então devo te mandar um cartão?

Agora ele a encarou com os olhos água-marinha ardentes.

– Não, palavras só vão até certo ponto. E eu não tenho nada planejado para hoje depois do trabalho, entãããooo...

Enquanto ele deliberadamente percorria a língua sobre uma das presas, seu olhar desceu, como se ele a estivesse imaginando completamente nua naquela cadeira – e planejasse largar o guardanapo para ficar de quatro debaixo daquela cadeira.

O corpo de Mary começou a se aquecer, a cabeça a rodar, e a pele a formigar.

– Mal posso esperar – sussurrou.

– Nem eu, minha Mary. Nem eu.

Rhage viu Mary sair logo após a Primeira Refeição, estava parado nos degraus da mansão e acenando enquanto ela e o Volvo desapareciam colina abaixo em meio ao *mhis*. Depois que ela se foi, ele continuou ali por um instante, inspirando o ar frio.

Ficou na cara que o assunto pesado que trataram antes ainda a incomodava, mas como isso não aconteceria? Inferno, quando entraram juntos na sala de jantar, ele se preparara psicologicamente para outro ataque ao seu emocional. Mas, é óbvio que ele chegara à raiz do problema, o processara – ou qualquer que seja o termo correto para isso – e conseguira se colocar num lugar melhor. Ver os irmãos com seus filhos não o incomodara; e até conseguira ajudar Mary quando ficou evidente que ela estava num emaranhado de emoções.

Estar de volta aos trilhos com ela era uma sensação incrível. Estar presente quando ela precisava dele? Muito melhor.

E agora era hora de ir trabalhar.

Quando se virou de frente para a mansão, sentia-se uma máquina mortífera.

Avançando pelos degraus de pedra e através do vestíbulo, juntou-se aos irmãos no átrio. Não disse nada enquanto se armava, prendendo doze tipos diferentes de metal ao tórax, às coxas e debaixo dos braços.

E enquanto ele se preparava, percebeu os *doggens* parados na periferia, a preocupação em seus rostos gentis.

Eles eram parte do motivo de aquilo ser necessário.

Um a um, os lutadores seguiram através da porta escondida debaixo da escadaria, descendo pelo corredor subterrâneo. E enquanto avançavam pelo centro de treinamento, estavam em formação, desfazendo-a somente ao passar pelo armário do depósito e pelo escritório. No corredor, a doutora Jane e Manny estavam esperando com uma maca e um equipamento de suporte à vida, e nenhum dos dois disse sequer uma palavra enquanto todos se dirigiam à sala de tiros.

Lassiter montara guarda o dia inteiro, e embora o anjo caído necessitasse de luz solar para viver, ele não demonstrava nenhum sinal de exaustão ou perda de foco enquanto permanecia de pé junto ao corpo inerte de Xcor.

Isso, por certo, tornava a última maratona de uma semana da maldita *A Levada da Breca* algo mais perdoável.

– Quem vai me ajudar com a transferência? – Manny disse ao puxar a maca até a mesa de trabalho de V.

Rhage, V. e Butch se adiantaram e soltaram as tornozeleiras de aço, momentaneamente libertando Xcor de suas amarras – mas havia dois motivos para não se preocuparem: um, o restante da Irmandade os rodeava com as armas apontadas e dedos prontos nos gatilhos; dois, o puto estava fora do ar, nem tanto um peso morto, mas apenas morto e ponto.

Somente o leve calor dos tornozelos nus e o fato de ele não estar completamente pálido no rosto levava o macho a acreditar que o Bastardo ainda não precisava de um túmulo e de uma lápide.

Para a maca. Depois, amarraram-no com couro desta vez, nos pulsos, nos tornozelos, no pescoço, nas coxas e ao redor do tronco. Em seguida, as máquinas foram trocadas, fios foram transferidos de monitores menos portáteis para outros mais leves e menores. O processo demorou uns bons vinte minutos, e o tempo todo Rhage permaneceu bem ao lado do prisioneiro, à procura de sinais de que Xcor estivesse apenas se fazendo de morto – e, depois de avaliar com olhos de águia cada centímetro exposto da pele dele e as feições duras? Concluiu que o Bastardo ou de fato estava incapacitado pelos derrames, ou tinha coisas a ensinar a De Niro.

Quando chegou a hora de ir, John Matthew e Qhuinn seguraram as portas da sala de tiros abertas, e Rhage segurou os pés da maca enquanto V. e Butch iam à frente.

– Espere! – Manny chamou.

Com uma sacudida rápida, abriu um lençol branco e cobriu Xcor da cabeça aos pés.

– Não queremos que ninguém veja isto.

– Bem pensado – alguém murmurou. – Não há por que assustar as crianças.

O trajeto pelo corredor foi rápido e logo eles chegaram às portas de aço que davam para o estacionamento, desta vez com John Matthew e Blay mantendo-as abertas e ficando de guarda. Havia uma ambulância com marcações humanas estacionada junto à calçada, e Rhage soltou um grunhido de alívio quando a maca de Xcor foi enfiada nos fundos do veículo e as portas trancadas.

Enquanto ele, V. e Butch se acomodavam onde podiam em meio às gavetas e equipamentos, Z. se colocava atrás do volante e Manny ficava no banco de passageiros, para o caso de uma eventualidade médica.

A viagem até o sistema de portões levou uma eternidade, mas, pensando melhor, aquela não era uma situação que requeria velocidade máxima. E por conta do modo como o complexo era formado, eles tinham que seguir o caminho tooodo pela estrada principal, virar à direita e descer o caminho inteeeeeiro até a base da colina para chegar à estrada que conduzia até a mansão.

O declive foi lento, mas, na metade do caminho até a casa, eles viraram à esquerda numa ramificação de trilha de animais. O trajeto foi mais sacudido naquele ponto, e ainda bem que a maca estava travada no lugar. De tempos em tempos, quando aparecia um buraco maior, ou uma pedra dura que fazia os três de trás darem uma de tripulantes de Enterprise, virando para um dos lados, Rhage verificava as máquinas. Os batimentos cardíacos de Xcor, que pareciam vagarosos como lesmas e desiguais como o terreno em que estavam, nunca se alteraram. Tampouco os níveis de oxigenação e a pressão arterial.

O Bastardo por certo não se moveu. Pelo menos não de maneira independente aos solavancos do caminho.

Depois dessa viagem infindável, que, na verdade, durou apenas uns dez minutos, Rhage já não aguentava mais e se inclinou para a frente para espiar pelo para-brisa. Muitos pinheiros iluminados pelos faróis. Mais estrada de terra à frente. Nada mais.

– Você teve uma ideia brilhante – Butch disse.

– Ainda não parece certo. – Rhage deu de ombros. – Mas é o que precisa ser feito e tudo mais.

– Ele nunca vai conseguir sair de lá – V. escarneceu, seus olhos gélidos acesos com violência pura. – Não com vida, pelo menos.

– Que bom que você tem mais de uma mesa. – Butch deu um tapa no ombro do seu camarada. – Seu doente.

– Não menospreze até experimentar.

– Nada disso. Sou um bom garoto católico. Se eu seguir esse caminho, meu corpo se incinera na hora... e não por causa da cera quente.

– Bicha.

– Pervertido.

Os dois gargalharam com a troca de brincadeiras e depois voltaram a ficar sérios – porque com um guincho dos freios, a ambulância parou.

– Vamos fazer isso logo – Rhage anunciou quando as portas duplas foram abertas pelo lado de fora e o perfume dos pinheiros invadiu o interior estéril da ambulância. – Vamos deixá-lo na tumba.

CAPÍTULO 27

Assim que Mary entrou no Lugar Seguro, Rhym se aproximou.

– Ei, Bitty perguntou por você.

– Mesmo? – Mary tirou o casaco.

A outra assistente social assentiu.

– Logo depois que acordou. Ela não quis descer para a Primeira Refeição, por isso levei uma bandeja para ela e disse que você subiria para o sótão assim que chegasse.

– Ok. Vou para lá agora mesmo.

– Vou embora agora, ok? – A fêmea cobriu a boca ao bocejar. – Ela dormiu. Ou, devo dizer, depois de tomar banho, colocou uma camisola e se deitou na cama. Dei uma espiada nela de hora em hora e ela parecia estar apagada.

– Bom. E sim, claro, pode ir. Eu assumo daqui. Muito obrigada por ter ficado com ela o dia inteiro. Senti que era o certo a fazer.

– Eu não estaria em nenhum outro lugar. Me liga se precisar?

– Sempre. Obrigada, Rhym.

Enquanto a fêmea seguia para os fundos da casa, Mary galgou os degraus com pressa, parando apenas para deixar suas coisas no escritório antes de seguir para o terceiro andar. Quando chegou ao alto, ficou surpresa em ver que a porta do quarto de Bitty estava aberta.

– Olá? – a menina chamou de dentro.

Mary aprumou os ombros e entrou.

– Sou eu.

– Oi.

As malas de Bitty ainda estavam prontas ao pé da cama, mas ela estava perto da velha escrivaninha, escovando os cabelos da boneca.

– Rhym me disse que você queria me ver?

Para si mesma, Mary acrescentou: *Alguma esperança de você querer falar sobre alguma coisa? Como sobre a mãe que perdeu? Ou o irmão que morreu ainda bebê? Sobre o maníaco do seu pai? Porque isso seria maravilhoso.*

– Sim, por favor. – A menininha se virou. – Fiquei pensando se você poderia, por favor, me levar para a minha casa antiga.

Mary se retraiu antes de conseguir conter sua reação.

– Está se referindo à casa em que você e sua *mahmen* costumavam morar? Com seu pai?

– Isso.

Fechando a porta lentamente, Mary se aproximou e quase se sentou na cama da mãe de Bitty. Mas deteve-se antes de fazê-lo.

– O que você... Por que você quer ir lá? Se não se importa de eu perguntar.

– Quero buscar algumas das minhas coisas. Meu tio não mora em Caldwell. Se eu não for buscá-las agora, talvez não consiga pegá-las quando ele vier me buscar.

Mary relanceou ao redor. Depois deu uma volta, parando para olhar pela janela que dava para o jardim da frente. Escuro, estava tão escuro lá fora – muito mais do que numa noite qualquer do mês de julho, quando o ar era úmido e quente, o oposto do frio e do zumbido do vento.

Virando para ficar de frente para a menina, disse:

– Bitty, tenho que ser franca com você. Não sei se isso é uma boa ideia.

– Por quê?

– Bem, pelo menos por um motivo – Mary escolheu suas palavras com atenção –, a casa esteve abandonada por todo o tempo em que você esteve aqui. Não sei bem em que condições ela está; ela pode ter sido saqueada. Ou o telhado pode ter caído. Nesse caso, não sei bem o que poderíamos encontrar lá.

– Não saberemos se não formos.

Mary hesitou.

– Isso pode trazer mais lembranças. Tem certeza de que está pronta para isso?

– O local pouco importa. Não há como escapar das lembranças. Elas estão comigo todos os momentos em que estou acordada e nos meus sonhos o dia inteiro.

Enquanto a menina falava com tamanho pragmatismo, não perdeu o ritmo das escovadas. Era como se estivessem simplesmente falando da rotina da lavanderia ou sobre o que seria servido na cozinha.

– Você deve sentir muitas saudades da sua *mahmen* – Mary sugeriu.

– Então, podemos ir?

Mary esfregou o rosto e se sentiu exausta.

– Você pode conversar comigo, sabe. Às vezes isso ajuda.

Bitty sequer piscou.

– Podemos?

E aquela porta, pelo visto, permanecia fechada. Maravilha.

– Deixe-me conversar com Marissa, ok? Vou procurá-la agora e ver o que posso fazer.

– Já peguei o casaco. – A menina apontou para o fim da cama. – E estou com os sapatos. Pronta para ir.

– Volto daqui a pouco. – Mary foi para a porta, mas parou antes de sair. – Bitty, segundo a minha experiência, as pessoas processam as coisas aos poucos, analisam os problemas ou progridem por etapas. O melhor jeito é o último, e normalmente acontece mediante conversas a respeito de coisas que, às vezes, não queremos discutir.

De certa forma, ela não conseguia acreditar que estava se dirigindo a uma menina de nove anos daquela maneira. Mas Bitty certamente não se expressava como alguém com menos de dez anos.

– O que os outros dois significam? – a menininha perguntou, ainda escovando.

– Às vezes as pessoas internalizam sentimentos ruins, e se punem mentalmente por coisas que lamentam ou que pensam ter feito errado. Isso as corrói até elas não aguentarem mais e soltarem tudo de dentro delas, ou enlouquecerem. Elaborar o problema significa que a pessoa evita o que a incomoda canalizando sentimentos em comportamentos que, no fim, acabam fazendo mal a essa pessoa ou a outras.

– Não estou entendendo nada disso. Sinto muito.

– Eu sei – Mary disse com melancolia. – Olha só, vou conversar com Marissa.

– Obrigada.

Saindo do quarto, Mary parou ao pé da escada e olhou para trás. Bitty continuava fazendo o que estivera fazendo antes, passando a escova pelos cabelos embaraçados da boneca e evitando os nós.

No tempo todo em que estivera na casa, nunca brincara com nenhum dos brinquedos disponíveis no andar de baixo, na caixa de objetos a serem partilhados. As crianças, assim que chegavam, eram encorajadas a pegar um ou dois de que mais gostassem para si mesmas, deixando os demais para serem partilhados. Disseram repetidas vezes a Bitty que assim o fizesse. Ela nunca o fez.

Ela tinha a boneca e o tigre de pelúcia. E só.

– Merda – Mary sussurrou.

O escritório de Marissa estava no segundo andar, e quando Mary desceu e bateu na moldura, a *shellan* de Butch gesticulou para que ela entrasse enquanto terminava uma conversa pelo telefone.

– ...completamente confidencial. Não, não. Sim, pode trazer seu filho. Não, sem nenhuma taxa. O que foi? Absolutamente gratuito. Pelo tempo que precisar ficar aqui. – Marissa indicou que Mary se sentasse e levantou um dedo, no sinal universal para ela esperar só um segundo. – Não, está tudo bem... Leve o tempo de que precisar. Eu sei... Não precisa se desculpar por chorar. Jamais.

Depois que Mary se acomodou na cadeira de madeira oposta à chefe, pegou um peso de papel de cristal no formato de um diamante. O objeto tinha quase o tamanho da sua palma, era pesado como seu braço, e ao alisar suas facetas com os polegares, observou os raios de luz refratando de seu interior.

Será que as coisas seriam mais fáceis com aquela menina?, perguntou-se.

– Mary?

– Oi! – Levantou o olhar. – Desculpe, estava distraída.

Marissa se apoiou nos cotovelos.

– Entendo perfeitamente. O que houve?

Xcor foi removido do centro de treinamento perto das oito da noite – e Layla viu tudo o que aconteceu.

Assim que seu alarme disparou, levantou-se da cama e entreabriu a porta, deixando um dos seus chinelos de forma que, permanecendo deitada, ela enxergaria uma porção do corredor pela fenda. E, com certeza, os Irmãos logo o moveram, como ela previu que fariam: ouvindo os sons de tantos passos pesados, levantara-se e ficara de lado a fim de ver sem ser vista.

No fim, eles passaram por sua porta, e Xcor estava com eles, deitado inerte numa mesa portátil, um lenço cobrindo-o do alto da cabeça até as pontas dos pés. Quando passaram, ela teve que pressionar a boca com a mão. Tantas máquinas ligadas a ele, evidentemente mantendo-o com vida. E também havia os Irmãos, todos armados até os dentes, os corpos imensos cobertos por adagas e armas letais.

Ao fechar os olhos e segurar o batente da porta, viu-se consumida pelo desejo de correr e detê-los, de implorar pela vida de Xcor, de rezar à Virgem Escriba pela sua recuperação e libertação. Até pensara nas palavras em sua defesa, algo como: "Ele não nos atacou, mesmo sabendo a nossa localização!; Ele nunca me machucou, nenhuma das vezes dentre todas as noites em que me encontrei com ele!"; e até o mais comum: "Ele mudou, já não é mais o traidor que costumava ser!".

Tudo isso só serviria para confirmar a própria culpa; portanto, permanecera onde estava, ouvindo-os prosseguirem por todo o caminho até o estacionamento.

Enquanto a última porta se fechava e trancava, ela voltou a dizer para si mesma que precisava deixar aquilo de lado.

Disse a si mesma, à força, que Xcor era o inimigo. Nada mais, nada menos.

Movendo-se, voltou para a cama, subiu nela e enfiou os pés sob os lençóis. Com o coração acelerado e a testa e o buço suando, tentou controlar suas emoções. Certamente, esse tipo de tensão não faria bem aos bebês...

A batida à porta fez com que virasse a cabeça.

– Pois não? – exclamou.

Seria possível que a tivessem descoberto?

– Sou eu, Luchas. – O irmão de Qhuinn parecia preocupado. – Posso entrar?

– Por favor. – Voltou a se levantar e a se aproximar da porta, abrindo-a bem. – Entre, por favor.

Enquanto ficava de lado, o macho mexeu os braços em volta dos aros da sua cadeira de rodas. Seu progresso era lento, porém independente. Pensaram em lhe dar uma mecanizada, mas essa movimentação fazia parte da sua reabilitação e, de fato, parecia estar funcionando. Sentado com os joelhos unidos e o corpo magro apenas um pouco curvado para a frente, ele tinha toda a beleza e a inteligência de Qhuinn, mas nada da vitalidade e do peso do irmão.

Era muito triste. Mas pelo menos ele estava se recuperando – algo que até pouco tempo atrás parecia impossível.

Em retrospecto, ser torturado pelos *redutores* lhe custara mais do que apenas um ou dois dedos.

Quando ele passou pela soleira, Layla deixou que a porta se fechasse sozinha e, uma vez mais, voltou para a cama. Ajeitou a camisola e alisou os cabelos. Como uma Escolhida, seria mais apropriado da sua parte receber um visitante num dos mantos tradicionais da sua posição social, mas ela já não cabia em nenhum deles. E, também, o irmão de Qhuinn e ela há tempos dispensaram esse tipo de formalidade.

– Considero muito impressionante o fato eu ter chegado tão longe assim – ele disse num tom monótono.

– Fico feliz com a companhia. – Ainda que não lhe contasse o motivo. – Sinto-me… um tanto aprisionada aqui.

– Como está se sentindo hoje?

Enquanto a pergunta era feita, ele não a fitou nos olhos – mas ele nunca fazia isso. O olhar cinzento se fixava a pouco mais de um metro à frente no chão, mudando sua direção apenas quando ele virava seu corpo frágil deste ou daquele lado na cadeira.

Nunca antes ela se sentiu tão grata pela disfunção de alguém, pois a reticência dele lhe dava mais privacidade enquanto ela tentava controlar suas emoções – embora ela supusesse que isso não devia refletir bem em seu caráter.

Mas o que recomendava seu caráter ultimamente, não?

– Estou bem. E você?

– Bem, bem. Preciso fazer a minha sessão de fisioterapia em quinze minutos.

– Sei que se sairá bem.

– Como andam os filhos de meu irmão?

– Muito bem, obrigada. Estão maiores a cada noite.

– Você foi muito abençoada, assim como ele. Por isso, sou muito agradecido.

Era a mesma conversa de sempre. Mas, pensando bem, o que mais os dois tinham que valeria uma conversa educada?

Segredos demais do lado dela.

Sofrimento demais do lado dele.

De certa forma, estavam sozinhos.

CAPÍTULO 28

A tumba era o *sanctum sanctorum* da Irmandade, um lugar onde novos membros eram iniciados e para onde os antigos iam após a morte – e, como tal, era protegida contra invasores por meio de mecanismos tanto antigos como modernos.

O mais forte deles, depois de boca da caverna, ultrapassar certa distância pela terra e proceder atrás de um pedaço de três metros de granito, era um conjunto de portões de ferro pelo qual ninguém conseguiria passar, mesmo usando um maçarico industrial.

A menos, é claro, que tivesse a chave da fechadura.

Enquanto Rhage e seus irmãos entravam na fortaleza com Xcor na maca, Z. fazia as honras de destrancar os portões. Rhage monitorava o interior da caverna, os olhos vasculhando o que era revelado pela palma iluminada de V.

Ia contra os protocolos a entrada de qualquer pessoa que não fosse um irmão naquele espaço, mas, nesse caso, não havia escolha. Aquele era o lugar mais seguro, mais isolado para se trancar um traidor filho da mãe ferido até que chegasse a hora de ele recobrar os sentidos e estar pronto para ser torturado, ou de bater as botas e ser incinerado no altar, como um sacrifício em favor de todos os nomes gravados na parede de mármore.

O portão se abriu num rangido.

Além disso, Rhage pensou ao voltar a puxar a maca para a frente, Xcor não iria além da antecâmera.

Pelo menos não enquanto estivesse respirando.

Agora já não havia mais a necessidade da luz portátil de V.. Tochas em candelabros de ferro se reavivaram com um aceno por parte do Irmão e as sombras começaram a perseguir uma à outra sobre o piso de pedras e acima das prateleiras, a luz tremeluzente iluminando os incontáveis jarros, tanto os centenários quanto aqueles comprados na Amazon.

Era uma exposição dos triunfos da Irmandade sobre a Sociedade Redutora, uma coleção de souvenires das matanças realizadas no Antigo Mundo e no Novo.

Dessa forma, era apropriado trazer Xcor até ali.

Ele também era um espólio de guerra.

– Aqui já basta – Vishous anunciou.

Rhage parou e fixou as rodas com as travas de freios enquanto V. mudava uma imensa bolsa de lona de lugar no ombro.

– Esta bateria só vai durar dez horas – anunciou o irmão.

– Isso não será um problema. – Enquanto Lassiter falava, seu corpo inteiro se iluminou de dentro para fora, a energia substituindo os contornos do seu corpo. – Posso recarregá-la.

– Tem certeza de que vai ficar bem aqui sozinho durante o dia? – V. perguntou.

– Sempre posso dar uma saidinha para o sol e tirar a camisa. E antes que você reclame que o peixe morto nessa mesa ficará temporariamente sem supervisão, eu tenho meios de saber o que ele faz.

V. sacudiu a cabeça.

– Estou surpreso que esteja disposto a fazer isto. Vai ficar sem a Time Warner.

– É para isso que fizeram os telefones.

– Quase consigo respeitá-lo.

– Não fique todo emotivo comigo, Vishous. Deixei os lencinhos de papel em casa. Além disso, tenho a noite de folga agora que a batata quente está aqui. Tempo mais que suficiente para me divertir.

– Olha, isso tá parecendo sacanagem – alguém disse.

– Tá brincando? Ninguém além da mão esquerda dele o teria – veio uma rebatida.

– Ei, Lass, quando foi a última vez que teve um encontro? – outro perguntou com fala arrastada. – Foi antes das Guerras Púnicas ou logo depois?

– E quanto foi que você teve que pagar?

Lassiter permaneceu em silêncio, seus estranhos olhos brancos brilhando ao longe. Mas, em seguida, sorriu.

– Quem se importa? Meus padrões são altos demais para o bando de idiotas que vocês são.

Enquanto uma nova rodada de piadas surgia, ninguém de fato relaxou. Era como se Xcor fosse uma bomba com um detonador desconhecido e houvesse um tempo duvidoso até a explosão.

– Z. e eu estamos no primeiro turno – Phury interrompeu. – E vocês têm que ir para o centro da cidade.

– Ligue e estaremos de volta num maldito instante. – V. bateu no próprio peito. – Ainda mais se ele despertar.

Dito isso, Rhage olhou para o rosto feio e imaginou aqueles lábios se erguendo. Será que o Bastardo estava acordado ali dentro? E não como se estivesse pronto para atacar, mas sim consciente, embora em coma.

Será que o FDP sabia em que espécie de encrenca estava metido? Ou a ausência de consciência seria a última porção de piedade que o destino lhe daria?

Não é problema meu, Rhage pensou ao dar uma última olhada ao redor, procurando os jarros que ele mesmo levara até ali e colocara nas prateleiras, as representações das suas matanças. Tantas. Ele estava naquela guerra há muito tempo – tanto que se lembrava da época em que Wrath se recusava a liderar, e os únicos momentos em que a Irmandade ia até ali na montanha era para entregar os contêineres para as prateleiras.

Tanta coisa mudara, pensou.

Agora, não só estavam todos morando na elegante mansão de Darius, mas também havia novos membros na Irmandade. John Matthew e Blay como guerreiros. Uma equipe médica e instalações maravilhosas. Todos debaixo do mesmo teto...

– ... disso, assim posso pintar as unhas.

Rhage voltou ao presente quanto ouviu a voz de Lassiter.

– Espera, o que foi?

– Brincadeirinha! – O anjo gargalhou. – Eu sabia que você estava distraído. Sonhando com o que vai comer na Última Refeição? Sei que eu estou. Três palpites, e os dois primeiros que não tiverem carne no meio não contam.

– Você é louco – Rhage disse. – Mas gosto disso num amigo.

Lassiter apoiou o braço sobre os ombros de Rhage e o levou até o portão.

– Você tem muito bom gosto. Já te disse isso ultimamente?

Depois que todos exceto Z. e Phury saíram, Vishous fechou os portões e trancou tudo. Então todos eles ficaram parados um instante. A malha fina de aço que envolvia toda a barreira e estava soldada no lugar impediria Phury e Z. de escaparem dali. E se isso não retraía suas bolas…

Se algo desse errado, eles não conseguiriam sair.

Mas, Rhage disse a si próprio, enquanto provavelmente o restante de seus irmãos fazia o mesmo, de jeito nenhum Xcor seria outra coisa que não um objeto inanimado pelo futuro próximo – e mesmo que despertasse, estaria fraco demais para atacar.

Mesmo assim, Rhage não gostava nada daquilo.

Mas era a natureza da guerra. Ela te colocava em lugares dos quais você não gostava.

Quando uma súbita vibração se fez no bolso de Rhage, ele franziu o cenho e pegou o telefone. Quando viu quem era, aceitou a ligação.

– Mary? Tudo bem?

Havia estática porque o sinal ali era uma droga, por isso ele trotou até a boca da caverna. Quando parou no ar fresco da noite, conseguiu ouvi-la muito bem – e, enquanto sua companheira falava, ele emitia uma série de ã-hãs e assentia, apesar de ela não conseguir vê-lo. Em seguida, encerrou o telefonema e olhou para os irmãos, todos ao redor como se perguntassem se havia algo errado.

– Cavalheiros, preciso ajudar Mary por um tempinho. Encontro com vocês no centro?

V. assentiu.

– Cuide do que tem que cuidar. Avise quando estiver pronto para entrar em campo, e eu lhe passarei um relatório do andamento e a sua tarefa.

– Entendido – Rhage disse, antes de fechar os olhos e começar a se concentrar.

Ele não sabia muito bem onde iria parar.

Enquanto se desmaterializava, jamais antecipara que estaria indo para tal lugar. Mas não decepcionaria sua *shellan*.

Nem agora, nem nunca.

Uma reuniãozinha para doze, Assail pensou ao entrar na sala de estar amarelo limão na qual tanto se divertira na noite anterior.

Quando seu nome foi anunciado pelo mesmo mordomo uniformizado que o recebera então, ele deu um passo à frente, de forma que seus dois primos pudessem, do mesmo modo, ser apresentados às outras nove vampiras na sala. Ou, mais exatamente, oito vampiras e um macho.

Que não era o companheiro da anfitriã.

Não, a outra entidade provida de pau e bolas não era velho, enfermo nem desconhecido. De fato, que surpresa! Era Throe, o belo e desgraçado antigo aristocrata que no passado fora membro do Bando de Bastardos, mas que agora, é claro, fazia uma espécie de retorno aos laços preconceituosos da *glymera*.

Num smoking feito sob medida, aparentemente. Tão caro quanto o que o próprio Assail vestia.

Terminadas as apresentações, Naasha atravessou a sala, com o vestido longo de cetim preto flutuando como água em seu corpo.

– Querido – ela lhe disse, estendendo as mãos pálidas. Nos dedos, diamantes reluziam e cintilavam com o mesmo charme e ausência de ternura que a dona. – Você está atrasado. Estávamos esperando.

Enquanto ela fazia uma mesura, ele se curvava.

– Como tem passado? – perguntou, mesmo sem estar interessado. – Está me parecendo bastante bem.

As sobrancelhas dela se retorceram ante o quase elogio.

– Assim como você foi quase pontual.

Assail deliberadamente afagou o encosto do sofá.

– Estes são meus primos, Ehric e Evale. Talvez queira nos apresentar às suas outras convidadas?

Os olhos de Naasha cintilaram quando ele penetrou o espaço entre as almofadas do encosto com o indicador.

– Ah, sim. Claro. Estas são minhas queridas amigas.

As fêmeas se aproximaram uma a uma, e eram um lote bem previsível, todas arrumadas em vestidos de gala criados especificamente para seus corpos e joias adquiridas ou herdadas para adornar as peles preciosas das filhas nobres. Duas loiras. Outra de cabelos negros. Três com luzes aloiradas nas mechas castanhas. E uma com espessos cabelos brancos.

– E este é – Naasha deslizou a mão no ar na direção do canto – meu amigo muito especial, Throe.

Assail sorriu para o macho e se aproximou com lentidão. Ao estender a palma, manteve a voz baixa.

– Uma mudança de companhia. Dos Bastardos aos com *pedigree*. Não é lá uma melhora muito grande, lamento dizer.

Os olhos de Throe eram tão afiados quanto adagas.

– Um regresso às minhas raízes.

– É verdadeiramente possível retornar após uma deserção? Uma tão significativa quanto a sua, melhor dizendo.

– Minha linhagem não mudou.

– Mas o seu caráter deixa um pouco a desejar, não?

Throe se inclinou para perto.

– Isto vindo de um traficante de drogas?

– Homem de negócios. E como chamam homens como vocês? Gigolôs? Ou talvez o termo "puto" seja suficiente.

– E por que você acha que está aqui? Certamente não pelo prazer da companhia.

– Diferentemente de você, não preciso que paguem pelo meu jantar, posso pagá-lo eu mesmo.

Naasha falou alto para chamar a atenção de todos.

– Vamos para a nossa refeição?

Enquanto o mordomo abria um par de portas duplas para revelar uma mesa tão resplandecente quanto qualquer uma montada para a realeza, humana ou não, Naasha enganchou o braço no de Assail.

Num sussurro, disse:

– Tomaremos a sobremesa no andar de baixo. No meu quarto de brinquedos.

Costumeiramente, ele não teria se impressionado com uma investida tão escancarada de uma garota se fazendo de safada e teria replicado à altura. Mas suas prioridades eram outras.

Será que Throe teria abandonado os Bastardos? Estaria se infiltrando na *glymera* através de uma abertura disponível – ou três – com um olhar que engendrava ambições contra a Coroa?

Assail muito certamente descobriria.

– Mal posso esperar pelo que será servido – murmurou, dando um tapinha em sua mão.

Mesmo que os doces a serem consumidos fossem, temporariamente, ele e seus primos.

Afinal, orgasmos eram uma moeda de troca tão boa quanto qualquer outra... e ele tinha quase certeza de que Naasha e suas "queridas amigas" estavam à venda nesse quesito.

CAPÍTULO 29

– Muito obrigada por vir. Eu… hum… esperava que pudéssemos conversar sobre…

Enquanto Jo Early ensaiava suas falas, mexeu o pacotinho de açúcar em seu *cappuccino*, estragando o belo desenho de coração branco e marrom que fora feito na espuma.

A cafeteria I've Bean Waiting era a versão indie da Starbuck's de Caldwell, um estabelecimento de pé direito alto, paredes estreitas entre as vitrines com cadeiras e poltronas estofadas, muitas mesas descombinadas e baristas que não precisavam vestir uniformes sob os aventais. Ficava bem próximo do escritório, a um pulinho no fim de mais um dia de trabalho além do horário para seu chefe sexy e distraído demais.

Hoje ele usara um terno cinza-escuro. Com uma camisa branca e uma gravata-borboleta cinza e azul que, nele, ficava no espectro oposto dos nerds, assim como seus sapatos Gucci.

Sorvendo um gole da beirada da sua xícara grande, deu mais uma chance ao seu pequeno discurso.

– Obrigada por vir me encontrar. Sei que isso pode parecer estranho, mas…

– Jo?

Sobressaltando-se, ela quase derramou a bebida em si mesma. O homem parado ao lado da sua mesa devia ter 1,85 metros de altura, tinha cabelos pretos despenteados, óculos de armação preta, e o tipo de roupa em tons de terra *hipster*, com seus jeans *skinny* e jaqueta justa desleixada, que ela esperaria ver em alguém uns dez anos mais jovem. Mas, em William Elliot, tudo isso funcionava muito bem.

Voltando ao presente, ela disse:

– Oi... Ah, olá, senhor Elliot...

– Pode me chamar de Bill. – Ele relanceou para a bancada do bar. – Me deixa ir pegar um *latte*, dois segundos, ok?

– Sim. Claro. Ah, obrigada. Quero dizer, maravilha. Boa sorte. – Merda. – Desculpe.

Bill franziu o cenho e se abaixou, tirando o cachecol verde-exército do pescoço e abrindo o casaco marrom de felpa.

– Algo errado com a minha casa ou algo assim?

– Ah, não. – Ela afastou os cabelos. – E não tive a intenção de trazê-lo aqui com um falso pretexto.

Só que foi meio o que ela fez.

– Olha só, sou um homem bem casado...

Jo levantou as mãos.

– Não, Deus, isso não... Quero dizer, trata-se do artigo que você escreveu há quase um ano, em dezembro. Sobre Julio Martinez? Ele foi preso no centro por tomar parte em uma briga de rua?

As sobrancelhas de Bill se ergueram acima dos óculos.

– O membro da gangue.

– Isso mesmo, aquele que se machucou e foi preso num restaurante abandonado.

Enquanto o jornalista se calava, Jo quis se dar um chute no traseiro. Ela deveria ter mais juízo em vez de se meter nas tolices de Dougie – mais especificamente, deveria ter evitado se envolver com qualquer um naquela casa de loucos.

– Sabe de uma coisa? – ela disse. – Não sei o que deu em mim. Não deveria ter lhe pedido que...

– O que exatamente quer saber sobre aquela matéria?

Conforme os olhos de Bill se estreitavam, todos e tudo naquela cafeteria desapareceram; os sons sibilantes da máquina de café expresso, a conversa, os que iam e os que vinham, tudo foi para o pano de fundo. E não porque os dois estavam partilhando um momento romântico.

– Está sabendo do vídeo no YouTube, do qual Julio participou? – Jo perguntou. – E o que ele disse?

Bill desviou o olhar.

– Sabe de uma coisa, vou pegar aquele *latte*.

O jornalista se levantou e foi até a bancada. Quando se dirigiram a ele pelo primeiro nome e perguntaram se ele queria o de sempre, ela se perguntou se era verdade que os escritores eram movidos a cafeína.

Estranho que aquele lugar não ficasse nem perto do trabalho dele, nem da casa nova. Talvez ele morasse na região antes disso?

Bill voltou com uma xícara alta mais parecida com uma caneca de cerveja do que um recipiente no qual se colocaria algo como um *latte* e, quando se sentou, ela pôde perceber que ele aproveitara aquele tempo para ordenar seus pensamentos.

– Você assistiu aos vídeos – ela concluiu.

O homem sacudiu a cabeça lentamente.

– Entrevistei Julio quando ele saiu sob fiança, como parte de uma série sobre a violência crescente no centro da cidade. A maioria desses garotos… e ele era um garoto… O que quero dizer é que… muitos deles não dizem nada quando são abordados. E quando querem falar? Basicamente é um discurso sobre territórios, a versão deles de um código de honra, dos inimigos deles. Julio não estava interessado em nada disso. Ele só ficava falando de…

– Um vampiro. – Por algum motivo, o coração dela começou a bater forte. – Era nisso que ele estava concentrado, não?

– É.

– Mas você não mencionou nada disso no seu artigo.

– Deus, não. Não quero que meu editor ache que estou louco. Mas fiquei *on-line* e vi aqueles vídeos. Passei três dias só assistindo a esses vídeos a noite inteira. A minha esposa estava convencida de que eu perdera a sanidade. Setenta e duas horas mais tarde, eu também já não tinha muita certeza de estar no meu juízo completo.

Jo se inclinou para a frente, o cotovelo empurrando a xícara até ela quase ter que segurá-la para impedir que caísse no chão.

– Olha só… Quais são as chances de Julio ter visto alguma coisa? E deixe-me aproveitar este momento para dizer que mal consigo acreditar que estou te perguntando isso.

Bill deu de ombros e experimentou seu *latte*. Ao voltar a colocar a xícara alta na mesa, balançou a cabeça um pouco mais.

– A princípio, pensei que fosse loucura. Quero dizer, acredito em fatos. É por isso que quis ser jornalista, apesar de ser um ramo em decadência. Mas depois de eu ver tudo o que foi postado? Existem... muitos encontros como esse acontecendo em Caldwell. Se você auditar conteúdo semelhante, mesmo de modo superficial, em todo o país, é inacreditável o quanto disso tudo se concentra aqui no 508, tão longe de Boston. Sim, claro, encontramos loucos de todos os tipos em qualquer lugar, como caçadores de fantasmas e sei lá mais o quê. Mas quando se trata especificamente de vampiros, é como se... – Ele deu uma risada e olhou para ela. – Desculpe, acho que estou divagando.

– Não, não está, não.

– Mas parece. – Tomou mais um gole da sua bebida. – Por que pergunta?

Jo deu de ombros.

– Há duas noites, um amigo meu pensou ter visto uma coisa. Ele conseguiu gravar e postou... Mas o que ele disse pareceu impossível, e também havia drogas envolvidas, por parte dele. Ele me levou para essa escola para garotas abandonada...

– Brownswick?

– Sim, essa mesma. – Jo esfregou o nariz, mesmo que ele não estivesse coçando. – Ele me levou lá pela manhã, e me mostrou os restos do que pareceu ser uma bela briga ou algo assim. Mas não havia nada... Pelo menos não exatamente. E eu não ia mais perder tempo com isso, só que ontem à noite eu estava entediada no trabalho – entrei na Internet, fiz umas pesquisas, meio que a mesma coisa que você fez. E foi assim que encontrei as coisas do Julio.

Bill imprecou.

– Eu não deveria te perguntar isso...

– Quer ver a filmagem?

– Droga.

Enquanto Bill ficava calado, Jo se recostou e deixou que o homem se decidisse sozinho. Ela sabia exatamente como ele se sentia. Ela não era de acreditar no lado negro e nem era alguém que fingia que isso existia.

A questão era que não conseguia deixar o assunto de lado.

– Me deixe ver – ele murmurou.

Jo pegou o celular, localizou o vídeo, depois virou a tela na direção dele. Quando ele pegou o aparelho e assistiu ao clipe de Dougie, ela observou sua expressão.

Quando o vídeo terminou, ele lhe devolveu o iPhone. Depois consultou as horas no relógio de pulso. Depois de um instante, perguntou:

– Quer ir até lá?

– Sim – respondeu, ficando de pé. – Quero.

Mary estava determinada a ser cautelosa com suas palavras.

Enquanto esperava que Rhage chegasse ao Lugar Seguro, andou pela sala de estar, desviando-se dos sofás confortáveis e das poltronas estofadas, endireitando um desenho que uma das crianças fizera, afastando as cortinas de tempos em tempos, apesar de que seu *hellren* favisaria quando ali chegasse.

Embora estivesse sozinha ali, sua cabeça estava repleta de substantivos, verbos, adjetivos e advérbios. E, mesmo com uma vasta combinação de palavras à sua disposição, ela continuava presa na terra da *tábula rasa.*

O motivo era que tentava evitar outro desastre semelhante ao que acontecera na clínica de Havers e, infelizmente, não dava para saber onde estavam as minas terrestres. E o que estava para dizer a Bitty não era...

– Senhorita Luce?

Afastando-se da janela, ela se obrigou a sorrir para a menina.

– Você desceu.

– Não entendo por que estamos esperando.

– Pode vir aqui um instante?

A menina vestia o casaco preto mais feio que já se vira. Era uns dois números maior, com pouco enchimento e se desfazia em várias costuras, com tufos brancos e cinza escapando pelos pontos. Estava na cara que era uma peça para meninos de doze a quinze anos; no entanto, Bitty se recusava a aceitar um novo, apesar de haver, dentre as doações, casacos de todos os tipos e cores no corredor dos fundos.

Uma sensação de exaustão se apossou de Mary, como se alguém tivesse se aproximado sorrateiramente por trás e colocado uma malha de aço sobre seus ombros. A menina não conseguia sequer aceitar um brinquedo ou um casaco... e Mary achava que existia a possibilidade de que fosse se abrir? Para falar dos eventos mais traumáticos da vida dela?

Boa sorte com isso.

– Sente-se – Mary instruiu, apontando para uma poltrona. – Preciso falar com você.

– Mas não disse que temos permissão para ir?

– Sente-se. – Ok, talvez ela precisasse exercitar seu tom de voz. Mas sentia-se tão frustrada com a situação que estava prestes a gritar. – Obrigada.

Enquanto Bitty a olhava de seu assento, Mary desistiu de dourar a pílula. Não porque quisesse ser cruel, mas porque não havia outro modo de dizer aquelas coisas.

– Podemos ir à sua casa antiga.

– Eu sei, você já disse isso.

– Mas não vamos sozinhas. – Quando Bitty parecia prestes a perguntar por que, Mary falou por cima de qualquer protesto: – Não é seguro. Somos responsáveis pelo seu bem-estar, e nós duas irmos sozinhas para uma propriedade na parte humana da cidade, abandonada já há algum tempo, simplesmente não vai acontecer. Isso não é negociável.

Mary se preparou para uma argumentação.

– Tudo bem. – Foi a resposta da menina.

– É o meu *hellren*. – Nesse instante, seu celular emitiu um bipe. – E ele está aqui.

Bitty continuou sentada na poltrona em seu tecido floral, com a manta sobre o encosto e o abajur alto ao lado, como se o objeto estivesse verificando que os habitantes dali estavam bem.

– Ele é um membro da Irmandade da Adaga Negra, e eu confio minha vida a ele. E a sua. – Mary queria se aproximar, ajoelhar-se perto dela e segurar sua mão. Mas ficou onde estava. – Ele vai nos acompanhar até lá de carro e nos trazer de volta.

E ele já tinha ido verificar a casa.

Com sorte, ele não fora até ali só para dizer que a casa fora derrubada. Ou saqueada. Teria sido melhor se ela tivesse checado suas mensagens antes.

– Não existe outro modo. – Mary deu uma espiada no celular disfarçadamente. A mensagem de Rhage simplesmente dizia que estava pronto para ir quando elas desejassem. Então a operação estava aprovada. Desde que Bitty ainda quisesse... – Você não tem que ir, mas se resolver que ainda quer, isso só vai acontecer com ele junto. A decisão é sua.

Bitty se levantou abruptamente da poltrona.

– Então vamos.

Não olhou para Mary enquanto passava por ela, seguindo para a porta. E, enquanto Mary a observava, algo disparou em sua mente. Mas não havia tempo para tentar descobrir o que era.

Somente as funcionárias tinham permissão para destrancar as portas, e Mary inseriu uma senha nas teclas adjacentes ao painel pesado. Houve um clique e um deslizar de uma trava, e só depois ela conseguiu abrir a porta. Ficando de lado, deixou que Bitty saísse primeiro, e depois fechou e trancou novamente a porta.

Rhage aguardava fora do limite da propriedade, numa faixa de gramado bem aparado e amarronzado mais à direita. O luar fazia com que seus cabelos loiros brilhassem no escuro, e não acentuava a jaqueta e as calças de couro pretas.

Graças a Deus, parecia que ele mantinha suas armas escondidas.

Bitty oscilou nos degraus, tropeçando em obstáculos que, sem dúvida, existiam apenas em sua cabeça, e não exatamente por conta do concreto. No entanto, manteve o queixo erguido, apesar de seu olhar estar fixo no chão.

Enquanto Mary combatia o ímpeto de pôr a mão no ombro da menina, ela teve aquela sensação nos recessos de sua mente uma vez mais, mas estava tão preocupada com as apresentações que não iria se ocupar com isso.

Rhage, entretanto, foi perfeito. Não se mexeu enquanto se aproximavam. Manteve as mãos visíveis, abaixadas ao longo do corpo. Inclinou a cabeça como se estivesse tentando parecer mais baixo.

O que era absolutamente uma batalha perdida, mas muito atencioso da parte dele.

Bitty parou uns belos dois metros de distância dele e pareceu afundar dentro daquele casaco.

Nesse meio-tempo, Mary deliberadamente se aproximou de Rhage e segurou sua mão ao se virar.

– Bitty, este é o meu marido. Quero dizer… meu *hellren*. Rhage, esta é Bitty.

Por algum motivo, a voz de Rhage fez o coração de Mary se acender enquanto dizia com suavidade:

– Oi. É um prazer te conhecer.

Bitty só ficou olhando para os próprios sapatos, com uma expressão inescrutável, que era basicamente o seu procedimento operacional padrão, como a Irmandade diria.

– Ok. Muito bem. – Mary fitou além do gramado. – Vamos até o meu Volvo...

– Na verdade, precisamos ir com o meu carro – Rhage a interrompeu.

– Ah...

Rhage apertou a mão dela.

– Precisamos ir com o meu carro.

Quando ela o fitou no rosto, inspirou fundo. Claro. Ele tinha armas no porta-malas, as que ele estava preparado para usar além daquelas que evidentemente trazia debaixo da jaqueta – e fazer a transferência das armas para o seu Volvo não ajudaria a dissipar o embaraço daquela situação.

– Tudo bem. – Mary apontou com a cabeça na direção do GTO. – Bitty, está pronta para ir conosco?

Quando Mary deu um passo à frente, a menina recuou um passo, mantendo a distância.

– Então, esta é a minha carruagem – Rhage disse ao se aproximar do carro. – Só vou destrancá-la e Mary pode ajudá-la a se sentar atrás, está bem? Mas, desculpe, ela só tem duas portas.

Mary esperou que Rhage abrisse o carro e fosse para o lado do motorista antes de sequer tentar fazer com que Bitty entrasse atrás. Talvez a menina preferisse ir no banco da frente? Mas, nesse caso, se sentaria ao lado de Rhage.

Não, atrás era melhor.

Segurando o banco da frente empurrado, Mary relanceou por sobre o ombro.

– Venha, Bitty. Posso ir atrás com...

Não havia motivo para terminar a frase. A menina não estava ouvindo. Ela não estava sequer olhando vagamente na direção de Mary.

Droga.

CAPÍTULO 30

Na maioria das suas noites na face da Terra, Rhage ficava apenas vagamente ciente de seu tamanho. Mas, naquele instante, mesmo estando do lado oposto de quase uma tonelada e meia de aço e motor, ele se sentia um enorme pesadelo repulsivo.

Ai, meu Deus, como a menina tinha olhos atormentados.

Enquanto Rhage aguardava que Bitty dissesse alguma coisa, qualquer coisa, em resposta a Mary, ele não conseguiu deixar de notar o quanto a menina crescera desde aquela horrível noite do resgate. Não que tivesse passado muito tempo com ela – passara tempo demais lutando para ter mais do que algumas lembranças meio apagadas dos cabelos castanhos da menininha, que se escondia nos braços da mãe.

Cara, como desejou poder desenterrar o maldito do pai dela só para poder matá-lo uma vez mais.

– Bitty? – Mary a chamou. – Ou vamos ou voltamos para dentro.

Rhage estava preparado para esperar ali a noite inteira se fosse necessário para a menina se resolver, mas sua companheira tinha razão. Aquele era um bairro seguro – relativamente. O que equivalia a dizer que era muito melhor do que o covil de *redutores* que ele atacara naquela escola preparatória, mas não tão seguro quanto o interior da casa.

– Bitty?

E foi nesse instante que a menina olhou para ele pela primeira vez.

Ela não mudou a posição da cabeça, nem mudou sua expressão, mas, de súbito, o luar captou seus olhos adequadamente e eles reluziram.

Mais tarde... Rhage refletiria que aquela fração de segundo fora um dos momentos definitivos de sua vida. O outro sendo aquele em que ouvira a voz de Mary pela primeira vez.

– Este é mesmo o seu carro?

Rhage piscou. E teve que esperar um segundo para ter certeza de ter ouvido corretamente.

– Sim. Este é o meu carro.

Bitty se aproximou do capô e esticou a mãozinha sobre o corpo reluzente e liso do GTO.

– É bonito.

Rhage olhou para Mary, que parecia igualmente pasma.

– Ah... a pintura foi customizada.

– O que isso quer dizer?

– Que foi especialmente feita para ela.

Bitty olhou para ele, surpresa.

– É uma menina?

– Ah, é, sim. Carros sexy... hum, isto é, boas máquinas esportivas são sempre meninas. Porque a gente tem que cuidar delas com todo o cuidado que merecem.

– Máquina esportiva?

– É assim que ela é chamada. Ela é um GTO. Quando a comprei, ela estava uma desgraça, mas providenciei seus reparos. Eu lhe devolvi à vida. Ela é velha, mas arrebenta as portas de qualquer Porsche numa estrada.

Quando Mary começou a fazer gestos para que ele ficasse quieto, ele se calou.

Só que Bitty perguntou:

– O que é uma máquina esportiva? O que quer dizer "arrebentar as portas"?

– Bem... Quer ouvir o ronco do motor? Já vou avisando de antemão: é barulhento, mas é assim que tem que ser. Existem muitos cavalos debaixo desse capô.

Bitty se retraiu e, sim, isso serviu para mostrar para ele o quanto ela vivera protegida, a quão pouco estivera exposta.

– Existem cavalos no seu carro?

– Olha só – ele disse, segurando a chave. – Vou dar partida e acelerar um pouco. Mas acho melhor você cobrir os ouvidos, ok?

Bitty assentiu e levantou as palmas até as laterais da cabeça como se seu crânio estivesse correndo o risco de se desprender da coluna.

Abrindo sua porta, Rhage entrou, apoiou o pé esquerdo na embreagem, certificou-se de que o câmbio estivesse em ponto morto, e inseriu a chave no contato. Uma virada e um pouco de gasolina...

VRUUUM! Rom, rom, rom, rom, VRUUUUM! VRUUUUM! – rom, rom, rom, rom...

Bitty se aproximou da frente do carro enquanto ele continuava a pressionar o acelerador. Depois de um minuto, ela abaixou as mãos devagar e inclinou a cabeça para o lado.

Por cima de todo aquele barulho, ela gritou:

– Mas onde estão os cavalos?

Puxando com força o freio de mão, ele se inclinou para fora.

– É o motor! – ele disse alto. – Quer ver o motor?

– O quê?

– O motor! – Esticando a mão, soltou a alavanca e saiu. – Deixe-me te mostrar.

Ele foi cuidadoso para não se mover muito rápido ao se aproximar da menina, e percebeu muito bem quando ela enfiou as mãos nos bolsos da parca grande demais e deu uns passos para o lado, para manter certa distância entre eles.

Soltando a segunda trava na frente, ele levantou o capô, deixando que a respiração quente e doce do óleo limpo e da gasolina combinados escapasse.

Bitty se inclinou para a frente e pareceu inspirar fundo.

– Que cheiro bom.

Eeeeee foi mais ou menos nessa hora que ele se apaixonou pela criança.

Quem haveria de imaginar que Rhage seria um "encantador de Bitty"? Mary se maravilhou ao ver o corpo imenso do marido ao lado da fragilidade da menina, curvados sobre o motor mais barulhento do que o de um jatinho.

Enquanto Rhage apontava para as diversas partes, era impossível ouvir o que ele dizia por causa do barulho, mas as palavras, os termos específicos e as explicações não importavam.

O fato de Bitty estar ao lado dele era tudo o que importava para Mary.

Ah, caramba. Se já amava aquele macho antes? Isso o alçava direto ao território celestial.

Mary pensou que tanto faziam os métodos, qualquer coisa que ajudasse a menina a se abrir, que a alcançasse em seu mundo de alguma forma...

Sim, desejou, de certa forma, que tivesse sido ela a fazer essa conexão. Não que gostasse de admitir tal coisa. Afinal, o que seria mais egoísta, mais interesseiro, mais feio do que se sentir desapontada por não ser a salvadora? Mas isso foi apenas um pensamento fugidio. Mais do que tudo, ela relaxava dentro da própria pele, de alívio por Bitty estar tendo uma conversa pelo que parecia ser a primeira vez desde que chegara ao Lugar Seguro.

Rhage levantou os braços, segurou o capô e o fechou com suavidade. Ele ainda conversava ao levar Bitty até a porta aberta do passageiro e, ao dar a volta, lançou um breve dar de ombros para Mary, cujo significado era: Estamos bem?

Mary assentiu o mais discretamente que conseguiu.

– ... claro que pode – ele disse enquanto segurava o banco para que Bitty entrasse trás, como se tivesse feito isso a vida inteira. – Quando você quiser.

Mary voltou a se concentrar.

– Desculpe, o que disse? Do que estão falando?

Bitty se sentou mais à frente no banco e espiou para fora.

– Ele disse que mais tarde posso dirigi-la.

Enquanto o maxilar de Mary se abria e ela se retraía, Rhage lhe deu um beijo rápido na bochecha.

– Vai ficar tudo bem. Podemos ir a um estacionamento vazio em algum lugar.

– Você pode ir com a gente – Bitty disse. – Se isso fizer com que se sinta melhor.

Mary olhou de um para outro.

– Mas você... Será que você alcança os pedais? E o carro é tão potente...

– Bitty vai se sair muito bem. Arrumo uns blocos para o volante se o banco não for para a frente o bastante.

– Ele disse que as meninas podem fazer qualquer coisa. – Bitty olhou para Rhage. – Ele disse que as meninas são... poderosas.

– Isso mesmo. – Rhage assentiu. – É por isso que os carros mais rápidos e melhores…

– … são sempre meninas – Bitty terminou por ele.

Só o que Mary conseguiu fazer foi olhar um pouco mais de um para outro, visto que a dupla evidentemente aguardava sua bênção.

– Veremos – murmurou, enquanto ela tinha um breve lembrete de que era melhor tomar cuidado com o que se deseja.

– Por favor? – Bitty insistiu.

– Vamos lá, Mary…

Afastando Rhage da sua frente, ela volto a colocar o banco do passageiro em seu lugar e se sentou.

– Não estou dizendo "sim", mas se você for mesmo dirigir, claro que vou junto.

– Isso! – Rhage socou o ar com um punho. – Isso é um sim, Bitty, conseguimos.

– Oba!

Ai, meu Deus. A menina estava *sorrindo*?

Com uma imprecação, Mary fechou a porta e teve quase certeza de que Rhage saltitava ao dar a volta no carro. Mas, então, ela teve que se mostrar séria.

Virando-se no espaço entre os bancos, ela disse rapidamente:

– Você está bem com isto? Com ele? Eu tenho que perguntar. É importante.

Bitty não hesitou.

– Gosto mesmo dele. Ele é como… como um cachorro bem grande e amigável.

Quando Rhage abriu a porta e entrou, Mary começou a sorrir e virou o rosto para o para-brisa de modo que, talvez, isso não fosse tão perceptível.

Mas não se conteve e esticou a mão para apertar o ombro do seu homem.

Em seguida, os três saíram de lá juntos.

CAPÍTULO 31

Na Escola para Garotas de Brownswick, Vishous se sentia ansioso ao entrar em mais uma sala de aula abandonada. Com a pistola pronta para atirar e as costas apoiadas em uma parede de gesso prestes a desmoronar, perscrutou as cadeiras caídas com seus tampos de mesa em formato de meia-lua... a mesa maior junto à lousa... os detritos num canto onde parte do teto despencara.

– Maldição.

Seguindo para o cômodo seguinte, só encontrou mais do mesmo: ar frio, mofo velho, mobília quebrada, lâmpadas fluorescentes pendiam do teto como dentes quebrados... e absolutamente nenhum jarro de *redutor*.

Os assassinos haviam se instalado em alguns dos cômodos, mais especificamente nos dormitórios com colchões de mola e de espuma. As janelas não estavam sem os vidros, mas depois que nenhum jarro foi localizado em nenhum desses prédios, ele e Tohr começaram a vasculhar as demais instalações.

Como todos os assassinos mantinham seus recipientes com eles depois da iniciação, a única conclusão a que chegaram era que Ômega levara todos os corações com ele quando dera uma de faxineira no *campus* na outra noite.

Maldito.

Inclinando a cabeça para o lado, acionou seu aparelho de comunicação.

– Nada aqui. Encontrou alguma coisa?

– Não – Tohr disse ao ouvido de V. – Ômega deve ter levado tudo.

– Pois é. Puta merda.

Sob seus coturnos, tudo o que havia de detrito no chão era esmagado ou partido, mas não havia necessidade de ser silencioso. Enquanto a imagem de Ômega em seu uniforme de empregada fazia as presas de V. reluzirem na escuridão, ele...

Parou bem onde estava.

Virou a cabeça para a direita.

Olhou através de duas das três janelas defasadas que davam para a faixa de asfalto atrás do prédio.

Faróis iluminaram a sala de aula, lançando um facho de luz dentro da casca apodrecida da antiga escola preparatória, antes de passar pelo seu corpo coberto por couro.

Quando a luz se foi, ele se desmaterializou até perto do vidro.

Um carro estacionava adiante e, pelo brilho do painel interno, ele viu que havia um homem de cabelos negros e uma ruiva ali dentro...

Interessante, ele pensou ao sentir a presença dela.

– Temos companhia – disse em seu intercomunicador.

– E este é o meu quarto especial.

Enquanto Naasha parava diante da porta de um calabouço com sua pesada tábua de carvalho, grossa como um tronco e com dobradiças maiores que o braço de um macho, era de se deduzir, dada a postura dela, que estava prestes a revelar sua mais recente e maravilhosa aquisição, talvez um retrato a óleo ou uma estátua de mármore, um carro *vintage* ou um faqueiro de prata de lei.

Não era nada disso.

Após um rangido que ele supunha ser intencional, em vez de a porta ser bem lubrificada, um quarto todo vermelho foi revelado. Era iluminado por tochas que chiavam nas paredes de pedra e decorado com faixas de veludo e de seda, como cortinas sem janelas, e não havia nenhuma mobília a não ser pelas plataformas que serviam de cama, sem travesseiros nem cobertas, apenas colchões cobertos por lençóis bem esticados.

Naasha foi a primeira a entrar e, ao se virar num rodopio, seus braços estavam esticados como se ela estivesse diante de uma linda vista, seus olhos buscando os dele. Atrás, havia os murmúrios excitados das fêmeas – e uma onda de excitação por parte dos seus primos.

Throe permaneceu em silêncio.

Assail passou pela soleira. Encostadas na parede junto à porta, havia uma série de penteadeiras, sem dúvida para que as fêmeas se retocassem após as sessões, e também uma fila de ganchos para pendurar as roupas. Havia duas portas à esquerda, ambas pintadas num tom de cinza cor de pedra, uma com a palavra *fêmeas* escrita em letra cursiva, e na outra *machos* em letra de forma.

– E agora, a sobremesa – Naasha disse num tom rouco ao levar as mãos para as costas para descer o zíper de seu vestido. – Eu me prontifico para ser consumida primeiro.

Quando o vestido deslizou até o chão, seu corpo foi revelado em toda a sua gloriosa nudez: os seios empinados, duros e suculentos, o sexo liso a não ser pela fenda entre as longas pernas delgadas. Ela manteve os diamantes e eles cintilaram tal qual estrelas à luz do luar, e quando soltou os cabelos do coque, as mechas negras como a meia-noite contrastaram com o tom de sua pele bronzeada.

– Fechem as malditas portas – Assail ordenou sem olhar para trás.

Quando o rangido das dobradiças anunciou que alguém seguira suas instruções, ele deu três passos até ela. Perto assim, ele viu os lábios de rubi se abrirem e os seios se empinarem com antecipação.

Sorriu para ela.

Depois, agarrou-a pelo pescoço e a acompanhou com aspereza até uma das camas. Os seios balançaram quando ele a ajeitou de quatro, o sexo na direção da plateia, as pernas não afastadas o suficiente, de modo que ele forçou os joelhos mais para fora ao empurrar-lhe as coxas. O centro dela brilhava de excitação, seu cheiro permeava o ar.

– Ehric, Evale – ele chamou com aspereza. – Livrem-se de suas roupas.

Os primos não perderam tempo para ficarem nus, a presteza tanto resultado da boa vontade em acatarem suas ordens como também por não terem uma fêmea havia algum tempo.

Ambos estavam completamente eretos ao se aproximarem.

– Você – disse, apontando para Ehric. – Aqui.

Ele apontou para a fenda, e o primo se acomodou de pronto, montando na fêmea por trás, o quadril se projetando para dentro enquanto Naasha gemia e arqueava as costas.

Em seguida, só o que Assail teve que fazer foi apontar com a cabeça para que Evale seguisse com o programa, dando a volta para abafar os gemidos e grunhidos da fêmea com sua porção de anatomia bem larga.

– E agora você? – alguém propôs.

Quando uma das fêmeas se aproximou e pousou a mão em seu ombro, ele a reconheceu como sendo a loira que o encarara durante todo o jantar.

– Vamos aproveitar...

Ele afastou a mão dela com determinação.

– Entre na fila para os meus primos.

Afastando-se, ele encontrou um banco junto aos banheiros, sentou-se e, ao cruzar as pernas, assistiu ao espetáculo, as fêmeas se despindo, tocando umas nas outras, corpos se deitando nas camas, cabeças e braços se entrelaçando com pernas e seios.

– Não me diga que isso se trata de alguma forma de puritanismo inapropriado.

Ante as palavras secas, encarou Throe. O macho ainda estava completamente vestido, mas a julgar pela extensão crescente atrás do zíper do smoking, ele não ficaria assim por muito tempo.

Assail revelou as presas num sorriso.

– Nunca consegui apreciar *fast-food*. É algo vulgar demais para os meus apetites, a despeito de quanto queira se apresentar como nobre.

– Esse não foi o caso da noite passada. – Throe se inclinou para baixo e sorriu, também revelando os caninos. – Concluo que apreciou bastante o tempo que passou na sala de estar.

– Diga-me uma coisa, Xcor está ciente da sua presença aqui?

Throe recuou para trás, maquinações estreitando seu olhar.

– Para um homem de negócios, você parece bastante curioso com assuntos que não lhe dizem respeito.

– É apenas uma simples pergunta.

Ao fundo, alguém gozou com vontade, e Assail desviou o olhar. Ehric e Evale mudaram de posição, os dois penetrando alternadamente o sexo muito bem usado de Naasha: um por baixo, de costas, outro montando-lhe as costas. Uma fêmea se juntara ao grupo, e a senhora da casa sugava um par de seios voluptuosos de mamilos rosados.

– Digamos que Xcor e eu encerramos a nossa associação.

Assail voltou a se concentrar no macho.

– Rompimentos são mesmo difíceis.

– Os interesses dele e os meus já não se alinhavam. Ele não desistirá de sua perseguição ao trono.

– De fato. – Assail cuidadosamente avaliou as feições do macho, procurando por sinais de tensão. – E você, permanecerá aqui por quanto tempo?

– Não sei. E não me importo. Tive uma permanência bastante brutal e extensa na companhia de selvagens, e anseio pela civilização como um macho faminto.

– Hummm – Assail murmurou.

Pondo-se de pé, ele ficou de frente para o outro macho e esticou a mão para tocar na gravata borboleta precisamente amarrada no pescoço de Throe.

Quando os olhos do macho se arregalam com surpresa, Assail empurrou aquele corpo contra a parede de pedra, mantendo-o no lugar pela garganta.

Depois se inclinou, peito a peito, esticou a língua e a deslizou ao longo do lábio inferior de Throe.

Assail riu ao sentir o tremor atravessar o corpo de sua presa e observou enquanto uma espécie de diálogo interno se revelava naquele lindo rosto – o conflito era tão forte que Throe falhou ao tentar manter a reação para si mesmo.

– Seu gosto é de uísque – Assail murmurou ao descer a mão e apalpar a enorme ereção. – E você me parece ávido.

Throe começou a arfar, de modo bem semelhante a Naasha. Mas ficou imóvel no lugar, como se estivesse igualmente chocado pelas ações de Assail… e por sua reação.

– Você está – Assail grunhiu ao pairar acima dos lábios de Throe. – Está ávido… por sobremesa?

Um som estranho partiu do macho, parte súplica, parte negação.

Em seguida, Throe empurrou Assail pelos ombros, mandando-o para longe até uma das plataformas.

Throe limpou a boca com a manga do paletó e apontou o dedo na direção de Assail.

– Não gosto disso.

Assail afastou as pernas para as laterais, expondo sua excitação por trás das calças finas.

– Tem certeza?

Throe praguejou e girou na direção da porta. Sumiu dali no instante seguinte, sem dúvida disparando para seu quarto, onde quer que fosse.

Assail se sentou e ajustou o paletó. Esse seria divertido arrebentar.

E, quem sabe, no processo, descobriria exatamente o que Throe estava fazendo ali.

Sabia em seu íntimo que Wrath e Vishous estavam corretos ao se preocuparem com a *glymera*. Throe estava planejando alguma coisa – e adivinhar do que se tratava, além de seduzir o macho para fora da sua zona de conforto sexual, era exatamente o tipo de distração que Assail buscava.

Tudo seria bem aprazível.

CAPÍTULO 32

Enquanto Bill Elliot estacionava seu Lexus atrás de um prédio indefinido da era dos anos 1970, Jo abriu a porta e saiu lentamente. Dilapidação era o que viam, todo tipo de detrito e de objetos quebrados se acumulava na lateral das salas de aula, como acne no rosto de uma adolescente qualquer.

– Podemos dar a volta daqui até o meio do *campus*. – Bill estava ocupado voltando a enrolar o cachecol que tirara na cafeteria ao redor do pescoço. – Então você poderá me mostrar onde aconteceu.

Quando fechou a porta do carro, ela franziu a testa. Os pelos na base da nuca estavam eriçados como soldados chamados ao toque da alvorada, e ela olhou para a fileira de janelas escurecidas. Mas, convenhamos, toda essa conversa sobre vampiros não lançaria suas glândulas adrenais em uma espiral?

– Você vem?

– Já vou. – Ela foi na direção dele, e teve o absurdo desejo de que sua constituição física fosse mais parecida com a de The Rock do que com a de um dos rapazes do *The Big Bang Theory*. – Você disse que está familiarizado com esta escola?

– Minha mãe estudou aqui.

Mundinho pequeno, Jo pensou. A minha também.

Os pés deles resvalaram em folhas úmidas pelo caminho, mas não fizeram nada com os galhos caídos. Passaram por cima. E, quando chegaram ao fim do asfalto, não havia muita diferença entre a quantidade de coisas caídas sobre o gramado em comparação com o que havia sobre a parte asfaltada.

– Que ano? – Jo perguntou, ao colocar as mãos nos bolsos. – Quero dizer, em que ano a sua mãe se formou?

Droga, estavam sem lanternas, só as dos celulares.

Mas, pensando bem, a lua estava bem clara; apenas uma nuvem ocasional marcava o céu frio e escuro.

– Na década de 1980.

– Quando a escola fechou?

– Em algum momento da década seguinte. Não sei quem é o dono da propriedade agora, mas o terreno é bem impressionante. Quero dizer, por que ninguém se interessou em desenvolver isto?

– Não é comercialmente viável. Primeiro porque o zoneamento aqui não é comercial, e segundo porque alguns destes prédios são parte do patrimônio histórico, o que obrigaria que, para que fossem utilizados, a reforma fosse feita de acordo com a arquitetura original.

Bill olhou para ela.

– Eu tinha me esquecido, você trabalha numa imobiliária.

– Completo dois anos no mês que vem.

– Onde foi mesmo que você estudou? Você chegou a mencionar?

William College. Graduação em Literatura Inglesa e também em História Americana. Aceita no programa de mestrado de Inglês da Yale, mas não pôde pagar as mensalidades sozinha.

– Em nenhum lugar importante. – Relanceou para ele. – Como sabia onde estacionar?

– Eu costumava vir aqui para pensar quando estudava na SUNY de Caldwell. Minha mãe me contou sobre este lugar e, um dia, vim de bicicleta só para explorar. Faz muito tempo que não venho aqui.

Deram a volta no prédio. Bem como ele descrevera, a parte aberta do *campus* se apresentou diante deles e, sim, ainda estava marcada pela grama amassada.

– Jesus... – Bill disse. – Mas que diabos?

– Círculos em plantações ao estilo de Caldie, certo?

Bill seguiu à frente dela, e Jo andou um pouco mais, antes de parar e voltar-se para trás.

Estavam sendo observados. Tinha certeza disso.

– Ei! Espere! – ela o chamou.

Enquanto ela se apressava para alcançá-lo, ele disse:

– Preciso voltar aqui durante o dia com uma câmera.

– Talvez seja melhor a gente ir embora agora...

– Olhe para o depósito ali em frente. – Ele apontou adiante. – O telhado foi arrancado.

– Sabe de uma coisa? Pensando bem, vir durante o dia teria sido melhor. Quero dizer, não dá pra ver muita coisa... – Ela fungou no ar. – Isso é pinho?

– Das vigas quebradas. Esse estrago é recente.

Como imaginara, ao se aproximarem dos destroços, quando ela pegou um pedaço de madeira partido, os cortes eram recentes, as partes internas amareladas das velhas vigas expostas. E as telhas estavam espalhadas em toda parte, reviradas, sujando todo o chão...

O pé de Jo enganchou em alguma coisa e ela se desequilibrou para o lado, o tornozelo cedendo. À medida que a terra se aproximava dela, Jo esticou uma mão e girou de lado, impedindo uma queda de cara no chão.

– Mas que droga! – murmurou ao encarar o motivo de seu tropeço.

Não era uma pegada. Uma pegada gigante. Nada disso.

– Você está bem? – Bill estendeu a mão, depois acabou se distraindo com o que ela notara. – O que é isso?

– Estou bem e não faço a mínima ideia. – Ela se levantou sozinha e bateu a sujeira das calças. – Sou só eu ou isso está parecendo uma versão adulta de um episódio de *Scooby Doo*?

Bill pegou o celular e tirou algumas fotos com o auxílio do *flash*. Quando viu o que fora capturado pela lente, praguejou.

– Não, definitivamente temos que voltar durante o dia.

Jo se agachou e examinou o formato afundado no chão com a lanterna do seu celular. A marca estava mais afundada e borrada num dos lados, como se o que quer que a tivesse moldado estivesse no meio de uma corrida.

Bill balançou a cabeça.

– O seu amigo... Dougie, acho que foi esse o nome que você me disse, tem recursos?

Ela levantou o olhar.

– Está perguntando se ele teria pago por isto? – Quando o jornalista assentiu, ela teve que rir. – Ele mal consegue pagar pelas laricas. Não, ele não montou a cena e, até onde sei, não conhece ninguém que poderia tê-lo feito.

– Talvez tenha sido provocado por um 4x4. – Bill também se abaixou. – Derrapando.

– Mas e quanto ao telhado? – Jo apontou para as quatro paredes sem cobertura. – Não foi levantado pelo vento. Choveu um pouco recentemente, mas não foi nada parecido com um tornado. Uma explosão? Nada está chamuscado e não sentimos cheiro de fumaça, o que deveríamos encontrar caso se tratasse de uma bomba.

Bill a fitou com firmeza.

– Quando você crescer, quer ser repórter investigativa?

– Tenho vinte e seis. Acho que já cresci. – Apesar de que dividir o apartamento com Dougie e os amigos dele não contava muito em favor disso. – Acho mesmo que a gente devia…

Quando ela parou de falar, Bill avaliou ao redor.

– O que foi?

Jo vasculhou as sombras, o coração começando a bater forte.

– Olha só… Acho melhor a gente sair daqui. Mesmo… De verdade… *Sério.*

– Para onde foi a minha casa?

Enquanto Bitty fazia a pergunta sentada no banco de trás do GTO, Mary se inclinava para a frente em seu banco – não que a mudança de posição interferisse no espaço vazio para o qual ela olhava.

– Estamos no lugar certo? – Mary saiu do carro e empurrou o banco para a frente, para que Bitty pudesse se juntar a ela. – Existe alguma possibilidade de…

Rhage balançou a cabeça ao olhar por cima do teto do carro.

– O GPS informou que esse é o endereço correto.

Droga, Mary pensou.

– Ali está a hera. – A menina mergulhou dentro do casaco. – Foi a minha mãe quem plantou. E a macieira. E…

A casa devia ter sido condenada e derrubada em algum momento, Mary concluiu, porque não restava nada dela, não havia pilhas de madeira, nenhum bloco da chaminé, apenas arbustos e ervas daninhas crescendo no lugar dela. O desenho do caminho para carros, isto é, o que restava dele, não duraria muito mais tempo por conta da vegetação que já ameaçava cobrir tudo.

Enquanto ela e Bitty caminhavam adiante, Rhage permaneceu alguns passos para trás, com sua presença ameaçadora como fonte de conforto, pelo menos para Mary.

Porém, logo ela parou de andar e deixou que Bitty prosseguisse sozinha.

Sob a luz do luar, a menina escolhia ir de um ponto a outro no espaço, parando a cada poucos minutos para fitar o cenário estéril.

A mão grande de Rhage foi parar no ombro de Mary e ela se recostou no corpo dele, sentindo o calor que emanava dali. Foi difícil não julgar a propriedade desabitada e vazia como uma prova das perdas da menina.

– Lembro-me da casa – Rhage disse com suavidade. – Estava em mau estado. Com tranqueiras no jardim e um carro todo quebrado.

– O que vocês fizeram com o corpo do pai? – Mary quis saber. – Nunca tinha pensado em perguntar.

– Digamos que as condições dele não eram as melhores quando o deixamos.

– Deixaram ao sol?

– É. Só o deixamos para trás. A prioridade era tirar Bitty e a mãe do ambiente. Quando voltamos, na noite seguinte, havia uma marca de queimado na grama. Foi assim. – Rhage imprecou baixinho. – Vou te contar: ele era louco. Estava disposto a matar qualquer um que ficasse em seu caminho.

– Os raios X dela são prova disso. – Quando Rhage desviou o olhar, Mary balançou a cabeça. – Muitos ossos fraturados; não que ela tivesse ido até Havers quando as fraturas ocorreram. Havers disse que, como ela é pré-trans, as marcas do processo de cura ainda aparecem até ela chegar à maturidade. Ele disse... disse que as marcas estão em todo lugar.

Um rugido súbito a fez levantar o olhar. O lábio superior de Rhage estava puxado para trás, revelando as presas, e sua expressão demonstrava um instinto de proteção agressivo.

– Queria tanto poder matar de novo aquele filho da puta.

Mary forneceu o tanto de tempo de que Bitty precisava, ficando afastada com Rhage enquanto a menina examinava o cenário.

– Acho que tudo o que era meu sumiu. – Bitty deu de ombros dentro daquela parca velha e grande. – Mas eu não tinha muita coisa.

– Sinto muito mesmo, Bitty.

– Pensei… – A menina relanceou para trás, para onde a casa deveria estar. – Pensei que poderia levar algumas das minhas roupas antigas e dos livros para a casa do meu tio. Não quero ser um fardo para ele. Não quero que ele me mande embora.

Rhage deu uma tossida de leve.

– Então eu mesmo vou comprar tudo que precisar. Tudo o que você precisar levar com você, deixe que eu compro.

Mary balançou a cabeça.

– Não creio que…

– Tá tudo bem – Bitty interrompeu. – Talvez eu consiga um emprego. Quando eu for morar com ele, sabe.

Você só tem nove anos, Mary pensou. *Droga.*

– Que tal se a gente for embora? – Mary sugeriu. – Está frio.

– Tem certeza de que está pronta para ir? – Rhage perguntou. – Podemos ficar se você quiser.

– Não. – Bitty deu de ombros de novo. – Não tem nada para mim aqui.

Regressaram para o GTO, retomando seus assentos, e o calor no interior do carro serviu de bálsamo para o frio nas bochechas e nos narizes.

Enquanto Rhage dava a volta, os faróis do carro iluminaram o terreno, e Mary pensou consigo mesma que… em algum momento, a criança receberia boas notícias. A Virgem Escriba falava de equilíbrio o tempo todo, certo? Então, estatisticamente falando, estava mais do que na hora de Bitty receber alguma.

– Eu só tenho que esperar até que o meu tio chegue – a menina disse conforme se afastavam. – Ele vai me dar um lar.

Mary fechou os olhos e meio que teve vontade de bater a cabeça no painel do carro de Rhage.

E, como se lesse sua mente, Rhage esticou o braço e segurou sua mão, apertando-a. Mary retribuiu o aperto.

– Deixe-me perguntar uma coisa, pequena Bitty – ele disse. – Você gosta de sorvete?

– Acho que sim. Já comi antes.

– Tem planos para amanhã à noite? Podemos sair logo depois da Primeira Refeição, antes que as lojas humanas fechem?

Num impulso, e porque desejava manter qualquer linha de comunicação aberta, Mary se virou para trás.

– Gostaria de fazer isso, Bitty? Pode ser divertido.

Quando a pausa foi longa, Mary voltou a se recostar no banco, tentando pensar em outras opções.

No silêncio que se seguiu, Rhage disse:

– O Lugar Seguro tem o número do celular de Mary. Se o seu tio chegar, elas podem ligar na mesma hora. E podemos escolher um lugar perto, nada além de uns cinco minutos de distância. – Rhage olhou pelo espelho retrovisor. – Quero dizer, você toma banho, não toma?

– Como é? – a menina perguntou confusa.

– Se você, por exemplo, estivesse tomando banho e ele chegasse, alguém bateria na sua porta, e você teria que se enxugar e se vestir e tudo mais. E isso levaria uns cinco minutos, certo? Então, é a mesma coisa. Só que, num caso, é sabonete e tapetinho de banheiro e, no outro, granulado e uma montanha de calda quente. Se você gostar disso. Eu, pessoalmente, gosto de misturar um pouco as coisas. Prefiro uns dois milk-shakes, uma banana split... um sundae ou dois. Depois, sorvete de café com lascas de chocolate numa casquinha. Não sei por quê. Acho que é como aquele chocolatezinho de menta depois de um jantar para mim. Entende o que eu quero dizer?

Mary teve que virar para trás de novo. Bitty olhava adiante, com as sobrancelhas unidas, seu rosto era o retrato da surpresa.

– Ele não está brincando – Mary murmurou. – Mesmo que você não goste muito de sorvete, observá-lo comer tudo isso vale a pena. Então, o que me diz?

– Elas têm o seu número? – a menina perguntou.

– Têm, sim. Isso é uma exigência para todas que trabalham lá. E estou sempre com meu celular, ligado o tempo todo, mesmo quando estou dormindo, e certamente quando estou no mundo humano.

– E se estiver preocupada que mesmo assim pode acabar perdendo alguma coisa – Rhage levantou o próprio aparelho –, também darei o meu número para elas. E meu irmão, Vishous, garantiu que tivéssemos o melhor serviço de telefonia para sempre termos sinal na cidade. Não existe um lugar em que não consigam falar com a gente. A menos que estejamos perto de Lassiter, e isso tem mais a ver com alguma coisa mental do que com os sinais dos celulares.

– Hum... Lassiter? – Bitty repetiu.

Rhage assentiu.

– É, ele é um pé no saco, Ai, merda, quero dizer, desculpe, eu não deveria ter dito saco na sua frente, né? Nem merda. E todos esses outros palavrões. – Deu um tapa na cabeça. – Tenho que me lembrar disso. Bem, continuando, Lassiter é um anjo caído que acabamos tendo que aturar. Ele é como um chiclete que gruda na sola do sapato. Só que ele não tem cheiro de morango. Ele se apossa do controle remoto da TV e, de tempos em tempos, você acaba se perguntando se *aquilo* foi o melhor que o Criador conseguiu fazer em termos de uma criatura imortal. O gosto televisivo do cara é dos piores, quero dizer, o único fator positivo é que ele não é viciado em *Bonanza*... Já assistiu a doze horas, sem interrupção, de *Uma Galera do Barulho*? Tá, tudo bem, deve ter sido só umas sete, e não é que eu não pudesse ter saído... Meu Deus, vou te contar, foi um milagre eu ter conseguido sair dali com minha habilidade intacta de colocar as calças uma perna de cada vez...

Foi mais ou menos nessa hora que aconteceu. E Mary teria perdido caso não tivesse escolhido aquele momento para se virar e ver se Bitty ainda estava prestando atenção.

A menina estava sorrindo.

Não era um sorriso amplo, e ela não chegou a rir exatamente, mas os cantos da boca dela estavam, sem dúvida, erguidos.

– Vai me contar mais? – Bitty perguntou quando Rhage parou para recuperar o fôlego. – Sobre as outras pessoas que moram com vocês?

– Sim. Claro. Então, o meu chefe, o Rei? O seu Rei? Ele tem um golden retriever chamado George que o ajuda a se movimentar. Wrath é cego, mas sempre sabe nossa localização numa sala. Ele tem sentidos apurados. Ele gosta de cordeiro e, mesmo que tente negar, procura comer os legumes. Por exemplo, durante as refeições, você olha para ele e bem, imagine que o prato dele tem sempre que estar bem arrumado com a carne, o carboidrato e os legumes sempre na mesma posição, porque ele não enxerga, entende? Continuando, eu sei que odeia aqueles legumes, mas ele os come. Desde que o filho dele nasceu, o L.W., sabe? Qual a idade do menino agora? – Rhage olhou para Mary. – Mary, você se lembra?

Mas Mary não estava muito atenta aos detalhes da conversa. Só estava com a cabeça apoiada no encosto do banco, ouvindo Rhage tagarelar sobre suas vidas.

Era a primeira vez em... em meses que se sentia relaxada assim.

– Mary?

Virando a cabeça, ela sorriu.

Eu te amo tanto, ela proferiu silenciosamente sob a luz do painel.

O peito de Rhage inflou umas doze vezes seu tamanho normal, e sua expressão "eu sou o cara" estava tão radiante naquele lindo rosto que era uma surpresa total o bairro inteiro não ter se iluminado com ele.

– Bem – ele continuou depois de levar a mão dela à sua boca para beijá-la. – Temos um gato chamado Boo. Ele veio com a *shellan* de Wrath, Beth, sua Rainha. E um dos nossos médicos tem um cavalo aposentado, sabe? E não quero nem pensar se Vishous tem algum rato-do-deserto. Mas não vou falar sobre isso, não, absolutamente não vou explicar essa parte...

Mary se viu fechando os olhos ao deixar que as histórias e sua voz de barítono se desenrolassem sobre ela. Por algum motivo, ela se lembrou de outro passeio naquele mesmo carro, muito no início do relacionamento deles... Um no qual abaixaram os vidros, "Dream Weaver" soou pelos alto-falantes no volume máximo e ela botara a cara para fora, deixando que o vento batesse em seu rosto enquanto eles corriam pela estrada.

Era bom saber que, mesmo depois de todo esse tempo, ele ainda tinha a habilidade de deixá-la se levar.

CAPÍTULO 33

Assail voltou a se materializar nos fundos da mansão, perto da garagem. Um depois do outro, seus primos também chegaram, aparecendo ao seu lado.

– Caramba, é um feito e tanto vocês ainda conseguirem se mexer. – Ele se aproximou da entrada da cozinha de sua casa, inseriu uma senha junto à porta. Quando a trava se soltou, olhou por cima do ombro. – Tenho quase certeza de que precisam se reidratar.

Só o que ele teve como resposta foi um murmúrio de Evale – o que foi uma surpresa, visto que ele normalmente era o calado. Todavia, uma noite de transa parecia ter trocado as personalidades deles, sugando toda a conversa de Ehric e deixando que Evale fosse o conversador.

Deveras engraçado, de fato.

No interior da casa, ele tirou o casaco e o paletó do smoking. Eles não precisaram. Evidentemente, vestirem-se por completo requeria uma quantidade de energia maior do que a de que dispunham; os casacos e paletós estavam dobrados nos braços, as camisas mal estavam abotoadas até a metade dos peitos, as gravatas brancas enfiadas nos bolsos das calças.

– Comida – Evale disse. – Precisamos de mantimentos por conta daquela refeição tão inconsolavelmente pequena.

– Evale, o seu vocabulário é muito estranho.

– Merda, Ehric. Vou me *empeitar* em *serviço* antes que nos retiremos.

Assail revirou os olhos.

– Empeitar? Acho que está tentando dizer "empenhar". E é "servi-lo". A menos que queira se referir aos seus "empeitamentos" prévios desta noite.

Deixando-os para o que quer que estivessem se referindo, Assail foi até o escritório. Ao se sentar atrás da escrivaninha, primeiro ajustou seus níveis de cocaína, e depois ligou o computador, enquanto fazia uma ligação.

O Irmão Vishous atendeu, dizendo:

– É oficial. Falo com você mais do que falo com minha mãe. Mas não se anime, eu não a suporto.

– Com a sua personalidade afetuosa e comportamento aprazível, não consigo *imaginar* esse tipo de malquerença em sua vida.

– Não precisa me masturbar com seus elogios.

– Falando no assunto, devo dizer que Naasha é uma fêmea bem pneumática com um paladar para o exibicionismo e uma política de acesso ilimitado no que não se refere às propriedades de seu *hellren*. Afinal, quando ele tentara sair do calabouço para uma pequena exploração, ela mandara uma fêmea nua atrás dele em questão de segundos. Meus primos são machos contentes, senão exaustos, que descansarão em breve.

– Então, deixando de lado as transas, o que você sabe?

– Throe está se abrigando na propriedade. Ele tem um quarto e a afeição dela. Afirmou-me que está de relações partidas com Xcor e com o Bando de Bastardos, para nunca mais voltar para o questionável grupo. – Teve que fungar quando o nariz começou a escorrer. – Há algo de preocupante com aquele macho. Não confio nele.

– Quando vai voltar lá?

– Ela me convidou para a comemoração épica do aniversário de seu *hellren*. O convite já chegou a Wrath? – Ele fungou de novo e limpou o nariz. – Imagino que ela esteja planejando enviar logo, se é que já não foi mandado.

Houve um barulho metálico e uma forte exalação, como se o Irmão estivesse acendendo alguma coisa.

– Ainda não. Mas estaremos aguardando. Ele não tem a mínima intenção de comparecer, mas a Irmandade estará lá, com certeza.

– Assim como meus primos e eu. – Assail franziu o cenho quando algo lhe ocorreu. – Perdoe-me a curiosidade, mas, por favor, permita-me perguntar sobre os seus armamentos.

Houve uma longa pausa. E, então, a voz do Irmão, que já estava baixa, despencou por completo.

– O que quer saber?

– Precisa de algo?

– Por quê?

– Tenho contatos entre os vendedores do mercado negro que poderiam facilitar tais aquisições.

– Agora quer ser traficante de armas? Suas ambições nunca apontam para empreitadas louváveis?

– Não há nada de louvável em túmulos, há? De todo modo, considere a oferta feita. Eles me contataram para continuar os negócios, porém declinei a oferta em relação a certos pós e substâncias. Mas isso me levou a pensar que pode existir alguma troca de dinheiro por mercadorias que Wrath me permita orquestrar.

Vishous gargalhou um profundo ronronado.

– Sempre procurando uma saída. E dá pra parar com a coca? Ficou fungando durante toda esta conversa como se fosse um humano num fardo de feno.

– Permaneço leal a você e ao seu Rei – Assail concluiu. – Procure-me se desejar. Caso eu saiba de algo ou entre em contato com ela antes da semana que vem, ligarei de imediato.

– Faça isso.

Assail encerrou a ligação e…

Retraiu-se ao abaixar a mão. Havia um fio de sangue em sua pele… e gotas sobre a frente da camisa engomada.

Levantando-se, foi para o banheiro mais próximo no corredor e acendeu a luz.

– *Maldição…*

Seu nariz pingava em todo lugar.

Depois de abrir a torneira, pegou uma toalha de mão que lavara e dobrara no dia anterior e a molhou debaixo do jato frio. Depois limpou o sangue que jorrava pelas narinas antes de aplicar uma compressa fria, apertando o nariz e inclinando a cabeça para trás.

Perdeu um bom tempo nessa atividade, sempre diante do espelho do banheiro, esfregando as manchas da camisa de algodão. OxiClean, resolveu. Começaria com esse produto, já que sangue tinha proteína. Depois recorreria à água sanitária, antes de jogar a maldita camisa no lixo, se assim tivesse que fazer.

Com a hemorragia contida, levou a toalha consigo e voltou para a cozinha.

Onde sentiu os sapatos de couro patenteados falsearem.

Por causa do aroma no ar. Rica e apimentada, mas, ao mesmo tempo, delicada, a combinação de temperos exóticos atiçava seu paladar do Antigo País e clamava ao estômago, fazendo-o rosnar.

Comida portuguesa que fora preparada por mãos autênticas, amáveis, mesmo que levemente beligerantes.

Fechou os olhos. A avó de Marisol preparara pratos para ele e para seus primos antes da partida, e aqueles dois evidentemente estiveram se servindo das ditas embalagens cuidadosamente congeladas.

– Quer se juntar a nós? – Evale convidou enquanto esperava junto ao micro-ondas. – Ou só vai ficar aí *desfiado*?

Assail saiu de seu transe.

– Acredito que a palavra que esteja procurando seja *desconfiado.*

– Já deu uma olhada na sua cara? – o macho perguntou quando o aparelho apitou. Depois de abrir a porta da frente, carregou o prato cheio para a mesa. – Não está muito bonito.

– Essa seria a definição de desconfiado. E você não deveria comer isso.

– Por que não? – Ehric perguntou ao dar a primeira mordida. – Ah, isto é divino.

– De fato – o gêmeo concordou. – Impiedosamente divino.

– E essa também não é a palavra que você quer usar. – Assail não explicou que eles não podiam comer aquela comida porque logo ela acabaria e o único laço deixado com sua Marisol teria... – Vou me retirar pelo resto do dia agora.

– *Adieu!* – Ehric disse.

– Até *presto* – Evale completou.

– Não seria *até breve,* querido primo?

Assail foi até a lavanderia, onde largou a toalha suja na lavadora e tirou a camisa social.

Os dois primos viram as manchas, mas ninguém comentou nada.

Enquanto Assail voltava a passar pela cozinha com o peito nu e o paletó sobre os ombros, disse para ninguém em particular:

– Procurarei empregar um *doggen* adequado. Um bem versado nos cuidados domésticos e tudo o que isso engloba. Estou cansado de lavar as roupas e passar o aspirador na casa.

– Tem certeza de que isso não tem a ver com o estoque minguante de certos itens congelados?

Ele relanceou para Ehric.

– Acredito que vou prontificá-lo para o porão de Naasha muito em breve. Prefiro quando você permanece calado, mesmo que seu irmão massacre o idioma como se fosse um porco num matadouro.

Assail subiu as escadas, e esperou até fazer a curva para se virar e massagear a dor em seu peito.

A saudade que sentia da humana jamais se aplacaria?

Enquanto Rhage esperava que Mary chegasse em casa do trabalho, deu a volta na mesa de sinuca com o taco na mão, as bolas do jogo rolando pelo feltro e a cabeça... de volta àquele terreno baldio. À menina.

E pensava que o destino podia ser um cretino.

– ... acabei de falar com ele. – Inclinado sobre a mesa, Vishous arrumava as bolas para o jogo seguinte. – Ele queria saber se precisamos de mais armas.

Tentando se concentrar, Rhage franziu o cenho.

– Pensei que Assail fosse traficante de drogas, não?

– Evidentemente está expandindo. – Vishous pegou o quadradinho de giz azul. – O que você acha?

– A nova turma de *trainees* logo vai começar, não vai?

– Vai.

– Faz sentido fazer uma encomenda teste de algumas automáticas.

– Era nisso que eu estava pensando.

Rhage apoiou o quadril na mesa enquanto V. se inclinava e desfazia o triângulo. Quando as bolas coloridas rolaram em todas as direções, Rhage sacudiu a cabeça.

– Viu aquele rifle para elefantes que Evale tinha em Brownswick?

Os olhos diamantinos se ergueram.

– Porra se vi. Precisamos de um daquele, certo?

– Só para ter. Pense no alvo para praticar.

– É, podemos amarrar um carro pequeno nas costas de Lassiter e fazê-lo ficar dando voltas ao redor da piscina...

– Ei – o anjo caído chamou de um dos sofás. – Estou aqui, babacas.

Rhage relanceou para o cara.

– Tá acordado, é?

O bastardo loiro e moreno se sentou e bocejou, esticando os braços acima da cabeça.

– Hora de o meu turno começar. Merda. Estou atrasado! Preciso ir.

Enquanto Rhage e V. observavam o anjo sair em disparada, os dois praguejaram.

– Sabe de uma coisa? – Rhage murmurou. – Está ficando cada vez mais difícil odiá-lo.

– É só você pensar em *Punky, A Levada da Breca*. Tudo volta a se recalibrar. – Vishous deu a volta na mesa, seu corpo imenso se movendo tal qual uma pantera em suas calças de couro e camiseta justa. – Porra, nunca imaginei que eu fosse conhecer esse programa.

V. foi encaçapando as bolas, todos os bolsos sendo preenchidos, mas acabou errando três tacadas mais tarde.

– Hollywood? Meu irmão, é a sua vez.

Rhage tentou se concentrar de novo, mas simplesmente não conseguia tirar aquele assunto de Bitty da cabeça. Depois de um instante, olhou ao longo do feltro e ficou contente em ver que todos os *doggens* estavam na cozinha e na sala de jantar, e boa parte dos outros irmãos ainda não tinha retornado para casa.

E, claro, ele sempre ficava contente quando Lassiter ia embora.

– O que foi? – V. perguntou. – E será que preciso de um cigarro antes?

– Você já... – Rhage pigarreou. – Já pensou em ter um filho, V.?

– Não. Por quê?

Ele o encarava de volta, como se Rhage tivesse lhe perguntado se precisava ou não de uma torradeira nova. De ter a roupa lavada. Trocar o óleo do carro.

– *Nunca* pensou como seria se você fosse pai?

– Não.

– Mesmo?

– Não. – Vishous deu de ombros. – Não sei bem o motivo de você estar perguntando isso.

– Temos tido crianças, você sabe, chegando nesta casa.

– E daí?

– Isso não te afeta em nada? – Quando V. meneou a cabeça, Rhage franziu a testa. – E quanto à doutora Jane? Ela quer?

– Ok, primeiro, ela não pode ter. E, segundo, ela nunca falou sobre isso comigo. Jamais. Ela está comprometida com o trabalho dela. Diabos, a ideia de um presente romântico de aniversário é uma nova autoclave. E amo isso nela pra cacete.

– Mas e se ela mudar de ideia?

– Ela não vai.

– Como sabe? – Enquanto V. só piscava algumas vezes, Rhage sacudiu a mão. – Desculpe, não é da minha conta.

– É por isso que você tem tido problemas com Mary? E não negue. Está na cara... Ela quer filhos?

– Não. Nada assim. – Rhage esfregou a ponta do taco com o polegar, transferindo o giz azul para o dedo. – Eu só estava imaginando. Você sabe, hipoteticamente. Sobre outras pessoas.

– Olha só, não quero dispensar o assunto, mas veja bem, tenho um péssimo relacionamento com a minha mãe e tive um pai sádico. Essa coisa de pai/mãe só pode ter conotações ruins para mim. Além do mais, sou tão carinhoso quanto um porco-espinho, não é assim que se diz?

– Como disse, desculpe ter tocado no assunto.

– Vai jogar agora?

Rhage mudou o peso de um coturno ao outro.

– Na verdade, tenho outra pergunta a fazer.

CAPÍTULO 34

A última coisa que Mary fez antes de encerrar a noite foi ir até o escritório e verificar o Facebook em seu computador.

Como se o resultado fosse diferente verificando a página em outro aparelho além de seu celular.

– Ok, vamos lá – murmurou ao acessar a conta.

Quando a máquina se reavivou, logo foi recebida pelo grupo fechado apenas para vampiros que procurava – porque fora a última coisa que vira antes de descer para esperar por Rhage no início da noite.

Apertando o botão para renovar a página, ficou esperando que a conexão da internet lhe mostrasse novas postagens, e inclinou a cabeça, olhando para o teto. Bitty estava se movendo em seu quarto no sótão, e Mary brigou contra o impulso de subir para falar com ela. Mas não, estava na hora de voltar para casa, e a menina estava cansada. E também Mary tinha quase uma sensação de superstição de que, para variar, as duas haviam se separado com um tom de esperança: Bitty estava pronta pra sair e tomar sorvete na noite seguinte, e Mary se atinha àquele breve sorriso na parte de trás do GTO como se fosse uma corda de salvação no meio do oceano.

– Muito bem, o que temos aqui... – ela sussurrou ao se concentrar na tela.

Nada. Absolutamente nada. Deviam existir somente uns quinhentos machos e fêmeas no grupo – fêmeas na maioria –, e as poucas postagens que ela viu abrangiam assuntos convencionais que, mesmo ante olhos humanos, pareceriam absolutamente normais.

Ninguém respondera à sua pergunta a respeito do tio de Bitty.

Estava desapontada, mas isso era meio que loucura. Sua parte lógica sabia que não havia ninguém no mundo para a menina, mas ouvir Bitty falar com tal desespero a respeito de um parente hipotético? Isso fazia você querer que um milagre acontecesse.

Desligando tudo, pegou a bolsa e o casaco e saiu, parando na base da escada.

– Bom dia, pequena Bitty.

Uns vinte minutos mais tarde, ela estava dirigindo pela colina do complexo encoberta pelo *mhis*, subindo lentamente porque não queria sair da estrada nem atingir um cervo...

– Merda!

Freando rápido, girou o volante para a direita bem quando o Hummer de Qhuinn quase batia com tudo em sua lateral.

O SUV derrapou ao parar e todo tipo de lutador saltou do veículo, correndo na direção dela como se seu Volvo estivesse pegando fogo.

– Mary!

– Maaary!

Butch escancarou sua porta.

– Mary! Puta que o pariu!

Ela teve que rir ante a expressão no rosto do policial. E na de Blay. E na de John Matthew. E na de Qhuinn.

Levantando as mãos, garantiu:

– Estou bem, estou bem, estou bem. De verdade.

– Vou ligar para a doutora Jane...

– Butch. Sério. – Desafivelou o cinto de segurança e afastou o bostoniano da sua frente. – Viu? E o *air bag* nem se abriu. Apesar de que estou ficando um pouco sobressaltada com esses encontros súbitos. Quase atropelei um *redutor* na outra noite.

Isso fez com que os quatro se calassem. E ficaram ali parados, encarando-a como se estivessem prestes a sincronizar seus acessos de vômito.

– Rapazes, vocês não me atingiram. Estou bem. – Apontou para a estradinha de terra de onde eles vieram. – Eu nem sabia que isso estava aí... De onde vocês estão vindo?

– De lugar nenhum. – Butch a segurou pelo cotovelo e começou a conduzi-la para a porta do passageiro. – Eu dirijo para você pelo restante do trajeto...

– Não. – Ela enterrou os calcanhares e cravou os olhos nele. – Butch. Não há nada de errado comigo. Quero que vocês quatro respirem fundo... e, quem sabe, abaixem as cabeças entre os joelhos para não desmaiarem. Esse tipo de coisa acontece, nós dois reagimos a tempo, portanto, vamos em frente, ou vou chamar o Fritz e pedir que ele pinte os quartos de vocês de cor-de-rosa. Logo depois de colocar pot-pourri nos seus armários, e fotos da Elsa e da Anna nas paredes.

– Ela está falando sério – Blay comentou com certa medida de respeito.

– Porra se está – Qhuinn murmurou. – Cara, não é a toa que você consegue estar vinculada a Rhage. Se ele sair da linha, é só você estalar o chicote que ele volta rapidinho, não é, não?

Só estávamos preocupados, John Matthew sinalizou. *E não queremos mesmo contar para o seu maridão que te machucamos. É só isso.*

Ela se aproximou dele e o abraçou.

– Sei disso. E sinto muito se estou um pouco irritada. As últimas noites foram bem longas. Venham, vamos comer.

Atrás do volante de sua perua uma vez mais, ela subiu a colina, na mesma baixa velocidade de antes. O Hummer ficou atrás, numa distância bem considerável segundo o Departamento de Trânsito, ou seja, mais do que seis carros atrás, e ela estava bem ciente de que os guerreiros observavam todos os seus movimentos.

Porque os quatro pareciam colados no para-brisa do SUV, uns junto aos outros como um grupo de mães galinhas preocupadas com um pintinho errante.

Mas isso enchia seu espelho retrovisor com muito amor.

O que nunca era algo ruim.

Depois que todos estacionaram diante da mansão, ocupando suas vagas habituais – a dela junto ao Porsche de Manny, a deles perto da máquina, qualquer que ela fosse, de V. –, ela saiu do carro com sua bolsa e se preparou para recusar qualquer sugestão de um rápido check-up daquela plateia coberta de couro.

E o quarteto foi para junto dela numa formação militar.

Erguendo as mãos, ela disse com calma e sensatez:

– Não posso morrer, lembram? E também, para o caso de não terem notado, estou de pé, andando, falando em sentenças completas, e até sorrindo. Veem? – Apontou para a própria boca. – Então, que tal um pouco de Última Refeição antes que vocês todos desmaiem?

Houve um coro de barítono de "tudo bem" e "tanto faz" e, em seguida, John Matthew passou o braço ao redor dos seus ombros, deu-lhe um rápido abraço e todos subiram para o vestíbulo.

Fritz abriu a porta interna para eles.

– Saudações! Como têm passado todos vocês?

Enquanto o mordomo se curvava e todos entravam, Mary teve que fazer uma pausa. Quantas vezes entrara naquele vestíbulo? Contudo, já fazia muito que não admirava o pé-direito alto de três andares com o mural de guerreiros majestosos sobre seus cavalos... nem parava para se deslumbrar com as colunas de mármore e malaquita com seus capitéis e as bases ornamentadas... nem reservava um segundo para escutar as camadas de conversas dos membros da casa que desciam para se reunir na sala de jantar.

Tudo parecia mais que luxuoso, amplamente multifuncional e maravilhoso em seu conjunto, desde Z. e Bella descendo pela grande escadaria com Nalla até Wrath e George atravessando o piso de mosaico com Tohr, e John Matthew e Xhex envolvidos num abraço.

Seguindo para a Última Refeição, lembrou-se de quando Rhage contara a Bitty sobre as pessoas que ali viviam, sua gargalhada maravilhosa e espontânea, descrevendo caricaturas das bênçãos que aquela família tinha.

Depois visualizou Rhage e Bitty curvados sobre o motor do carro dele, ele sem pressa de explicar todo tipo de coisas para ela, sem nada daquele discurso de que "isto é só para garotos", com a expressão franca, os olhos gentis.

Ele fora incrível com a menina...

– Minha Mary... – Foi o sussurro ao seu ouvido.

Quando sobressaltou-se e se virou para Rhage, não pensou nem um segundo.

Envolveu-o com os braços, atraiu-o para si...

... e beijou-o com todo o seu ser.

Ah, sim, sim, sim. AHHHHHHHH.

Enquanto Mary lambia um caminho até dentro da boca de Rhage, a mente dele esvaziou da melhor das maneiras – ainda mais quando a abraçou e a aproximou do seu corpo, curvando sua imensa altura e peso ao redor dela. Os lábios de sua *shellan* eram suaves e cálidos, e a língua escorregou contra a dele, e os seios, a despeito da barreira do casaco, pareciam se esfregar nus em seu peito.

– Vamos para cima – ela disse ao encontro de sua boca.

Ele retomou o beijo ao mesmo tempo em que o olhar subia pela escadaria. Pois é, íngreme, longa – e o quarto deles? Merda, estava a uns quinhentos quilômetros de distância. Ou cinco mil.

– Vem cá – ele grunhiu.

Ele acabou conduzindo-a de costas, com as mãos desesperadas para se enfiarem por baixo de suas roupas – mas ele não podia se arriscar a esse tipo de contato. Caso sentisse a pele dela? Seria capaz de tomá-la sobre o piso de mosaico.

A despensa estava localizada ao lado da cozinha e era tão confortável e luxuosa quanto uma lavandeira – com a ausência trágica de uma lavadora e de uma secadora sobre as quais você pode sentar sua fêmea amada a fim de tê-la na altura da sua cintura com as coxas afastadas. Contudo, havia duas coisas positivas ali: primeiro, uma tranca na porta, como se Darius tivesse pensado que outro tipo de tempero alternativo poderia ser largado em meio a latas de pêssegos e potes de picles; e, segundo, uma bancada baixa a pouco mais de um metro de distância do chão com uns belos oitenta centímetros de profundidade, que dava a volta em todo o ambiente.

Aparentemente, a prateleira servia para acomodar a carreira de gavetas que estavam sob as prateleiras.

Naquele momento? Era o mais próximo de uma lavadora que Rhage poderia conseguir.

– Ai, Deus, preciso de você – Mary disse quando ele trancou a porta, manualmente girando o pino, e a ergueu do chão.

Quando ela agarrou a ponta da camiseta dele e a suspendeu pela cabeça, a peça ficou presa no nariz, quase arrancando suas narinas. Mas ele lá se importou? E logo as mãos trêmulas agarraram o zíper de sua calça.

– Preciso de você dentro de mim, depressa... Preciso de você.

– Ah, porra, Mary, você me tem... – No segundo em que ela tocou em seu pau, ele se arqueou para trás e exclamou alguma coisa. O nome dela? Algo sobre a Virgem Escriba? Uma bomba F? De novo, ninguém se importava com isso. – Me deixa te...

Mas, sem que ele percebesse, ela desceu da prateleira junto ao seu quadril, empurrando-o para trás até ele bater do lado oposto com tanta força que latas de sopa sacudiram e rolaram até o chão como se temessem por suas vidas.

– Maaaaaaaary…

Aquela boca sugou sua ereção, e por mais que a sucção quente e firme fosse de outro mundo, o que era mais sensual? A sensação de que ela estava tão malditamente desesperada por ele, que ela não se aguentava para que ele abaixasse as calças e sua calcinha.

Ela estava tão absolutamente ávida e ardente por ele que não queria perder tempo.

Ela *tinha* que possuí-lo.

O macho vinculado dentro dele rugiu de satisfação, e a besta oscilou de uma boa maneira sob sua pele e… ah… sim… ele gozou.

Deus, como ele gozou. E enquanto sua Mary o ordenhava até ele perder a força do corpo, e depois se sentava sobre os tornozelos e lambia os lábios, ele sentiu uma parte sua voltar – uma parte que andara sumida há algum tempo, e que ele nem se dera conta de estar ausente.

Ela ainda o queria. Ainda precisava dele. E havia algo nessa conexão que o enchia onde antes ele estivera vazio.

E estava na hora de retribuir o favor. Com um grunhido, lançou-se sobre ela, abaixando-a sobre o piso de madeira, beijando-a e saboreando a si mesmo enquanto arrancava suas calças, abaixava o seu couro até o meio das coxas, e a fazia montar sobre ele quando rolou para ficar de costas.

Mary se sentou sobre seu pau e os dois gritaram. Depois, ela se inclinou para a frente, apoiando as mãos junto à cabeça dele, e começou a movimentar a pelve, a ereção entrando e saindo do seu sexo, os corpos se chocando, os olhos de Rhage se prendendo nela enquanto ela também o fitava com uma combinação de determinação ferrenha e da mais completa adoração.

Ela ainda estava de casaco. A peça se sacudiu ao redor dela, e por mais que ele quisesse olhar seus seios, o pescoço, o abdômen, e o sexo, ele estava envolvido demais para fazer qualquer movimento coordenado com as mãos e os pensamentos.

Era simplesmente maravilhoso pra cacete ser desejado daquele jeito. Cavalgado daquela forma. Tomado assim.

Gozaram ao mesmo tempo, os quadris se chocando, batendo até que, de alguma forma, ele acabou rolando-a de costas e montando-a. Ainda bem que ela estava de casaco, pois assim ficava acolchoada. Segurando-a pelos tornozelos, empurrou suas pernas até os ombros e penetrou fundo, girando sua pelve livremente enquanto a empurrava pelo piso nu da despensa até acabarem encurralados num canto. Com um grunhido, ele se arqueou e segurou na beirada da prateleira, conseguindo um ponto de apoio ainda melhor.

E o sexo continuou.

E continuou.

E continuou...

CAPÍTULO 35

Enquanto o amanhecer ameaçava a leste, e a luz alaranjada lançada pela incansável bola de fogo dos céus se avolumava numa pequena linha no horizonte, Zypher permanecia de pé junto à carcaça queimada de um carro num dos becos de Caldwell.

Ao seu redor, o Bando de Bastardos estava reunido, os corpos tensos e irrequietos, as armas embainhadas, mas as mãos a postos.

Balthazar falou:

– Esta é a última coordenada dele.

Sim, Zypher pensou, todos sabiam disso. De fato, haviam começado dali no anoitecer do dia anterior, depois que Xcor não retornara para o quartel-general – que agora teria que ser abandonado. Evidentemente, o líder fora severamente ferido numa luta, quer ela tenha acontecido ali ou em algum outro local, e só se podia deduzir que ele e seu celular foram levados sob custódia pela Sociedade Redutora ou pela Irmandade da Adaga Negra.

Sim, havia a possibilidade de ele ter sido ferido e se arrastado para algum esconderijo por um tempo, só para acabar morrendo de causas naturais ou pela exposição ao sol, seu celular incendiado junto dele ou roubado de sua mão morta – mas, considerando-se os inimigos que enfrentavam, seria desajuizado acreditar nessa teoria.

O melhor seria imaginar uma captura. Tortura. Uma possível troca de informações.

– Ele não ia querer um memorial – Zypher falou de repente.

– Não mesmo – alguém concordou. – E deve ter entrado no Fade com muita agitação.

Houve uma rodada de risadas, mas Zypher se perguntou se o líder deles, se qualquer um deles, receberia o acesso a tal santuário celestial. Por conta de seus maus feitos, por certo seriam mandados para trás, não? Enviados para o *Dhunhd*, o parque de diversões eterno e particular de Ômega.

De todo modo, enquanto ali estavam, resolveu que o beco parecia o local adequado para aquela reunião de pesar, os restos do velho carro fazendo as vezes de uma lápide apropriada, a ausência de detalhes como algo adequado para o término da vida de Xcor. Afinal, embora Zypher tivesse trabalhado com o macho contra os *redutores* durante séculos, ele não podia dizer que conhecera verdadeiramente seu amigo guerreiro.

Bem... isso não era inteiramente verdade. Conhecera muito bem a crueldade e a mente calculista do líder, tanto no campo de guerra como, mais tarde, quando passaram a ser viajantes em lares temporários, e mais tarde ainda, quando se acomodaram no castelo, no Antigo País.

E também houve aquele momento particular, depois que Xcor esfaqueara Throe – e se punira por isso.

– O que fazemos agora? – Balthazar perguntou.

Depois de um instante de silêncio, Zypher percebeu que todos olhavam para ele.

Desejou que tivessem um corpo. O curso seria mais claro, então. No momento, mesmo com todas as evidências circunstanciais apontando para certa direção, assumir o comando do grupo parecia uma insubordinação.

Mas não havia nada mais a ser feito.

Zypher esfregou o rosto com uma mão enluvada.

– Precisamos imaginar que nossa base foi comprometida, ou logo será. Também precisamos destruir todos os nossos celulares. Então esperaremos um tempo antes de voltarmos para o Antigo País. Há uma vida que vale a pena ser vivida lá.

O castelo ainda estava erguido e sob sua propriedade.

Mas, e dinheiro? Eles precisavam de dinheiro.

Merda.

– E se ele tentar nos localizar? – Balthazar inquiriu. – Se destruirmos nossos celulares, como ele nos encontrará?

– Se ele tiver sobrevivido, conseguirá nos encontrar.

Inclinando-se para o lado, Zypher relanceou entre dois prédios. Aquele brilho do alvorecer estava cada vez mais claro e, caso esperassem muito tempo mais, estariam encontrando um destino semelhante ao daquele veículo. E talvez ao do próprio Xcor.

– Vamos retornar para... – Franziu a testa. – Não. Não vamos voltar lá.

Ele não desconsideraria uma emboscada por parte da Irmandade dentro daquela casa de fazenda mesmo em pleno dia – e não porque aqueles machos eram descuidados, mas porque eram letais. E se foram assassinos que apanharam Xcor? Então um ataque do tipo seria ainda mais provável.

Relanceando ao redor, concentrou-se numa porta próxima. O prédio dela estava abandonado, a julgar pelas janelas cobertas por tábuas e pela placa de CONDENADO grudada em seus tijolos.

Zypher se aproximou e bateu no portal com o ombro. Quando o painel de metal se soltou, o cadeado se desfez em pedaços, caindo no chão do interior escurecido logo adiante.

O ar que o recebeu era frio, úmido e fedia a uma variação de mofo e podridão. Mas a escuridão opressora que o cercava era uma boa notícia.

Não tinham comida, apenas as armas e as munições que traziam às costas. Aquele era, no máximo, um abrigo incerto.

Como nos bons e velhos tempos.

A não ser pela grande e notável ausência.

Enquanto seus colegas bastardos entravam e encontravam seus lugares ao redor de engradados e extensões de bancadas sujas com contêineres plásticos, ratos dispararam saindo do caminho, reclamando com guinchos.

– Ao anoitecer, retornaremos para a casa de fazenda, tiraremos tudo que nos pertence de lá e determinaremos nosso curso.

Zypher escolheu uma porção do chão perto da porta, encaixando-se num espaço entre prateleiras de modo a ficar ereto com sua automática na mão, pronta para ser disparada.

Em sua longa história como soldado, passara muitos dias dessa forma, o corpo necessitando se recuperar dormindo ao mesmo tempo em que ele permanecia com um olho e um ouvido atentos. E, antes disso tudo, como aluno de Bloodletter, temera por sua vida quando o sol se levantava e os *trainees* eram forçados a se retirar para a caverna do campo de guerra até o anoitecer.

Aquilo eram férias, se comparado ao que ele e os outros suportaram.

Abaixando as pálpebras, viu-se imaginando como Xcor morrera. E onde aquela alma atormentada fora parar.

Algumas perguntas eram fadadas a ficar sem resposta... e foi estranho perceber que sentia falta do líder, ainda que tivesse dificuldades para admitir tal coisa. Xcor fora tão terrível quanto Bloodletter por vezes; ainda assim, sua ausência era como a de um membro ou de um órgão crucial.

Todavia, hábitos eram mais difíceis de morrer do que os mortais.

E esse enfado, atrelado como estava a séculos de crueldade, dificilmente era uma recomendação para a alma do macho.

CAPÍTULO 36

– Sim, claro. Darei o recado aos compradores antes do fechamento da semana que vem. Sim, a visita está marcada para quinta-feira às oito da manhã. Isso seria conveniente? Muito bem. O prazer foi meu. Até mais.

Jo desligou o telefone, fez uma anotação no arquivo do cliente e depois deu uma olhada no celular.

Não podia ter lido a mensagem corretamente. A maldita era de Bill:

> *Você me enganou direitinho. Deveria ter tentado isso com alguém com menos capacidade de investigação.*

Mas o que...? Na noite anterior, separaram-se amigavelmente, voltaram para o carro dele quando a sensação de que estavam sendo observados se tornara grande demais para ser ignorada. O plano era de se encontrarem na hora do almoço e voltarem para o *campus.*

Respondeu a mensagem: *Do que você está falando?*

Recolocando o celular na gaveta, tentou parecer ocupada enquanto os corretores iam e vinham diante de sua mesa sem olharem para ela. O que era bom. Se eles paravam para conversar normalmente era porque estavam aborrecidos com a etiqueta a respeito do micro-ondas na sala de descanso, tinham um problema tecnológico com o qual ela não poderia ajudá-los, ou agiam com frustração a respeito do presente mercado menos que robusto.

Nesse ínterim, Bryant estivera ausente do escritório a manhã toda, mas estivera ocupado com seu telefone. Enviara quinze mensagens, somente metade das quais relacionadas a assuntos do escritório. As outras carregavam um estranho tom: ele queria saber por que ela saíra às sete na noite anterior. Quando ela respondera que já podia ter saído por ter terminado o trabalho, ele lhe perguntou onde ela fora. Quando lhe respondeu que fora direto para casa... ele retrucara: *Tem certeza disso?*

Bizarro...

Um barulho soou dentro da sua mesa e ela abriu a gaveta. Aceitando a ligação que fizera seu telefone vibrar, ela repetiu:

– Do que você está falando?

Bill deu uma risada irritada.

– Você não me contou quem são seus pais. Recepcionista uma ova.

– Como é?

– Você é filha de Phillie e Chance Early. A única filha... desculpe... herdeira.

Ela fechou os olhos e refreou um xingamento.

– O que isso tem a ver?

– Olha só, se está tentando fazer com que o seu projeto sobre *A Bruxa de Blair* tenha sucesso na mídia, vai ter que encontrar outra pessoa para ser o seu maldito artista, ok? Não tenho tempo para isso.

Jo passou o telefone para a outra orelha, como se a ação fosse mudar o rumo da conversa.

– Não estou entendendo...

– Ontem à noite perguntei se o seu amigo Dougie tinha meios de recriar algo para destruir aquele cenário. Você disse que não, mas, de modo muito conveniente, deixou de lado o fato de que *você* tem. Com o seu montante de dinheiro, pode montar digitalmente o que bem entender naquela filmagem do YouTube, pagar pessoas para pisotear aquele gramado e depois, uau, você aborda um jornalista do *CCJ*, na esperança de que ele seja estúpido o bastante para acreditar nisso tudo e consiga para você um pouco de cobertura local. Em pouco tempo, as fotos são escolhidas por HuffPost e BuzzFeed – e logo *Deadline* estará anunciando um filme sobre *vampiros* em Caldwell. Uma orquestração perfeita.

– Não foi nada disso que...

– Não ligue para mim de novo...

– Sou adotada, ok? E não vejo essas pessoas que você chama de meus pais há pelo menos um ano. Não me identifico com eles e também não sou bancada por eles, e se quer provas de como a minha conta corrente é insignificante, tudo bem, fico muito contente em lhe mostrar o quanto o meu contracheque é patético. Perguntei sua opinião sobre o que está na internet porque eu mesma estou tentando entender. Permita que eu garanta, porém, que nada naquela filmagem em Brownswick é resultado de eu ter assinado um cheque para alguém. Então, que tal você fazer mais do que apenas uma pesquisa superficial sobre mim antes de se jogar em conclusões e me atacar na jugular? Obrigada. Tchau.

Ela quase jogou o celular dentro da gaveta, mas pensou melhor... Porque, veja bem, pessoas que se preocupam em pagar o aluguel não se colocam numa posição de ter que substituir o celular...

Quando o telefone do escritório começou a tocar, ela o pegou, contente com a distração.

E enquanto ela tirava as dúvidas de um cliente a respeito do *status* da substituição do sistema de alarme de incêndio num duplex do outro lado da cidade, ela processava paralelamente a coisa toda em sua cabeça. Era loucura da sua parte desperdiçar mais tempo e energia tentando entender aquele vídeo, só para começar. E, também, ela tinha fortes suspeitas de que sua mente gravitara ao redor de toda essa estupidez porque sua vida estava um tédio.

O que era um problema a ser resolvido não com distração, mas pondo os pés para cima e tentando descobrir que diabos queria fazer consigo mesma.

Sim, já concluíra que ser socialite, como as pessoas que a adotaram, era um grande não. Portanto, oba, já retirara uma opção da sua lista para o futuro...

Quando o interior da sua gaveta voltou a tremer, ela a abriu de novo e pegou o celular em meio a todos aqueles clipes e lápis que não usava.

Era Bill. E ela pensou em deixar a ligação cair no correio de voz, mas sabia que era infantilidade. Apertando o botão de aceitar chamadas, ela disse:

– Só posso imaginar que esteja ligando para se desculpar agora. Ou auditou o meu crédito? Na verdade, não é tão ruim, apesar de que, lembre-se, isso não tem nada a ver com renda líquida, ainda mais se você é tão compulsivo quanto eu em pagar as contas em dia.

O cara fez o favor de pigarrear.

– Desculpe. Parece que tirei conclusões precipitadas e não comprovadas.

Jo rolou a cadeira para o outro lado, de forma a ficar de frente para o logo da empresa na parede de feltro. Inspirando fundo, murmurou:

– Sabe, acho que ajuda, caso você pretenda se estabelecer como um jornalista investigativo modelo, que procure se aprofundar um pouco além do superficial quanto às pessoas.

– Eu só pensei... Bem, não importa o que pensei. – Houve uma pausa. – Ainda quer me encontrar daqui a uma hora?

Jo relanceou para o relógio. Só para se dar um tempo. Hum-hum.

Sim ou não? perguntou-se. *Pescar ou cortar a linha?*

Se seguisse em frente com o plano? Era provável que acabasse ainda mais tragada naquela toca de rato que não a aproximaria de nenhum outro emprego decente...

– Jo?

Quando a voz grave proferiu seu nome, ela se sobressaltou e girou a cadeira novamente. Bryant estava inclinado sobre a mesa da recepção.

– Jo? – Bill a chamou pelo telefone.

Enquanto olhava para o belo rosto do chefe, ela entendeu exatamente por que estava inventando desculpas para continuar num emprego sem futuro. E, na verdade, colírio para os olhos não te leva muito para a frente, leva?

– Sim, estarei lá – ela respondeu para Bill, e desligou o telefone. – Oi, voltou cedo.

– Quem era? Seu namorado? – Bryant sorriu ao estreitar o olhar. – Nunca me contou que tinha um.

– É porque não tenho. Conseguiu aquela assinatura? Posso começar com o Serviço de Listagem Múltipla... Hum, por que está olhando para mim assim?

O celular de Bryant tocou em sua mão, e a linha do escritório também tocou na mesa e, antes que ele pudesse responder, ela atendeu o telefonema, tirando o aparelho do gancho e repetindo seu *script*.

Ele só atendeu o aparelho depois de dois toques... Bryant, de fato, esperara dois toques antes de atender o telefonema, mas quaisquer distrações que fossem as oferecidas por Jo, elas logo passaram quando ele disse "alô", riu e se afastou.

Pois é, estava na hora de dar uma turbinada no seu velho currículo.

– Fique com o troco, seu animal imundo...

Enquanto Rhage repetia a fala, levantou o queixo, beijou a testa de Mary e se deliciou no bem-aventurado estado de total relaxamento deles. Em troca, ela se aninhou ainda mais ao peito nu, e bocejou tão forte que sentiu o maxilar estalar.

– E lá vai o entregador de pizza. – Rhage riu ao colocar um pirulito de uva de novo na boca para mais uma chupada. – Sabe, adoro essa estátua boba que todos derrubam na frente da casa.

Esqueceram de Mim. Na cama. Com sua *shellan*, de barriga cheia, e com a garantia de que sua Mary havia permitido que escolhesse mais dois filmes para eles.

Que tal *Duro de Matar* e *Férias Frustradas de Natal*?

Afinal, o feriado humano estava se aproximando, não?

E, cara, se aquilo não era o paraíso envolvido numa nuvem fofa, ele não sabia o que podia ser. Seu corpo estava tão relaxado que ele estava seriamente flanando no ar, e nenhum daqueles filmes que escolhera vinha com exigências linguísticas de leitura de legendas.

Noite de filmes podia ser um problema.

Mary gostava de filmes com conteúdo. Ele preferia cultura pop.

Nunca os dois estilos se misturariam. Mas, veja, isso é o comprometimento numa relação. Era assim que as coisas funcionavam.

– O que vamos ver depois disso? – ela murmurou.

– Bruce Willis e depois Chevy Chase. Vou deixar que você adivinhe os filmes.

Ela apoiou a cabeça no peitoral dele.

– Está escolhendo um tema natalino só para mim?

– Isso mesmo. Vai me dar um beijo por ser tão atencioso?

Quando ela se inclinou sobre ele, Rhage segurou seu rosto entre as palmas e a beijou intensamente. Quando se afastaram, ele se concentrou nos lábios dela, sentindo aquela queimação conhecida onde mais contava para um macho.

– Posso só te contar como estou aguardando ansiosamente pelo nosso banho antes da Primeira Refeição?

– Está?

Quando ela sorriu lenta e deliberadamente para ele, aquela brasa foi atiçada ainda mais.

– Hummmm...

– Se você fosse qualquer outra pessoa – ela murmurou –, eu me perguntaria como é que você conseguiria ficar excitado de novo, hum, no próximo mês, sabe?

– Ah, eu estaria pronto para você. Sempre.

Só que, nessa hora, algo mudou para ela. Ele soube no instante em que aconteceu, ainda que tivesse dificuldade para apontar exatamente o que o alertara.

– O que foi? – sussurrou. – Está pensando em Bitty?

Antes que ela respondesse, ele pausou o filme com o controle remoto, ironicamente na cena em que Kevin colocava a loção pós-barba do pai na cara e depois começava a gritar a plenos pulmões.

Com a figura de dez anos de Macaulay Culkin berrando para eles na tela congelada na parede oposta, Rhage afastou os cabelos de Mary do rosto.

– Fale comigo – pediu.

Ela se deitou de costas.

– Não quero estragar isto com assuntos pesados.

– Por que você arruinaria alguma coisa?

– Ora, Rhage... Sinto que, finalmente, estamos consertando as coisas entre nós, mas aqui estou eu... estragando tudo de novo.

Ele franziu o cenho e se virou de lado, apoiando a cabeça na palma.

– Por que falar de Bitty nos atrapalharia? – Quando ela não respondeu, ele desenhou um círculo no braço nu dela. – Mary?

Quando, por fim, ela o fitou, seus olhos estavam marejados.

– Preciso te contar uma coisa.

– Qualquer coisa. – Infernos, depois das últimas... Que horas seriam? Meio-dia, mais ou menos? Oito horas, ele se sentia invencível no que se referia a ela. – Não estou preocupado.

– Aquele tiro que você levou... – Ela fungou, e pareceu determinada a conter o choro. – Quando você voltou depois de a besta ter aparecido, e estava deitado no chão...

Ela levou as mãos ao rosto e fitou o teto como se estivesse de volta àquele campo. E o primeiro instinto dele foi o de dizer que ela parasse, que deixasse aquela lembrança de lado, que nunca mais voltasse àquele momento.

Mas ela não era covarde com suas emoções. Nunca fora.

– Eu me esforcei para te manter aqui. – Ela o fitou. – Eu... eu implorei para que Jane e Manny fizessem alguma coisa, qualquer coisa para te ajudar.

– Claro que fez. Eu estava sofrendo... Quero dizer, de acordo ou não com o outro lado, a situação não foi divertida para mim, garanto.

– Sim. – Ela desviou o olhar. – Eu não queria que você sofresse.

Enquanto Mary se calava, ele segurou uma das suas mãos e a levou à boca.

– Por que, em um milhão de anos, você acha que tentar salvar a minha vida poderia ser algo ruim? Quero dizer, não sou como vocês, terapeutas, mas estou com a sensação de que é por isso que está tentando se desculpar. O que é loucura. Tanto numa ótica clínica quanto prática...

– *EunãoqueriadeixaraBitty.*

– Desculpe, o que foi que você disse? Não entendi.

Mary se sentou, enfiando o lençol ao redor dos seios nus.

– Eu poderia simplesmente ter te encontrado do outro lado... mas quando chegou a hora, eu me acovardei, porque você não estava mais respirando e você... e a coisa toda da morte estava acontecendo... mas eu também não queria abandonar a Bitty. Quis que você ficasse para que eu pudesse continuar a ajudá-la. E eu sinto muito, ah, Deus, Rhage, sinto tanto por isso.

Rhage piscou algumas vezes.

– Deixa eu ver se entendi direito. Está se desculpando porque não queria deixar uma menina órfã, que acabara de assistir à morte da mãe, lidando com isso sozinha. Mesmo?

– Sinto como se... tivesse te traído de algum jeito. Quero dizer, o pacto de eu ir te encontrar do outro lado trata-se de mim e de você. Juntos. Só nós dois. Mas, quando chegou a hora, eu me esforcei, mas não por nós. Não de verdade. Porque eu poderia te ver de novo. Eu me empenhei... por outra pessoa. E isso me parece tão errado.

Rhage também se sentou, ajeitando a manta ao redor do quadril. Colocado dessa maneira, ele entendia por que ela sentia assim.

No entanto...

– Mary, se for te ajudar de alguma forma, eu também não queria deixar os meus irmãos para trás. Eu estava basicamente preocupado com você e comigo, e com o que aconteceria com a gente, mas não era só isso que estava na minha cabeça. Também havia outras pessoas para mim. – Ele sorriu e esfregou o queixo. – Mesmo se um deles acabou me socando, – duas vezes, logo depois que saí da cama. Mas tudo bem, entendo a sua preocupação, mas sabe como vejo a questão? Não espero que a sua vida gire ao meu redor. Respeito a sua profissão, e te amo por tudo o que você faz no Lugar Seguro. Naquele momento, você sentiu que tinha assuntos não resolvidos que precisavam ser cuidados. Isso é algo que posso respeitar totalmente. – Franziu a testa. – Bem, contanto que no fim você acabasse indo se encontrar comigo, caso eu não voltasse...

– Ah, Deus, sim! – Ela esticou o braço e o aproximou para um beijo na boca. – Juro pela minha alma. Mesmo se eu tivesse que deixar Bitty sozinha... eu teria ido te encontrar. Não tenha *nenhuma* dúvida quanto a isso.

Rhage sorriu e voltou a amparar o rosto dela entre as mãos.

– Então estamos bem. Você tem que entender, minha Mary, que o seu comprometimento com o trabalho é parte do que amo em você junto ao resto... você sabe, tudo. Não desperdice nenhum outro pensamento nos porquês do que você fez. Concentre-se no quanto é incrível estarmos aqui agora, juntos, e tudo aconteceu exatamente como devia.

Ela chorou um pouco.

– Mesmo?

– Mesmo.

Beijaram-se, lenta e docemente desta vez. E depois ele se recostou, aproveitando-se de um momento para admirar o cabelo bagunçado dela, os olhos sonolentos, os lábios inchados porque estiveram se amando por horas.

– Está melhor? – perguntou.

Ela assentiu.

– Ah, sim, totalmente.

– Quer terminar de assistir a esse filme?

– Sim, quero sim.

Rhage sorriu de novo.

– Adoro quando você mente assim para mim.

– É verdade!

Quando a acomodou de novo nos braços, Rhage balançou a cabeça e tateou ao redor para encontrar o controle remoto.

– Que bom que esclarecemos tudo. Quero dizer, olhe para o Kevin. Ele está indignado porque o estamos ignorando. O garoto vai precisar de muita terapia se continuarmos congelando-o assim.

A risada de Mary foi transmitida do tronco dela para o seu e, Deus, como ele amava essa sensação. Depois ela suspirou e ficou ainda mais à vontade... e, alguns momentos mais tarde, adormeceu, respirando profundamente, num ritmo compassado de alguém que tinha a consciência tranquila e estava em paz com aquele a quem amava.

Quando os ladrões estavam sendo cobertos de alcatrão e penas, Rhage também estava sonolento, mas acabou ficando acordado o resto do dia. Mas não por causa dos filmes.

Às vezes, o descanso de que você precisa está em abraçar a pessoa certa junto ao seu corpo, de sentir o calor dela, e de saber que ela não vai embora.

Não sem você, de qualquer maneira.

Concluiu que o amor verdadeiro era toda a recarga de que ele necessitava, muito obrigado.

CAPÍTULO 37

No fim das contas, Mary escolheu ir de jeans.

Normalmente, ela não era uma garota do tipo estiloso, mas para o passeio até a sorveteria com Bitty, não queria usar seu uniforme profissional de blusa e calça social. Seu objetivo era que a roupa fosse casual e descontraída e, de alguma forma, aparecer com um punhado de peças que exigiam lavagem a seco não berrava *Baskin-Robbins*, trinta e um sabores com granulados na cobertura.

– Como estou? – Rhage perguntou atrás dela.

Virando-se de costas para a cômoda, ela teve que dar uma segunda olhada.

– E então? – Dando uma pirueta, ele perguntou. – Estou bem assim?

Ela riu.

– Essa camisa havaiana era para ser uma piada.

Ele esticou a bainha daquele soco no olho.

– É a única peça que tenho que não é preta.

Bem, isso era verdade, e pense numa missão bem cumprida. Aquela camisa estava no lado completamente oposto de um espectro sombrio, motivo pelo qual ela comprara. A peça tinha uma centena de variações de verde, água-marinha, pores do sol alaranjados num desenho de fundo de palmeiras de acabar com qualquer retina.

– Só não quero aparecer como um soldado, entende?

– Por isso vou de jeans. – Fez uma careta ao abaixar o olhar para si mesma. – Apesar de já não ser mais muito fã deles.

– Mas esses jeans te amam – ele comentou, aproximando-se e passando os braços ao redor dela. Em seguida, desceu as mãos até as nádegas e apertou-as, murmurando: – Este último dia foi incrível, a propósito.

Ela levantou as mãos no peito dele e brincou com um dos botões rosa da camisa.

– Mesmo eu tendo dormido em cima de você?

– Especialmente por causa disso.

Beijaram-se por um tempo, e depois Mary recuou um passo e mediu-o de cima a baixo de novo.

– Sério, acho que você tem que vestir aquilo que te deixa confortável.

– E não é isto. Alguém do meu tamanho com tanta cor assim? Sou como uma enxaqueca com aura ao redor, bem viva e ambulante.

Quando ele retornou para o *closet*, ela examinou seus jeans, e resolveu aceitar seu próprio conselho.

Dez minutos mais tarde, saíram da mansão, ele todo de preto, ela com calças de ioga e uma blusa de *fleece* vermelha.

Saindo pelo vestíbulo, Rhage passou o braço ao redor dela e a beijou no alto da cabeça.

– Vamos nos divertir muito.

– Obrigada por fazer isto. Sei que teve que mudar sua escala.

– Tohr não se importou em trocar comigo. Ele está muito empenhado em matar coisas agora.

– Por quê?

– Ah, Deus, razões demais para contar. – Conduzindo-a pela calçada de pedras e ao redor da fonte seca, parou junto à porta de passageiro do GTO e a abriu para ela.

– Madame? O seu transporte.

Depois que ele a acomodou, também entrou e logo partiram, descendo pela lateral da colina coberta pelo *mhis* e disparando pela estrada serpentina que levava até a autoestrada. O Lugar Seguro ficava a uns bons vinte minutos de distância, mas o tempo voou.

Nem bem se deu conta, ela dizia ao companheiro que logo voltaria para o carro.

Mary trotou pelo caminho até a frente da casa, inseriu a senha e logo entrou no interior bem aquecido. Seguindo para a escada, ela...

– Estou aqui.

Ante o som da voz de Bitty, ela se deteve.

– Oi. Tudo bem?

A menina vestia uma de suas outras roupas, a parca preta dobrada no colo enquanto ela ficava sentada com as costas eretas no sofá da sala de estar.

– Ele veio mesmo? – Bitty perguntou ao se levantar. – Vamos mesmo?

– Vamos, sim.

Bitty se aproximou das cortinas fechadas e as afastou.

– Ah, ele veio com o carro dele.

– Isso mesmo, como prometeu. Acredito que vá descobrir que meu *hellren* basicamente cumpre com o que diz.

Mary já contara sobre o programa a Marissa, e recebera a aprovação da chefe, mas queria deixar tudo certinho.

– Pode me dar dois segundos para eu ir até o escritório?

Quando a menina assentiu, Mary correu para cima. Marissa não estava em sua mesa, por isso Mary atravessou o corredor e enviou um e-mail breve para todas as funcionárias.

Não chegou a concluir. Pelo menos não de imediato.

Havia uma caixa de papelão sobre sua mesa, uma do tamanho de uma caixa de sapatos, só que mais quadrada que retangular. Havia um envelope sobre ela, apesar de ela saber qual era o conteúdo antes mesmo de ler.

A mensagem era breve, mas gentil. Mary a leu duas vezes, e depois levantou a tampa com cuidado. Dentro dela, havia uma simples urna de latão.

Uma enfermeira de confiança da clínica de Havers trouxera as cinzas da mãe de Bitty ao anoitecer, porque a fêmea queria poupar Bitty de ter que retornar para a clínica. Fora um gesto muito gentil; o tipo de coisa que faz você piscar rápido e inspirar fundo algumas vezes.

Estremecendo de volta ao presente, Mary deu a volta na mesa e entrou no computador, enviou o e-mail e depois desceu depressa. A menina estava sentada de novo, esperando pacientemente, mas já vestira o casaco.

– Pronta? – Mary perguntou.

Quando a menina se pôs de pé de novo, Mary decidiu esperar para falar sobre a entrega. A criança merecia um passeio agradável numa sorveteria...

– Viu o que estava sobre a sua escrivaninha? – Bitty levantou o olhar. – A caixa?

– Ah... sim. Eu vi.

– São as cinzas da minha mãe.

– Sim. Havia uma mensagem.

Bitty abaixou o olhar para o chão.

– Uma fêmea muito gentil a trouxe. Eu estava aqui embaixo, já esperando, então fui eu quem recebeu. Coloquei lá porque não sei bem o que precisa ser feito agora.

– Quer a urna no seu quarto?

– Não sei.

– Ok. Você não tem que decidir nada agora.

– Quero guardá-las. Você sabe...

Para o seu tio, Mary completou mentalmente.

– Para o meu tio – Bitty concluiu. – Mas não sei se vou conseguir dormir com elas lá em cima. Quero dizer... aquilo é ela. Mas não é.

– Está tudo bem você pensar assim. E mudar de ideia. Por enquanto, as cinzas estão a salvo no meu escritório. Vou deixá-la bem na minha mesa. Nada vai acontecer com elas.

– Ok.

Houve uma pausa.

– Que bom. Estou contente. Vamos agora.

Bitty seguiu para a porta, mas parou na metade do caminho.

– Senhorita Luce?

– Sim?

Aqueles olhos castanho-claros se ergueram pela fração de um segundo e depois se voltaram para o chão.

– Muito obrigada.

Só o que Mary pôde fazer foi piscar enquanto Bitty seguia para a saída.

– Não tem de quê – Mary disse com voz rouca.

Parado junto ao carro, Rhage se viu ajeitando a camisa preta debaixo da jaqueta, ou melhor, ajeitando de novo. Depois passou os dedos pelos cabelos. Cara, estava precisando cortá-los. Estava mais parecendo um topetão loiro saído dos anos 1970, todo bagunçado.

Pelo menos o barbear rente que fizera antes de sair da mansão ainda estava bom. E ele estava limpo. Até chegara a lavar atrás das orelhas e entre os dedos dos pés.

Quando a porta para o Lugar Seguro se abriu e as fêmeas apareceram entre os batentes, ele levantou a mão, e recebeu dois acenos por parte delas, um de cada. Logo Mary e Bitty estavam diante dele, a menininha olhando para cima, como se ele fosse mais alto do que ela se lembrava. Ou mais loiro. Ou mais esquisito. Ou algo do tipo.

Quem é que poderia saber?

– Oi – ele disse, abrindo a porta do carro para ela. – Pronta?

– Sim – Bitty entrou rapidamente. – Obrigada.

– Já decidiu qual sabor vai querer?

– Baunilha?

Franzindo o cenho, ele reajustou o banco e ajudou Mary a entrar.

– Hum. Bem. Isso é bom.

Quando ficou atrás do volante, virou-se para trás.

– Sabe, baunilha é um ótimo sabor. É uma escolha tradicional. Mas eles vão deixar que experimente outros sabores antes de você escolher. Pode ser que queira tentar outra coisa... ou continuar com baunilha. Tanto faz.

– Que tipos de sabores existem?

– Ah, meu Deus, muuuuitos sabores.

Pegou o câmbio, passou a primeira marcha, mas se conteve antes de acelerar. Não havia pressa, e ele não queria sacudir a pobre menina como se ela estivesse num misturador de tinta.

– Ei, colocou o cinto de segurança? – perguntou, relanceando pelo espelho retrovisor.

– Desculpe. – Bitty virou de lado, ajustando o cinto ao longo do tronco. – Não prestei atenção.

Rhage esticou a mão e ligou a luz interna.

– Melhor assim?

Clique.

– Obrigada.

Afastando o carro do meio-fio, atentou para o limite de velocidade. E às leis de trânsito. E encarou feio o SUV que cortou seu caminho.

A sorveteria Bessie's Best Ice Cream era cor-de-rosa por fora, e preta e branca por dentro como uma vaca malhada. Com mesas e cadeiras rosa, música dos anos 1950 saindo dos alto-falantes e funcionários com saias rodadas para as garotas e camisa e calças para os rapazes, Rhage sempre se impressionava com o quanto eles conseguiam recriar a atmosfera de Elvis e seus bamboleios.

Como alguém que tomara sorvete nos anos 1950, ele se lembrava em primeira mão como as coisas foram na época, muito obrigado.

Sim, escolhera o local ideal.

Bitty estava fascinada com o lugar, os olhos arregalados observando tudo como se ela nunca tivesse visto nada parecido – o que, lamentavelmente, devia ser o caso. Felizmente, havia poucos clientes humanos: um casal beirando os sessenta num canto, um pai com três filhos numa das mesas maiores, e duas adolescentes que tiravam *selfies* com os lábios lubrificados por *gloss* esticados, com os sorvetes derretendo ao lado em seus copinhos de papel.

Indo para onde fariam seus pedidos, ele sorriu para a jovem de saia rodada – e logo desejou não ter feito isso.

– Ah! – Era tudo o que ela parecia capaz de dizer por cima dos potes de sorvete nas geladeiras de tampos de vidro.

– Eu gostaria de experimentar alguns sabores – ele pediu.

E, por favor, por favor, por favor, pode parar de olhar para mim assim? A única coisa na qual você vai colocar um pouco de chantilly é na minha banana split.

Não, não nessa banana...

E pode esquecer as nozes...

Ok, ele estava mesmo discutindo consigo a respeito das próprias insinuações?

– Quantos você quiser. – Ela chegou a bater os cílios. – Quais sabores? E também pode experimentar a cobertura. Se quiser...

Enquanto as palavras eram ditas rapidamente e acentuadas por todo tipo de inclinação e revelação que aquela camisa enfiada na saia rodada deixava de cobrir.

– Vou deixar a minha esposa decidir. – Deliberadamente usara um termo humano. – Mary?

O sorriso de Mary era relaxado, à vontade, e ele amava isso nela – ela tinha tanta confiança em si e no amor dele que nunca se frustrava, pouco importando quantas fêmeas se chocavam na frente dele.

– Vou de chocolate com lascas de chocolate numa casquinha.

– Bitty? Quer se arriscar além da baunilha?

A menina o surpreendeu ao se aproximar.

– Acho que... sim. Posso experimentar outros, por favor?

Quando Bitty fitou a fêmea humana, a garçonete se endireitou um pouco, como se o *dimmer* da sua libido tivesse sido abaixado um pouco.

– Quer que eu pegue umas amostras para você e seu pai? Posso levar para vocês ou vocês mesmos podem levar para a mesa.

Todos ficaram congelados. Ele. Mary.

Não, espere. Bitty não congelou.

– Ele não é o meu pai. Mas, sim, obrigada.

A humana não pareceu se importar se isso era ou não verdade. Só se virou e pegou uma bandejinha com doze minúsculos cones de papel enfiados num recipiente.

Ele não é o meu pai.

As palavras foram ditas com suavidade, sem hesitação alguma, como se Bitty estivesse apontando para um destino num mapa ou para um livro numa prateleira. Nesse meio-tempo, Rhage ainda estava imóvel enquanto os minicones eram completados, então a bandeja foi colocada sobre a bancada, e a casquinha de Mary foi entregue em sua mão levemente trêmula.

Quando seus olhos se encontraram, ficou claro que ela estava preocupada com ele, e ele também estava um pouco preocupado. Sentia como se tivesse levado um soco no estômago.

– ... mesa?

Voltando à realidade, olhou para a garçonete.

– O que disse?

– Quer que eu leve isto para vocês? Quero dizer, posso levar até a mesa de vocês, se quiser.

– Não, não. Está tudo bem. Obrigado. Já volto para fazer o pedido e, então, pago.

– Claro. Tudo bem.

O *tanto faz* foi silencioso. Não que ele se importasse com isso.

Na mesa próxima à saída de emergência – que ele escolheu por força do hábito para o caso, você sabe, de que os dez *redutores* remanescentes na cidade de Caldwell por acaso aparecessem à toda por aquela porta cor-de-rosa procurando encrenca –, ele abaixou a bandeja e entregou uma colherzinha rosa para Bitty.

– Vá em frente. Depois você pode me dizer se quer um cone, ou um sundae, ou decidir que já está satisfeita.

Bitty só encarou a ampla variedade de cores e texturas. Dos verdes brilhantes do pistache e da hortelã com lascas de chocolate para o coral da cor do pôr do sol na praia de uma espécie de *sorbet* e o rosa choque do morango, era, de fato, um belo exemplar de amostra.

– Por onde começo? – ela perguntou.

– Por qualquer lugar – Mary respondeu enquanto se sentava com seu cone.

– Quer que eu vá primeiro? – ele perguntou.

– Sim, por favor.

Puxa, uau, pela primeira vez na vida ele se via diante de sorvete e não tinha interesse nenhum por ele.

– Acho que vou começar por aqui – ele disse, servindo-se de algo que não foi identificado por sua língua.

– É bom? – Bitty perguntou.

– Ah, claro. Com certeza.

Quando ela se inclinou e enfiou a colher na metade que ele deixara para trás, ele relanceou para Mary. Sua *shellan* estava concentrada em Bitty, como se algo no modo como ela experimentava a sobremesa pudesse servir de pista sobre como ela estava lidando com o luto. E foi engraçado... enquanto olhava de uma para a outra, surpreendeu-se ao notar pela primeira vez que as duas tinham cabelos castanhos.

Na verdade, Bitty parecia como se pudesse ser...

É. Pois é.

Ele precisava dar um tempo. Afinal, quantos vampiros existiam no planeta? E humanos? Por isso, o fato de as duas por acaso serem fêmeas de cabelos castanhos escuros em vez de loiras ou ruivas ou morenas não era uma grande surpresa.

Disse a si mesmo que não havia absolutamente nada cósmico ou predeterminado quanto aos três estarem ali sentados naquela sorveteria – a não ser pelo fato de que aquele tipo em especial de sobremesa ser servido sob aquele telhado rosa provava a existência de um Deus benevolente.

– ... por favor?

– O que foi? – ele disse. – Desculpe. Estava distraído com o cardápio ali em cima do balcão.

– Acho que o chocolate com lascas de chocolate é o mais gostos. – Bitty disse.

Rhage relanceou para Mary de novo, mas logo teve que desviar o olhar.

– Considere feito. Num copinho ou numa casquinha?

– Acho...

No cone de waffle, ele completou mentalmente.

– No cone – Bitty escolheu.

Ao se levantar e seguir na direção da humana com saia rodada, ele disse a si mesmo: *Não, isso não é nada. Todas as crianças gostam de chocolate. Com lascas de chocolate. Em casquinhas de waffle.*

Não havia algum tipo de destino agindo ali.

Óbvio.

Absolutamente não.

CAPÍTULO 38

O vento frio varreu a colina, brincando com folhas caídas, fazendo com que alçassem voo por sobre os sapatos Bally de Assail. Logo abaixo, o Hudson parecia estático na noite, como se sua correnteza tivesse se recolhido após a partida do sol ao entardecer, e a água estivesse aliviada por ter terminado seu turno de trabalho. Mais ao norte, a lua se erguia, uma fatia de luz limpa e clara em meio ao veludo negro do céu.

O ar frio incomodava seu nariz destruído, portanto ele respirava pela boca. E, mesmo sem o auxílio do olfato, soube quando foi abordado.

Não se virou, apenas se dirigiu para o cenário.

– Um local muito romântico.

A voz de Throe era baixa:

– Vou te matar.

Assail revirou os olhos e espiou por cima do ombro.

– Uma arma? Sério?

O macho estava parado diretamente atrás dele, com uma automática em punho, o dedo no gatilho.

– Você acha que não vou usá-la.

– Porque eu o beijei, ou porque você gostou? – Assail voltou a fitar o rio. – Como você é fraco.

– Você é um…

– O seu corpo não mentiu. Por mais que sua mente tenha outra opinião, nós dois estamos muito cientes da sua excitação. Se tem um conflito com a realidade, isso é problema seu, não meu.

– Você não tinha o direito!

– Sua visão sobre sexo é muito tradicional, não?

– Não quero mais que chegue perto de mim.

– Você não ia apertar esse gatilho? Ou já superamos essa parte? Talvez por você ter percebido o quanto seria covarde atirar nas costas de um homem inocente.

– Não há nada de inocente em você. Não confio na sua presença na casa de Naasha.

– Todavia, você não passa de um hóspede ali, correto? Um que, por acaso, costuma manter a dona da casa aquecida nesses dias cada vez mais frios, enquanto o *hellren* dela dorme no fim do corredor. Sim, não há nada de inescrupuloso nisso. Tão louvável.

– O meu relacionamento com ela não é da sua conta.

– Bem, é e não é. Evidentemente, você não a tem satisfeito a contento... ou eu não teria sido chamado para voltar lá na noite passada.

– Ela queria lhe mostrar seus brinquedinhos. Na próxima semana, será outro.

– Ela exige que você durma no porão? Num quarto escuro? Ou você está no andar de cima com os adultos? A propósito, vai atirar em mim? Se não for, talvez prefira vir até aqui para se dirigir a mim cara a cara. Ou não confia em si mesmo?

O som de folhas esmagadas deu a volta. Então, Throe apareceu à sua esquerda, o comprido sobretudo de lã oscilando ao vento.

– Isto é um parque de cachorros, a propósito? – Assail passou o olhar pela colina e depois apontou para o lado oposto do rio. – É ali que eu moro, como você bem sabe. Vejo os humanos e seus animais nesta parte da colina nas noites mais quentes...

– Cuidado.

– Ou o quê? – Assail inclinou a cabeça de lado. – O que vai fazer comigo?

– Te foder.

– Por favor. Ou ao contrário, caso prefira.

O rubor que subiu pela garganta até as faces de Throe foi visível mesmo sob o luar. E o macho abriu a boca como se fosse rebater com uma forte repreensão. Mas, em seguida, seu olhar foi descendo... e se demorou na boca de Assail.

– Então, o que vai ser? – Assail disse de modo arrastado. – Por baixo… ou por cima.

Throe lançou um impropério.

E logo desapareceu em pleno ar, desmaterializando-se da colina, e essa dita partida só estava aberta a uma interpretação: ele estava mais curioso do que desejava admitir, mais ávido do que conseguia digerir, mais desesperado do que conseguia suportar. O macho fora até ali com um propósito, mas não conseguira levar a cabo por causa de outro.

Enquanto continuava sozinho na colina, Assail se surpreendeu com o pouco que se importava se aquele gatilho tivesse ou não sido apertado.

Abaixo, nas águas, uma embarcação subia contra a correnteza, impulsionada por um tipo de motor. Seu rastro era branco, e a parte vermelha das luzes de proa estava acesa. Ambas oscilando preguiçosamente.

Não era o seu contato de importação. Na embarcação deles as luzes não ficavam acesas.

O que o lembrou… Vishous o abordara com uma encomenda de armamentos. Nada exótico, e numa quantidade relativamente pequena.

A Irmandade primeiro o estava testando como uma fonte – e Assail respeitava isso. Seus fornecedores não ficariam contentes em prover quantidades tão pequenas por muito tempo, porém. Havia uma análise de custo e benefício a ser atendida quando se infringe a lei dos humanos, e seus contatos já estavam contrariados porque seus pedidos de cocaína e de heroína cessaram de uma hora para outra.

Bem, boa parte das encomendas de cocaína. Ele ainda tinha as próprias necessidades a considerar.

A entrega das armas só estava marcada para a noite seguinte, e ele considerava isso deveras desapontador.

Dispunha de tempo livre em excesso agora. E, na verdade, embora estivesse comprometido a realizar aquele trabalho para Wrath, e ansioso em fazer com que Throe fizesse concessões quanto aos seus rígidos costumes sexuais, não tinha como afirmar que algo o excitava ou o movia.

Enfiando as mãos nos bolsos do casaco de caxemira, inclinou-se para trás e fitou o céu, vendo não uma versão do paraíso, mas apenas um espaço frio e vazio.

Por algum estranho motivo, quando endireitou a cabeça, seu celular estava em sua palma.

E antes que conseguisse se deter, uma ligação estava sendo feita. Um toque. Dois. Três...

– Alô? – respondeu uma voz feminina.

O corpo de Assail reagiu como um diapasão, as veias vibrando dentro da pele, os neurônios sofrendo uma descarga elétrica da qual nem a cocaína se aproximava.

– ... alô?

Fechando os olhos, ele formou com os lábios algo que ficou contente por Marisol não ouvir, tampouco ler – e afastou o aparelho do ouvido. Ao encerrar a ligação, perguntou-se por que se torturava ligando para ela e desligando dessa maneira.

Pensando bem, ele não gostava de torturar apenas aos outros.

Afinal, a crueldade, assim como a gentileza, começava em casa.

Era o mesmo que observar tinta secando na parede.

Enquanto Vishous acendia mais um cigarro enrolado à mão, recostado numa prateleira repleta de jarros de *redutores*, ficou observando a luz da tocha tremeluzindo sobre o rosto feio de Xcor. Seu turno começara ao anoitecer, e ele mandara Butch ir para o centro da cidade trabalhar. Àquela altura, era um desperdício de recursos manterem mais do que uma pessoa de babá ali para o bastardo.

Acorda, babaca, ele pensou. *Vamos, abra os olhos.*

Pois é, melhor catalogar o pedido na coluna de Nem a Pau. Os movimentos em um dos lados de Xcor deixaram de acontecer durante o dia, e agora a única folga do estado inanimado daquele pedaço de carne era o subir e descer do peito. O equipamento de monitoramento – que V. silenciara porque, primeiro, ele conseguia ver as leituras muito bem, e segundo, os bipes incessantes faziam com que ele desejasse lançar uma chuva de chumbo naquela merda – indicava que, para alguém em coma, os sinais vitais de Xcor iam muito bem. E, nesse meio-tempo, o acesso intravenoso lançava fluidos e nutrientes em suas veias, o cateter drenava sua bexiga, e um cobertor elétrico mantinha sua temperatura corporal.

V. queria *muito* que o bastardo despertasse.

Coisas demais para pensar...

Quando uma mensagem chegou, ele verificou seu celular, depois se levantou e se afastou, cobrindo a distância até o portão rapidamente.

Jane aguardava do lado oposto das barras de ferro, com a malha de aço, mochilas penduradas nos ombros, o jaleco branco e a roupa cirúrgica azul insanamente eróticos, mesmo sendo folgados como o inferno, e o celular na mão enquanto ela enviava uma mensagem para alguém. Concentrada no celular, o cabelo loiro curto caía para a frente e escondia seu rosto, mas ele sabia que ela não estava maquilada – e, por algum motivo, notou as unhas curtas sem esmalte.

Ela sempre mantinha aqueles filhotinhos lixados a fim de não rasgar as luvas cirúrgicas.

Ou órgãos internos, inclusive.

Por um momento, ele parou e simplesmente ficou olhando para ela. Ela estava tão envolvida no trabalho que nem o notara e, cara, simplesmente amava isso. Sua mente, aquele incrível motor dentro do crânio, era a coisa mais sexy nela, a força que o desafiava, que o mantinha andando na linha... e o fazia sentir, de vez em quando, que talvez, quem sabe, era possível que ele não fosse a pessoa mais inteligente do mundo.

E, então, claro, lá estava ela no meio do campo de batalha, com partes de *redutores* espalhados por todos os lados, armas e a possibilidade de um caos devastador tão próxima quanto a grama sob seus pés, e seu foco total estivera em salvar seu irmão.

– V.?

O modo como ela dissera seu nome sugeria que ela devia estar tentando chamar a sua atenção há algum tempo.

– Oi, desculpa. – Ele abriu a tranca e o portão, parando de lado para que ela conseguisse passar com todo o equipamento. – Quer ajuda pra carregar isso tudo?

– Não, pode deixar. – Ela lhe lançou um sorriso, e depois ficou toda profissional. – Como estamos indo?

Engraçado, não eram muito de se abraçar, eram? Os outros casais da mansão eram ligados nessa coisa de cumprimentos grandiosos, mas ele e Jane? Sempre tinham coisas demais para falar.

Tanto faz, ele nunca foi muito de bancar o bobo.

Afinal, qualquer coisa remotamente rosa lhe provocava urticária. E não só por talvez ser um indício de alguma infecção cutânea.

– Xcor e eu estivemos discutindo. – Enquanto os dois avançavam pelo corredor, suas sombras se estendiam à frente e depois iam para trás à medida que passavam pelas várias tochas. – Ele é fã dos Yankees, portanto, já pode imaginar como foi essa conversa. Mas encontramos um assunto em comum. Ele também odeia a minha mãe.

A gargalhada de Jane foi profunda e meio que abrupta, um som discutivelmente esquisito que ele amava pra cacete.

– É mesmo? – Ela ajeitou uma das mochilas. – Mais alguma conversa digna de nota?

– Ele não tem nenhum gosto musical. Nem sabia quem era Eazy-E.

– Isso é imperdoável.

– Eu sei. Esses jovens de hoje... O mundo vai acabar indo pro buraco.

Junto ao leito de Xcor – ou melhor, à sua maca –, Jane despejou sua carga e só ficou ali, observando o paciente e lendo os registros.

– A duração da bateria é maior do que antecipamos – V. disse ao tragar o cigarro. – Ainda temos algumas horas antes de fazer a troca.

– Que bom. Vou deixar a bateria substituta aqui do lado.

V. recuou e deixou que ela tivesse espaço para verificar o cateter de Xcor. Depois, ela trocou o soro e administrou uma série de drogas pelo acesso.

– O que acha? – ele perguntou. Não por não ter opinião própria, mas porque amava quando ela ficava toda profissional.

Enquanto ela disparava a falar uma torrente de termos médicos polissílabos de origem latina, ele teve que se rearranjar dentro das calças. Algo quando ficava profissional assim simplesmente fazia com que ele quisesse saltar sobre ela. Devia ser relacionado à vinculação – ele queria marcar aquela pessoa espetacular como sua, para que o restante do mundo soubesse que tinha que recuar.

Jane era a única fêmea que conquistara sua atenção e a mantivera. Sim, se ele tivesse que analisar psicologicamente a situação, isso seria provavelmente porque sua paixão indiscutível pelo trabalho, merda, seu comprometimento incansável com a excelência, fazia com que ele sentisse a necessidade de estar sempre se movendo para continuar a alcançá-la.

Em tantas maneiras ele era o típico predador: a perseguição era mais eletrizante do que a captura e o consumo.

E, com Jane, sempre havia algo a perseguir.

– Oooi? V.?

Quando seus olhares se encontraram, ele franziu o cenho.

– Desculpe. Estou distraído.

– Muitas coisas têm acontecido. – Ela sorriu de novo. – Continuando, eu estava dizendo que troquei ideias com Manny e com Havers. Estamos pensando em talvez abrir a cabeça dele. Quero observá-lo pelas próximas doze horas, mas sua pressão intracraniana vem aumentando lentamente, mesmo com o *stent* que coloquei hoje cedo.

– Ele pode ser operado aqui?

Ela relanceou ao redor.

– Acredito que não. Muita poeira no ar. A luz não é das melhores. Mas, mais especificamente, precisaremos de imagens que não conseguiremos aqui na caverna.

– Bem, é só me avisar quanto ao que vão querer e o transportaremos de novo.

– Você é o melhor.

– Sou, sim. E também faço qualquer coisa por você.

Quando seus olhares se encontraram, ela enfiou as mãos nos bolsos e recuou até encostar nas prateleiras.

Quando ela não disse nada, ele enrugou a testa.

– Que foi?

– Então, vai querer me contar o que está passando nessa sua cabeça?

V. riu baixinho, e ficou um tempo olhando para a ponta do seu cigarro. No silêncio, debateu-se quanto a desconsiderar a pergunta, mas isso porque odiava conversar sobre qualquer coisa remotamente emocional.

– Sabe, eu negaria ter alguma coisa me incomodando, mas...

– Isso seria perda de tempo.

– ... isso seria perda de tempo.

Os dois sorriram ao pronunciarem exatamente as mesmas palavras ao mesmo tempo e no mesmo tom. Mas logo ele ficou sério.

Esmagando a ponta do cigarro na sola do coturno, deixou a bituca dentro de uma lata de Coca-Cola vazia que vinha usando como cinzeiro. Para se permitir um segundo a mais, olhou para as centenas e centenas de jarros ao redor dele. Depois olhou de novo para Xcor.

Aquela não era exatamente uma conversa que ele queria ter diante de alguém. Mas o bastardo tinha tanta consciência quanto os dois sofás de couro do Buraco. E ali e agora era melhor do que uma versão posterior e que poderia envolver a mansão caótica na qual ele e sua companheira moravam.

– Já pensou em ter filhos? – perguntou.

CAPÍTULO 39

– Então, vai me contar sobre as pessoas que moram com vocês?

Enquanto Bitty fazia a pergunta do banco de trás do GTO, Mary relanceou para Rhage. Os três estavam a caminho de casa, com todo tipo de sorvete enchendo suas barrigas, grande parte da tensão derivada da coisa do "pai" se esvaíra. Mas, puxa, se aquele não fora um momento difícil – bem, para todos menos Bitty. Ela não pareceu ter se importado.

O mesmo não poderia ser dito a respeito dos dois adultos com ela. Nada como colocar um holofote daquele jeito sobre o assunto de não terem filhos. Mas, pelo menos o restante do passeio fora um grande sucesso.

– Mais do meu pessoal… – Rhage olhou pelo espelho retrovisor e sorriu. – Deixe-me ver. Quem é o próximo? Já falamos do Rei, dos animais, de Lassiter. Que, na verdade, deveria ser incluído na parte dos animais. Então… Ok, já viu irmãos gêmeos?

– Não, nunca. Eu não tinha permissão para sair de casa.

Rhage piscou.

– Sinto muito, Bitty. Isso deve ter sido muito difícil.

– Meu pai não queria que nós víssemos ninguém.

Mary teve que conter seu retraimento.

E, enquanto Rhage franzia a testa, ela o sentiu segurar sua mão.

– Deixe-me perguntar uma coisa, Bitty – ela disse.

– Ok.

– Como aprendeu a ler? E você se expressa muito bem.

– Minha *mahmen* era professora. Antes de se vincular ao meu pai.

– Ah.

Mary se virou no banco.

– Gostaria de ser professora também?

As sobrancelhas da menina se ergueram.

– Sim, acho que sim. Mas não sei que escola frequentar para isso. Minha *mahmen* frequentou uma escola na Carolina do Sul.

Mary procurou não revelar nenhuma reação.

– Verdade? Sua mãe nunca disse que era de lá.

– Era onde os pais dela moravam. Mas eles já morreram.

– Ouvi a menção de uma colônia naquelas partes – Rhage concordou.

– Meu pai era um trabalhador migrante. Ele costumava se mudar com as estações, trabalhando para humanos, até conhecê-la. Depois disso, mudaram-se para cá e ele se tornou um eletricista para o povo da raça. Ele começou a beber mais e foi então que as coisas mudaram. Nasci depois que isso aconteceu – ou talvez eu tenha sido o motivo para isso acontecer.

Mary permaneceu em silêncio, por desejar que Bitty continuasse, mas também porque era muito difícil ouvir uma criança dizer tais coisas. Mas logo ela franziu a testa ao ver que se aproximavam do Lugar Seguro.

Relanceando para Rhage, pretendia encorajá-lo a seguir em frente, mas ele já assentia, pois sabia exatamente o que ela estava pensando.

Talvez, se ele continuasse dirigindo, Bitty continuaria falando.

Porque nada daquilo estava no arquivo da mãe.

– Às vezes – Mary disse – o álcool pode ferir as pessoas.

– Era o meu pai quem batia em nós. Não a cerveja que ele bebia.

Mary pigarreou.

– Isso é verdade, Bitty.

A menina se calou, e antes que Mary conseguisse dizer mais alguma coisa, ela voltou a falar.

– Posso perguntar uma coisa, senhorita Luce?

Mary se virou de novo e assentiu ao se deparar com o olhar da menina.

– Qualquer coisa.

– Você disse que sua *mahmen* morreu, certo?

– Sim, ela morreu.

– Onde fez a cerimônia do Fade dela?

– Bem, Bitty... – Mary ajeitou o cabelo atrás da orelha. – A verdade é que eu costumava ser humana.

A menina se retraiu.

– Eu... eu não sabia.

– Essa é uma história muito, muito comprida. Mas eu o conheci e me apaixonei. – Apoiou a mão no ombro de Rhage. – E depois algumas outras coisas aconteceram. E, desde então, vivo no mundo dos vampiros. A minha vida é aqui, com todos vocês, e não vou voltar para o lugar de onde vim.

As sobrancelhas de Bitty se uniram acima do nariz.

– Mas o que aconteceu com a sua família? Você os trouxe consigo?

– Éramos apenas eu e minha mãe. E, depois que ela morreu, não havia nada para mim naquele mundo. Graças a Rhage... – Ela relanceou para ele e sorriu. – Bem, por causa dele, eu encontrei minha nova família.

– Vocês têm filhos?

Mary sacudiu a cabeça.

– Não, e eu não posso ter filhos.

Mais uma vez, aquele retraimento.

– Nunca?

– Não. Não era o meu destino. Mas tenho meu trabalho no Lugar Seguro e existem várias crianças que precisam da minha ajuda. – *Como você, por exemplo,* pensou. – Portanto, dou a minha contribuição para o futuro, para os jovens, dessa forma.

Bitty ficou com o cenho franzido por um bom tempo; depois olhou para Rhage.

– E quanto a você? Tem filhos? Quero dizer... de antes de conhecer ela?

Rhage esticou novamente o braço, a mão grande segurando com firmeza a de Mary.

– Imagino que eu possa tê-los. Mas, se não vai ser com ela, então não vai ser com ninguém.

– Minha *mahmen* disse que os filhos são a maior bênção da vida.

Mary assentiu, provando uma repentina dor no coração.

– E ela estava muito certa quanto a isso.

– Então... gêmeos? – Bitty incitou.

Rhage respirou fundo, como se tivesse que se forçar a voltar à conversa normal.

– Isso mesmo, gêmeos. Bem, temos um par na casa. São idênticos, mas não se parecem.

– Como isso é possível?

– Bem, um foi levado e transformado em escravo de sangue.

– O que é isso?

– É uma prática proscrita pelo Rei. É quando uma pessoa mantém outra contra a sua vontade, usando-a como fonte de sangue. Zsadist ficou com cicatrizes durante sua fuga, e Phury, seu gêmeo – que foi quem o libertou – perdeu parte da perna no processo. Mas tudo deu certo. Hoje ambos estão vinculados, e Z. tem a filhinha mais linda pra caral... pra caramba do planeta. Você vai gostar de Nalla. Ela é uma linda menininha.

– Acho que um dia vou querer ter filhos.

Mary se virou de novo.

– E você os terá.

– Mas você não pode, não é? E se isso também acontecer comigo?

– Bem, pode ser. Mas gosto de acreditar que, se você pensar positivamente, coisas boas acontecem. Por isso, visualize-se numa família feliz, vinculada a um macho que a ame, cuide de você e que permita que você cuide dele. E depois veja esse seu filho com você, se remexendo, quentinho nos seus braços. Veja os olhos parecidos com os seus, e talvez os cabelos sejam como os do pai. Visualize tudo isso, pense positivo e faça acontecer.

– De todo modo... – Rhage se meteu. – Mesmo que não consiga ter filhos seus, você sempre poderá adotar uma criança. Ou trabalhar com elas, como Mary faz. Sempre existem maneiras de contornar os problemas.

– Sempre – Mary concordou.

Dirigiram um pouco mais, e depois Rhage voltou para o Lugar Seguro. Quando encostou perto da guia e deixou o GTO em ponto morto, pigarreou.

– Bitty?

– Sim?

Rhage girou os imensos ombros de modo a poder olhar para a menina.

– Tenho que trabalhar amanhã à noite, mas na noite seguinte, tenho folga. Quer jantar comigo e com Mary? Quero sair para comer.

– Num restaurante? – Bitty perguntou.

– Isso mesmo. No TGI Friday's. Já foi lá?

– Não, na verdade, não.

– O que me diz?

E lá estava só mais um motivo para amá-lo, não?, Mary pensou.

Saindo do carro, puxou o banco para a frente e o segurou.

Bitty olhou para ela.

– Posso ir, senhorita Luce?

– Claro.

– Então, sim, por favor.

– Maravilha! – Rhage bateu as mãos. – Ai, meu Deus, você vai ter que experimentar o sundae de brownie. É incrível.

Bitty ficou parada na calçada um instante. Depois levantou a mão num aceno de despedida.

– Obrigada. Pelo sorvete.

– Mal posso esperar pelo jantar!

Mary voltou a arrumar o banco, se inclinou para dentro e apoiou a mão no couro ainda quente, onde estivera sentada.

– Te vejo em casa?

– Pode crer.

Esticando-se para a frente, beijou-o na boca.

– Te amo.

– Te amo também, minha Mary. – Rhage a puxou para baixo para mais um beijo e abaixou o tom de voz. – Banhos de banheira são divertidos. Sabia disso?

Enquanto um sorriso surgia e ficava em seu rosto, ela inclinou uma sobrancelha.

– Mesmo?

– Acho que vou preparar um, pouco antes da Última Refeição. Você vem me encontrar?

– Isso significa que vamos comer no quarto de novo?

– Deus, espero que sim.

Ela gargalhou e se endireitou para fora do carro.

– Estarei em casa na hora de sempre, está bem?

– E você sabe onde me encontrar!

Ao se afastar, Mary encontrou Bitty olhando de um para outro. Logo o motor do carro rugiu e Rhage cantou os pneus ao se afastar dali, deixando marcas no asfalto.

Mary gargalhou.

– Mas que exibido.

– O que isso quer dizer?

– Que ele está tentando nos impressionar com o seu carro. – As duas seguiram para a casa. – Rapazes fazem isso. Não conseguem evitar.

Chegando à porta da frente, Mary inseriu sua senha e abriu a porta, o aroma de cookies de chocolate impregnando suas narinas.

– Uau. Duas vezes na mesma semana.

Queria sugerir a Bitty que seguissem os sons das risadas e das conversas na cozinha grande e ficassem com as outras, mas a menina foi direto para a escada. Na esperança de conseguir outra abertura, ou de conversarem mais, Mary a seguiu até o segundo andar, e parou diante do escritório.

– Você já vai para o sótão? – perguntou. – Estarei aqui caso precise de alguma coisa. Ou quem sabe se quiser fazer cookies?

Bitty tirou a parca grande demais.

– Acho que só vou ficar lá no quarto. Mas obrigada.

– Ok. Boa noite, então.

– Boa noite...

– Estarei aqui. Até pouco antes do amanhecer.

– Obrigada.

Mary continuou onde estava, diante da porta aberta do escritório, enquanto Bitty ia para a escada...

Aconteceu tão rápido. Num momento a menina se afastava. No seguinte, ela voltava e diminuía a distância correndo.

Seus braços envolveram Mary tão rápido quanto um respiro e se demoraram não mais do que isso.

Em seguida, Bitty se foi, subindo para o sótão sem dizer nada nem dispensar um olhar.

Mary ficou onde estava.

Por algum tempo.

Ok, então foi assim *que aconteceu*, V. pensou enquanto suas palavras ficavam pensas no ar entre ele e Jane.

Já pensou em ter filhos?

Enquanto sua companheira ficava muito calada e imóvel, V. amaldiçoou baixinho, mas esse não era o tipo de pergunta que se podia retirar. Mesmo havendo um inimigo quase morto entre o casal.

Sem contar os mil jarros que os cercavam.

E ambos estavam em pleno turno de trabalho.

Ah, e P.S.: ele ia socar Rhage de verdade da próxima vez que o visse. Mesmo que não fosse, tecnicamente, culpa de Hollywood. Só o que o cara fizera fora lhe fazer essa pergunta, porque, evidentemente, algo o incomodava.

Mesmo assim, V. o socaria.

– Uau – Jane disse lentamente. Esfregou o nariz e ajeitou os cabelos loiros. – Isso foi uma surpresa.

– Olha só, esqueça que eu disse alguma coisa...

– Não, não vou, não. E você está me perguntando isso porque os quer ou só porque quer saber o que eu penso?

– Quero saber o que você pensa.

Ah, sim, e talvez fosse meio estranho isso não surgir antes, mas estivera bem evidente que Jane não poderia tê-los, biologicamente falando, quando eles se comprometeram um com o outro, e muitas coisas andaram acontecendo depois disso.

– Então, como você se sente a esse respeito? – ela perguntou.

– Perguntei primeiro.

– Isso é uma brincadeira pra ver quem desiste antes? Ou uma conversa íntima?

Os dois se calaram. Em seguida, ao mesmo tempo, disseram no exato mesmo tom:

– Não é uma prioridade para mim.

– Não é uma prioridade para mim.

Enquanto V. ria, Jane também o fez, e ele ficou com a impressão de que, conforme a tensão fluía para fora do seu corpo, algo semelhante acontecia com ela: sua postura foi relaxando, houve um exalo de alívio.

– Olha só – V. disse. – L.W. e Nalla são umas gracinhas e tal. Mas meu interesse neles é porque eles são parte das vidas de Wrath e de Z., não porque eu quero algo assim para nós. A menos, sabe, que isso se torne um problema para você.

– Bem, não posso ter filhos. Quero dizer, tecnicamente, estou morta. – Revirou os olhos. – Posso só dizer que, às vezes, quando digo algo assim, recebo um açoite existencial? Do tipo, como foi que isso se tornou a minha vida? Não que não seja um milagre nem nada assim. Mas, cara...

– E você está vinculada a um semideus.

– Você se promoveu?

– Talvez. Pode me culpar? – Enquanto ela ria, exatamente do modo como ele pretendera, V. voltou a ficar sério. – A adoção é algo difícil na raça dos vampiros, mas pode ser uma opção.

– Verdade. Uma bela verdade. – Jane deu de ombros. – Mas, sabe, nunca fui dessas mulheres que planejam seus casamentos e que veem móbiles de arco-íris sobre bebês em bercinhos. Não que eu tenha visto muitos bebês em berços. – Franziu o cenho. – Puta merda. Na verdade... Acho que eu nunca vi um bebê dormindo num berço.

– E você não é esquisita por causa disso. Já sei o que está pensando.

– Pois é. – Ela esfregou a nuca. Depois estremeceu como se estivesse se livrando de pensamentos que se recusava a manter. – Sim, claro. Quero dizer, não sou. Só porque as mulheres podem ser mães não quer dizer que tenham que ser.

V. teve que sorrir de leve. Mas depois sacudiu a cabeça.

– Eu não acho que haja nada de errado com a gente. E, na verdade, odeio o fato de eu ter achado que precisava dizer isso.

– Compatibilidade é a questão. Se um de nós os quisesse e o outro não? Então isso seria um problema.

Jane se aproximou dele e apoiou as mãos nos seus ombros. E foi engraçado: normalmente ele não suportava que as pessoas se aproximassem demais dele. Não por causa de algum tipo de abuso sexual – apesar de a castração parcial feita pelo pai não ter sido nenhuma festa, sabe –, mas porque toneladas de contato e de proximidade eram sensações demais para seu cérebro processar.

Mas, com Jane, ele nunca se sentia acuado.

O mesmo acontecia com Butch.

Talvez porque os dois compreendessem essa coisa de se sentir sobrecarregado.

– Você parece preocupado – ela disse ao afastar os cabelos negros dele para trás e tracejar as tatuagens em sua têmpora com a ponta do indicador.

– Não quero que nada se meta entre nós. Nunca.

– Isso só depende de mim e de você, certo? Então por que está tão ansioso?

– Rhage e Mary têm passado por maus bocados.

– Por causa de filhos? Eles estão bem agora?

– Sim, acho que sim.

– Bom. – Ela inclinou a cabeça para o lado. – E quanto a você e a mim? Não podemos prever o futuro. Ninguém pode. Então vamos conversar, resolver os problemas e seguir em frente. Juntos. Não consigo imaginar um cenário, agora, onde um relógio biológico súbito comece a bater e eu sinta uma necessidade premente de ser mãe. Acho que não sinto falta de nada em minha vida. Não existem espaços vazios que precisem ser preenchidos. Eu tenho você, tenho o meu trabalho, e rejeito completamente a noção de que todas as mulheres são destinadas a serem mães. Algumas de nós são e outras não são, e o mais incrível é que nós podemos escolher. O mesmo vale para os homens. Portanto, sim, vamos continuar conversando e tudo vai dar certo, não importa como o resultado pareça ser.

Vishous baixou o olhar de sua grande altura e, de alguma forma, sentiu-se muito menor do que ela.

– Você sempre tem tanta razão.

– Não tenho muita certeza disso. Mas tento enxergar tudo por todos os ângulos e ser o mais lógica possível...

– Eu não acho que eu conseguiria ser um pai, Jane.

Sua companheira sacudiu a cabeça.

– Sei de onde vem essa ideia. Seus pais não são você e, além disso, esse é o jeito errado de ver a questão. A pergunta correta é: você *quer* ser um pai?

Ele tentou se visualizar preocupado como Wrath e Z., constantemente pensando naquela pequena criatura, se ela estava ou não tentando se matar. Sim, claro, havia sempre o lado bom da experiência; a alegria nos rostos dos seus irmãos era bem real. Mas, Deus, o trabalho...

Mas será que estava usando isso como uma desculpa?

Não importava.

– Definitivamente não agora. Não, não quero ser pai agora.

– Então é o que temos para hoje. Se algo mudar, cuidaremos disso. E o mesmo vale para mim.

– Eu jamais vou querer que alguma coisa neste planeta me odeie tanto quanto eu odeio os meus pais.

Pronto. Estava dito.

– Há muitas razões para apoiar essa sua posição – Jane sussurrou ao afagar seu rosto. – E eu lamento muito por isso.

– Só não me diga que eu tenho que ir procurar Mary para falar sobre isso, ok? Não estou interessado nessas merdas, correto?

– Você sabe onde encontrá-la, caso precise dela. E eu não tenho que dizer que ela estará disponível quando você pedir. – Jane afastou o cabelo dele para trás. – Mas tenho que te dizer isto: por mais terrível que a sua mãe possa ser... Sem ela? Você e eu não estaríamos juntos.

Ele franziu a testa, pensando no instante em que encontrara Jane naquele Audi amassado na lateral da estrada. Nenhuma das suas medidas de ressuscitação adiantou de alguma coisa. Ela permanecera inerte enquanto ele tentara trazê-la de volta.

Por algum motivo, a imagem de sua mãe sobre aquela plataforma ressurgiu e não queria ser empurrada de volta para o subterrâneo. A merda ficou pairando... como se fosse algum tipo de mensagem.

– Eu confio de verdade em você. – ouviu-se dizendo à sua *shellan*.

– E eu te amo também, Vishous.

CAPÍTULO 40

– Ok, posso ter acreditado que você estava brincando sobre isso.

Enquanto sua Mary se acomodava numa Jacuzzi cheia de bolhas de sabão, Rhage se esticou ao longo da correnteza espumante e quente, e... ahhhh, ali estava o corpo de sua companheira, todo escorregadio e suave, desde a curva da cintura até o acentuado do quadril – e tantas outras coisas.

– Me dá, me dá, me dá...

Recostando-se na parede da banheira, ele a atraiu para si, afastando-lhe as coxas e acomodando-a sobre seu pau tenso e cheio de brilhantes ideias. Mas sem penetrá-la. Haveria tempo para isso mais tarde.

– Há quanto tempo está me esperando? – ela perguntou ao passar os braços ao redor do seu pescoço.

– Horas e horas.

Os seios se escondiam e apareciam, se escondiam e apareciam, conforme o nível de água se recalibrava com a presença dela, e Rhage lambeu os lábios ante a visão dos mamilos reluzentes e das bolhas de sabão que aderiam à pele dela.

Isso o fazia pensar num biquíni que fracassara em seu objetivo do mais miraculoso dos modos.

– Pensei que tivesse ido ao centro da cidade para lutar depois da sorveteria? – ela perguntou.

– Ah, e eu fui. – Mudou a pegada das mãos, espalmando os seios, unindo-os ao mesmo tempo em que atiçava os mamilos com os polegares, depois os soltando.

Mary gemeu no fundo da garganta, e pareceu ter dificuldades para ordenar seus pensamentos, ainda mais depois que ele a suspendeu até a boca para sugar as pontas, atiçando-a com a língua. Debaixo da superfície, sua ereção se levantou como um touro e ele empinou o quadril.

– O que você disse? – ele murmurou ao passar para o outro seio.

Apertando-a, massageando-a, ele se viu pensando... *Isso sim.* Lembrou-se das primeiras noites, quando mal conseguia esperar a hora de voltar para casa e deixá-la nua, quando a Última Refeição era a segunda prioridade, porque sua Mary era o único sustento de que precisava.

– Eu francamente não... Ah, isso, quanto tempo ficou esperando por mim?

– Anos.

– Isso... – ela arquejou – não é possível.

– Tá brincando? Cheguei em casa há dez minutos.

Mary gargalhou.

– E isso é uma eternidade?

– Esperando por você? Sozinho nesta banheira? Infernos, é, sim.

E *lutando* não seria a palavra que ele usaria para descrever o que fizera naqueles becos. Estava mais para patrulha a pé.

Nenhum *redutor* nas ruas – e isso não era um bom sinal. A pergunta era de onde viria a próxima onda de tropas de Ômega. Quem seria o *Redutor Principal.* Quanto tempo duraria a calmaria.

O inimigo retornaria. Essa fora a natureza da guerra por séculos e séculos. E, às vezes, os períodos mais tranquilos eram mais difíceis de aguentar do que a batalha.

Um brilho sutil na janela ao lado deles chamou sua atenção. Eram as persianas automáticas que desciam para proteger o interior da mansão da luz solar.

E também para dar privacidade.

Usando sua força superior, ele levantou Mary da água até que um dos joelhos parou numa pilha de toalhas brancas macias junto à cabeça dele e a outra perna esticou totalmente apoiada contra o piso da Jacuzzi. Enquanto ela se equilibrava, segurando-se na moldura da janela, os seios balançaram para a frente.

Pingando.

Tanta água e tantas trilhas de minúsculas bolhas escorrendo pela pele dela, formando trajetos pelo abdômen, pelo quadril, pela coxa.

Pelo sexo.

Esticando a língua, ele aninhou o rosto ali, lambendo-a langorosamente, lamentando ter acrescentado as malditas bolhas, porque elas mascaravam seu gosto. Puxando-a para si, ele a idolatrou com a boca, ouvindo-a gemer seu nome, sentindo-a chegar ao orgasmo...

Algo escorregou, provavelmente o pé dela, que estava dentro da banheira, e seu corpo se desequilibrou; ele escorregou para baixo e se deu conta de estar submerso; ela gargalhou, e uma onda de maré alta se derramou pelo mármore.

– Ah, não! – Mary exclamou. – É melhor eu limpar...

– Ainda não, fêmea.

Com um grunhido, ele a acomodou debaixo do seu corpo, e a flutuação dela na banheira funda fez com que o corpo se encostasse no seu.

– Me abrace com as pernas.

Quando ela o fez, ele colocou a mão entre os corpos, ajustou o ângulo e...

– Ahhhh – ele exclamou.

Juntos trabalharam naquela fricção. Ele a envolvia pela cintura com um braço e a penetrava; ela se movimentava, empurrando e puxando com as pernas ao redor da sua pelve. Tão bom, tão apertado, que ele nem percebeu as bolhas de sabonete no rosto, ou o fato de ter que ficar ajustando sua pegada na beirada da banheira.

E ele meio que ignorou mais uma coisinha.

Bem quando começava a gozar dentro dela, suas bolas se contraíam e aquele prazer afiado chegava ao seu pau, fazendo-o bombear ainda mais o quadril...

Houve uma pancada não tão suave à porta do seu quarto.

– Rhage! Ei, Rhage!

– Agora não – ele ladrou enquanto continuava a bombear e o gozo de Mary a fazia se agarrar a ele.

– Rhage! Mas que porra! – disse outra voz.

– Agora não! – ele gritou de volta.

– Rhage!

Mais batidas. De punhos múltiplos.

Com uma última investida do quadril, ele ficou imóvel com um xingamento.

– Mary, desculpe.

Ela riu e escondeu o rosto no ângulo do pescoço dele.

– A culpa não é sua…

Tantos outros socos na porta que ficou claro que havia vários Irmãos lá fora. E quando os diversos machos insistiram em chamá-lo, ele praguejou novamente.

– Você fique bem aí – ele murmurou.

Retirou o pau, mas o calor da água era um pobre substituto para o centro de Mary, e ele estava de muito mau humor quando se levantou e passou uma perna para o chão de mármore…

Os três. Malditos. Patetas.

Seus mais de cem quilos se desequilibraram, a água sobre aquela superfície lisa do banheiro transformando-o num rinque de patinação. Braços giraram no ar, o corpo se contorceu, algo em sua coluna estalou…

Bum! Ele não aterrissou, mas desmoronou, com todo tipo de luzes de dor espocando em seu braço, no ombro, nas costas, na bunda, nas pernas.

– Rhage!

Por um momento, ele só conseguiu ficar olhando para o teto enquanto tentava voltar a respirar. Mas logo o rosto de Mary entrava em seu campo de visão.

– Ai. – Então ele espirrou por algum motivo. Ah, sim, certo. Estava com bolhas de sabonete no nariz e, porra, como aquilo doía. – Eu, bem… ah, realmente *ai*.

Nesse meio-tempo, o elenco de milhares do lado de fora ainda golpeava a porta. E, sim, havia muita água ali.

– Mary, pode me fazer um favor?

– Quer que eu chame a doutora Jane?

– Não a menos que toda essa umidade debaixo de mim seja o meu sangue – disse secamente. – Pode, por favor, vestir um roupão antes que eles derrubem a porta? Amo meus irmãos, mas se um deles te vir nua, vou matar o maldito. Depois que eu conseguir me mexer, claro.

Quando Mary se certificou de que Rhage estava mais ou menos bem, levantou-se e avançou com cautela até a parte em que um de seus roupões macios estava pendurado. Imaginou que ele gostaria que ela usasse um dos dele, porque tinha o cheiro dele, mas também porque tinha muito mais área de cobertura, de forma a cobri-la do pescoço até os tornozelos com metros de sobra.

Quando ela caminhou até o arco de entrada...

Bem, na verdade, quase nadou, já que a água de fato chapinhava em seus pés. Caramba, aquilo estava além das possibilidades de apenas umas toalhas; estava mais para o território de um aspirador de água.

– Isto está ruim, muito ruim – comentou.

– Vou ficar bem... Ai. Cacete, acho que quebrei o braço.

– Nunca mais vamos fazer isso. Jamais.

– Sexo? – ele gaguejou. – *O quê?*

Ela girou ao redor de si mesma e o viu nu em pelo, coberto apenas vagamente por algumas bolhas cor-de-rosa, em meio a uma gigantesca piscina, com uma total, abjeta e permanente expressão de horror.

Mary explodiu numa gargalhada tão forte que teve que esticar a mão e se equilibrar na parede.

– Ai, meu Deus, eu preciso parar...

– Só me diz que vamos fazer mais sexo...

– Claro! Só que talvez com menos água na banheira!

– Jesus, não me mate de susto assim. Você me provocou um aneurisma.

– Talvez já tivesse um. Posso deixá-los entrar agora?

Rhage grunhiu ao se sentar, a tatuagem nas costas se torcendo como se a besta também estivesse se sentindo meio abatida.

– Tudo bem, só não sei do que estão reclamando. Caramba, você derruba um pouquinho de água e de repente todos ficam assim ouriçados.

– Mas e se for o equivalente a uma piscina?

Foi um alívio chegar à área acarpetada, onde um pouco de tração era algo muito bom, pois assim ela não tinha que se preocupar onde exatamente estava pisando.

– Já vou! Podem parar de bater agora! – ela gritou acima da confusão.

Quando chegou à porta, viu que ela estava trancada. Sem dúvida Rhage desejou mentalmente que ela se trancasse – o que a fez sorrir.

Abrindo a porta, viu-se diante...

– Uau. – Muito bem, havia muitos Irmãos ali. – É uma convenção.

Butch estava à frente da matilha, com um copo do que só podia ser Lagavulin na mão e um sorriso malicioso no rosto. John Matthew estava atrás dele, junto de Blay e Qhuinn. V.. Zsadist. E Phury. E Tohr.

– O que vocês dois estão fazendo aí? – alguém perguntou.

– Não responda a isso, Mary! – Rhage gritou.

– Acharam que a despensa estava pegando fogo?

– Estou chegando! – Rhage avisou.

– Acho que isso já aconteceu – outro murmurou maliciosamente.

E um aaaaauuuu coletivo se fez no grupo quando Rhage apareceu atrás dela.

– Esse braço está bem feio – Butch comentou. – Quero dizer, parece que você está com um segundo cotovelo aí.

Quando Mary relanceou por cima do ombro, também se retraiu.

– Ah, Rhage, vamos precisar colocar isso no lugar.

Rhage encarou o grupo furiosamente.

– Só me dê um Band-Aid que eu fico bem. Agora podem nos dar um pouco de privacidade?

Butch sacudiu a cabeça.

– Ok. Primeiro, não, não vamos, não, porque pra onde você acha que essa água está indo? Segundo, você vai para a clínica agora…

– Tá tudo bem!

– Então por que você está segurando o cotovelo com a mão livre?

Rhage abaixou a vista para si mesmo como se não tivesse noção de que estivera fazendo isso.

– Ai, merda.

Mary deu um tapinha em seu ombro.

– Vou junto com você, está bem?

Ele a encarou, baixando o tom de voz.

– Não foi assim que imaginei esta sessão terminando.

– Haverá outras oportunidades…

– Só que não na água – foi a resposta coletiva.

Voltando para o banheiro, ela apanhou uma toalha e voltou, enrolando-a ao redor da cintura de seu macho, enfiando a ponta para dentro para que ela ficasse firme no lugar.

Levantando na ponta dos pés, sussurrou:

– Se você for um bom menino, brinco de enfermeira e paciente com você depois que colocarem o gesso.

A risada de Rhage foi baixa e um tanto maligna, as pálpebras meio abaixadas e sensuais.

– Fechado.

CAPÍTULO 41

Quando a noite caiu, Rhage estava mais uma vez na clínica, sentado sem camisa numa mesa de exames, com as calças de couro e os pés calçados com os coturnos pendurados num dos lados. Suas armas estavam sobre uma cadeira, e assim que tirassem o gesso ele comeria rapidinho no refeitório montado para os futuros *trainees*, para depois ir trabalhar.

Mary saíra cedo para o Lugar Seguro a fim de se preparar para uma reunião com as funcionárias – apesar de ter se oferecido para acompanhá-lo enquanto serravam o gesso. Cara, ainda bem que se alimentara de uma Escolhida na semana anterior, e seu corpo conseguia se curar de uma fratura simples em doze horas. Ouvira dizer que os humanos tinham que conviver com aquele tipo de peso morto por semanas e semanas.

Que loucura.

Quando uma batida soou à porta, ele disse:

– Pode entrar, Manny. Estou pronto pra... Ah, oi, V. E aí?

Seu irmão estava pronto para lutar, as adagas negras embainhadas no peito, um jornal dobrado debaixo do braço junto às suas gêmeas calibre 40.

– E o braço?

– Veio me libertar da minha prisão de gesso? – Rhage bateu na coisa com o punho. – Ou sei lá do que isto é feito.

– Não, não. – V. se recostou na porta. – Tenho boas e más notícias; qual quer ouvir primeiro?

– Você não encontrou nada a respeito do tio de Bitty, não foi?

Quando o irmão sacudiu a cabeça, Rhage soltou uma respiração tensa. Seu corpo todo relaxando de alívio era algo muito errado. E depois ele teve que dizer a si mesmo para não pôr a carroça na frente dos bois. Ele e Mary *não* adotariam Bitty.

Mesmo.

Sim, porque isso seria loucura. Ainda mais que ele estava baseando a compatibilidade e o interesse por parte da criança em um par de casquinhas com lascas de chocolate que fora pedido e consumido na noite anterior na sorveteria Bessie's Best.

Vishous encolheu os ombros.

– Verifiquei todos os bancos de dados, cada contato no sul que a Irmandade tem. Não estou dizendo que não existam familiares fora do radar, mas não consegui descobrir nada que combinasse com o nome de Bitty, com o da mãe, do pai ou desse tio.

Agarrando a beirada da mesa, Rhage olhou além das pontas dos coturnos para o chão de linóleo.

– Você e Mary estão pensando em ficar com ela? – Quando ele levantou o rosto cheio de surpresa, V. o encarou com uma expressão de "não é óbvio?". – Tudo bem se quiserem. Quero dizer, você estava falando sobre filhos na outra noite, e depois perguntando sobre a situação familiar de uma órfã. Essa matemática não é muito complexa, certo?

Rhage pigarreou.

– Não comente sobre isso. Com ninguém.

– É, porque eu sou mesmo de bater com a língua nos dentes.

– Estou falando sério, V.

– Cara, você me conhece melhor do que isso. E eu sei qual vai ser a sua próxima pergunta.

– Qual?

– Você tem que conversar com Saxton. Ele vai poder dizer quais são os requisitos para vocês a adotarem. Acho que, nos tempos antigos, o Rei tinha que assinar alguma coisa sempre que havia nobreza envolvida – e apesar de Bitty ser uma cidadã civil, você, como membro da Irmandade, é da aristocracia. Acho que tudo isso tem a ver com herança, mas, de novo, Saxton sabe todos os trâmites.

Ok, esse é um bom conselho, Rhage pensou. Ele sequer havia considerado que poderia haver alguma documentação envolvida, não era muita ingenuidade?

E também não falara sobre isso com Mary. Nem com Bitty.

Merda. Ele já estava adiantado naquilo, não estava?

– Obrigado, V. – Sentindo-se desconcertado, Rhage acenou para uma cópia enrolada do que só podia ser o *Caldwell Courier Journal.*

– Qual a outra novidade? E estou surpreso por você não estar *on-line*, meu irmão. Foi você ou Egon Spengler dos *Caça-Fantasmas* que disse que a imprensa estava morta?

– Nós dois. Mais ou menos na mesma época, a propósito. – V. abriu o jornal e mostrou a primeira página do *CCJ*. – Foi Fritz quem pegou uma cópia física para mim.

Rhage assobiou baixinho e esticou a mão boa para segurar o jornal.

– E voltamos aos negócios.

A manchete dizia: "Homicídio ritual em fábrica abandonada", e as colunas compridas de texto vinham acompanhadas de fotos extravagantes de sangue e de baldes próximos a uma dilapidada linha de produção de algum produto. Rhage passou os olhos sobre a matéria e virou a página para continuar a leitura do artigo até o fim, o cheiro da tinta e o som das páginas moles umas contra as outras fazendo-o pensar nos tempos idos.

Balançou a cabeça ao fechar o jornal.

– Mas não em grande escala.

– De doze a quinze novos recrutas. Evidentemente, alguns estavam já para serem iniciados, ou Ômega se adiantou no processo. Mas não é numa escala imensa.

– Não. Estamos fazendo progressos.

– Quero estar presente quando o último deles explodir no ar.

Rhage estreitou o olhar.

– A única maneira de isso acontecer é destruindo Ômega.

– Tenho pensado em como fazer isso. – V. pegou o jornal de volta. – Confie em mim...

Uma rodada de batidas à porta o interrompeu.

– Entre, Manny – Rhage disse. – Vamos tirar...

– Ah, inferno, não – V. murmurou quando a porta se abriu.

Lassiter estava entre os batentes com uma capa de chuva amarela maior do que a tenda de um circo, um guarda-chuva amarelo acima da cabeça e galochas nos pés. As pernas estavam nuas – o que não era um bom sinal.

– Não, não quero comprar um relógio – Rhage disse –, por isso pode ficar com isso aí fechado, amarelinho.

– Relógio? – Lassiter entrou, ou tentou entrar, pois o guarda-chuva se enroscou na porta. – Que se foda. Fiquei sabendo que teve um probleminha com a sua Jacuzzi de manhã.

Ele jogou seu acessório de Mary Poppins no corredor e fez uma entrada triunfal com algo amarelo na mão. E depois o maldito começou a cantar. Muito mal.

– Patiiiinho de borraaaacha, você é meu... Você faz do meu baaaaanho, algo legaaaaal...

V. relanceou para ele.

– Você vai enfiar isso no cu dele ou enfio eu?

– Podemos alternar – Rhage exclamou acima da cantoria. – Ei, será que consigo um médico aqui?

Se ao menos conseguisse que alguém tirasse aquele gesso, isso facilitaria muito a surra no anjo. Além disso, a equipe médica poderia ajudar a catar os pedaços de Lassiter espalhados pelo chão.

#perfeito

Quando Mary chegou ao Lugar Seguro, foi tirando as camadas de roupa no escritório, deixou a bolsa no chão, perto da cadeira, e ligou o computador.

Toda noite, assim que chegava, ela verificava a página no Facebook – porque tinha que se disciplinar para não fazer isso no celular e estourar seu pacote de dados na internet. E, toda noite, antes de a tela se renovar, seu coração parava e ela sustava a respiração.

Disse a si mesma que isso acontecia porque desejava desesperadamente enviar a menina para alguma casinha com cercas brancas na Carolina do Sul, em que houvesse um cachorro, um gato, um papagaio e um par de avós místicos dignos dos cartões da Hallmark, que, por acaso, não haviam morrido.

O único problema dessa fantasia altruísta?

Quando, de novo, não havia nenhuma novidade sobre o tal tio, Mary se via relaxando na cadeira, deixando todo o ar sair de seus pulmões no mais completo alívio.

Que era algo tão profissional como a sua tentativa não intencional de levar a menina para a mansão na primeira noite após o falecimento da mãe dela.

Todavia, a verdade era que... em algum momento nos últimos dias, uma mudança acontecera em seu coração. Ela começara a pensar que...

– Senhorita Luce?

Mary se sobressaltou e soltou um grito.

– Ah, Bitty. Olá, tudo bem?

A menina recuou um passo da soleira.

– Não quis assustá-la.

– Está tudo bem. Eu ia mesmo subir para ver como você estava.

– Tudo bem se eu entrar?

– Por favor, entre.

Bitty foi atenta ao fechar a porta sem fazer nenhum som, e Mary teve que se perguntar se isso era o resultado de ela ter andando nas pontas dos pés ao redor do pai por tanto tempo. Esta noite, a menina estava com o cabelo preso num rabo de cavalo e vestia um suéter azul por cima do vestido que usara duas noites antes. Os sapatos eram o seu outro par, os marrons da altura dos tornozelos.

– Preciso lhe contar uma coisa.

Mary indicou a cadeira diante da sua.

– Sente-se.

Quando Bitty se sentou, Mary rolou a dela de lado de modo a se livrar da mesa e ficarem uma diante da outra sem nenhum obstáculo. Cruzando as pernas, entrelaçou os dedos.

A menina permaneceu em silêncio, os olhos viajando pelas paredes do escritório. Não havia muito para o que olhar, a não ser alguns desenhos feitos por algumas das crianças e um mapa do Lago George que Mary pendurara porque a fazia lembrar dos verões da sua juventude.

Não foi uma surpresa quando o olhar se desviou para a caixa contendo a urna com as cinzas de Annalye.

– Bitty, lidaremos com qualquer coisa que queira contar.

– Minha mãe mentiu – a menina disse de repente. – Não tenho nove anos. Tenho treze.

Mary tomou cuidado para não revelar sua surpresa.

– Ok. Não tem nenhum problema nisso.

Bitty olhou para ela.

– Ela tinha medo que eu não fosse nova o bastante, que houvesse algum limite de idade para ficarmos aqui ou para recebermos ajuda da clínica médica. Ela me disse que temia que fôssemos separadas.

– Você pode morar aqui até a sua transição, Bitty. Isso não é um problema.

– Ela procurou escolher a menor idade pela qual eu conseguiria me passar.

– Está tudo bem. Eu juro.

Bitty abaixou o olhar para as mãos.

– Eu sinto muito mesmo. É por isso que ela me disse para não conversar muito e para brincar com aquela boneca. Ela não queria que eu me denunciasse.

Mary se recostou e inspirou fundo. Agora que pensava a respeito, as coisas de fato faziam mais sentido se a menina fosse mais velha. As fêmeas vampiras engravidavam durante seus cios a cada dez anos, mais ou menos, e a gestação durava cerca de dezoito meses. A mãe de Bitty estava grávida ao chegar ali – então Annalye teria concebido quando Bitty estivesse com onze anos, aproximadamente, e não sete.

O mais preocupante, porém, era o quanto a menina era pequena. Para uma menina de oito ou nove anos, ela tinha o peso certo. Mas isso não era verdade para alguém com treze – mesmo levando-se em consideração o fato de que o estirão de crescimento acontecia com os vampiros após suas transições.

– Sinto muito – Bitty disse ao deixar a cabeça pender.

– Não se sinta mal. Nós entendemos. Eu só queria ter sabido disso para tê-la tranquilizado.

– Tem mais.

– Pode me contar qualquer coisa.

– Menti a respeito do meu tio.

O coração de Mary começou a bater forte.

– Como?

– Não acho que ele venha me buscar.

– E por quê?

– Ela falava dele de tempos em tempos, mas era sempre no passado. O que eles costumavam fazer quando eram crianças, sabe? Ela fazia isso para me distrair quando as coisas ficavam ruins com o meu pai. Acho que eu só... eu só desejei que ele viesse me buscar, entende?

– Sim, entendo.

– Na verdade, ele nunca me viu.

– Como você se sente em relação a isso?

– Muito sozinha. Ainda mais agora que minha *mahmen* se foi.

Mary assentiu.

– Isso faz muito sentido para mim.

– Minha *mahmen* e eu... nós cuidávamos uma da outra. Tínhamos que fazer isso. – Bitty franziu o cenho ao fitar a caixa. – Ela tentou nos tirar de lá três vezes. Na primeira, eu era muito pequena. Não me lembro, mas não deu certo. Da segunda vez... – Bitty deixou as palavras se perderem. – A terceira foi quando quebrei a perna, e ela me levou para Havers porque eu não estava me curando. Foi então que colocaram o pino... e depois, quando voltamos para casa...

Rhage, V. e Butch foram lá para pegá-las.

– Gosto do seu *hellren* – Bitty disse abruptamente. – Ele é engraçado.

– Um gaiato.

– Isso é um termo humano?

– Isso mesmo. Significa que gosta de tirar sarro.

Bitty franziu a testa de novo e olhou para ela.

– Quer dizer que você é mesmo uma humana? Pensei que vocês não podiam virar vampiros.

– Eu sou. Quero dizer, já fui. – Mary lançou um sorriso. – Vê? Não são pontudos.

– Você tem dentes bonitos.

– Obrigada.

Os olhos de Bitty retornaram para a caixa de papelão.

– Então ela está mesmo aí.

– Seus restos, sim.

– O que acontece se eu não os enterrar de imediato? Ela... Será que isso é errado? É ruim?

Mary meneou a cabeça.

– Não há pressa. Não que eu saiba, de todo modo. Mas posso me consultar com Marissa. Ela conhece todas as tradições da raça, de trás pra frente.

– Eu só não quero fazer nada errado. Acho… que eu sou responsável por ela agora, sabe. Quero fazer a coisa certa.

– Entendo totalmente.

– O que os humanos fazem com seus mortos?

– Nós os enterramos. Ou pelo menos essa é uma opção. Foi o que fiz com minha mãe. Mandei que a cremassem e depois enterrei as cinzas.

– Como a minha.

Mary assentiu.

– Como a sua.

Houve uma pausa e ela permaneceu calada, para que Bitty tivesse espaço para perceber o que estava sentindo. No silêncio, Mary deu uma boa olhada na garota, notando os braços e as pernas finos, o corpinho minúsculo debaixo de todas as camadas de roupa.

– Onde você a enterrou? – Bitty perguntou.

– Num cemitério. Do outro lado da cidade.

– O que é um cemitério?

– É o lugar onde os humanos enterram seus mortos e marcam os túmulos com lápides para que saibam onde eles estão. De tempos em tempos, eu vou lá e levo flores para o túmulo dela.

Bitty inclinou a cabeça e franziu um pouco a testa. Depois de um instante, perguntou:

– Pode me mostrar?

CAPÍTULO 42

– Não esperava o seu chamado.

Enquanto falava, Assail se virou e olhou para Naasha.

Naquela noite, Naasha escolhera recebê-lo no escritório escuro e dramático de seu *hellren*, repleto de volumes encadernados em couro e de uma mobília que o fazia se lembrar dos clubes privados de cavalheiros dos humanos. Estava vestida novamente de vermelho, talvez para combinar com as cortinas de veludo que pendiam como artérias do teto, ou talvez por crer que ele gostava dela nessa cor.

– Vi-me desolada sem a sua companhia. – Enquanto falava, ela enunciava as palavras com deliberação, os lábios brilhantes de batom se contraindo e libertando as sílabas como se estivesse lhe fazendo um boquete. – Não consegui dormir durante o dia.

– Certamente por ter ficado acompanhando o estado de saúde de seu companheiro.

– Não. De desejo. – Ela avançou, atravessando o espesso carpete sem produzir som algum. – Por você. Estou faminta.

Quando ela parou diante dele, ele sorriu com frieza.

– De fato.

Ela estendeu o braço e afagou sua face.

– Você é um macho realmente extraordinário.

– Sim, sei disso. – Ele afastou a mão dela, mas continuou segurando-a pelo pulso. – O que me é curioso é o fato de a minha ausência ser tão perturbadora, considerando-se que já há um pau à disposição sob este teto.

– Meu *hellren* está enfermo, se bem se lembra – ela disse num tom remoto. Como se ele fosse a última coisa na face da Terra sobre a qual ela gostaria de discorrer.

– Eu me referia a Throe. – Assail sorriu novamente e começou a esfregar o polegar sobre a pele dela. – Pergunto, qual é o seu relacionamento com ele?

– Ele é um parente distante de meu companheiro.

– Quer dizer que o acolheu por caridade.

– Era o apropriado a fazer.

Assail a envolveu com um braço ao redor da cintura e a atraiu para seu corpo.

– Você não é sempre muito apropriada, é?

– Não – ela ronronou. – Isso o excita?

– Certamente a excitou duas noites atrás. Você se deleitou bastante com meus primos.

– E, no entanto, você não quis participar.

– Não estava inclinado naquele momento.

– E hoje?

Ele a fitou demoradamente no rosto de propósito. Depois alisou os longos cabelos negros para trás, afastando-os dos ombros.

– Talvez.

– E o que seria necessário para que se sinta inclinado?

Quando ela arqueou o corpo contra o seu, ele fingiu considerá-la encantadora, fechando os olhos e mordendo o lábio inferior. A realidade? Ele bem podia ter sido atacado por um cachorro.

– Onde está Throe? – perguntou.

– Com ciúmes?

– Claro. De fato, estou me consumindo de ciúmes.

– Você mente.

– Sempre. – Ele sorriu e se inclinou sobre a boca dela, percorrendo as presas ao longo do lábio inferior. – Onde ele está?

– Por que se importa?

– Gosto de *ménages à trois*.

A gargalhada que ela emitiu soou rouca e repleta de promessas nas quais ele não tinha interesse algum. O que ele queria mesmo era retornar para aquele porão dela – literalmente, não figurativamente. Ainda que, se precisasse fodê-la para chegar lá, é o que faria.

Na outra noite, ela evidentemente não queria que ele explorasse o local. E isso o levara a imaginar se tinha algo a esconder.

– Quem dera, mas Throe não está aqui hoje. – Ela se virou nos braços de Assail e mergulhou as nádegas na pelve dele. – Estou só.

– Para onde ele foi?

Ela relanceou por sobre o ombro, com um olhar afiado.

– Por que se concentra tanto nele?

– Tenho apetites que você não pode aplacar, minha cara. Por mais que seus dotes sejam atraentes.

– Então talvez devamos chamar seus primos? – Ela voltou a se esfregar nele. – Eu gostaria de recebê-los novamente.

– Não fornico com meus parentes. Todavia, se você os quiser...

– Eles, de fato, sabem como preencher uma fêmea. E talvez eu seja demais para você lidar sozinho.

Duvido, ele pensou. Mas ter seus primos ali era uma boa ideia.

Mantendo um braço ao redor dela, Assail voltou a virá-la de frente para si, pegou o celular e, um segundo mais tarde, a campainha discreta na porta da frente da mansão foi ouvida ao longe, através das portas fechadas do escritório.

– Peça e será servida – ele murmurou ao beijá-la avidamente, e depois a soltou dele, dando-lhe um empurrão para a saída. – Atenda você mesma. Receba-os adequadamente.

Ela se apressou com uma risadinha, como se gostasse de receber ordens – e, Deus, ele não conseguiu deixar de pensar em sua Marisol. Se tivesse dado ordens à sua adorada ladra dessa maneira? Ela o teria castrado e usados suas bolas como brincos.

Uma queimação no meio do peito o levou a pegar o frasco de cocaína no bolso interno do seu terno Brioni, mas não era seu vício que o impelia, para variar.

A dose extra fez sua cabeça zunir, mas aquilo lhe serviria bem.

Ele tinha muitas coisas a fazer aquela noite.

– Ok, onde você está, onde você está...

Enquanto Jo dirigia através da principal, e decadente, zona industrial de Caldwell, inclinou-se para perto do para-brisa do seu VW e passou o braço da jaqueta sobre o vidro para limpar a condensação. Ela poderia ter ligado o ar – só que o maldito não estava funcionando.

– Preciso de mais um mês antes de conseguir pagar por isso – murmurou. – Até lá, não vou respirar mais.

Ao pensar em Bill, confrontando-a a respeito da fortuna dos seus pais, ela teve que rir. Sim, era verdade que respeitar seus princípios era algo louvável. No entanto, isso raramente pagava as contas – ou consertava aquecedores de ar quebrados que cheiram a queimado quando você os liga.

No entanto, a tendência é dormir melhor à noite.

Quando seu celular começou a tocar, ela o apanhou, viu quem era e voltou a largá-lo no banco ao lado. Tinha outras coisas com que se preocupar do que as exigências fora de hora de Bryant. Além do quê, ela já deixara a roupa da lavanderia onde ele lhe pedira, na varanda de sua casa no condomínio.

– Ok, aqui estamos.

Quando seus faróis iluminaram a construção de um andar de telhado reto, tão comprido quanto um quarteirão, ladeado por placas de metal cinza, ela entrou no estacionamento vazio e avançou até a entrada simples. Quando chegou perto das portas de vidro e da placa com o nome da fábrica apagada com camadas de tinta spray, freou e desligou o motor, depois saiu.

Havia faixas de contenção policial amarelas ao redor, as frágeis barreiras oscilando ao vento... Uma etiqueta colocada na fenda entre as portas com as palavras CENA DO CRIME em letras garrafais... e evidências de muitas passadas entrando e saindo, um caminho sobre as folhas e os detritos formados por pegadas e equipamentos que foram rolados ou arrastados pelo chão.

Cara, estava escuro ali. Ainda mais quando as luzes dos postes se apagaram.

– Preciso conseguir aquele porte de arma – disse em voz alta.

Quando seus olhos se ajustaram, o grafite na construção voltou a ficar visível, e o estacionamento deserto ressurgiu em seu campo de visão. Não havia nenhuma luz ambiente de cidade naquela parte de Caldwell; havia prédios abandonados demais, como resultado do parque industrial ter fracassado quando a economia começou a despencar, nos últimos sete anos.

Bem quando ela começava a ficar nervosa e pensando em ligar para Bill, um carro veio subindo a rua e entrou no mesmo estacionamento.

Quando se aproximou, Bill abaixou o vidro e se inclinou por cima de outro homem.

– Siga-me.

Ela levantou o polegar e voltou a entrar no carro.

Deram a volta, passando pela entrada até chegarem à parte mais estreita do prédio. A porta dos fundos da fábrica era ainda menos elegante do que a da frente; sequer tinha uma placa. O grafite se estendia até ali, as assinaturas e os ângulos agudos se sobrepondo uns aos outros como pessoas conversando numa festa.

Jo saiu e trancou o carro.

– Oi.

O homem que saiu do carro de Bill foi uma espécie de surpresa. Um metro e oitenta, ou mais, de altura. Cabelos grisalhos prematuros, mas do tipo sensual, talvez como Max do programa *Catfish*. Óculos de grau de armação escura, como se ter problema de visão e senso de estilo fossem pré-requisitos para ser amigo de Bill. O corpo era...

Bem, muito bom. Ombros largos, cintura estreita, pernas longas.

– Este é meu primo, Troy Thomas.

– Olá – o cara disse, estendendo a mão. – Bill me contou a seu respeito.

– Posso imaginar. – Apertou sua mão e apontou para a entrada dos fundos com a cabeça. – Gente, tem um lacre nessa porta também. Não estou muito à vontade com isso.

– Tenho permissão para entrar. – Troy mostrou uma identificação. – Está tudo bem.

– Ele faz parte da equipe forense – Bill explicou.

– E preciso pegar alguns equipamentos, por isso estou autorizado. Só, por favor, não toque em nada, e nada de fotos, ok?

– Claro. – Jo abaixou o braço e percebeu que estava quase levando a mão ao coração, num juramento.

Troy foi à frente, cortando o lacre com um canivete antes de inserir seu cartão magnético da Polícia de Caldwell num leitor eletrônico.

– Cuidado com o degrau – ele disse ao abrir a porta e acender as luzes.

O corredor baixo tinha carpete em dois tons: creme nas laterais e marrom acinzentado onde botas tinham pisado. Riscos cinza desciam pelas paredes, indicando goteiras do teto. O cheiro era um misto de pão embolorado e meias molhadas.

E cobre.

Conforme avançavam, tiveram que passar por cima de baldes com tinta escorrida pelas bordas, algumas ferramentas e baldes de gesso para paredes. Tudo sugeria que os proprietários, ou o banco que tomara posse do local, tivessem pensado em reformá-lo – só para abandonar o projeto quando ele se mostrara dispendioso demais.

Havia dois escritórios, uma recepção, um banheiro unissex e um par de portas de aço, ao lado das quais havia capacetes empoeirados pendurados em ganchos.

– Vamos por ali. É mais fácil assim.

Virando para a esquerda, Troy os conduziu por uma terceira opção, ficando de lado mais uma vez quando passaram por uma porta muito mais estreita. Do lado oposto, ele não ligou um interruptor, mas pareceu acionar um quadro de luz.

Com uma série de baques, imensos painéis de luz se acenderam em sucessão num enorme espaço industrial, basicamente vazio, nada além de ganchos presos ao chão e grandes manchas de óleo no concreto, indicando os locais onde as máquinas deviam ter ficado.

– O massacre aconteceu logo ali.

Jo ergueu as sobrancelhas. Sim, com certeza foi ali, ao perceber manchas de sangue coagulado, antes vermelhas, mas agora marrons devido à passagem do tempo. Havia mais daqueles baldes de gesso aqui e acolá, e quando ela avançou e conseguiu examinar melhor de perto, teve que levar a mão à boca e engolir com força.

– É igual à fazenda – Bill comentou ao andar pelo espaço.

– Igual a que fazenda? – Jo perguntou ao sacudir a cabeça diante de tanto sangue coagulado. – Deus. Isto é tão violento.

– Você não se lembra… Uns dois anos atrás? Houve uma cena de crime como esta, só que com dez vezes mais sangue.

– Nenhum corpo – Troy acrescentou. – De novo.

– Quantas pessoas você acha que morreram aqui? – Jo perguntou.

– Dez. Talvez doze? – Troy deu a volta e se agachou junto a uma série de manchas de sangue arrastadas no chão, como se alguém tivesse tentado escapar, mas tivesse escorregado e caído. – Não podemos ter certeza. Este lugar está anunciado no mercado há um ou dois anos. O banco parou de usar câmeras de segurança cinco meses atrás, quando um raio as destruiu numa tempestade de primavera. Não temos nada.

– Como é que se livraram de tantos corpos? – Jo se perguntou. – Para onde os levaram?

Troy assentiu.

– A divisão de homicídios está investigando tudo isso.

E quanto à abordagem dos vampiros?, ela pensou consigo. *Aqueles tipos costumavam beber sangue, certo? Mas não deixavam litros e litros para trás.*

Não que ela fosse perguntar isso a Troy. Loucura demais.

Relanceou para Bill.

– Quantos outros massacres ou rituais como este aconteceram em Caldwell nos últimos dez anos? Vinte anos? Cinquenta?

– Posso descobrir – ele disse quando seus olhares se encontraram. – Estou pensando na mesma coisa que você.

CAPÍTULO 43

– É tão quieto aqui. Tão lindo.

Quando Bitty disse aquilo, Mary a fitou. As duas estavam andando pelos caminhos pavimentados do cemitério Pine Grove. Acima, a luz lhes fornecia iluminação mais do que suficiente para que enxergassem, o brilho prateado recaindo sobre as copas dos pinheiros e também pelos galhos nus elegantes dos carvalhos e bordos. Em toda a volta, lápides, estátuas e mausoléus salpicavam os gramados extensos e os lagos construídos, até você quase conseguir se imaginar estendia em um set de filmagem.

– Sim, é mesmo – Mary murmurou. – É agradável pensar que tudo isto é para os fantasmas das pessoas que enterramos aqui, mas acredito que seja mais para os visitantes. Pode ser muito difícil, ainda mais no início, vir visitar um membro da sua família ou um amigo que faleceu. Quero dizer, depois que minha mãe morreu e enterrei suas cinzas, demorei meses e meses até voltar aqui. Quando finalmente vim, foi mais fácil do que imaginei, principalmente por aqui ser um local tão agradável. Já estamos chegando. Ela está logo ali.

Pisando na grama, Mary tomou cuidado por onde ia.

– Por aqui, siga-me. Os mortos estão adiante das lápides. Sim, sei que pode parecer estranho, mas odeio a ideia de estar pisando em alguém.

– Puxa! – Bitty olhou para uma linda lápide gravada com a estrela de Davi e o nome Epstein. – Desculpe. Com licença.

As duas se dirigiram mais além, até que Mary parou diante de uma lápide de granito cor-de-rosa com o nome Cecilia Luce gravado.

– Olá, mãe – ela sussurrou, agachando-se para tirar folhas caídas da frente da lápide. – Tudo bem?

Enquanto ela passava os dedos sobre as letras e os números gravados, Bitty se ajoelhou do outro lado.

– Do que ela morreu? – a menina perguntou.

– Esclerose múltipla.

– O que é isso?

– É uma doença humana em que o sistema imunológico ataca a camada que protege os nervos. Sem essa camada, não tem como dizer ao seu corpo o que fazer, por isso você perde a habilidade de andar, de se alimentar sozinha, de falar. Ou pelo menos foi o que aconteceu com a minha mãe. Algumas pessoas têm longos períodos de remissão em que a doença não está ativa. Ela não foi uma dessas pessoas. – Mary esfregou o meio do peito. – Existem mais opções de tratamento hoje em dia do que quinze, vinte anos atrás, quando ela foi diagnosticada. Talvez ela tivesse durado mais nesta era da medicina. Quem é que pode saber?

– Você sente falta dela?

– Todos os dias. A questão é... Não quero te assustar, mas não estou convencida de que é possível superar a morte de uma mãe. Acho que acabamos nos acostumando com a perda. Parecido com as vezes em que entramos na água fria? Existe um choque no sistema no começo, mas a acomodação acontece até você não perceber mais o frio à medida que os anos passam e, às vezes, você até se esquece de que está na banheira por um tempo. Mas sempre existem memórias que voltam e te lembram da pessoa que se foi.

– Penso muito na minha mãe. Sonho com ela também. Ela vem até mim nos sonhos e conversa comigo.

– O que ela diz?

Enquanto uma brisa fria passava, Bitty ajeitou uma mecha de cabelos atrás da orelha.

– Que tudo vai ficar bem, e que logo vou ter uma nova família. Foi isso o que me fez pensar no meu tio.

– Bem, acho isso adorável. – Mary se sentou no chão, pois o casaco lhe oferecia uma barreira contra o chão úmido. – Ela lhe parece saudável nos seus sonhos?

– Ah, sim. É o que mais gosto nisso. Ela está com o meu irmãozinho, aquele que também já morreu.

– Demos as cinzas dele para a sua mãe.

– Eu sei. Ela as colocou em sua mala. Disse que queria ter certeza de que estivessem conosco onde quer que fôssemos.

– Pode ser interessante colocá-las juntas em algum momento.

– Acho que é uma boa ideia.

Houve uma longa pausa.

– Bitty?

– Hum?

Mary pegou um graveto no chão e o dobrou para cima e para baixo a fim de ter algo a fazer com os dedos.

– Eu... Hum... Queria ter sabido das preocupações da sua mãe quanto aos recursos no Lugar Seguro. Eu teria me esforçado mais para que ela se sentisse segura. – Relanceou para a menina. – Você está preocupada com isso?

Bitty colocou as mãos nos bolsos e olhou ao redor.

– Não sei. Todas as pessoas lá são tão gentis. Você, especialmente. Mas é assustador, sabe?

– Eu sei. Pode falar comigo, está bem? Se ficar com medo. Vou te dar o meu número de celular. Pode me ligar diretamente, a qualquer hora.

– Não quero ser um peso.

– Bem, acho que é isso o que me preocupa. A sua mãe também não queria ser, o que respeito completamente, mas, no fim, o resultado foi que as coisas ficaram muito mais difíceis para ela, e para você, do que precisavam ser. Entende o que quero dizer?

Bitty assentiu e ficou quieta.

Depois de um tempo, a menina disse:

– O meu pai costumava bater em mim.

Bem no coração abandonado do centro de Caldwell, Rhage correu por um beco, os coturnos aterrissando no asfalto como trovões, a automática empunhada, sua raiva controlada de modo a ser o que o impulsionava, e não um desastre que o faria se descontrolar.

Conforme seu alvo disparava pela rua, ele grudou no maldito como cola, aquele fedor adocicado nauseante de *redutor* como um rastro de vapor ao longo da noite escura, facilmente rastreável.

Era um novo recruta. Provavelmente oriundo daquela fábrica abandonada.

Ele sabia disso porque a coisa estava em pânico absoluto, tropeçando e escorregando numa confusão de braços e pernas, sem armas, sem ninguém vindo em seu resgate.

Ele era um rato solitário sem saber o que fazer.

Foi quando o assassino caiu pela milésima vez, tropeçando no que parecia ser um carburador, e já não conseguiu mais se levantar. Apenas amparou a perna junto ao peito e gemeu, rolando de costas.

– Não, p-p-p-por f-f-favor, não!

Quando Rhage parou junto à sua presa, pela primeira vez na história, hesitou antes de matar. Mas não podia deixar de esfaquear o maldito. Se deixasse aquela coisa nas ruas, ele se curaria e encontraria outras de seu tipo para se juntar e depois teria com quem lutar... ou seria descoberto por um humano e acabaria na porra do YouTube.

– Nãããããoooo...

Rhage afastou os braços da coisa e enterrou a adaga preta bem no centro do peito oco.

Com um brilho e um *puf!*, o assassino desapareceu no ar, deixando para trás apenas uma mancha oleosa do sangue de Ômega no chão e o cheiro acre de queimado...

Rhage se revolveu ao redor de si mesmo, trocando a adaga pela pistola automática. Inflando as narinas, fungou o ar e depois emitiu um grunhido.

– Sei que está aí. Apareça!

Quando nada se moveu nas sombras da parte oposta do beco, ele recuou três passos de modo a ter a cobertura da soleira de um prédio de abandonado.

Ao longe, sirenes uivavam como cachorros de rua e, no quarteirão seguinte, alguns humanos gritavam uns com os outros. Mais perto, algo pingava na escada de incêndio atrás dele, e havia um ruído de cima, como se rajadas de vento vindas do rio estivessem agitando o frágil andaime preso aos tijolos.

– Covarde de uma figa – ele chamou. – Apareça.

Sua arrogância natural lhe dizia que ele poderia lidar com aquilo sozinho, mas uma inquietação vaga que não sabia definir o fez pedir reforços, apertando um botão localizado no interior do colarinho da jaqueta.

Não que ele estivesse assustado – porra, nada disso. E se sentiu um idiota no segundo em que o fez.

Mas existia outro vampiro macho se escondendo ali, e a única certeza que ele tinha? Não era Xcor.

Porque eles sabiam onde estava aquele bastardo.

Os outros filhos da puta eram uma incógnita.

CAPÍTULO 44

Naturalmente, fazer com que Naasha ficasse nua foi questão de instantes. Na verdade, ela mesma se prontificou.

Assim que Assail e os primos entraram naquele calabouço do sexo, ela começou a despir o vestido, afastando a peça de alta costura com um chute como se a vestimenta não passasse de um guardanapo de papel. Todavia, permaneceu com os saltos altos e de espartilho.

As ereções de Ehric e Evale foram instantâneas, dois golpes de direita de agressão sexual que provocaram uma daquelas risadas roucas da fêmea.

No entanto, ela não se aproximou deles. Abordou Assail.

Inclinando-se, pressionou-se ao peito dele e envolveu-lhe o pescoço com os braços.

– Preciso de você primeiro.

Fêmea tola. Confessava demais, transferindo seu poder a ele.

Mas isso era muito bom.

Deixando-a de lado, puxou o nó da gravata Hermès, soltando a faixa de seda. Enquanto ele retirava a peça, ela rodopiou e caminhou até uma das plataformas, deitando-se de costas e estendendo os braços acima da cabeça. Com o corpo formando uma erótica curva em S sobre o colchão, um seio saindo da taça e o sexo reluzindo entre as pernas afastadas.

Assail perambulou de quatro até se sentar sobre sua pelve. Esticando a gravata entre as mãos, encarou-a.

– Você é confiante demais – murmurou. – E se eu fizesse algo ruim com isto? Ninguém ouviria seus gritos ou sua luta, não acha?

Por um instante, o medo reluziu nos olhos dela. Mas, em seguida, ele sorriu.

– O bom é que sou um cavalheiro, não acha? – Ele se inclinou com a seda. – Feche os olhos, minha cara. E não durma, não, não descanse.

Ele lhe cobriu os olhos com a gravata, amarrando-a no lugar. Depois, observou por sobre o ombro e assentiu para que os primos fossem até ela. Como de hábito, eles foram mais que obsequiosos, libertando-se de camisas e calças, ficando nus antes de alcançá-la, tocá-la e lambê-la, afagá-la e penetrá-la.

Enquanto Naasha começava a gemer, ele desmontou, agarrou o pulso mais próximo – por acaso o de Ehric – e rasgou-o com suas presas. Arrastando o sangue empoçado até a boca de Naasha, a fêmea arfou e se agarrou, nutrindo-se da veia enquanto o corpo começava a se contorcer de prazer.

Evidentemente, ela não se sustentava do sangue do seu *hellren* – e Assail deduziu que era esse o motivo pelo qual ela necessitava de um tipo como Throe. Mas os vampiros, ainda mais os sempre excitados, frequentemente apreciavam sugar em meio ao torpor do prazer, mesmo estando bem alimentados. Como álcool e drogas, o sangue amplificava tudo de uma maneira muito satisfatória.

Com o sangue do primo no ar e na língua, ela ficou tão distraída que Assail conseguiu chegar até a porta sem que ela notasse seu afastamento. Alcançando o casaco, pegou uma latinha de óleo antiga, do tipo com base palpável e bico curto.

Óleo em cima.

Óleo embaixo.

O lubrificante não tinha cheiro forte, pois ele enchera a embalagem com Pennzoil 10W-40 para automóveis – e após os seus cuidados, a imensa porta abriu no mais absoluto silêncio. Com um sorriso malicioso, saiu do quarto de jogos e voltou a fechar a porta pesada. Recolocando a lata de óleo em sua jaqueta de caxemira, avaliou as duas direções. Depois virou para a esquerda, seguindo o caminho que Throe tomara na noite anterior.

As paredes e o chão do porão eram feitas de pedra bruta, e as instalações elétricas afixadas às vigas de madeira lançavam uma luz tênue nas sombras. Ele abriu cada uma das portas que encontrou, e achou depósito após depósito, alguns com ferramentas de jardinagem dos anos 1940 e

1950, outros com baús de viagem da virada do século XX, e outro ainda com decorações de festivais que se estragaram na umidade.

Nenhum sinal dos aposentos de Throe, e isso não chegava a ser uma surpresa; ele não se dignaria a ficar ali embaixo da terra, nos cômodos sem janela repletos de objetos esquecidos. Tampouco de *doggens*, pois, pelo visto, a casa fora modernizada, de forma que os criados foram transferidos para os cômodos superiores. Também não encontrou nenhuma adega, mas imaginava que estaria em um novo local no andar de cima, próximo às atividades sociais.

Tudo isso fora o motivo de ela ter equipado o espaço em questão daquela maneira.

Havia privacidade ali embaixo.

Talvez, assim como ele, ela mesma lavasse seus próprios lençóis? Talvez não. A fêmea provavelmente tinha uma criada de confiança.

Exatamente na ponta oposta, outra escada apareceu quando ele virou, os degraus de madeira tão antigos que tinham marcas de desgaste.

Ah, então fora ali que Throe tinha ido se esconder.

Movendo-se rapidamente, Assail estava quase lá quando chegou a uma porta final – que era reforçada como a do calabouço de Naasha, em contraposição às mais frágeis de todos aqueles depósitos.

O cadeado nela era novo e brilhante, do tipo que necessitava de uma chave específica. Num impulso, ele tateou ao redor da moldura, para o caso de tal objeto estar pendurado num prego ou num gancho, como muitas vezes acontecia. Mas não. O que quer que houvesse do lado oposto devia ser precioso.

Ou algo que não devia ficar exposto a olhos curiosos.

Indo pela escada, ele foi tão silencioso quanto uma brisa ao subir para uma porta que, abençoadamente, parecia estar destrancada. Aguçou os ouvidos um instante, para confirmar que não havia nada do outro lado, e a abriu com cuidado.

Era a despensa do mordomo, a julgar pelos armários com portas de vidro repletos de pratos, e o armário da prataria forrado com feltro verde e abarrotado com grandes quantidades de prata de lei resplandecente.

Apesar de desconhecer a planta da casa, ele estava bem familiarizado com as necessidades das grandes mansões e, evidentemente, havia uma escada de serviço sem adornos com degraus de madeira descobertos e um corrimão funcional não longe dali. Conforme ele subia para o segundo andar, viu-se forçado a parar na metade do caminho e se encostar na parede quando, na plataforma acima, uma criada passou com uma cesta de roupas. Quando ela sumiu, ele se esgueirou por trás dela por meio da área da criadagem na ala dos quartos.

Seguindo seus instintos, passou por uma porta ampla, grande o bastante para acomodar toda espécie de movimento de idas e vindas – e, de fato, do lado oposto, o corredor surgiu esplendoroso, com arandelas de bronze e cristais iluminando o caminho, uma passadeira fofa de lã abafando os passos, cômodas antigas e mesas marcando janelas que, sem dúvida, deviam ter vista para os jardins.

Ele entrou em todos os quartos, e cada um deles parecia corresponder a um determinado sexo, alternando projetos femininos e masculinos.

Soube quando chegou ao de Throe por conta do perfume do pós-barba no ar.

Dessa vez, ele entrou e fechou a porta atrás de si. Felizmente, as criadas já haviam passado por ali, tendo arrumado a cama, trocado as toalhas no banheiro e colocado flores frescas na escrivaninha. Havia poucos itens de uso pessoal, o que combinava com um antigo soldado de poucos recursos e muita mobilidade. O armário, entretanto, estava repleto de roupas novas, muitas das quais ainda com a etiqueta, um indício de aquisições recentes.

Sem dúvida, haviam sido feitas pela dona da casa.

Voltando ao quarto em si, ele abriu as gavetas da cômoda Chippendale e não encontrou nada. Nenhuma arma. Nenhuma munição. Na escrivaninha antiga, procurou papéis, registros telefônicos, correspondência. Não havia nada.

Parando junto à cama, observou o quadro pendurado no papel de parede de seda.

– Aí está você.

Com um ronronado de satisfação, aproximou-se do pequeno cenário emoldurado que, por acaso, estava ligeiramente descentralizado.

Quando ele o retirou, a face lustrada de um cofre foi revelada.

O disco da combinação era baixo e vermelho, e havia uma grande quantidade de números para escolher, ao girar de um lado e de outro.

Onde estava a sua ladra quando mais precisava dela?, pensou ao recolocar o retrato.

Sem dúvida existiam maneiras de entrar naquele cofre caso decidisse fazê-lo, mas estava mal preparado para tal empreitada, e não desejava perder tempo em relação a toda a diversão que acontecia no andar de baixo – seus primos eram um par resistente, mas a transa não duraria para sempre.

Avaliando a moldura dourada da pintura, certificou-se de deixá-la exatamente descentralizada como estava antes, nem mais, nem menos, e depois voltou a atravessar o tapete oriental – sentindo-se bem satisfeito por ele ser multicolorido e de pelos curtos, de modo a não denunciar suas passadas.

Com uma olhada final, girou a maçaneta e voltou para o corredor...

– Posso ajudá-lo?

Enquanto Rhage esperava que o vampiro no fim do beco respondesse, relanceou para o telhado do prédio do lado oposto. Vishous se materializara naquele ponto em que tinha vantagem na vista, mas permaneceu quieto e imóvel.

Voltando a se concentrar, Rhage disse novamente:

– Apareça ou vou atrás de você. E você não vai sair dessa, filho da mãe. Isso eu garanto.

Por debaixo da pele, a besta tremulou, sua maldição serpenteando e se estendendo a despeito de todo o sexo de que tinham desfrutado. Mas, pensando bem, seus instintos rugiam. Já havia sido alvejado no peito naquela semana; ele não pretendia bater o recorde da Irmandade quanto a experiências quase letais.

– Sou eu, e estou desarmado.

O som da voz aristocrática ecoou ao redor dos apartamentos abandonados e, um instante depois, Throe apareceu com as mãos erguidas, mostrando as palmas, o corpo tenso.

– Não atire. – O macho fez um círculo lento. – Estou sozinho.

Rhage estreitou os olhos, à procura de outros sinais de movimento naquele canto escuro. Quando nada aconteceu, ele voltou a focar em Throe. Nenhuma arma era visível, e o macho não estava vestido para o combate – a menos que pretendesse sair no tapa com *Zoolander*: as roupas do bastardo eram tão aprumadas quanto as de Butch, o sobretudo de alfaiataria ajustado como um terno elegante, os sapatos reluzentes mesmo sob aquela luz fraca.

– Parece que você passou por uma transformação – Rhage murmurou. – Da última vez em que o vi, suas roupas não eram tão boas.

– Minhas perspectivas melhoraram desde que me demiti junto a Xcor.

– Os boatos dizem que você não era empregado, filho da puta. "Alistado" seria uma melhor descrição.

– Eu tinha uma dívida a pagar, é verdade. Mas já passou.

– Bem, não estamos contratando. Não babacas com o seu currículo, pelo menos.

– Posso abaixar os braços? Eles estão ficando um tanto cansados.

– Fica a seu critério. Mas sou um babaca de dedo rápido no gatilho, portanto é melhor tomar cuidado com onde põe as mãos.

Houve um som de alguém aterrissando sobre dois pés, e Throe se virou. Quando Vishous saiu da escuridão logo atrás do cara, Rhage gargalhou.

– Você não gosta que te espiem, hein? – Do mesmo modo, Rhage saiu de seu esconderijo, mantendo a arma mirada. – Veja só. E por que você não continua com as malditas mãos para cima enquanto meu irmão te revista?

Vishous deu tapas ao redor do tronco de Throe, descendo pelas pernas e dando um belo aperto na virilha do cara. Enquanto o grito agudo de Throe se perdia no ar, o irmão recuou, mas manteve sua calibre 40 apontada para o senhor Neiman Marcus.

– Então, se não está com Xcor, o que está fazendo aqui? – V. exigiu saber. – Está usando perfume demais e está desarmado.

– Eu tinha esperança de encontrar um de vocês.

– Surpresa! – Rhage gracejou. – Agora, o que você quer?

– Vocês enviaram Assail para me investigar ou ele está agindo independentemente?

V. explodiu numa gargalhada dura.

– Como é?

– Minha dicção é perfeita. – Throe relanceou para V. – E você não está a mais de um metro de mim. Portanto, posso deduzir que me ouviu bem o bastante.

Enquanto V. arreganhava as presas, Rhage sacudia a cabeça.

– Melhor você repensar sua postura. Meu irmão parece prestes a te transformar em confete.

– E então? – Throe insistiu. – Vocês os enviaram para me seduzir? Teriam mais sorte com uma fêmea. Não que conseguiriam encontrar algo com isso. Aposentei-me dos conflitos.

– Você arriscou a sua vida – V. disse – para mandar esta mensagem, correto?

– Pensei que ela seria mais significativa caso fosse entregue pessoalmente.

– Você superestima imensamente seus encantos. Ou a significância da sua orientação sexual.

Rhage falou:

– Por que não se manda daqui? Eu odiaria que um cidadão civil como você acabasse ferido aqui no campo de batalha.

– Uma puta pena. – V. levantou o cano da arma de modo a colocá-la na direção da cabeça do macho. – Tic-tac.

– Tchauzinho, babaca. – Rhage acenou de leve. – Tenha uma boa vida. Ou não. Quem se importa?

Throe meneou a cabeça.

– Estão perdendo tempo se estão me investigando.

– Vou começar a contar – V. avisou. – Quando eu chegar no três, atiro. Três.

Throe sumiu bem quando V. mandou bala uns sessenta centímetros à esquerda de onde o bastardo estivera.

– Puxa – V. observou num tom entediado. – Errei.

– Cara, esta parte da cidade é uma merda – Rhage comentou ao se aproximar do irmão. – Cada tipo que a gente encontra aqui.

– Então Assail está se superando em sua missão. Terei que lhe dar uma gorjeta... Na tanga, pelo visto.

Rhage assentiu e depois apontou para a mancha de explosão no asfalto.

– A propósito, peguei um *redutor*.

– Parabéns. Quer outro...

– Por que não está olhando para mim, V.?

– Estamos no meio do campo de batalha. Estou ocupado.

– Ah, tá. Certo.

Vishous franziu o cenho, ainda evitando contato visual. Mas, então, num tom baixo, o irmão disse:

– Conversei com Saxton por você.

Rhage se retraiu.

– Sobre Bitty?

– Esse é o nome dela? Bem, é. Continuando, tenho uma papelada. Você ainda não tem que fazer nada, mas está numa pasta na sua cômoda. Até mais.

E-simples-assim, o irmão se desmaterializou para longe do beco, e Rhage sabia muito bem que não devia esperar que eles fossem discutir o assunto depois. Cara, aquilo era tão característico de V.: o FDP era capaz de grandes gentilezas e empatia, mas sempre de longe, como se tivesse medo de se enredar em emoções.

Entretanto, ele sempre estava ao lado das pessoas que amava.

Sempre.

– Obrigado, meu chapa. – Rhage disse para o ar onde o macho estivera parado. – Obrigado como sempre.

Inspirando fundo, Rhage disse a si mesmo que precisava relaxar. Só porque V. não encontrara o tio, e por agora haver uma papelada de adoção em branco à sua espera em casa, não significava que alguma coisa aconteceria com Bitty.

Sequer havia conversado com Mary.

E, ei, a menina só concordara em sair para tomar sorvete e jantar com eles. Isso não significava que estaria interessada em ter uma nova família nem nada.

Ele precisava *muito* dar um tempo com aquela coisa toda.

CAPÍTULO 45

Sentada ao lado do túmulo da mãe, Mary prendeu a respiração enquanto aguardava que Bitty dissesse algo mais. No silêncio, as palavras ditas pela menina pairavam no ar frio.

Meu pai costumava bater em mim.

– Pode ser muito difícil falar sobre coisas assim – Mary murmurou.

– O seu pai chegou a...

– Não. Na verdade, não tenho muitas lembranças dele. Ele morreu quando eu tinha dois anos, num acidente. Minha mãe era a única responsável por mim.

– Minha *mahmen* também era tudo o que eu tinha. Mas, às vezes, eu não me sentia tão próxima dela. É difícil explicar.

– Muita coisa acontecia na sua casa.

– Eu costumava fazer com que ele ficasse bravo comigo de propósito. Só pra ele... você entende, não ir atrás dela. – Bitty encolheu os ombros. – Eu era mais rápida do que ele. Tinha mais chances do que ela.

Mary fechou os olhos e manteve seu xingamento só para si.

– Eu lamento muito.

– Tá tudo bem.

– Não, não está mesmo.

– Estou com frio – Bitty disse abruptamente.

– Então vamos voltar para o carro. – Mary se pôs de pé, respeitando a mudança no curso da conversa. – Vou ligar o aquecimento.

– Quer ficar mais tempo?

– Eu sempre posso voltar. – Queria segurar a mão da garota, mas sabia que não devia. – E está frio mesmo.

Bitty assentiu e, juntas, caminharam ao redor dos túmulos, o solo suave sob as passadas até chegarem ao caminho pavimentado. Quando chegaram ao Volvo, a menina hesitou.

Mary a fitou quando abriu a porta ao lado da do motorista.

– Quer que eu faça o caminho mais longo até o Lugar Seguro?

– Como adivinhou?

– Foi só um palpite.

Enquanto prosseguiam até o portão de entrada do cemitério, Bitty murmurou:

– Nunca pensei que Caldwell fosse tão grande.

Mary assentiu.

– É uma cidade de bom tamanho. Já viu o centro?

– Só por fotos. Meu pai tinha uma caminhonete, mas minha mãe não tinha permissão para dirigir. Quando fomos até Havers daquela vez, ela a pegou depois que ele desmaiou. É por isso que... outras coisas aconteceram. Você sabe, depois que voltamos para casa.

– Sim. – Mary olhou pelo retrovisor. – Posso imaginar.

– Eu gostaria de ver. O centro.

– Quer ir agora? A noite está bem bonita.

– Podemos?

– Pode apostar.

Na entrada de Pine Grove, Mary virou à esquerda, e em meio ao subúrbio, chegou à estrada. Enquanto passavam por bairros cheios de casas humanas, a maioria das quais já escuras, Bitty mantinha o rosto pressionado na janela – e depois apareceram as primeiras lojas isoladas, e mais à frente complexos comerciais que não passavam de placas luminosas, com estacionamentos vazios e espaços restritos.

– Esta é a Northway. – Mary ligou a seta. – Através dela chegaremos lá em segurança.

Sobre a rampa de acesso. No meio do pouco trânsito das dez da noite.

E logo lá estava o horizonte, como um tipo diferente de nascer do sol, os arranha-céus da cidade salpicados com luzes em diferentes padrões.

– Ah, olha só para isso. – Bitty se sentou mais para a frente. – Os prédios são tão altos. Quando *mahmen* me levou para o outro lado do rio, para a clínica, ela me escondeu debaixo de uma coberta. Eu não vi nada.

– Como vocês... – Mary pigarreou. – Como conseguiam comida? Vocês viviam numa área rural, não havia muitos lugares para os quais pudessem ir a pé, havia?

– Papai levava para casa o que ele mesmo queria. Nós comíamos o que sobrava.

– Você já foi a um supermercado?

– Não?

– Gostaria de ir? Assim que dirigirmos por lá?

– Ah, eu adoraria!

Mary manteve-se dentro do limite de velocidade conforme avançavam pela floresta de prédios, a estrada muito semelhante ao caminho dentro do cemitério, curvas longas aproximando-a das pilhas verticais dos incontáveis escritórios antes de virarem em outra direção para mais uma vista de aço e vidro.

– Nem todas as luzes estão apagadas.

– Não. – Mary riu. – Sempre que dirijo por aqui à noite, invento histórias sobre os motivos que levaram as pessoas a esquecerem de apagar as luzes. Estavam apressadas para um jantar de aniversário? Um primeiro encontro? O nascimento de um bebê? Tento sempre pensar em coisas boas.

– Talvez elas tenham um filhotinho novo em casa.

– Ou um periquito.

– Não creio que um peixe valha tanta pressa.

E essa foi a conversa boba que tiveram enquanto Mary passava pela ampla alça de acesso no distrito financeiro de Caldwell até chegar a uma avenida de quatro faixas que as levava de volta para a direção da qual vieram. O supermercado Hannaford, para o qual ela se dirigia, ficava a cinco quilômetros do Lugar Seguro, e quando ela parou no estacionamento, só havia alguns poucos clientes entrando e saindo pela porta bem iluminada, alguns com sacolas, outros com carrinhos, e outros ainda de mãos vazias.

Depois de ter estacionado, Mary e Bitty saíram.

– Está com fome? – Mary perguntou enquanto caminhavam na direção das portas automáticas.

– Não sei.

– Bem, avise se quiser alguma coisa.

– Mas tem comida no Lugar Seguro.

– Sim, tem.

Bitty parou e viu as portas se abrindo e se fechando.

– Isso não é incrível?

– É, acho que é.

Paradas lado a lado, Mary pensou… Deus, quantas vezes entrara e saíra por portas como aquela, com a cabeça cheia de listas de coisas a comprar, ou com coisas que a preocupavam, ou planos para o que viria depois? Nunca prestava muita atenção em como era legal que as portas se autorregulassem, indo para a frente e para trás sobre os pequenos trilhos, nem rápidas nem lentas demais, conforme eram acionadas pelas pessoas.

Através do olhar de Bitty, enxergou o que dava como certo sob uma ótica completamente diferente.

E *isso* era incrível.

Sem pensar, Mary apoiou uma mão no ombro da menina – parecia uma coisa tão natural de fazer que ela não conseguiu impedir o movimento.

– Vê ali em cima? Aquilo é um sensor; quando uma pessoa aparece no campo de reconhecimento, ele faz com que as portas se abram. Experimente.

Bitty deu um passo à frente, e riu quando o vidro se afastou para ela. Depois recuou. Inclinou-se para a frente e agitou os braços até elas se separarem novamente.

Mary ficou de lado… com um amplo sorriso no rosto, o peito cheio de algo tão amoroso que ela não suportaria inspecionar mais de perto.

Parado bem diante do quarto de Throe, Assail se virou para confrontar a fêmea que o interpelara – sempre se perguntando em que tipo de complicação aquilo resultaria.

Mas era apenas a criada que estivera carregando a roupa quando ele subira as escadas dos fundos da mansão – mas os olhos da *doggen* estavam bem arregalados e um tanto temerosos, dificilmente um sinal de problemas, mesmo sua presença sendo descoberta onde não deveria estar.

Assail procurou tranquilizá-la com um sorriso calmo.

– Sinto estar um pouco perdido.

– Perdoe-me, senhor. – Ela se curvou profundamente. – Pensei que os convidados da senhora fossem chegar mais próximo da aurora.

– Cheguei cedo. Mas não tem com que se preocupar. A escadaria principal fica por ali?

– Sim. – A criada se curvou novamente. – Sim, senhor.

– Problema resolvido. Você foi de imensa ajuda.

– Foi um prazer, senhor.

Ele parou antes de se virar.

– Diga-me, quantos são esperados?

– Seis quartos foram preparados, senhor.

– Obrigado.

Afastando-se, ele a deixou no corredor, fazendo de conta que prestava atenção à decoração conforme caminhava lentamente com as mãos nos bolsos. Ao se aproximar da escadaria principal, relanceou para trás. Ela já havia desaparecido – e, considerando sua posição na hierarquia da casa, era improvável que dissesse algo a alguém. Criadas eram pouco mais do que lavadoras/secadoras que precisavam ser alimentadas – pelo menos na hierarquia dos empregados.

Era mais provável que fosse admoestada caso interrompesse o mordomo, apesar de ter novidades pertinentes à casa.

Assail procedeu tranquilamente pela escada principal. Afinal, o melhor disfarce numa situação como aquela era estar ao aberto… e ele estava preparado, já com uma história na cabeça.

Felizmente, não se deparou com nenhum outro criado nem ninguém mais ao se dirigir para os fundos da casa e reencontrar a escada pela qual subira previamente. Retomando-a de volta ao porão, parou diante da porta com cadeado.

Agora que estava menos agitado, descobriu um cheiro pairando no ar, um que ele não conseguia identificar de pronto, mas que não demorou em suspeitar.

Continuando, prosseguiu até o calabouço da senhora e voltou a entrar sorrateiro. A situação progredira com admirável eficiência, seus primos apinhavam-se no corpo nu da fêmea, sangue marcando tanto a pele quanto o colchão, os paus deles e o sexo dela lisos pelos orgasmos. Aquela gravata Hèrmes, todavia, ainda permanecia no mesmo lugar.

Mas que primos performáticos ele tinha…

A porta se abriu momentos após seu regresso, e Assail olhou por cima do ombro.

– Ora, ora, ora – disse com um sorriso. – O hóspede predileto da senhora retorna.

Throe não estava nada satisfeito, a julgar pelas sobrancelhas unidas e pelo corpo tenso.

– Eu não estava ciente da sua vinda.

– O celular é um aparelho incrível. Ele possibilita que as pessoas liguem e recebam ligações de outros, resultando em encontros.

A senhora da casa gemeu e se arqueou quando Ehric trocou de lugar entre as pernas dela com o irmão.

Os olhos de Throe se estreitaram.

– Não sei o que você está fazendo aqui.

Assail indicou o sexo que se desenrolava.

– Isso não é explicação suficiente? E, se está tão preocupado com a minha presença, converse com sua senhora. Este é o espetáculo dela, não?

– Não por muito tempo mais – o macho disse em tom baixo.

– Ocupado com planos. Mas que surpresa.

– Observe e aprenda. – Os olhos de Throe reluziram de malícia. – Esta casa está prestes a ser transformada.

– Não diga.

– Aproveite-a enquanto ainda pode.

Throe partiu, fechando a porta atrás de si sem som algum. Graças ao zelo de Assail.

E quando Assail voltou sua atenção para a plataforma… teve a distinta impressão que um funeral se aproximava. A questão era se seria o do senhor ou o da senhora.

CAPÍTULO 46

Layla se apoiou nos cotovelos enquanto a doutora Jane limpava o gel da barriga estendida. Aquele exame previamente marcado acabara chegando em boa hora; mesmo tendo acabado de fazer um, repeti-lo era algo muito tranquilizador.

– Isso mesmo, está tudo bem. – A médica sorriu ao juntar as metades do roupão cor-de-rosa. – Você está progredindo muito bem.

– Só precisamos esperar um pouco mais. E depois posso relaxar um pouco, não?

– Pode apostar. Logo, logo esses dois pares de pulmões chegarão ao ponto em que conseguiremos lidar melhor com eles. – Jane olhou para o outro lado da sala de exames. – Alguma pergunta dos papais?

De um canto, Qhuinn meneou a cabeça enquanto mudava de posição na cadeira e esfregava os olhos despareados. Atrás dele, Blay massageava-lhe os ombros.

– Estávamos nos perguntando quanto à alimentação – Blay disse. – Layla está recebendo o suficiente de nós dois?

– Os níveis dela estão ótimos. O que vocês estão fazendo está perfeito.

– E quanto ao parto? – Blay perguntou. – Como saberemos... Acho que não temos como saber se vai correr tudo bem, não é?

A doutora Jane se recostou no seu banquinho com rodas e cruzou as pernas na altura dos joelhos.

– Eu bem que gostaria de lhes dizer que podemos prever tudo o que acontecerá, mas não posso. O que posso garantir é que Manny e eu estamos a postos, Havers estará de prontidão, e Ehlena assistiu a centenas de partos. Estamos preparados para ajudar a natureza a seguir seu curso, e assim que eles estiverem fora, tenho duas incubadoras, assim como equipamentos de assistência à respiração de uma tecnologia que nunca vi antes. Entendo e fico contente que vocês estejam abertos a aceitar a veia de quem estiver disponível, caso isso seja necessário. A boa notícia é que os bebês estão perfeitos neste instante. Estamos preparados e não teríamos como estar melhores do que agora. Tenham em mente, porém, que isso aqui ainda pode demorar meses e meses. A marca de duas semanas a partir de agora é o mínimo para maiores chances de sobrevivência. Tenho esperanças de que eles ficarão onde estão por mais uns seis meses, pelo menos.

Layla olhou para a barriga e se perguntou quanto espaço mais teria para dar. Já sentia como se seus pulmões estivessem esmagados debaixo da clavícula, e a bexiga estivesse ao sul dos joelhos. Mas faria o que fosse necessário. Qualquer coisa de que seus filhos precisassem.

Enquanto Qhuinn e Blay se colocavam de pé, houve um instante de conversa relaxada, algo a respeito de Rhage e Mary terem inundado o banheiro deles; em seguida, abraços de despedida quando os machos se foram.

A doutora Jane voltou a se sentar no banquinho.

– Muito bem, agora, o que você quer me perguntar?

– O que disse? – Layla afastou os cabelos por sobre o ombro. – Sobre o quê?

– Quanto tempo faz que você é minha paciente? Eu consigo te interpretar. E Qhuinn e Blay também o fariam se não estivessem tão preocupados com você e com os bebês.

Layla ficou mexendo na lapela rendada do roupão.

– Não tem nada a ver com a gestação. Sinto-me muito melhor com tudo isto.

– Então...

– Bem, é que Luchas e eu estivemos conversando... – Layla sorriu no que esperou ser um jeito indiferente. – Você sabe, ele e eu não temos muita coisa sobre o que conversar aqui embaixo. Além de comentarmos sobre o quanto estou ficando grande e como anda a fisioterapia dele.

A doutora Jane assentiu.

– Vocês dois têm se esforçado muito.

– Então, como tem passado o prisioneiro? – Layla levantou as palmas. – Sei que não é da minha conta, bem, da *nossa* conta. Só estamos curiosos. E não perguntei na frente de Qhuinn e de Blay porque eles querem que eu viva numa bolha onde nada pode me preocupar e, sabe, onde não existe a feiura do mundo. Só pensei que talvez você pudesse contar para Luchas e para mim como ele está agora que foi levado daqui. Ele se recuperou dos derrames?

A doutora Jane meneou a cabeça.

– Eu não deveria ter dito nada.

– Ele ainda está vivo?

– Não vou responder a isso. Sinto muito, Layla. Sei que deve estar curiosa, entendo. Mas não posso tocar no assunto.

– Pode ao menos me dizer se ele está vivo?

A médica inspirou fundo.

– Não posso. Lamento. Agora, se me der licença? Está na minha hora de ir comer alguma coisa.

Layla abaixou os olhos.

– Peço perdão. Não tive a intenção de forçar o assunto.

– Está tudo bem, mas não se preocupe com nada além de cuidar desses dois bebezinhos, ok? – A doutora Jane lhe deu um tapinha no joelho. – Precisa de ajuda para voltar ao corredor?

Layla sacudiu a cabeça.

– Não, obrigada.

Mudando de posição na mesa de exames para descer, ela reajustou o roupão, saiu da sala e começou a voltar lentamente para o quarto em que ficava.

Enquanto a culpa pujante a acompanhava, ela disse a si mesma que era isso que acontecia quando se faz escolhas ruins...

De súbito, a barriga se contraiu das costas para a frente, a ponto de ela ter que parar e se apoiar na parede do corredor. Um momento depois, porém, a faixa invisível de contração sumiu como se nunca tivesse existido, nada remanescente em seu lugar, e tampouco ela perdera o controle da bexiga.

Estava tudo bem.

– Vocês dois estão bem aí dentro? – ela sussurrou para a barriga ao afagá-la em círculos.

Quando um deles chutou como se respondesse, ela ficou incrivelmente aliviada.

A doutora Jane estava certa: ela precisava se concentrar naquilo que estava acontecendo ali, comendo bem, dormindo bem, certificando-se de não ser a responsável por nada que saísse errado, no que dependia dela.

Além disso, seria melhor para todos se ela deixasse o assunto Xcor de lado.

Por tantos motivos.

Imprecou ao retomar a caminhada. Por que continuava tendo essa mesma conversa consigo, uma vez depois da outra?

Depois que Vishous deixou Rhage no beco, ele voltou a se materializar nos degraus diante da entrada da mansão, pegou uma chave com Fritz e levou o Hummer de Qhuinn de volta à base da colina. Ligando o sistema de som, acalmou-se com um pouco da velha escola de Goodie Mob, aumentou o som em "Soul Food" antes de passar para um pouco de Tupac. Não acendeu nenhum cigarro. Seria falta de educação.

Viu, ele era uma flor de pessoa. Um filho da mãe de primeira.

Quando chegou à estrada ao pé do complexo, pisou fundo no acelerador e partiu em direção às pontes do centro da cidade. Vinte minutos mais tarde, atravessando o rio, pegou a primeira saída do lado oposto e seguiu por uma estrada estreita que margeava o rio indo para o norte.

A casa de vidro de Assail ficava numa península que se projetava no rio Hudson, e V. parou num espaço dos fundos próximo às portas da garagem. Quando desligou as luzes e o motor, lembrou-se de uma noite diferente ali, todo tipo de caos acontecendo; ainda mais depois que Wrath fora alvejado na porra do pescoço.

Maldito pesadelo.

A porta detrás se abriu e Assail saiu da mansão moderna, vestido como se fosse para um restaurante francês, a não ser pelo fato de sua gravata estar pendurada num dos bolsos laterais.

– Pronto para mim? – V. perguntou ao acender um cigarro.

– Sempre. Mas vai ter que estacionar dentro, se não se importa.

Dito isso, as portas da garagem começaram a rolar para cima, revelando um interior muito bem iluminado com uma perua, uma Range Rover preta e uma vaga para o carro de Qhuinn.

– Me dê só um minuto – V. pediu ao dar mais uma tragada.

Assail gargalhou.

– Também estou precisando. Porém, de algo diferente.

O macho se virou, como se seu segredinho sujo fosse passar completamente despercebido quando ele fungou uma narina e depois a outra.

V. sorriu ao exalar fumaça.

– Esse abacaxi está difícil de descascar, hein?

Assail voltou a guardar o fresco no bolso interno da jaqueta.

– Não pode fumar no carro?

– Ele não é meu. Ei, pelo menos o seu probleminha não precisa de um purificador de ar.

O macho esfregou o nariz uma vez, duas... três... e V. franziu a testa quando percebeu um cheiro no ar.

– Cara, você tá sangrando.

Em seguida, Assail acabou pegando a imaculada gravata de seda do bolso, cuja cor se assemelhava ao interior de um melão com algum tipo de desenho, e a pressionou à narina. Porque era isso ou arruinar a camisa e o terno elegantes.

Vishous levantou um coturno, apagou o cigarro na sola, e depois colocou o que restava do cigarro no bolso da jaqueta de couro.

– Para trás, idiota. – Ele empurrou o macho contra o SUV, forçando o queixo dele para cima e segurando a gravata no lugar. – Com que frequência isso tem acontecido?

Quando Assail emitiu alguma espécie de som, V. revirou os olhos e apertou o nariz do FDP.

– Tanto faz, hoje é a sua noite de sorte. Sou paramédico, e vou dar uma espiada nisso assim que você parar com sua imitação de *sprinkler* de campo de golfe. E pode calar a boca, a menos que seja pra agradecer.

Os dois ficaram ali no frio por um tempo. De tempos em tempos, Assail murmurava alguma merda, com uma voz parecida com a de Peewee Herman, mas V. o ignorou.

– Segura isto aqui – V. murmurou. – E não se mexa.

V. colocou os dedos do cara onde os seus estiveram. Depois entrou no Hummer e pegou o canivete suíço que Qhuinn mantinha no porta-copo da frente. De volta ao seu paciente, pegou o celular, acendeu a lanterna e afastou a mão de Assail.

Usando a parte achatada da maior lâmina como separador, ele examinou as narinas usadas ao extremo.

Desligando a lanterna, limpou a lâmina na calça e voltou a guardá-la.

– Você tem um septo lindamente perfurado. Tem tido problemas para dormir? Alguma das putas com quem você dorme reclamou do seu ronco?

– Durmo sozinho. E não durmo muito.

– Tem tido problemas para respirar? Ainda tem algum olfato?

– Meu olfato está muito bem. E não pensei nessa parte de respirar.

– Bem, meu conselho, não que você vá dar ouvidos, é: pare de inalar. Ou você vai estragar tanto essa porra que uma cirurgia vai ser sua única opção, mas talvez seja ineficaz.

Assail fitou a floresta sem nada ver.

– Não é tão fácil, é...? – V. meneou a cabeça. – O vício fica voltando.

Cruzando os braços diante do peito, Assail esmagou a gravata suja de sangue no punho.

– Encontro-me numa prisão interessante. Uma que também foi produzida por mim. A questão parece ser que, enquanto eu a erigia, estava completamente alheio às grades que colocava ao meu redor. E elas têm se mostrado deveras... duradouras, como se vê.

– Quanto você tem consumido? De verdade.

Demorou um pouco para o cara responder. E quando Assail por fim o fez, ficou claro que a demora fora o resultado das adições e multiplicações envolvidas naquela matemática.

Pense em cálculos complexos.

Vishous assobiou baixinho.

– Ok, vou ser direto com você. Apesar de os vampiros terem uma imensa vantagem em relação aos humanos no que se refere à saúde, você ainda pode acabar com o seu coração com essa quantidade. Ou o cérebro. No mínimo, a esta altura, você vai acabar minimamente paranoico, se já não estiver, e não é nenhuma surpresa você não conseguir dormir.

Assail esfregou o nariz, e depois olhou para o sangue que secara em seus dedos.

– Quando você estiver pronto – V. disse –, ligue pra nós. Você vai querer se desintoxicar sob cuidados médicos, e podemos fazer isso discretamente. E não desperdice o meu tempo nem o seu negando a extensão do seu problema ou tentando embonecar a coisa. Você está com um parasita muito feio e, se não o dominar, ele vai ficar em cima de você. Ou do seu túmulo, mais especificamente.

– Quanto tempo?

– Quanto tempo até você ter uma overdose e acordar morto?

– A desintoxicação leva?

– Depende de como é administrada. A abstinência física não é letal, mas a psicológica é que vai fazer você desejar estar morto.

Assail permaneceu em silêncio por um tempo, e visto que V. estava se coçando para fumar, cedeu e acendeu um.

– Conheço muito bem esse assunto de vícios. – V. fitou a ponta acesa do cigarro. – Ainda bem que vampiros não têm câncer, certo? Por isso, não estou te julgando. E sabe onde me encontrar quando estiver pronto.

– Talvez eu esteja ficando paranoico.

– Por quê?

– Estive na casa de Naasha antes de vir para cá.

– E?

O macho meneou a cabeça.

– Fiquei com a sensação da iminência de uma morte naquela casa.

– Aquele *hellren* dela está com a saúde bem frágil.

– De fato. – Assail o fitou, o olhar iluminado pelo luar reluzindo. – Mas eu não me surpreenderia se ele recebesse ajuda para chegar às cinzas. Ou, pelo menos, foi o que pensei ao estar lá.

– Heranças são motivadoras.

– São. – Assail se sacudiu como se estivesse recuando de um beiral interior. – Gostaria de receber suas armas agora?

Vishous exalou a fumaça para longe do cara.

– É pra isso que vim.

– Por favor, entre com seu carro quando estiver pronto. Carregamos lá dentro.

Quando Assail olhou para ele, V. o interrompeu:

– Trouxe o seu dinheiro; e a recomendação médica foi grátis.

– Quanto cavalheirismo da sua parte, Vishous.

– De forma alguma. Agora vamos acabar logo com isso.

CAPÍTULO 47

À medida que os moradores da Irmandade se juntavam para a Última Refeição na sala de jantar, Mary se aproximou de Marissa e se sentou junto a ela.

– Você se importa se falarmos um pouco de trabalho antes de comer?

Marissa abaixou a taça de vinho e assentiu com um sorriso radiante.

– Desculpe por ter saído antes do trabalho hoje, mas Butch me levou para um encontro.

– Ah, mas vocês merecem! Onde foram?

– A nenhum lugar especial. Só a uma pizzaria no subúrbio. Mas ele estava certo, aquela foi a melhor pizza de *pepperoni* com cebola que já comi. Ele está ajudando V. a descarregar uns suprimentos e depois vem para cá para conversar, como eu. Mas foi tão bom termos um tempo só para nós, sabe?

– Claro. Rhage e eu vamos sair amanhã à noite, para falar a verdade. – Mary pigarreou. – E isso é parte do motivo pelo qual preciso falar com você. Finalmente consegui que Bitty se abrisse comigo.

– Conseguiu? – Marissa se inclinou para um rápido abraço. – Eu sabia que você conseguiria! Isso é maravilhoso. Há tantas coisas para ela processar.

– Sim. – Mary se recostou. – Mas existe uma coisa que eu quero que verifiquemos. Fisicamente, quero dizer. Não é nada emergencial nem nada… A questão é que ela tem treze anos, e não nove.

Quando as sobrancelhas de Marissa se ergueram em surpresa, a fêmea murmurou:

– Tem certeza?

Mary contou tudo, inclusive o que Bitty dissera sobre a mãe ter lhe dito para mentir quanto à sua idade, e a visita ao cemitério e ao supermercado.

Marissa franziu o cenho.

– Você a levou ao túmulo da sua mãe?

– Ela queria ver. Pediu para ver. O tratamento dela vai ter que envolver mais do que conversas numa cadeira. Ela é incrivelmente inteligente, mas teve uma vida tão isolada, tão cheia de violência, que para ter alguma possibilidade de superar sua perda e fazer essa transição para o mundo, ela vai precisar de exposição.

– Existem passeios em grupo para conseguir coisas como essa.

– Ela nunca foi a um supermercado antes. – Quando Marissa se retraiu, Mary assentiu. – Não conhecia portas automáticas. Nunca tinha visto o centro da cidade. Na hora ela não me disse nada, mas quando Rhage e eu a levamos para tomar sorvete ontem à noite? Ela nunca fora a nenhum restaurante ou lanchonete antes.

– Eu não fazia ideia disso.

– Ninguém fazia. – Mary olhou para a longa mesa da sala de jantar com todos os seus luxos. – Ela e a mãe se calaram porque tinham medo. A questão é que temo pela saúde de Bitty. Sei que recebeu tratamento na clínica de Havers por conta da fratura na perna, e que foram feitos exames na época. Mas isso já faz um tempo. Quero que alguém a examine num futuro próximo, e que isso seja feito aqui na clínica, e não em Havers.

Quando Marissa começou a protestar, Mary levantou uma mão.

– Me escute. A mãe dela acabou de morrer lá. Você acha que ela precisa voltar para aquele lugar tão cedo assim? Sim, claro, isso pode esperar um mês ou dois, mas você viu o quanto ela é frágil. Mesmo que você assuma que os vampiros sejam menos desenvolvidos que os humanos de idade semelhante até a transição, ela é pequena demais. Ehlena tem muita experiência com vampiros jovens, a doutora Jane é maravilhosa junto a um leito, e podemos trazer Bitty para o centro de treinamento com bastante facilidade, para fazer os exames lá, e levá-la de volta quando tiverem terminado.

Marissa mexeu em seu garfo.

– Entendo sua lógica.

– Podemos até fazer isso amanhã à noite, se a doutora Jane tiver um tempo livre. Vamos levar Bitty para jantar com a gente.

– Você e Rhage?

– É como na vez do sorvete. Ela gosta muito dele. – Mary sorriu. – Diz que ele parece um imenso cachorro amigável.

A tensão no rosto de Marissa não inspirava confiança. Tampouco o período de silêncio, que foi preenchido com conversas paralelas das pessoas que entravam na sala em pares ou em grupos pequenos.

– Marissa. Sei o que estou fazendo. Mais especificamente, a prova de que estou agindo certo é o fato de ela finalmente estar se abrindo. Há quanto tempo ela está conosco?

– Olha só, não estou qualificada para lhe dizer como fazer o seu trabalho, e acho que é esse o meu problema. Sou uma administradora, faço com que o trem ande nos trilhos. Não tenho certificação em assistência social, por isso gostaria de conversar com algumas das outras. Você é ótima no seu trabalho, e não posso discutir com os resultados, ainda mais no caso de Bitty. Mas não quero que se exceda, e estou um pouco preocupada com isso.

– Por quê? – Mary levantou as mãos. – Admito que teria tratado a situação do falecimento da mãe de outra maneira caso eu soubesse...

– Você está levando uma órfã para tomar sorvete. Para o túmulo da sua mãe. Para jantar com seu companheiro. Você não acha que existe a possibilidade de estar fazendo isso por motivos de natureza mais pessoal?

– Me deixe ver. Vamos, deixe.

Em frente à mansão, Rhage empurrou Butch a cotoveladas para espiar o que havia no porta-malas do Hummer. Quando viu os equipamentos, deu uma risada.

– Nada mal. – Pegou uma das automáticas Glock de dentro da embalagem e verificou, puxando a trava, apertando o gatilho, avaliando o peso e o desenho. – Quantas você comprou?

V. abriu uma segunda mala de aço.

– Tem mais oito aqui. Dezesseis no total.

– Qual o preço? – Butch inquiriu enquanto pegava outra arma e fazia a mesma inspeção de Rhage.

– Dez mil. – V. abriu uma sacola de nylon preta e mostrou as caixas de munição. – Não houve desconto por elas, mas também não têm número de identificação e não teremos que nos preocupar com os canais legais humanos.

Rhage assentiu.

– Fritz só pode estar numa lista de vigilância a esta altura.

– O que mais podemos comprar deles? – Butch perguntou ao segurar uma terceira pistola, o som de metal contra metal em suas mãos rápidas.

– Como se eles tivessem uma porra de catálogo? – V. deu de ombros. – Acho que isto está mais para o tipo "encomende e receba".

– Será que não dá pra pedir uns lançadores de foguete? – Rhage perguntou. – Ah, olha só, a gente podia usar uma daquelas armas antiaéreas.

Butch socou o bíceps de Rhage.

– Se ele conseguir uma antiaérea, eu quero um canhão.

– Vocês dois são uns babacas, sabiam disso?

Rhage pegou a sacola com a munição e Butch as duas malas, de modo que V. pôde fechar o carro e acender um cigarro. Estavam na metade do caminho quando V. hesitou. Balançou. Sacudiu a cabeça.

– Tudo bem? – Butch perguntou.

– Não foi nada. – O irmão continuou andando, subindo os degraus dois de cada vez e abrindo a porta do vestíbulo. Quando mostrou a cara para a câmera de segurança, murmurou: – É só fome.

– Tô contigo. – Rhage esfregou a barriga. – Preciso de comida agora.

O comentário foi casual. O olhar que ele e Butch trocaram não foi. No entanto, a verdade é que os Irmãos podiam ficar hipoglicêmicos, e nem tudo era uma emergência. Mas a julgar pela expressão séria do tira, ele iria a fundo nessa questão, quando ele e V. se retirassem para o Buraco para passar o resto do dia.

– Onde quer estas coisas, V.? No túnel?

Quando Vishous assentiu, Rhage pegou as duas malas das mãos de Butch e carregou a mercadoria para trás da grande escadaria até a porta camuflada do túnel. Destrancando tudo com uma senha, colocou a carga de metal e chumbo no alto da escada, checando três vezes se estava tudo trancado antes de voltar a fechar a porta de novo. Com Nalla engatinhando, ninguém se arriscava com armas e munição, mesmo se as duas coisas estivessem separadas.

Voltando, seguiu para a sala de jantar.

Dentro do belo lugar, muita conversa e risadas com pessoas em todas as partes, e *doggens* garantindo que as bebidas fossem servidas antes de trazerem a comida. Mary estava ao lado de Marissa e, a princípio, Rhage se dirigiu para lá, mas percebeu a tensão e recuou, indo para a sua cadeira de costume do lado oposto.

Nesse meio-tempo, Mary se inclinava na direção da chefe, falando com urgência. Marissa assentiu. Depois sacudiu a cabeça. Depois falou. E foi a vez de Mary voltar a falar.

Só podiam estar falando de trabalho.

Talvez sobre Bitty?

Manny puxou uma cadeira.

– E aí, meu jovem?

– Fala, velho. Onde está a sua cara-metade?

– Payne está descansando. Dei uma canseira nela, se é que me entende.

Os dois bateram os punhos, e logo Rhage voltou a fazer de conta que não estava tentando fazer leitura labial. O que, a propósito, não estava dando muito certo.

– Pesadelo de repolho, tocador de fita cassete bom demais – Mary disse.

– Magia do cinema doze vezes ao dia. – Marissa sorveu um gole da taça de vinho. – Depois tênis com can-can. Amendoim com bife, bagel com *cream cheese*.

– *Wrap*?

– Pasta de dente.

– Garagem na baía, biquíni de Natal e mix de nozes com refrigerante.

– Porra – ele murmurou. Levando-se em consideração quantas referências alimentares seu cérebro captava dos lábios delas, ele estava *mais* do que pronto para comer.

Mary acabou se levantando e as duas assentiram. Depois, sua *shellan* veio até ele.

– Tudo bem? – ele perguntou ao puxar a cadeira para ela.

– Sim, sim. – Ela lhe sorriu e depois se sentou, fitando o prato vazio. – Desculpe, eu só...

– O que posso fazer para ajudar?

Virando-se para ele, esfregou o rosto.

– Me diz que tudo vai ficar bem?

Rhage a atraiu para o seu colo, percorrendo sua coxa com a palma da mão.

– Prometo. Tudo vai ficar bem. Qualquer que seja o problema, vamos resolver.

Os *doggens* da casa entraram com travessas de rosbife e batatas, de frango e arroz, de alguns legumes no vapor e molhos. Quando Mary voltou para sua cadeira, ele estava incomodado, mas a compreendia. E acabaria alimentando-a até que ela estivesse satisfeita enquanto ele morria de fome – e depois atacaria tudo o que restava antes que a sobremesa fosse servida.

Já fizera isso antes.

– Senhor – um *doggen* disse atrás dele. – Temos um preparo especial para o senhor.

Mesmo preocupado com sua Mary, Rhage bateu palmas e as esfregou.

– Fantástico. Estou pronto para comer a mesa inteira.

Um segundo membro da equipe retirou seu prato e afastou os talheres para abrir espaço. Em seguida, uma grande travessa de prata com um cloche foi colocada diante dele.

– O que foi, Hollywood? – alguém perguntou. – A nossa comida não é boa o bastante pra você?

– Ei, Rhage, você tem uma vaca pra comer sozinho?

– Pensei que você estava na dieta da Jenny Craig – outra voz comentou.

– Acho que ele está comendo a Jenny Craig, e isso não é certo. Humanos não são comida.

Ele mostrou o dedo do meio para todos, levantou o cloche e...

– Ah, cara, pare com isso! – exclamou enquanto gargalhadas se espalhavam ao longo de toda a mesa. – Sério? Vocês estão falando sério. Mesmo.

Um *snorkel* e uma máscara de mergulho foram dispostos com esmero num prato de porcelana, com folhas de salsinha e fatias de limão arrumadas ao redor.

Mary começou a rir, e a única coisa que salvou seus irmãos foi o fato de ela lançar os braços ao redor do seu pescoço e beijá-lo.

– Essa foi boa – ela disse ao encontro da boca dele. – Qual é, você tem que admitir.

– Você inunda uma porra de um banheiro e, de repente, isso vira um tema...

– Psiu, só me beija, tá?

Ele ainda resmungava, mas fez o que sua *shellan* lhe ordenara. Era isso ou estragar seu apetite... cometendo homicídios.

CAPÍTULO 48

– Você sabe que ele é casado.

Era mais ou menos meio-dia quando Jo se sobressaltou em sua cadeira e franziu o cenho. Bryant estava apoiado na bancada da recepção, o rosto muito sério, a gravata borboleta perfeitamente ajustada, mais parecendo um artigo de plástico do que uma peça de seda.

– Do que está falando? – Ela lhe entregou um arquivo. – E isto é para a sua reunião da uma e meia.

– Bill. Ele é casado.

– O que você está... Como é?

– Olha só. – Bryant se demorou passando as unhas bem aparadas nas beiradas da pasta. – Eu vi vocês, ok? Num semáforo. Você estava no carro dele. Eu só não quero que se magoe.

Pela primeira vez nos registros de História, Jo se recostou e verdadeiramente olhou para o cara. Engraçado, a aura dele era de fato um apagador eficiente em relação a algumas imperfeições antes não notadas: os olhos eram um pouco juntos demais; o lábio superior se projetava para fora de maneira curiosa; aquele nariz tinha um calombo na ponta.

– Só estou preocupado com você – ele concluiu. Como um irmão mais velho.

Jo cruzou os braços diante do peito. Pensando bem, a voz dele tinha um tom que chegava a ser irritante.

– Olá? – ele a chamou. Como se estivesse contando com uma reação específica e estivesse determinado a consegui-la. – Jo. Você ouviu o que eu disse?

Resolveu que, definitivamente, estava na hora de seguir em frente. Dar uns retoques no seu currículo. Entrar nos sites Monster.com e do *CCJ*. Fazer alguma coisa.

Ela passara um belo ano e meio encantada pelo narcisista, vivendo na esperança de receber uma piscadela ou comentário dele, desdobrando-se para que as vidas profissional e pessoal dele fossem um mar de rosas – e, nos últimos tempos, deixando sua libido de lado porque a tensão sexual unilateral com aquele cretino era mais segura do que tentar encontrar algo com um cara de verdade para ela.

– Estou te entregando meu aviso prévio de duas semanas.

– *O quê?*

– Você ouviu.

– Espera, ficou louca? Está pedindo demissão porque eu disse que o seu namorado tem uma esposa? Sendo que você já sabia disso? A assinatura da escritura foi feita aqui mesmo no escritório. Você a conheceu...

– Isso não tem nada a ver com Bill. Ele e eu estamos trabalhando juntos numa matéria. – Ok, aquilo fora um exagero. – Só preciso de mais do que você pode me dar.

– Isso é por causa do exame para ser corretora? Tudo bem, se você insiste em...

– Também não é isso. – Relanceou para o computador. – E já é meio-dia, por isso vou almoçar.

Num processo rápido no telefone do escritório, direcionou as chamadas para o correio de voz, pegou a bolsa do chão e deu a volta na divisória. Bryant se colocou em seu caminho como se quisesse discutir, mas ela só balançou a cabeça.

– Melhor você começar a procurar por uma recepcionista se deseja que eu tenha tempo para treiná-la.

– Jo. Você está agindo de uma maneira bem pouco profissional.

Abaixando a voz, ela disse:

– Você me faz mentir para as mulheres com quem sai só para que elas não descubram o babaca que você é. Eu pego a sua roupa na lavanderia. Marco hora no seu cabeleireiro. Levei seu carro para a oficina quantas vezes mesmo? E nem vamos falar das reclamações da associação de moradores do seu condomínio por conta das violações de barulho, do piscineiro, do cara que conserta o ar-condicionado, e do jardineiro. Tudo isso é pouco profissional. Mas não se preocupe. Você vai encontrar outra idiota. Homens como você sempre encontram. Só não vai mais ser eu.

Jo passou pelas portas de vidro chegando ao sol de outubro, que estava fraco demais para alterar a temperatura, mas brilhava o bastante para que ela pegasse seu Ray-Ban.

Entrando no seu VW, não se surpreendeu por Bryant não ir atrás dela – sem dúvida estava cuidando da próxima crise de jantar. Ou talvez estivesse arrumando o cabelo no espelho do banheiro. Ou quem é que podia saber o que ele estava fazendo? O que ela sabia com certeza? Não tinha nada a ver com ela.

Nunca tivera nada a ver com ela, pelo menos não no que dizia respeito a ele. E toda aquela coisa que ele dissera sobre Bill? Era apenas um reflexo de autoproteção porque ela era uma boa lacaia que ele não queria que se afastasse.

Mas, como ela mesma dissera, haveria outra. Sem dúvida.

Enquanto Jo se distanciava no carro, observou o escritório pelo espelho retrovisor e pensou em Bill e no primo, Troy. Eram caras bem decentes, mas nada que, de fato, chamasse sua atenção.

Quando é que ela conheceria um homem de verdade?

Quem se importava? Precisava encontrar um emprego, e também havia aquele assunto de vampiros para lhe ocupar o tempo.

Pegando o celular, ligou para Bill.

– Estou indo para aquela fazenda agora, se você quiser se encontrar comigo lá.

– Pronta para subir?

Ante o som da voz de Rhage, Mary deu um salto no sofá, chutando para o chão a manta que cobria suas pernas. Sentando-se, relanceou para a sala de jogos, e depois para Rhage, que estava inclinado sobre ela.

– Caí no sono. Para onde todos foram? O torneio acabou?

Ele assentiu e se sentou na mesa lateral, equilibrando o taco de sinuca no indicador.

– Butch ganhou. Bastardo. Ele e V. acabaram de ir para o Buraco.

Com um grande bocejo, ela afastou os cabelos para trás. A imensa TV de tela plana acima da lareira estava no mudo; um filme de Steven Seagal dos anos 1990 mostrava-o socando um punhado de caras numa rua.

– Acho que estava passando isso quando apaguei – ela disse distraída ao apontar para a tela.

– Na verdade, isso foi há três filmes. – Rhage afagou sua bochecha. – Esse é outro, mas não se sinta mal. Todos se parecem. Vai me deixar te carregar para cima?

– Consigo subir.

– Eu sei que consegue. – Deixou o taco de lado e lhe estendeu a mão. – A questão é: vai me impedir de te pegar no colo?

Ela sorriu.

– Não.

Rhage a arrastou para fora do sofá, e logo ela estava em seus braços fortes, e ele avançava entre as mesas de sinuca. Chegou ao átrio, onde ela bocejou de novo e se ajeitou para o trajeto.

– Você é bom demais para mim – ela murmurou.

– Nem perto disso.

Já no segundo andar, ele parou diante da porta do quarto deles, e ela se dobrou para baixo para abrir a porta. Sem nenhum esforço, ele a levou até a cama e a deitou no lado em que ela dormia.

– Pode escovar meus dentes por mim? – ela perguntou. – Essa sim é a questão.

– Pode deixar.

Quando ele se virou, ela gargalhou.

– Essa foi uma pergunta retórica.

– Eu ia buscar um copo de água e a sua escova de dentes. – Ele apoiou as mãos no quadril e olhou para ela. – A menos que esteja determinada a chegar à pia.

Caramba, ela pensou ao medir os ombros e os braços imensos. O abdômen liso e a pelve estreita com aquelas pernas longas e potentes, esse era um espécime masculino digno de ser observado. Sem falar nos cabelos loiros e naqueles olhos azul-claros como o oceano das Bahamas, a estrutura óssea facial que parecia ter sido esculpida por um mestre em vez de ser algo nascido no mundo.

– Mary.

– Só estava admirando a vista.

– Ah… – Ele girou e mostrou as nádegas. – Você gosta?

– Muito. Que tal se tirar essa camiseta para mim?

Relanceando sobre o ombro, ele estreitou os olhos.

– Está dando em cima de mim?

– Ora, veja, sim, acho que sim.

Ele voltou a se virar, agarrou a frente da camiseta justa, e grunhiu:

– Peça por favor.

– Por favoooor.

Riiiip. E seu peito ficou à mostra, toda aquela musculatura mostrando sombras na luz fraca do abajur sobre a cômoda.

Rhage moveu uma mão para o meio das pernas, segurando o volume que se apresentara por trás do couro.

– Quer ver mais alguma coisa? – ele perguntou provocativamente.

– Sim – ela suspirou.

Os dedos se movimentaram com lentidão no botão, provocando-a ao revelar sua ereção milímetro a milímetro até que saltasse para fora na direção dela.

Mary abaixou as próprias calças, abrindo as pernas enquanto ele continuava de pé se masturbando.

– Vem aqui – ela disse.

Rhage num instante estava na cama deles, sobre ela, e ela o guiou, orientando a ponta para sua entrada. Com um gemido, ela passou as pernas ao redor da bunda dele, e ele se moveu num ímpeto, unindo-os, balançando-se sobre ela com velocidade crescente, com força até a cama ranger, os travesseiros caírem e a colcha se emaranhar debaixo deles.

Quando ela o agarrou pelas costas, sentiu a besta se mover sob suas unhas, a tatuagem se elevando e criando um padrão na pele como se quisesse sair.

– Mary – Rhage murmurou junto ao seu pescoço. – Ah, porra, Mary...

Ao som da voz rouca dele, um orgasmo a atravessou como um raio, o prazer fazendo com que ela gritasse enquanto ele a penetrava de novo e de novo ao ejacular.

Quando, por fim, se imobilizaram, ela afagou a coluna dele, acarinhando a besta, que se moveu sob seu toque. E era estranho. Em momentos como aquele, mesmo isso sendo uma loucura, parecia que os três estavam juntos.

– Quer tomar um banho comigo? – Rhage perguntou ao afagá-la com o nariz. – Posso pensar em algumas coisas divertidas para fazermos com o sabonete.

– Mesmo? Me conta.

– O asseio anda ao lado da religiosidade; isso não é uma expressão humana?

Mary bocejou e se espreguiçou, sentindo-o dentro dela.

– Tenho uma ideia. Você vai na frente e já vou logo atrás.

– Perfeito.

Depois de mais alguns beijos demorados, Rhage se afastou e se levantou. Terminando de descer a calça pelas pernas, andou nu até o banheiro.

E que vista.

Ele era uma estátua grega ambulante.

A água do chuveiro foi aberta, e ela sentiu a fragrância do xampu que ambos usavam, depois o sabonete... em seguida o condicionador.

Motivando-se a se mexer, espreguiçou-se uma vez mais e saiu da cama. Quando chegou ao banheiro, Rhage dava as costas para o jato de água, enxaguando os cabelos. Terminando de se despir rapidamente, tirou a blusa e depois se juntou a ele, o corpo liso e excitado iluminado pelas luzes do espelho.

– Aqui está ela – ele murmurou ao atraí-la para perto.

Demorou um pouco antes de eles saírem e, mais para o final, suas pernas estavam tão frouxas que ela ficou grata por não ter que ir muito longe. Envolvida pelo roupão de Rhage, caminhou até a cômoda para tirar os brincos de pérola enquanto ele seguia para o cesto de roupas sujas do *closet* com as roupas que eles haviam descartado.

Ela tirara apenas um dos brincos quando notou a pasta.

– O que é isto?

– Isso o quê? – ele perguntou do *closet*.

Levantando a capa...

... ela sentiu o ar saindo dos pulmões.

CAPITULO 49

Quando Rhage saiu do *closet*, estava se sentindo muito bem com sua vida. Tudo bem, o tira ganhara na sinuca de novo, mas, depois do trato que Mary lhe dera? Ele era o verdadeiro vencedor.

O sexo no banheiro fora algo meio olimpiano, acima da montanha, além de qualquer recorde batido na Terra.

Saindo, ele…

… parou onde estava.

Mary estava sentada na poltrona ao lado da cômoda, os pezinhos rosados no carpete, o corpo envolvido em seu roupão, a cabeça abaixada com os cabelos molhados pensos para a frente. Sobre o colo, aberta, estava uma pasta que Rhage não reconhecia.

Mas ele sabia muito bem para o que ela estava olhando.

Rhage voltou para o *closet* e pegou calças de corrida de nylon. Pensando melhor, também pegou o moletom que usara numa outra noite. Voltando a sair, foi até a cama e se sentou.

Mary levantou o olhar quando chegou à última página.

– O que é isto? Quero dizer… – Ela sacudiu a cabeça. – Eu sei o que é. Só que…

Rhage agarrou a beirada do colchão e se apoiou nos braços. Estranhamente, as antiguidades do quarto, as cortinas pesadas, o desenho do tapete, tudo ficou muito claro, tudo ao seu redor se tornando tão vívido a ponto de ele se retrair.

– Não pedi a Saxton que imprimisse isso – disse num rompante.

– Papéis de adoção? É isso, não? Quero dizer, não entendo muito bem o Antigo Idioma, mas consigo entender o mínimo.

– Olha só, a gente não precisa fazer nada com isso. Não é... quero dizer, não estou sugerindo que nós a adotemos. Pedi a Vishous se ele poderia tentar encontrar o tio dela; sim, sei que não me pediu isso, mas pensei que, se um dos Irmãos podia ajudar nisso, só podia ser ele. Ele acessou alguns bancos de dados que ficam na Casa de Audiências e não encontrou nada. Também verificou em outros lugares. Não encontrou nenhum rastro de nada, nenhuma família, nenhum tio. E, hum... mencionei a ele essa coisa entre nós dois e a questão de filhos. Foi ele quem tocou no assunto da adoção e depois foi atrás da papelada.

Mary fechou a pasta e pousou a mão sobre ela. Quando não disse mais nada, ele imprecou.

– Sinto muito, Mary. Talvez eu devesse ter conversado com você antes de procurar Vishous...

– Marissa acredita que estou muito envolvida. Com Bitty, quero dizer. Era por isso que estávamos conversando antes da Última Refeição. Ela acha que estou cruzando os limites profissionais, fazendo disso um assunto pessoal.

– Uau.

– E mesmo tendo argumentado com ela... ela tem razão. Eu estou.

O coração de Rhage perdeu o ritmo de medo.

– O que você está dizendo?

Houve um longo momento de silêncio. E depois ela deu de ombros.

– Tenho vivido ao lado de crianças há bastante tempo. E não só no Lugar Seguro, mas antes, enquanto trabalhava com as minhas crianças autistas. – Ela o fitou. – Você se lembra de quando fiquei na casa de Bella? E te disse que não queria mais te ver?

Rhage fechou os olhos, as lembranças daquele terrível confronto ressurgindo. Por algum motivo, ele se lembrou da colcha de retalhos no quarto de hóspedes em que ela dormira, dos seus blocos e suas cores. Mary estava deitada quando ele entrara. E, mesmo estando apenas do outro lado do mesmo cômodo, sentira como se houvesse o mundo entre eles.

– Sim – ele disse, rouco. – Eu me lembro.

– Eu estava sofrendo tanto que não conseguia me imaginar trazendo ninguém para baixo comigo. Eu estava afastada, distante, pronta para perder uma batalha na qual eu já não tinha interesse nenhum em lutar. Afastei-o com força. Mas você voltou de todo modo. Você foi e... e, em você, eu vi uma luz da qual eu não conseguia me afastar.

Não estou bem.

Em sua mente, Rhage ouviu-a proferir aquelas palavras. Sentiu o corpo dela quase derrubá-lo quando ela disparou para fora da casa enquanto ele ficara ali, segurando a lua na palma, como ela lhe ensinara.

– Acho que senti como se Bitty fosse como eu. Quero dizer, desde que a conheço, ela sempre foi muito fechada. Mesmo quando a mãe estava por perto, ela era essa criaturinha insular, observando, afastando as pessoas de si, fechando-se. E depois de todo o abuso e das mortes? Eu não a condenava. Eu só queria desesperadamente alcançá-la. Foi como... Bem, em retrospecto, acho que estive tentando resgatar o meu antigo eu.

– Ontem ela se abriu – Rhage disse. – Pelo menos senti como se ela tivesse. Mas eu não saberia...

– Foi essa a minha questão com Marissa. Não sei se os protocolos normais de tratamento dariam certo com ela. E ela está reagindo. Eu a levei para o túmulo da minha mãe. Depois compramos M&Ms no Hannaford perto do Lugar Seguro. Ela está apenas começando uma jornada muito difícil, e eu não quero parar de ajudá-la.

– Marissa vai te realocar? – ele exigiu saber.

– Não, ela só acha que estou emocionalmente envolvida; e eu estou, admito. Bitty é especial para mim.

Rhage relanceou para a pasta, que Mary levara para junto do peito e ali a mantivera – de uma maneira que ele não sabia se estava consciente.

– Mary.

Quando ela, por fim, ergueu o olhar, ele sentiu como se estivesse saltando de um despenhadeiro. A boa notícia? Se tinha que voar no meio do nada com alguém, ele não conseguia pensar em ninguém melhor do que sua *shellan.*

– Nós podemos lhe dar um bom lar.

Quando os olhos de Mary ficaram marejados, ele se levantou e foi para junto dela, ajoelhando-se diante de sua *shellan* e repousando as mãos em suas coxas.

– Você não quer dizer, quer? – ele sussurrou.

Ela inspirou, trêmula. Depois balançou a cabeça.

– Não era para isso acontecer com a gente. Acabamos de conversar a respeito. Não é... para isso acontecer com a gente. Essa coisa de paternidade.

– Quem disse?

Mary abriu a boca. Depois a fechou, segurando aqueles papéis com ainda mais força junto ao peito.

– Eu estava bem com isso. Estava mesmo. Sobre... nunca conseguir ser mãe.

Quando as lágrimas dela começaram a escorrer, Rhage esticou a mão e secou o rosto do seu amor.

– Tudo bem se você não consegue dizer. Porque eu digo por nós dois. Você seria... a *mahmen* mais incrível para essa garotinha. Bitty teria muita sorte em ter você na vida dela.

As palavras que ele disse pareceram bater nela de alguma maneira, e ele entendia exatamente como ela se sentia. Assimilara a condição de deixar de ter algo muito importante em sua vida, porque, dentre tantas que recebera, ser um pai não era uma delas. E, sim, era uma crueldade que essa porta recém-fechada acabasse sendo derrubada tão pouco tempo depois assim.

Mas de uma coisa ele tinha a mais absoluta certeza.

Se, por algum milagre, eles fossem chamados pelo destino para assumirem tal papel na vida daquela garotinha? Ele aceitaria sem nenhuma hesitação. E sabia, sem nem ter que perguntar, que o mesmo acontecia com sua Mary.

Pais.

Isso seria um milagre.

Mary se surpreendeu com a imensa fenda de dor aberta no meio do seu peito.

E, quando pensou a respeito, chegou à conclusão que era inteiramente possível ter sublimado a questão de não ter filhos... automedicando a agonia desconhecida com ferramentas honestas que serviam muito bem àqueles necessitados durante seus períodos mais vulneráveis.

Com um tremor, inclinou-se para a frente, e Rhage estava bem ali para apanhá-la quando ela caiu da poltrona direto no seu colo, no chão. Enquanto os braços dele a envolviam mantendo-a perto, ela se abraçava àquela pasta cheia de papéis com o tanto de forças de que dispunha.

Fora aterrador demais admitir para si mesma, e para Rhage, a ideia que estivera acesa em seu coração durante o último ano. Mas um desejo materno se enraizara a certa altura daquela jornada com Bitty – embora Mary tivesse tomado cuidado para não infringir nem invadir o verdadeiro laço mãe-filha, ou sequer admitiu esse sentimento em sua mente.

No entanto, de tempos em tempos, ela imaginara o que a menininha faria caso fosse deixada sozinha no mundo.

Sim, pode ter existido um devaneio ocasional quanto a levá-la para a vida deles.

Sem dúvida esse foi o motivo pelo qual, na noite do falecimento da mãe, Mary dirigira direto para o complexo e para a mansão em vez de retornar para o Lugar Seguro.

Mas ela soubera que tais sentimentos eram inapropriados e não profissionais, portanto não dissera nada, não fizera nada, não agira de modo diferente de como se portava ao redor das crianças com quem trabalhava.

Todavia, seu coração estivera em outra página.

Afastando-se, olhou para o lindo rosto de Rhage.

– O que Vishous disse a respeito do tio?

Mesmo ela achando ter ouvido que V. também não descobrira nada.

– Ele disse que não encontrou ninguém com aquele nome. Nem nenhum registro formal de Bitty, da mãe dela, nem de nenhuma outra família. – Rhage enxugou debaixo dos olhos dela com os polegares, depois usou a blusa de moletom. – Ela é, de fato, órfã.

Ficaram calados por um tempo. Depois Mary disse:

– Não vão ser só passeios agradáveis até a sorveteria.

– Eu sei.

– E ela pode não querer vir morar conosco.

– Eu sei.

– Mas você gosta dela, certo? Ela é especial, não é?

– Muito. – Ele deu uma risada. – Acho que resolvi que queria adotá-la quando ela pediu aquele sorvete de casquinha.

– O quê?

– Longa história. Mas é que... parece que é o que tem que acontecer.

– Também penso assim.

Rhage se mexeu de modo a ficar encostado na parede, e ela se acomodou entre suas pernas, recostando-se em seu peito. Talvez devessem ter passado para a cama. Afinal, teria sido mais confortável. Mas a sensação de que algo monumental estava mudando na vida deles fez parecer mais seguro continuarem no chão – só para o caso de um terremoto acontecer para os dois num nível emocional traduzido para o físico de alguma forma.

A tremenda coisa levaria a mansão a se tornar apenas um monte de pedras.

– Isso vai ser um processo, Rhage. Não pode acontecer do dia para a noite. Existirão coisas que precisaremos fazer, juntos e separados, para termos certeza de que é real.

Mas tudo isso era apenas retórica.

Em seu coração, no que lhe dizia respeito, a decisão já fora tomada.

Mary se sentou e girou de lado.

– Você quer ser o pai dela? Isto é, sei o que eu quero…

– *Seria uma honra e um privilégio.* – Ele apoiou a mão da adaga sobre o coração enquanto falava no Antigo Idioma. – *Seria um dever que eu me prestaria a cumprir durante todas as minhas noites na face desta Terra.*

Mary inspirou fundo. Depois imprecou.

– Teremos que explicar para ela… o que eu sou. O que você tem.

Oh, Deus. E se a besta dele e a… situação existencial dela os impedissem de serem pais? E quem tomava essa decisão? A quem procurariam para solucionar essas dúvidas?

Com um gemido, voltou a se recostar na força de Rhage. E foi engraçado… Enquanto sentia as almofadas dos músculos dele ao seu redor, soube que ele ficaria ao seu lado pelo tempo que fosse, nunca se esquivando de um desafio, pressionando em seu objetivo e foco, indo em frente até cruzarem a linha de chegada.

Era assim que ele era. Ele não desistia. Nunca.

– Eu te amo – ela disse ao olhar em frente.

– Também te amo. – Ele ajeitou uma mecha de cabelo dela atrás da orelha, massageando-lhe os ombros. – E, Mary… Tudo vai ficar bem. Eu prometo.

– Podem não permitir que fiquemos com ela. Mesmo que ela nos queira.

– Por quê?

– Você sabe o porquê. Não somos exatamente *normais,* Rhage.

– Quem disse?

– Pessoas que estão vivas de acordo com as convenções. E que não têm uma besta vivendo dentro de seus corpos.

Quando ele se calou, ela se sentiu mal, como se tivesse destruído algo. Mas eles precisavam ser realistas.

Só que Rhage só deu de ombros.

– Vamos atrás de terapia. Alguma merda do tipo.

Mary riu de leve.

– Terapia?

– Claro. Qualquer coisa. Posso falar como me sinto em relação à besta. E talvez ela possa comer alguns terapeutas para que possa internalizar alguns dos comentários construtivos. Quero dizer, cara, podem me alfinetar com acupuntura e quem sabe o dragão se transforma num coelhinho fofo ou num passarinho ou…

– Num passarinho.

– É. Ou, quem sabe, num ratinho. Podia se transformar num ratinho roxo gigante que, por acaso, é vegetariano. – Conforme Mary ria com mais vontade, ele afagava seus braços. – Que tal um cavalier King Charles spaniel?

– Ah, pare com isso…

– Não, não, já sei. Sei o que será.

Mary rolou por cima do colo dele e sorriu.

– Seja gentil. Tive uma manhã difícil. Bem, a não ser pela parte do chuveiro. Aquilo não foi nada duro.

Rhage levantou um dedo.

– Ok, antes de mais nada, havia algo bem duro lá. E você sabe em primeira mão. – Quando ela riu de novo, ele assentiu. – Ã-hã. Isso mesmo. E quanto à outra identidade da besta… Que tal um enorme leprílope* roxo?

– Eles não existem!

– Tudo bem. Um Pé Grande.

– Também não existe.

– Mas aí posso transformar em realidade os sonhos dos caçadores de Pé Grande no mundo todo. – Rhage sorriu. – Quem é que poderia nos rejeitar, então? Depois de eu prestar um serviço público como esse?

---

* Cruzamento de lebre com antílope que viveria na Califórnia. Normalmente é retratado como um coelho com galhadas. (N. T.)

– Você tem toda a razão. – Ela afagou seu rosto. – Temos de colocar esse plano de acupunturar um leprílope em ação logo.

Rhage se dobrou para baixo e a beijou.

– Amo quando estamos em sintonia. Simplesmente amo.

CAPÍTULO 50

Quando a noite caiu, Layla estava bem perdida. Uma das desvantagens de estar morando no centro de treinamento subterrâneo era que ela não conseguia ajustar seu relógio interno ao ritmo do sol e da lua. O tempo era apenas os números no relógio, as refeições aparecendo em horas determinadas, visitantes e movimentação indo e vindo em padrões aleatórios que, no fim, não significavam muito em relação às noites e aos dias.

Seu sono se estabelecera em ciclos de seis horas de despertar seguidos por três de sono irrequieto. Repetindo-se ao infinito.

Normalmente.

No entanto, esta noite, quando o relógio eletrônico mostrava um brilhante oito, seguido de um dezesseis depois de dois pontinhos na vertical, ela fechou os olhos com um propósito além do descanso.

Agonizara a respeito daquilo desde a sua resolução após o ultrassom. Ponderara mentalmente os prós e os contras até quase enlouquecer.

No fim, decidira, quaisquer que fossem as consequências.

Provavelmente ruins. Porque era sempre assim que as coisas resultavam para ela no que se referia a Xcor.

Inspirando fundo, descobriu que tudo a irritava. Os lençóis provocavam-lhe coceiras. O travesseiro sob sua cabeça não estava na posição correta, e movê-lo de lugar não adiantava nada. O peso em sua barriga parecia enorme, uma entidade à parte do restante do corpo. Seus pés se mexiam como se alguém estivesse fazendo cócegas neles com uma pena. Seus pulmões pareciam inflar apenas parcialmente.

Risque esse "pareciam".

E a escuridão no quarto amplificava tudo.

Com uma imprecação, descobriu que os olhos se abriram e desejou ter uma fita adesiva para mantê-los fechados.

Concentrando-se, forçou-se a respirar lenta e pausadamente. Relaxando a tensão no corpo, desde os dedos dos pés até as pontas das orelhas. Acalmando a mente.

O sono chegou numa onda suave, submergindo-a logo abaixo da consciência, libertando-a das dores e dos incômodos, da preocupação e do medo.

Da culpa.

Entregou-se ao momento para apreciar o flanar sem gravidade. E, depois, lançou seu centro, sua alma, aquela luz mágica que animava sua pele, não apenas para fora do leito hospitalar, do quarto, não apenas no corredor e livre no centro de treinamento... mas para fora do reino da realidade terrena.

Para o Santuário.

Por conta da gravidez, não era seguro viajar até o Outro Lado em sua forma física. Todavia, daquela maneira, ela cobria a distância com graça e facilidade – além disso, apesar de sentir seu corpo, ela também sentia suas carnes debaixo dos lençóis, dessa forma era capaz de continuar monitorando sua encarnação corpórea. Se algo acontecesse, ela seria capaz de retornar num piscar de olhos.

Momentos depois, viu-se sobre um gramado resplandecente. Acima, o céu leitoso fornecia uma iluminação sem uma fonte definida e, em toda a sua volta ao longe, uma floresta marcava os limites do território. Templos de mármore branco reluziam imaculados e frescos como a noite em que foram chamados à existência, milênios e milênios atrás, pela Virgem Escriba, e as tulipas e os narcisos coloridos eram como pedras preciosas caídas de um tesouro.

Inspirando o ar doce, sentiu-se recarregar, e isso a recordou dos séculos passados ali servindo à mãe da raça. Naquela época, tudo era branco, sem sombras nem variações. O Primale atual, Phury, mudara tudo isso, entretanto, libertando-a e às suas irmãs para que levassem a vida lá embaixo, para experimentar o mundo e a si mesmas como indivíduos, em vez de serem apenas dentes de uma mesma engrenagem homogênea.

Inconscientemente, levou as mãos à barriga – e levou um susto. Seu abdômen estava reto, e ela entrou em pânico – só para sentir seu corpo funcionando na Terra. Sim, a carne carregava os filhos; a alma, não. E aquela representação sua era uma miragem móvel, tanto existente como inexistente.

Juntando as dobras de seu manto cerimonial, caminhou pelo vasto terreno, passando pelos aposentos particulares do Primale onde as fecundações costumavam ocorrer, e prosseguiu até parar na soleira do Templo das Escribas Isoladas.

Uma rápida inspeção ao redor confirmou o que era verdade não só desde a sua chegada até aquele momento, mas já há algum tempo desde que o Primale libertara a todas: por mais belo que o Santuário fosse, por mais que ele oferecesse algo em termos de paz e sossego, ele estava deserto e abandonado como uma fábrica sem uso. Uma mina de ouro sem veios para despojos. Uma embarcação com prateleiras vazias.

Para os seus objetivos, isso era bom.

E, em seu coração, era algo agridoce. A liberdade levara ao abandono, à suspensão do serviço, ao fim de como as coisas eram.

A mudança, no entanto, era mais da natureza do destino do que qualquer outra coisa. E muitas coisas boas derivaram disso, ainda que talvez não para a Virgem Escriba. Mas quem haveria de saber como ela se sentia, visto que ninguém a via há tempos?

Com uma oração solene, Layla entrou no templo e observou as mesas brancas simples com as cubas de água, os potes de tinta, os rolos de pergaminho. No espaço aberto, nenhuma partícula de pó das vigas maculava as poças de leitura, nem apagava as beiradas das coisas – embora parecesse que a observação da história da raça, outrora um dever sagrado, agora era uma tarefa abandonada, que, provavelmente, jamais seria retomada.

E isso parecia fazer o templo se desgastar de alguma maneira.

De fato, era difícil não pensar na imensa biblioteca, que não ficava longe dali, e visualizar suas prateleiras repletas de volumes de passagens registradas atentamente, aqueles símbolos sagrados no Antigo Idioma colocados em pergaminhos enquanto as escribas atuaram em seus papéis de testemunhas da raça naquelas mesmas cubas. E havia outros registros ali: da Irmandade da Adaga Negra e suas linhagens, das ordens da Virgem Escriba, das decisões dos Reis, das observâncias dos festivais dos calendários e das tradições da *glymera*, e o respeito prestado à Virgem Escriba.

De certa forma, a ausência de mais registros históricos era a morte da raça.

Mas também era seu renascimento. Tantas coisas positivas surgiam com a mudança nos valores, com os direitos das fêmeas sendo reconhecidos, a abolição dos escravos de sangue e a liberdade das Escolhidas.

Todavia, a Virgem Escriba parecia ter desaparecido num vácuo espiritual, como se a adoração que a tinha sustentado até o momento tivesse sido removida, diminuindo-a até a incapacidade. Sim, Layla sentia falta de parte dos costumes antigos, e se preocupava em não ter um guia espiritual em tempos de tamanha inquietação... mas o destino era maior não só do que ela, mas da raça como um todo.

E, de fato, da sua criadora.

Seguindo em frente, foi até uma das mesas e puxou uma cadeira branca. Ao se sentar, arrumou o manto e ofereceu uma oração para que sua próxima ação fosse a serviço do bem maior.

Qualquer bem maior.

Ah, puxa. Era impossível não argumentar que sua próxima ação seria puramente para o seu bem.

Inclinando a cabeça, colocou as mãos na cuba, segurando o recipiente com reverência. Com o tanto de claridade que conseguia reunir, visualizou o rosto de Xcor, desde os olhos estreitos até o lábio superior desfigurado, dos cabelos rentes ao pescoço grosso. Imaginou o cheiro dele em seu nariz, e sua presença física imponente diante dela. Visualizou as veias dos braços e as mãos grossas e calejadas, o peito pesado e as pernas fortes.

Em sua mente, ouviu sua voz. Viu-o se mover. Capturou seu olhar e o sustentou.

A superfície da água começou a se mexer, círculos concêntricos se formaram no ritmo do seu coração. E então o giro começou.

Layla franziu a testa e pensou: Isso não faz sentido algum.

A cuba mostrava-lhe prateleiras, filas e filas de prateleiras repletas de... todo tipo de urnas. Havia tochas acesas, uma luz alaranjada caindo sobre o que parecia ser um ambiente subterrâneo cheio de pó.

– Xcor...? – ela sussurrou. – Oh... Querida Virgem Escriba.

A imagem que recebeu era tão nítida quanto se ela estivesse acima do corpo deitado dele. Xcor estava debaixo de lençóis brancos numa maca no meio de um corredor de prateleiras, com os olhos fechados, a pele pálida, os braços e as pernas imóveis. Máquinas emitiam sons ao lado dele, sons que ela reconhecia de seu quarto na clínica. John Matthew e Blaylock estavam sentados no piso de pedra perto dele, as mãos de John se movendo enquanto ele comunicava algo.

Blay apenas assentiu.

Layla desejou que a visão mudasse de posição de modo a permitir que ela enxergasse à frente, atrás, onde Xcor estava deitado. Se continuasse no que parecia ser uma caverna, ela, no fim, emergiria num vasto espaço cerimonial...

A Tumba.

Xcor estava na antessala da Tumba.

Layla desejou que a imagem retornasse para onde estavam John e Blay, e ela ouviu Blay dizendo:

– A pressão está caindo. Portanto, nada de cirurgia. Mas ele não parece pronto para despertar tão cedo.

John sinalizou algo.

– Eu sei, mas qual é a outra opção?

Layla pediu à cuba que lhe mostrasse a saída, e a imagem seguiu na direção oposta até um portão sólido recoberto por uma malha de aço, bem como um cadeado forte o bastante para impedir a entrada do mais determinado dos invasores. Em seguida, ela estava na boca da caverna, as paredes de pedra desgastadas à mão, pela natureza, ou, quem sabe, por uma combinação de ambos.

Por fim, saiu para a liberdade da floresta de pinheiros.

Diminuindo o zoom, viu o cenário cada vez menor... até ela perceber o brilho da mansão.

Então ele ainda estava na propriedade. Não estava longe.

Ao soltar as beiradas da cuba, viu aquilo que lhe fora revelado desaparecendo como se jamais tivesse acontecido, a água reassumindo sua característica transparência anônima.

Ao se recostar, pensou por um bom tempo.

Depois, levantou-se e saiu do templo das escribas.

Todavia, não regressou para a Terra. Não de imediato.

– Sinto como se fôssemos nos meter em apuros por isso.

Sentada ao lado de Rhage na biblioteca da mansão, Mary deu um tapinha em seu joelho.

– Sabe que isso não é verdade.

– Estou bem?

Recostando-se no sofá de couro, Mary fitou seu companheiro.

– Lindo como sempre.

– Isso vai nos ajudar?

– Como não? – Ela beijou sua bochecha. – Só se lembre de não dar em cima dela. É a esposa do seu melhor amigo.

– Até parece. Ela é bonita e tudo o mais, mas o mesmo é verdade quanto aos eletrodomésticos de Fritz na cozinha, e não tenho o menor interesse em transar com nenhum deles.

Mary gargalhou e lhe deu mais um aperto. Depois voltou a sentir como se sua cabeça estivesse prestes a explodir.

– Então... Bem, sabe que nunca prestei muita atenção neste cômodo antes? É bonito.

Enquanto Rhage apenas concordava, ela relanceou pelas estantes de livros e para a lareira, e todos aqueles tons fortes dos tapetes, das cortinas e das almofadas. Havia uma escrivaninha para alguma anotação. Sofás para o deleite de um dos vários volumes expostos da coleção – ou de seu Kindle, se essa fosse a preferência. Certa quantidade de quadros a óleo e uma grande variedade de objetos que Darius colecionara enquanto estivera vivo, desde conchas especiais até fósseis raros.

– Não consigo respirar.

Enquanto Rhage metia a cabeça entre as pernas, ela lhe esfregou os ombros, confortando-se ao confortá-lo. Muito provavelmente não o ajudaria caso contasse que também estava se sentindo sufocada. E um pouco nauseada.

Marissa entrou apressada uns três minutos depois.

– Desculpe! Desculpe! Ah... Olá, Rhage.

– Oi. – Ele pigarreou e levantou a palma. – É... Hum... Oi.

Marissa olhou de um a outro. Depois pareceu se recompor e fechou as portas.

– Fiquei me perguntando por que você queria falar comigo aqui. Agora estou entendendo.

– É... – Rhage disse. – Eu não posso... Você sabe. Ir para o Lugar Seguro. Mas você sabe disso... Afinal, é você quem o administra. E eu... acho melhor parar de falar agora, não...

Marissa se aproximou da lareira, sua beleza extraordinária parecia atrair toda a luz e todo o calor do fogo. Ao se sentar numa poltrona, cruzou as pernas como a perfeita dama que era.

Sua expressão era remota, porém não fria. Ela parecia pronta para o pior.

Isso não vai terminar bem, Mary pensou com medo.

– Então... Obrigada por vir falar conosco. – Mary segurou a mão de Rhage. – Não vou fazer rodeios. Rhage e eu estivemos conversando, e estamos explorando a ideia de adotar, ou de pelos menos ser os guardiões de Bitty. Antes que você diga não, gostaria que considerasse que tenho experiência...

– Espere. – Marisa levantou as mãos. – Espere. Isto aqui não é porque quer pedir demissão?

– *O quê?*

Marissa levou a mão ao coração e relaxou visivelmente.

– Você não está se demitindo.

– Não, Meu Deus, não. De onde surgiu essa ideia?

– Pensei que poderia tê-la ofendido com a nossa conversa de antes da Última Refeição. Não sabia se havia metido... Quero dizer, só quero fazer o que é certo para Bitty e eu... – Marissa se deteve. Estremeceu. – Ouvi você dizer *adoção?*

Mary inspirou fundo. Ah, caramba, e como apertou a mão de seu *hellren.*

– Rhage e eu conversamos a respeito. Queremos ser pais, e queremos dar um lar amoroso para Bitty, um lugar que ela possa chamar de seu, um sistema de apoio que seja mais do que simplesmente profissional. Como você bem sabe, não posso ter filhos... E Bitty é, de fato, órfã. Nem mesmo Vishous conseguiu localizar o tio dela.

Marissa piscou algumas vezes. Olhou de um ao outro.

– Isso é... extraordinário.

Rhage se inclinou para a frente.

– Bom ou ruim?

– Bom. Quero dizer... – Marissa se recostou e fitou o fogo. – É maravilhoso. É fantástico. Só não sei bem o que temos que fazer.

Espere, isso é um "sim"?, Mary pensou com o coração aos saltos.

– Bitty precisa opinar sobre isso. E sei que não vai ser fácil... nem o processo de adoção, tampouco sermos pais. Rhage também sabe. Mas acho que... isso meio que começa com você, não?

Sem aviso algum, Marissa saltou da poltrona e lançou os braços ao redor de Mary primeiro, depois de Rhage. Quando voltou a se sentar, afanava os olhos para não chorar.

– Acho que essa é uma ideia *verdadeiramente* incrível!

Ok, Mary começou a ficar meio chorosa. E não podia nem olhar para Rhage – porque, caso ele também estivesse emocionado, e ela tinha certeza de que estava, seria fim de jogo.

– Estou muito feliz mesmo por contarmos com o seu apoio – Mary disse, emocionada. – Apesar de não saber se somos adequados...

A mão elegante de Marissa cortou o ar.

– Não estou preocupada com vocês dois sendo pais. E, por favor, nem pense que não vou apoiá-los. É que nunca tive que fazer nada do tipo.

Rhage falou:

– Saxton conhece os procedimentos legais. Ele conseguiu toda a papelada para nós. Acredito que precisaremos de uma audiência diante do Rei, visto que sou membro da aristocracia...

Mary levantou as mãos, meio que expressando um "espere um instante".

– Espere, espere, primeiro temos que ser avaliados formalmente. E temos que investigar ainda mais a família da mãe dela, e do pai. E precisamos perguntar se ela se interessa pela possibilidade. A morte de sua mãe ainda é muito recente. Não quero que ela pense que estamos afastando sua família de sangue ou tentando substituir alguém que será sempre insubstituível. Precisamos ir devagar, ser flexíveis e permanecer calmos. E também já existe um problema potencial.

– Qual? – Marissa perguntou.

Quando Mary olhou para Rhage, ele pigarreou.

– Eu como pessoas. Quero dizer, a besta. Você sabe. Ela come coisas. Que não deveriam... ser comidas.

– Ele nunca foi uma ameaça para mim – Mary interveio. – Mas não podemos fingir que o dragão dele não seja um fator nessa equação. Quem quer que determine a nossa adequação, quer seja você ou Wrath, ou qualquer outra pessoa, precisa estar bem ciente que vivemos com um monstro comedor de *redutores*, de três andares, de escamas roxas.

Rhage levantou a mão como se estivesse numa sala de aula, esperando para ser chamado. Quando as duas olharam para ele, ele abaixou a mão, meio sem jeito.

– Ah... Ele nunca consumiu nada além de *redutores*. Apesar de eu acreditar que ele tentou comer Vishous. – Seu *hellren* se retraiu. – Ok, tudo bem, pelo que fiquei sabendo, na outra noite ele perseguiu Vishous e Assail até uma construção, da qual ele pode ter arrancado o telhado, e pode ter tentado comê-los... mas ele *não* conseguiu.

– Graças a mim – Mary observou.

– Ela presta atenção à Mary. A coisa, quero dizer. – Depois uma pausa. – Merda.

Mary deu de ombros.

– Continuando, estamos cientes de que não somos os possíveis pais mais convencionais. Mas eu prometo... se tivermos a chance, amaremos essa garotinha com tudo o que somos.

– Isso mesmo – Rhage disse. – Total.

Marissa soltou uma risada leve:

– E é exatamente por isso que não estou preocupada com vocês dois adotarem nada nem ninguém, quer seja um cachorro de um abrigo ou uma criança do Lugar Seguro.

Mary exalou de alívio.

Nesse meio-tempo, Rhage começou a imitar Marissa e ficou se abanando. Depois se apoiou na mesa de centro como se estivesse preocupado em desmaiar.

– Está quente aqui dentro? Sinto como se estivesse muito quente... Acho que vou...

Mary se levantou num salto e correu até as portas francesas. Quando as abriu, disse:

– Às vezes ele fica meio tonto. Sabe, quando está aliviado. Respire comigo, meu amor. Respire comigo.

Marissa se moveu e se sentou perto de Rhage. Pegou uma almofada, começou a abaná-lo perto do belo rosto e riu.

– Bem, nós descobriremos um modo. De alguma forma, daremos um jeito nisso, ok? E tenho esperanças de que, no fim, Bitty venha para casa com vocês dois.

Enquanto pegou outra almofada para se juntar aos esforços, Mary olhou nos olhos do Irmão que tanto amava e… tentou ver o futuro em suas feições.

– Espero que sim. Deus, quero tanto isso que chega a doer.

CAPÍTULO 51

– Você quer saber o quê?

Enquanto V. fazia a pergunta talvez incompreensível, Assail passou o celular para a outra orelha e colocou a xícara dentro da lava-louças. O *doggen* a quem ele tivera esperanças de entrevistar naquela noite – de modo que seus primos desistissem de comer a comida congelada – teve que ser desmarcado. Isso significava que ele continuava sendo o senhor Limpa Tudo.

– Master Lock – Assail explicou. – Quero saber como abrir um cadeado Master Lock. E tem que ser de tal modo que a coisa continue funcional depois.

O Irmão riu com gosto.

– Bem, meu primeiro conselho seria você meter bala no maldito, mas isso não vai servir, já que quer que ele continue funcionando depois. No que, exatamente, está tentando entrar?

– Num segredo.

– Parece bem estranho. E qual a idade? Do cadeado, não do segredo.

– Novo.

– Ok. Tenho uma coisa pra você. Onde você…

Quando o som de uma campainha sutil o interrompeu, Assail afastou o celular do ouvido.

– Ah, sim, cá está ela. Estou em casa, Vishous.

– Chego em dois minutos. No jardim dos fundos.

– Esperarei por sua chegada. – Assail desligou. – Olá, querida…

Chorando. Naasha estava chorando abertamente, e Assail entendeu a causa sem nenhuma explicação.

– O que aconteceu? – ele disse ao andar até os fundos e abrir a porta de trás.

O ar gélido incomodou seu nariz, mas ele se esquivou do espirro enquanto todo tipo de gaguejos e fungadas lhe chegavam através da ligação.

– Ele está morto. Meu *hellren*... está morto.

Claro que está, Assail pensou. *E eu sei o porquê.*

– Lamento muito, minha cara. O que posso fazer por você em seu período de luto?

A fêmea fungou algumas vezes.

– Venha. Por favor?

– Irei. Dê-me dez minutos?

– Obrigada. Estou de coração partido.

Não, você é a herdeira dele, ele pensou ao encerrar a ligação. *Seu amante engendrou tudo isso – e você é a próxima na fila do caixão.*

Do meio da escuridão, uma imensa figura surgiu em seu gramado, e o Irmão Vishous acionou as luzes de segurança enquanto seguia adiante até a casa.

– Houve uma morte de certa importância – Assail anunciou. – Ao que tudo leva a crer, o *hellren* da amante de Throe faleceu.

– Verdade, é...

– Ao que tudo leva a crer, ainda não estou paranoico. Acurado, eu diria. – Encontrou Vishous na metade do gramado, e suas palmas se encontraram. – Eu sabia que ele não permaneceria muito tempo mais neste mundo. A pergunta é: como ele morreu? Pretendo descobrir isso.

– Existe um assassino sob aquele teto.

– De fato. E eu lhe direi tudo o que descobrir.

– Se precisar de reforços, cuidaremos disso. E se, por acaso, encontrar provas de um homicídio? Ficarei mais do que contente em colocar *morte* na sentença.

– De acordo.

– Ah, e se ainda estiver interessado no Master Lock, é disto que você precisa. – Vishous lhe deu uma ferramenta que mais parecia uma chave de fenda em miniatura. – Use isto como uma chave. Deve funcionar.

– Meus agradecimentos.

Vishous lhe deu um tapa no ombro.

– Está fazendo valer a pele em que anda, não é verdade?

– Não sei bem se isso é um elogio ou não.

– Esperto da sua parte.

Puf! O Irmão partiu, sem deixar nada além da brisa fria para trás. E no rastro da sua partida, Assail retornou para a casa, e chamou:

– Cavalheiros? Estou de saída.

Ehric apareceu na soleira da porta aberta.

– Para onde?

– À casa de Naasha. Ao que tudo indica, sua posição social sofreu uma alteração. Seu *hellren* faleceu – ou foi assassinado, pois é mais provável que seja esse o caso.

– Interessante. Avise se precisar de nós.

– É o que farei.

Fechando os olhos, Assail se desmaterializou e viajou através do rio até a propriedade do *hellren* de Naasha. Ao retomar sua forma diante da entrada, foi diretamente para a porta e abriu-a, deixando de bater ou de tocar a campainha.

Throe estava sentado na sala e, ao ver a porta se abrindo, franziu o cenho e se retraiu.

– O que... O que você está fazendo aqui?

Assail fechou a pesada porta atrás de si e depois ajeitou o lenço do bolso até que ficasse perfeito.

– Fui convidado a vir.

– Então deveria entrar com bons modos, usando a campainha. Você não mora aqui.

– E você, sim.

– Sim.

Assail diminuiu a distância, só parando diante do outro macho; então esticou a mão e passou a ponta do dedo sobre a lapela do incrível terno preto de Throe. O maldito era bonito... Isso ele tinha que admitir. Claro, também era moralmente corrupto e tão confiável quanto uma víbora aos seus pés.

E não era verdade que essa mistura combinava com tanta frequência?

– Meu caro rapaz – Assail murmurou –, se não sabe por que fui convocado, ou você é cego ou é ingênuo.

Throe afastou a mão de Assail com um tapa.

– Não sou o seu "rapaz".

Assail se inclinou para a frente.

– Mas gostaria de ser, não?

– Vá se foder.

– Só o que você tem que fazer é pedir com educação e eu levarei isso em consideração. Nesse meio-tempo, talvez queira se lembrar de que a sua amante vai procurar por sua próxima vítima – digo *hellren.* E por mais numerosos que seus atributos sejam, acredito que seja falho num critério muito importante. Até onde fiquei sabendo, você era pobre. Ou, pelo menos, o que é considerado pobre pelos padrões dela. Todavia, eu não tenho esse problema, tenho? Talvez seja por isso que ela me convocou?

Enquanto Throe arreganhava as presas e parecia preparado para rebater, o som de passadas apressadas veio se aproximando pela escadaria.

– Assail!

Abrindo os braços amplamente, ele aceitou a fragrante e muito bem cuidada mercadoria que o atingiu, e enquanto abraçava Naasha junto ao peito, ele prendeu o olhar de Throe. Piscando para o macho, Assail deliberadamente desceu a mão até as nádegas da fêmea e as apertou.

Naasha recuou.

– O advogado está a caminho. Ficará aqui enquanto converso com ele?

– Mas é claro. Nisto, neste seu período de necessidade, estarei sempre a seu dispor.

– Já levaram os despojos de meu *hellren.* – Tirando um lenço de seda de dentro do corpete do vestido, ela enxugou o rosto, que estava seco, e cuidou dos olhos, que não estavam nem borrados nem vermelhos. – Ele será cremado esta noite. E depois só teremos que providenciar a cerimônia do Fade. Ele sempre disse que desejava ir para o Fade adequadamente.

– Então é isso que fará para ele em seu repouso final.

– Mandei os criados saírem. Pareceu-me inapropriado tê-los debaixo deste teto enquanto os arranjos estão sendo providenciados. – Mais enxugadas. – Estou tão só. Precisarei de você agora mais do que nunca.

Assail se curvou enquanto sentia Throe em ebulição.

– Será um prazer.

– Talvez queira participar da reunião com o advogado...

Throe interveio:

– Não, eu estarei lá para apoiá-la. Isso precisa ser particular.

– Ele tem razão. – Assail murmurou ao afagar a face dela com os nós dos dedos. – Ficarei feliz em esperar aqui pelo tempo que for necessário. Deixe-me numa sala e eu passarei o tempo com algo da sua biblioteca, talvez?

A campainha da porta da frente tocou, e o mordomo se materializou vindo dos fundos. Enquanto o *doggen* se apressava para atender ao chamado, Throe ergueu uma sobrancelha, como se quisesse enfatizar que aquela sim era a maneira com que convidados apropriados eram recebidos.

E então, Saxton, o advogado do próprio Rei, caminhou para dentro da mansão.

Saxton se encaixaria melhor com a sociedade de Regência do que com a vida moderna de muitas maneiras, com seus espessos cabelos loiros penteados para trás da cabeça, o terno feito à mão para ele por um perito, o casaco de caxemira e a maleta Louis Vuitton colocando-o entre os polos opostos de dândi da moda e advogado diligente.

– Senhora – ele disse, curvando-se. – Minhas condolências por sua perda.

Deixa para mais uma rodada de drama de olhos secos e de movimentos com o lenço, e conforme o espetáculo se desenrolava, Assail se afastou da conversa, embora tivesse interceptado o olhar de Saxton. Quando assentiram discretamente um para o outro, Assail ficou com a distinta impressão de que o advogado sabia exatamente por que ele estava naquela casa.

Ah, Wrath. Dedos nas tortas de todos... E isso era algo muito bom, Assail vinha passando a acreditar.

– Permita-me acompanhar meu amigo até o escritório – Naasha disse. – E, então, faremos nossa reunião na biblioteca. Meu *doggen* o acompanhará até lá agora e providenciará sua bebida. Throe se juntará a nós como meu conselheiro.

Assail tomou cuidado ao se despedir formalmente de Saxton, como se os dois nunca tivessem se visto. Em seguida, acompanhou Naasha até um cômodo com fragrância de pot-pourri e fumaça de madeira. Quando ela os fechou ali, o par de portas basculantes era tão ornamentado quanto estátuas entalhadas, e com tanto ouro quanto o colar Bulgari que a fêmea trazia ao redor do pescoço.

Ela se aproximou dele. Fungou delicadamente.

– Você aliviará meu sofrimento?

– Sempre.

Puxou-a para si, porque era isso o que ela queria. E ele a beijou com gentileza a fim de não borrar o batom vermelho mate – também porque ela queria.

– Minha cara – ele disse ao passar uma mão suave sobre os cachos soltos e bem penteados. – Conte-me, por favor. Como descobriu que seu amado morreu?

Enquanto ela falava, ele memorizou cada palavra:

– Fui cumprimentá-lo antes da Primeira Refeição. Ele estava deitado na cama, tão tranquilo, mas estava frio. Tão frio. Ele já partira. Em seu sono, o que é uma benção.

– Uma boa morte. Digna de um macho de valor.

Ela o beijou de novo, lambendo-o na boca – e ele conseguiu sentir o sabor de Throe nela, o cheiro do outro macho por todo seu corpo.

– Esteja aqui quando eu tiver terminado? – ela disse com uma ponta de comando.

O lado dominante interno de Assail se opôs à ordem, mas seu lado racional passou por cima de seus instintos.

– Como já disse, esperarei pelo tempo que for necessário.

– O testamento tem muitas cláusulas.

– E eu não tenho nada mais a fazer a não ser atendê-la.

Ela definitivamente ficou radiante com isso, e ele teve que se esforçar para não revirar os olhos. Mas logo ela começou a bambolear para sair da sala, pronta para ir descobrir o que herdaria.

– Adeus, por enquanto – ela disse antes de voltar a fechar as portas.

Conforme o barulho do salto dela no piso de mármore diminuía, ele olhou ao redor do teto. Nenhuma câmera de segurança que ele conseguisse detectar, mas esse era apenas o local mais óbvio para colocá-las.

Antes de tentar sair do escritório, ele tinha que saber se alguém estava vigiando.

CAPÍTULO 52

– Fritz... Como descrever Fritz...?

Quando Rhage chegou a um semáforo, pressionou o pedal do freio do GTO e olhou pelo espelho retrovisor. Bitty estava no banco de trás e olhava para a frente com uma expressão extasiada, como se ele estivesse para contar a coisa mais fascinante que ela jamais ouvira.

Por um instante, o coração dele bateu forte. Custava a acreditar que existia mesmo uma remota possibilidade de que ele poderia ter uma chance de...

Concentre-se, ordenou a si mesmo. O caminho a ser percorrido ainda era grande antes que chegasse a hora de ficar todo sentimental.

Mas, Deus, se isso acontecesse, ele teria muitas outras conversas com aquela pequena fêmea.

– Rhage? – Mary o chamou.

– Desculpe, ok. – A luz do farol ficou verde, e ele comandou seu cérebro a se movimentar junto com o carro. – Pois bem, Fritz parece aquele cara do *Caçadores da Arca Perdida*, sabe, aquele cuja cara derrete. Só que não é assustadora, e nada, de fato, despenca.

– O que é *Caçadores da Arca*... o quê?

Rhage afundou no banco do motorista.

– Ah, Deus, escuta aqui... vamos ter que trabalhar muito firme na sua educação. Tem tanta coisa pra... Você já assistiu *Tubarão*?

– Não?

Ele bateu a cabeça no apoio atrás de si.

– Oh, não! Não é possível!

Enquanto Bitty começava a dar risadinhas, Rhage lançou uma mão na direção de Mary.

– Segure firme em mim, tenho que perguntar sobre o maior de todos.

– Estou aqui por você, querido.

Rhage voltou a olhar pelo retrovisor.

– Será que você sabe quem é John McClane?

– Não?

– Hans Gruber?

– Hum... Não?

– Maaaaaaaary, me segura!

Mary começou a gargalhar e a empurrá-lo para o seu lugar.

– Dirija o carro!

Com as garotas rindo, ele se acomodou e se recompôs.

– Vamos cuidar de tudo isso mais tarde. Continuando, Fritz é... mais velho do que Matusalém, como diriam os humanos. E fica todo agitado se você tenta fazer alguma coisa. Ele não deixa que você limpe a bagunça que você mesmo fez, fica todo estressado se você tenta preparar qualquer comida e tem uma obsessão pelo aspirador de pó. – Ele levantou o indicador. – Ele comprou um congelador só para sorvete para mim. E, vou te dizer, isso absolve uma quantidade gigante de pecados.

Mary se virou para trás.

– Fritz é a mais gentil força do planeta. Ele administra a criadagem e cuida de todos e de tudo na casa.

– Quantas pessoas moram lá? – Bitty perguntou.

– Contando os *doggens*? – Mary se calou por um instante. – Puxa, acho que umas trinta? Trinta e cinco? Quarenta? Na verdade, não sei.

Rhage interrompeu.

– O mais importante é que...

– ... tem muito amor.

– ... tem um cinema com seu próprio balcão de doces.

Quando Mary o encarou, ele só deu de ombros.

– Não subestime a importância de Milk Duds no escuro. Bitty, me diga que você já experimentou Milk Duds?

Quando a menina sacudiu a cabeça com um sorriso amplo, ele lançou as mãos para o ar.

– Cara, quantas coisas eu tenho pra te ensinar, mocinha!

Logo adiante, a Praça Lucas apareceu ao longe, o brilho de todas as lojas e as placas de neon claras como se fosse o meio do dia. E o movimento... Pedestres por todas as partes nas calçadas, humanos passeando de braços dados com seus pares, famílias caminhando juntas, grupos de moças e rapazes passeando de um lado para o outro.

– Hoje é sexta? – ele perguntou ao entrar num dos estacionamentos abertos.

– Acho que sim... Não, espere, é sábado. – Mary pegou o celular. – Isso mesmo, hoje é sábado.

– Não é de se admirar que esteja tão lotado.

Ele levou um tempo para encontrar uma vaga adequada; rejeitou algumas ou por estarem próximas a caminhonetes, terem *SUV-ites* ou estranhezas como minivans. Por fim, encontrou um espaço vazio que estava próximo a um canteiro gramado e estacionou seu bebê perto da calçada.

– Sim, ele é sempre exigente assim – Mary disse ao sair e empurrar o banco para a frente para Bitty.

– Ei, eu cuido das minhas fêmeas. – Quando a porta se fechou, ele se esticou e a trancou manualmente, depois saiu e usou a chave para trancar a porta do seu lado. – E nenhum humano vai bater nas minhas portas.

Saíram em fila juntos, com Bitty entre os dois. O TGI Friday's ficava logo adiante na esquina, e quando um grupo de humanos barulhentos saiu por suas portas, Rhage franziu a testa.

– Ei, Bitty? – ele a chamou com casualidade. – Quer dizer que você nunca foi a um restaurante antes?

– Não.

Rhage parou e pousou a mão sobre um ombro que o chocoude tão que era fino e pequeno. Mas ele tinha outra preocupação no momento.

– Pode ser um pouco barulhento, ok? Muita conversa, você pode ouvir bebês chorando, pessoas gargalhando alto. Haverá muitos garçons andando de um lado para o outro com grandes bandejas de comida; muitos cheiros e sons. Pode ser um pouco assustador. Mas eis o que quero que se lembre: se precisar ir ao banheiro, Mary irá com você para que não tenha que se preocupar em se perder ou ficar sozinha. E se achar, a qualquer instante, que aquilo é demais, nós vamos embora. Não me importo se estaremos com os cardápios ou se acabamos de levantar faca e garfo. A gente se levanta da mesa e – estalou os dedos – saímos rápido assim.

Bitty o encarou. E ele se preocupou em ter ido longe demais...

A menina o atingiu com seu corpo frágil e o abraçou com força. A princípio, Rhage não sabia o que fazer, e só manteve os braços ao longo do corpo e olhou para Mary em pânico. Mas, enquanto sua *shellan* levava a mão à boca e parecia se recompor, ele retribuiu o abraço de leve.

Enquanto continuavam parados ali, Rhage se viu fechando os olhos.

E enviando uma prece aos céus.

Mary só conseguiu balançar a cabeça. Pensara ter se apaixonado por Rhage antes. Acreditara amá-lo de todo o coração. Imaginara que ele fosse sua alma gêmea, seu centro, seu nada-será-melhor-do-que-isso.

Blá-blá-blá.

Vendo-o curvar seu imenso corpo ao redor daquela garotinha enquanto retribuía o abraço de Bitty?

Ora, ora, quem haveria de saber? Não só parecia que seus ovários ainda tinham uma centelha de luz dentro deles; os malditos bem que podiam ter explodido entre os ossos do seu quadril.

Quando os três voltaram a andar de novo, Rhage manteve uma mão no ombro de Bitty. Como se, para eles, fosse a coisa mais normal do mundo – ainda que Rhage tivesse que se inclinar para o lado e os dois se chocassem algumas vezes até que suas passadas ficassem em sintonia.

Ao se aproximarem do restaurante, Mary relanceou ao redor e identificou outras famílias – não conseguiu impedir que uma fantasia surgisse por uma fração de segundo, fingindo que a sua pequena unidade era igual às outras. Que eles eram uma mãe, um pai e uma filha, saindo para jantar e conversar sobre bobagens e coisas sérias ou absolutamente nada, antes de retornarem juntos para um lugar seguro.

Rhage foi à frente e abriu a porta e, lá dentro, o restaurante era exatamente o que ele descrevera: barulhento, ocupado e cheio de vida. Felizmente, Bitty pareceu mais curiosa do que nervosa, embora continuasse junto a Rhage quando ele se aproximou da recepcionista para pedir, se possível, um reservado para três.

A morena que estava atrás da caixa registradora deu uma olhada para ele e, vejam só, nada de espera para Rhage. Quando a jovem sorriu com todos os seus dentes e se abaixou, mostrando o decote, para pegar três cardápios, Mary balançou a cabeça num sinal de quem pede desculpas para as outras doze pessoas que aguardavam.

– Por aqui!

A recepcionista rebolou por entre as diversas seções do restaurante, levando-os para a outra extremidade, onde de fato, um reservado acabara de ser liberado. A superfície da mesa ainda estava molhada e os talheres e guardanapos ainda não tinham sido colocados. Isso foi providenciado enquanto Rhage e Bitty se sentavam num lado e Mary no banco diante deles.

– Bom apetite! – a recepcionista disse para Rhage.

Antes que qualquer um conseguisse dizer alguma coisa, uma loira de cabelos curtos e muita maquiagem nos olhos se aproximou com água numa bandeja. Sua expressão era uma combinação de tédio e pressa – até ela ver a quem estava servindo.

Mary apenas sorriu e balançou a cabeça ao abrir o cardápio. Enquanto lia a variedade de comidas listadas, estava vagamente ciente de alguma conversa acontecendo, mas não se preocupou com nada disso.

Quando ficaram sozinhos, Rhage abriu seu cardápio.

– Ok, o que temos aq...

– Elas sempre fazem isso? – Bitty perguntou.

– Fazem o quê? – Ele virou a página laminada. – Quem?

– As fêmeas humanas. Encaram você desse jeito?

Rhage pegou seu copo de água para tomar um gole.

– Não sei do que você está falando.

– Como se elas quisessem pedir uma refeição de você?

Água. Espalhada. Por todo canto. Enquanto Rhage tossia e socava o peito, Mary teve que rir. E também desenrolar o garfo, a faca e a colher para tentar enxugar um pouco a mesa.

– Sim, elas fazem isso – Mary disse. – Elas são tragadas para a Zona da Admiração e não conseguem sair.

Rhage inspirou fundo.

– Não sei... do que vocês estão falando.

Bitty se virou para ele.

– Você não percebe como...

– Eu não as noto. – Rhage fitou a menina direto nos olhos. – A minha Mary é a única fêmea que enxergo. É assim que é e que sempre será. As outras podem se atropelar o quanto quiserem: nunca vão chegar à altura daquilo com que fui abençoado, e eu nunca, jamais terei nada com elas.

Bitty pareceu considerar a afirmação por um instante. Depois pegou seu cardápio com um leve sorriso no rosto.

– Acho isso bem legal.

– Então, o que está com vontade de comer? – Mary perguntou. – Vocês dois.

– Estou com vontade de comer bife. – Rhage virou a página. – E também comida mexicana. E frango. E preciso de batatas.

Mary se inclinou para Bitty.

– Que bom que só estamos em três. Vamos precisar de espaço para os pratos dele.

– Não sei o que pedir – a menina disse. – Nunca vi... tanta coisa.

– Bem, estou disposta a dividir. – Mary fechou seu cardápio e o colocou na beirada da mesa. – Mas só vou comer uma salada grande.

– Ainda estou escolhendo minha lista. – Rhage cutucou Bitty com o cotovelo. – Acho que você precisa pedir algo só para você. Você merece um prato só seu. Além do mais, posso comer o que você não conseguir.

Quando a garçonete voltou, ela tinha olhos apenas para Rhage, o que foi engraçado; Mary se lembrava de ter se sentido insegura por conta desse tipo de coisa no início do relacionamento deles... ainda mais por causa daquele episódio. Mas agora? Isso verdadeiramente não a incomodava. Rhage não mentira. Aquelas mulheres podiam literalmente se despir na frente dele, e seu interesse sexual por elas seria o mesmo que por um sofá.

Incrível como seu companheiro conseguia fazer com que se sentisse adorada sem proferir uma palavra.

– Então, no que está pensando? – a garçonete perguntou a Rhage.

– Damas primeiro. Bitty?

A menina pareceu entrar em pânico.

– Eu não sei. Eu...

– Importa-se se eu fizer uma sugestão? – Rhage perguntou. Quando ela meneou a cabeça, ele emendou: – Peça o macarrão com queijo, com acompanhamento de brócolis e asinhas de frango crocantes e molho *barbecue* à parte. Simples. Fácil de digerir. Não vai provocar muita confusão nas papilas gustativas.

Bitty pareceu se preparar. Depois olhou para a garçonete.

– Posso, por favor, pedir isso?

A garçonete assentiu.

– Sem problemas.

– Minha Mary?

Mary sorriu.

– Eu gostaria da salada Cobb com frango grelhado, por favor, sem abacate e sem queijo gorgonzola. Para o molho, apenas um *ranch* ou algo assim seria perfeito. À parte.

– Temos molho *ranch*. – A garçonete se concentrou em Rhage, seu olhar se prendendo ao rosto dele, aos ombros, ao peito. – E quanto a você?

– Bem, acho que vou começar com as asinhas de frango apimentadas e batatas assadas. Depois vou querer frango *hibachi*, depois contrafilé com costelas ao molho *barbecue* e Memphis, a carne ao ponto, e vou terminar com um sanduíche *Reuben* de três andares. Ah, sim, também vou querer um hambúrguer all-*American*. Também ao ponto. E, ah, molho *ranch* com as costelas. À parte.

Quando fechou o cardápio, ele não parecia perceber que estava sendo encarado.

– Sim? – disse para a garçonete.

– Vocês... vocês estão esperando mais pessoas?

– Não. – Ele juntou os cardápios e os devolveu. – Posso pedir duas cocas? Senhoras?

– Estou bem com água – Mary disse. – Bitty? Água ou refrigerante? Água? Ok, ela vai tomar água, e acho que já terminamos. E estamos famintos, como pôde perceber.

Enquanto a garçonete se afastava com olhos arregalados, Bitty começou a rir.

– Você não vai comer tudo isso, vai?

– Claro que vou. – Rhage levantou a palma. – Quer apostar?

Bitty apertou a mão dele.

– Mas o que acontece se eu perder?

– Vai ter que terminar o que eu deixar.

– Não vou conseguir fazer isso!

Enquanto os dois se provocavam, Mary apenas os observou, o seu imenso e inacreditavelmente lindo macho com aquela garotinha vivaz tão à vontade um com o outro.

– Mary?

Ela voltou a prestar atenção.

– O que foi?

Rhage estendeu a mão ao longo da mesa.

– Bitty perguntou como nos conhecemos.

Quando Mary segurou sua mão, teve que sorrir.

– Ah, você não acreditaria.

– Conte pra mim? – a menina pediu, sentando-se para a frente. – Por favor?

CAPÍTULO 53

Quando Assail se convenceu da inexistência de um circuito interno de câmeras monitorando o escritório, aproximou-se das portas entalhadas e as entreabriu. Ao não ouvir nada, foi para a sala e ficou imóvel, atento aos sons de vozes e passos.

– Caminho livre… – murmurou, olhando ao redor.

Estava prestes a seguir para a escadaria principal quando ouviu um grito vindo do lado oposto.

– … não pode ser verdade! – Naasha berrou, seu volume mal abafado. – Isso só pode ser uma assinatura falsificada! Isso é uma abominação!

Más notícias?, perguntou-se com um sorriso. Talvez um parente distante tenha tido uma sorte inesperada em relação ao testamento?

Voltou apressado para o escritório e fechou quase toda a porta quando ela irrompeu na sala e bateu os pés nos degraus da escadaria. Mas Throe a seguiu rapidamente, segurando-a pelo cotovelo com mão de ferro, obrigando-a a se virar.

Aproximando-se dela, o macho disse num tom baixo:

– Você deve ouvir o restante das cláusulas. Sim, entendo que seja uma surpresa, mas não poderemos lutar se não soubermos da história inteira. Você voltará para lá. E pare de gritar. E deixará que Saxton termine sua apresentação. Quando ele tiver terminado, nós lhe perguntaremos quais são os seus direitos e quem julgará a sua contestação do testamento. Em seguida, contrataremos um advogado para representá-la. Mas você não sairá daqui com o nariz empinado, toda histérica. Não se desejar receber o dinheiro a que tem direito. Entende o que estou lhe dizendo?

A voz que saiu da garganta bem lubrificada da fêmea era tão desagradável quanto o grunhido de um cão.

– Era para ser meu. Passei os últimos vinte anos ouvindo as reclamações dele. Fiz por merecer *cada centavo* daquele dinheiro.

– E eu a ajudarei a receber o que é seu. Mas isso não acontecerá se não se controlar. Emoções não são bem-vindas aqui.

Houve um pouco mais de troca de palavras. Mas, em seguida, Naasha aprumou aqueles ombros acolchoados e voltou à reunião.

Pobre Saxton.

Embora não houvesse tempo para lamentar por ele agora.

Assail não perdeu tempo quando eles fecharam a porta. Saiu do escritório, voltou a fechar as portas e disparou para as escadas. Ao chegar ao segundo andar, avançou ainda mais pelo corredor, até a suíte principal, cujas portas estavam abertas. No instante em que inalou o cheiro adstringente no ar, soube que aquele era o quarto do *hellren* dela – e a cama estava desfeita, os travesseiros empilhados no meio do colchão, tudo ali parecendo ter sido muito utilizado.

Pegou a câmera do celular e começou a tirar fotos. Não fazia a mínima ideia do que podia ou não estar fora de lugar, mas isso seria avaliando mais tarde.

Manchas. No colchão.

Na parte mais alta do colchão, não onde se esperaria encontrar devido ao descontrole da bexiga.

Os travesseiros também estavam marcados.

Uma leve aspirada lhe sugeriu que não era sangue, não era urina. Mas o que seria aquela substância?

Entrou no banheiro. Remédios por todos os lados, frascos com tampas tortas ou sem tampa nenhuma. Um andador. Uma bengala. Fraldas geriátricas.

Entrou e saiu da suíte em menos de sete minutos, e parou no topo da escada. Havia dois caminhos até o porão. O antigo, que utilizara na noite anterior...

Não, ele usaria a outra escadaria desta vez.

Fechando os olhos, desmaterializou-se até o primeiro andar e sumiu como um fantasma por debaixo das portas até aparecer no alto das escadas que davam para o porão.

Seus ouvidos não lhe deram motivos para se preocupar, por isso abriu a porta e entrou na escuridão. Usando a lanterna do celular para se orientar, ficou na lateral dos degraus, o ar frio e úmido incomodando suas narinas.

Já no fim da escada, continuou no mesmo ritmo, passando diante da sala de brinquedos de Naasha. Não estava gostando do barulho que seus sapatos de sola de couro produziam no chão de pedra, mas não havia nada a fazer a esse respeito, e logo viu-se diante da porta com o cadeado.

Sentiu que aquele cheiro ainda permeava o ar quando pegou a ferramenta emprestada por Vishous e inseriu-a onde a chave deveria ser encaixada. Manipulando o pedaço de metal, a trava se soltou, e ele tirou o cadeado de seu poleiro.

Sem antes verificar no que, precisamente, entrava, meteu-se dentro e fechou a porta.

No mais absoluto breu, ouviu um barulho de algo se arrastando num canto. E o clangor de...

Correntes?

Respiração. Algo respirava ali.

Assail apontou o celular naquela direção, mas o facho não iluminava mais do que poucos metros. Guardando o celular, espalmou uma das suas pistolas e tateou ao redor do batente exposto ao redor da porta.

Quando encontrou o interruptor, apertou-o...

E se retraiu no mais absoluto horror.

Um macho nu estava acorrentado ao chão de pedras do canto. Acorrentado e trêmulo enquanto se enroscava numa posição fetal, escondendo a cabeça e segurando as pernas esqueléticas, os cabelos longos sendo a única cobertura de que dispunha.

O cheiro... O cheiro era de comida velha deixada numa bandeja ao alcance dele. O banheiro, ou o que quer que aquilo fosse, ficavam bem ao seu lado, um mero buraco aberto na terra. Também havia uma mangueira, do tipo que se vê nos jardins, pendurada num gancho. E um balde.

Pelo tempo que Assail vivesse, ele jamais se esqueceria do som suave emanando das amarras do macho enquanto aquele corpo magro estremecia.

Assail deu um passo adiante.

A lamúria era a de um animal.

– Não vou machucá-lo – Assail disse com aspereza. – Por favor, saiba que… eu… Por que está preso aqui?

Apesar de conhecer a resposta.

Aquele era um escravo de sangue. Ele estava diante de um escravo de sangue… Sim, havia até as tatuagens: uma ao redor do pescoço, e um par nos pulsos.

– Como posso ajudar?

Não houve resposta alguma; o macho simplesmente se enroscou ainda mais, os ossos dos cotovelos parecendo querer romper a pele, as costelas como garras nas laterais do tronco, as coxas tão magras que os joelhos pareciam nós inchados.

Assail olhou ao redor, apesar de isso ser bobagem. O resto da cela ainda estava ali, imutável.

– Preciso tirá-lo daqui.

Girando ao redor, visualizou a saída.

– Vou tirá-lo…

O que poderia fazer? Carregar o pobre macho?

Assail entrou ainda mais no calabouço.

– Preste atenção, fique tranquilo. Não vou machucá-lo.

Tomou cuidado ao se aproximar, e ficou bem ciente que seu cérebro se acendera como um painel, todos os tipos de pensamento girando e perturbando-o.

– Meu caro macho, não deve me temer. – Fez com que sua voz saísse mais forte. – Estou aqui para resgatá-lo.

O escravo ergueu a cabeça um pouco. E depois um pouco mais.

Por fim, o macho o fitou com olhos vermelhos e apavorados tão afundados no crânio que Assail se perguntou quanto tempo mais de vida ele teria.

– Consegue andar? – Assail perguntou. Quando não houve resposta, ele apontou para as pernas. – Consegue ficar de pé? Consegue andar?

– Quem… – A palavra soou aguda, mal se caracterizava como uma sílaba.

– Sou Assail. – Tocou seu próprio peito. – Sou… Não sou ninguém importante. Mas o salvarei.

Os olhos do escravo começaram a marejar.

– Por que…

Assail se inclinou para tocar no braço do macho, mas o recuo automático do escravo foi tão violento que ele afastou a mão de imediato.

– Porque você precisa ser salvo. – Enquanto ele falava no tom mais franco, sentiu que, de alguma maneira, estava se dirigindo a si mesmo. – E eu... eu preciso fazer uma boa ação para provar meu valor a mim mesmo.

Relanceando sobre o ombro, calculou a distância até o andar de cima e depois para fora da porta de entrada. O tempo que se passara desde que ele saíra do escritório. A quantidade de munição de que dispunha. O telefonema que teria que fazer para seus primos. Para Vishous.

Para qualquer um.

Merda. As correntes.

Não, conseguiria dar conta delas.

Enfiando a mão no coldre debaixo do braço, sacou a pistola nove milímetros que trouxera consigo e depois pegou o silenciador no bolso. Girando rapidamente, acoplou o equipamento na ponta do cano.

– Preciso que se mova. – Ele indicou que o macho viesse em sua direção. – Preciso que se afaste da parede.

O escravo ainda tremia, mas tentou obedecer, arrastando-se de quatro do lugar em que habitualmente se enroscava – de fato, dava para ver a marca na pedra tanto no chão quanto na parede quando o macho saiu de seu lugar.

De repente, o suor banhou o corpo inteiro de Assail, surgindo na testa e sobre o lábio, e seu coração subitamente trovejou.

– Pare... – Quando o macho parou, Assail mexeu a cabeça. – Não, não, estou falando comigo mesmo. Isso não foi dirigido a você.

As correntes estavam presas à parede por meio de uma argola tão grossa quanto o polegar de um macho e tão larga quanto um pescoço – e que estava fundida à pedra.

Qualquer bala ricochetearia ao redor. Mas que outra opção ele tinha? Deixar o escravo ali certamente não era uma possibilidade.

– Você vai ter que... Vai permitir que eu toque em você?

O macho assentiu sem dizer nada, e se preparou para o contato. Rapidamente, Assail o suspendeu.

Deuses, ele não pesava nada.

As correntes matraquearam quando se moveram no chão. Do mesmo modo, os dentes do macho se chocaram quando ele gemeu, evidentemente sentindo dor.

Quando se afastaram ao máximo, Assail depositou o escravo no chão e se colocou diante dele, protegendo-o com seu corpo. Depois mirou e...

A bala não emitiu som algum ao ser disparada, mas ricocheteou ao redor da cela, batendo em pedras até se enterrar em algum lugar distante do alvo pretendido. Assail verificou se havia sido atingido. Depois verificou o escravo.

– Você está bem? – Quando recebeu um aceno, aproximou-se da argola para inspecioná-la. – Perto, mas ainda não rompeu, maldição.

Sua mira fora boa, mas o metal era forte. No entanto, ele não ousava dar outro tiro.

Agarrando a peça, moveu a parte que acertara com o tiro, empregando toda a sua força no puxão. Grunhindo, esforçando-se, viu-se curiosamente desesperado para romper a argola.

Depois de muito esforço, ouviu um gemido agudo, como se o metal imprecasse contra ele. Em seguida, tropeçou para trás, com a argola na mão, os sapatos deslizando debaixo de si.

A aterrissagem doeu demais, mas ele não se importou. Ficou de pé e se aproximou do macho uma fração de segundo depois.

Despindo a jaqueta, desejou ter levado um casaco mais adequado, mas como simplesmente se desmaterializara até a casa, concluíra que não necessitaria de uma vestimenta mais apropriada para o frio.

– Vamos colocar isto em você.

Isso se mostrou mais fácil na teoria que na prática, pois a corrente não entrava pelas mangas. No fim, ele acabou vestindo o paletó novamente só para não deixá-lo para trás.

Passando a corrente ao redor do próprio pescoço – duas vezes, por conta da sua extensão –, levantou o macho e conseguiu segurá-lo com apenas um braço. Em seguida, voltou para a porta.

Foi o escravo quem a abriu para os dois, o que permitiu que Assail empunhasse a pistola.

Deixou a luz acesa. Em pouco tempo, a casa saberia do desaparecimento do escravo, e ele não queria perder tempo desnecessário com coisas como trancar a porta.

O pior cenário que poderia encontrar seria a reunião com Saxton ter terminado, e que Throe e a dona da casa o estivessem procurando.

Além do calabouço de sexo. Escada acima.

O escravo se esticou na direção da maçaneta uma vez mais.

– Devagar – Assail disse entre respiros. – Deixe-me ouvir.

Nenhum som. Ao seu aceno, o macho abriu a porta e Assail disparou num caminhar apressado, o coração batendo forte, as pernas curiosamente entorpecidas, mesmo que funcionando adequadamente.

Rápido, rápido, ligeiro com os pés, atento aos ouvidos, disparou ao longo dos diversos depósitos e antessalas até chegar à sala de estar. Parando antes de entrar ali, rogou à Virgem Escriba, ao Fade, ao destino, a qualquer maldita coisa, que o cômodo vasto estivesse não só deserto, mas que assim permanecesse enquanto ele percorria a distância derradeira até a porta de entrada.

Depois disso? Teria que correr uma distância suficiente até algum lugar seguro e ligar para seus primos. Depois para a Irmandade.

A escravidão de sangue fora banida pelo Rei – portanto devia existir algum meio legal para capturar aquela criatura vivente, que jamais deveria ter sido uma propriedade. Mas Assail não deixaria o macho para trás só para poder aparecer com um punhado de Irmãos, indo até o porão para descobrir que Naasha dera Sumiço no escravo, enterrando-o porque algo a alertara.

E pensou: *Permita que exista um meio de sair desta casa. Por favor...*

– Pela porta da frente – sussurrou. – Vamos direto pela porta da frente. Pronto? Tente se segurar em mim.

O macho assentiu mais de uma vez e contraiu sua pegada, mesmo que apenas uma fração.

– Lá vamos nós.

Assail saiu para a sala, movendo-se rapidamente, as correntes fazendo barulho, seu carregamento escorregando, todo aquele cabelo sujo e úmido chacoalhando...

E teve que parar na metade do caminho.

CAPÍTULO 54

– Por favor – Bitty pediu. – Por favor, me conte como vocês se conheceram.

Mary olhou para Rhage e ficou imaginando quem começaria. Quando ele acenou com a cabeça na sua direção com um sorriso, ela levantou os ombros e esfregou as mãos.

– Muito bem, então – ela começou. – Era uma...

– Noite escura e tempestuosa – Rhage interferiu.

– Bem, certamente era uma noite escura. – Ela relembrou o que lhe parecia tanto um século quanto dois segundos atrás. – Eu vinha trabalhando numa Linha Direta. Você sabe, para pessoas que precisam de conselhos. – Ok, fora a Linha Direta de Prevenção a Suicídio, mas editar essa parte pareceu-lhe mais adequado. – E uma pessoa ligava sempre. No fim, acabei conhecendo-o e a minha vizinha o reconheceu pelo que ele era de fato: um vampiro em pré-transição preso no mundo humano. Resumindo a história, acabei indo com eles até o centro de treinamento da Irmandade para traduzir...

– John Matthew não consegue falar – Rhage explicou. – E ela sabe a linguagem de sinais. Ajudou-a a se comunicar.

– Então, lá estava eu, tentando entender *onde* fora parar...

– Quando eu apareci no corredor. E foi amor à primeira vista para nós.

– Ok, na hora ele estava cego...

Bitty perguntou:

– Por quê?

Mary relanceou para Rhage, e os dois ficaram imóveis.

– Ah...

– É uma longa história – ele desconversou.

A garçonete chegou trazendo as duas cocas de Rhage.

– Avise se precisar de um refil, ok?

– Obrigado. – Rhage tomou um gole do seu refrigerante gigante enquanto a mulher ia para outra mesa. – Continuando, eu não conseguia enxergar, mas no instante em que ela falou? Eu me apaixonei.

– O que achou dele? – Bitty perguntou.

Mary abaixou os olhos enquanto um sorriso grande como a mesa se formava em seu rosto.

– Bem, a princípio, nem sei o que pensei. Tem tanta coisa nele para olhar, você sabe. E eu não sabia onde estava nem quem ele era... não conseguia entender por que ele me dava tanta atenção.

– É porque você é linda. Eis o porquê...

– Continuaaaaando. – Mary desconsiderou o elogio dele, mas logo se deteve ao se perguntar que tipo de impressão isso faria na jovem. – Eu... Hum... Obrigada por isso.

Estaria corando? Ora, ora, estava, sim.

Rhage se levantou e se inclinou sobre a mesa para lhe dar um beijo.

– É assim que eu gosto.

Mary tentou esconder o rubor ao tomar um gole de água.

– Então, saímos... Na verdade, o nosso primeiro encontro foi aqui, neste restaurante.

– Verdade? – Bitty perguntou.

– Naquela mesa...

– Naquela mesa...

Quando os dois apontaram para o outro lado, Mary terminou:

– Bem ali. E, sim, ele pediu esse mesmo tanto de comida.

Rhage se recostou quando a garçonete trouxe os aperitivos.

– Obrigado. Não precisa esperar se os primeiros pratos estiverem prontos, pode trazer tudo. Hummm, quer provar um pouco disto, Bitty?

– O cheiro é bom. – A menina se aproximou mais. – Sim, por favor.

– Pegue seu garfo e vá em frente. Estas batatas assadas são ótimas. Bacon é a origem de toda esta gostosura.

Enquanto os dois se serviam dos pratos, Mary relembrou aqueles primeiros dias: Rhage pedindo que ela dissesse "inconstitucionalissimamente" no corredor do centro de treinamento. Ele se encontrando com ela ali e encarando-a do lado oposto da mesa como se ela fosse a coisa mais encantadora que ele já vira no mundo. Ele aparecendo na casa dela às quatro da manhã...

– Um centavo pelos seus pensamentos – Rhage disse.

– Eu... Ah... – Quando Bitty olhou para ela, Mary se perguntou o quanto poderia dizer. – Bem, para ser franca, eu estava pensando no momento em que você descobriu...

Mary se deteve. Não queria falar sobre sua doença, da sua própria estranha situação para Bitty.

– Quando ele foi para a minha casa na primeira vez, eu não estava esperando por ele. Eu acordara às quatro da manhã, estava abrindo uma lata de café... E fiz um corte profundo no dedo. Claro que só fiquei sabendo mais tarde; isto é, naquele momento eu não sabia que ele era um vampiro.

Bitty meneou a cabeça.

– Sempre me esqueço de que você é humana. O que você... Você ficou surpresa?

Mary deu uma gargalhada.

– Pode-se dizer que sim. Demorou um pouco para eu saber. Ele acabou... passando o dia comigo. Não podia ir embora por causa da luz do sol, mas não queria me contar o motivo – e depois...

Ela se lembrou dele desaparecendo no banheiro. E reaparecendo oito horas mais tarde, sem ter ciência de que ficara ali por tanto tempo.

– Bem, tivemos que processar muitas coisas. Eu o repeli bastante.

– Então o que fez com que ficassem juntos?

Mary olhou para Rhage.

– Ah, essa é outra longa história. O que importa é que deu certo no final.

– Ei, olha só, o jantar chegou! – Faltou pouco para seu *hellren* atropelar a garçonete. – Perfeito!

Rhage a ajudou a servir os pratos, ajeitando-os aqui e acolá, substituindo os vazios pelos cheios, e depois organizou a constelação de calorias num semicírculo ao seu redor e de Bitty.

– Tudo o que é meu é seu – ele disse para a menina. – Não se acanhe.

Enquanto Rhage avançava, ele pareceu não perceber como Bitty olhava para ele, como se ela estivesse realinhando algo em sua mente.

– Eu sei – Mary se ouviu dizer. Quando a menina olhou para ela, murmurou: – Eu também não conseguia acreditar que ele fosse real. Mas juro pela alma da minha mãe que ele é o melhor macho que já conheci, e quando ele diz que não vai te magoar e que não vai deixar nada te ferir? Está falando a verdade.

Bitty voltou a olhar para Rhage. Depois disse:

– Posso experimentar um pedaço do seu bife?

Ah, ela sabia o que dizer, Mary pensou com um sorriso.

E, como esperado, o peito de Rhage se estendeu, porque ele era do tipo de macho que gostava de prover. Na verdade, para ele, isso era ainda melhor do que comer.

– Deixe-me te dar a melhor parte – ele disse ao pegar garfo e faca, começando a fazer uma avaliação cirúrgica do imenso pedaço de carne. – A melhor de todas.

Enquanto Assail ficava imobilizado com o escravo de sangue nos braços, o macho que estava no meio da sala de Naasha se virou; e Saxton quase saltou para fora da própria pele quando viu quem chegara apressado.

Felizmente, o advogado do Rei se recuperou rapidamente. E até teve a presença de espírito de manter a voz baixa.

– Mas o que...

Assail engoliu em seco.

– Ajude-me. Por favor.

Saxton tateou o paletó e depois tirou o Santo Graal, na opinião de Assail.

– O meu carro está estacionado aqui na frente, tive que fazer compras hoje, graças a Virgem Escriba por isso. Pegue, mas vá rápido. Eles pediram para que eu saísse da sala enquanto discutiam. Não sei quanto tempo ainda vão ficar lá. Vá! Vá agora!

O advogado disparou para a porta de entrada e a manteve aberta enquanto Assail atravessava a sala, indo direto para o ar frio da noite que entrava na mansão.

– Eu os retardarei – Saxton disse. – Pelo tempo que conseguir.

Assail parou apenas por uma batida de coração ao pegar a chave e sair pela porta.

– Estou em dívida com você. Para sempre.

Não esperou pela resposta. Saiu às pressas e teria saltado os degraus se pudesse. Mas, bom Deus, aquelas correntes, aquela pavorosas correntes, elas eram barulhentas e ameaçavam cortar suas vias respiratórias enquanto ele diminuía a distância até a BMW 750i.

E quase jogou o macho no banco de trás.

Não havia tempo a perder. Livre de seu peso, correu até a porta do motorista, saltou para dentro e deu a partida. A tentação de pisar fundo no acelerador era grande, mas ele não queria se arriscar a cantar os pneus e chamar atenção indevida. Saiu de lá com presteza, mas sem exagerar na velocidade, e logo a mansão foi sumindo pelo espelho retrovisor à medida que ele descia pelo caminho para carros.

Foi a vez de ele tremer ao pegar o celular.

Usou a Siri para completar a ligação. E, quando foi atendido, dispensou o alô.

– Vishous, preciso de ajuda médica. Agora. Onde você está? Ok. Certo. Chego em uns quinze minutos. Por favor. Rápido.

Encerrando a ligação, ele inclinou o espelho retrovisor de modo a conseguir enxergar o banco de trás.

– Aguente firme. Vamos conseguir ajuda. Me diga, qual o seu nome?

– Eu... não sei – foi a resposta fraca.

Parando ao fim da rua, Assail virou à direita, mas não respirou fundo acreditando que estavam livres. Isso ainda levaria um tempo.

– Fique comigo. Você tem que... ficar comigo; você está tão perto da liberdade agora. Fique comigo!

Ciente de que berrava, forçou-se a diminuir o tom de voz.

– Não morra nas minhas mãos – ele murmurou ao se ver perdido.

Para onde estava indo? Onde...?

Vishous lhe dissera para ir para a parte nordeste da cidade, para...

Voltou a pegar o celular e apertou o botão da Siri de novo. Quando Vishous atendeu, Assail não reconheceu a própria voz.

– Para onde estou indo? Me diga...

Vishous começou a falar.

– Não consigo ouvir... não estou enxergando... – Assail enxugou os olhos. Estava chorando? – Ajude-me.

– Onde você está?

– Eu não sei.

– Procure uma placa. Assail, procure uma placa.

Os olhos marejados de Assail se ergueram para o retrovisor, para o macho trêmulo no banco de couro. Depois olhou pelo para-brisa.

– Montgomery Place. A placa diz... Montgomery Place.

– Vire à esquerda. Agora.

Assail obedeceu sem argumentar, girando o volante, derrapando no asfalto e cortando um carro na faixa oposta. Quando uma buzina soou, Vishous continuou falando:

– Daqui a quatro quilômetros, você verá um shopping classe A. Tem uma imobiliária nele. Um salão de beleza. Restaurante. Uma joalheria. Dê a volta nele. Estarei nos fundos.

Assail assentiu, mesmo que o Irmão não conseguisse enxergá-lo.

E como não encerrou a ligação, Vishous disse calmamente:

– Você consegue, cara. O que quer que seja, vamos dar um jeito nessa merda.

– Tudo bem. Tudo bem. – Assail voltou a olhar para o macho no banco de trás. – Fique comigo.

– Não vou a parte alguma – Vishous murmurou. – Só vou ficar silencioso por um segundo enquanto me desmaterializo. Ok. Voltei.

Assail não disse mais nada enquanto se inclinava sobre o painel do carro e esperava – por quantos quilômetros ele disse que tinha que seguir em frente? Três? – que o shopping aparecesse. E lá estava ele, com as placas luminosas e um estacionamento praticamente deserto, como um farol de esperança, um símbolo de salvação.

– Estou aqui. Cheguei.

Acelerou mais, passando pela imobiliária e dando a volta até os fundos da construção. Na parte de trás havia somente os banheiros e as latas de lixo, o estacionamento para funcionários e área de carga e descarga de mercadorias das lojas. O BMW ganhou velocidade, indo em frente como um míssil.

Sob seus faróis, na ponta oposta, uma única silhueta escura estava parada com os pés afastados.

Assail pisou fundo no freio, e depois soltou um pouco o pedal ao ouvir o barulho das correntes e um gemido de dor vindo da parte de trás. Quando o carro parou, ele saiu sem desligar o motor e teve que entrar de novo para colocar o câmbio na posição de estacionamento.

– O que está fazendo com o carro de Saxton...

Ele interrompeu o Irmão.

– Ajude-me.

– Está com overd...

Assail escancarou a porta de trás.

– Ajude-o! Por favor!

Teve que enxugar os olhos novamente; de fato, eles estavam vazando por toda parte.

Vishous sacou uma pistola e se aproximou do carro, espiando para dentro.

– Mas. Que. Porra.

– Ele... ele... ele – Merda, não conseguia falar. – Eu o encontrei. Atrás do cadeado. Estava no porão. Eu não podia deixá-lo lá.

O macho se retraiu perante Vishous, recuando com seu corpo frágil para o lado oposto do banco, aqueles cabelos desgrenhados por cima do rosto e das costas ossudas.

– Merda. – Vishous se endireitou e olhou para Assail. – Não tenho como começar a tratá-lo aqui. Temos que levá-lo. Cristo... as correntes... Ok, entre, não, não atrás do volante. Eu dirijo. Você pode me explicar no caminho.

Assail tropeçou ao se dirigir ao banco do carona na frente, mas logo se deteve, repensando e voltando para o banco de trás para se sentar junto ao macho. Tirando o paletó, colocou-a o sobre a nudez do escravo.

– Está tudo bem. – O carro começou a se mover, as luzes dos postes das ruas se lançando pelo interior escuro enquanto Assail tentava se recompor. – Nós vamos ficar... bem.

CAPÍTULO 55

Layla retornou à Terra e recobrou consciência em sua forma física, abrindo os olhos e fitando o teto baixo do seu quarto de hospital. Suas mãos foram imediatamente para a barriga, e ao mudar a posição das pernas e inspirar fundo, houve uma movimentação ali, tranquilizadora, forte, vital.

Deixara a luz do banheiro acesa com a porta entreaberta, um hábito seu sempre que tentava dormir, e seu olhar se viu atraído pela iluminação. Depois voltou o olhar para o relógio. Onze e trinta e quatro da noite.

Estivera no Santuário por um bom tempo.

Quando procedera do Templo das Escribas Isoladas para a biblioteca, levara um tempo para encontrar o que procurava. Em seguida, estudara aquele volume em particular por algum tempo. Assim como outros.

Erguendo-se do colchão, esfregou as têmporas.

Não deveria ter investigado a história de Xcor.

Em retrospecto, se a história dele fosse diferente, se a verdadeira identidade do pai dele fosse outra, não teria feito muita diferença, concluiu. Uma revelação. De fato, fizera referências cruzadas com o que descobrira, buscando nos anais sagrados da Irmandade da Adaga Negra, pegando volumes, procurando por alguma inconsistência, alguma contradição nos registros do pai.

Não havia nada disso. Na verdade, encontrara uma confirmação.

E agora não podia desconhecer o que acabara de descobrir.

Com um gemido, sentou-se mais para a frente, virando as pernas para o lado, e notou que os tornozelos estavam tão inchados como se as panturrilhas fossem direto para os pés.

Não deveria ter ido atrás de nenhuma confirmação.

Pois agora, o que faria? Como explicaria por que investigara?

Pondo-se de pé, abaixou a camisola e afastou os cabelos para trás, sobre os ombros. Com uma imprecação, deu um passo...

Umidade. De novo pela parte interna das pernas.

Maravilha. Bem o que ela precisava em meio a tudo aquilo.

Avançando devagar, estava preocupada com Xcor e irritada com sua bexiga. Mas, pelo menos agora, ela podia tomar uma chuveirada e relaxar sabendo que tudo estava bem com os bebês. E não faziam fraldas para adultos exatamente com aquele propósito?

Estava se virando para fechar a porta do banheiro quando olhou para trás...

Sangue. Sangue no chão... pegadas ensanguentadas no chão.

Levantando a camisola, viu o sangue entre as pernas.

Quando ela gritou, alguém veio correndo... E Ehlena invadiu o quarto.

A enfermeira deu uma olhada no que estava acontecendo e, de imediato, acionou seu lado profissional.

– Venha comigo. De volta para a cama. Vamos para a cama agora mesmo.

Layla estava vagamente ciente da fêmea levando-a pelo braço e depositando-a de costas no colchão.

– Os bebês... E os bebês...

– Aguente firme, vou chamar a doutora Jane. – Ehlena apertou um botão. – Agora vou ligar você a estas máquinas, ok?

Tudo aconteceu muito rápido. Fios conectados a ela, monitores sendo ligados, a doutora Jane entrando apressada. O ultrassom sendo trazido para o quarto. Manny chegando. Qhuinn e Blay entrando pela porta assim que chegaram.

– Os bebês – ela gemeu. – O que aconteceu com os bebês...?

Foi como o vento que sopra sobre a terra.

A consciência retornou para Xcor do mesmo modo com que uma rajada de vento atravessava um cenário, passando ao longo de coisas, resvalando em outras, penetrando em algumas. Do mesmo modo, ele tomou ciência de muitas dores, mas também havia uma espécie de torpor – ele sentia extensões de agonia e faixas de formigamento... repuxões e contrações... mas também nada em absoluto sobre a extensão da pele.

No entanto, os cheiros foram registrados com acuidade.

O cheiro de sujeira o confundiu.

Por trás dos seus olhos fechados, ele se orientou o melhor que pôde usando a audição e o olfato. Não estava só. Havia o cheiro de um... Não, de dois outros vampiros machos com ele. Além disso, falavam num tom baixo – bem, um deles falava. O outro não disse nada que Xcor conseguisse ouvir.

Não os conhecia. Ou, mais acuradamente, não os reconhecia como seus soldados.

A Irmandade. Sim, de fato, já os farejara antes. Quando a Irmandade fora falar com a *glymera* na reunião do Conselho.

Teria sido capturado?

Detalhes confusos da noite lhe retornaram. Dele estando no beco junto àquele carro incinerado. Dele seguindo o caminhão de comida... seguindo para onde? Onde fora parar?

Aquilo era um sonho?

Imagens se infiltraram pelos olhos de sua mente, mas não permaneceram por tempo suficiente para que pudesse entendê-las.

– Ele está franzindo a testa – a voz masculina disse. – As mãos estão se movendo. Está acordado, bastardo?

Ele não poderia ter respondido nem que sua vida dependesse disso – e, de fato, dependia. Se tivesse sido capturado, os comos e os ondes...

No *campus*.

Ele não seguira o caminhão de comida. Não, estivera no teto do veículo, seguindo noite adentro enquanto os assassinos que estivera caçando prosseguiram pelo centro da cidade, atravessando o subúrbio, até chegarem ao *campus* de uma escola ou de um colégio preparatório abandonado.

Onde testemunhara as consequências de uma grande batalha, de uma grande perda para a Sociedade Redutora.

Perpetrada pela Irmandade.

Encontrara um humano. Num telhado.

Em seguida, ele mesmo fora golpeado na parte posterior da cabeça.

Há quanto tempo estava inconsciente? Seu corpo doía em toda parte, não como se tivesse sido surrado, mas como se não o tivesse usado há tempos.

– Finalmente despertou? – a voz exigiu saber.

Finalmente...? Sim, devia fazer algum tempo que estava inconsciente. Na verdade, sentiu como se estivesse deitado naquela posição por um longo período.

O que era aquele som...

Um toque. De repente ouviu toques de chamadas... de celulares tocando. O macho que estivera falando atendeu ao chamado.

– O quê? Quando? Quanto? Oh, Deus... sim. Agora mesmo. Lassiter pode vir para ficar com ele? Onde ele está? Nós dois iremos, então. – Houve uma pausa. – John... Sim, está acontecendo agora e eles precisam de nós para doarmos sangue. Temos que ir. Também não quero deixá-lo, mas o que podemos fazer? Não, não sei onde Lassiter está.

Houve um barulho de coisas sendo mexidas, como se eles estivessem juntando seus pertences.

– Não, eles querem a nós dois. Ela está em trabalho de parto. Os bebês estão chegando e é cedo demais para isso.

Layla!

Sem nem pensar, as pálpebras de Xcor se levantaram. Os dois guerreiros estavam de costas e estavam saindo, graças ao destino, por isso não o flagraram.

– Também estou apavorado – o ruivo disse. – Por ela, por Qhuinn. E ele vai ficar bem. Não vai a parte alguma.

Os sons das passadas foram diminuindo até ele ouvir o barulho de metal, como se um portão ou, quem sabe, alguma espécie de corrente estivesse sendo movida. E logo o barulho se repetiu.

Xcor piscou repetidamente. Quando tentou se sentar, descobriu que, de fato, não iria a parte alguma. Havia braçadeiras de aço em seus pulsos e tornozelos e até ao redor da sua cintura. Além disso, ele estava fraco demais para conseguir sustentar a cabeça.

Virando-a de lado, viu que estava cercado por contêineres de diversos formatos... Eram jarros, urnas guardadas em prateleiras que cobriam as paredes do teto ao chão. Numa caverna? E mesmo assim havia equipamentos de monitoração acompanhando suas funções vitais muito complexos e de natureza eletrônica.

– Layla... – disse com voz emocionada. – Layla.

Prostrando-se no leito a que estava amarrado, seu desejo de fugir e ir atrás dela era imenso, apesar de não saber onde ela estava, nem onde ele mesmo estava. Entretanto, seu corpo tinha outros planos. Assim como a noite eclipsava a iluminação das horas diurnas, a escuridão desceu sobre ele uma vez mais.

Possuindo-o.

Seu último pensamento foi de que a fêmea que tanto amava quanto temia precisava dele, e que desejava estar ao seu lado…

CAPÍTULO 56

Saindo do TGI Friday's, Rhage parou na bancada da recepcionista. Ou melhor, foi forçado a parar, porque a humana que os levara aos seus lugares se meteu em seu caminho e não queria se mexer.

– O jantar estava bom? – ela perguntou ao pressionar algo na mão dele. – Esse é o número do nosso serviço de assistência ao cliente. Ligue para nós para nos dar um feedback de sua refeição.

A piscada que ela lhe deu revelou tudo o que ele precisava saber e mais ainda quanto a quem aqueles números pertenciam – e ficou malditamente evidente que não seria para uma pesquisa de satisfação.

Não a uma que não necessitasse de joelheiras, em todo caso.

Ele colocou o pedaço de papel de volta na mão dela.

– Posso lhe dizer isso agora mesmo. Minha esposa e eu nos divertimos muito. Assim como a nossa... hum, amiga. Obrigado.

Quando se virou, passou o braço ao redor de Mary e a aproximou de si. Depois fez o mesmo com Bitty antes mesmo de pensar no que estava fazendo.

Saíram juntos, apertando-se pelas portas.

Do lado de fora, a noite estava ainda mais fria, mas sua barriga estava mais do que cheia de comida e ele estava feliz de verdade – e era incrível como esse estado de humor gerava calor, independente do clima.

Inferno, podia estar chovendo granizo e ele ainda assim levantaria o rosto para o céu escuro e emitiria um gemido de deleite e felicidade. Quando estavam para descer da calçada, indo na direção do carro, uma minivan se aproximou e uma mãe e uma filha se apressaram em sua direção para entrarem juntas. Cara, isso sim é que era carga genética. As duas tinham cabelos castanhos idênticos, a adolescente de rabo de cavalo, a mãe com o cabelo cortado na altura do queixo. Tinham quase a mesma altura e estavam vestindo jeans e suéteres. Os rostos tinham a mesma estrutura óssea, desde as bochechas redondas até as testas retas, incluindo narizes retos do tipo que ele imaginava que os humanos pedissem nos consultórios dos cirurgiões plásticos.

Não eram nem feias nem lindas. Nem pobres, nem ricas. Mas estavam gargalhando, e do mesmo exato modo. E isso as deixava espetaculares.

A mãe abriu a porta para a filha e mandou-a entrar. Depois se inclinou para dentro e gracejou com ela:

– Rá! Ganhei, sim, essa aposta! Claro que sim, e você vai lavar os pratos a semana inteira. O acordo foi esse.

– Mããããeeee!

A mãe fechou a porta diante do protesto e foi para o banco da frente ao lado do que devia ser seu marido ou companheiro.

– Eu avisei para que ela não apostasse comigo. Não no que se refere às citações de *O Poderoso Chefão*.

O cara se virou para a filha.

– Não, de jeito nenhum vou me meter nisso. Você sabe que ela já decorou o filme, e, sim, a frase correta é: “nenhum siciliano pode recusar um pedido no dia do casamento da filha”.

A mãe fechou a porta e a minivan azul clara se afastou.

Por um instante, Rhage imaginou como seria aquele trajeto para casa, e se viu desejando fazer o mesmo. Isto é, levar Bitty para casa.

E também discutir a respeito de *O Poderoso Chefão*, se era assim que as coisas funcionavam. Ou sobre qual era o gosto de massinha de modelar. Ou se iria nevar no início do inverno ou só mais para o fim.

– Tudo bem? – perguntou quando Bitty hesitou. – Bitty?

– Desculpe – a menina disse com suavidade. – O que foi?

– Venha, vamos voltar para o carro.

Era muito bom acompanhar suas fêmeas para o GTO e ainda melhor dirigir com elas ao longo das ruas, obedecendo às leis de trânsito. Ficando na sua pista. Não aceitando o desafio de um par de babacas no Charger que encostou ao seu lado no semáforo, acelerando provocativamente como se a coisa fosse a extensão do pau e das bolas deles.

Ele simplesmente se moveu tranquilamente.

Quando seu celular tocou, deixou a ligação cair na caixa de mensagens. Logo estaria no Lugar Seguro e ele poderia...

O aparelho tocou de novo.

Pegando-o, franziu o cenho.

– Tenho que atender. – Aceitando a ligação, disse: – Manny?

O cirurgião falou com urgência:

– Preciso que volte para cá agora. Layla está com hemorragia. Os bebês estão nascendo... precisamos de veias para ela. Consegue se desmaterializar?

– Merda – ele sibilou ao acionar a luz de seta e encostar o carro. – Posso. Já vou.

Mary e Bitty olharam para ele alarmadas quando ele desligou e se virou.

– Escutem, eu sinto muito. Houve uma... – Deteve-se e olhou para a menina. – Tenho que voltar para casa.

– O que está acontecendo? – Mary perguntou.

– Layla. – Ele não precisava explicar mais. Não depois do que Bitty acabara de vivenciar. – Eles estão precisando de ajuda. Consegue levá-la de volta? Tenho que me desmaterializar agora mesmo.

– Claro. E vou em seguida para casa...

– Posso ir com vocês? – Bitty perguntou.

Houve um instante de hesitação. Mas logo Mary se virou para o banco de trás.

– Melhor eu te levar para o Lugar Seguro. Mas um dia, quem sabe?

– Você vai ficar bem?

Rhage ainda levou um instante para perceber que a menina estava falando com ele. E quando ele se deparou com os olhos arregalados e ansiosos dela, sentiu uma descarga atravessar seu corpo.

– Sim. Vou ficar bem. Só preciso ir ajudar uma amiga.

– Ok. Tudo bem, então. Quando vou vê-lo de novo?

– Quando você quiser. Sempre vou estar à sua disposição. – Ele esticou um braço para trás e resvalou o rosto dela com a mão. – E nós vamos ter que assistir a *O Poderoso Chefão*, parte um e dois. Mas não a três.

– O que é tudo isso? – ela perguntou quando ele abriu a porta e saiu.

– Só os melhores filmes já feitos. Comporte-se.

Mary já havia saído e dava a volta pela frente do carro, e os dois se encontraram diante do para-choque entre os faróis, abraçando-se por um segundo.

– Eu te amo – ele disse ao lhe dar um beijo rápido.

– Eu também. Avise que estou voltando para casa?

Quando se deparou com os olhos de Mary, Rhage se colocou na posição de Qhuinn... vezes um bilhão. Depois se sacudiu para voltar ao presente.

– Pode deixar. – Segurou o rosto dela entre as mãos e a beijou de novo. – Dirija com cuidado.

– Sempre.

Com um aceno, fechou os olhos, inspirou fundo e saiu de lá, viajando com suas moléculas acima dos bairros humanos... depois sobre as fazendas... indo além, até as colinas que se transformavam em montanhas.

Voltou à sua forma diante da entrada da mansão, empurrando a porta do vestíbulo, mostrando a cara para a câmera do circuito interno de segurança.

Enquanto esperava que alguém atendesse, seu coração batia forte por tantos motivos. Mas, principalmente, pelo modo como Bitty o encarara.

Engraçado como podemos ser transformados por alguém.

A porta se abriu e Fritz estava do outro lado, parecendo preocupado.

– Senhor, como é bom vê-lo. Todos estão descendo para o centro de treinamento. Estamos preparando provisões para o caso de alguém desejar comer.

Rhage sentiu o estranho impulso de abraçar o *doggen* – e podia ter feito exatamente isso, só que, então, Fritz teria desmaiado pela quebra de protocolo.

– Obrigado. Você está muito certo ao fazer isso. Não faz ideia de quanto é importante.

Rhage avançou com determinação pelo mosaico da macieira em flor, e estava quase perto da porta camuflada debaixo da grande escadaria quando se deteve e olhou para trás.

– Fritz?

O mordomo parou na arcada da sala de jantar.

– Sim, senhor.

– Sei que esta não é a melhor hora, mas preciso que compre uma coisa para mim. Agora mesmo.

O mordomo ancião se curvou tanto que a mandíbula quase encostou no chão bem polido.

– Seria um alívio fazer algo para alguém. Sinto-me tão inútil.

Atrás do volante do GTO, Mary sentiu como se o tempo tivesse retrocedido, que, de alguma forma, ela e Bitty tivessem recuado para algumas noites atrás, quando estavam indo de carro para a clínica.

E não só por causa de Layla e do que estava acontecendo em casa. No banco de trás, a menina estava introvertida, com os olhos fixos na janela ao seu lado, uma máscara de compostura que era ainda mais alarmante porque Mary já sabia o quanto a menina podia ser conversadora e alegre.

– Bitty?

– Hum? – foi a resposta.

– Converse comigo. Sei que está acontecendo alguma coisa, e sim, eu poderia fazer de conta que não notei, mas acho que já passamos dessa fase. Espero termos passado.

Demorou um tempo até a menina responder.

– Quando saímos do restaurante – Bitty disse –, você viu aquela *mahmen* humana com a filha?

– Vi. – Mary inspirou fundo. – Eu as vi.

Quando o silêncio foi retomado, Mary relanceou pelo espelho retrovisor.

– Isso a fez pensar na sua *mahmen*?

A menina apenas assentiu.

Mary esperou. E esperou.

– Você sente saudades dela?

Esse foi o gatilho. De repente, Bitty começou a chorar, grandes soluços sacudiram seu pequeno corpo. E Mary encostou o carro. Tinha que fazer isso.

Graças a Deus estavam numa parte boa da cidade, uma área cheia de padarias, e papelarias e pet shops. O que significava muitas vagas para estacionar na rua, que estava vazia.

Deixando o câmbio do GTO no neutro e puxando o freio de mão, Mary virou para trás até os joelhos estarem junto ao peito.

Esticando a mão, tentou tocar em Bitty, mas a menina se afastou.

– Ah, minha querida… Sei que sente saudades dela…

A menina se virou com lágrimas descendo pelo seu rosto.

– Mas não sinto! Não sinto saudades dela! Nem um pouco! Como posso não sentir saudades?

Enquanto Bitty cobria os olhos com as palmas e soluçava, Mary a deixou em paz, mesmo que isso a estivesse matando por dentro. E, como esperado, depois de uma espera agonizante, a menina começou a falar.

– Eu não tive aquilo! O que aquela humana tem com a *mahmen* dela! Eu nunca tive... apostas e risadas... não fui jantar fora nem joguei conversa fora no carro do meu pai! – Quando ela fungou e enxugou as lágrimas com as mãos, Mary pescou uma embalagem de lenços de papel da bolsa. Bitty pegou o pacote e depois pareceu esquecer dele na mão. – Minha mãe tinha medo, ficou ferida e depois procurou se proteger! E logo ficou grávida e adoeceu... E morreu! E eu não sinto saudades dela!

Mary desligou o carro, abriu a porta e entrou na parte de trás. Tomou cuidado de trancá-las no carro escuro e, ao se sentar ao lado da menina, a luz ambiente a ajudou a enxergar a angústia e o horror no rosto de Bitty.

– Como posso não sentir a falta dela? – A menina estava tremendo. – Eu a amava... e deveria sentir saudades...

Mary esticou a mão, e foi um alívio atrair Bitty para perto, para um abraço. Afagando seus cabelos, murmurou palavras suaves de conforto enquanto Bitty chorava.

Foi impossível não chorar também.

E foi difícil não sussurrar chavões como "vai ficar tudo bem" ou "você está bem", porque ela queria fazer alguma coisa, qualquer coisa para acalmar a menina. Mas a verdade era que não estava certo ao que Bitty fora exposta, e crianças e pessoas que vinham desse tipo de ambiente não ficavam bem por muito, muito tempo, se é que um dia ficavam.

– Estou com você – era só o que ela podia dizer. Uma vez depois da outra.

Pareceu que anos se passaram até Bitty inspirar fundo tremulamente e se recostar. E quando ela não conseguiu abrir o pacote de lenços de papel, Mary o pegou e abriu a embalagem, tirando um Kleenex. E outro.

Depois que Bitty assoou o nariz e se prostrou no assento, Mary soltou o cinto de segurança dela para lhe dar mais espaço.

– Eu não conhecia muito bem sua mãe. Mas tenho certeza de que, se ela pudesse ter tido todos esses momentos afetuosos, essas situações normais com você, ela os teria aceitado num piscar de olhos. A violência é penetrante quando acontece dentro de casa. Você não tem como escapar a não ser que vá embora e, às vezes, não há como ir embora, e isso macula tudo. Não acha que talvez você não sinta falta de todo o sofrimento pelo que vocês duas passaram? Que você não sinta falta do medo e da mágoa?

Bitty fungou.

– Sou uma filha má? Eu sou… má?

– Não. Deus. Nem um pouco.

– Eu a amava. Muito.

– Claro que sim. E aposto que, se você pensar a respeito, vai perceber que ainda a ama.

– Tive tanto medo durante todo o tempo em que ela ficou doente. – Bitty remexia nos lenços. – Eu não sabia o que ia acontecer com ela e estava muito preocupada comigo na maior parte do tempo. Isso é ruim?

– Não. É normal. Chama-se sobrevivência. – Mary enfiou uma mecha de cabelo atrás da orelha de Bitty. – Quando você é jovem e não consegue tomar conta de si mesma, preocupa-se com esse tipo de coisa. Puxa, quando você é mais velha e consegue tomar conta de si mesma, também é com isso que se preocupa.

Bitty aceitou outro lenço, apoiando-o no joelho e alisando-o.

– Quando minha mãe morreu, senti raiva dela – Mary disse.

A menina a fitou com surpresa.

– Verdade?

– É. Eu estava com muita raiva. Quero dizer, ela sofreu muito e eu estive ao seu lado durante alguns anos enquanto ela declinava lentamente. Ela não se prontificara para nada daquilo. Não pedira para ficar doente. Mas eu lamentava o fato de que meus amigos não tinham que cuidar dos pais deles. Que os meus amigos estavam livres para sair e beber e se divertir – agindo como jovens sem compromisso, sem obrigações. Nesse meio tempo, tive que me preocupar em limpar a casa, fazer compras, preparar refeições – e quando a doença avançou, cuidar dela, dar banho, cobrindo os horários das enfermeiras que não apareciam por causa do tempo ruim. E, então, ela morreu. – Mary respirou fundo e balançou a cabeça. – Depois que levaram o corpo dela, eu só conseguia pensar: maravilha, agora tenho que planejar o enterro, lidar com as contas do banco, o testamento, doar suas roupas… Foi então que perdi as estribeiras. Tive um acesso de choro porque me sentia a pior filha da história do mundo.

– Mas você não era?

– Não. Eu era humana. Eu sou humana. E o luto é algo complexo. Dizem que existem estágios. Já ouviu falar sobre isso? – Quando Bitty balançou a cabeça, Mary continuou: – Negação, raiva, barganha, depressão e aceitação. E isso é basicamente pelo que todo mundo passa. Mas também existem tantas outras coisas misturadas nisso. Assuntos não resolvidos. Exaustão. Às vezes alívio, e isso pode vir acompanhado de culpa. O meu conselho? Como alguém que passou pelo mesmo, mas que também já ajudou outras pessoas a superar? Deixe que seus pensamentos e sentimentos venham quando vierem – não os julgue. Posso garantir que você não é a única pessoa que teve pensamentos de que não gostou ou emoções que considerou erradas. E também, se você falar sobre o que está acontecendo com você, é bem possível que consiga superar a dor, o medo e a confusão para ir para o outro lado.

– E o que é isso?

– Um pouco de paz. – Mary levantou os ombros. – Repito, eu gostaria de poder te dizer que a dor some, mas isso não acontece. Mas ela melhora. Penso na minha mãe e, sim, isso ainda dói. E acho que sempre vai doer... E sabe do que mais? Não quero que essa dor vá embora por completo. O luto é... uma maneira sagrada de honrar aqueles a quem amamos. O meu sofrimento é o meu coração funcionando, é meu amor por ela, e isso é uma coisa muito bonita.

Bitty ficou dando tapinhas no joelho com o lenço de papel.

– Eu não amava meu pai.

– Não a culpo por isso.

– E, às vezes, fico frustrada porque minha mãe não o deixou.

– E como poderia não sentir isso?

Bitty inspirou fundo e exalou lenta e longamente.

– Isso é certo? Isso tudo... é certo?

Mary se inclinou e segurou as duas mãos da menina.

– É completa e totalmente certo. Prometo.

– Você me diria se não fosse?

Os olhos de Mary não titubearam.

– Juro pela vida do meu marido. E sabe do que mais? Eu te entendo completamente. Entendo, sim, Bitty. Totalmente.

CAPÍTULO 57

Assail não fazia a mínima ideia de onde estavam. Enquanto Vishous dirigia o BMW como um morcego saído do inferno por entre as ruas de Caldwell, e depois pelas estradas rurais, Assail prestou pouca atenção por onde passavam. Só o que o preocupava era acompanhar a respiração do escravo.

– Fique comigo – sussurrou.

Antes de saber o que estava fazendo, esticou o braço e segurou a mão fria do macho. Esfregando-a entre suas palmas, tentou transmitir um pouco do seu calor, da sua força vital naquele que estava deitado tão inerte ao seu lado.

Deus, como odiava aquelas correntes.

Quando, por fim, levantou o olhar para a janela – porque estava perdendo a cabeça de tanta preocupação e se perguntando por que a viagem estava demorando tanto –, franziu a testa. Ao seu redor uma neblina espessa o envolvia, ou melhor, a visibilidade diminuíra como se houvesse uma névoa no ar, apesar de a nebulosidade branca estar ausente do cenário.

– Você vai ficar a salvo aqui. – Assail se ouviu dizer assim que chegaram ao primeiro dos portões do sistema de segurança. – Eles se empenharão em cuidar de você.

Depois de várias paradas, chegaram à última parte do trajeto, uma descida que os levou ao subterrâneo. Logo chegaram a um estacionamento tão fortificado e amplo quanto os melhores da cidade de Caldwell.

Vishous parou bem na frente de uma porta de aço.

– Liguei para avisar que estávamos chegando.

Assail franziu o cenho, perguntando-se quando o Irmão fizera a ligação. Ele não percebera.

– Como o levare...

Não teve tempo para concluir a sentença. Aquela porta se abriu e uma maca apareceu junto à fêmea chamada doutora Jane e outro Irmão empurrando-a. Assail reconheceu o guerreiro – era aquele corpulento com nome humano. Também conhecido como *Dhestroyer*.

A curandeira já tinha sangue na blusa azul folgada.

Quando Vishous saltou de trás do volante, começou a falar enquanto abria a porta detrás.

– Macho, idade desconhecida. Sinais vitais desconhecidos. Mal nutrido. Traumas psicológico e físico desconhecidos.

Assail se forçou a ficar de pé e correu ao redor do carro para ajudar a mover o macho, que voltara a tremer de medo.

– Permita-me! – exclamou. – Ele não o conhece!

Ainda que, na realidade, o escravo não conhecesse Assail muito melhor. Todavia, ele tinha a vantagem de tê-lo libertado.

– Pronto – disse ao macho. – Não o deixarei sozinho.

Assail se esticou e segurou o escravo no colo, girando e deitando-o sobre a maca. No mesmo instante, a curandeira cobriu sua nudez, e a dignidade que isso deu ao paciente fez com que Assail piscasse rapidamente algumas vezes.

– Olá, meu nome é Jane – a curandeira disse, fitando diretamente os olhos aterrorizados. – Vou cuidar de você. Nada vai machucá-lo aqui. Você está a salvo, e não vamos permitir que nenhum mal lhe aconteça. Entende o que estou dizendo?

O escravo olhou para Assail, em pânico.

– Está tudo bem – ele assegurou. – São boas pessoas.

– Qual o seu nome? – a curandeira perguntou ao levar o estetoscópio os ouvidos. – Desculpe, pode repetir?

– M-m-markcus.

– Markcus, é um belo nome. – Ela sorriu. – Gostaria de auscultar seu coração, se você deixar. E gostaria de colocar um acesso intravenoso em seu braço para injetar fluidos. Você permite?

Markcus olhou para Assail de novo.

– Está tudo bem – repetiu. – Eles farão com que se sinta melhor. Prometo.

Tudo se desenrolou rapidamente depois disso. Inseriram o acesso, fizeram as primeiras avaliações, e depois moveram a maca, entrando nas instalações sofisticadas com os quartos hospitalares e seus equipamentos – e todo tipo de pessoa.

De fato, toda a Irmandade parecia estar presente.

As correntes chamaram a atenção de todos, a multidão variada no corredor se virando na direção do som enquanto a curandeira os apressava arrastando aqueles aros de metal pelo chão.

– Mas que diabos? – alguém exclamou.

– Ah, meu Deus... – disse outra voz.

Os guerreiros abriram caminho pelo meio, deixando-os passar. Exceto um dos membros da Irmandade.

Era o Irmão Zsadist. Quando ele viu o macho na maca, ficou tão pálido que era como se tivesse morrido repentinamente, ainda que continuasse de pé no meio do vasto corredor.

– Deixem-me passar – Phury disse. – Deixem-me cuidar dele.

Quando Z. finalmente virou de lado, Assail seguiu até eles chegarem a uma sala de exames com um grande candelabro no centro, e armários com portas de vidro em toda a volta.

Vishous o segurou de lado.

– Deixem que cuidem dele. Agora vai me contar que porra aconteceu?

Assail sabia que seus lábios se moviam e que estava falando, mas não fazia ideia do que dizia.

Algo que deve ter feito algum sentido – e bem acurado –, porque Vishous disse:

– Juro que ela merece morrer por isso.

A doutora Jane se virou para Vishous.

– Consegue me ajudar com essas correntes?

– Pode deixar.

Vishous deu um passo à frente e retirou a luva preta de couro. Esticando a mão, segurou uma das pontas e um brilho reluzente de sua palma aqueceu os elos, desintegrando-os enquanto o peso caía no chão com um baque.

Assail esfregou o rosto enquanto o Irmão dava a volta em todos os quatro pontos, libertando-o de tanto peso. As braçadeiras nos pulsos e nos tornozelos continuaram ali, mas pelo menos as correntes pesadas tinham sido retiradas.

Quando Vishous voltou a se aproximar, Assail disse, num tom baixo:

– Ele vai sobreviver?

O Irmão balançou a cabeça.

– Não faço a mínima ideia.

CAPÍTULO 58

Qhuinn estava num dos cantos da sala de cirurgia, com os olhos grudados em Layla, enquanto Manny fazia mais um exame interno, abaixando-se entre as pernas cobertas com um lençol para preservar sua privacidade.

– É cedo demais... – Qhuinn balançou a cabeça e tentou manter a voz baixa. – Cedo demais... Não era para isso estar acontecendo agora. Por que... Não era para acontecer. Jesus, é cedo demais. Mas que porra... O ultrassom disse que estava tudo bem.

Seu cérebro insistia que aquilo não estava acontecendo. Que tinha que ser algum tipo de sonho.

Sim, a qualquer instante ele despertaria e encontraria Blay deitado ao seu lado no quarto deles – e inspiraria profundamente aliviado ao perceber que o bicho-papão que o aterrorizara, na verdade, não tinha passado de uma invenção da sua imaginação. Ou talvez resultado de uma indigestão.

– Acorde – ele murmurou. – Acorde agora. Acorde de uma vez, cacete...

Blay estava, de fato, ao seu lado. Mas não estavam deitados e, porra, nem na suíte. Seu macho, contudo, o apoiava: a única coisa que o mantinha de pé eram os braços fortes de Blay ao redor da sua cintura.

Manny retirou a mão de baixo do lençol e arrancou a luva azul. Depois se levantou e gesticulou para que Qhuinn e Blay se aproximassem da cama.

O fato de Layla ainda estar consciente era prova de quanto a fêmea era forte, mas, Deus, como ela estava pálida. E havia tanto sangue enchendo a bacia abaixo dela, permeando o ar como uma mancha nas próprias moléculas de oxigênio.

Manny pousou a mão no ombro de Layla e disse a ela:

– A hemorragia está diminuindo. Isso é muito bom. Mas agora os dois estão dando sinais de sofrimento fetal e os batimentos cardíacos do menino estão começando a oscilar. Mais importante: continuo muito preocupado com a menina, já que ela é a menor dos dois. Recomendo que façamos uma cesárea de emergência...

– Mas é cedo demais! – Layla olhou para Qhuinn em pânico. – É cedo demais...

Manny segurou a mão da fêmea.

– Layla, você tem que me ouvir. Os bebês estão com dificuldades, mas o que você tem que entender é que não vai conseguir sobreviver se não os tirarmos.

– Não me preocupo comigo! Você disse que a hemorragia está diminuindo...

– Está mais lenta. Mas estamos ficando sem tempo, e preciso de você o mais forte possível depois da anestesia.

– Não me importo com o que fizer comigo! Você tem que mantê-los dentro...

Layla prendeu a respiração quando outra contração chegou, e Qhuinn esfregou o rosto. Depois gesticulou para que Manny se afastasse com ele.

Abaixando a voz, perguntou:

– Mas que diabos está acontecendo?

Os olhos de Manny estavam estáveis em meio a todo o pânico, um porto seguro em meio ao mar agitado das emoções.

– Conversei com Havers. Não há nada que possa ser feito agora para manter a gestação. Pelo ultrassom, ficou claro que a placenta está se descolando do útero. Foi exatamente o mesmo que aconteceu com Beth. Isso é extremamente comum, ainda mais com gêmeos, e a principal causa de morte de mães e bebês na sua espécie. Layla não fez nada errado, fez tudo absolutamente certo. Mas o fato é que a gestação está chegando ao fim, e temos que tomar a decisão de salvar a vida dela para tentar salvar a deles.

Houve uma pausa. Até Qhuinn dizer as palavras que estavam se agitando em sua mente:

– Mas e os pulmões? Precisamos de mais algumas noites...

– Temos aparelhos especiais da clínica de Havers que podemos utilizar. Temos todos os equipamentos. Se os tirarmos, conheço o protocolo, assim como Ehlena e Jane.

Qhuinn esfregou o rosto e sentiu ânsia.

– Ok. Tudo bem. Vamos fazer isso.

Aprumando os ombros, aproximou-se de Layla, afastando os cabelos loiros do rosto frio e úmido.

– Layla...

– Sinto muito! Eu sinto muito! Isto é culpa minha...

– Shh, shh. – Ele continuou passando a mão na cabeça dela para aplacar seus protestos. – Escute. Me escute. Preste atenção no que vou te dizer: não existe nenhuma culpa nisso tudo. E a sua vida é importante. Não posso perder... Não vou perder ninguém nisso, ok? Está nas mãos da Virgem Escriba, tudo está. O que acontecer é o que era para acontecer.

– Sinto muito... – Seus olhos grudaram nos dele, lágrimas escorrendo pelos cantos, umedecendo a fronha branca abaixo da sua cabeça. – Qhuinn, me perdoe.

Ele deu um beijo na testa dela.

– Não há nada a perdoar. Mas precisamos fazer isto...

– Não quero perder seus filhos...

– Os *nossos* filhos. – Ele relanceou para Blay. – Fizemos isso juntos e, não importa o resultado, estou em paz, ok? Você fez o melhor que pôde, mas, a esta altura, temos que seguir em frente.

– Onde está Blay? – Outra contração chegou e ela cerrou os dentes de tanta dor. – Onde está...

Blay se aproximou.

– Estou bem aqui. E não vou sair.

Naquele instante, Jane entrou.

– Como estamos?

– Layla – Qhuinn disse. – Temos que fazer isso. *Agora*.

Deitada na maca, sem controle do próprio corpo, com o futuro dos filhos incerto, Layla sentiu como se estivesse num carro acelerado, indo na direção de uma curva fechada numa estrada escorregadia. A metáfora era adequada, pois toda vez que ela piscava, sentia a velocidade, ouvia o grito dos pneus, preparava-se para o impacto do acidente que a faria capotar e que, certamente, a mataria.

De fato, a dor do impacto já estava com ela, emanando da sua lombar como um zunido estável, e depois se elevava com as contrações que atravessavam sua barriga.

– Está na hora – Qhuinn disse, aqueles olhos descombinados ardendo com uma determinação tão ferrenha que ela se sentiu tranquilizada por um momento.

Era como se ele estivesse preparado para entrar numa batalha contra a morte, por ela e pelos filhos.

– Ok? – insistiu.

Ela olhou para Blay. E quando o macho assentiu, ela se viu retribuindo o gesto.

– Ok.

– Podemos alimentá-la? – Qhuinn perguntou.

Jane se aproximou e meneou a cabeça.

– Precisamos de seu estômago vazio para a anestesia. E temos que sedá-la, não temos tempo para uma epidural.

– Faça... – Layla pigarreou. – Faça o que tiver que fazer para salvar os bebês...

Lembrava-se de quando isso acontecera com Beth, o que tivera que ser feito para salvá-la e a L.W. Se, no fim, ela não pudesse ter mais filhos? Que assim fosse. Teria dois. Ou, quem sabe, um.

Ou, talvez... nenhum.

Ah, querida Virgem Escriba, ela rezou ao começar a chorar. *Leve-me. Deixe as crianças e leve-me no lugar delas.*

Virando a cabeça, olhou em meio às lágrimas para os berços neonatais que tinham sido trazidos e estavam encostados na parede. Tentou visualizar seus filhos neles, pequenos, mas vivos.

Não conseguiu.

Gemendo, viu-se atacada pelo absurdo impulso de se levantar e sair dali, como se aquele fosse um filme que podia deixar de assistir porque não gostava do enredo. Ou um livro que ela poderia fechar porque não estava gostando da direção que o autor havia tomado com as personagens. Ou uma pintura que poderia deixar de pintar porque a cena que pretendera retratar estava resultando numa confusão total.

Subitamente, parecia haver pessoas em todos os lados. Vishous entrara, seu cavanhaque coberto por uma máscara cirúrgica, as roupas de rua escondidas por baixo de uma imensa roupa estéril amarela. Ehlena estava ali. Qhuinn e Blay estavam colocando as roupas estéreis. Manny e Jane trocavam palavras num tipo de linguagem que ela não compreendia.

– Não consigo respirar... – ela grunhiu.

De repente, algum alarme disparou, o som se destacando dos outros bipes generalizados das máquinas que monitoravam a ela e aos bebês.

– Não consigo... respirar...

– Ela está sofrendo uma parada cardíaca!

Layla não sabia quem dissera aquilo. Nem se fora um macho ou uma fêmea.

Uma estranha sensação tomou conta dela, como se estivesse submergindo numa água tépida que abafava sua visão e sua audição e fazia com que seu corpo não pesasse nada. A dor também suavizou, e isso a apavorou.

Se sentia dor, estava viva, correto?

Quando um abismo se aproximou e chamou-lhe a consciência, como um monstro devorando sua presa, ela tentou gritar para pedir ajuda, para implorar pelas vidas dos filhos, para pedir perdão uma vez mais pelas transgressões que só ela sabia quais eram.

Mas não havia tempo.

Não havia mais tempo para ela.

CAPÍTULO 59

Assail estava sentado numa cadeira bem confortável num quarto a uma temperatura agradável – mas, mesmo assim, sentia como se sua pele estivesse sendo queimada e arrancada dos ossos.

Do lado oposto daquele cômodo, o escravo que ele resgatara estava num leito hospitalar, mais parecendo um pré-trans do que um macho adulto. Lençóis e cobertas foram colocados sobre o corpo nu a fim de aquecê-lo. Nutrientes e fluidos eram introduzidos em suas veias por um tubo. Várias máquinas avaliavam o desempenho de seus órgãos.

Ele estava dormindo.

Markcus adormecera. Ou desmaiara.

Assail estava sentado no quarto de hospital de um completo desconhecido, tão incapaz de sair como se fosse seu corpo debaixo daquelas cobertas, preso àqueles monitores, repousando sobre o colchão.

Esfregando os braços, quis que a sensação de calor parasse em sua pele a fim de conseguir se concentrar melhor na saúde de Markcus. Mas já tirara o terno e afrouxara a gravata. O próximo passo seria ficar nu.

Demorou um tempo para ele perceber qual era o problema.

Com um xingamento, pegou seu frasco de cocaína e levantou a palma, olhando para o corpo marrom transparente e para a tampa preta.

Cuidou de suas necessidades rapidamente, sentindo-se envergonhado por ter aspirado sua droga a poucos metros do macho.

Quanto tempo até que Naasha descobrisse que ele fora levado?, perguntou-se.

E como ela podia ter feito aquilo com alguém? Considerando-se que tinha um estábulo de machos saudáveis para servi-la, não só quanto às suas necessidades sexuais, mas também às de sangue.

De fato, toda vez que Assail fechava os olhos, enxergava aquela cela, sentia o fedor, revivia a fuga da prisão subterrânea.

De onde ela o sequestrara? A família estaria procurando por ele?

Quanto tempo ele sofrera lá embaixo, sendo não mais do que apenas uma refeição para alguém?

O diagnóstico até então fora: desnutrição, uma infecção renal, fluidos nos pulmões e uma infecção nasal. Mas a equipe médica indicara que mais testes precisavam ser feitos.

O horror de tudo isso dificultava sua respiração, e Assail teve que se sentar mais à frente na cadeira.

Do lado de fora, os Irmãos conversavam e andavam para cima e para baixo no corredor. Era evidente que alguém estava seriamente ferido, visto o nível de ansiedade, mas não perguntara, e tampouco ninguém lhe explicara nada. Além disso, Vishous tivera que sair para ajudar em alguma emergência médica, embora tivesse prometido voltar...

A batida foi suave.

– Entre – Assail murmurou, mesmo sentindo que não tinha direito algum de convidar ou não alguém para visitar Markcus.

A porta abriu um pouco.

– Olá? – Assail chamou.

Quando viu quem era, retraiu-se.

Zsadist era um Irmão sobre quem ouvira diversas histórias. Afinal, sua história e seu comportamento, bem como sua reputação, mesmo no Novo Mundo, chegaram aos ouvidos de todos no Antigo País. Sim, o rosto marcado por cicatrizes era algo a temer, a antiga ferida malcuidada sobre o lábio superior e também os olhos que reluziam com maldade. Parado na entrada do quarto, com a cabeça praticamente raspada e sua estrutura corpulenta, ele parecia ser exatamente o que os boatos sugeriam que fosse: um sociopata a ser evitado a qualquer custo.

Todavia, Assail ficara sabendo que as coisas haviam mudado recentemente. Ele se vinculara. Tinha uma filha. Retratara-se de toda a ira letal que o definira desde que também fora levado contra a sua vontade.

De fato, enquanto os olhos amarelos se concentravam no macho deitado na cama, ele cruzou os braços diante do peito, como se tentasse acalentar a si mesmo.

– Eu o encontrei... – Assail teve que limpar a garganta. – Acorrentado a uma parede.

Zsadist caminhou lentamente até a cama, sempre olhando para Markcus. Permaneceu ali por um bom tempo, piscando pouco, apenas o movimento do peito e um ocasional puxão nas sobrancelhas sugeriam que ele não era uma estátua.

Assail conseguia imaginar suas lembranças.

As tatuagens ao redor dos pulsos e do pescoço do Irmão pareciam tão negras quanto o mal que aplicara a tinta em sua pele.

– O nome dele é Markcus – Assail informou. – É só o que sei.

Zsadist assentiu. Pelo menos Assail achou que sim. Em seguida, o guerreiro falou:

– Deixe-me... ajudar. De alguma maneira. De qualquer maneira.

Assail quase disse que não havia nada a ser feito. Mas logo uma fúria despontou em seu peito.

Assail não era um salvador. Nunca fora. Seus interesses sempre foram seus e de ninguém mais. Também não era de se apegar, nem de maneira rápida ou permanente.

Mas se viu estreitando os olhos na direção do Irmão.

– Exatamente até que ponto esse pedido se estende?

No mesmo instante, o olhar amarelo enegreceu, e aqueles olhos se transformaram nas covas desalmadas do *Dhunhd*.

– Até onde for necessário. E mais uma centena de milhares de metros além disso.

– Mesmo que isso o coloque em conflito com o Rei? Pois a forma que pretendo empregar para ajustar as contas não implica decretos e resoluções. E nem será com a permissão de Wrath.

– Não haverá conflito.

O primeiro pensamento de Assail foi o de se levantar da cadeira, pedir por mais braços e partir de imediato rumo àquela casa.

Mas não. Pensando melhor, isso não seria suficientemente estratégico. Nem violento o bastante.

– Rezo para que esteja falando sério, gentil cavalheiro.

– Não sou gentil, tampouco cavalheiro.

Assail assentiu.

– Muito bem. Não se preocupe, percebo o que procura, e lhe darei isso sem demora.

De volta à biblioteca da vasta mansão do *hellren* de Naasha, Throe pegou a fêmea pelos ombros e a sacudiu.

– *Escute* com atenção. Você tem que me ouvir!

Mesmo tentando aplacar suas incessantes reclamações, ele tinha que confessar, mesmo que só para si mesmo, que também estava mais do que frustrado. Quanto tempo desperdiçara naquela casa? Levando-a para a cama, cuidando dela, seduzindo-a com a falsa sensação de que estavam em algum tipo permanente de relacionamento. E, durante todo o tempo, ela lhe assegurara a lealdade de seu "amado" *hellren*. Falara do dinheiro que jorraria como vinho sobre ela quando o macho ancião enfim morresse. Contara a Throe sobre seu amor por ele apesar de seu *status* de fêmea vinculada e de seus outros amantes.

Entretanto, Assail surgira em cena, e a presença do maldito gerara tamanho calor entre as coxas de Naasha que Throe tivera que agir antes do planejado: a sequência correta seria primeiro mudar o testamento de Naasha, nomeando Throe seu beneficiário, com a desculpa de que se vincularia a ela assim que o período de luto adequado após o falecimento de seu atual *hellren* fosse respeitado. Em seguida, Throe providenciaria a morte do velhote. E, na sequência de um "suicídio" da parte dela.

De modo que os cofres de Throe estariam estabelecidos e ele poderia usar os fundos para se imiscuir adequadamente à *glymera* e estabelecer uma estratégia para remover Wrath do ridículo trono eleito que ele criara para si mesmo.

Assail, o puto maldito, contudo, alterara essa ordem, forçando a mão de Throe de modo que falsificações se fariam necessárias. Mas ou ele agia com rapidez ou se arriscava a permitir que as atenções lânguidas de Naasha fossem transferidas para um novo pretendente, atrapalhando todo o seu plano.

Throe notara o modo como ela olhava para Assail.

Também sentira a atração pelo macho, malditos fossem ambos.

E, agora, esta confusão.

O velho *hellren* deixara tudo para um parente distante, um macho cujo nome Throe não reconhecia.

– Naasha, meu amor – Throe disse com urgência. – Preciso que você seja racional.

Aquilo parecia muito ruim. O advogado à espera na sala, sem dúvida chegando a todo tipo de conclusões, tanto acuradas como inúteis. Ela se deixando envolver pela raiva. Ele ficando cada vez mais frustrado.

Tentando outra tática, Throe caminhou até a escrivaninha ornamentada e deitou a mão sobre uma pilha de papéis que Saxton trouxera consigo.

– Isto. Isto é o seu objetivo. Qualquer coisa que não seja alterar estas cláusulas é uma distração inaceitável.

– Fui envergonhada! Ser desamparada dessa forma é uma abominação! É...

– Quer ser sensata? Ou pobre? A escolha é sua agora. – Isso a calou. – Imagine tudo isto sumindo, suas roupas, suas joias, seus criados, este teto sobre sua cabeça... desaparecendo. Porque é isso o que vai acontecer, a menos que você se controle um pouco. A abominação não é o que o seu *hellren* fez com você. A abominação é você permitir que aconteça. Agora vou permitir que o advogado retorne. Você vai calar sua boca e ouvir o que ele tem a dizer. Ou pode continuar a bater o pé e fazer birra, perdendo tempo e energia, só para aumentar o seu papel de vítima... sem conseguir nada com isso.

Foi como subir o zíper de um vestido de baile, ele pensou. De repente, a compostura a imobilizou e transformou seu rosto antes enrubescido e enlouquecido para um aspecto, se não exatamente plácido, mais equilibrado.

Throe voltou para junto dela, segurando-a pelos ombros, e a beijou.

– Esta sim é a minha fêmea. Agora está pronta para continuar. Chega de explosões. Não importa mais o que haja aqui, você permitirá que o advogado termine a apresentação. Não saberemos como lutar se não soubermos contra o que lutar.

E ele pensou: *Santa Virgem Escriba, permita que ela engula essa.*

– Agora vamos trazê-lo de volta? – Quando ela assentiu, ele recuou um passo. – Lembre-se do que tem a perder. Isso pode ser incrivelmente esclarecedor.

– Tem razão. – Ela inspirou fundo. – Você é muito forte.

Você não faz ideia, ele pensou ao se virar.

Voltando para as portas duplas, abriu-as...

Fungou o ar, franziu o cenho e olhou ao redor. Saxton estava próximo a um quadro holandês, inspecionando o desenho de flores no orvalho sobre um pano de fundo preto, as mãos entrelaçadas às costas, o tronco delgado inclinado para a frente.

– Estamos prontos? – o advogado perguntou sem se virar. – Ou ela precisa de mais tempo para se consolar? Já faz mais de uma hora.

Throe olhou ao redor. As portas do escritório e da sala estavam na mesma posição de antes. Ninguém passando. Tudo parecia... como antes.

Mas havia um cheiro novo pairando na atmosfera... de ar fresco... e de algo mais.

– Algo errado? – Saxton inquiriu. – Prefere que eu retorne outra hora?

– Não, ela está pronta. – Ele se virou para o advogado, procurando por algum sinal de... não sabia exatamente o quê. – Eu a tranquilizei.

Saxton se endireitou, ajustou a gravata e caminhou num passo sossegado. Totalmente natural. Sem pompa.

– Talvez ela permita que eu conclua agora. – Saxton parou. – Ainda que, se preferirem, posso simplesmente deixar os papéis e vocês dois poderão examiná-los. O fato de eu verbalizar as cláusulas em nada as alterará.

– Não. – Throe disse com suavidade. – É melhor que ela tenha a oportunidade de fazer perguntas. Por favor, entre, e perdoe nosso atraso.

Quando deu um passo para o lado e indicou o caminho, seus instintos foram despertados, recusando-se a se acalmar.

– Na verdade, talvez seja melhor se você conversar com ela reservadamente por enquanto. Talvez a minha presença seja o problema.

Saxton inclinou a cabeça.

– Como preferir. Estou aqui para servir, ou não, segundo o desejo dela.

– Estaremos sempre em dívida por isso – Throe murmurou. Num tom mais alto, dirigiu-se à biblioteca: – Naasha, querida, providenciarei alimentos. Talvez isso nos auxilie neste tedioso processo.

Ele esperou até ela levar a mão ao peito, suspirando dramaticamente.

– Sim, meu bem, estou me sentindo um tanto fraca com essas notícias.

– Mas claro.

Fechando as portas atrás do advogado, voltou a farejar o ar. Fresco demais. Frio demais. Alguém abrira uma janela ou uma porta.

Avançando em direção à entrada da mansão, abriu a porta... e saiu para inspecionar a área reservada para carros.

Ouvira Saxton chegando de carro.

Girando, voltou a entrar na casa e foi diretamente para o escritório, deslizando uma das portas.

– Assail! – bradou.

Mas o cômodo estava vazio.

CAPÍTULO 60

Qhuinn prendeu a respiração enquanto a anestesia era administrada em Layla e um antisséptico marrom de cheiro forte espalhado na barriga distendida. E continuou sem respirar enquanto Manny, Jane, Ehlena e Vishous se agrupavam ao redor da mesa de operações, dois de cada lado, os dedos enluvados pegando e trocando instrumentos uns com os outros.

O cheiro de sangue no ar ficou perceptível quando eles fizeram a incisão, e Qhuinn sentiu o chão se mover sob seus pés, como se os ladrilhos tivessem se liquefeito.

Quando o apertão de Blay em seu braço ficou mais firme, não dava para saber se era porque o macho estava preocupado que Qhuinn pudesse desmaiar ou se ele mesmo também estava instável. Provavelmente uma combinação dos dois.

Como a situação ficou assim?, Qhuinn se perguntava silenciosamente.

Mas, assim que o pensamento veio, Qhuinn balançou a cabeça. Que diabos ele achava que iria acontecer com aqueles dois bebês ali?

– Ela está bem? – ele ladrou. – Eles estão vivos?

– Aqui vem um – Blay retorquiu com voz rouca.

– Bebê A – Manny anunciou ao entregar um fardinho roxo para Ehlena.

Não houve sequer uma chance de olhar para o bebê. A enfermeira o levou rapidamente, carregando o recém-nascido para uma das duas mesas de avaliação montadas ali.

Silencioso demais. Merda... Aquilo estava silencioso demais.

– Está vivo! – Qhuinn berrou. – *Ele está vivo!*

Blay teve que segurá-lo, mas, pensando bem, isso era ridículo. Como se ele fosse capaz de ajudar em alguma coisa? Ah, e como se ele quisesse que a enfermeira pensasse em qualquer outra coisa que não salvar aquele bebê?

Mas Ehlena olhou para ele.

– Sim, ele está. Está vivo... Só precisamos mantê-lo assim.

Qhuinn não encontrou conforto nenhum nisso. Como poderia, uma vez que a entidade que ela entubava e a quem administrava drogas parecia um alienígena minúsculo? Um alienígena minúsculo, frágil, todo enrugado, que não tinha nada em comum com os bebês gordinhos humanos que ele vira nascendo na TV de tempos em tempos?

– Jesus Cristo – ele gemeu. – Tão pequeno.

O bebê não tinha como sobreviver. Ele sabia disso em sua alma. Eles o perderiam e...

– Bebê B – Jane anunciou ao entregar algo a Vishous.

V. passou com o bebê e Qhuinn arquejou.

A filha – sua filha – era ainda menor. E não estava roxa.

Estava cinza. Cinza como uma pedra.

De súbito, a lembrança que estava com ele ao servir Layla em seu cio voltou forte. Tinha sido quando ele próprio quase morrera, subira ao Fade e dera de frente com uma porta branca no meio de um cenário nebuloso.

Ele vira uma imagem naquela porta.

A imagem de uma fêmea jovem de cabelos loiros e olhos com o mesmo formato que os seus – olhos que mudavam de cor diante dele, do mesmo tom que Layla em relação aos seus descombinados azul e verde.

Como um animal sofrendo, gritou dentro da sala de cirurgia, berrando com uma agonia que nunca sentira antes...

Ele imaginara errado. Ele... estava errado. Interpretou mal o que viu.

A visão da porta não era a previsão de uma filha que ainda estava por vir, mas de uma filha que ele perderia ao nascer.

Uma filha... que já estava morta.

CAPÍTULO 61

Enquanto Mary apressava-se no túnel do corredor que levava ao centro de treinamento, os sons dos próprios passos ecoavam à sua frente, uma sombra audível parecia tão apressada quanto ela em chegar aonde estava indo. Quando alcançou a porta que dava para o escritório do depósito, inseriu a senha e passou apressada para o espaço além, passando ao lado de prateleiras de blocos de notas e canetas, dos *pen drives* de reserva e de pilhas de papel de impressora.

Mas, uma vez no escritório, parou. Tohr estava sentado atrás da escrivaninha, encarando a tela do computador repleta de bolhas coloridas, como um arco-íris obscurecendo a página do *DailyMail* na internet.

Ele se sobressaltou ao notá-la e esfregou o rosto.

– Oi.

– Como eles estão?

– Não sei. Estou aqui pelo que parece uma eternidade.

– Onde está Autumn?

– Ela está no chalé de Xhex. É a minha noite de folga, e ela estava se preparando para... você sabe. – Ele consultou o relógio de pulso. – Fiquei indeciso a respeito de dever ou não ligar para ela. Tinha esperanças de ter alguma notícia antes, para que ela não ficasse preocupada. Quero dizer, boas notícias.

– Seria bom contar para ela o que está acontecendo.

– Eu sei. – Os olhos dele se voltaram para o monitor. – Eu... ah... não estou conseguindo lidar bem com isso.

Mary deu a volta na escrivaninha e apoiou a mão no ombro imenso do macho. A tensão naquele corpo era tanta que ela sentiu como se tivesse apoiado a palma num nó. De granito.

– Tohr, acho que você não devia ficar sozinho. E, se eu fosse ela, ficaria muito chateada por você não permitir que eu te apoiasse.

– Eu só... – Dessa vez ele olhou para o telefone sobre a mesa. – Estou de volta ao passado, entende?

– Eu sei. E ela também vai entender isso. Autumn é uma das pessoas mais compreensivas que já conheci.

O Irmão levantou o olhar para ela, os intensos olhos azuis penetrando em seu crânio.

– Mary, será que um dia vou ficar bem?

Naquele instante, ela se viu transportada ao banco de trás do GTO de Rhage com Bitty e pensou que era aquilo que todos queriam saber. Estou bem? Sou amado? Estou seguro?

Conseguirei superar isto?

O que quer que "isto" seja, uma morte ou uma perda, confusão ou terror, depressão ou raiva.

– Você já está bem, Tohr. E acho mesmo que você deveria ligar para sua *shellan*. Você não tem que protegê-la da sua dor. Ela sabe muito bem os fardos que você carrega – e te escolheu com todos eles. Não existe nada aqui que irá chocá-la ou fazê-la acreditar que você seja fraco. Contudo, garanto que, se você lhe esconder isso, vai fazer com que acredite que você não confia nela, ou que acha que *ela* não é forte o bastante para lidar com os problemas.

– E se as crianças não sobreviverem? E se...

Nesse instante, um grito... Um terrível grito masculino... pareceu sacudir todo o centro de treinamento, um som tão alto que sacudiu a porta de vidro, um *bum* sônico de pesar.

Enquanto Tohr se levantava da cadeira, Mary disparou para a saída, escancarando a porta.

Não foi uma surpresa encontrar toda a Irmandade agrupada mais uma vez no vasto corredor. Também não foi um choque ver cada um dos machos, com suas companheiras, encarando a porta fechada do centro de operações principal. Também era compreensível que todas as Escolhidas e a *directrix*, Amalya, estivessem entre eles, igualmente em pânico.

Ninguém disse nada. Aquele grito de Qhuinn já tinha explicado o bastante.

Mary se aproximou de Rhage, passando o braço ao redor de sua cintura. Quando ele a fitou, trouxe-a para ainda mais perto.

Quando nada mais aconteceu por um instante, as pessoas começaram a se mover. A conversa baixinha interrompeu o silêncio. Tohr pegou seu celular com mãos trêmulas ao se sentar no piso de concreto, como se as pernas tivessem cedido ao seu peso.

– Ah, Deus – Rhage disse. – Isto é...

Insuportável, Mary pensou.

Perder um filho, não importando o quão prematuro ele fosse, não importando as circunstâncias, era uma agonia como nenhuma outra.

Pela primeira vez em sua vida adulta, Vishous ficou paralisado em meio a uma emergência médica. Foi apenas por uma fração de segundo, e ele se recobrou um instante depois... Mas algo naquele corpo sem vida em sua palma bloqueou literalmente tudo nele.

Jamais se esqueceria daquela visão.

Tampouco do grito de Qhuinn.

Contudo, concentrando-se novamente, voltou a agir para fazer a única coisa que possivelmente poderia ajudar. Com mãos firmes, inseriu um pequeno tubo pela garganta da menina, deslizou uma máscara sobre seu rostinho e ligou o aparato a um pedaço de equipamento médico que não era humano, mas estritamente projetado para vampiros. Quando iniciou o fluxo, uma solução salina oxigenada e fortificada entrou nos pulmões do bebê, preenchendo os sacos, expandindo-os... para depois sugar o líquido, que foi lançado no sistema de filtragem que o limparia, reoxigenaria, e depois o lançaria de volta para dentro.

Usando os polegares, pressionou o peito dolorosamente pequeno, massageando o coração num determinado ritmo.

Coloração ruim. Coloração muito errada. Malditamente acinzentada como uma lápide.

E o bebê estava mole, sem se mexer, os braços e as pernas esqueléticos e enrugados como de um animalzinho recém-chocado, frouxos a partir dos ombros e do quadril.

Os olhos estavam abertos, as órbitas brancas sem pupilas nem íris, porque a menininha era tão incrivelmente prematura.

– Vamos, acorde... Vamos...

Nada. Não estava acontecendo nada.

Sem pensar, ele gritou por cima do ombro.

– Payne! Chamem Payne, porra! AGORA!

Ele não ficou sabendo quem atendeu ao seu comando. Estava pouco se fodendo com isso. Só o que importava era que, um milissegundo mais tarde, sua irmã estava bem ao seu lado.

– Desperte-a, Payne – ladrou. – Acorde este bebê. Não vou ter isto na consciência pelo resto da porra da minha vida. Acorde esta criança agora, droga!

Ah, sim, claro, aquilo adiantaria muito. Mas ele não estava se importando – e, evidentemente, tampouco sua irmã o estava.

E ela sabia com precisão o que fazer.

Estendendo a palma aberta diretamente acima da criança, fechou os olhos.

– Alguém me segure. Preciso...

Qhuinn e Blay logo a atenderam, cada um dos machos segurando-a pelos braços. E, merda, V. quis dizer alguma coisa para o par, oferecer algum tipo de... qualquer coisa... mas não havia nada que pudesse melhorar com meras palavras.

– Payne, você tem que conseguir.

Quando as sofridas sílabas se espalharam pelo ar, foi um choque perceber que ele as pronunciara, que era a sua voz entrecortada, que ele, o único macho no planeta que nunca, jamais, implorava por nada, era a pessoa que mais tremia ali...

Calor.

Ele sentiu calor.

Em seguida viu a luz, o brilho que, à diferença da força destruidora que abrigava em sua palma, era um poder curador suave, uma força rejuvenescedora, uma bênção operadora de milagres.

– Qhuinn? – sua irmã disse, rouca. – Qhuinn, me dê a mão.

Vishous saiu do caminho, apesar de ainda ter que segurar a máscara porque o bebê era prematuro demais mesmo para a menor das máscaras de Havers.

Qhuinn estendeu um braço e, merda, o macho tremia tanto que era como se estivesse dentro de um *mixer*. Mas Payne segurou a mão estendida e ajeitou-a debaixo de sua palma reluzente, de modo que a energia tinha que passar por sua carne para chegar ao bebê.

O irmão arquejou e sofreu um espasmo em reação, os dentes começando a se chocar, o rosto empalidecendo de súbito.

– Preciso de mais um par de mãos aqui – Vishous exclamou. – Temos que manter o papai longe do chão!

Em seguida, Manny estava junto a Qhuinn, sustentando-o pela cintura.

Quando a energia começou a deixá-lo, canalizada na criança, Qhuinn começou a respirar com mais dificuldade, o peito batendo rápido, a boca se abrindo, os pulmões evidentemente ardendo...

O bebê mudou de cor num piscar de olhos; tudo o que era pálido e acinzentado, num matiz horrível da morte, começou a enrubescer e a ficar rosado.

Em seguida, as mãozinhas, as minúsculas mãozinhas, mas ainda assim perfeitamente bem formadas, se mexeram. O mesmo aconteceu com as pernas; os pezinhos chutaram uma vez, duas. E também o tronco, o pulmão se expandiu e se contraiu no ritmo da máquina.

Payne não parou. E Qhuinn se desequilibrou – somente os braços fortes de Blay e o apoio extra de Manny mantinham seu corpo longe do chão.

Mais tempo, Vishous pensou. *Continue um pouco mais. Seque o poço caso isso for preciso...*

E foi exatamente o que a sua maravilhosa irmã fez. Continuou lançando sua energia através de Qhuinn, onde era ampliada e concentrada para ser canalizada na criança.

Continuou até desmaiar.

Qhuinn não durou muito mais do que ela.

Mas Vishous não podia se preocupar com eles. Manteve o olhar na criança, procurando por indícios de que a vida não se sustentaria... Que o cinza retornaria e que os sinais da morte retomariam a posse da pequena... Que o milagre seria apenas um alívio breve e cruel...

Não faça isso, mãe, ele pensou. *Não faça isso com estas boas pessoas. Não tire esta vida deles!*

CAPÍTULO 62

Rhage provavelmente estava esmagando Mary com os braços ao seu redor, mas ela parecia não perceber. O que era bom, pois ele duvidava muito que seria capaz de afrouxá-los.

Ao seu redor, estava vaga e dolorosamente ciente de todos os seus irmãos, das suas companheiras e das Escolhidas, todos os moradores da casa, a comunidade unida em meio à tragédia do outro lado da porta, que era fina demais para conter toda a dor ali.

Rhage não conseguia deixar de pensar em Bitty. Deus, se ele tivesse a oportunidade... Se ele e Mary tivessem a oportunidade, ele jamais deixaria de proteger a garotinha. Iria se certificar de que ela teria a vida que merecia, sabendo que nunca deixaria de ter um lar, pouco importava a distância entre eles.

– Isto é tão terrível – Mary sussurrou. – Tão horrível. Têm acontecido mortes demais por aqui ultimamente...

A porta se abriu e Blay explodiu para fora do centro de operações como se tivesse sido lançado por um canhão.

– Ela está viva! – exclamou. – Os dois estão vivos! Vivos! E Layla está estável.

Houve um momento de completo silêncio.

Como se todos os que estavam no corredor precisassem reprocessar tudo, trocar de faixa, passar outra marcha.

– E Qhuinn está desmaiado no chão!

Mais tarde, Rhage pensaria que todos comemoraram na hora errada, logo depois dessa última informação, mas quem é que se importava?

Blay se viu absorvido por corpos, todos gritando e chorando, abraçando e dando tapas nas costas, praguejando e gargalhando, balbuciando e tossindo enquanto detalhes eram exigidos e coletados, uma vez, duas, quantas vezes fossem necessárias. Havia tanto barulho, tanta vida, e Rhage estava bem ali no meio de tudo, sentindo como se tivessem ganhado na loteria, que uma dádiva lhes tivesse sido concedida, que um caminhão cargueiro viajava tranquilo, em vez de se chocar de frente com outro.

A doutora Jane foi a próxima a aparecer, e ela retirou a máscara quando todos a aclamaram. Mas, diferentemente do novo papai, tomou o cuidado de fechar a porta atrás de si.

– Psssssiu – ela disse com uma risada. – Temos muitos pacientes aí dentro. Preciso que duas macas passem por aqui, por isso podem abrir um espaço? Ah, obrigada, Ehlena.

A enfermeira evidentemente saíra pela outra porta, e trazia duas macas. As pessoas se juntaram para abrir espaço, mas Blay ainda estava sendo abraçado, no caminho.

– Como posso ajudar? – Rhage perguntou à médica.

– Bom, por enquanto não precisamos de nada. Todos estão bem, só precisamos deslocar alguns pacientes.

Rhage segurou o braço dela antes que se afastasse.

– Os bebês estão fora de perigo?

Aqueles olhos verde-floresta sustentaram seu olhar.

– Por enquanto. As próximas noites serão bem longas, mas o sistema de ventilação de água de Havers salvou as vidas dos dois. Devemos isso a ele.

Rhage assentiu e deixou a fêmea ir. Logo, aproximou-se do lugar em que Mary e Tohr estavam abraçados, à espera da sua vez. Só queria sentir sua *shellan* ao seu encontro de novo.

Quando Mary se virou para ele, Rhage estendeu os braços. Era tão maravilhoso senti-la pulando ao seu encontro que ele a suspendeu no ar.

– Está pronta para tentar isso? – disse ao seu ouvido. – Está preparada para ser mãe junto a mim?

– Ah, Rhage. – A voz de sua *shellan* se partiu. – Ah, espero que sim.

– Eu também. – Voltando a depositá-la no chão, franziu o cenho. – O que foi?

– Ah... – Mary olhou ao redor. – Onde você acha que podemos ter um pouco de privacidade por um segundo?

– Venha comigo.

Conduziu-a pela mão para longe da multidão, passando pela porta da academia e pela sala de pesos até a entrada do ginásio.

– Primeiro as damas – convidou-a ao segurar uma das portas de aço para ela.

As luzes de segurança iluminaram o espaço amplo com suavidade, e as placas de saída sobre as portas brilhavam num vermelho vivo.

– Eu havia me esquecido de como é grande aqui – Mary disse ao se afastar, abrindo os braços e rodopiando como a *Noviça rebelde*.

Rhage ficou para trás, olhando-a se mover, aquele corpo delicado, lindo para ele, atiçando-o em lugares que logo ficariam muito cobiçosos caso ele não desviasse o olhar.

– Posso acender as luzes – ele murmurou, desejando algo para fazer.

– Gosto da luz fraca assim. É romântico.

– Concordo.

Quando seu pau se projetou por baixo das calças de couro que vestira para o jantar, ele balançou a cabeça. Era óbvio que tinham algo importante para falar; no entanto, ele pensava em sexo. Vergonhoso.

Mas, cara, ela era gostosa.

E ele estava animado com as boas notícias.

E eles estavam sozinhos.

E, em seguida, Mary deu uma pirueta e fez um bamboleio que atraiu e manteve seu olhar na bunda dela.

Praguejando baixinho, estalou as costas e esticou um braço depois do outro.

– Aconteceu alguma coisa? – Deus, ele esperava que não. Por muitos motivos. – Mary?

– Ah, Rhage. A perda é algo muito difícil, sabe?

A tristeza na voz dela foi como uma imensa borracha, apagando todo o erotismo da sua mente.

– Bitty está bem?

– É isso o que ela queria saber. – Mary sorriu de uma maneira que pareceu melancólica. – Era isso o que Tohr também queria saber. Não é isso o que todos querem...? Mas, sim, ela está bem. Só está passando por muita coisa.

– Ela precisa de uma família.

Mary assentiu.

– No caminho para cá, enquanto eu dirigia, conversei com uma das assistentes sociais, aquela que Marissa designou para o nosso... caso, ou petição de adoção, ou seja lá como estamos chamando isso. Meio que criaremos o processo à medida que avançamos, mas ela vai precisar conversar com você e comigo, separadamente, e depois junto. Para saber em que ponto estamos de nossas vidas. Como chegamos à decisão de adotar. Quais são nossos planos, com e sem Bitty.

– O que preciso estudar para passar nesse teste?

Ela se virou até ficar de frente para ele.

– Seja honesto, apenas. E solícito. Não existem respostas erradas.

– Tem certeza? Porque tenho quase certeza de que ela não vai gostar da minha resposta quando perguntar: "Você tem uma besta morando dentro de você?".

– Conversamos sobre isso com Marissa, lembra? Não podemos escondê-la, mas a besta nunca me feriu, e nunca foi uma ameaça a ninguém nesta casa, contanto que não estivesse em batalha com você. E eu posso me opor a qualquer argumento de perigo mortal por conta da coisa de eu não poder morrer. Sem problemas.

Deus, ele se perguntou, *o que os levara a acreditar que aquilo podia dar certo?*

– Se não pudermos fazer isso por conta da minha maldição, acho que morro.

– Não podemos pensar assim. – Ela segurou a mão dele e a beijou. – Simplesmente não podemos.

– Tudo bem, vamos imaginar que passamos nas entrevistas, sejam quais forem. E depois?

– Depois disso, se seguirmos os procedimentos humanos, Rhym viria até aqui para vistoriar a mansão. Mas vai ser um pouco diferente, considerando-se onde e com quem vivemos.

– Não importa, se alguém tiver que vir, eu cuido disso.

– Bem, primeiro vamos ver o que ela quer fazer, está bem? – Mary ajeitou os cabelos para trás. – E, olha só... Já que estamos conversando sobre o assunto... Bitty tem passado por coisas demais... e tudo é muito recente. Acho que vai ser melhor para todos se primeiro formos apenas seus guardiões.

– Não. Não quero perdê-la...

– Preste atenção. Bitty acabou de perder a mãe. É importante que sinta que não estamos tentando eclipsar nada. Acho que, quando formos conversar com ela, devemos lhe dizer que ela pode continuar no Lugar Seguro pelo tempo que quiser. Ou pode vir morar com a gente.

– Podemos suborná-la?

Mary explodiu numa gargalhada.

– O quê? Não!

– Ah... Vamos lá, Mary. O que você acha que ela vai gostar? Sorvete? Privilégios ilimitados com a TV? Um pônei, pelo amor de Deus. Ou quem sabe eu possa suborná-la com uma bolsa. Ela já está nessa idade?

Mary deu um tapa no peito dele.

– Não, você não pode suborná-la. – Depois abaixou o tom de voz. – Acho que ela gosta de animais. Na dúvida, podemos lançar mão de George e Boo... Com fotos.

Rhage gargalhou e atraiu sua fêmea para um beijo.

– Já pensou onde ela pode ficar na casa? Quero dizer... se isso acontecer mesmo?

– Para falar a verdade, sim, mas vai requerer um pouco de reorganização. E uma mudança para nós.

– Para onde? O Buraco está cheio, e Butch e V. xingam como estivadores. Eles são piores até do que eu.

– Bem, pensei em talvez perguntar a Trez se ele se importaria de trocar de quarto conosco. Podemos ir para o terceiro andar, nos instalamos nos quartos que Trez e iAm usam. Quero dizer, ambos são suítes, e estaríamos próximos para o caso de Bitty precisar de nós.

– Essa é uma ótima ideia.

– Ã-hã.

Abraçando sua Mary, ele ficou de súbito muito ciente do vasto espaço que os cercava. Com a luz fraca, os contornos e os cantos do ginásio estavam basicamente obscurecidos nas sombras; a arquibancada vazia, as cordas pensas no teto, as marcações da quadra de basquete, as tábuas de pinho lustradas eram apenas uma nota de rodapé no interior cavernoso.

Rhage franziu o cenho, pensando que havia uma metáfora ali.

O mundo era mais ou menos assim, vasto e vazio a não ser por quem você amava, nada além de uma versão mais acolhedora de um espaço preenchido com tranqueiras aleatórias com as quais você se depara. O chão era a família, os amigos, sua tribo de iguais. Sem isso?

Ele se afastou e começou a andar.

Sem piruetas para ele.

– Rhage?

Ele pensou no que ela argumentara, sobre as reuniões com a assistente social, ele com sua besta, ela com... sua situação incomum. E então lembrou-se de ter ficado deitado no gramado daquele *campus* abandonado, ela no chão sobre ele, esforçando-se para mantê-lo vivo mesmo que ambos tivessem uma escapatória que, num momento como aquele, era, de fato, um milagre.

Quando parou, estava na marca do lance livre. Mas sem nenhuma bola de basquete, nenhuma cesta para acertar, nenhuma linha de defesa dos seus oponentes nem companheiros de equipe. O que havia era uma urgência.

Olhou para o lugar onde a cesta estaria, se o grande braço de metal com seu quadrado de vidro estivesse baixado do teto até seu lugar.

– Mary, quero que me prometa uma coisa.

– Qualquer coisa.

Olhando para ela, teve dificuldade para falar, e precisou limpar a garganta.

– Se nós... se você e eu acabarmos ficando com Bitty? Se a tivermos como nossa filha, quero que prometa... – O centro do seu peito começou a arder. – Se eu morrer, você tem que ficar com ela. Não pode deixá-la para trás, ok? Se eu for, você fica. Não vou deixar que aquela garotinha perca mais um casal de pais. Isso não vai acontecer.

Mary levou as mãos à boca e fechou os olhos, abaixando a cabeça.

– Eu vou esperar por você – disse, emocionado. – Se eu morrer, vou te esperar no Fade, assim como todo mundo faz. Inferno, eu vou proteger vocês duas lá das nuvens, como um anjo. Mas você... você tem que ficar com ela.

Bitty, afinal, viveria mais tempo do que ele. É assim que a gente espera e reza para que aconteça. Os filhos sucedem os pais, assumem seu lugar, andam em caminhos futuros com suas tradições e lições, de forma que o que lhes foi transmitido possa seguir adiante.

Isso é a imortalidade para o mortal.

E é verdade, quer você tenha parido seus filhos ou aberto seus braços para eles.

– Você fica aqui, Mary.

Conforme começou a absorver as implicações do pedido de Rhage, Mary sentiu seu coração bater mais forte e seu corpo começar a suar.

Mesmo com a confissão de seu desejo sobre querer mantê-lo no planeta exatamente pelo mesmo motivo que ele empregava agora, ouvi-lo dizer aquilo? Tudo isso a deixava meio nauseada, um retorno àquele instante em que ela acreditou que o perderia – mesmo que, naquele instante, soubesse que poderia reencontrá-lo no Fade.

Era como se, uma vez mais, ele estivesse arquejando ao tentar respirar sem conseguir, com o sangue se avolumando em seu peito, indo embora apesar de seu corpo ainda permanecer junto dela.

Em seguida, pensou em Bitty no banco de trás do GTO, chorando, perdida, sozinha.

– Sim – Mary respondeu, rouca. – Eu fico. Por ela. Pelo tempo em que ela estiver viva, ficarei com ela.

Rhage exalou longa e profundamente.

– Isso é bom. Isso é...

Encontraram-se no meio do caminho, um andando em direção ao outro e, quando se abraçaram, ela virou a cabeça sobre o peito largo dele, ouvindo as batidas do coração junto ao seu ouvido. Olhando através do ginásio mal iluminado, odiou a escolha que acabara de fazer, o juramento que acabara de proferir... e, ao mesmo tempo, ficou muito grata por ele.

– Ela não pode saber – Mary disse de súbito ao se afastar um pouco e levantar o olhar. – Bitty não pode saber sobre mim. Pelo menos não até ter tomado sua decisão. Não quero que o medo dela de ficar sozinha influencie a escolha que terá que fazer. Se ela quiser vir conosco, terá que ser porque escolheu de livre e espontânea vontade. Toda a morte na vida dela pode ser uma parte disso, mas não pode ser tudo.

– De acordo.

Mary voltou a se aproximar dele.

– Eu te amo.

– Eu também te amo.

Permaneceram no ginásio por bastante tempo. Depois, Rhage mudou de posição, esticando um braço para o lado e deslizando o outro ao redor da cintura dela.

– Dança comigo?

Ela deu uma risada.

– Com que música?

– Nenhuma. Qualquer uma. Não é importante. Só dance comigo aqui no escuro.

Por algum motivo, lágrimas se formaram em seus olhos quando eles começaram a se mover, oscilando a princípio, o deslizar dos pés no chão liso e o roçar das roupas como único acompanhamento. Em pouco tempo, encontraram um ritmo, e logo ele a conduzia numa valsa, uma valsa antiga e correta na qual ele se saía muito melhor do que ela.

Rodopiando ao redor do espaço vazio, ela descobriu que uma sinfonia começava a tocar em sua mente, os instrumentos de corda e as flautas, a percussão e as trombetas conferiam grandiosidade e vigor à dança.

Deram voltas e voltas até ela sorrir para ele, apesar de uma lágrima escorrer por seu rosto.

Ela sabia o que ele estava fazendo. Sabia exatamente por que ele lhe pedira para fazê-lo.

Estava lembrando-a que o futuro era desconhecido e incompreensível.

Portanto, se você tem a oportunidade... Mesmo sem música, vestido de gala, smoking ou um baile... Quando o seu verdadeiro amor te chama para dançar?

É importante dizer sim.

CAPÍTULO 63

Vishous estava do lado de fora do ginásio, olhando através de uma das portas de aço com janelas de vidro e tela de arame ao redor delas.

Rhage e Mary estavam dançando no espaço vazio, girando ao redor, o corpo muito menor da fêmea segura e conduzida pelo mais amplo do macho. Olhavam um para o outro, fitando-se nos olhos. Merda, dava para jurar que havia um quarteto de cordas ou até mesmo uma orquestra completa tocando ali dentro, pelo modo como se moviam juntos.

Ele não era do tipo dançarino.

Além disso, não dava para dançar ao som de Rick Ross nem de Kendrick Lamar.

Tirando um dos seus cigarros enrolados do bolso de trás das calças de couro, acendeu-o e exalou a fumaça ao se apoiar no ombro e continuar a espiar.

Pensou que os dois mereciam seu respeito. Indo atrás daquela menina, a tentativa de fazer acontecer o lance da família feliz. Mas, em retrospecto, Rhage e Mary sempre estiveram na mesma página, em sintonia. Nada atrapalhava o relacionamento deles, tudo estava sempre perfeito.

Que é o que acontece quando você junta uma terapeuta com a cabeça no lugar com o filho ilegítimo de Brad Pitt e Channing Tatum: harmonia cósmica.

Deus, em comparação, o relacionamento dele e Jane parecia meio... clínico.

Nada de dança no escuro para eles, não a menos que fosse do tipo horizontal... E quando foi a última vez que isso aconteceu mesmo? Jane ficava direto na clínica, e ele vivia ocupado com todo tipo de merda.

Ok, era estranho. Mesmo não sendo invejoso – a inveja, junto a tantas outras emoções, era simplesmente o mais absurdo desperdício de tempo –, ele se viu desejando ser mais próximo do normal. Não que ele pedisse desculpas por suas manias, ou pelo fato de ser predominantemente um cara racional, e não emocional. Ainda assim, quando ele se viu do lado de fora observando o que seu irmão tinha, meio que se considerou quebrado de algum modo indescritível.

Não que ele quisesse se transformar na versão masculina de Adele ou alguma merda do tipo.

Pois é, ponha isso na lista do "Sem chance".

Mas ele desejava...

Ah, cacete, ele não tinha a mínima ideia de onde isso vinha.

Mudando de assunto – antes que acabasse se metendo num par de calcinhas de renda –, pensou na filha de Qhuinn, naquela coisinha que voltara dos mortos.

Como Payne soubera o que fazer? Merda, se ela não...

Vishous franziu o cenho com uma lembrança de Mary que ressurgira e se recusava a ir embora. Ela estivera falando do momento em que salvara a vida de Rhage... quando movera o dragão até o meio do peito para que a besta, de alguma forma, curasse o ferimento à bala.

Não sei como, mas sabia o que fazer, ela lhe dissera, ou algo semelhante.

Pensou nele mesmo ao confrontar a mãe enquanto Rhage estava morrendo, para solicitar que ela fizesse algo antes de sair num rompante, todo puto da vida. E depois se lembrou da exigência que lançara aos céus enquanto trabalhava sobre o corpo sem vida da filha de Qhuinn.

Merda.

Inclinando-se para baixo, amassou o cigarro fumado apenas até a metade com a sola da bota e jogou o resto no lixo.

Fechando os olhos...

... desmaterializou-se até o pátio dos aposentos privativos da mãe, voltando à sua forma diante da colunata.

No mesmo instante, soube que havia algo de errado.

Olhando por cima do ombro, franziu a testa. A fonte que sempre despejara água cristalina... estava parada. E, quando se aproximou da base, descobriu que a coisa estava absolutamente seca, sua cuba vazia como se nunca tivesse visto água.

Depois relanceou para a árvore onde ficavam os pássaros.

Todos haviam sumido. Todos.

Quando sinos de alarme dispararam dentro de seu crânio, começou a correr, atravessando os aposentos privados da sua *mahmen*. Socou a porta, mas não por muito tempo – uma vez mais empurrou-a com o ombro, forçando-a a se abrir.

Desta vez, ele a arrancou das dobradiças, despencando no chão interno como um cadáver.

– Mãe... *Porra*.

Tudo havia sumido. A plataforma que servira de cama. A penteadeira. A única cadeira. Mesmo a cela duplamente trancada estava exposta; a cela na qual Payne fora mantida atrás das cortinas. Os metros de tecido pendendo dos trilhos não estavam mais ali.

Ao fechar os olhos, deixou que seus sentidos vasculhassem o cômodo, procurando por pistas. Sua mãe estivera ali há pouco. Ele sabia disso em seu sangue – algum resquício da fonte de energia dela permanecia no lugar como um perfume poderia permanecer após a partida de alguém. Mas para onde ela fora?

Ele pensou na multidão no centro de treinamento. Amalya, a *directrix*, estivera entre eles, junto a Cormia e Phury, e todas as outras Escolhidas que foram até lá para rezar e acompanhar os nascimentos.

A Virgem Escriba esperara até estar sozinha para partir.

Ela, que tudo sabia, que tudo via, deliberadamente escolhera um momento de crise na Terra, quando todos que poderiam ter um motivo para subir até ali estariam ocupados com outro assunto.

Vishous saiu dos aposentos privativos.

– Mãe! Onde diabos você está?

Um som provocou seus ouvidos, emanando de algum lugar do lado externo do pátio. Seguindo-o, passou pelas portas que se abriam para o Santuário e olhou ao longo das terras verdejantes.

Pássaros.

Eram os pássaros cantando em algum ponto mais distante.

Trotando, ele seguiu o doce cantar, atravessando o gramado rente e passando pelos templos e pelos dormitórios marmóreos desocupados.

– Mãe? – ele berrou pelo cenário estéril. – Mãe!

– Olá, *mahmen*, está acordada agora.

Ao ouvir a voz masculina acima dela, Layla percebeu que sim, seus olhos estavam abertos, e sim, ela estava viva...

– Os bebês! – gritou.

Uma súbita onda de energia fez com que ela tentasse se levantar, mas mãos gentis a recostaram novamente. Quando uma pontada de dor atingiu seu baixo ventre, Qhuinn posicionou seu rosto bem diante do dela.

Ele estava sorrindo. De orelha a orelha.

Sim, seus olhos estavam vermelhos, e ele estava pálido e um tanto trêmulo, mas o macho sorria tão amplamente que sua mandíbula só podia estar doendo.

– Estão todos bem. Nossa filha quase me matou de susto, mas os dois estão bem. Respirando. Se movendo. Vivos.

Uma onda de emoção caiu sobre ela, e seu peito queria explodir com uma combinação de alívio, alegria e o resquício de terror que sentira até eles a apagarem com os sedativos. Como se soubesse exatamente o que ela sentia, Qhuinn começou a abraçá-la, envolvendo-a em seus braços, e ela tentou retribuir o abraço, mas não tinha forças.

– Blay – ela disse com a voz rouca. – Onde ele...

– Bem aqui. Estou bem aqui.

Acima do ombro largo de Qhuinn, ela viu o outro macho e desejou alcançá-lo – e, como se o percebesse, ele também chegou mais perto, e os três se uniram num abraço que os deixou tontos e, de algum modo, mais fortes também.

– Onde eles estão? Onde...

Os machos recuaram, e o modo como Qhuinn olhou para Blay a deixou nervosa.

– O quê? – ela exigiu saber. – O que há de errado?

Blay a segurou pela mão.

– Olha só. Queremos que se prepare. Eles são muito pequenos. Muito... muito pequenos. Mas são fortes. A doutora Jane e Manny os avaliaram, Ehlena também. E fizemos uma videoconferência com Havers e repassamos tudo com ele. Eles terão que ficar aqui um tempo, com os ventiladores e água, até que os pulmões amadureçam e eles consigam respirar e comer sozinhos, mas estão se saindo muito bem.

Layla se viu assentindo enquanto engolia um bolo de medo de volta. Olhando para Qhuinn, seus olhos voltaram a se encher de lágrimas.

– Eu tentei mantê-los... Eu tentei...

Ele sacudiu a cabeça com firmeza, mas o olhar azul e verde estava sério demais.

– Foi um problema com a sua placenta, *nalla*. Não havia nada que você pudesse ter ou não ter feito para impedir que isso acontecesse. Foi exatamente a mesma coisa que aconteceu com Beth.

Ela levou as mãos ao ventre bem mais murcho.

– Eles removeram meu útero?

Blay sorriu.

– Não. Eles tiraram os bebês e depois contiveram a hemorragia. Você pode ter mais filhos se a Virgem Escriba assim o desejar.

Layla olhou para seu corpo, sentindo uma onda de alívio. E de tristeza pela rainha.

– Eu tive sorte.

– Sim, você teve – Qhuinn concordou.

– Todos nós tivemos – ela corrigiu, olhando para ambos. – Quando posso vê-los?

Qhuinn recuou um passo.

– Eles estão bem ali.

Layla se esforçou para se sentar, segurando os braços dos pais. E depois arquejou.

– Oh...

Antes que se desse conta, saiu do colchão, mesmo sentindo dor, e apesar de estar conectada a cento e cinquenta mil quilos de equipamentos médicos.

– Merda – Qhuinn disse. – Tem certeza de que quer...

– Ok, ok, vamos nos mexer – Blay o interrompeu. – Vamos te levantar e ajudá-la.

Com uma concentração que jamais experimentara, ela não prestou atenção a nada que não fosse se levantar para ver seus filhos: não viu o modo como os machos se apressaram para reorganizar os monitores sobre as mesas com rodinhas, nem o tanto que teve que se apoiar em braços e ombros, tampouco percebeu a dor berrando em seu ventre.

As incubadoras estavam encostadas na parede, lado a lado, separadas por apenas um metro. Luzes azuis brilhantes estavam acesas sobre as pequeninas formas, e oh, Deus... os fios, os tubos...

Foi então que ela se sentiu um pouco tonta.

– Os óculos não são demais? – Blay comentou.

De repente, ela riu.

– Eles se parecem mini-Wraths. – Depois ficou séria. – Você tem certeza...

– Absoluta – Qhuinn afirmou. – Eles têm um longo caminho pela frente, mas, porra, são dois guerreiros. Ela, especialmente.

Layla se aproximou da filha.

– Quando vou poder segurá-los?

– A doutora Jane quer lhes dar um tempinho. Amanhã? – Blay disse incerto. – Talvez na noite seguinte?

– Vou esperar. – Mesmo sendo a coisa mais difícil que faria. – Vou esperar o tempo necessário.

Ela se virou para o outro lado e olhou para o filho.

– Santa Virgem Escriba, ele se parece com você, não?

– Parece, não parece? – Qhuinn balançou a cabeça. – Isso é uma loucura. Quero dizer...

– Que nomes vão dar a eles? – Blay perguntou. – Está na hora de vocês dois pensarem em nomes.

Verdade, Layla pensou. Seguindo a tradição dos vampiros, não se antecipava nada nos nascimentos dos bebês. Não existiam chás de bebê como com os humanos, nenhuma lista de nomes de meninos e meninas, nenhuma pilha de fraldas, de mamadeiras, nem mesmo berços. Para os vampiros, dava azar se antecipar nessas coisas, imaginando um parto saudável.

– Sim – ela concordou, concentrando-se na filha. – Precisamos pensar em nomes.

Nesse instante, a menininha moveu a cabeça e pareceu olhar para cima, através dos óculos escuros e do vidro da incubadora, atravessando o espaço entre mãe e filha.

– Ela vai ser linda – Blay murmurou. – Absolutamente linda.

– Lyric – Layla disse num rompante. – Ela se chamará Lyric.

Blay se retraiu.

– Lyric? Você sabe, esse é o... Você sabe que esse é o nome de minha *mahmen*...

Quando o macho parou de falar, Qhuinn começou a sorrir. Depois se inclinou para baixo e beijou Layla na bochecha.

– Sim. Definitivamente, ela será chamada Lyric.

Blay piscou algumas vezes.

– Minha *mahmen* vai ficar... incrivelmente honrada. Assim como eu.

Layla apertou a mão do macho.

– Seus pais serão os únicos *granhmen* que essas crianças terão. É justo que o nome de um deles seja homenageado. E, quanto ao nosso filho, talvez possamos pedir ao Rei que lhe conceda o nome de um Irmão? Parece adequado, já que o pai deles é um membro nobre e valente da Irmandade da Adaga Negra.

– Ah, não tenho certeza quanto a isso – Qhuinn tentou desconversar.

– Isso – Blay concordou. – É uma ótima ideia.

Qhuinn começou a sacudir a cabeça.

– Mas eu não sei se...

– Está decidido – Layla anunciou.

Quando Blay assentiu, Qhuinn levantou as palmas.

– Sei quando sou vencido.

Layla piscou para Blay.

– Ele é inteligente, não acha?

Do lado de fora da sala de parto, Jane revisava os prontuários que Ehlena acabara de lhe entregar, folheando as páginas detalhando o progresso do escravo de sangue.

– Bom, bom... Os sinais vitais estão melhorando. Vamos continuar com o soro. Quero que ele continue com o acesso intravenoso mais um tempo, e vamos ver se conseguimos trazer uma Escolhida para alimentá-lo.

– Já pedi a Phury. – A *shellan* de Rehv se retraiu. – Mas eu, sinceramente, não sei como as coisas vão acontecer. Ele está numa situação muito ruim. Aqui em cima.

Enquanto Ehlena apontava para a cabeça, Jane assentia.

– Conversei com Mary sobre isso. Ela disse que está pronta para falar com ele assim que estiver mais estável.

– Ela é maravilhosa.

– Verdade.

Jane devolveu o prontuário, trocando-o pelo de Layla. Sim, ela poderia muito bem ter optado pelos registros eletrônicos, mas fora treinada antes de tudo ser computadorizado, e sempre dava preferência para o bom e velho papel.

Teve que sorrir ao pensar na desaprovação de Vishous. Ele estava ansioso em implantar um sistema de computadores mais ou menos decente ali embaixo, mas respeitava as prerrogativas dela, mesmo se frustrando com isso. E eles faziam entradas num sistema de banco de dados, algo que Jane passava as tardes de domingo fazendo, quando todos estavam tranquilos.

Era um exercício de meditação tão bom quanto qualquer outro.

– Então, como estão as crianças? – murmurou ao ler as anotações que Ehlena fizera na última checagem de rotina. – Oh, bravo, menina. Veja os níveis de oxigenação. Bem onde os queremos.

– Essa menina tem algo muito especial. Acredite em mim.

– Concordo plenamente. – Jane virou outra página. – E a mamãe, como está... Ah, que bom. Sinais vitais fortes. Nível de urina perfeito. Contagem de plaquetas excelente. Gostaria que ela começasse a se alimentar assim que puder.

– Sei que os Irmãos estão ansiosos em ajudar. Tive que expulsá-los. Juro, pensei que eles acabariam ficando aqui até essas crianças estarem prontas para ir para a escola.

Jane riu e fechou o prontuário.

– Vou dar uma olhada em todos enquanto você começa a fisioterapia de Luchas.

– Entendido.

– Você é a melhor...

– Oi, parceira.

Jane levantou a cabeça. Manny vinha pelo corredor, os cabelos úmidos, a roupa cirúrgica limpa, os olhos alertas.

– Pensei que você fosse descansar nas próximas seis horas?

– Não consigo ficar longe. Pode ser que eu perca alguma coisa. Como estamos por aqui?

– Quer se juntar a mim na ronda?

– Sempre.

Jane sacudiu a cabeça ao apoiar a mão na porta de Layla e empurrar. Profissionais da Medicina eram sempre assim. Não conseguiam ficar afastados...

Parou na soleira.

Do lado oposto, a nova mãe estava entre as incubadoras com Blay num lado e Qhuinn no outro, os três fitando os bebês e conversando suavemente.

O amor era palpável.

Naquele instante, isso era todo o remédio de que precisavam.

– Algo errado? – Manny perguntou quando ela recuou e fechou a porta.

Jane sorriu.

– Está na hora da família agora. Vamos lhes dar uns minutos, ok?

Manny retribuiu o sorriso.

– Toca aqui, doutora. Você foi uma tremenda cirurgiã lá.

Quando ela bateu na palma erguida, assentiu.

– E você salvou seu útero.

– Você não adora esse bom trabalho em equipe?

– Todas as noites e todos os dias – ela respondeu quando voltaram a andar pelo corredor, sem pressa, só para variar. – Ei, quer ir comer? Não me lembro da última vez em que comi alguma coisa.

– Acho que comi uma barra de Snickers na quarta passada – seu parceiro murmurou. – Ou foi na segunda?

Jane gargalhou e deu uma bundada nele.

– Mentiroso. Você tomou um milk-shake. Há duas noites.

– Ceeeeerrto. Ei, onde está o seu homem? Ele deveria se juntar a nós.

Jane franziu o cenho e olhou para cima e para baixo no corredor vazio.

– Sabe... Não faço a mínima ideia. Pensei que tivesse ido fumar, mas já era para ele ter voltado...

Aonde Vishous fora?

CAPÍTULO 64

No Santuário, Vishous seguiu o cantar dos pássaros ao longo da área de banhos na Piscina Refletora, até o limite com a floresta. Por um instante, questionou se o objetivo não seria o de atraí-lo até os limites, ainda que fosse de conhecimento público que, caso você tentasse entrar naquela faixa densa de árvores, o negócio simplesmente o cuspiria até o ponto em que você começara.

Mas, em seguida, diminuiu o passo.

E parou.

Os pássaros que estavam emprestando suas vozes para o ar se calaram quando ele olhou para o único lugar em que sequer considerara ir.

O cemitério onde as Escolhidas falecidas foram colocadas em seu repouso estava cercado pelos quatro lados por sebes tão altas que ele só conseguia enxergar acima delas. Uma arcada interrompia as folhagens pequenas, e era sobre essa treliça que os pássaros estavam empoleirados, encarando-o silenciosamente agora que sua tarefa fora cumprida.

Aproximando-se, abaixou a cabeça, apesar de isso não ser necessário, visto que a arcada mais do que acomodava sua passagem. Quando entrou, os pássaros alçaram voo, afastando-se até desaparecer.

Foi impossível não pensar em Selena ao fitar as estátuas das fêmeas, que, na verdade, não eram estátuas de verdade. Eram Escolhidas que, como ela, foram acometidas pela Prisão, morrendo, assim como a companheira de Trez morrera, de uma doença tão implacável quanto letal.

O som de algo tremulando fez com que sua cabeça se virasse.

Ali, numa das paredes da sebe, tremulando como uma bandeira, estava um bloco de símbolos reluzentes no Antigo Idioma. A missiva não estava de fato montada em nada; o texto fluía solto, amalgamando-se numa ordem que presumivelmente faria sentido para quem lesse; todavia, movia-se em dobras num vento inexistente, como se as palavras estivessem costuradas num pano erguido num poste.

Com uma sensação de pavor, aproximou-se do que sabia ser algo deixado pela mãe para ele.

Estendendo a mão, segurou a ponta e esticou a mensagem, sentindo um peso apesar de ele não existir, e um término, ainda que não houvesse nenhum.

Os símbolos dourados se deitaram numa série de linhas retas, e ele leu tudo uma vez. Depois de novo. E uma terceira vez.

Existem estações para tudo, e o meu tempo chegou ao fim. Sinto-me entristecida por tanto que ocorreu entre nós, e entre sua irmã e eu. O destino provou ser mais poderoso do que meu coração, mas é assim que deve ser.

Indicarei um sucessor. O Criador está me permitindo esse desejo, e eu o executarei quando a hora chegar, e ela está próxima. Esse sucessor não será nem você nem sua irmã. É preciso que saiba que isso não é por querê-los mal, mas em reconhecimento pelo que ambos escolheram para suas vidas.

Quando cumpri minha obrigação de trazer a raça à existência, este não foi o fim que previ. Todavia, pode ser difícil, mesmo para as divindades, diferenciar entre o que elas desejam e o que acontecerá.

Em outra dimensão, talvez voltemos a nos encontrar.

Diga à sua irmã que lhe mando o meu amor.

Saiba que também o entrego a ti.

Adeus

Quando deixou que o texto voltasse ao seu lugar, os símbolos se misturaram no ar assim como os tentilhões tinham feito antes, alçando-se na atmosfera ao desaparecer no céu leitoso.

Vishous virou-se algumas vezes, como se o ato de girar ao redor de si mesmo de algum modo desacreditasse aquela realidade. Em seguida, parou e se tornou mais uma estátua, com os olhos fixos, mas sem ver nada, o corpo imobilizado onde estava.

Não conseguia decidir se o que sentia era alívio, sofrimento ou... inferno, ele não sabia que porra era aquilo. E sim, sentiu o impulso súbito de pedir a seu melhor amigo, Butch, que o amarrasse e o açoitasse até que o sangue vertido limpasse a bagunça que havia dentro de sua cabeça.

Bloodletter estava morto, o pai de V. fora morto há tempos por sua irmã, o maldito tendo ido ao *Dhunhd*, se é que existia alguma justiça no mundo.

E agora sua *mahmen* partira.

Nenhum dos dois prestara como pais, e tudo bem assim. Isso fora o seu normal; pessoas cujos *mahmen* e pai eram adequados em seus papéis sempre lhe pareciam esquisitos.

Portanto, agora era completa e malditamente bizarro sentir-se sem raízes, levando-se em consideração que nunca, de fato, tivera uma família.

Relembrou a sobrevivência de Rhage no campo de batalha. E depois considerou aquele bebezinho sobrevivendo apesar de não dever ter sobrevivido.

– Porra – exalou.

Típico da sua mãe. A última coisa que fizera antes de bater as botas, se é que se podia dar a seu desaparecimento a alcunha de morte, fora atender às suas preces – e salvar a vida da filha de Qhuinn.

Quer dizer, um "foda-se" final.

Ou, merda, talvez fosse seu filtro de ódio retorcendo tudo até que ficasse sob uma ótica ruim.

Tanto fazia. Ela se fora... e pronto. Só que...

Jesus Cristo, ele pensou ao esfregar o rosto. A Virgem Escriba *se fora.*

CAPÍTULO 65

Quando a noite caiu, Assail ainda estava no complexo do centro de treinamento da Irmandade, sentado numa cadeira perto de Markcus, que dormira o dia inteiro.

Devido ao tempo em que estivera ausente e considerando o plano para aquela noite, sacou o celular e seus dedos voaram pela tela para mandar uma mensagem aos primos.

– O que é isso? – uma voz rouca perguntou.

Virando a cabeça, ele se surpreendeu em ver que Markcus despertara.

– É um iPhone. – Levantou o aparelho. – Um... aparelho celular.

– Lamento... – O macho se suspendeu um pouco nos travesseiros. – Lamento, mas isso não significa nada para mim.

Por um instante, Assail tentou imaginá-lo sem todo aquele cabelo embaraçado, com alguns quilos a mais em sua estrutura física, o rosto mais cheio, de forma a não parecer tão esquelético. Ele se mostraria deveras... gracioso.

Voltando ao presente, Assail murmurou:

– É um telefone. Você sabe, um aparelho para ligar para as pessoas? Ou mandar mensagens?

– Ah.

– Você sabe o que é um telefone?

Markcus assentiu.

– Mas eles ficavam sobre mesas, e não dentro de bolsos.

Assail se sentou mais à frente na cadeira.

– Quanto tempo você permaneceu preso lá?

O corpo inteiro do macho reagiu à pergunta, ficando todo tenso. Mas ele não se recusou a responder.

– Em que ano estamos? – Quando Assail respondeu, o rosto pálido pareceu definhar. – Oh... Santa Virgem Escriba...

– Quanto tempo?

– Trinta e dois anos. Que... que mês estamos?

– Outubro. Quase novembro.

Markcus assentiu.

– Estava frio. Quando você me carregou para fora da casa... estava frio, mas não sabia se era só eu ou...

– Não era só você.

Jesus, Naasha deve tê-lo sequestrado logo depois de se vincular a seu *hellren*. Devia ter previsto o que receberia do macho ancião. Mas por que não cuidara melhor de Markcus? Desconsiderando as questões morais, as fontes de sangue eram, afinal, tão boas quanto a saúde da carne em que habitavam.

Então, Assail pensou no modo como Naasha o usara e aos outros. Evidentemente, ela encontrara outras fontes para se alimentar.

A negligência obviamente acontecera quando a necessidade diminuíra.

Houve silêncio. Depois, Markcus disse:

– Como soube que eu estava lá?

– Eu explorava a casa em busca de... – Assail desconsiderou a resposta, por sua ausência de relevância. O que mais importava era... – Todos nos perguntamos quem são seus parentes? A quem podemos telefonar em seu nome?

– Meus parentes estão todos no Antigo País. Deixei-os para vir para cá porque eu queria... – Markcus parou de falar por um instante. – Eu queria uma aventura. Fui para aquela casa em busca de emprego. A senhora me procurou em meu quarto certa noite, e depois requisitou minha presença no porão. Deu-me vinho para beber e...

Os olhos do macho pareceram se anuviar, como se as lembranças fossem tão obscuras e pesadas que conseguiam privá-lo de sua consciência.

– Como podemos localizar seus parentes? – Assail perguntou.

– Não sei. Eu... – Markcus voltou a se concentrar abruptamente. – Não, não os procure. Não agora. Não posso vê-los assim.

Quando o macho ergueu os pulsos com as tatuagens, ele pareceu tão indefeso quanto estivera quando acorrentado à parede da cela.

– O que posso lhes dizer? Não passamos de cidadãos plebeus, tive que trabalhar para pagar minha passagem de navio até o porto de Nova York. Mas todas as linhagens têm o seu orgulho. E não existe... nenhum orgulho nisto.

Assail esfregou o rosto com tanta força que o coitado do seu nariz fodido zuniu. O que o fez se lembrar: tinha que ir pegar mais cocaína antes de executar suas tarefas ao cair da noite.

– Você pode ficar comigo e com meus primos – anunciou. – Estará seguro lá.

Markcus meneou a cabeça enquanto passava as pontas dos dedos sobre o pulso esquerdo.

– Por que... Por que faria isso?

– É como já lhe disse. Você está precisando. E eu me vejo necessitando ajudar alguém. – Assail levantou as duas palmas. – E não há nenhuma trama por trás disso. Somos apenas três machos que moram juntos.

Naturalmente, deixou de mencionar seu vício em cocaína, o fato de que costumava se relacionar promiscuamente e também seu passado como importador e comerciante de drogas.

Perguntou-se, então, se estaria começando de novo.

Hum. Considerando a compra de armas que acabara de fazer para a Irmandade? Talvez o termo correto fosse começar algo *diferente*, e não novo.

– Existe trabalho a ser feito em sua casa? – Markcus apontou para as roupas de Assail. – A julgar por seus trajes e sua inflexão, está claro que é um macho de posses. Existe algum trabalho que eu possa fazer a fim de pagar os custos de minha hospedagem? De outro modo, não posso aceitar sua oferta.

Assail deu de ombros.

– É um trabalho humilde.

– Nenhum esforço é humilde se for bem feito.

Assail se recostou na cadeira e observou o pedaço de gente sobre o leito hospitalar. Mal saído do cativeiro – no qual permaneceu por malditos trinta anos – e o macho já dava sinais de caráter.

– Vou deixá-lo agora – Assail se ouviu dizer. – Mas retornarei antes do amanhecer, e quando lhe derem alta, você virá para casa comigo. É isso o que vai acontecer.

Markcus abaixou a cabeça.

– Estarei para sempre em débito.

Não, Assail pensou consigo. *Sinto que é exatamente o oposto, meu bom macho.*

Rhage e Mary caminharam de braços dados até a grande escadaria da mansão. Conforme subiam, ela sorriu e se lembrou dos dois valsando ao redor do ginásio vazio. Depois corou ao pensar no que fizeram assim que a dança chegou ao fim.

Aquela sala de equipamentos jamais presenciara tamanha ação.

– Quando foi que ela disse para eu estar lá? – Rhage perguntou.

– Você tem trinta minutos para se aprontar. É a cafeteria I've Bean Waitin', na avenida Hemingway. Acredito que Rhym vá de carro, mas você certamente não precisa.

– Não vou pedir nada enquanto estiver lá. Não quero ficar com bafo de café.

– Rhage. Sério. – Ela o deteve assim que chegaram ao segundo andar. – Você vai se sair bem.

Segurando o lindo rosto entre as mãos, ela alisou as linhas de preocupação na testa e afagou a barba crescida.

– Apenas encare isso como qualquer outra conversa.

– Vou ser entrevistado para ser o pai de Bitty. Como diabos isso pode ser qualquer outra conversa? E, Deus, pode me dizer o que vestir? Será que devo usar um terno? Sinto como se devesse.

Segurando-o pela mão, ela o puxou na direção do quarto deles.

– Que tal calças pretas normais e uma das suas camisas de seda preta? Ela vai ficar tão distraída com sua beleza que nem se lembrará do próprio nome, quanto mais do que deveria perguntar.

Ele resmungava enquanto entravam na suíte, e sua atitude não melhorou quando ela o enxotou para o banheiro.

– Não – ela disse quando tentou puxá-la para que o acompanhasse. – Vamos nos distrair assim. Deixe-me separar suas roupas.

– Você tem razão. Sem falar que toda vez que penso aonde tenho que ir sinto vontade de vomitar.

Seguiram caminhos diferentes no meio do quarto, ele para se barbear e lavar os cabelos, ela para o *closet*, onde...

O grito que emanou do banheiro foi o suficiente para lhe causar um ataque cardíaco.

– Rhage! Rhage! O que aconteceu?

Ela disparou pelo carpete e entrou... chocando-se contra as costas dele.

– Estão zoando comigo?! – ele ladrou.

– O que... O que você...

Mary começou a gargalhar, o acesso de riso tão forte que ela teve que se sentar na beirada da Jacuzzi.

Alguém, ou melhor *alguéns*, decoraram o banheiro deles com o tema de *A Pequena Sereia*: toalhas nos cabideiros, tapetes no piso diante da pia de cubas duplas... Copos e escovas de dente temáticos, pasta de dentes de criança... Xampu e condicionador no chuveiro... Bonequinhas perfiladas ao longo da beirada da banheira e sobre o peitoral da grande janela que dava para os jardins.

Mas a *pièce de résistance* sem dúvida eram os adesivos nas paredes. Uma centena e meia, aproximadamente, de adesivos, pôsteres e recortes de livros de colorir foram colados ou pregados em cada centímetro quadrado das superfícies verticais.

Rhage virou e começou a marchar para... – não teve que ir muito longe. Um agrupamento dos Irmãos entrou na suíte, os machos batendo as palmas no ar e dando tapas em sua bunda.

– Vou dar o troco – ele grunhiu. – Em cada um de vocês. Especialmente você, Lassiter, seu viado.

– Como? – o anjo rebateu. – Vai inundar meu banheiro? Já tentou isso com a despensa e Fritz a consertou do dia para a noite.

– Não, vou esconder cada maldito controle remoto da casa.

O anjo congelou.

– Ok, isso me parece um duelo.

– *Bam!* – Rhage exclamou ao dar um tapa no quadril. – O que foi, vadia?

Lassiter começou a olhar para os Irmãos em busca de apoio.

– Isso não é engraçado. Essa merda não é nem um pouco engraçada.

– Ei, Hollywood, posso te pagar pra você esconder os controles? – alguém perguntou.

– Mas ainda vamos ter acesso a eles, certo? – outro exigiu saber.

– Fodam-se vocês todos, de verdade – Lassiter murmurou. – Estou falando sério. Um dia desses, vocês vão me respeitar.

Mary só cruzou os braços e sorriu para o bando de loucos. De certa forma, era exatamente disso que Rhage precisava: descarregar um pouco a tensão antes de ir para a cafeteria. Inferno, seguindo essa teoria, todos mereciam descarregar um pouco de tensão.

As últimas horas tinham sido bem pesadas.

Pequena Sereia o cacete, Rhage pensou ao sair do quarto, vinte e cinco minutos mais tarde.

Fechando a porta, ajeitou a já ajeitada camisa para dentro da calça e arrumou a jaqueta que Mary separara para ele esconder suas armas. Ao avançar pelo corredor, mexeu nos cabelos, rodou os ombros, puxou o cinto.

Suas palmas estavam suadas. Como diabos cumprimentaria a assistente social se suava tanto assim? Ela teria que usar um guardanapo para se enxugar depois.

Ou quem sabe uma cortina.

Chegando ao escritório de Wrath, viu que as portas duplas estavam abertas e parou, pensando se aquela era uma boa hora para contar ao seu Irmão e Rei em que diabos estava se metendo. Quando olhou pelos batentes, porém, viu Wrath e V. conversando juntos, o Rei no trono, o irmão à sua direita, agachado no chão. As cabeças estavam próximas, as vozes, baixas, e o ar tão espesso que bem poderiam estar rodeados pelo *mhis*.

Que porra estaria acontecendo?, Rhage pensou, ao se ver tentado a entrar.

Mas logo viu as horas em seu Rolex de ouro, aquele que dera a Mary, mas que ela insistira para que ele usasse para trazer boa sorte. Não havia tempo para perguntar e, pensando bem, tampouco havia tempo para mencionar seu assunto em relação a Bitty.

Mais tarde.

Descendo a escadaria, chegou ao piso de mosaico e partiu em linha reta até a porta.

– Boa sorte.

Rhage se deteve e olhou para a direita. Lassiter estava na sala de bilhar, passando giz num taco.

– Do que você está falando? – Rhage exigiu saber.

Quando o anjo só deu de ombros, Rhage sacudiu a cabeça.

– Você é louco...

– Quando ela te perguntar como o pai morreu, não desvie do assunto. Ela já sabe que foi você e os Irmãos que o mataram. Está no arquivo. Ela odeia violência, mas sabe que as duas não teriam sobrevivido de outro modo. Ela quer que você fique com a menina. Você e Mary.

Quando Rhage sentiu o sangue fugir da cabeça e parar nos sapatos, desejou ter algo para se segurar.

– Como você... Mary conversou com você sobre isso? – Mesmo ele achando difícil de acreditar. – Marissa?

– E a besta. Isso a deixa nervosa. Não tente acalmá-la a esse respeito; você vai acabar se delongando demais e isso vai irritá-la. Mary cuidará desse assunto. Dirá o que ela precisa saber.

– Como você sabe disso tudo?

Lassiter apoiou o quadrado de giz e mudou a direção daqueles olhos estranhamente coloridos.

– Sou um anjo, lembra? E vai dar tudo certo. Só aguente firme – você precisará ter fé. Tanto por você quanto por Mary. Mas vai acontecer.

– Mesmo? – ele se ouviu perguntar.

– Não estou mentindo. Posso foder com o seu banheiro. Mas nunca, jamais sobre uma coisa dessas.

Os pés de Rhage se moveram por vontade própria, atravessando o caminho até a mesa de bilhar – e, sem que se desse conta, estava dando um abraço de urso no filho da mãe moreno e loiro.

– Você vai conseguir – Lassiter disse quando se deram tapas nas costas. – Mas lembre-se: você precisa ter fé.

Antes que tudo aquilo ficasse emotivo demais, Rhage recuou e seguiu de novo para a porta de entrada. Saiu até o vestíbulo, inspirou fundo, inalou o ar frio da noite... e se desmaterializou, viajando pela noite em sua forma molecular, mirando um determinado estabelecimento humano.

Quando chegou ao seu destino, tomou o cuidado de se materializar nos fundos do estacionamento e, sim, voltou a mexer nos cabelos e na camisa antes de dar a volta no I've Bean Waitin' até chegar à porta da frente.

Abrindo-a, foi atingido nas narinas por um misto de aromas de café, e sentiu-se tentado a não cumprir sua determinação de não pedir nada para beber. O que faria com as mãos enquanto estivesse ali?

Praquejou contra o fato de não fumar nem fazer ponto cruz, olhou para todos os humanos, homens e mulheres, muitos dos quais o encararam e continuaram encarando... e depois encontrou o olhar da única outra vampira no estabelecimento – não, espere, havia mais uma pré-trans na aglomeração que ele não reconhecia.

Mas sabia quem era Rhym. Vira-a em muitas das fotos de Mary tiradas no trabalho.

Mais uma inspiração profunda. A experiência não fora tão catártica quanto a da diante dos degraus de entrada da mansão, porém havia oxigênio ali. Certo?

Deus, aquele cheiro de café fazia com que se sentisse sufocado. Ou talvez isso fosse causado por suas glândulas adrenais.

Rhage tentou soterrar seu medo à medida que abria caminho até as mesas dos fundos.

Quando parou diante de Rhym, desejou desmaiar. Em vez disso, esfregou a mão no traseiro o mais discretamente que pôde e depois esticou o braço.

– Olá, sou Rhage.

A fêmea estava com os olhos um pouco arregalados enquanto o fitava – mas isso era comum, e ele não estava sendo arrogante. As pessoas tendiam a olhar duas vezes em sua direção assim que o viam, e sim, costumavam encará-lo como se tentassem entender se ele existia de verdade.

– Sinto muito – ela gaguejou. – Eu... e-eu sou Rhym.

Enquanto se cumprimentavam, ele apontou para a cadeira desocupada.

– Importa-se de eu me sentar?

– Ah, por favor. Desculpe. Espere, acho que eu já disse isso. Puxa.

A seu favor, ela não o cobiçou desnecessariamente com os olhos, nem deu em cima dele. E o fato de também estar nervosa fez com que ele se sentisse um pouco melhor.

– Vai pegar alguma coisa? – ela perguntou.

– Não, estou bem assim. Gostaria de outro... O que é isso?

– É um *latte*. Mas não, obrigada. Este já basta. – Houve uma pausa e ela abriu um caderninho. – Então... Hum, eu... Veja bem, preciso ser franca. Nunca antes estive na presença de um Irmão.

Ele sorriu, mas tomou cuidado para esconder as presas, porque estavam com companhia mista.

– Sou como qualquer um.

– Nem perto disso – ela murmurou baixinho. – Bem, então... Tenho algumas perguntas para fazer. Se estiver tudo ok? Sei que Mary conversou sobre isto com você.

Rhage cruzou os braços e se apoiou na mesa.

– Sim, ela conversou. E, escute, se eu puder só...

Olhou para os veios da mesa de madeira sob seus braços e tentou descobrir o que estava tentando dizer. Enquanto as conversas aconteciam ao seu redor, as pessoas entravam e saíam pela entrada e os barulhos das máquinas de café continuavam, ele começou a se preocupar que talvez tivesse ficado calado tempo demais.

Rhage levantou o olhar para a assistente social.

– A questão é a seguinte: estou preparado para dar a minha vida por essa garota. Estou preparado para acordar no meio do dia se ela tiver um sonho ruim. Estou preparado para alimentá-la e para vesti-la, e ensiná-la a dirigir. Também estou preparado para abraçá-la quando ela tiver seu coração partido pela primeira vez, e apresentá-la ao seu companheiro se ela conhecer alguém que desejar. Quero ajudá-la a receber uma boa educação para que possa seguir seus sonhos, e quero estar perto para erguê-la quando ela tropeçar. Entendo que não serão apenas filhotinhos e unicórnios, e que haverá conflito, e talvez até raiva... Mas nada disso mudará meu comprometimento. Soube que a minha Mary era a pessoa certa para mim no instante em que a conheci, e também soube, na outra noite, que Bitty era a minha filha. Se você me permitir a oportunidade de ser seu pai.

Recostou-se e esticou os braços.

– Agora pode me perguntar tudo.

Rhym emitiu um leve sorriso. E depois um maior.

– Bem, que tal começarmos do começo?

Rhage retribuiu o sorriso. Pois é isso o que acontece quando você fica com a nítida impressão de ter dado uma bola dentro.

– Vamos lá – disse, com uma sensação de alívio profundo.

CAPÍTULO 66

Jo Early não conseguia parar de olhar.

Mas, pensando bem, não era a única na cafeteria cujos *lattes* esfriavam enquanto elas tentavam não olhar para o cara. Ele chegara sozinho, sugando boa parte, senão todo o oxigênio do estabelecimento, e depois seguiu até uma das mesas do fundo para se sentar com uma mulher bonita, mas não extraordinária.

Considerando-se tudo, ele deveria estar acompanhado por uma Miss América: ele era imenso, incrivelmente alto, mas também era encorpado, como se fosse um atleta profissional de futebol americano, não de basquete. O cabelo era loiro, e parecia genuinamente dessa cor, pois não havia nenhuma raiz escura, tampouco sinais de um tratamento profissional: apenas espesso, saudável e... loiro.

Os olhos, contudo, eram o mais importante. Eram uma coisa de outro mundo. Mesmo da outra extremidade do café, eles reluziam com um azul somente visto nas águas das Bahamas, a cor tão iridescente, tão límpida, tão ressonantemente água-marinha que a fez pensar se talvez não fossem lentes de contato, porque como diabos aquilo podia ser encontrado na natureza?

E, P.S.: as roupas também não eram nada mal. Nem um pouco. Ele estava todo de preto, desde a camisa de seda até as calças bem cortadas de alfaiataria, incluindo uma jaqueta cujas lapelas pareciam algo pertencente a um terno, mas com o corpo folgado de um sobretudo.

Os sapatos também eram espetaculares.

Era como se um astro do cinema tivesse entrado no I've Bean Waitin' e, por um segundo, Jo se perguntou se talvez já o tivesse visto na telona.

Quando seu celular tocou, ela ficou grata pela distração. Sua atenção concentrada continuava, e ela veria aquele lindo rosto toda vez que abaixasse as pálpebras. Não que isso fosse um grande sacrifício.

Quando viu quem era, revirou os olhos, mas aceitou a chamada mesmo assim.

– Dougie, ei. Não. Não, você não pode. O que... espera! Olha só, eu já disse, estou largando o emprego, por isso não vou conseguir te emprestar dinheiro por um tempo... Bem, então peça para um deles. Não. Não. Ok... Tá bem, mas só os *Fig Newtons*. Se quando eu chegar em casa descobrir que você comeu os meus *Milanos*, nós vamos ter uma conversinha. E será que você pode sair pra procurar um emprego, pelo amor de Deus?

Quando ela desligou, uma voz seca disse:

– Concordo com você quanto aos biscoitos.

Retraindo-se, ela levou a mão ao coração.

– Caramba, Bill, você me assustou.

– O que foi isso de você sair da imobiliária do Bryant? – ele disse ao se sentar com seu *latte* e se livrar do cachecol como sempre fazia. – Pediu demissão?

– Não é nada. – Bem, fora o fato de seu chefe ser um manipulador e de ela ter se permitido ser o seu joguete. – Verdade.

Ah, e a propósito, Bryant acha que estamos transando, ela continuou mentalmente.

– Olha só – Bill murmurou ao se inclinar para frente e empurrar os óculos mais para cima no nariz. – Primeiro, desculpe ter chegado atrasado. Segundo, tenho que perguntar. Com pais como os seus, não consigo mesmo acreditar que... Quero dizer, essa questão do dinheiro...

Ela abriu a boca para descartar o assunto, mas no fim resolveu ser sincera:

– Depois que saí de casa e deixei para trás... seu estilo de vida... eles não me deram mais dinheiro.

– Deve ter sido difícil fazer isso, deixar a família, quero dizer. Bem, e o dinheiro.

Jo virou seu *cappuccino* nas mãos.

– Nunca me encaixei. Meu pai orquestrou minha adoção porque minha mãe passou por uma fase em que queria um filho. Acho que ela imaginou que bebês eram como bolsas ou algo assim. Depois que me conseguiram, fui criada por babás. Algumas delas foram boas, outras, ruins. Depois fui mandada para um colégio interno e para a faculdade, e quando terminei, eu já estava farta de fingir ser quem eles queriam que eu fosse quando estava perto deles. Longe daquele casarão, eu era quem queria ser. Na presença daqueles dois, era apenas uma cópia piorada de mim mesma, assim como eles eram versões construídas deles mesmos. – Ela deu um tapa no ar. – É o clássico e entediante "pobre menina rica".

– Clássico e entediante a menos que faça parte dele.

– De todo modo, informei a eles que não voltaria e eles disseram que tudo bem, e terminou assim. Meus cheques mensais evaporaram e, francamente, está tudo bem. Sou inteligente, tenho vontade de trabalhar, e fui bem educada. Vou conseguir me virar sozinha, assim como muitas outras pessoas antes de mim conseguiram.

Bill despiu o casaco.

– Posso fazer uma pergunta mais pessoal?

– Claro. – Ao sorver um gole do seu *cappuccino*, fez uma careta. Observar o loiro roubara boa parte da quentura da sua bebida. – Qualquer coisa.

– Você disse que foi adotada. Já tentou investigar sobre a sua família?

Ela sacudiu a cabeça.

– Os registros são mais do que privados, ou pelo menos foi o que me disseram. Pode ser que meu pai tenha pagado para que fosse assim. E faz sentido; fiquei sabendo que minha mãe tentou me fazer passar como sendo dela no começo, afirmando que estivera escondendo a gravidez debaixo de roupas folgadas e depois passara o último mês em Naples ou algo assim. Mas quando meu cabelo foi ficando ruivo, a mentira ficou mais difícil de sustentar, ainda mais porque ela não queria que as pessoas pensassem que ela traíra meu pai.

– Quer dizer que nunca soube quem eram?

– Não, e está tudo bem assim. A esta altura, minha educação de primeira já está paga. Se isso é o pior que aqueles dois podem fazer por mim pelo resto da minha vida, acabei me dando bem nessa história.

– Bem... – Bill pigarreou. – Bem, continuando... Quer tentar alguma vaga no jornal? Sei de algumas disponíveis e posso perguntar para você. Você já me mostrou que é uma tremenda investigadora.

Por um minuto, Jo só ficou ali sentada, piscando. Depois se sacudiu.

– Está falando sério? Ah... Deus, sim. Quero dizer, obrigada. Tenho meu currículo pronto e posso te mandar por e-mail.

– Considere feito. Sei que estão procurando por uma editora de conteúdo *on-line* no momento. O pagamento deve ser mais ou menos o que você recebe como recepcionista, mas pelo menos dali você tem como progredir.

E isso é muito melhor do que me preocupar com a lavanderia e a vida amorosa de Bryant, ela pensou.

– Obrigada. De verdade. – Ela lhe mostrou um guardanapo em que estivera escrevendo. – Dito isso, fiz uma lista de lugares que visitei. Tenho alguns mais para ir; quero ir verificar aquele restaurante em que Julio Martinez disse que foi encurralado por um vampiro. E quero ir até um beco em que... Você viu a filmagem do beco? No qual aparece um cara no telhado matando alguém enquanto outro se joga sobre uma rajada de balas? Não havia presas nesse clipe, mas estava no YouTube pelo mesmo cara que postou a filmagem do massacre naquela fazenda.

Bill pegou o celular e se preparou para entrar na net.

– Não, ainda não vi esse.

– Me dá aqui, eu mostro.

Assail aguardava nas imediações da grande mansão do *hellren* de Naasha, acompanhando os movimentos da criada e da senhora da casa através das janelas do primeiro e do segundo andares. Uma vantagem de a fêmea ser exibicionista era que cortinas fechadas eram um anátema para ela; portanto, os estágios de sua arrumação estavam expostos para qualquer um assistir.

Naquele momento, ela estava no banheiro, sentada numa cadeira para maquilagem diante da janela que dava para o lado oeste. A criada enrolava seus cabelos enquanto ela se concentrava em algo em seu colo. Talvez um e-mail num iPad. Ou um celular.

Pegando o próprio dispositivo, Assail enviou-lhe uma mensagem... e viu quando a cabeça dela se ergueu e ela apontou para a direção oposta. A criada abaixou o secador que vinha usando e saiu de vista. Logo retornou, colocando o aparelho nas mãos da patroa.

O celular de Assail emitiu um som um segundo depois. Quando leu o que ela lhe enviara, olhou para os primos.

– Vocês sabem o que fazer.

– Sim – confirmou Ehric. – O Irmão está...

– Bem atrás de você.

Os três se viraram e encontraram Zsadist exatamente onde dissera que estaria bem na hora em que combinara com Assail. Como o restante deles, o Irmão trazia uma mochila pesada e estava fortemente armado.

– Vamos, cavalheiros? – Assail murmurou.

Ao seu aceno, os primos se desmaterializaram para os fundos da mansão, para se infiltrarem pelo local que combinaram antecipadamente.

Assail abaixou sua mochila na base da árvore em que estava escondido, e depois caminhou, ajustando o paletó e os punhos da camisa. Quando chegou ao caminho que levava até a entrada da frente, suas solas de couro faziam barulho no chão. Zsadist, que o acompanhava de perto, não produziu som algum ao seguir pela grama, permanecendo logo além da luz lançada pelas lanternas baixas nos limites das pedras do caminho.

Quando Assail chegou à porta, tentou girar a maçaneta. Sem sorte desta vez; estava trancada.

Usando a campainha, tinha um sorriso estampado no rosto quando o mordomo atendeu ao chamado.

– Boa noite, sinto ter chegado uns bons vinte minutos mais cedo. Não desejo atrapalhar sua senhora. Posso aguardar na sala?

Quando o mordomo se curvou, Assail espiou para garantir que não havia mais ninguém no vestíbulo. E, então, quando o criado se endireitou, Assail sacou sua calibre 40, e deixou o criado cara a cara com o cano da pistola.

– Não mexa um músculo sequer – Assail sussurrou. – E não faça som algum, a não ser para responder às minhas perguntas. Deseja viver? – Assentimento. – Quantos outros criados há na casa?

– S-s-sete.

– Throe está na residência? – Outro aceno. – Onde ele está?

– E-e-le está comendo em seu quarto, no andar s-superior.

Zsadist entrou na casa, e o *doggen* pareceu prestes a desmaiar ante a vista do rosto marcado por cicatrizes e aqueles olhos negros.

– Não se preocupe com ele – Assail disse com suavidade. – Concentre-se em mim.

– S-s-sinto muito.

– Ouça e preste atenção. Você tem sete minutos para tirar os criados da casa. O equivalente a um minuto por pessoa. Não perca tempo. Não explique o motivo de terem que sair. Diga para que se reúnam no começo do caminho para carros. Não avise sua senhora. Se lhe contar sobre a minha presença, eu o considerarei um conspirador na manutenção de um escravo de sangue a quem resgatei na noite passada, e o matarei de pronto. Estou sendo claro? – Outro aceno. – Repita o que acabei de lhe dizer.

– V-v-você... tem s-s-sete minutos para tirar os criados. S-s-sigam para o caminho...

– Para o começo. Eu disse para o começo do caminho para carros. Conseguirei vê-los porque lá há o poste de luz. E quanto à sua senhora?

Uma expressão severa atravessou as feições do mordomo, uma que provavelmente lhe salvaria a vida.

– Não direi uma palavra a ela. Ela e seu amante mataram meu amo.

– Qual o seu nome?

– Tharem.

– Tharem, quero que vá para a Casa de Audiências do Rei depois disto. Conte-lhe tudo: o que havia no porão, o que ela fez a ele, o que estou fazendo aqui. Compreendeu?

– Tirei fotos – o mordomo sussurrou. – Com meu celular. Não sabia o que fazer com elas.

– Ótimo. Mostre-as. Mas agora vá. Sete minutos.

O *doggen* se curvou bem baixo.

– Sim, meu senhor. Imediatamente.

O macho uniformizado saiu com rapidez, seguindo para a cozinha, e antes que Assail estivesse na metade do caminho até a escada principal, três *doggens* vestindo dólmãs brancos atravessaram a sala de jantar às pressas. Um tinha farinha nas mãos, e outro carregava uma panela com algo dentro. Seus olhos estavam arregalados, cheios de medo, sugerindo que o mordomo não fora completamente fiel ao acordo.

Era óbvio que informara haver forças letais dentro da casa.

Não era relevante. A motivação dera certo, e ficou claro que não havia preocupações em termos de fidelidade a Naasha. Os três *chefs* olharam para ele e sua pistola e somente correram ainda mais, em vez de provocarem alguma comoção.

Assail subiu as escadas com tranquilidade, em vez de correr. E, enquanto subia, duas criadas desceram apressadas, os cabelos presos se soltando dos grampos, as saias cinza dos seus uniformes voando atrás delas. Elas também dispensaram apenas um olhar na direção dele e abaixaram suas cabeças em resposta, duplicando a velocidade sem interferirem.

No segundo andar, virou à esquerda e parou diante da primeira porta, bem quando o mordomo aparecia na ponta oposta do corredor e se aproximava, apressado.

– Cuidarei da criada do quarto – Assail informou. Quando o mordomo empalideceu, ele revirou os olhos. – Não dessa forma. Ela se juntará a vocês em breve.

O mordomo assentiu e se afastou.

Segurando a maçaneta, Assail girou a peça de bronze ornamentada com lentidão e depois empurrou-a. A porta cedeu sem reclamar, e ele de pronto sentiu o perfume e a fragrância do xampu de Naasha. Ao entrar e voltar a fechar a porta, teve a breve impressão de grandes quantidades de rosa e creme, de seda e tafetá.

O carpete era denso como o corte de cabelos de um macho, e seus sapatos foram silenciosos ao cruzar a distância até a arcada. O banheiro de mármore, mais além, era maior do que as salas de estar de muitas pessoas.

E, de fato, o cenário não poderia ser mais perfeito. Naasha estava de costas para ele naquela cadeira de cabeleireiro profissional, os grandes cachos descendo pelas costas, uma mesa com escovas e objetos para enrolar os cabelos junto dela. Havia muitos espelhos ao redor, mas todos virados para ela, mantendo sua presença despercebida.

– ... lhe disse que não gosto de meu cabelo assim – Naasha repreendeu a criada. – Refaça! Ele logo estará aqui... Meu celular está tocando. Dê-me-o primeiro.

Enquanto a criada se afastava, por acaso se virou na direção de Assail – e ficou imobilizada. Apontando a pistola para a cabeça dela, ele levou o indicador aos lábios e fez um "psiu" silencioso.

A criada empalideceu.

– Pegue meu celular! O que está fazendo?

Assail apontou com a cabeça na direção do iPhone, que vibrava na bancada de mármore ao alcance de Naasha.

A criada foi pegá-lo, se atrapalhou e ainda levou bronca quando se abaixou para pegá-lo do chão.

– Finalmente! Alô? Oh, querida, quanta gentileza sua telefonar. Estou devastada, simplesmente devastada...

Assail chamou a criada com o dedo, incitando-a a se aproximar. A pobrezinha, porém, estava imóvel como uma estátua, até Assail formar "você" e "salva" com os lábios.

A fêmea atravessou a distância aos tropeços. Enquanto Naasha continuava a desempenhar o papel de pobre viúva, Assail sussurrou:

– Saia pela porta da frente. Continue correndo até ver os outros na base do caminho para carros. Não volte para esta casa por nenhum motivo. Fui claro?

A criada assentiu, fez uma mesura trêmula e logo saiu voando como o vento para fora do quarto.

Assail se aproximou e esperou com paciência que Naasha continuasse conversando enquanto deslizava o dedo por seu iPad. Pairando atrás dela, ele era o Espectro da Morte que a fodera – e que estava prestes a fodê-la novamente.

Quando, por fim, ela desligou, disse:

– Onde você está? Onde diabos você...

Assail agarrou um punhado de cabelos de Naasha no topo de sua cabeça e puxou para trás com força. Quando ela largou o celular, e o *tablet* caiu no chão, ela se debateu com empenho, até ele enfiar o cano da pistola em sua boca e se colocar de lado.

Olhos aterrorizados se fixaram nos seus.

– Isto é pelo Markcus – ele grunhiu.

– Então, como ele se saiu? – Mary perguntou a Rhym quando ela entrou em seu escritório no Lugar Seguro.

– Seu *hellren* é uma coisa... e ele se saiu maravilhosamente bem. – A fêmea se sentou com um sorriso, arrumando o casaco sobre as pernas. – De verdade. Ele tem um coração imenso.

– O maior. – Houve uma pausa, e Mary se inclinou sobre a papelada sobre a mesa. – E você pode dizer... Não vou achar estranho. Eu tenho que morar com ele, lembra?

– Não sei do que você está... – Rhym ergueu as mãos para o alto. – Ok, tudo bem. Quero dizer, é até ridículo ficar olhando para ele. Nunca vi nada parecido.

Mary teve que gargalhar.

– Eu sei, eu sei. E a boa notícia é que ele não dá a mínima para isso. Claro que percebe, mas, puxa, se ele levasse a sério, sua cabeça seria tão inflada que ele não passaria por nenhuma porta.

Rhym assentiu.

– Pois é. Bem, está pronta?

– Sempre. – Mary se levantou e foi fechar a porta. – Pergunte o que quiser.

– Desculpe, eu deveria ter feito isso.

Mary fez um gesto de dispensa.

– Não se preocupe.

De volta à mesa, sentou-se outra vez e admitiu, pelo menos para si mesma, que estava nervosa.

Rhym tirou o casaco. E depois fitou a urna junto ao abajur.

– Isso é...

– Sim. – Mary inspirou fundo. – Essa é Annalye. No início, Bitty disse que queria guardar as cinzas até que seu tio chegasse, mas agora...

– Quanto a esse tio. Teve notícias dele? Qualquer pista?

– Absolutamente nada. Rhage até pediu a um dos Irmãos que investigasse por ele. Não descobrimos coisa alguma.

Rhym encolheu os ombros.

– A questão, para mim, é quanto tempo deve durar o período de notificação. Marissa e eu concordamos que isto deve ser uma situação de guarda enquanto Bitty se ajusta, e para que algum parente que ela possa ter tenha a oportunidade de entrar em contato. Mas não pode durar para sempre. O correto seria um mês? Seis meses? Um ano? E como faremos as notificações? O que é justo?

O coração de Mary saltou de uma plataforma em sua caixa torácica, deu uma cambalhota e bateu de mau jeito no estômago. Oh, Deus, um ano. Sem ter certeza. Imaginando, noite após noite, se a perderiam.

Mesmo um mês apenas já parecia tortura.

– O que você decidir que é o melhor – ela respondeu, tentando manter seu mal-estar para si mesma. – Mas tenho que confessar, não sou uma boa pessoa para julgar isso. Por mais que eu tente ser objetiva, a realidade é... eu a quero para nós.

– As Leis Antigas não nos ajudam muito nessa instância, apesar de eu verificar o que os humanos fazem. No que se refere ao término dos direitos parentais, está claro que um padrão bem elevado tem que ser alcançado. Mas para outros parentes? Isso depende do Estado e de como a lei local é conduzida. Desse modo, deixarei a cargo do Rei. Esse é exatamente o tipo de assunto em que precisamos de sua mediação. Além disso, por conta da posição social de Rhage, vocês dois necessitariam, de todo modo, da assinatura dele.

– Parece justo. E quero garantir que o faremos da maneira correta. O assunto é importante demais para tomarmos atalhos.

– Fico feliz que concorde, e não estou surpresa. – Rhym se recostou. – Então, conte-me sobre seu relacionamento com Bitty. Vi alguns detalhes eu mesma, mas gostaria de saber o que você sente não como uma profissional, mas como pessoa.

Mary pegou uma caneta e a girou entre os dedos, do mesmo modo como fazia quando estava na faculdade.

– Eu a conheço desde que chegou a esta casa. Sempre fui a responsável principal pelo caso dela, como você bem sabe e, sinceramente, ela era tão reservada, tão fechada, que pensei que nunca conseguiria fazer com que se abrisse. Sei que esse assunto da adoção parece ter surgido após a morte da mãe, mas a verdade é que Bitty sempre esteve em minha mente e em meu coração nos últimos dois anos. Mas me recusei a prestar muita atenção nisso. É só que... você sabe, não posso ter filhos, e quando isso é a sua realidade? Você simplesmente não toca nessa porta fechada. Só o que você encontra do outro lado são chamas que podem incendiar sua casa até tudo virar cinzas.

– Está preparada para deixar a menina ir embora caso um parente se apresente? Consegue fazer isso?

Desta vez, não houve como esconder o mal-estar. Mas, pensando bem, quando você aproxima seu pé descalço da boca de um jacaré, é impossível não se retrair.

– O que for melhor para Bitty. – Balançou a cabeça. – Estou sendo sincera. Se tivermos que abrir mão dela, é o que faremos.

– A verdade é que também procurei por esse tio. Procurei por qualquer pessoa ligada a ela. Ninguém se encaixa nas nossas informações. Perdemos tantos nos ataques que é possível que ele tenha morrido naquela época junto aos outros parentes. Ou de algum outro modo.

– Posso apenas dizer... Não sou fã da morte.

Por um instante, relembrou sua dança com Rhage no ginásio. Tiveram que estar próximos um do outro após o novo acordo; a futura separação sobre a qual antes tiveram o luxo de não se preocuparem subitamente pairou sobre eles, assim como com todos os outros casais.

– Nem eu – Rhym disse. Logo a fêmea pigarreou. – Dito isso, podemos falar sobre a sua situação?

– Está se referindo à Virgem Escriba?

– Sim, por favor. – Houve uma pausa constrangedora. – Não entendo bem essa... quase imortalidade, imagino que possamos chamá-la assim, não que isso não seja possível. Com a Virgem Escriba, tudo pode acontecer. E também preciso lhe perguntar sobre a besta. Tenho que confessar, isso é a única coisa que me preocupa na situação toda.

Mary riu.

– Aquela coisa é só um ursão de pelúcia roxo. Juro, ela não faria mal a uma mosca. Pelo menos não a uma fêmea e, certamente, nunca a mim. Mas estou divagando. A minha história começa alguns anos atrás, quando fui diagnosticada com...

CAPÍTULO 67

Seu erro fora a pistola não silenciada.

Quando Assail partiu da suíte de Naasha para a de Throe, e depois quebrou a porta trancada do macho, foi recebido por um quarto vazio e uma janela aberta. Era óbvio que o traidor se desmaterializara quando ouviu o estampido da sua calibre 40.

– Maldição – Assail murmurou ao se virar e verificar o banheiro. E o *closet*.

Nada estava fora do lugar, e o indício da partida rápida foi o cofre aberto do lado oposto. O retrato da paisagem que outrora estivera ligeiramente inclinado agora descansava sobre uma poltrona, a barriga metálica do guarda-volumes exposta, a luz interna ilustrando que seu conteúdo fora removido.

Mas isso importava? Naasha fora o verdadeiro alvo.

Throe podia ser perseguido sem pressa em outra noite.

Assail retornou até Naasha, e avançou até a janela pela qual a espiara embaixo. Fazendo com que as luzes do banheiro se apagassem com a mente, espiou pelo vidro enquanto o odor químico da gasolina chegava ao segundo andar.

Abaixo, na base do caminho para carros, conforme orientado, havia um grupo de oito ao lado do poste de luz, a iluminação detalhando que os sete criados e o mordomo tinham se organizado em fila e olhavam para a mansão.

– Bom macho – Assail murmurou ao se virar.

Estava prestes a sair quando algo chamou sua atenção – um brilho sobre uma das bancadas. Voltando a acender a luz, passou por cima do cadáver e apanhou o colar de diamantes. A peça era modesta, segundo os padrões de Naasha, nada além de uma fila de pedras de dois e três quilates.

Abaixo de onde ele estava, havia uma série de gavetas baixas, cada uma delas com trancas de latão fechadas.

Talvez fosse nostalgia de sua ladra, ou quem sabe um foda-se final para Naasha, mas ele esticou a arma e disparou uma série de tiros ao redor das trancas malditas, dilacerando madeira, destruindo as fechaduras, arruinando a fileira de gavetas imaculadas.

Quando esvaziou a câmara, a gaveta de cima se abriu como a língua de um personagem de desenho animado. Dentro dela, uma completa confusão, na qual todo tipo de joia reluzia, e ele apanhou uma mão cheia, enfiando brincos, anéis, colares e pulseiras em seus bolsos.

Sua jaqueta estava explodindo de tão cheia quando Zsadist entrou.

O Irmão já empunhava o lança-chamas, cuja ponta emitia uma flâmula azul, como uma varinha naquelas mãos tão competentes como a cabeça de um dragão que estava prestes a rugir.

– Hora de ir – disse o guerreiro.

Era de se admirar seu desinteresse no saque. Pensando bem, Assail acabara de cometer homicídio bem ali naquela cadeira giratória, e o Irmão não parecia nem um pouco afetado por isso da mesma forma.

Com um derradeiro olhar para a figura inerte e jogada de Naasha, Assail saiu com o Irmão. No corredor, o cheiro era tão forte que provocava lágrimas, e se tornou ainda mais forte conforme desciam.

Ehric e Evale estavam juntos no vestíbulo e, sempre tão cheios de consideração, até tinham apanhado a mochila que ele largara do lado de fora.

Depois de ajustá-la às costas e acender a chama piloto, amplificando várias vezes a chama alaranjada.

– Vamos? – disse ele.

Separando-se, cada um seguiu para um dos quatro cantos da grande mansão. A gasolina, que os primos despejaram livremente em toda espécie de tecidos e madeira, talvez até fosse um exagero, visto que os beijos dos lança-chamas seriam capazes de atear fogo em paredes de tecido e grandes expansões de pinho, carvalho e mogno com apenas um disparo.

Conforme o incêndio foi iniciado com eficiência, Assail passou pela sala de jantar, queimando antiguidades e papel de parede Zuber, o tapete

Aubusson, a mesa de oito metros ao estilo federal de duzentos anos de idade. Fez uma pausa momentânea antes de ir para a cozinha, com uma centelha de pesar ante o candelabro Waterford que estava agora no meio do fogo em franca expansão, desejando tê-lo removido antes.

Mas sacrifícios tinham que ser feitos.

Não se deu ao trabalho de ir até a despensa. Ela logo seria consumida. Em vez disso, ateou fogo à cozinha profissional, começando com as cortinas nas duas laterais das janelas e continuando nos armários de madeira que seus primos, com extrema competência, haviam encharcado antes.

O som do fogo se espalhando conforme os objetos se incendiavam e as chamas se propagavam era uma descarga de adrenalina toda vez que acontecia, e ele se sentiu excitar, alguma parte primitiva expressando sua dominação e exigindo submissão daquele ambiente estático repleto de objetos inanimados. De fato, a cada explosão, era como se ele estivesse clamando de volta uma parte sua que fora perdida ao longo do caminho.

Como se tivesse sido ele o acorrentado no porão.

Logo o calor se tornou insuportável, os cabelos se curvando nas pontas, a pele do rosto se enrijecendo a ponto de provocar dor.

Ao dar a volta pelo circuito até o vestíbulo, deu-se conta de que estava cercado pelo fogo que criara, preso naquele inferno. Fumaça, em vagalhões e tóxica, incomodava seus olhos e afetava seu nariz, ao mesmo tempo em que o fogo ondulante nas paredes bloqueava cada saída.

Talvez fosse o fim, ele pensou ao abaixar o bico do lança-chamas.

Em toda a sua volta, grandes ondas de chamas laranjas e vermelhas recuavam e avançavam, como bocas mastigando a mansão e o seu conteúdo, e ele ficou momentaneamente hipnotizado pela beleza letal do fogo.

Acalmando-se, pegou seu celular.

Chegando a um número, apertou o botão e se virou num círculo lento enquanto ouvia o toque de chamada, e ouvia...

– Alô? – Era a voz dela.

Ele fechou os olhos. Oh, aquela voz. A linda voz de Marisol.

– Alô – ela repetiu com firmeza.

Houve silêncio em meio à conexão, apesar de não haver silêncio na casa. Não, havia rangidos e estalos, gemidos e imprecações, como se os pregos e o gesso tivessem ossos que se partiam e receptores nervosos para sentir dor.

– Assail? – ela disse com premência. – Assail... é você?

– Eu te amo – ele respondeu.

– Assail! O que...

Ele encerrou a ligação. Desligou o telefone. E depois tirou a mochila, deixando-a a seus pés.

Enquanto a temperatura aumentava e o caos crescia, ele arrumou o paletó e ajeitou os punhos.

Afinal, ele podia ser um sociopata degenerado, egoísta e traficante, mas era preciso seguir certos padrões no momento de sua passagem.

Dhunhd *ou Fade,* ele se perguntou.

Provavelmente o *Dhunhd...*

Do meio do tsunami de chamas, uma figura negra atravessou o olho do furacão do inferno onde Assail estava.

Era o Irmão Zsadist. E, contrário à morte iminente e à destruição sobrepujante das coisas, o cavalheiro parecia mais aborrecido do que frenético ao parar junto dele.

– Você não vai morrer aqui – o macho berrou acima da confusão.

– É um fim adequado para mim.

Os olhos negros sem alma reviraram.

– Ah, por favor.

– Mesmo que este incêndio seja merecido – Assail gritou –, seu Rei terá que me julgar por homicídio, visto que não houve o devido processo pela transgressão daquela fêmea quanto ao escravo de sangue. Portanto, permita-me perecer aqui, nos meus termos, satisfeito por ter...

– Não no meu turno, babaca.

O soco veio pela direita e aterrissou no queixo de Assail com tanta força que não só interrompeu o discurso tão poético, como ele o considerava, mas seu elo com a consciência.

A última coisa que ouviu quando as luzes se apagaram foi:

– ... te carregar pra fora daqui como uma mala, seu maldito tolo.

Pelo destino, Assail pensou, quando tudo se apagava e se calava. *Os princípios dos outros são inconvenientes pra caralho.*

Ainda mais quando alguém estava tentando se matar.

CAPÍTULO 68

Quando Rhage voltou para casa depois da sua entrevista no I've Bean, sentia-se no comando.

Rhym lhe dera um abraço no fim. Isso devia significar alguma coisa, não?

A primeira coisa que queria fazer, ao subir pela grande escadaria da mansão, era ligar para sua Mary, mas ela estava na entrevista agora, portanto isso teria que esperar. Tudo bem, trocaria de roupa e talvez fosse ao centro para caçar e gastar um pouco de energia...

Seu celular emitiu um toque bem quando ele chegou ao segundo andar e viu que o Rei estava sentado em seu trono – em vez de na Casa de Audiências, onde supostamente devia estar.

Ignorando a mensagem de texto, Rhage avançou e bateu na porta aberta.

– Meu senhor?

A cabeça de Wrath se ergueu como se ele estivesse surpreso com a interrupção. Esse foi o primeiro indício de que algo grande acontecera: aquele irmão podia ser cego, mas tinha os instintos do mais aguçado dos predadores.

– Chegou cedo – Wrath murmurou. – A reunião só começa daqui a vinte minutos.

– Como é?

– Recebeu a mensagem de V.?

Rhage entrou na sala azul-clara delicada com sua mobília francesa e seus ares afetados de que "nem manteiga derreteria em minha boca". O escritório, ou sala de estar, ou tanto faz, era o ambiente mais ridículo em que se planejar combates e guerras e estratégias, mas agora, como boa parte da mansão de Darius, aquela era uma tradição que ninguém desejava alterar.

Tateando o peito onde seu celular vibrara, ele murmurou:

– Acho que foi isso que acabei de receber. O que está acontecendo?

Wrath se recostou na imensa poltrona ornamentada que fora de seu pai e, ao seu lado no chão, George levantou a cabeçorra loira numa pergunta, como se o cão quisesse saber se iriam a alguma parte ou ficariam ali.

O Rei abaixou a mão e afagou o retriever.

– Você logo descobrirá junto com os outros. Você tem algo em mente, meu irmão? Veio aqui antes, enquanto V. conversava comigo.

Rhage relanceou ao redor do cômodo vazio.

– Na verdade, tenho, sim.

– Fale.

A história foi despejada aos bocados: Bitty, a mãe dela, Mary, ele, o GTO – sim, por algum motivo, o fato de a menina ter gostado do seu carro fora mencionado. Também explicou que tivera aquela entrevista com Rhym, que Mary estava fazendo a dela, que eles precisavam da aprovação de Wrath.

Blá-blá-blá.

Quando seu estoque de substantivos e verbos chegou ao fim, descobriu que estivera andando e acabara se sentando na cadeira oposta ao trono, ele e o Irmão separados pela expansão da escrivaninha, todas aquelas figuras e símbolos entalhados indicando a separação entre suas posições sociais.

Todavia, sentiu como se ele e Wrath fossem um só quando o macho sorriu.

– Pode deixar, meu irmão. O que você precisar é seu. Se quiserem inspecionar a casa, ou sei lá como chamam isso, a assistente social será bem recebida. Faremos com que Fritz a traga.

Rhage exalava uma carga de tensão quando Butch e Phury entravam.

– Obrigado – ele agradeceu, rouco. – Muito obrigado.

– Você mudou muito desde o babaca que conheci e mal tolerava.

Quando Wrath estendeu o anel de diamante negro do Rei, Rhage se levantou e se inclinou para beijá-lo.

– Sim, todos nós...

Bem quando ele se endireitava, alguém o apertou com tanta força na bunda que ele quase caiu de cara sobre a escrivaninha. Girando, viu Lassiter sorrindo.

– Desculpe – disse o anjo. – Não resisti.

Rhage arreganhou as presas.

– Lass, sério, dá pra você ser mais chato?

O babaca levou o indicador ao queixo e deu umas batidinhas ao inclinar a cabeça.

– Hum, não sei. Mas estou disposto a tentar.

– Juro por Deus, um dia desses...

Só que era mentira. Ele não faria nada. O problema com o atual detentor da coroa de babaca era que, na verdade, era impossível odiá-lo. Não quando ele consistentemente provava ser um cara de valor debaixo de toda aquela maldita irritação.

O restante da Irmandade entrou e assumiu os postos de costume. Enquanto Rhage acampava num dos sofás de pés finos, levou ainda um tempo para perceber que alguém estava faltando.

Não, ali estava Vishous. Com Payne ao seu lado.

Uma olhada para o par de expressões sérias e Rhage praguejou baixinho. E não foi o único.

As portas foram fechadas, e todos se calaram...

Antes que algo pudesse ser dito, Zsadist invadiu a sala e todos se retraíram.

– Que *porra* aconteceu com você? – V. exigiu saber.

O irmão tinha fumaça saindo dele – e não por estar irritado. Havia fumaça de verdade saindo dos ombros de sua jaqueta de couro e das solas dos coturnos. E, Jesus Cristo, o fedor – ele fedia a borracha queimada, produtos químicos e uma fogueira de acampamento de três dias.

– Nada – disse o cara ao se aproximar do gêmeo. – Só estava assando marshmallows.

– Isso é o meu lança-chamas? – alguém perguntou com indignação.

– Quantos metros quadrados tinha esse marshmallow?

– Ei, era o Monstro de Marshmallow dos *Caça-Fantasmas*? – Lassiter se meteu.

O Rei imprecou.

– Ah, puta que o pariu, você incendiou a casa daquela vadia?

Todos encararam Zsadist quando se calaram.

– Tecnicamente, era a casa do velhote dela – Rhage se sentiu compelido a comentar. – Desde que estejamos falando da puta que manteve aquele escravo de sangue em cativeiro no porão.

Wrath sacudiu o indicador na direção de Rhage.

– Ei, nada de P-U-T-A, se você vai se tornar pai. Precisa parar com essa merda e se acostumar com isso antes de trazer a menina pra porra desta casa.

Eeeeeee, agora todos se viraram para ele, encarando-o.

Fantástico.

Podemos voltar a falar sobre o marshmallow?, ele pensou.

Enquanto desejava uma mudança de assunto, e absolutamente nada aconteceu, sacudiu a cabeça. Aquilo era bem ao estilo da mansão da Irmandade, onde as novidades se espalhavam mais rápido do que... bem do que um incêndio, por exemplo. Disse ao grupo:

– Ok, A: ainda não sei se poderemos adotar Bitty. Dois: esse seu discurso sagrado sobre não xingar teria sido muito mais eficaz se você não tivesse dito palavras começando com "P" e "M". E D: sim, Mary e eu estamos tentando ser pais, e não, não quero mais falar sobre isso. Podemos encerrar?

Lassiter se aproximou.

– Bate aqui. Grande referência a *Esqueceram de Mim*.

– Fiz isso por você, seu pedaço de merda. – Rhage bateu na palma do babaca. – E obrigado pelo apoio. Agora vamos em frente para a próxima crise. Alguém quer abaixar as calças e admitir que usa tanga? Ou vamos falar sério e começar a fazer a pedicure uns dos outros?

Wrath se pronunciou:

– Rhage está certo. Temos problemas. V. e Payne, assumam.

No mesmo instante, a atmosfera da sala mudou, todos ficaram sérios enquanto os irmãos se adiantaram e ficaram diante da lareira. Cara, dava pra ver a semelhança familiar entre eles, com aqueles cabelos negros e os olhos diamantinos. V. era um pouco mais alto que a irmã, mas corpulento também, claro, e havia todas aquelas tatuagens na sua têmpora e o cavanhaque. Payne, contudo, não era fraquinha, seu corpo de guerreira coberto exatamente com o mesmo couro do irmão, os braços e as pernas musculosos fazendo com que a lutadora Ronda Rousey parecesse a avó encolhida de alguém.

– A Virgem Escriba está morta.

Enquanto V. largava a bomba, houve um período momentâneo de silêncio incrédulo. Seguido de uma tonelada de arquejos e de xingamentos na sala, todo tipo de "mas que porra" sendo lançado no ar.

Vishous levantou as palmas.

– Antes que façam alguma pergunta, não sabemos mais do que isso. Subi para vê-la, descobri que tudo havia sumido e vi uma carta no cemitério das Escolhidas. Ela disse que vai apontar um sucessor no devido tempo. É isso.

Rhage olhou de um a outro dos irmãos. O rosto de Payne era uma máscara do tipo "não vou tocar nesse assunto", como se tivesse ficado farta do drama uns duzentos anos atrás e estivesse pouco ligando para a mãe. V. estava basicamente do mesmo jeito.

– Como ela pode morrer se é imortal? – alguém perguntou.

Vishous acendeu um cigarro e deu de ombros.

– Olha só, não estou tentando ignorar o assunto, mas, a esta altura, não tenho mais nada para informar.

Rhage assobiou baixinho e pegou um *Tootsie Pop* do bolso. Quando viu que pegara um de uva, pensou que talvez tudo terminasse bem, de alguma maneira.

Porra. A quem queria enganar?

Embaixo, no centro de treinamento, Layla estava indo ao banheiro. De novo.

Desde o nascimento dos gêmeos, sentia como se seu corpo estivesse mostrando a mudança não só de ter se livrado do peso dos bebês, por menores que fossem, mas, pelo visto, de dois mil litros de água.

Inacreditável.

Por que ninguém lhe contara sobre isso? Pensando bem, existiam coisas mais importantes sobre o que falar.

E ainda há, ela pensou ao trocar o absorvente dentro daquelas calcinhas descartáveis ultraconfortáveis e voltar a ficar de pé. Depois de dar a descarga, andou até a pia e lavou as mãos com o sabonete francês perfumado com que Fritz abastecia até os banheiros da clínica.

Saiu andando de pernas abertas devido ao volume do absorvente de que necessitava, mas, considerando tudo, estava bem mais forte.

– Como estamos, meus pequenos?

Mesmo se sentindo exausta, toda vez que se levantava, fazia-lhes uma visitinha, e era sempre tão mágico. Mesmo através do vidro da incubadora, eles pareciam ouvi-la, reconhecê-la, as cabecinhas virando na direção da sua voz.

– Lyric, está respirando melhor? Sim? Acho que está, sim.

A menina tivera algumas dificuldades algumas horas antes, e a máquina de ventilação aumentara automaticamente o bombeamento em reação à queda da absorção de oxigênio. Mas agora, de acordo com os monitores que Layla se via lendo como uma médica, tudo estava bem.

– E o senhor, meu machinho? Ah, você está se saindo muito bem.

Voltando para a cama, espreguiçou-se e levou a mão para o abdômen que murchava. Incrível como o inchaço diminuía a cada hora, seu corpo em recuperação graças à alimentação que vinha seguindo.

Qhuinn e Blay vinham sendo mais que generosos com suas veias, a ponto de ela considerar se não os estaria sugando até ficarem secos.

Entretanto, ainda tinha um longo período de recuperação à frente. Pelo que entendia, para as mulheres humanas, esse período era ainda maior, mesmo que suas gestações fossem mais curtas – para as mães vampiras, o tempo era mais curto, mas outras coisas estavam envolvidas, em relação a hormônios e outros detalhes, para que seus corpos se recalibrassem.

Engraçado: desejara ter seu corpo de volta. Agora? Parecia meio solitário debaixo de sua pele.

Quando uma batida soou à porta, ela disse:

– Pode entrar.

Visitas eram bem-vindas. Visitas eram um respiro das perguntas que rodopiavam em sua mente, perguntas quanto ao que deveria fazer em relação a Xcor...

Tohrment e Autumn entraram hesitantes e, ah, a expressão no rosto do Irmão quando seus olhos azuis se detiveram nas crianças. Tanto sofrimento. Tanta tristeza pelo que ele perdera.

Mesmo assim, ele sorriu ao olhar para ela.

– Olá, *mahmen*. Você me parece bem.

Layla inclinou a cabeça e retribuiu o sorriso.

– Você é muito gentil. Olá, Autumn.

Enquanto Autumn se aproximava para um abraço, Layla estudava o rosto de Tohr enquanto abraçava sua *shellan*, procurando por traços que o ligassem ao seu meio-irmão.

Havia tão poucos. Mas a cor dos olhos... exatamente a mesma. Como não notara antes?

Ele e Xcor tinham sido gerados pelo mesmo macho.

– Vim lhe oferecer minha veia – Tohr disse. – Recebi permissão dos seus machos para me aproximar. Mas, evidentemente, se preferir usar apenas a eles, compreendo.

– Ah, não. Não, por favor e obrigada. Estive preocupada de talvez lhes estar tirando demais.

O olhar de Tohr voltou para os bebês.

– Você pode se apresentar – Layla disse com gentileza.

Autumn foi para perto das incubadoras com seu macho e os dois ficaram parados por bastante tempo, apenas olhando para os pequenos.

– Sempre me perguntei como seria ter um irmão ou irmã de sangue – Tohr comentou.

Mantendo a voz serena, Layla perguntou:

– Não tem nenhum?

Ele balançou a cabeça.

– Meu pai sem dúvida espalhou seu sêmen por onde passou, mas ninguém nunca apareceu.

Até agora, ela pensou.

– Tohrment, eu preciso...

– Chega de falar sobre mim. – Ele se virou com determinação. – Vamos cuidar de você. E, como Autumn diz, é um bálsamo ajudar aos outros.

Enquanto a fêmea do Irmão sorria e dizia alguma coisa, Layla recuou para sua própria mente.

Isso não continuará assim por muito tempo, ela pensou enquanto Tohr começava a enrolar a manga da camisa.

CAPÍTULO 69

Na noite seguinte, Mary não sabia com quem devia discutir.

E, quando escolheu a garota de treze anos no banco de trás do GTO, isso significou muito sobre o bicentenário atrás do volante.

– Só o que estou dizendo é que podemos esperar um pouco mais. Você sabe... – *Alguns anos?*, pensou – ... vai ser difícil para você alcançar os pedais.

Bitty olhou para o espelho retrovisor em busca de ajuda.

– Mas ele disse que podia levar o banco para a frente, não disse?

– Por favor, Mary – Rhage choramingou. – Vamos lá, o que de pior pode acontecer?

– Nem comece...

– Por favooooooorrr – Bitty a interrompeu. – Vou dirigir com cuidado.

– Olha só – Rhage deu a seta e entrou num shopping que tinha uma imobiliária num dos cantos e um monte de lojas classe A. – Se formos ali por trás, teremos bastante espaço.

– Bastante espaço! – Bitty ecoou. – Bastante!

Mary levantou as mãos e sacudiu a cabeça. No entanto, sabia quando era vencida, e esta era uma das vezes. Aqueles dois não desistiriam, e ela bem que podia ceder de uma vez. Isso diminuiria um pouco a emissão de gás carbônico e o aquecimento global por conta da fumaça que saía de sua cabeça.

– Você vai devagar – ela disse para as palmas.

– Muito!

– Ela irá tão devagar que você conseguirá andar mais rápido, certo, Bits?

– Com certeza.

Considerando tudo, a noite fora bem divertida. Os três foram jantar no O'Charley's antes de Rhage ter que voltar para trabalhar. Ao que tudo levava a crer, ele resolvera que era absolutamente crucial para o desenvolvimento de Bitty como vampira que ela conhecesse todos os restaurantes da cidade, e já montara um esquema para as próximas quinze ou vinte noites. Na lista? Lugares como WW Cousins, uma hamburgueria. Zaxby's. Cheesecake Factory. Pizza Hut. Texas Roadhouse.

Sim, até mesmo McDonald's, Wendy's e Burger King.

Bitty, para não ficar para trás, pegara o celular dele e criara um sistema de avaliação de estabelecimentos no aparelho, e os dois passaram uma bela meia-hora com as cabeças loira e castanha juntas, debatendo os méritos relativos dos vários critérios para algum tipo de sistema de pontuação.

Seria uma marcha dickensiana através de gorduras trans e imensas porções.

A boa notícia? Bitty ganharia peso, e essa era uma forma tão boa quanto qualquer outra para consegui-lo.

– Aqui vamos nós – Rhage anunciou como se tivesse encontrado a cura para a síndrome do intestino irritável. – Viu? Bastante espaço.

Ok, pelo menos nisso ele estava certo. Quando freou e deixou os faróis a convencerem, o espaço de asfalto era bem amplo e comprido, e absolutamente vazio a não ser por algumas latas de lixo. Era possível dizer que não havia nada atrás daquele shopping a não ser árvores e mato.

– Tudo bem, mas vou sair do carro. – Mary abriu a porta. – Não faz muito tempo desde que quase me meti em dois acidentes. Não quero arriscar um terceiro.

Quando segurou o banco para que Bitty saísse, a menina parecia séria.

– Não vou arranhá-lo. Prometo.

Mary apoiou a mão no ombro da menina e o apertou.

– Não me importo com o carro...

– O quê? – Rhage exclamou ao sair. – Como pode dizer uma coisa dessas?

Dispensando-o com um gesto, ela voltou a se concentrar em Bitty.

– Apenas tome cuidado. Vá devagar. Você vai se sair bem.

Bitty lhe deu um rápido abraço. Era algo que fazia o coração de Mary parar toda vez que acontecia. E logo a menina e Rhage estavam ao lado do banco do motorista, conversando daquele jeito rápido deles, a troca de palavras tão ágil que fazia a cabeça de Mary girar.

Saindo do caminho, para beeeeem longe, ela acabou se recostando no prédio térreo, comprido como um campo de futebol, bem ao lado de uma placa de SOMENTE ENTREGAS. A noite estava quente para a estação, tanto que ela deixara a jaqueta aberta, e o céu estava nublado, como se Deus estivesse protegendo a Terra com uma coberta de lã para o frio do fim de outubro.

– Aqui vamos nós! – Rhage disse ao dar a volta para entrar do lado do passageiro. – Prepare-se!

Enquanto ele acenava como se estivesse no deque de um navio prestes a zarpar, ela retribuiu o aceno e implorou para que aquele não fosse o Titanic.

Partida no motor. Mudança de marcha. Saltos e gaguejos... e, em seguida, Bitty pegou o jeito da coisa. De alguma maneira... a menina tinha segurado as rédeas do motor de doze milhões de cavalos debaixo daquele capô, e ela e Rhage trafegavam. A dez quilômetros por hora.

Mary se viu saltando e batendo palmas como se a menina tivesse se graduado na faculdade de Medicina com a descoberta para a cura do câncer.

– Você conseguiu! Viva, Bitty!

Deus, era tão gostoso comemorar. Assistir a alguém dominar uma arte. Ser testemunha enquanto a menina fazia a curva com o carro esporte na ponta oposta e começava a voltar, acenando loucamente enquanto passava uma vez mais, seu rosto iluminado de alegria enquanto Rhage, sentado ao seu lado, batia palmas e assobiava como se Bitty tivesse feito um *touchdown* no Super Bowl, enterrado a última bola num campeonato do NCAA e cruzado a linha de chegada na maratona de Boston, tudo ao mesmo tempo.

Ali vinham eles uma vez mais, aumentando a velocidade, até Bitty passar a terceira marcha em linha reta.

Era... magia.

Era... família.

Era... absoluta e positivamente tudo o que importava e contava.

E então as coisas ficaram ruins.

Bitty e Rhage tinham acabado de fazer a volta de novo e estavam se distanciando para ir até a extremidade oposta quando o som de uma garrafa jogada no chão fez Mary virar a cabeça.

Quatro ou cinco caras viraram a esquina no prédio – e se detiveram, surpresos, quando encontraram alguém ali, ao mesmo tempo em que Mary via interrompido seu momento de casinha com cerca branca.

– Mas que porra – um deles murmurou.

– E aí, vadia?

Mary cruzou os braços diante do peito e os encarou, mantendo seu terreno sem dizer uma palavra. Era o típico bando de garotos de quinze, dezesseis anos, tentando se passar por bandidos com suas calças baixas no quadril e bonés virados para o lado, quando, na realidade, podiam ser apenas garotos que frequentavam o Macy's e a Sunglass Hut. O problema? Numa matilha, eram como coiotes, perigosos, apesar de esqueléticos.

– E aí? – um terceiro disse com fala arrastada.

Acha que é Tony Soprano, moleque?, ela pensou quando o garoto se aproximou. Mas, quando viu que um deles tinha uma faca na lateral do corpo, ficou tensa.

O pior? O garoto armado se remexia como se estivesse movido por alguma droga.

Àquela altura, Rhage e Bitty já tinham feito a curva e estavam voltando, e Mary só conseguia implorar em pensamento: *Por favor, siga em frente. Tire Bitty daqui.*

Mas, não. O GTO parou a uns seis metros de distância, os faróis iluminando Mary e a matilha de animais.

– Ahhhhh, porra, dá só uma olhada nisso – um deles disse.

– Vou levar essa belezura pra casa...

O coro de assobios e xingamentos diminuiu um pouco quando Rhage abriu a porta do passageiro e se ergueu em toda a sua altura.

– Mary. Venha para cá.

Mary começou a andar na direção dele, mas não foi muito longe. Logo, o garoto com a faca a segurou e a arrastou de volta para ele, encostando a lâmina em seu pescoço.

– O que você vai fazer? Hum? O que vai fazer?

Mary tremia, mas não por estar preocupada com sua vida. Que diabos eles podiam fazer com ela? Em vez disso, só conseguia pensar: *Não, não, não na frente de Bitty.*

– Vá embora! – ela disse para Rhage. – Apenas dirija para...

– Eu vou te cortar – disse a voz junto ao seu ouvido.

– Tudo bem, faça o que quiser – ela murmurou. – Mas não na frente deles. Você vai deixá-los ir, e pode me cortar o quanto quiser.

– O quê? – o garoto cuspiu.

– Saia daqui, Rhage...

Ah, tá. Não mesmo.

Nem perto disso.

De repente, a luz brilhando em seus olhos e iluminando a todos ali ficou mais luminosa em cento e cinquenta mil quilowatts. E Mary praguejou.

Merda. Ela sabia o que aquilo significava.

– Não fica muito longe daqui.

Enquanto falava, Assail levantou o pé do acelerador do Range Rover e virou à direita na faixa que dava na península na qual vivia. Ao seu lado, Markcus estava bem calado, os olhos grudados nas janelas à frente e ao lado.

O macho jovem estava hipnotizado pelo ambiente – e também parecia confuso.

– A ponte era diferente – ele disse asperamente. – Aquela pela qual acabamos de passar. Está diferente de quando eu...

– Muita coisa mudou, imagino.

– Existem prédios muito mais altos no centro. Mais carros. Mais... tudo.

– Espere até conhecer a internet, meu amigo. Então verá uma melhora tão grande quanto duvidosa.

Em pouco tempo, chegaram à casa, e Markcus arfou.

– É tão... linda.

– Muito vidro nela. Em todos os sentidos.

Assail parou diante das portas da garagem, acionou-as e entrou. Quando Markcus foi abrir a porta, Assail o deteve com a mão sobre seu antebraço.

– Só depois que o portão estiver abaixado. Existem precauções a cumprir.

– Desculpe.

Quando estavam fechados em segurança, saíram do carro, e Assail esperou até que o macho desse a volta. Markcus se movia com lentidão e se apoiava no Range Rover, mas deixara bem claro que não aceitaria nenhuma ajuda – tampouco utilizaria bengalas ou andadores.

Assail parou diante da porta da casa e abriu a expansão fortificada com aço. O aroma que surgiu na antessala era celestial, tudo o que havia de bom numa Primeira Refeição. Bacon e ovos, café, panquecas... Não, bolinhos?

Markcus titubeou ao entrar na casa.

– Oh... Isso é...

– De fato. Quem diria que os malditos sabiam cozinhar?

Assail avançou lentamente até a cozinha, tentando fazer parecer que era assim que sempre caminhava.

Na cozinha, ficou evidente que Ehric e Evale se esforçaram para que o hóspede se sentisse bem-vindo: tinham arrumado a mesa, mesmo que canhestramente, com os garfos do lado errado dos pratos; cozinharam muitas coisas, no que se saíram muito melhor; coaram café – não, espere, era instantâneo, mas ainda apetecível, a julgar pelo aroma.

– Sente-se – Ehric disse a Markcus depois que as apresentações foram feitas. – Nós o serviremos... Não, não. Sem discussões.

Markcus se aproximou, gemendo de alívio quando tirou o peso parco das pernas esqueléticas. Ao afastar os longos cabelos para trás, seu rosto foi revelado, a anomalia que o fazia não ter barba revelando suas faces, queixo, mandíbula e garganta para os olhos curiosos dos primos.

De fato, Assail pensou consigo, *é um macho a ser admirado.*

– Eu lhes prepararei a Última Refeição, então – Markcus disse.

– Veremos isso mais tarde, companheiro – Ehric replicou ao colocar uma pilha de comida diante do hóspede.

Por força do hábito, Assail enfiou a mão no bolso do paletó, agarrando seu frasco, mas, antes de tirá-lo, parou e olhou para o relógio no micro-ondas. Depois confirmou as horas no relógio do fogão e em seu Piaget no pulso.

– Junte-se a nós, primo – Ehric disse enquanto ele e Evale se serviam.

Evale pegou seu garfo e o mirou na direção do prato de Markcus.

– Sai fundo.

– Seria "vai fundo" – Assail corrigiu distraidamente.

– Não vai comer, primo? – Ehric perguntou.

Assail se virou para a pia. Com passos tão lentos quanto os de Markcus, aproximou-se, abriu a tampa do frasco e despejou o conteúdo de cocaína no ralo.

– Lá embaixo – ele disse com voz rouca, ao ligar a água da torneira. – Vocês sabem onde estão os meus blocos.

De cocaína.

– Sim – Ehric sussurrou. – Sabemos.

– Vocês os tirarão da casa. – Quando os primos se levantaram num salto, ele gesticulou para que retomassem seus assentos. – Pode ser depois de comerem. Preciso que fiquem para que ele se alimente. Levem-no ao quarto extra no andar de baixo, junto de vocês.

– Não necessito de luxo – Markcus disse. – Apenas de um local para apoiar a cabeça durante o dia.

– Você fez mais do que merecer pelo seu descanso, meu caro macho.

Houve uma batida à porta, e Assail relanceou para os três.

– Saibam que ficarei, como devo dizer, indisposto em algum outro lugar por certo número de noites. Não sei exatamente quanto tempo. Cuidem dele, vocês dois. Ficarei muito desgostoso se Markcus não tiver ganhado peso e não estiver mais firme ao meu regresso.

Ao levantar as mãos, notou o tremor.

Isso ia ser – se podia usar o vernáculo – um pé no saco.

Indo para a porta dos fundos, abriu-a e sentiu uma súbita necessidade de se curvar – o que logo fez.

Em resposta, o doutor Manello indicou a Mercedes preta com janelas escurecidas que estava com o motor ligado no caminho para os carros.

– Pronto?

– Sim.

– Está muito ruim? Você está tremendo.

– Temo que isso ficará muito pior.

A última coisa que fez antes de sair de sua casa de vidro foi olhar novamente para Markcus. O macho comia devagar, suas mãos ossudas e esqueléticas segurando os talheres de aço inoxidável desajeitadamente, como se há tempos ele não usasse utensílios.

Seria uma longa jornada.

Mas se, depois de tudo a que fora submetido, ele tinha coragem de se segurar à vida... então Assail também podia fazê-lo.

Assail?

Em sua mente, ouviu a voz de Marisol no celular enquanto ele permanecia no círculo de fogo que criara. Ele temia que passar pela desintoxicação seria muito parecido com aquele fogo.

– Assail?

– De fato – disse ao bom médico. – Vamos.

CAPÍTULO 70

Assim que a luz brilhante cegou seu agressor, fazendo com que ele relaxasse a pegada, Mary se afastou dos braços do rapaz e deu-lhe uma cotovelada no estômago.

Enquanto ele se curvava e largava a faca, ela correu em disparada para o GTO.

– Tire-a daqui! – Rhage disse. – Rápido!

Aquelas foram as últimas palavras que ele pronunciou.

A besta já estava saindo quando ela correu para se colocar atrás do volante, seu corpo imenso caindo de joelhos, a cabeça se inclinando conforme ele forçava o chão, como se estivesse tentando lhe dar tempo para pisar fundo no acelerador antes que o dragão emergisse.

Parando junto à porta do motorista, Mary a escancarou bem quando Bitty passava para o banco de passageiro.

– Rhage! – a menina berrou. – Rhage...! O que está acontecendo, o que está errado?

Rhage de alguma maneira teve a presença de espírito de esticar a mão para fechar sua porta, e Mary não perdeu um segundo sequer.

– Cinto de segurança! Coloque o cinto!

– Não podemos deixá-lo!

– Cinto de segurança! Ele vai ficar bem, mas nós temos que ir!

Mary apertou a embreagem e o acelerador ao mesmo tempo, passando a primeira marcha antes de soltar o pé esquerdo. Os pneus cantaram quando todos aqueles cavalos cravaram os cascos para ganhar impulso no asfalto, e ela se preparou para o movimento explosivo que as levaria para a frente.

Nesse meio-tempo, de volta ao território da cretinice, o grupo de idiotas decidira correr na direção do carro.

Como se fosse durar muito.

Deixa para câmera lenta.

No mesmo instante em que o GTO começava a gritar para a frente, Bitty berrava e Mary se esforçava para manter a calma, um grande rugido se espalhou na noite, tão perto delas que chegou a atrapalhar a tração do carro esportivo.

E, mesmo usando apenas sua visão periférica, Mary viu nitidamente o segundo em que Bitty viu a besta emergir do corpo de Rhage.

A menina ficou paralisada, a boca aberta assumindo o lugar do medo.

– O que é... aquilo?

– Não vai nos ferir, ok?

E lá foram elas, em disparada, como se lançadas por um canhão, saindo do meio do conflito.

Infelizmente, os humanos – também conhecidos como pinos de boliche – estavam bem no meio do caminho do GTO. Motivo pelo qual o desejo de Mary de não se envolver num acidente número três foi totalmente frustrado. Girando o volante para a direita, evitou matar um deles – uma cortesia que ninguém merecia –, mas a má notícia foi que chocou-se contra uma lata de lixo, e todo aquele avanço poderoso se transformou num absoluto "não vamos a lugar algum" numa fração de segundo.

Quando o volante bateu em seu peito e um som sibilante nada otimista emanou do capô amassado, ela se virou na direção de Bitty em pânico.

A garota conseguira colocar o cinto de segurança antes do impacto.

Graças a Deus.

Outro rugido atravessou a noite, e sim, pelo vidro de trás, ela viu a besta completamente presente, não somente vociferando sua opinião. E sim, os humanos mudaram de ideia quanto a seu pequeno ataque, tropeçando uns nos outros para direções opostas.

Como se, por mais impossível que fosse um dragão se materializar no estacionamento dos fundos de um shopping, não pretendessem discutir com o que parecia estar acontecendo...

Antes que ela conseguisse impedir, a menina saiu do carro.

– Maldição! Bitty!

Mary também saltou para fora do carro – e praguejou muito mais: a besta estava apoiada nas patas traseiras ao estilo *Jurassic Park*, agachando-se em posição de ataque enquanto tirava as teias de aranha dos pulmões.

Não, nada de almoço. De jeito nenhum, não iria acontecer...

– Volte para o carro! – Mary exclamou ao correr para o caminho da besta, colocando-se entre os idiotas que batiam em retirada e seu marido sombrio.

– O que é isso?! – Bitty berrou. – O que aconteceu com ele?

– Ei! Oi! – Balançando os braços, Mary chamou a atenção da besta. – Aí está você. Olá aí em cima.

A besta se pavoneou, a queixada se erguendo sobre os enormes dentes num sorriso. Depois emitiu um som incisivo, em parte uma pergunta, em parte um protesto.

– Não, você não pode. Não pode comer os humanos.

Pois é, ela ainda não acreditava quando essas palavras saíam da sua boca. Ah, as coisas que fazemos.

Mas a besta abaixou a cabeça. Como se estivesse amuada.

– Eu sei. Eu sei, mas seu paladar é mais delicado. Você prefere os assassinos...

De repente, a gigantesca cabeça da besta guinou para a esquerda. E Mary fechou os olhos, já sabendo o motivo.

– Bitty – ela murmurou sem desviar o olhar do dragão. – Eu te disse para voltar para dentro do maldito carro.

As narinas da besta se inflaram uma vez. Depois sopraram o ar ao farejar a menina.

– Bitty! Estou falando sério! Volte...

Sons prazerosos foram emitidos quando a besta se esticou no chão, deitando a cabeça no asfalto na direção de Bitty.

Mary abaixou as mãos. E olhou para a menina.

Bitty ficou ali, absolutamente imóvel, como se seu cérebro simplesmente não conseguisse absorver aquilo tudo. Em seguida, ela avançou, movendo-se com lentidão, com os braços abaixados e as sobrancelhas muito erguidas. Sua expressão era de alerta e nervosismo, mas ela parecia determinada em ver por si mesma o que estava acontecendo com o dragão.

Mais barulhos tranquilos, como se ele tentasse transmitir que estava tudo bem. Que não seria um mau menino. Que só queria dizer oi.

O maior cachorrão de todo o planeta, pensou Mary. E desejou que continuasse assim.

– Tome cuidado. Nada de movimentos bruscos.

– Acho que ele gosta de mim. Não tenho certeza... Mas acho que gosta, sim.

Um minuto depois, Bitty parou bem perto da cabeça do dragão, junto à mandíbula repleta de dentes, ao lado dos olhos reptilianos que piscaram na vertical, em vez de na horizontal.

– Posso fazer carinho em você?

Ele emitiu um som inquiridor, como se estivesse imitando seu tom.

– Isso é um sim?

Quando voltou a ter como resposta aquele misto de ronronado e exalação, Bitty esticou uma mão trêmula e a apoiou bem sobre a bochecha do dragão.

– Ah, você é tão macio. Muito mais macio do que pensei...

Houve um movimento repentino e Mary avançou, agarrando a menina e afastando-a. Mas não precisava ter se preocupado.

A besta rolara de costas, os braços comparativamente muito menores se curvando em direção ao peito, as patas traseiras do tamanho de casas se esticando. Para coçar sua barriga, Bitty precisaria de uma escada de dois metros – e Mary de dois comprimidos de calmante e uma garrafa de vinho, muitíssimo obrigada –, mas a menina fez o que pôde, aproximando-se e ficando nas pontas dos pés enquanto o dragão virava a cabeça para fitá-la com um olhar meigo.

– Ele é tão lindo – Bitty disse. – Você é, não é? Quem é o fofinho?

– Preciso mesmo de uma bebida – Mary murmurou para si mesma. – Preciso de um maldito drinque.

Pelo menos já resolvemos essa parte, ela pensou.

Quando Rhage voltou para o seu corpo, estava tomado pelo pânico.

– Mary! Bitty! Mary!

Mas logo percebeu que havia dois pares de mãos segurando suas palmas, e duas lindas vozes tranquilizando-o – bem, uma delas o tranquilizava. A outra era apenas tranquilizadora de ouvir.

– Está tudo bem, estamos bem...

– Rhage, você tem um dragão! Um dragão de estimação! Consegui fazer carinho na barriga dele!

Como é?, ele pensou em sua cegueira.

– Quando ele pode voltar? Quero vê-lo de novo! Posso brincar com ele?

Seu delírio, ainda bem, não veio acompanhado por dores estomacais, portanto deduziu que não lanchara nenhum daqueles malditos idiotas que atacaram sua Mary. E, ah, que bom, havia uma coberta sobre a parte inferior do seu corpo, então não estava nu.

Mas teve que sacudir a cabeça, apesar de não saber se a menina estava olhando para ele.

– Aquilo não é um brinquedo, Bits. Ele é perigoso...

– Ele gosta de mim! Foi incrível!

– ... e eu não posso simplesmente chamá-lo, ok? Mas, quando você for morar com a gente, vou ver o que posso fazer a respeito.

Completo. Silêncio.

Então Bitty perguntou, numa voz frágil:

– Ir morar com vocês?

– Ah... merda – ele murmurou. Mesmo que seu Rei tivesse mencionado a tal coisa de não falar palavrão. – Quero dizer, cac... Quero dizer, *droga*.

– Morar com vocês? – a menina repetiu.

Enquanto Mary pigarreava, Rhage tentava se sentar, mesmo sem muitas forças para isso.

– Bitty – sua *shellan* disse –, tentei localizar seu tio. Na verdade, muitas pessoas tentaram – e não encontramos nada. Não sei o que aconteceu com ele ou onde está, nem sei o que pensar. Mas imaginando que... que ele não esteja disponível, Rhage e eu estivemos conversando e, você sabe, não queremos tomar o lugar de sua *mahmen*. De jeito nenhum. É só que... gostaríamos muito que você pensasse na possibilidade de ir morar conosco. Isso pode começar como uma tentativa e, se você não gostar, sempre poderá...

Houve um impacto abafado e Mary parou de falar.

No mesmo instante, ele sentiu o cheiro de lágrimas.

– O que está acontecendo? – Ele tateou o ar. – O que aconteceu? O que ela está fazendo...

De repente, bracinhos pequenos envolveram seu pescoço, e a voz de Bitty soou em seu ouvido:

– Isso quer dizer que você será o meu pai?

A respiração de Rhage ficou presa na garganta. Depois, com cuidado, retribuiu o abraço da menina, prestando atenção para não esmagá-la.

– Se você me quiser... – Ok, ele não conseguia falar. – Sim, sim, eu serei.

Mary afagou suas costas em círculos, e ele sentiu a felicidade de sua companheira flanando a seu lado, mas isso não bastava. Puxou-a com força, para que suas duas fêmeas estivessem junto a seu peito.

Então, esta... é a minha família, ele pensou com uma repentina descarga de orgulho. *Estas... são as minhas duas garotas.*

O sorriso em seu rosto esticou tanto suas bochechas que ele soube que elas jamais seriam as mesmas.

Ainda mais quando se lembrou de quando segurou L.W. na cozinha, olhando através de um cômodo que não enxergava, com seu coração doendo por aquilo que jamais poderia ter.

E, no entanto, ali estava ele, com tudo o que quisera não apenas ao seu alcance, mas em seus braços.

– Posso me mudar hoje à noite? E quando posso conhecer todo mundo?

CAPÍTULO 71

É incrível como as crianças se recuperam, Mary pensou mais tarde quando ela, Bitty e Rhage chegaram de carro diante da mansão da Irmandade.

A despeito de tudo por que passara, a menina estava de coração e olhos abertos ante a perspectiva de um estilo de vida completamente diferente, pronta para tudo, animada, feliz. Não era de se estranhar: ela estava com pessoas que a amavam, mesmo que ainda fosse cedo demais para falar sobre isso.

Mas não se podia dizer que não houve tristeza. Especialmente quando ela e Bitty subiram até aquele quarto no sótão do Lugar Seguro para pegar as duas malas. Quando a menina perguntou se também poderia levar os pertences da mãe, Mary se emocionou. E também havia a urna.

Mas, de modo geral, a situação era alegre. E Mary se concentrava nisso.

Parou o GTO bem diante dos degraus de pedra, o que foi um certo exagero, já que a menina não tinha mais do que aqueles dois volumes de bagagem e a urna.

Mas, de alguma forma, ela só queria que Bitty entrasse na casa – e qualquer distância parecia longa demais. Depois que Rhage telefonara para Wrath, e Mary ligara para Marissa, ficou decidido que, numa situação temporária como guardiões, não havia motivos para Bitty não se mudar. Isso também significava que a doutora Jane e Manny poderiam fazer um *check-up* médico com mais facilidade, e não havia nada de fato que a prendesse ao Lugar Seguro.

O fato de ainda não existir nenhuma documentação deixava Mary um pouco apreensiva, mas Rhym estava cuidando disso. O mais preocupante? Dentro do período de seis meses de espera que começava naquela noite, aquilo não era uma situação permanente.

Sim, Mary continuaria procurando pelo hipotético tio, mesmo que se sentisse à beira de um ataque cardíaco só de pensar que o macho poderia se materializar do nada.

Ainda assim, era seu dever fazer o máximo que podia por Bitty.

– Chegamos? – Rhage perguntou. – Acho que chegamos. Bitty, o que você está vendo?

– *Os Monstros* moram nesta casa? Parece com a casa deles, só que... Qual o tamanho disso?

– Tem uma centena de cômodos, mais ou menos. É meio apertado, mas a gente faz com que dê certo.

A mão de Rhage tateou a porta até alcançar a maçaneta para abri-la. Ao se levantar, ajustou a coberta ao redor da cintura e quase tropeçou na sarjeta.

Mary desligou o motor e puxou o freio de mão. Quando voltou-se para trás, na direção de Bitty, a menina estava encarando a imensa construção de pedra. Aninhada em seus braços, contra o peito, estava a urna com as cinzas da mãe.

Não se tratava de um recomeço, Mary ponderou.

Não se tratava de um reinício, um apagamento... nem uma substituição de tudo o que fora difícil, brutal e lamentável por algo brilhante e fresco. Não era Natal. Não era um feliz aniversário com "surpresa, é um cachorrinho", e balcões e confetes.

Era outro capítulo. Um que seria muito mais estável e emocionalmente amparado, mas que ainda teria seus altos e baixos, seus desafios e triunfos, suas frustrações e alegrias.

– Bitty? Você não tem que fazer isto.

A menina se virou e sorriu.

– Qual deles vai ser o meu quarto?

Mary riu e saiu do carro.

– Rhage, eu pego as malas.

– Até parece. – Seus olhos cegos se reviraram. – Onde elas estão?

– Tudo bem, só me deixe pegá-las e levar até você. E ajeita essa coberta de novo? Não quero que fique pelado quando fizermos a nossa entrada triunfal.

Bitty se aproximou de Rhage, ainda sustentando a urna pertinho do peito.

– Uau. É ainda maior do que parecia.

– Espere até entrar.

Abrindo o porta-malas, Mary primeiro tirou a mala de Annalye, e não conseguiu evitar: levantou o olhar para o céu, tentando visualizar a fêmea olhando para eles do alto, testemunhando tudo aquilo e, quem sabe, aprovando.

Vou cuidar bem dela, Mary jurou. *Eu prometo.*

– Vamos – ela disse quando Rhage fechou a porta do carro ao seu lado.

– Malas?

– Aqui, garotão. – Quando as entregou para as suas mãos muito capazes, eles se beijaram. – Que tal se eu segurar o seu braço para ajudar na navegação?

– Também posso ajudar – Bitty disse, segurando o outro cotovelo de Rhage.

Mary teve que piscar para afastar as lágrimas quando o peito de Rhage se inflou cinco vezes mais do que seu tamanho natural. O orgulho em ter suas duas fêmeas com ele ao entrar na residência do Rei parecia saído de uma lenda: mesmo cego e, sem dúvida, dolorido, era evidente que ele estava no paraíso.

Logo estavam no vestíbulo, e Mary mostrou o rosto para a câmera de segurança.

– Prepare-se – Mary murmurou para Bitty. – É um lugar bem grande...

A porta se abriu e o mordomo começou a sorrir, só para congelar ao ver Bitty.

– É o Fritz! – a menina exclamou. – É o Fritz! Olá! Sou a Bitty!

Ok, deixa para derretimento. Se o mordomo ficasse mais encantado pela menina, seu rosto inteiro se arrancaria do crânio e aterrissaria no piso de mármore.

Tipo *Caçadores da Arca Perdida* mesmo.

O *doggen* se curvou bem baixo.

– Senhora. Senhor. E... senhorita.

Bitty olhou ao redor do corpo de Rhage.

– Sou uma senhorita?

Mary assentiu e sussurrou:

– Você vai se acostumar com isso. Eu me acostumei.

Os três entraram no vasto átrio, e a primeira coisa que viram foi Lassiter no sofá da sala de bilhar. Ele estava mudando de canais no controle remoto, praguejando:

– Não gosto de futebol! ESPN o meu cu! Dane-se... onde diabos está *Who's the boss?*

– Lassiter!

Com o som de seu nome, o anjo olhou por cima das mesas de bilhar nas quais todos estavam. E, uau, ele sorriu, com aquela gentil e suave expressão mais associada aos anjos do que as coisas que ele costumava lançar para o mundo. Pondo-se de pé, ele se aproximou e, sim, Mary ficou verdadeiramente feliz por ele estar vestindo algo normal, apenas jeans e uma camiseta preta, com os cabelos loiros e pretos sobre os ombros.

Com ele, nunca se sabia.

Agachando-se, estendeu-lhe a mão.

– Como você sabia quem eu era, Bitty?

A menina apertou a mão oferecida e apontou para Rhage.

– Ele me contou tudo a seu respeito. Sobre todos vocês. Espere, como você sabia o meu nome? Ele falou de mim para você?

Lassiter levantou o olhar para os três e afagou a bochecha da menina.

– Minha pequena, vi este momento desde o primeiro instante em que conheci sua *mahmen* e seu pai...

– Não – Mary interrompeu. – Não me chame de *mahmen*. Esse título é de Annalye. Não sou *mahmen*, sou apenas Mary. Não estou querendo tomar o lugar de ninguém.

– Você tem olhos tão estranhos – Bitty sussurrou. – Eles são lindos.

– Obrigado. – O anjo inclinou a cabeça. – Estou sempre aqui, Bitty. Se precisar de algo, venha me encontrar, e será seu. Acho que isso será verdade com muitas das pessoas aqui.

A menina assentiu quando Lassiter se levantou. Então Rhage abaixou uma das malas e os machos bateram nos ombros um do outro, Lassiter mais coordenado porque conseguia enxergar.

– Escute, Bitty – Mary disse quando o anjo voltou para o controle remoto. – Tenho uma ideia quanto à nossa acomodação, mas não sabíamos que você viria hoje à noite. Então, se estiver de acordo, pode ficar na suíte de hóspedes ao lado da nossa? Se precisar de nós, estaremos...

Deixa para guerra de água.

No balcão do segundo andar, atrás da balaustrada de folhas de ouro, John Matthew e Qhuinn vinham correndo pelo corredor das estátuas, Qhuinn na frente, John Matthew lançando rodadas de água mineral. Sem aviso, Qhuinn saltou sobre o balcão e fez queda livre de seis ou nove metros, desmaterializando-se pouco antes de se estatelar no piso de mosaico.

John veio logo atrás dele, escorregando pelo corrimão numa nádega só, rindo silenciosamente.

Os dois pararam assim que viram Bitty.

– Qhuinn! – ela exclamou. – Com um olho azul e outro verde!

O Irmão pareceu chocado com a menina, mesmo ao se aproximar e pairar acima dela.

– É, esse é o meu nome, quem... Ah, Deus! Rhage e Mary! A sua menininha! Deu certo!

Mary recebeu um abraço de urso. Um imenso abraço de urso. Um gigantesco abraço de urso, daquele de partir as costelas, do novo pai. E logo John Matthew estava sinalizando.

– Você é John Matthew! – Bitty fitou seus dedos. – O que ele está dizendo... Espere, o quê? – Depois levantou os olhos para o imenso guerreiro e disse: – Você tem que me ensinar isso. Se vou morar aqui, você precisa me ensinar isso.

Ora se isso não amoleceu John Matthew. Muito. A ponto de os dedos não conseguirem funcionar direito, como num equivalente à gagueira na linguagem de sinais.

E, puxa, Bitty foi incrível, tão sociável e amigável – e corajosa, considerando-se tudo pelo que passara.

Mary esfregou o meio do peito. *Sim,* pensou, *estava vivenciando uma dose real de orgulho materno ali, o que era muito melhor do que um milhão de taças de vinho. E não provocava ressaca.*

– Está cego de novo? – Qhuinn perguntou ao Irmão.

– Pois é, tentei comer uns humanos.

– Tentou? Sua besta está de dieta?

Todos riam quando alguém surgiu por trás da escadaria. No mesmo instante, a conversa cessou, como se as pessoas estivessem preocupadas com quem podia ser.

Zsadist estava com seu uniforme de combate, couro negro cobrindo-o como uma segunda pele, armas embainhadas sobre o peito, nas coxas, debaixo dos braços...

A despeito da sua aparência, Bitty se afastou do grupo e foi direto para a frente do macho com cicatrizes, seu vestido bem lavado aparecendo por baixo daquele feio casaco preto que usava.

Z. parou na hora, assim como todos os outros – como se tivesse visto um fantasma. E depois olhou ao redor, parecendo confuso.

– Você é Zsadist – Bitty disse. – E tem uma filha. Posso conhecê-la? Gostaria muito de conhecê-la, por favor.

Em resposta, Zsadist moveu-se devagar, abaixando-se para ficar no seu nível. Depois a fitou por um tempo, como se ela fosse uma criatura selvagem que inesperadamente se mostrara dócil.

– O nome dela é Nalla – ele disse com voz grave. – Minha filha é bem mais nova que você. Ela gostará de ter uma irmã mais velha, se você quiser lhe ensinar coisas.

– Ah, sim, eu gostaria muito.

– O que é isso nos seus braços, pequena?

Bitty abaixou o olhar, e Mary prendeu a respiração.

– É a minha *mahmen*. Ela morreu. É por isso que Mary e Rhage vão ser meus guardiões. Mas espero poder ficar aqui. Gosto muito deles.

Simples assim. A explicação foi simples, e de partir corações... Todos os adultos piscaram para impedir as lágrimas.

Zsadist inclinou a cabeça para baixo, com seus olhos amarelos reluzindo.

– Meus sentimentos por sua perda. E seja bem-vinda ao nosso lar, que, de agora em diante, você deverá chamar de seu, também.

Bitty inclinou a cabeça para o lado e fitou o Irmão.

– Gosto de você. Você é legal.

Horas mais tarde, depois que acomodaram Bitty no quarto ao lado, Rhage e Mary seguiram para o seu.

Ele ainda estava cego, mas pouco se importava com as vezes que batia o dedo do pé, ou tropeçava em algo, ou esbarrava: Bitty estava sob o mesmo teto que ele e Mary, portanto tudo estava bem em seu mundo. E, cara, ela conquistara a todos.

Mesmo sendo uma coisinha naquela imensa e grandiosa mansão, com tantas pessoas que jamais vira na vida? Ela os abordara e chamara cada um pelo nome, apresentando-se, sorrindo e gargalhando. Manteve a urna da mãe consigo o tempo todo e, de alguma maneira, isso pareceu certo, em vez de mórbido ou sombrio.

Sua *mahmen* era e sempre seria uma parte dela – e, ah, Mary respeitava muito isso.

Como se sua fêmea conseguisse que ele a amasse ainda mais? Jesus.

– Não consigo acreditar que temos uma filha – ele disse quando sua *shellan* o levou para o banheiro e colocou pasta em sua escova de dentes. – Somos pais. Temos... uma filha.

– Olha só, sinto muito, posso estar sendo tendenciosa, mas ela não foi fantástica? Você viu Wrath? Ele está apaixonado. Acho que quer que L.W. se case com ela.

– Bem, ela é forte. É inteligente. Quem não haveria de...

Do nada, uma careta se formou em seu lábio superior, e um rugido ecoou de seu peito – enquanto, ao mesmo tempo, a besta em suas costas se mexia, procurando uma saída.

E tudo só ficou pior quando ele visualizou algum macho perto de sua Bitty com todo tipo de ideias brilhantes em sua ment...

– Rhage. Pare. Um dia ela vai querer namorar alguém...

– Só por cima deste cadáver alguém vai tocar na minha filha...

– Rhage, ok, respiração de ioga em três tempos. – Deu tapinhas em suas costas como se afagasse um leão. – É perfeitamente normal que garotinhas cresçam e queiram se vincular a...

– Não. Ela não vai namorar. *Nunca*.

Mary começou a gargalhar.

– Sabe, isso seria bem engraçado se eu não me preocupasse de você estar falando ligeiramente sério.

– Estou sendo sério *pra caralho*.

– Lá vamos nós. – Mary suspirou. – Juro, Bella e eu vamos ter que colocar você e Zsadist num grupo de apoio.

– Isso! – ele anunciou. – Meu irmão saberá exatamente o que é isso. Solidariedade entre pais...

Mary o interrompeu ao enfiar um carregamento de pasta em sua boca.

– Cale a boca e escove os dentes, amor. Conversaremos sobre isso depois da transição dela. Daqui, talvez, uns doze, quinze *anos*.

– *Ngaum bai bager a bibima biberensa, borra.*

– O que foi que disse?

– Não vai fazer a mínima diferença, porra.

Mas ele foi um bom menino e cuidou direitinho de seus mastigadores. Em seguida, foram para o chuveiro juntos, onde todo tipo de coisa aconteceu...

E TUDO AQUILO O LEMBROU EXATAMENTE DO MOTIVO PELO QUAL JAMAIS EXISTIRIA NAMORO ALGUM. NUNCA, JAMAIS.

Quando, por fim, estavam deitados na imensa cama ornamentada, ele posicionou a amada ao seu lado e soltou uma expiração que durou cerca de um século e meio.

– As luzes estão apagadas? – ele perguntou depois de um instante.

– Uh-hum.

Ele a beijou na testa.

– Por que as melhores coisas acontecem quando estou cego? Eu te conheci quando estava cego. Agora... ela está aqui, e eu estou cego.

– Deve ser a sua versão de um amuleto da sorte.

Rhage fitou o vazio acima de suas cabeças enquanto Mary bocejava com tanta vontade que seu maxilar estalou.

Pouco antes de adormecer, as pálpebras dele se ergueram novamente.

– Mary?

– Hum?

– Obrigado – sussurrou.

– Pelo quê?

– Por me tornar pai.

Mary levantou a cabeça de sua posição no contorno do braço dele.

– O que você... Eu não fiz isso.

– Você certamente nos deu a nossa família. – Maldição, desejava poder vê-la. Em vez disso, tinha que se arranjar com a lembrança do lindo rosto; que bom que passava muito tempo encarando sua *shellan*. – Você definitivamente me tornou um pai; eu estava morrendo naquele campo de batalha e você me salvou. Se não tivesse feito isso, jamais teríamos conseguido Bitty, porque estaríamos no Fade, e ela estaria aqui embaixo, sozinha. Você fez isto acontecer. E não foi só em relação à minha quase morte. Você ficou ao lado de Bitty desde o momento em que ela perdeu o pai e depois a mãe. Você trabalhou com ela depois disso, ajudando-a a sair de sua concha. E depois, quando resolvemos tentar isto, você foi atrás de todos os procedimentos e se certificou de que faríamos tudo direito. Você me orientou para a minha entrevista. Concentrou-se em Bitty. Você... você fez isto acontecer, minha Mary. Você deu à luz minha filha, talvez não pelo seu ventre, mas, certamente, com as circunstâncias – você me fez pai. E esse é o maior presente que qualquer fêmea pode dar ao seu macho. Por isso... obrigado. Pela nossa família.

O cheiro doce das lágrimas de sua *shellan* se espalhou, e ele encontrou o rosto dela na escuridão, aproximando-o de sua boca. O beijo que lhe deu foi casto e reverente, uma expressão de sua gratidão.

– Você tem jeito com as palavras, sabia? – ela disse, emocionada.

– Só estou sendo honesto. Apenas isso.

Quando Mary voltou a se acomodar em seu peito, Rhage fechou os olhos.

– Eu te amo, minha Mary Madonna.

– E você sempre será meu príncipe de presas reluzentes.

– Mesmo?

– Uh-hum. Você é a melhor coisa que já me aconteceu. Você e Bitty.

– Isso é lindo. – Ele suspirou de novo. – Puxa, mas sinto pela Bits.

Mary levantou a cabeça de novo.

– Por quê?

– PORQUE ELA NUNCA VAI NAMORAR...

– Rhage, sério. Você *precisa* parar de pensar nisso...

CAPÍTULO 72

Sentada nos fundos do I've Bean, Jo levantou o olhar quando Bill se aproximou da mesa.

– Temos que parar de nos encontrar assim.

O jornalista se sentou junto com seu *latte.*

– Então, boas-novas.

– Encontrou o restaurante no centro, sobre o qual Julio falou?

– Não, você conseguiu o emprego de editora *on-line*. Eles vão te ligar daqui a uma hora para oficializar a oferta. Não me disseram o salário, mas deve ser uns trinta mil e poucos por ano.

Jo socou o ar.

– Sim. *Sim.* Isso é maravilhoso, e posso começar assim que terminar meu aviso prévio com o Bryant.

– Sabe que ele ligou para mim?

– O quê?

Bill desenrolou mais um dos seus cachecóis e o dobrou sobre o espaldar da cadeira.

– Isso mesmo. Acho que ele está obcecado por você. Queria saber se a gente estava ou não namorando.

– Você é *casado.*

– Eu disse isso a ele. P.S.: Lydia te convidou para jantar no sábado. Meu primo também vai. Troy, você se lembra dele.

– Diga a ela que aceito, obrigada. O que posso levar?

– Apenas você, mas nada do Dougie.

– Fechado.

Houve uma ligeira pausa, algo que ela não conseguia associar ao cara que, de alguma forma, se tornara uma espécie de irmão mais velho na última semana.

– O que foi? – ela perguntou.

Bill olhou ao redor da cafeteria como se procurasse um rosto familiar na multidão. Mais provavelmente, estava escolhendo as palavras.

– O emprego é bom – ela o incitou. – O jantar vai ser ótimo. Entãããão...

– Não quero que fique brava comigo, mas investiguei sua adoção.

O coração de Jo parou. Depois começou a bater forte.

– O que você... encontrou? E você não tinha o direito de fazer isso e blá-blá-blá.

Caso ele tivesse lhe perguntado se poderia fazer isso, ela teria dito que não. Mas, considerando que evidentemente ele descobrira alguma coisa?

Bill enfiou a mão no bolso interno do paletó de veludo e tirou uns papéis dobrados.

– Sua mãe biológica era enfermeira. Em Boston. Ela saiu do hospital quando descobriu que estava grávida. Na época, nos anos 1970, mães solteiras não eram bem vistas, e ela teve um filho que deu para adoção. Ela ficou lá, trabalhou em diversos lugares. Quinze anos depois, engravidou de novo, do mesmo cara. Mas nunca se casou com ele. Não pelo que descobri. Mas decididamente era o mesmo homem, de acordo com os registros que foram copiados e colocados no arquivo. Dessa vez ela se mudou, veio para cá, para Caldwell. Então ela teve você, mas, infelizmente, não resistiu. Era uma gravidez de alto risco, porque ela estava mais velha na época. Contudo, ela nunca revelou o nome do seu pai, e nenhum parente apareceu para ficar com você.

Jo se recostou na cadeira e sentiu que todo o barulho e todas as pessoas ao seu redor desapareciam. Irmão? E sua mãe morrera...

– Fico imaginando se ela teria ficado comigo – disse baixinho.

– O seu pai, o adotivo, pediu ao advogado que ficasse de olhos abertos quanto a algum bebê no hospital St. Francis, aqui na cidade. Assim que a sua mãe biológica morreu, ele pagou para ficar com você e assim foi feito.

– E é isso.

– Não exatamente. – Bill inspirou fundo. – Encontrei seu irmão. Mais ou menos.

O jornalista colocou uma foto em preto e branco na mesa. Era de um homem de cabelos negros que ela não reconheceu. Devia ter uns quarenta anos.

– O nome dele é Manuel Manello. Era o cirurgião-chefe do St. Francis, mas saiu do radar há cerca de um ano atrás, e ninguém o viu desde então.

Com a mão trêmula, Jo pegou a foto, vasculhando as feições, descobrindo que, sim, algumas delas pareciam com as suas.

– Nós dois acabamos ficando no mesmo lugar...

– Caldwell tem um jeito de aproximar as pessoas.

– Temos o mesmo formato de olhos.

– Sim, vocês têm.

– Parecem avelãs, não acha? Ou talvez sejam castanhos.

– Não dá pra saber.

– Posso ficar com isto?

– Claro. E desculpe por ter metido meu nariz onde indiscutivelmente ele não era chamado. Mas é que comecei a investigar e não consegui parar. Não sabia o que encontraria, por isso não disse nada.

– Está tudo bem – ela disse ao levantar os olhos. – E obrigada. Eu... eu sempre imaginei como seria minha família de sangue.

– Podemos tentar localizá-lo, sabia?

Dessa vez, ela levantou os olhos.

– Acha mesmo?

– Claro. Somos jornalistas investigativos, certo? Mesmo que ele tenha saído de Caldwell, deve haver um modo de localizá-lo. É extremamente difícil no mundo moderno desaparecer de vez. Muitos registros eletrônicos, entende?

– Bill, você é uma espécie de elfo padrinho, em vez de fada madrinha?

Ele assentiu e brindou com seu *latte*.

– Ao seu dispor.

Um irmão, Jo pensou ao voltar a olhar para o rosto indiscutivelmente belo.

– Só um irmão? – ela murmurou, mesmo que, supôs, seria ganância querer ter mais.

– Quem sabe? É só ele que supostamente sua mãe deu à luz. Mas talvez do lado do seu pai? De todo modo, deve haver uma forma de encontrá-lo. O rastro está frio, mas podemos ter sorte.

– Sabe, essa coisa de investigar vampiros é uma grande distração. – Ela sorriu com pesar. – Sei muito bem que eles não existem de verdade, certamente não em Caldwell. Acho melhor começar a procurar a minha família real do que alguma fantasia falsa, não acha?

– Talvez seja por isso que você deu uma pirada. Ainda que, tenho que admitir, te acompanhei nessa.

– Família – ela murmurou, ainda olhando para a foto. – Uma família de verdade. É isso o que eu quero encontrar.

CAPÍTULO 73

– Devo usar terno?

Quando Rhage saiu do banheiro, estava de barba feita e cabelos quase secos, com uma toalha enrolada na cintura.

– Mary...

– Estou chegando – ele a ouviu do corredor. – Estava ajudando Bitty.

– Sem pressa.

Ele estava sorrindo ao pisar no carpete indo na direção do *closet*. A cerimônia deveria começar em meia hora, então havia tempo ainda para colocar a tal da camisa de seda preta e...

– *Filho da puta!* – ele berrou a plenos pulmões. – Quem é que está me fodendo aqui?

Assim que ele soltou todos os seus palavrões, doze tipos diferentes de gargalhadas explodiram no quarto. Seus irmãos, suas *shellans* e sua garotinha Bitty entraram, gozando como se o total desfiguramento do seu guarda-roupa fosse hilário pra cacete.

Era como se *SOS Malibu* tivesse vomitado em suas roupas.

– Uma prancha de surfe? Rede de pesca? Isto é... um arpão? – Ele enfiou a cara entre os batentes. – Onde foi que vocês, bando de lunáticos, encontraram um arpão em Caldwell?

– Internet – alguém respondeu.

– Amazon – outro acrescentou.

Ele revirou os olhos e apontou para Bitty.

– Você está metida nisso também? *Et tu*, Brutus Bits?

Quando a menina riu com mais vontade, voltou para o *closet* e apanhou um tubarão inflável.

– Quantas horas alguém empregou para inflar esta coisa?

Enquanto Rhage lançava o pesadelo para o quarto, Vishous levantou a mão.

– Fui eu. Mas usei uma bomba de ar e, na verdade, estourei o primeiro.

– Que bom que tínhamos um reserva – Butch observou.

– Vocês são loucos. Loucos!

– Essa nunca vai ficar velha – Wrath anunciou. – Jamais. Mesmo sem o visual, isso é impagável para car... ah, caracol. *Scargot*. Isso mesmo.

– Rá! – Rhage disse ao Rei. – Divertindo-se com isso? Não é tão fácil quanto parece, meu senhor, concorda?

– Tecnicamente, posso mandar decapitar sua cabeça por esse tipo de insubordinação.

– Promessas, promessas...

Rhage revirou os olhos quando a multidão começou a se dispersar, e teve que se esforçar para alcançar suas roupas, mandando para trás – ah, meu Deus, aquilo era uma tarpão empalhado, pelo amor de Deus?

– Vocês têm tempo ocioso demais – gritou para ninguém em especial.

Cinco minutos depois, saiu vestindo a mesma versão de preto sob medida que usara em sua entrevista com Rhym.

Suas duas fêmeas estavam sentadas na ponta da cama, Mary num vestido preto e Bitty num azul-claro que fora confeccionado às pressas e com muito orgulho pelas *doggens* da casa. Ambas tinham laços prateados na cintura, e sobre a colcha entre elas havia duas longas fitas de cetim azul, preto e prata.

– Ah, minhas garotas. – Teve que parar para olhar para elas. – Ah, minhas belas fêmeas.

As duas coraram, e Mary foi a primeira a se recuperar ao se levantar e estender a mão para Bitty.

– Aqui estão suas faixas – disse a fêmea ao se aproximar com o arranjo.

– Nossas faixas – ele a corrigiu.

Quando saíram do quarto juntos, uniram-se à maré de outras pessoas, todas descendo pela escadaria principal, virando e seguindo pela porta camuflada que dava para o túnel subterrâneo.

– É tão comprido – Bitty disse enquanto caminhava ao lado deles. – O túnel é tão comprido.

– Este lugar é grande – Rhage murmurou.

– Alguém já se perdeu aqui?

Ele pensou em Lassiter.

– Não – ele grunhiu. – Todos sempre encontram o caminho de volta. Especialmente anjos caídos com péssimos hábitos televisivos.

– Acho que estou me reconhecendo aí – Lassiter comentou de trás do grupo.

Passaram pelo armário do depósito. Saíram do escritório. Entraram no ginásio, especialmente decorado com centenas de velas.

Parados logo após as portas duplas, Layla, Qhuinn e Blay estavam ao lado das incubadoras, que foram removidas para o ginásio e decoradas com saias brancas para a ocasião sagrada – e que seriam levadas de volta ao quarto de Layla assim que tudo terminasse. Ao lado deles, numa cadeira de rodas e de terno e gravata, Luchas também fazia parte da família, mesmo permanecendo calado.

Segundo a tradição dos vampiros, essa cerimônia era crucial, e não algo que pudesse esperar, considerando que a equipe médica achava que os bebês já estavam estáveis o suficiente.

Ainda assim, tudo foi mantido mais escuro, e ninguém falava alto para não agitar os bebês.

Depois que todos da casa, inclusive os criados, Trez, iAm e a companheira de iAm, bem como todas as Escolhidas e a *directrix*, e também os pais de Blay, se reuniram, Wrath e a Rainha entraram com George entre eles e L.W. nos braços de Wrath.

Costumeiramente, havia longos discursos no Antigo Idioma, mas, em deferência aos bebês, Wrath foi breve.

– *Estamos aqui reunidos esta noite para receber em nossa comunidade o filho de sangue e a filha de sangue do Irmão da Adaga Negra Qhuinn, filho de Lohstrong, e da Escolhida Layla, gerada pelo Primale e pela Escolhida Helhena; e o filho e filha adotivos de Blaylock, filho de sangue de Rocke e de Lyric. Que estas crianças tenham saúde, força e vida longa, um testemunho de seus pais e de sua mãe. Agora, como Rei, concedo a esta fêmea* – Wrath estendeu a mão e Beth a orientou para onde a menina estava deitada – *o nome de Lyric, em homenagem à sua* grandmahmen *pelo lado de seu pai Blaylock.*

Enquanto a *mahmen* de Blay fungava e Qhuinn e Blay passavam o braço ao seu redor, Wrath abaixou a mão para a outra incubadora.

De todas as partes, uma onda de energia atravessou o grupo, e Rhage balançou a cabeça, maravilhado por poder testemunhar aquilo.

Com a mão da adaga real sobre a incubadora do macho, Wrath pronunciou:

– *Em reconhecimento à posição do pai deste jovem, como membro da Irmandade da Adaga Negra, foi-me requisitado que concedesse, como Rei, um nome de Irmandade a este macho. Ponderei sobre o pedido e o considerei apropriado. Com isto, escolho o respeitável nome Rhampage.*

Um rugido de aprovação se ergueu entre os Irmãos, que acolhiam aquele macho entre eles.

Está feito, Rhage pensou. Este era o modo antigo. O modo adequado. A maneira de se preservar as tradições.

Rhampage.

Era um bom nome, um nome antigo.

Com o filho nos braços e sua *shellan* ao lado, Wrath em seguida depositou as fitas vermelha e preta da Primeira Família sobre as saias das duas incubadoras.

Em seguida, um a um, todos fizeram o mesmo, cada unidade familiar se adiantando, Phury e Cormia e Z., Bella e Nalla indo depois de Wrath e Beth, seguidos por V., Jane, Payne e Manny, depois Rehv e Ehlena, John Matthew e Xhex, Tohr e Autumn.

Quando chegou a vez deles, Rhage sorriu para suas duas fêmeas e se aproximaram das incubadoras. Foi difícil não se emocionar quando as três mãos se esticaram com as faixas azul, preta e prateada da sua linhagem, primeiro sobre a saia de Lyric, depois da de Rhampage. Depois os três se aproximaram para abraçar os membros da família.

Tanto amor.

As Escolhidas foram em seguida, e depois Trez, iAm e a rainha de iAm colocaram um rubi do Território em cada uma das incubadoras como forma de participarem. Depois disso, os *doggens* se aproximaram, com suas faixas mais finas, mas não menos importantes.

Enquanto Rhage ficava para trás, observando, estava com um braço ao longo dos ombros de Mary e outro sobre Bitty.

Era incrível como as coisas tinham mudado, quando ele pensava naquela primeira noite em que tentara fazer com que Mary dissesse *apetitoso*, *sussurro* ou *morango*.

Ela rebatera com *nada*, repetindo a palavra uma vez após a outra.

Engraçado que ela tivesse escolhido aquela palavra em especial. Porque, na verdade, no decorrer dos últimos anos, ela lhe dera positiva e absolutamente... *tudo*.

CAPÍTULO 74

Foi uma festa maravilhosa.

Quando Mary, por fim, teve que descansar os pés na grande escadaria da mansão, ofegava e sentia que o calcanhar esquerdo tinha uma bolha, e sabia que sentiria dores mais tarde. Mas a dança... Ah, *a dança*.

A versão de V. de música house, que se mostrou estritamente rap e hip-hop, inspirou todo tipo de aeróbica, e ela teve o orgulho de observar que seu amado era melhor que Channing Tatum ali na frente, sacudindo o que sua *mahmen* lhe dera de melhor. Bits estava ao seu lado, aprendendo os movimentos, rindo, comendo e tomando refrigerante.

Interessante como, às vezes, nos divertimos mais apenas sentados, observando nossas crianças se divertirem.

Em meio à multidão, Rhage gesticulou para que ela se aproximasse, e quando ela respondeu se abanando e balançando a cabeça, rodopiou para mais perto com Bitty.

– Mary!

– Só preciso de um minuto de descanso! – respondeu berrando. Era a única possibilidade de ser ouvida.

– Bitty, pode ir até sua *mahm*... – Rhage se deteve. – Pode ir até sua, ah, Mary e trazê-la aqui?

A pequena ferroada de dor no meio de seu peito não era um problema, ainda mais quando Mary pensava em quanto a verdadeira *mahmen* da garotinha teria amado participar daquilo tudo. E logo ela não pensou em mais nada quando Bitty se abaixou, agarrou sua mão e a puxou.

E, então, mais dança.

E mais comida, e mais bebida, e mais risadas, e mais alegria... até dar duas da tarde, e depois três...

Às quatro horas, até mesmo Lassiter decidira que estava na hora de se recolher, e as pessoas começaram a se espalhar para cima, para as várias camas.

Naturalmente, isso significou que ela, Rhage e Bitty acabaram indo para a cozinha.

– Então, Bits, este é o meu orgulho e a minha alegria – ele anunciou ao levar a menina até um corredor logo depois da despensa. – Meu freezer exclusivo para sorvetes.

Deixando-os à vontade, Mary rapidamente apanhou três tigelinhas, três colheres e três guardanapos, e depois se sentou e sorriu para o arranjo que fizera na mesa de carvalho. Cantarolando para si mesma, esperou para ver o que sairia do freezer, e sentiu-se grata pela compulsão por organização de Fritz – toda a comida da cerimônia das fitas já fora recolhida há diversas horas.

– Puxa, uau – ela disse com um sorriso. – Que fartura.

Quatro potes gigantes, não, espere, cinco.

– Escolhemos sabiamente – Rhage disse, com muita seriedade. – Apresento-lhe, esta tarde...

Bit assumiu daí, também com voz impostada:

– Chocolate com amendoim e gotas de chocolate, café, menta com lascas de chocolate, framboesa e o seu favorito: chocolate com lascas de chocolate.

Quando os dois se curvaram para ela, Mary bateu palmas.

– Muito bem escolhido, muito bem escolhido!

– E agora – Rhage imitou a voz de Darth Vader –, começarei a servir.

Bitty se acomodou junto a Mary, e as duas observaram o espetáculo: Rhage fazendo alguns truques, jogando colheres de sorvete no ar só para interceptá-las com as tigelas. Quando todos estavam servidos, começaram a comer.

Ou melhor, Rhage e Mary começaram.

Quando percebeu que Bitty não estava comendo, Mary franziu o cenho.

– Você está bem? Comeu bolo demais antes?

Demorou um pouco para a menina responder.

– Como os humanos chamam as *mahmen* deles? Qual o nome que usam para *mahmen*?

Mary desviou o olhar para Rhage, que estava imóvel. Depois pigarreou.

– Ah... Nós a chamamos de mãe. Ou mamãe.

– Mãe. – Bitty encarava seu sorvete. – Mamãe.

– Uh-hum.

Depois de um instante, a menina fitou Mary nos olhos.

– Posso, por favor, te chamar de mamãe?

De repente, Mary percebeu que não conseguia respirar, que sua garganta se contraíra ao máximo. Inclinando-se para frente, segurou aquele rosto entre suas palmas e olhou para suas feições. Subitamente soube, sem sombra de dúvida, que as veria mudarem até a maturidade.

– Sim – respondeu com voz rouca. – Vou gostar disso.

Bitty sorriu.

– Ok, mamãe.

E, simples assim, a menina se lançou num daqueles abraços, envolvendo os bracinhos tão finos, mas tão fortes ao redor de Mary, segurando-a com firmeza.

Ela piscou com força, mas as lágrimas insistiram em descer, ainda mais quando segurou a cabeça de Bitty em seu peito e se deparou com os olhos úmidos de Rhage.

Seu *hellren* levantou os polegares e pronunciou silenciosamente, apenas com os lábios: *É isso aí, mamãe.*

Rindo e chorando, Mary inspirou fundo e pensou: *Sim, milagres de fato acontecem...*

E ela podia simplesmente agradecer a Deus, à Virgem Escriba, a quem quer que fosse, por isso.

Ela... era mãe.